Weitere Titel der Autorin:

Glencoe
Kains Erben

Titel in der Regel auch als Hörbuch und E-Book erhältlich

Über die Autorin:

Charlotte Lyne, geboren 1965 in Berlin, studierte Germanistik, Latein, Anglistik und Italienische Literatur in Berlin, Neapel und London. Heute arbeitet sie als Autorin, Übersetzerin und Lektorin und lebt mit ihrem Mann und drei Kindern in London. Ihr neuer Roman ist eine Liebeserklärung an ihre im vierzehnten Jahrhundert noch blutjunge Heimatstadt und das spröde, aber schöne Brandenburg.
www.charlotte-lyne.com

Charlotte Lyne

DAS MÄDCHEN AUS BERNAU

Historischer Roman

BASTEI LÜBBE TASCHENBUCH
Band 16 879

1. Auflage: November 2013

Dieser Titel ist auch als E-Book erschienen

Originalausgabe

Ein Projekt der AVA international GmbH
Autoren- und Verlagsagentur
www.ava-international.de

Copyright © 2013 by Charlotte Lyne
Taschenbuchausgabe 2013 Bastei Lübbe GmbH & Co. KG, Köln
Lektorat: Stefan Bauer
Kartenzeichnung: Helmut W. Pesch
Vignetten: Ulrike Aepfelbach
Titelillustration: © shutterstock/V. Kuntsman; shutterstock/dbannie
Umschlaggestaltung: Johannes Wiebel, punchdesign, München
Satz: Urban SatzKonzept, Düsseldorf
Gesetzt aus der Caslon
Druck und Verarbeitung: CPI-Ebner & Spiegel, Ulm
Printed in Germany
ISBN 978-3-404-16879-9

Sie finden uns im Internet unter
www.luebbe.de
Bitte beachten Sie auch:
www.lesejury.de

In Liebe

Für meine Stadt

»Vor Gott sind eigentlich alle Menschen Berliner.«

Theodor Fontane

ERSTER TEIL

Bernau, Brandenburg
1319–1324

*»Ein fruchtbares Gelände für sumpfige Typen –
schon seit siebenhundertfünfzig Jahren.«*

Wolfgang Neuss

1

Die Nacht, in der Magda sich vor sich selbst zu fürchten begann, zog düster herauf und folgte einem Tag voll Unfrieden. Bis zu jener schwarzen Nacht zu Michaelis hatte Magda bereits jahrelang mit ihrer Eigenheit gelebt, ohne jemanden in Schrecken zu versetzen oder auch nur für Verblüffung zu sorgen.

Als sie vor dem Morgengrauen aus einem qualvollen Schlaf schreckte, war sie in eisigen Schweiß gebadet, und die Decke wärmte sie nicht, so fest sie sie auch um sich schlang. Ihr Herz raste vor Entsetzen. Endlich zwang sie sich, die Reste der bodenständigen Vernunft, die ihr als Brandenburgerin im Blut lag, zusammenzuklauben und sich aufzusetzen. Statt weiter unter der durchnässten Decke zu zittern, stieß sie sie von sich und legte sich ihr Schultertuch um.

Erinnere dich, befahl sie sich. *Es war nur ein dummer Traum, wie es die vielen Male zuvor nur ein Traum war. Es ist unmöglich, in die Zukunft zu schauen, allein Gott kann das, kein törichtes Mädchen aus Bernau.* Mühsam, umwallt von Nebeln des Schlafes, versuchte sie, die Nächte heraufzubeschwören, in denen der Traum sie gequält hatte. Mit aller Kraft klammerte sie sich an die Hoffnung: Wenn sie feststellte, dass nicht jedes Mal am Tag darauf das eine, das Entsetzliche geschehen war, dann hatte sie den Beweis, dass dieser Traum keine Prophezeiung war. Dann war sie gerettet, und ihr Leben, wie sie es kannte, wäre nicht auf alle Zeit zerstört.

Als die Träume sie zum ersten Mal heimsuchten, war sie mit ihren dreizehn Jahren noch beinahe ein Kind gewesen, und ihr Vater hatte noch gelebt. Er war ein Abenteurer, einer von denen, die um ihr Leben spielten wie andere an den Würfel- und Kartentischen auf dem Markt um Pfennige. Ein Getriebener war er, der mit seinem Bündel den Weg hinunterzog, ein Lächeln aufsetzte und winkte, aber auf die Frage: »Wann kommst du wieder?«, keine Antwort wusste.

In den ehrbaren Bierbrauerhaushalt war er nicht geboren worden, und recht eingefügt hatte er sich nie. Statt den Brauprozess zu überwachen, wie es die Zunft ihm gebot, verlegte er sich aufs Reisen. Kaum war er angekommen, brach er schon wieder auf. Die ständigen Fahrten galten angeblich dem Verkauf des Bieres, den er nicht angestammten Händlern überlassen mochte. Schließlich verscherbelten die Bremer wie die Bayern ihr Gebrautes bereits bis nach Flandern, und musste das Bier aus Brandenburg sich etwa dahinter verstecken?

Mitnichten musste es das! Gerade das Bier der Bernauer, das würzigste und haltbarste der ganzen Mark, konnte jedem Gerstensaft im Reich das Wasser reichen. Weshalb sollte Magdas Vater also nicht reisen, um in der Fremde neue Liebhaber für jenen goldenen Tropfen zu gewinnen, dem Albrecht, der erste Markgraf Brandenburgs, eine Stadt gewidmet hatte? Und dass Reisen gefährlich war, wusste jedes Kind. Als Magda darum eines Morgens der Barbara, des Großvaters lediger Schwester, erzählte, sie habe geträumt, der Vater habe sich durch die niedrige Tür in ihre Kammer gezwängt und gesagt, er wolle von ihr Abschied nehmen, wunderte die sich kein bisschen.

»Ein Segen, dass er wenigstens im Traum Manieren zeigt wie ein Christenmensch«, erwiderte sie und schickte Magda mit einem liebevollen Klaps an den Kessel mit der Maische zurück. »Viel auf Träume zu geben, ist verlorene Liebesmüh, mein Kälbchen. Man träumt wohl manchmal, was man sich klammheimlich wünscht, aber das heißt noch lange nicht, dass man es bekommt.«

Es war das erste und zugleich das letzte Mal, dass Magda mit einem Mitglied ihrer Familie über ihre Träume sprach.

Noch vor dem Abend wurde die Leiche des Vaters gefunden, am Weg, der vom Waldrand durch das Moor bis vor Bernaus Stadttor führte und den er immer heraufgekommen war. Raubritter hatten ihn überfallen und ihm die Kehle der Länge nach durchschnitten – und das nur des Fuhrwerks wegen und ein paar Proben Bier. Solche Verbrechen geschahen häufig, seit Markgraf Waldemar im Sommer gestorben war und seine Mark in Aufruhr und Verwirrung zurückgelassen hatte. Viele behaupteten auch, der Ritterstand sei schon viel länger verkommen und verwahrlost, nämlich seit es im Reich keinen Kaiser mehr gab.

»Als Gott von der Erde gegangen ist«, pflegte der Großvater zu schimpfen, »hat er zwei Schwerter drin stecken lassen, damit Recht und Ordnung herrschen. Das eine ist der Kaiser und das andere der Papst, und wenn das eine fehlt oder das eine mit dem andern wie ein Marktweib Gezänk anfängt, dann klafft ein Loch, und Recht und Ordnung sind beim Teufel.«

Magda verstand von alledem wenig, aber eines wusste sie: So hart und kalt der grausame Tod des Vaters ihr eigenes Leben auch treffen mochte, verwunderlich war er nicht. Ihr Traum war keine Prophezeiung, sondern nur ein Zufall, wie es Hunderte gab.

Der Großvater trauerte mehr dem Fuhrwerk nach als dem Schwiegersohn. »Du brich dir nicht dein Herzchen«, sagte er zu Magda. »Ein Vater, wie ein Vater sein soll, war der ja für euch beileibe nicht, nicht.«

Es war Diether, der jüngste unter Magdas drei Brüdern, der den Vater in seinem Blut gefunden hatte. Seither schien er nicht mehr er selbst, und er war es auch, der jetzt Trost und Beistand brauchte. Magda hingegen hatte auf ihren zwei Füßen schon immer fest auf dem Boden gestanden, verwurzelt wie ein

Holunderstrauch in roter Brandenburger Erde. Wenn überhaupt etwas an dem Traum sie verstörte, dann war es eine Einzelheit, die sie Barbara verschwiegen hatte:

Sie hatte im Schlaf ihre Mutter gesehen, obwohl sie die gar nicht kannte, weil sie an den Strapazen von Magdas Geburt gestorben war. Sie, die unbekannte Mutter, hatte im Traum den Vater in ihre Kammer geschoben. Ihr Gesicht war ein weißer Flecken ohne Züge und Konturen, und sie hatte kein Wort gesprochen. Woran Magda erkannt hatte, dass die Frau ihre Mutter war, wusste sie nicht. Mit der Zeit verdrängte das Leben den Tod, und sie dachte nicht länger an den Traum.

Zwei Jahre verstrichen, ohne dass Magda noch einmal von einem Menschen träumte, der sich des Nachts, an der Hand ihrer Mutter, in ihre Kammer schlich. Dann aber träumte sie in einer Frühsommernacht von Barbara. Die Tür des winzigen Raumes, den sie mit niemandem teilte, weil es in der Familie keine weitere Tochter gab, schob sich mit einem Knarren auf, und der weiße Flecken zeigte sich, das Gesicht der nie gekannten Mutter. Aus der Nachthaube quoll dichtes, unbändiges Haar wie bei Magda, nur dass es bei der Mutter in einem zarten Blondton schimmerte, während ihr eigenes struppig und rotbraun wie Rosshaar war.

Sogleich zog die Mutter sich zurück und schob Barbara ins Zimmer, die Großtante, die sich um die vier Halbwaisen gekümmert, Honigkuchen und Maulschellen verteilt, Rotz, Blut und Tränen abgewischt hatte, seit Magda auf der Welt war. »Ich möcht Lebewohl sagen«, sagte Barbara, die sonst nie so förmlich sprach, und dann nickte sie ein wenig mit dem Kopf, wie um sich zu verneigen, trat zurück und verschwand in der Dunkelheit.

Von diesem Traum erzählte Magda am Morgen den anderen

kein Wort. Es war ein fröhlicher Morgen, an dem der Stadtknecht mit gewichtigen Schritten durch die Gassen stolzierte, die weithin hallende Bürgerglocke schwang und aus der Tiefe seiner Kehle brüllte: »Bürger von Bernau, Bürger von Bernau! Morgen ist Brautag, von Stund an wird nicht mehr in die Panke gepinkelt, und wer's trotzdem tut, der ist nicht besser als ein Schwein und entgeht seiner Strafe nicht!«

Lentz, Magdas ältester Bruder, und Diether stießen einander die Ellbogen in die Seiten und tauschten ein Grinsen. Brautage waren immer heitere Tage, auch wenn die Männer schwitzten und ächzten, während sie die schweren Fässer mit dem sprudelnden Pankewasser füllten und auf ihre Karren luden. Vom Fluss hinauf bis in jeden Winkel der Gassen tönte das röhrende Gelächter der Brauer. Dabei war Lentz sonst ein gemächlicher Bürger, aber an Brautagen fiel alle Zurückhaltung von ihm ab, und er gebärdete sich rau und ausgelassen wie seine Gefährten. Selbst Utz, der Zweitälteste, der Wert auf gesittetes, städtisches Betragen legte, ließ sich ein wenig gehen. Vermutlich war es die Erleichterung darüber, dass das Brauen wiederum gestattet worden war, die diese Ausgelassenheit in den Brüdern entfesselte. Dazu kam der sonderbare Zauber, der seine Wirkung nur entfaltet, wenn Männer ohne Frauen unter sich sind.

Auch Endres, der Lehrling, ging mit ihnen. Lentz und Utz gegenüber legte er jedoch dieselbe Scheu an den Tag wie sonst, und laut gelacht hätte er nie. Sein Leben hatte ihn still gemacht. Magda sandte ihm ein rasches Lächeln, als er seinen Napf beiseiteschob und sein Bündel vom Tisch hob, um mit ihren Brüdern die Fässer aufzuladen. Sie war inzwischen fünfzehn, in einem Alter, in dem die meisten Mädchen jemandem versprochen waren, und dass sie Endres versprochen war, schien ihr so sicher wie das Wort der Bibel, das Propst Nikolaus mit sich überschlagender Stimme in der Marienkirche am Markt verlas. Magda verstand kein Latein, doch um die Wahrheit des verlesenen Wortes zu spüren, brauchte sie nichts zu verstehen. Genauso verhielt es sich mit Endres und ihr: Sie gehörten zusammen, das spürte sie, ohne dass je Verständliches dazu gesprochen worden war.

Endres war Großvaters Patensohn, der Enkel seines engsten Freundes. Jener war Kannengießer gewesen, bis sein Haus aus Fachwerk an einem glutheißen Sommertag Feuer fing und restlos niederbrannte. Der Kannengießer, sein Sohn und die Schwiegertochter verloren in den Flammen ihr Leben, der einzige Enkel aber kam mit dem Todesschrecken davon. Schwarz vom Ruß und auf allen vieren hatte er sich in die Braugasse geschleppt und an ihre Tür geklopft. Magdas Vater hatte angeboten, ihn aufs Kloster nach Chorin zu bringen, wo sich die frommen Brüder um Waisenkinder kümmerten, aber der Großvater war ihm über den Mund gefahren: »Das arme Wurm ist mein Patensohn, das kommt mir zu keinem Klosterbruder nicht«, bestimmte er. »Unter meinem Dach bleibt's. Wo wir vier nicht verhungern, wird auch ein Fünftes satt, satt.«

Der Großvater hasste sämtliche Klosterbrüder, ob sie nun Zisterzienser aus Zinna, Chorin und Lehnin oder Franziskaner aus dem Grauen Kloster in Berlin waren. Dieser Hass, den Utz von ihm geerbt hatte, rührte daher, dass die Klöster keinen Bierpfennig entrichten mussten und ihr Bier daher billiger verkaufen konnten als die städtischen Brauer. Auch vom Brauverbot, das drohte, wenn nach Unwettern und Missernten das Getreide knapp war, blieben die Klöster ausgenommen, was den Großvater erst recht erzürnte.

»Unsereins bringen die um Lohn und Brot«, schimpfte er. »Dabei sollen die doch wohl von Gottes Gnaden leben wie Vögel auf dem Feld! Mir jedenfalls bleiben die vom Leib, und den Endres kriegen sie im Leben nicht. Der kann bei mir das Brauerhandwerk erlernen, solider und herzhafter als bei den panschenden Kuttenträgern, Kuttenträgern!«

Da im Haus der Großvater, nicht der Vater das Sagen hatte, war es so gekommen. Mittlerweile war Endres achtzehn Jahre alt und hatte acht davon unter ihrem Dach, hinter dem sechszackigen Stern der Bierbrauer verbracht. Der Großvater pflegte zu sagen, von den vier Jungen, die unter seiner Obhut heranwuchsen, sei allein der Endres zum Brauer geboren, und er sagte es besonders gern, wenn Utz oder Diether es hörten.

Endres hatte keinen Besitz auf der Welt. Das Grundstück, das er von seinen Eltern hätte erben sollen, zog ein Gläubiger ein, und sonst war nach dem Brand nichts geblieben. Aber er besaß seinen Fleiß und den festen Willen, dem Großvater die erwiesene Wohltat zu vergelten. Neben der Arbeit im Brauhaus setzte er sich, so oft es seine Zeit erlaubte, ans Schreibpult, um sich ins Gebiet der Buchführung einzufinden. Der Großvater hatte darauf nie Zeit verwendet, aber neuerdings entdeckten immer mehr Handwerker, dass solche Kenntnisse von Nutzen waren. Utz verfügte längst darüber, und Endres setzte alles daran, sie sich anzueignen.

Er war schlank, beinahe zierlich, hatte weiche, rehbraune Locken, und der Blick seiner Augen berührte Magda tiefer als gedrechseltes Geplapper. Jetzt blieb er stehen und erwiderte ihr Lächeln. Die Zeit hielt inne, doch gleich darauf galoppierte sie schon wieder voran. »He, Endres, willst du Wurzeln schlagen?«, rief Diether. »Wenn du hier weiter bummelst wie ein Mädchen, ist die Panke leer geschöpft, bevor wir kommen.«

Hastig schwang Endres herum und folgte Diether aus dem Haus. Gleich darauf hallte Gelächter durch die taufrische Luft des Morgens. Unter ihren Brüdern war Diether Magda der Liebste, doch in diesem Augenblick hätte sie ihn zum Teufel schicken wollen. Gewiss, Endres war sein Freund, er stand ihm näher als Lentz und Utz, von denen er sich gemaßregelt fühlte, aber konnte er deshalb seiner Schwester nicht den allerkleinsten Augenblick mit ihm allein gönnen?

Aufseufzend machte sie sich daran, den Tisch, an dem sie ihre Hirsegrütze gegessen und Dünnbier getrunken hatten, abzuräumen. Die hölzernen Näpfe und Krüge trug sie Barbara hin, die über der gemauerten Feuerstelle im Kessel rührte und sie später auswaschen würde. »Na, mein Kälbchen?«, fragte die Großtante und wandte sich ihr zu. »Was bedrückt dich denn?«

»Nichts«, erwiderte Magda, auch wenn ihr auf einmal beklommen zumute war, weil sie glaubte, Barbaras Stimme zu hören, wie sie ihr im Traum Lebewohl wünschte. »Kochst du Milchsuppe? Mit Backpflaumen?« Sie streckte die Hand aus, um eine der Früchte zu stibitzen und über der Süße dumme Sorgen zu vergessen. Ehe sie sich's versah, klatschte Barbaras Hand auf ihre. »Genascht wird nicht.« Drohend hob sie den Kochlöffel und verbiss sich ein Schmunzeln. »Wenn ich dich Gierschlund an meinen Topf lasse, habe ich nachher deinen Brüdern nur heiße Luft aufzutischen.«

Gespielt beleidigt trollte sich Magda, und Barbara setzte sich mit einem Kanten Brot und einem Krug Bier zu Tisch, um selbst zu frühstücken. Tagein, tagaus versorgte sie die Familie, die Hühner und die Ziegen, kochte für den Abend und half beim Mälzen und Maischen, doch diese kleine Weile mit ihrem Brot am Tisch, die gönnte sie sich, einerlei, welche Stürme um sie tosten.

Magda ging, um Grut zu sammeln, die Kräuter, die sie zum Würzen des Bieres brauchen würden. Die meisten Brauer setzten dem Getränk nur noch Hopfen zu, der es haltbar machte und ihm eine kräftige, bittere Note verlieh, doch ihr Großvater schwor auf das alte Rezept, nach dem seine Familie seit Jahrhunderten braute. Damals hatte noch der Landesherr das Grutrecht verliehen, das kostbare Privileg, die Kräuter sammeln und damit Bier brauen zu dürfen. Auch wenn der Hopfen die Würze im Grunde überflüssig machte, war der Großvater stolz auf dieses Recht und bestand darauf, es zu nutzen.

Die Gagelsträucher mit ihren schillernden, aromatisch duftenden Blättern hatte der Ahnherr des Großvaters vor hundertfünfzig Jahren auf dem Karren mitgebracht, als er dem Ruf des Markgrafen Otto I. gefolgt und aus dem Harz in die Mark Brandenburg gezogen war. In dem harschen, sandigen Boden der Mark verkümmerten die empfindlichen Pflänzchen, doch Großvaters Ahnherr war ein Sturschädel wie Großvater selbst und nicht bereit, aufzugeben. Mit unermüdlicher Pflege gelang es ihm schließlich, die Sträucher in der fremden roten Erde heimisch zu machen, und die herbe Bittersüße ihrer Blätter war das Geheimnis des Bieres, das seine Familie noch immer unverändert braute. So wie sie noch immer die Harzer genannt wurden, selbst wenn sie bald so lange hier lebten, wie das Städtchen Bernau zwischen sumpfigen Wäldern und buckligen Moränenhügeln stand.

Magda pflückte Blätter von den Zweigen, bis ihr Beutel voll war, und lauschte dabei auf das übermütige Johlen, das vom Fluss heraufdrang. Dann kehrte sie ins Haus zurück, um ihre Ausbeute bei Barbara abzuliefern. Die saß noch immer bei Tisch über Bier und Brot. Das kam sonst nie vor. Mehr als ein paar Augenblicke ließ sie sich für ihr Frühstück nie Zeit. Im Näherkommen sah Magda, dass sie im Sitzen eingeschlafen war, den Kopf in den Armen geborgen. Mit dem Ellbogen hatte sie den Krug umgestoßen, sodass sich eine dünne, bierduftende Lache über den Tisch ergoss. Auch das kam nie vor. Barbara war streng mit sich, schlief wenig und hasste Verschwendung. Sie würde zornig auf sich sein.

»Großtante Barbara!«, rief Magda, um sie zu wecken. »Ich bringe die Grut für die Würzepfanne!«

Barbara rührte sich nicht. Magda trat hinter sie und berührte ihre Schulter, packte, wie es ihre Art war, fest zu, um sie wachzurütteln, ließ aber gleich wieder los und zog die Hand zu sich. Ein Schrei lag ihr auf den Lippen, doch Entsetzen schnürte ihr die Kehle zu. Später wusste sie nicht zu sagen, woran sie gemerkt hatte, dass Barbara nicht mehr lebte. Sie war weder kalt noch steif, aber Magda erkannte es in dem Augenblick, in dem ihre Hand die vertraute Schulter umspannte: Barbara war tot. Die sorglose Heiterkeit des Brautags war verflogen. Von nun an waren Magda, Endres und ihre Brüder mit dem Großvater allein.

Vielleicht hätte Magda in jenem Moment des Schreckens an ihren Traum denken und den Zusammenhang erkennen sollen, aber sie tat es nicht. Barbara war alt gewesen, und alte Menschen starben. Dass sie – die kleine Magda Harzer aus Bernau – Träume hatte, die vom Tod kündeten, begriff sie erst Jahre später, in jener kalten Nacht zu Michaelis, die ihr Leben wie eine eisenblanke Sichel in zwei Hälften schnitt.

2

Der Großvater litt zum Gotterbarmen unter dem Tod seiner Schwester. Barbara hatte ihm zur Seite gestanden, als ihm erst seine Frau und dann seine einzige Tochter gestorben waren, doch jetzt stand ihm niemand zur Seite, und er war für den Rest seines Lebens allein. Magda sah, wie er sich mühte, seinen Schmerz vor ihnen zu verbergen. Als sei nichts geschehen, tat er von früh bis spät seine Arbeit und brummte dabei wie eh und je vor sich hin. »Du bist es jetzt, die sich um uns kümmern muss«, sagte er zu Magda. »Ist ja sonst nur noch Mannsvolk im Haus, das keinen Teller Grütze kochen kann, kann.«

Magda versprach es und war fest entschlossen. Weil der Großvater nicht weinte, wollte auch sie nicht weinen, sondern voll Tatkraft im Haus das Ruder führen, wie Barbara es all die Jahre hindurch getan hatte. Aber Magda war erst fünfzehn, und Barbara hatte sie mit ihrer Fürsorge verwöhnt. Mit dem großen Haushalt war sie heillos überfordert, und der Sturm der Traurigkeit, den sie nicht aus sich herausweinen durfte, ballte sich in ihr, als staue man die Frühlingsflut der Panke hinter Dämmen.

Von den Brüdern merkte niemand, wie ihr zumute war, und auch Endres schien nichts mitzubekommen, doch dem Großvater entging es nicht. Stillschweigend nahm er ihr die Pflichten in der Küche wieder ab und versah sie selbst. Von nun an schmeckte die Milchsuppe zumeist verbrannt und Kraut und Fisch versalzen, aber er sorgte für sie, und es erging ihnen wohl, wie es ihnen immer wohl ergangen war. Sie litten keinen Hunger, und sie litten erst recht keinen Mangel an Liebe. Ihr Haus war warm. Am Sonntag, in der Marienkirche, dankte Magda Gott dafür, dass er ihnen den Großvater geschenkt hatte. »Ich bitt dich, Allmächtiger Vater, lass ihn noch lange, lange, lange bei uns bleiben – so lange, wie die Panke Tropfen hat und das Moor ringsum im Frühling kleine Nattern, amen.«

Wenn der Großvater eines Tages nicht mehr da war oder wenn ihn die Kräfte verließen – wer würde ihr dann helfen, ihre Brüder zu hüten?

Nach der Messe ging sie ins Brauhaus, wo der Großvater Maische für ein deftiges Weizenbier anmischte, und schloss ihm von hinten die Arme um den Leib. »Danke, Großvater«, sagte sie. »Danke, dass du für uns kochst, weil ich es doch nicht zustande bringe, und danke, dass du auf uns achtgibst und unsere Kleider zur Lene zum Flicken bringst. Denk nur ja nicht, ich wüsste davon nichts, denn ich weiß jedes bisschen! Aber das eine, Großvater, das brauchst du nicht für uns zu tun.«

»Und was soll das sein?«

»Den strammen Maxen markieren.«

»Den was, was, was?«

»Den starken Mann, der sich das Weinen verdrückt, als hätte er Barbara nicht lieb gehabt.« Sie hatte kaum ausgesprochen, als ihre Tränen zu strömen begannen. Sie hielt sie nicht auf. Auf einmal kam es ihr falsch vor, dass sie so viele Tage lang um ihre Tante nicht geweint hatte.

Der Großvater drehte sich um und nahm sie in die Arme. »Ach herrje, du rotzfreches Kälbchen«, brummte er, »was für ein Segen bist du denn?«

»Es wird schon werden, Großvater«, sagte Magda und schmiegte sich an die weich geschabte Lederschürze des Alten, die nach Grut und Hopfen roch.

»Ist bisher doch auch geworden, was?« Unter seinem dichten

Bartgestrüpp verkroch sich Großvaters Lächeln. »Hab ja meiner armen Sanne versprochen, dass ich euch großkrieg, als aufrechte Brandenburger, und mein Versprechen halt ich, da komme, was wolle. Wünschte nur, du wärst ein paar Jahre älter, damit du auf deine Brüder achtgeben könntest. Auf den Utz wie auf den Diether, denen fehlt ja die harte Hand des Vaters genauso wie die hätschelnde der Mutter. Deshalb sind sie wie junge Hunde und völlig außer Rand und Band. Nur der Lentz, der ist gut geraten. Ja, ja, auf den Lentz kann unsereins stolz sein, der macht mir keine Sorgen, Sorgen.«

Utz, so fand Magda, war auch gut geraten. Er war der Gelehrteste unter ihren Brüdern, war nach Chorin zum Unterricht gegangen, obwohl er die Klosterbrüder verabscheute, und bestand darauf, auch seine Geschwister Lesen und Schreiben zu lehren. »Wer dumm bleibt, bleibt arm«, hatte er ihnen erklärt. »Heutzutage, in unseren freien Städten, kann ein Bürgerlicher so viel werden wie ein Adelsmann, wenn er auf Bildung setzt und sich von seinem Weg nicht abbringen lässt.«

Einen so klugen und gebildeten jungen Mann konnte man doch wohl kaum als missraten und noch viel weniger als jungen Hund bezeichnen?

Was dagegen Diether betraf, so mochte der Großvater nicht ganz Unrecht haben. Der Jüngste der drei war im Grunde der liebenswerteste Bursche, der in Bernau herumlief, und mit seinem sonnigen Wesen, seinem Feuer und seiner Lebenslust gewann er Menschen in Scharen für sich. Ihr selbst hatte er die Kinderzeit zuweilen in eine Zauberwelt voller Farben und Träume verwandelt. Er vermochte aus dem Rohr des Schilfs Flöten zu schnitzen und darauf die Lieder der Vögel und des plätschernden Baches nachzuspielen, und er sprudelte über vor Geschichten, denen sie in eisigen Nächten atemlos lauschte.

Zu ihrem Leidwesen gehörte zu dieser hellen, sprühenden

Wesensart jedoch eine zweite, eine finstere Seite: Diether hatte etwas von einem Tunichtgut, einem Draufgänger, der über die Stränge schlagen musste, um nicht vor Langeweile zu vergehen. Seit dem Tag, an dem Diether den Vater mit aufgeschlitztem Hals im Moor gefunden hatte, waren die Kräfte in ihm aus dem Gleichgewicht geraten. Jäh sah sie ihn vor sich, wie er an jenem Morgen vor Haus gestanden hatte, das Hemd vom Saum bis zum Hals mit Blut verschmiert, Mund und Augen aufgerissen, nicht fähig, einen menschlichen Laut herauszubringen.

Seither gewann das Dunkle, das Gefahrvolle in ihm immer häufiger die Oberhand. Nicht nur sich selbst brachte er damit in Schwierigkeiten. Magda und Endres hatten ihm heimlich schon aus so mancher Klemme geholfen, damit die verdiente Strafe ihm erspart blieb. Aber Diether war schließlich erst achtzehn – mitten in der Gärung wie das junge Bier! Mit den Jahren und mit einem Freund wie Endres als Vorbild würde er die Reife, die ihm fehlte, gewiss noch erringen.

Magda umarmte den Großvater noch fester und beschloss, ihm bei der Erfüllung seines Versprechens nach Kräften zu helfen, auch wenn sie ihn nichts davon spüren lassen durfte.

»Und um deine Mitgift, Kälbchen, da mach dir mal keinen Kopf«, fuhr der Großvater jetzt wieder voll Zuversicht fort. »Für die ist bestens gesorgt. Nicht nur deine Würzepfanne bekommst du, wie von alters her eine jede Tochter der Harzers, sondern jeglichen Hausrat und Geld obendrein. Seit Jahren hab ich das alles erspart und in meiner Truhe verschlossen, und an diese Truhe kommt mir keiner. Der verdammte Propst Nikolaus nicht, und wenn er tausendmal schreit, wir führen alle zur Hölle, weil wir der Kirche nicht genug in den Rachen werfen. Und der Utz, der mir in den Ohren liegt, wir müssten unbedingt Handel treiben, erst recht nicht. Die Truhe bleibt verschlossen, bis mein Kälbchen seinen Hirschen findet, so wahr ich Seyfrid, der Harzer, heiße, heiße.«

Die Angewohnheit des Großvaters, am Ende einer Rede oder eines Gesprächs ein Wort zweimal oder gar dreimal zu sagen, war nützlich, denn so wusste Magda stets, wann er fertig war. Um ihre Mitgift hatte sie sich in Wahrheit nie gesorgt. Endres schließlich würde sie nicht um ihres Besitzes willen nehmen, sondern weil Gott sie füreinander bestimmt hatte, seit dem Tag ihrer Geburt. Dennoch dankte sie dem Großvater und warf sich ihm noch einmal in die Arme. Über den Traum, den sie in der Nacht vor Barbaras Tod gehabt hatte, sprach sie weder mit ihm noch mit einem von den anderen, und mit der Zeit vergaß sie ihn.

In den nächsten Monaten geschah ohnehin so viel, dass für Träume kein Platz blieb. Die Ernte im folgenden Sommer ersoff in Strömen, die sich aus dem Himmel ergossen, und in Fluten, die über die Ufer der Panke quollen. Eine solche endlose Kette von Unwettern hatten selbst die Ältesten unter den Bernauern nie zuvor gesehen, und Propst Nikolaus wetterte in der Marienkirche von der Strafe Gottes, die über die Brandenburger gekommen war, weil sie der Kirche zu wenig Spenden entrichteten und weil ihr Landesherr es wagte, sich gegen den Heiligen Vater aufzulehnen.

»Himmelschreiender Unsinn«, lästerte der Großvater. »Das Wetter tut, was es will, so ist es immer gewesen, und der verdammte Pfaffe soll aufpassen, dass Gott keinen Hagelstein schickt und ihm sein unsägliches Schwatzmaul stopft, stopft.«

Im Herbst aber wurde das Gemunkel von der Strafe Gottes lauter, denn es geschah, was die Zunft der Brauer seit Langem befürchtet hatte: König Ludwig in Bayern sprach für seinen minderjährigen Sohn, den er mit der Mark Brandenburg belehnt hatte, ein Brauverbot aus. Nach der Missernte sei das Getreide knapp, hieß es in der Erklärung, die auf dem Markt verlesen wurde, es müsse gespart werden, um das Volk zu nähren, und Bier gebe es derzeit nur noch von den Klöstern zu kaufen.

»Und wovon sollen wir jetzt leben?«, wetterte der Großvater und raufte sich das schlohweiße Gestrüpp von Haar. »Bei Gott, dem Allmächtigen, unter Markgraf Waldemar hätte es so was nicht gegeben – nie und nimmer hätte ein Askanier seine Bierbrauer hungern lassen, nie und nimmer, nimmer, nimmer!«

Am Sonntag in der Messe predigte Propst Nikolaus wie gewöhnlich darüber, dass der Kirchenzehnt, den die Bernauer entrichteten, beileibe nicht genüge, um ihre Schuld vor Gott zu begleichen, und dass Spenden in Fülle vonnöten seien, wenn sie der Strafe, die sie ereilt hatte, entgehen wollten. »Zur Hölle fahrt ihr, ihr verblendeten Sünder!«, schrie und geiferte er, bis seine Stimme sich überschlug. Der größte der Sünder, ja geradezu der Satan in Menschengestalt, war in seinen Augen König Ludwig, der sich Papst Johannes widersetzte und mit Krieg und Not überrollt werden würde, um für seine Taten zu büßen. »Und ihr alle, die ihr es mit ihm haltet, büßt mit ihm!«, keifte er und wies mit dem Finger bald auf diesen, bald auf jenen, als wisse er von jedem, ob er es mit dem König oder dem Papst hielt.

Diether amüsierte sich köstlich und ahmte mit allerlei Faxen das tiefrote, verzerrte Gesicht des Gottesmannes nach. Utz' Gesicht hingegen wurde mit jedem Wort düsterer und verschlossener, und der Großvater rief plötzlich, mitten ins Wutgebrüll des Propstes hinein: »Mir reicht's! Die Familie Harzer lässt sich diesen Kohl nicht länger bieten, bieten!« Damit packte er Magda beim Arm und zog sie mit sich aus der Kirche. Ein Blick über die Schulter verriet ihr, dass Lentz, Utz und Diether folgten.

Eine Hand voll weiterer Handwerksmeister schloss sich an,

doch die meisten wagten nicht, gegen den mächtigen Propst aufzubegehren, denn der verkündete schließlich Gottes Gesetz. Den Großvater aber scherte das nicht, er machte die Dinge mit Gott allein aus und hatte das immer getan. »Die verdammten Kuttenträger ziehen uns das letzte Hemd vom Buckel«, wetterte er, von den Übrigen umringt. »Und wofür? Damit dieser Papst in seinem Avignon Geld hat, um sich mit dem König, der kein Kaiser ist, zu zanken. Und den König, der in Bayern sitzt, kratzt auch nichts anderes als der verdammte Zank. Das Brauen verbietet er uns, wohl damit wir dem Papst nichts mehr in den Beutel werfen können. Beim heiligen Florian, was aus uns noch werden soll, wo kein Waldemar mehr über uns die Hand hält, das weiß der Himmel oder weiß es nicht, nicht, nicht.«

Der heilige Florian war der Schutzherr der Bierbrauer, und den rief der Großvater nur an, wenn er es lichterloh um sich brennen sah. Vor dem Abendessen ging Magda mit Endres zur Allmende, um die Ziegen einzufangen, und fragte ihn, ob der Großvater Recht hatte.

»Er dürfte schon Recht haben«, antwortete Endres in seiner stillen, besonnenen Art. »Papst Johannes bedroht König Ludwig mit dem Kirchenbann und versucht, die Polen und Litauer in einen Krieg gegen die Mark zu hetzen. Er braucht Geld in Hülle und Fülle, und König Ludwig hat wahrlich andere Sorgen als ein paar Brauer am östlichsten Rand seines Reiches. Für den Markgrafen Waldemar sah das seinerzeit anders aus, der hätte auf seinen Bierpfennig nur ungern verzichtet. Aber das heißt ja nicht, dass König Ludwig falsch handelt.«

»Der Papst erkennt König Ludwig nicht an, nicht wahr? Und er wird niemals gestatten, dass er sich zur königlichen noch die kaiserliche Krone aufsetzt?« Dieser Streit zwischen König und Papst währte schon ewig und erschien Magda als ein heilloser Wirrwarr, der aus unerfindlichen Gründen Einfluss auf ihr Leben nehmen durfte. Warum herrschte überhaupt ein Mann über die Mark Brandenburg, der diese nie betreten hatte? Was konnte einer, der hier nicht lebte, von der harten, roten Erde wissen, die den Menschen das Äußerste abverlangte, von den weiten Sümpfen, die Schafe und Kinder verschlangen, und von den schwarzen Wäldern, in denen kein König, sondern Riesen und Bären regierten?

»Nein, das gestattet er nicht«, stimmte Endres ihr zu. »Und ob das Recht bei ihm oder beim König liegt, vermag ein kleiner Lehrling wie ich nicht zu entscheiden. Was aber das Brauverbot angeht, hat König Ludwig, wenn du mich fragst, richtig gehandelt. In den Scheuern ist kaum genug Getreide, um die Menschen in der Stadt satt zu kriegen, also ist erst recht keines da, um es zu mälzen. Oder möchtest du etwa, dass unsertwegen jemand hungert?«

»Natürlich nicht. Aber werden denn nicht wir hungern, Endres?«

Der Freund schüttelte den Kopf. »Wir werden unsere Gürtel ein wenig enger schnallen müssen, aber das Bier, das wir eingelagert haben, können wir umso teurer verkaufen. Schon heute sind auf dem Markt die Preise in die Höhe geschnellt. Zusammen mit dem, was dein Großvater für Notzeiten erspart hat, werden die Erträge schon reichen, bis wir wieder brauen dürfen. Haben nicht die meisten Leute viel weniger als wir?«

Erleichtert lehnte Magda den Kopf an seine Schulter. Sie saßen am Rand der Allmende auf bemoosten Steinen und blickten über das zottige Gras, an dem die Ziegen rupften, bis hinüber zum Wald. Für gewöhnlich schlugen sie sich um diese Jahreszeit in das duftende Dickicht der Bäume, um den harzigen Kiefernhonig zu sammeln, von dem Magda nie genug bekommen konnte. Nach den endlosen Wolkenbrüchen jedoch versank der Wald schier im Sumpf, und ihn zu betreten konnte das Leben kosten. Aber was war schon dabei, einen Winter lang ohne Honig zu leben? Sie hatten ein warmes Haus, sie hatten Brot genug und sie hatten einander!

»Für die Linharts an der Mauer sieht es übler aus«, bemerkte Endres, als läse er ihre Gedanken. »Sie haben nichts eingelagert. Utz sagt, sie würden am liebsten in unser Lager einbrechen und uns das letzte Fass stehlen.«

Die Linharts an der Mauer waren ihre Rivalen, eine Familie von Bierbrauern, in der jeder Erbsohn wiederum den Namen Linhart erhielt. Ihr Brauhaus samt Ausschank hatten sie nicht in der Braugasse, sondern dort, wo sich die zweimal mannshohe Stadtmauer erhob. »Keine ehrbare Gegend«, pflegte der Großvater naserümpfend zu bekunden, denn an der Mauer befand sich das Haus des Blutvogts, und was der berührte, hatte mit einem Schlag seine Ehrbarkeit verloren. Die käuflichen Weiber und das finstere Gelichter trieben sich dort herum, aber dafür, fand Magda, konnten die Linharts ja nichts. Sie hatten ihre Brauerei in jener Gasse gehabt, lange bevor sich der Rat von Bernau entschloss, die imposante Mauer hochzuziehen und damit der Welt zu zeigen, dass Bernau nicht einfach eine Siedlung war, die wieder verschwinden würde, sondern eine Stadt – stolz und sicher befestigt wie die Burg eines adligen Herrn.

»Stadt ist, was Stadt sein will«, behauptete Utz. »Doch Bernau hätte früher aufstehen müssen, um im Wettlauf der Städte mitzuhalten.« Ganz verstand Magda nicht, was der Bruder, der unentwegt gelehrt daherschwatzte, damit zu erklären versuchte. Sie war jedoch hell genug, zu begreifen, dass die Stadt sich um das Schicksal der Linharts nicht scheren konnte, wenn sie in der neuen Welt, die Utz heraufziehen sah, bestehen wollte.

Endres legte den Arm um sie und ließ seine Finger zögerlich auf ihren Rippen spielen. Magda spürte die sachte Berührung, und ein Schauder jagte über ihren Rücken. Augenblicklich wünschte sie sich, seine Finger würden fester, fordernder zupacken, weiterwandern, sich die Linien ihres Leibes ertasten, wie sie sich die seinen hätte ertasten wollen. Sie zuckte zusammen. War das wirklich sie, die das gewünscht hatte? Sie, die tugendsame Enkelin von Brauer Seyfrid, dem Harzer?

»Was ist denn?«, fragte Endres. »Frierst du? Du zitterst wie Espenlaub, dabei ist noch nicht mal November.«

Magda musste sich die Hand auf den Mund pressen, um nicht loszuprusten. Wusste Endres wirklich nicht, dass das, was sie zittern ließ, alles andere als Kälte war? Diether, dessen war sie sicher, hätte es gewusst, und sie selbst wusste es auch, obwohl Diether ihr immer wieder sagte, von solchen Dingen dürften kleine Mädchen gar nichts wissen. Er grinste ja dabei, und wenn sie ihn bestürmte, es ihr zu erklären, hielt er nicht lange stand, sondern flüsterte ihr das verbotene Geheimnis ins Ohr. Endres hingegen war im Vergleich zu ihnen der reinste Unschuldsengel. Ein Schwall Zuneigung schwappte über Magda. Im Nu hatte sie die Arme um ihn geworfen und ihm einen Kuss auf die Wange gedrückt.

Endres' Blick war Gold wert. Verstört starrte er sie an, während seine Hand hinauf an seine Wange wanderte, als hätte er keinen Kuss, sondern eine Backpfeife bekommen. Als er endlich den Mund öffnete, sah Magda, dass ihm die Oberlippe bebte. *Ich hab ihn ja lieb*, dachte sie und spürte Wärme, die aus ihrem Unterleib in ihren ganzen Körper stieg. *Ich hab diesen schüchternen, verlässlichen Burschen ja wirklich und wahrhaftig lieb.*

»Mir kommt nicht recht vor, was wir tun«, sagte Endres und senkte den Kopf.

»Aber warum denn nicht, um alles in der Welt?«

»Dein Großvater war besser zu mir, als jeder Verwandte es hätte sein können«, antwortete Endres zum Boden gewandt.

»Und deine Brüder, Lentz und Utz, sie dulden mich, obwohl sie die Arbeit leicht allein schaffen könnten. Ich käme mir vor wie ein Schuft, wenn ich mit dir etwas täte, das kein Mann deiner Familie gutheißen könnte.«

»Herr im Himmel, Endres!«, platzte Magda heraus. »Kannst du dich noch ein bisschen geschwollener ausdrücken? Dann verstehe ich nämlich kein Wort mehr.«

Endres räusperte sich.

»Na komm schon«, drängte Magda. »Heraus mit der Sprache!«

Er blieb ernst und hob den Blick nicht vom Boden. »Du bist mir lieb«, stieß er rau hervor. »So wie keine andere. Als ich dich eben angefasst habe, da hätt' ich's wie ein Bruder tun wollen. Aber ich bin ja nicht dein Bruder, Magdalen. Ich bin's ja nicht.«

»Und weißt du was?«, rief Magda geradezu triumphierend und küsste seine Wange hemmungslos ein zweites Mal. »Ich bin froh, dass du's nicht bist. Heilfroh bin ich. Warum soll das Mannsvolk in meiner Familie nicht gutheißen, wenn du und ich heiraten? Ich bekomme einen braven Mann, und das Gewerbe bekommt einen tüchtigen Brauer. Besser geht es doch nicht.«

»Du darfst das nicht, Magdalen.«

»Was soll ich nicht dürfen?«

»Das«, murmelte Endres und wies, statt das gefährliche Wort auszusprechen, auf seine Wange, auf der ein wenig Nässe glänzte. »Wie könnte denn ich dich heiraten? Ich habe nichts, bin nichts, habe ja noch nicht einmal vor der Zunft meine Prüfung abgelegt.«

»Warum tust du's dann nicht?«, erwiderte Magda trocken. »Diether sagt, er kann dir im Brauhaus nicht das Wasser reichen, und der Großvater sagt, das können auch Utz und Lentz nicht mehr.«

»Dass das nicht wahr ist, weißt du.«

»Und weshalb sollte mein Großvater lügen?«

Endres zuckte die Schultern. »Weil er ein netter Mann ist.«

Magda lachte laut auf. »Mein Großvater ist Seyfrid, der Harzer, und das heißt so manches hier in Bernau. Einen netten Mann aber hat ihn, glaube ich, nicht einmal seine eigene Schwester je genannt.«

»Dann eben weil er Mitleid mit mir hat«, mutmaßte Endres. Er hatte einen Stock aufgehoben und bohrte damit in der Erde, die schon steinhart wurde, obwohl der Sommer gerade erst vorüber war. »So oder so – nichts von alledem bedeutet, dass er mich seine Enkelin heiraten ließe. Sein Liebstes würde er doch wohl keinem Habenichts geben, nur weil der Habenichts ihm leidtut.«

»Aber du musst doch kein Habenichts bleiben, Endres!« Es war zum Haareraufen, warum betrug sich dieser kluge Bursche nur auf einmal so dumm? »Du legst deine Prüfung vor der Zunft ab, dann kannst du Geselle werden, und dann...« Sie brach ab, weil ihr siedend heiß ein schrecklicher Gedanke kam.

»...gehe ich auf Wanderschaft«, sprach er aus, was sie gedacht hatte. Als Brauergeselle würde er durch das Land ziehen müssen, um sich seine Sporen zu verdienen. Sie würde ihn auf Jahre nicht sehen, und wer weiß, vielleicht würde er sie in der Fremde vergessen, weil ihn andere umgarnten, mit deren Reizen ein struppiges Kälbchen aus Bernau nicht mithalten konnte. Auf seine unauffällige Weise war er ein ansehnlicher Bursche, auch wenn er das allem Anschein nach nicht wusste. Er würde an jeder Straßenecke ein anderes Mädchen finden. Magdas Herz, das federleicht gewesen war, wurde in ihrer Brust zu einem Klumpen Blei.

»So lange würdest du niemals auf mich warten«, sagte Endres. »Und warum solltest du? Du bist die Enkelin von Seyfrid

Harzer, und du bist das pfiffigste, netteste Mädchen von Bernau. Du könntest jeden haben, der dir gefällt.«

Magdas Herz spielte vollends verrückt, begann zu hämmern und veranstaltete einen kleinen Hoppeldei in ihrer Brust. »Denkst du das wirklich von mir?«

Endlich blickte er auf, sein Gesicht ein Inbild der Verblüffung. »Ja, was soll ich denn sonst von dir denken?«

»Du bist ein Dummkopf, Endres Kannengießer!«, rief sie. »Ein regelrechtes Rindvieh bist du!« Dann nahm sie sein Gesicht in die Hände und drückte ihm den nächsten Kuss mitten auf den Mund. Nur einen Herzschlag lang kostete sie seine Lippen, aber der Geschmack und die Fülle genügten, um sie zu berauschen. Sie wollte ihn wieder küssen und wieder und wieder! Es war wie mit dem Früchtebrot, das Barbara zum Weihnachtstag gebacken hatte, in das man wieder und wieder hineinbeißen wollte, weil man die Süße, wenn sie von Gaumen und Zunge verschwand, sofort noch einmal schmecken musste.

Sie setzte von Neuem an, doch er kam ihr zuvor und legte ihr sacht zwei Finger auf die Lippen. »Bist du dir denn sicher?« Beinahe flüsterte er. »Magdalen, mein Schatz?«

Sie nickte heftig.

»Du könntest den Linhart bekommen«, wandte er ein.

»Und wer will den?«, rief Magda. »Der pfeift jedem Weiberrock hinterher, und sein Atem stinkt nach Fisch.«

»Er kann tanzen. Und er erbt eine Brauerei.«

»Endres«, sagte sie, »willst du mich zur Frau oder willst du hin und her reden, bis wir hier beide mit dem Hintern festfrieren? Wenn du das willst, dann sag's mir, denn dann gehe ich heim zu Großvaters verbranntem Kraut und meinem warmen Bett. Andernfalls sei ein Mann und fass dir ein Herz. Schwör mir, dass du mir auf der Wanderschaft die Treue hältst, und dann sprich mit dem Großvater. Der wird dir deinen Kopf schon nicht vom Hals reißen.«

Sie zwang ihn, ihrem Blick standzuhalten. Erst rutschte er noch auf seinem Stein hin und her, doch als sie ihr Gesicht dem seinen näherte, wich er nicht zurück. Dieses Mal währte ihr Kuss ein wenig länger, und er schmeckte, fand Magda, noch süßer als Barbaras Früchtebrot.

3

Im Frühjahr wurde das Brauverbot aufgehoben, doch es gab kaum Getreide zu kaufen. Für das wenige, das an Weizen und Gerste angeboten wurde, verlangten die Händler Wucherpreise, die die Brauer nicht bezahlen konnten. Wie es Utz gelang, dennoch Korn zum Mälzen aufzutreiben, blieb ein Rätsel und ein kleines Wunder. Sie besaßen kein Fuhrwerk mehr, aber Utz fand Wege, sich eine halbblinde Mähre zu leihen. Die spannte er vor seinen Karren und fuhr die Panke hinauf bis zu deren Mündung in die Spree. Dort lag die geheimnisvolle Doppelstadt, über die die Frauen auf dem Markt munkelten, sie werde bald Bernau und alle anderen Städte in Brandenburg überflügeln.

»Wer eine Zukunft haben will, der geht nach Cölln-Berlin«, hatte auch Utz schon mehr als einmal bekundet.

»Und warum? Was ist an diesem Cölln-Berlin denn so besonders?«, hatte Magda gefragt, die sich eine schönere Stadt als Bernau nicht vorstellen konnte. Albrecht, der Bär, der erste Markgraf von Brandenburg, hatte sich sein Bernau erträumt, weil ihm gerade hier, in einer Schänke im finstersten Kiefernwald, das beste Bier seines Lebens eingeschenkt worden war. Was konnte irgendein Cölln-Berlin schon gegen den Traum eines Markgrafen aufzubieten haben? »An Cölln-Berlin hat nie ein Mensch geglaubt«, erklärte Utz mit jähem Leuchten in den Augen. »Zwei bedeutungslose Nester, in den Sand irgendwelcher Inseln in der Spree gepflanzt – so wurden die beiden jahrzehntelang abgetan. Jetzt aber stecken die Spreestädte ihre Köpfe aus dem Uferschlamm wie der Phoenix aus der Asche, und den Verächtern bleiben die Münder offen stehen. Cölln-

Berlin liegt nämlich als Verkehrsknotenpunkt genau zwischen Ostsee und Erzgebirge, und das macht es zu einem Handelsstandort erster Güte.«

»Besser als unser Bernau?«

»Viel besser als Bernau, das einmal kein Mensch mehr kennen wird«, erwiderte Utz. »Aber das ist noch nicht alles. Darüber hinaus ist Cölln-Berlin genau an der Stelle gebaut, an der die Fernhandelsstraße die Spree durchquert. Das verschafft ihr das Stapelrecht, das in unseren Zeiten pures Gold wert ist.«

»Und was soll das sein, das Stapelrecht?«

»Das Recht, durchziehende Fernhändler mehrere Tage lang aufzuhalten«, erklärte Utz bereitwillig weiter. Er verlor nie die Geduld mit ihren Fragen wie die anderen, fuhr ihr nie über den Mund und behauptete auch nie, ein Mädchen brauche von alledem nichts zu wissen. Vielmehr schien er sich zu freuen, dass zumindest ein Mitglied der Familie für seine Kenntnisse Interesse zeigte. »Während dieser Tage sind die Händler verpflichtet, ihre Waren in Berlin anzubieten, und der Umsatz, der aus den Verkäufen erzielt wird, kommt der Stadt zugute«, erläuterte er weiter. »Die Doppelstadt auf den Spreeinseln hat damit einen unschätzbaren Vorteil. Glaub mir, sie wird schneller wachsen als das Gras im Mai und zu einer Größe gelangen, wie wir sie uns hier in unserem Hinterwald nicht einmal träumen lassen.«

»Bist du denn hier nicht glücklich, Utz?«, fragte Magda.

Der Bruder schnaubte, dann ballte er die Fäuste und hatte sich sogleich wieder in der Gewalt. »Glücklich, was heißt das schon, mein Herz?«, fragte er. »Natürlich bin ich glücklich, wenn wir beisammen sind und es keinem von uns an etwas fehlt. Hier aber, als kleiner Brauer aus Bernau, bleibt mein Glück doch ewig abhängig vom Willen anderer – ob von dem einer Krone, die mir mein Handwerk verbietet, oder von dem einer Kirche, die mir den letzten Tropfen Blut aussaugt.«

»Aber in deinem Berlin herrschen König und Papst doch genauso!«, rief Magda. »So ist nun einmal der Lauf der Welt.«

»Stadtluft macht frei«, erwiderte Utz bedeutsam. »Selbst in Bernau erkennt man das und versucht auf Biegen und Brechen, aus ein paar Hütten um eine Waldschänke eine ordentliche Stadt zu stampfen. In Berlin aber wird es gelingen. In gar nicht ferner Zeit werden die Bürger der Doppelstadt Cölln-Berlin selbst eine Macht darstellen, die so viel Gewicht besitzt, dass weder ein Papst noch ein König sie länger zu seinem Spielball machen kann. Glücklich der Mann, der dabei sein darf, wenn das geschieht! Glaub mir, mein Herz, wenn unser Herr Großvater nicht so geizig auf seinen Geldsäcken hocken würde, hätte ich längst unsere Habe gepackt, den Beitrag zum Eintritt in die Gilde entrichtet und uns in Berlin ein neues Leben aufgebaut.«

Auch wenn der Großvater schimpfte und auf sein Bernau nichts kommen lassen wollte, ließ sich nicht leugnen, dass Utz mit seinen Fahrten in die Spreestadt Erfolg hatte. Das Getreide, das er einkaufte, war zwar noch immer zu teuer, aber deutlich billiger als alles, was man in Bernau bekam, und die Qualität war ohne Vergleich.

Zumindest behauptete das Diether, als er, wie so oft nach dem Abendessen, noch auf einen Schwatz zu Magda in die Kammer kam. »Großvater hat geschäumt wie frisch gegärtes Jungbier, weil Utz so viel Roggen eingekauft hat«, berichtete er. »Roggen, der taugt als Futterbrei für Säue, nicht als Getränk für Christenmenschen, Christenmenschen«, ahmte er den Brummbass des Großvaters so gekonnt nach, dass Magda ihr Kissen nach ihm warf. »Aber dieser Roggen, den Utz gebracht hat, der ist feiner als so manche Gerste, und der macht ein Bier, nach dem jeder Kenner sich die Finger leckt. Lass die

Gecken und Stutzer über die dunkle Farbe ruhig die Nase rümpfen – die wissen ja nicht, was für ein gepfeffertes Feuerchen ihnen entgeht.«

Nicht zum ersten Mal dachte Magda, dass Diether vom Bier etwas verstand. Er hätte alles andere als einen üblen Brauer abgegeben, wäre er nur nicht so faul gewesen. Von klein auf hatte er lieber Flöte gespielt als Maische gerührt und statt Schweinsblasen abzufüllen mit dem Kopf in den Wolken gehangen.

»Ich wünschte, Utz nähme mich mal mit nach Berlin«, murmelte er jetzt. »Der Vater ist auch oft nach Berlin gefahren, wusstest du das? Beim Himmel, ich hab ihn angebettelt wie ein kuttentragender Franziskaner, dass er mich nur auf einer einzigen Fuhre einmal mitfahren lässt, doch da war Hopfen und Malz verloren. Hätte der Lentz gefragt, hätte er sicher gedurft, aber mich mochte Vater ja sowieso nicht leiden.«

»Das ist doch ausgemachter Kohl, Diether.«

»Ach, ist es das? Und wenn's eins mit dem Haselstecken gab, wen hat er dann bitte schön hergenommen? Etwa einen von euch? Aber nicht doch, dafür hatte er ja Diether, den Taugenichts! Als Prügelknabe war ich ihm immer gut genug.«

Magda fuhr auf und sah ihn an, sein scharf geschnittenes Profil, in dessen Stirn das blonde Haar fiel wie im Versuch, es zu besänftigen. Er war ein ausnehmend schöner Mann, obgleich er noch lange kein Mann war, sondern sich noch immer gebärdete wie der trotzige Junge, der mit schmerzlich versohltem Hintern und noch schmerzlicher gekränktem Stolz von dannen stampfte. »Du redest Unsinn«, wiederholte sie. »Ja, vielleicht war Vater ab und an zu streng mit dir. Aber leiden – leiden mochte er dich mehr als uns alle, sonst hätte er sich die Mühe, dir deine Missetaten aufs Sitzfleisch zu klopfen, gar nicht erst gemacht.«

Manchmal wunderte Magda sich über sich selbst. Das, was

sie gesagt hatte, traf den Nagel auf den Kopf: Die übrigen Geschwister – Lentz, Utz und sie selbst – hatten vom Vater keine Schläge bekommen, aber sie hatten auch sonst nichts bekommen. Lentz, der ja nie etwas falsch machte, ab und an ein Lob, und Magda, die eben die Kleinste war, ab und an ein Streicheln über den Kopf, doch ansonsten waren sie dem Vater gleichgültig gewesen. Wenn es überhaupt eines seiner Kinder geschafft hatte, ihn aus seinen Träumen von Ferne und Weite zurück auf den zähen Brandenburger Boden zu bringen, dann war es Diether gewesen. »Beklag dich nicht«, mahnte sie ihn und zupfte ihn am Ohr. »Wenn du unbedingt in dieses Berlin willst, dann zeig lieber Utz, dass du ihm dort zu etwas nütze sein könntest.«

»Pah.« Diether warf den Kopf zurück wie ein herrschaftliches Pferd. »Und wie soll ich das anstellen, sagst du mir das auch? Der Utz schaut doch das, was ich mache, nicht mal mit dem Hintern an.«

»Das ist gewitzt von ihm, denn wer im Hintern Augen hat, zerquetscht sie sich beim Sitzen«, konterte Magda.

Wider Willen musste Diether lachen, und das ließ seinen Trotz zerschmelzen. Er beugte sich vor und zog Magda in die Arme. »Ach Schwesterchen. Was würde eigentlich aus mir werden, wenn ich dich nicht hätte?«

»Ein grauseliger Prahlhans, der noch mehr Mädchenherzen bricht, als er's ohnehin schon tut«, erwiderte sie. »Und dass du heut so trübsinnig und anhänglich bist, dahinter steckt schon wieder ein Mädchen, hab ich recht?«

Diether hob den Kopf von ihrer Schulter und sah sie unter aufgebogenen Wimpern an, um die jede Hübschlerin ihn beneidet hätte. »Was weißt denn du von Mädchen, Schwesterchen?«

»Ich bin eins, Hohlkopf.«

»Ja, du bist eins, das lässt sich nicht leugnen. Und die

schwarz bezopfte Alheyt ist auch eins. Den ganzen süßen Sommer lang, im Schilf, unter der großen Weide, hat sie meinen Liedern gelauscht und dabei die Äuglein geschlossen und geseufzt. Den Winter lang hab ich ihr im Schnee ein Feuer gezaubert, das Eis aufgehackt und einen Aal gefangen, und sie hat wieder geseufzt, hat vom Aal mit ihren Zähnchen Fetzen gerissen und mich hinterher mit ihrem Aalmund geküsst. Aber heiratet sie mich? Weit gefehlt. Diether, sagt sie, du magst der entzückendste Bursche in der ganzen Mark sein, aber zum Braumeister bringst du es nie, und deshalb kann aus uns nichts werden. Und nun rate einmal, wen sie stattdessen erhört.«

Magda fiel niemand ein, aber Diether ließ ihr auch gar keine Zeit zum Raten. »Meinen Bruder heiratet sie!«, rief er aus. »Lentz, den Heiligen, der in seinem Leben nie eine Sünde beging. Und Utz reibt sich die Hände. Der trägt die saftige Mitgift nach Berlin, denn der Lentz schlägt ihm gewiss nichts ab. Und was bitte schön tut Diether, der Idiot? Der greint seiner Schwester die Ohren voll und lässt die süße Liebste ziehen.«

»Lentz heiratet?«, stammelte Magda ungläubig. »Lentz heiratet Alheyt vom Goldschmied?« Ihr ältester Bruder war ein stilles Wasser, und ein Mädchen wie Alheyt, reiche Erbin und umschwärmte Schönheit zugleich, hätte sie ihm niemals zugetraut. Aber stille Wasser waren bekanntlich mehr als nur trübe, und wäre sie selbst Alheyt gewesen, hätte sie sich womöglich auch für Lentz entschieden, der sie in Ehren halten und nie betrügen würde. Inmitten der sprudelnden Gedanken begriff sie, dass wieder eine Frau ins Haus kommen würde, noch dazu eine, die sie von klein auf kannte und mochte. Alheyt konnte eine rechte Zierpuppe sein, aber sie war auch ein Spaßvogel und ein Kumpan, wie man ihn sich zur Schwägerin besser nicht wünschen konnte.

Etwas fiel von ihr ab. Der Druck, das einzige weibliche Wesen hinter der Tür mit dem sechszackigen Stern zu sein. Alheyt Goldschmiedin hatte das Herz auf einem ordentlichen Flecken und unter den niedlichen Fesseln zwei standfeste Füße. *Gute Wahl, Lentz,* sandte Magda ihrem ältesten Bruder einen stummen Gruß.

»Heda, edles Fräulein – ist Euer schnöder Bruder Euch keine Antwort mehr wert?«

Magda klaubte ihr Kissen vom Boden und schlug es Diether über den Kopf. »Was willst du? Ein bisschen Balsam auf deine Wunde oder eine ehrliche Antwort?«

»Am liebsten ehrlichen Balsam«, bekannte Diether kleinlaut.

»Einverstanden. Also, wenn ich die Alheyt wäre, tät ich auch den Lentz nehmen. Bei dem hat sie es warm und wohlig, was immer auch geschieht. Aber dich würde ich mein Lebtag nicht vergessen, und wenn ich mit dir am Tisch säße, schlüge ich über meiner Suppe die Augen nieder, damit keiner sieht, dass ich rot wie eine Rübe bin.«

Magda hörte Diether nach Luft schnappen. Im nächsten Augenblick brach er in sein glockenhelles Gelächter aus, zog sie an sich und küsste ihre Stirn. »Du bist Gold wert, Schwesterchen, weißt du das? Wen immer die Alheyt von uns Buben erhört – sie bekommt die beste Schwägerin der Welt.«

Schon am nächsten Abend lud der Großvater, der alles andere als ein begeisterter Gastgeber war, Nachbarn, Kunden und Bekannte in das schmalbrüstige Haus hinter dem Braustern ein, um die Neuigkeit zu verkünden: Sein Enkel Lentz, Erbe und künftiger Braumeister, sei verlobt und versprochen der Alheyt, Goldschmiedstochter, und was auch immer diese Zeit, in der das Wetter übler, die Pfaffen gieriger und die Biere dünner würden, für sie alle bereithielt, im September, zur Ernte, würde Hochzeit gehalten. »Und dazu«, rief der Großvater über die Köpfe seiner Gäste, »dazu schenkt Seyfrid Harzer euch ein Bier aus, wie sie's weder im Bayrischen noch im Elysischen saufen, saufen!«

Im Tosen des Applauses bemerkte Magda ihren Bruder Lentz erst, als der hinter sie trat und sacht die Arme um sie legte. »Und? Was sagst du?«, fragte er auf seine vorsichtige Art.

»Zur Alheyt, Lentz?« Magda fuhr herum und pflanzte einen Kuss in seinen Bart, den er sich stehen ließ, als wäre er schon ein alter Mann. »Ach, ich freu mich bis in den hohen Himmel. Und ich wünsch euch alles Glück zwischen Panke, Spree und Havel und so viele Kinder, wie Brandenburg Seen hat! Aber die werden mich dann alle gesittet ansprechen müssen, als Frau Tante Magdalen.«

»Frau Tante Magdalen? Du?« Der Bruder lachte und hob Magda in die Höhe wie als Kind. »Was kommt denn als Nächstes? Ziehst du hinüber nach Chorin und behauptest, eine fromme Schwester zu werden?«

Sie lachten beide. Dass Lentz so viele Worte machte und so weit aus sich herausging, kam kaum einmal vor, und als Magda das Glänzen in seinen Augen sah, erkannte sie, wie verliebt er war.

In all dem Jubeln und Johlen war untergegangen, dass der Großvater noch etwas hatte sagen wollen. Jetzt hieb er mit dem Messingstößel gegen seinen Mörser, dass es tönte wie die Glocke für die armen Sünder. »Ruhe sag ich!« Das verkniffene Lächeln hinter seinem Bart bemerkten höchstens die, die ihn sehr gut kannten. »Ihr mögt ja denken, in dieser Familie gäbe es schon Grund genug zum Feiern, aber da habt ihr wieder mal zu schnell gedacht. Ich hab nämlich noch einen Grund, ob es euch passt oder nicht, ihr grüngesichtigen Neidhammel: Mein Ziehsohn und Lehrling, Endres Kannengießer, auf den ich stolz wie ein Pfau bin, hat nämlich vor der Zunft seine Prüfung abgelegt und mit fliegenden Fahnen bestanden.«

Magda wurde schwindlig vor Freude. In Lentz' Armen reckte sie sich auf Zehenspitzen, um Endres in der Menge zu erspähen, aber der Liebste duckte sich wohl wie üblich hinter den nächstbesten breiten Rücken. Nachher würde sie seiner schon habhaft werden, und dann würde er beidem nicht entgehen – weder dem Kuss zur Belohnung noch der Schelte, weil er ihr den Erfolg verschwiegen hatte.

Der Großvater hatte das letzte Wort nicht wiederholt – er war eindeutig noch nicht fertig. »Der Lentz ist mein Erbe«, rief er in die johlende Menge. »Aber in Harzers Brauerei, da ist noch immer für zwei Braumeister Platz, und wenn der alte Seyfrid unter seinem Dach noch etwas zu sagen hat, dann wird der zweite mein Endres, denn dieser Prachtkerl taugt mehr als der Diether und der Utz zusammen, zusammen.«

Mitten in der schäumenden Freude sprang Magda Bitterkeit an wie im Nachgeschmack von Bier: Weshalb musste der Großvater zwischen den Männern Zwietracht säen, weshalb hetzte er sie gegeneinander auf? Magda liebte ihn innig, aber dass er zuweilen Spaß an grundlosen Gehässigkeiten hatte, konnte sie nicht leugnen. Endres würde es die Freude an seiner Leistung rauben. Diether war sein Freund – lieber ließ er sich selbst schmähen, als dass Diether seinetwillen eine Schmähung erleiden musste.

Und wenn er nun also bestanden hatte, ihr Endres, würde er sich dann nicht, noch ehe der Sommer das Gras ausblich, auf den Weg machen? Der Schmerz packte Magda so jäh, dass sie sich aus Lentz' Armen losriss. Nur nach Diether verlangte es sie jetzt, nach dem Bruder, der gewiss um Alheyt trauern und verstehen würde, wie es in ihr aussah. Im selben Augenblick hoben Sackpfeifer und Fiedler zu spielen an, und die Masse der Gäste teilte sich, um zu tanzen. Magda entdeckte Diether im Winkel, bei sich ein Mädchen, dessen Haar so rabenflügelschwarz wie das von Alheyt war.

»Diether«, rief sie und bahnte sich einen Weg zu ihm. Ehe der Bruder sie hörte, hörte das Mädchen sie. Es zuckte zusammen, löste sich und eilte davon. Gerade als es durch die Tür ins Freie entfloh, bemerkte Magda, dass es keine Schuhe trug, dass der Saum seines Rockes ausgefranst war und dass sie es nie zuvor gesehen hatte.

»Wer war das?«, fragte sie atemlos, als sie sich an den Tanzenden vorbei zu Diether vorgekämpft hatte.

»Wer?«, fragte Diether. »Die Kleine? Ach, niemand.«

»Du stehst und trinkst und sprichst mit ihr, aber mir erzählst du, sie ist niemand?« Magda liebte ihren Bruder, doch seine Art, mit Frauen umzugehen, brachte sie zur Weißglut.

»Eine von den Wendischen«, murmelte Diether. »Aus einer Kate vor der Stadt. Jetzt denk nicht gleich wieder das Schlimmste von mir. Ich hab mich eben trösten müssen, weil Alheyt mich hat sitzen lassen. Da kam die kleine Worša mir gerade recht.«

»Und wenn sie dir nicht mehr recht ist, schickst du sie zum Teufel, ja?«

»Beim Himmel, sprich doch leiser. Soll jeder dich hören?«

»Ich habe nichts dagegen. Vielleicht wird es Zeit, dass ganz Bernau erfährt, was für ein Lump mein Bruder sein kann.«

»Die Worša sieht das anders«, giftete er zurück. »Die ist gern mitgegangen, und mein Bier hat sie auch gern getrunken – hätte, wenn du nicht aufgetaucht wärst, auch gern noch ein zweites gehabt.«

»Das kann ich mir vorstellen. Das arme Ding hatte wahrscheinlich seit drei Tagen nichts im Magen.« Die Wenden, so hieß es, hatten in Brandenburg gelebt, lange bevor die Deutschen gekommen waren und sie aus Städten und Dörfern in die Wälder und ins Ödland vertrieben hatten. Dort hausten sie in zugigen Katen, verdingten sich als Tagelöhner oder rangen dem störrischen Boden einen Ertrag ab, von dem in Bernau kein Stück Vieh lebte. »Und das nutzt du aus, Diether? Die Not dieser Leute nutzt du ohne Skrupel aus?«

»Jetzt hör doch auf, dich zu ereifern – du bist ja schon purpurrot im Gesicht wie Propst Nikolaus«, sagte Diether und hielt sie an den Armen fest. »Ich nutze gar nichts aus, ich hab der Kleinen geholfen, das ist alles. Was habe ich eigentlich verbrochen, dass ihr alle grundsätzlich das Schlimmste von mir denkt?«

»Was soll das heißen, du hast ihr geholfen?«

»Es heißt, was es heißt«, entgegnete Diether gekränkt. »Sie war eben mit dem jungen Linhart unterwegs und wollte nicht so, wie er wollte. Er hat sie geschlagen – da habe ich ihm eine gepfeffert, ihm das Mädchen weggerissen und es mitgenommen, damit es in Sicherheit ist und etwas in den Bauch bekommt. Und – bin ich nun der Wüstling, den du so gerne in mir sehen möchtest, oder bin ich vielleicht doch dein Bruder Diether, den du als leidlich netten Kerl kennen solltest?«

»Ach Diether – warum sagst du das denn nicht gleich?«

»Hast du mich bitte schön zu Wort kommen lassen? Du hast doch losgeschimpft, dass unser Propst daneben blass geworden wäre.«

»Und hatte sie damit etwa unrecht?«, erhob sich eine Stimme neben Magda. Sie wandte den Kopf und entdeckte Endres, der lautlos an ihre Seite getreten war.

»Ach, unser Prachtkerl«, höhnte Diether. »Das war ja klar, dass der sich einmischen muss.«

»Hör damit auf.« Verlegen senkte Endres den Blick. »Dein Großvater hat das frische Starkbier nicht vertragen, er wusste nicht mehr, was er spricht. Aber Utz weiß es, und der hat dir immer wieder gesagt, du sollst mit dem jungen Linhart keinen Streit anfangen. Den Linharts steht das Wasser bis zum Hals, die würden nach jedem Strohhalm greifen. Und einer dieser Strohhalme könnte sich bieten, wenn sie uns, ihre Rivalen, in

Verruf bringen. Ich bin sicher, der junge Linhart würde dich nur allzu gern wegen dieses Mädchens vor den Rat zerren und deinen Ruf beschmutzen.«

»Aber deshalb kann doch Diether das Mädchen nicht seinem Schicksal überlassen«, rief Magda. »Wenn der Linhart es schlägt – was hättest du denn getan?«

Endres schwieg. Sie schwiegen alle drei, sodass auf einmal die Pfeifen und Fiedeln wieder hörbar wurden. »Vielleicht erzählst du deiner Schwester besser, wie es wirklich war«, sagte Endres endlich, drehte sich um und ging ohne ein weiteres Wort davon.

Die Geschwister sahen einander an. Diethers Blick begann zu flackern, doch Magda erlaubte ihm nicht, ihr auszuweichen. »Herr des Himmels«, stöhnte er schließlich, »also zugegeben, die Maulschelle, die der Linhart ihr verpasst hat, die hat sie bekommen, weil sie ein klein wenig mit mir geschäkert hat. Eine Wendin, ich bitte dich – wenn sich der Linhart beträgt, als gehöre die ihm allein, ist er doch selber schuld. Und wenn er dem Rat vorheult, ich hätte ihm die Kleine gestohlen, dann halten die versammelten Würdenträger sich die Wänste vor Lachen.«

Magda musste die Fäuste in den Rockfalten ballen, um nicht ihrerseits ihrem Bruder eine Maulschelle zu verpassen. »Dass du so über Menschen sprichst, ist widerlich«, rief sie, während Tränen des Zorns ihr die Sicht raubten. »Falls du es nicht weißt – in Brandenburg sind Wenden und Deutsche einander rechtlich gleichgestellt, und wenn auch die Zünfte sich weigern, einen wendischen Bewerber aufzunehmen, so sind sie doch Gottes Geschöpfe und christlich getauft wie wir!«

Diether war zu überrumpelt, um ein Wort herauszubringen, und ehe er es versuchte, ließ sie ihn stehen und stürmte hinter Endres her. An der Hintertür, durch die er in den Hof verschwinden wollte, erwischte sie ihn. »Bleib bei mir«, stieß sie heraus und hielt ihn am Hemdsärmel fest. Auf einmal hatte sie das Gefühl, ihr Leben wüchse ihr über den Kopf.

Endres, der sie falsch verstand, erwiderte: »Das kann ich doch nicht. Wenn ich nicht auf Wanderschaft gehe, wie soll ich deinem Großvater dann je beweisen, dass ich deiner wert bin?«

Magda unterdrückte ein Stöhnen. Warum machten manche Männer sich eigentlich das Leben so schwer, warum musste ständig der eine dem anderen etwas beweisen, warum drehte sich bei ihnen alles um Ehre, Wert und Stolz? Sie war weiß Gott froh, dass Alheyt ins Haus kam, mit der vernünftig zu reden sein würde. »Ich meinte nur, du solltest jetzt nicht dieses sogenannte Fest verlassen«, erklärte sie Endres. »Ist es arg, diese Sache mit Linhart und Diether? Wird etwas Schlimmes daraus?«

»Ich hoffe, das kann ich verhindern«, erwiderte Endres. »Den Linharts geht es übel, sie haben kein Geld für Getreide, und der Sohn hat das Gefühl, ihm schwimmen alle Felle davon. Das macht ihn gefährlich. Ich wünschte, Diether würde das ernst nehmen, aber er weigert sich eben und nimmt es allzu sehr auf die leichte Schulter. Wie vieles. Das ist seine Schwäche, bei all den Stärken, die er hat.«

»Im Augenblick fällt es mir schwer, diese Stärken zu sehen«, bekannte Magda.

»Dann denk an das, was Diether durchgemacht hat«, entgegnete Endres. »Hättest vielleicht du an seiner Stelle euren Vater finden wollen, den Hals aufgeschlitzt und das Gesicht unkenntlich vom Blut? Vergiss das nie. Seither ist Diether nicht mehr derselbe. Sein guter, starker Kern ist noch immer spürbar, doch er ringt mit Dämonen und ist auf der Flucht vor den Schreckensbildern in seinem Kopf.«

Magda nahm Endres' Hand und hielt sie fest. »Danke, dass

du dich um ihn kümmerst«, brachte sie mit rauer Kehle heraus.

»Er ist mein Freund«, erwiderte Endres schlicht. »Sorge bereitet mir nur, was mit ihm werden soll, wenn ich für Jahre auf Wanderschaft bin.«

4

Eine Woche nach der Verlobung traf Magda den jungen Linhart auf dem Heimweg vom Markt. Der war ein hagerer, drahtiger Bursche mit brandrotem Haarschopf und einem bitteren Zug um den Mund, der ihn hässlicher machte, als er hätte sein müssen. Mit Diethers Zauber hätte er sich freilich auch nicht messen können, wenn er freundlicher gewesen wäre. Es war ein feuchtkalter Tag, kein bisschen wie Sommer, und Magda wollte nach Hause, ehe der Regen losbrach.

Der junge Linhart aber vertrat ihr den Weg. »Einen guten Tag, Magdalen«, sagte er. »Heute allein, ohne den Herrn Bruder?«

Magda mochte es nicht, wenn jemand sie bei ihrem Taufnamen ansprach; sie wollte gern, dass das Recht dazu allein Endres vorbehalten blieb. »Meine Brüder sind an ihrer Arbeit«, erwiderte sie schnippischer als beabsichtigt. »Jetzt lass mich weiter, Linhart. Ich muss die Eier und das Bauchfleisch heimbringen, sonst gibt's bei uns heut kein Abendessen.« Der Großvater wollte sich an Fleischfladen versuchen, nach dem Rezept von Barbara, mit Speck und kleingehackten Nüssen. Nie hatte Barbara diese Fladen so schnell ausbacken können, wie die Kinder sie ihr aus den Händen rissen.

»Ich begleit dich ein Stück«, sagte Linhart und wollte ihr den Korb abnehmen.

Unnötig brüsk wich Magda ihm aus.

»He, he, was glaubst du denn? Dass ich dir was antu? Da solltest du eher Angst vor dem Bettelknaben haben, der es sich auf eure Kosten gutgehen lässt.«

»Ich habe keine Ahnung, von wem du sprichst.«

»Hast du nicht? Na, von Endres Kannengießer, dem die Zunft aus lauter Mitleid die Wanderschaft gestattet, der aber immer noch bei euch am Feuer hockt und sich den Wanst vollschlägt.«

»Halt den Mund!«, bellte Magda und hasste sich, weil sie sich nicht besser beherrschte. Linhart war ein armer Wicht, nicht wert, dass man sich mit ihm stritt. Sie trat zur Seite, um ihn zu umrunden, doch er vollführte denselben Schritt und baute sich von Neuem vor ihr auf. Sein fischiger Atem traf ihr Gesicht und ließ sie würgen.

»Ich soll den Mund halten?«, rief er. »Worüber denn, etwa über dich und euren Bettler? Glaub nur ja nicht, ich weiß nicht, dass du's heimlich mit dem hast. Ich frage mich, was wohl dein Großvater täte, wenn ich ihm erzähle, dass sich die Laus in seinem Pelz an seiner Enkelin vergreift? Aus dem Haus jagen würde er den Kerl, und dafür ist's auch längst an der Zeit. Ich denke, ich werde wohl nachher noch zu euch kommen und mit Großvater Harzer sprechen. Wir Bierbrauer müssen schließlich zusammenhalten, in diesen üblen Zeiten mehr denn je.«

»Endres und ich sind verlobt!«, rief Magda. Wie so oft raubten Tränen des Zorns ihr die Sicht. »Der Großvater hat seine Freude daran. Wenn Endres von der Wanderschaft heimkehrt, heiraten wir.«

Warum nur war das nicht die Wahrheit, warum hatte Endres noch immer nicht mit dem Großvater geredet? Magda hörte Linhart lachen und sah durch Tränenschleier, wie er die Hand nach ihr ausstreckte. »Und du nimmst ernsthaft an, dass ich dir diesen Unsinn glaube? Seit wann heiratet eine propere Brauerstochter aus Bernau denn einen Bettelmann?«

Magda wich zurück. Dabei glitt sie auf dem schlammigen Boden aus und stürzte hintüber in den Dreck. Während der Schmerz sich ihr in Schulter und Hüfte bohrte, vernahm sie das Knacken, mit dem die Eier zerbrachen. Sämiges Goldgelb vermischte sich mit dem Schwarzbraun des Schlamms.

»Du gottverfluchtes Schwein! Fass meine Schwester noch einmal an, und du hast mein Torfmesser im Bauch!«

Magda hatte nicht gesehen, woher Diether auf einmal aufgetaucht war, doch sie hörte den dumpfen Schlag, mit dem seine Faust auf Linharts Wangenknochen landete. Der schrie auf und ging wie ein Sack zu Boden. Mit einem wütenden Fauchen warf Diether sich über ihn.

Sie wollte sich aufrappeln, doch der Schmerz in ihrer Hüfte warf sie zurück. Eine Hand streckte sich ihr entgegen und half ihr in die Höhe. Endres. Seit Lentz' Verlobungsfeier schien er überall dort zu sein, wo Diether war. »Du hättest das nicht sagen dürfen«, wisperte er so leise, dass keiner der anderen ihn hören konnte. »Das von dir und mir – dass wir heiraten wollen.«

»Beim Herrgott, ist jetzt die Zeit, mir Moral zu predigen?«, platzte Magda heraus. Linhart hatte inzwischen Diether niedergerungen und hieb seinen Kopf wie einen Schlegel auf den Weg.

Traurig schüttelte Endres den Kopf. »Nein. Natürlich nicht.« Mit zwei Schritten, die sonderbar müde wirkten, trat er hinter die Ringenden und packte Linhart bei der Schulter. Er war kein Kämpfer. Linhart fuhr auf und streckte ihn mit einem einzigen Fausthieb nieder. Den Moment der Ablenkung machte sich jedoch Diether zu Nutzen, stemmte sich hoch und bog Linhart die Arme auf den Rücken. Endres, dem die Lippe blutete, kämpfte sich auf die Füße, und zu zweit hatten sie ihren Gegner binnen kurzer Zeit überwältigt.

»Lass gut sein«, sagte Endres und hielt Diether, der Linhart ins Gesicht schlagen wollte, zurück. »Wir haben alle genug. Geh nach Hause, Linhart. Vergessen wir, was hier geschehen ist, und stoßen irgendwann mit einem Bier darauf an.« Das

Anstoßen mit Bierkrügen war ein uraltes Zeichen des Vertrauens. Schaum und Saft schwappten dabei von einem Krug in den anderen, und somit bewies man einander, dass man von seinem Gegenüber weder Gift noch sonst eine Tücke fürchtete.

»Ich mit dir anstoßen?«, keifte Linhart und spuckte vor Endres aus. »Eher sauf ich mein Bier mit dem Teufel. Den da«, er wies mit dem Kopf auf Diether, »den erkenne ich zumindest als Gegner an, aber du bist nichts. Dein Vater war ein Schuldenmacher, und du bist keiner von uns. Zu den Klosterbrüdern hättest du gehört, in die Waisenpflege, und auf unsere Mädchen hast du kein Recht!«

»Lass ihn.« Noch einmal hinderte Endres Diether daran, zuzuschlagen. »Kümmern wir uns lieber um deine Schwester.«

Magda stand inzwischen wieder halbwegs sicher auf ihren zwei Beinen, auch wenn sich in ihrer Hüfte eine glühende Klinge zu drehen schien. Als Endres ihr den Arm bot, schob sie ihn weg, ohne recht zu wissen, warum. Diether warf Linhart noch einen höchst unfeinen Fluch hinterher, dann trotteten sie zu dritt ihres Weges.

Tage später träumte Magda von Linharts Vater, dem alten Linhart. An der Hand der weißgesichtigen Mutter kam er in ihre Kammer und vollführte eine vornehme Verbeugung. »Ich entbiete dir meinen Gruß zum Abschied, Magdalen«, sagte er, obwohl sie im Leben höchstens eine Handvoll Worte mit ihm gewechselt hatte. Dieses Mal befiel Magda im Erwachen eine Angst, die sie den Tag über nicht abschütteln konnte, und am Abend jagte die Nachricht wie ein Lauffeuer durch die Stadt: Der alte Linhart lebte nicht mehr. Er hatte sich auf seinem Speicher erhängt.

Er hatte sich Geld geliehen, um Getreide zu kaufen, doch

nicht nur die Mönche aus Chorin, sondern auch die Harzers boten ihr Bier weit billiger an und zerstörten ihm damit den Preis. Das geliehene Geld hatte er nicht zurückzahlen können, sodass ihm mit seinen siebzig Jahren der Schuldturm drohte. Vor der Schande war er in den Tod geflohen. Ein christliches Begräbnis in geweihter Erde blieb ihm ebenso verwehrt wie der Weg in Gottes Reich des Friedens. Wer nicht mit dem Segen der Kirche bestattet wurde, war so übel dran wie ein Ungetaufter. Im Morgennebel, hinter der Friedhofsmauer, wurde der alte Linhart verscharrt, und sein Sohn erbte nichts als leere Kammern und Kassen.

Die Angst, die in Magda wühlte, legte sich tagelang nicht. Sie hatte Linharts Hass gespürt und war sicher, er würde nicht ruhen, ehe er sich an Diether und Endres gerächt hatte. Stell dich nicht an, schalt sie sich, hab lieber Mitleid mit dem armen Linhart, den solch ein grausames Schicksal getroffen hat. Viel half es nicht. Gern hätte sie mit jemandem darüber gesprochen, aber mit wem? Mit Diether, der ihr seit der Szene mit Linhart grollte, mit Endres, der mit seiner Zukunft genug eigene Sorgen hatte, oder mit Alheyt, mit der sich besser albern ließ als reden? Am Ende gab sie es ganz auf, weil es ihr auf einmal unmöglich schien, die Worte auszusprechen: *Ich sehe den Tod voraus. Ich träume von denen, deren Zeit gekommen ist.*

Es war ja Unsinn, klang, als wollte sie sich wichtigmachen. Wer war sie schon? Magda Harzer aus Bernau, ein gewöhnliches Mädchen, das besser machte, dass es an seine Arbeit kam. Nach ein paar Tagen beruhigte sie sich. Neue Unwetter verwüsteten die Felder, und es gab eine Hochzeit auszurichten, da blieb ihr zum Grübeln keine Zeit.

Lentz und Alheyt heirateten schneller als erwartet, und ein paar Wochen später sah man schon den Grund. Alheyt lachte darüber: »Ja, ich weiß, mein Lentz kommt daher, als könnte er kein Wässerchen trüben – aber ich bin längst trübe wie ein Moorsee, und zur Weihnacht schlüpft ein kleines Moorhuhn aus!«

Sie lachte über alles und jeden, nahm das Leben leicht und freute sich daran. Das, was im Land geschah, der Streit zwischen König und Papst, der sich zuspitzte, das Wetter, das immer übler wurde, und das Brauverbot, das von Neuem drohte, kümmerten sie nicht. »So arg wird's schon nicht kommen«, lautete ihr Lieblingsausspruch, und weil sie so fest daran glaubte, tat Magda es auch.

Wann kam es denn je so arg, wie man es sich in düsteren Augenblicken ausmalte?

Der junge Linhart zum Beispiel kam mit einem blauen Auge davon: Er musste seinen Ausschank hergeben, um die Gläubiger zu beschwichtigen, doch die Zunft half ihm aus, sodass er seine Brauerei behalten konnte. Wenn er es schafft, sich auf die Füße zu rappeln, dachte Magda, dann wird er Diether und Endres nicht länger mit seinem Hass verfolgen. Und sie selbst würde wieder durch ihre Stadt laufen können, ohne bei jedem Laut zusammenzuzucken und sich umzudrehen.

Endres war noch immer nicht auf dem Weg. Einmal fragte sie ihn, ob er nicht bald zum Aufbruch rüsten müsse, denn das bisschen Korn, das die Stürme überlebt hatte, stand schon gelb und reif, die Tage wurden kürzer, und der Sommer würde nicht mehr lange bleiben. »Wie kann ich denn gehen?«, erwiderte Endres gequält. »Diether ist friedloser und getriebener denn je. Mit deinem Großvater spricht er seit der Verlobung kein Wort mehr, neuerdings hat er sich obendrein mit Utz verzankt, und von diesem Mädchen, der Worša, lässt er nicht.«

Martha hätte sich Sorgen um ihren Bruder und um ihre und Endres' Zukunft machen sollen, doch für den Augenblick hielt sie es mit Alheyt: Sie freute sich, Endres im Winter noch bei sich zu haben, und so arg würde es schon nicht kommen.

Alheyts Leib wölbte sich bald so mächtig über ihren schlanken Beinen, dass sie nurmehr unter Schmerzen gehen konnte. Es wurde Herbst, die Ernte fiel noch kümmerlicher aus als im Vorjahr. König Ludwig ernannte für seinen Sohn den Grafen von Henneberg, eine schlaffe Marionette, zum Regenten und ließ ihn für die Mark erneut ein Brauverbot aussprechen. Utz hatte mithilfe von Alheyts Mitgift den Sommer über an Getreide aufgekauft, was zu bekommen war. Die Speicher waren bis zum Bersten voll mit Hafer, Gerste, Roggen und sogar Weizen, doch jetzt durfte er nichts davon verbrauen.

Zum ersten Mal hörte Magda Utz, der so viel Wert auf sein Betragen legte, fluchen: »Weshalb scheren wir uns überhaupt um das vermaledeite Gebräu? Bier ist ein Gesöff für Bauern, die städtischen Patrizier in Berlin tun es längst dem Adel nach und trinken Wein. Der Getreidepreis steigt mit jedem Tag, und unsere Kisten laufen über. Wären wir Mitglied einer Gilde, könnten wir jetzt einen Handel beginnen, und mit der Drecksarbeit an der Würzepfanne wäre ein für allemal Schluss.«

»Und wer hat dich nach deiner Meinung gefragt, Grünschnabel?«, knurrte der Großvater ihn an. »Damit du's weißt: Vor meiner Tür hängt der sechszackige Stern der Bierbrauer. Vor meines Vaters Tür hing derselbe Stern und vor der meines Großvaters nicht minder. Ein jeder Mann in dieser Familie war stolz darauf, sich diesen Stern vor seine Tür zu hängen, und Lentz und Endres werden genauso stolz sein. Albrecht der Bär, der größte Herrscher, den die Mark je hatte, hat diese Stadt für ihr Bier begründet, und durch ihr Bier wird sie bestehen, solange Brandenburg besteht.«

»Aber begreifst du denn nicht, dass die Herrschaft des Bären mehr als ein Zeitalter her ist?«, rief Utz der Verzweiflung nahe. »Wer nicht untergehen will, muss sich dem Wandel der Zeiten anpassen, und eben das ist es, was ich für uns auf den Weg bringen will.«

»Wenn dir das, was dieses Haus erhält, nicht mehr passt, steht es dir frei, dein Bündel zu schnüren«, erwiderte der Großvater kalt. »Ich hab meiner Sanne versprochen, auf ihre Jungen und das kleine Kälbchen achtzugeben, aber du bist alt genug, für dich selbst zu sorgen, und Reisende soll man nicht aufhalten, aufhalten.«

»Dann zahl mir meinen Anteil vom Erbe meines Vaters aus, damit ich mich auf eigene Füße stellen kann«, kam es prompt von Utz zurück.

Magda erschrak. Sie wollte nicht, dass Utz von ihnen fortging. Solange die Familie beieinanderblieb, würde sich alles andere schon finden. »Einverstanden«, sagte der Großvater und trat vor Utz hin. »Gib mir also deine Hand, damit ich dir das, was dir zusteht, auszahlen kann.«

Ehe Utz wusste, wie ihm geschah, hatte er ihn beim Gelenk gepackt und ihm zweimal klatschend in die leere Handfläche geschlagen. »Da hast du. Und da noch eins dazu. Das ist, was dein Vater euch hinterlassen hat – keinen lumpigen Pfennig. Meine Sanne hat den Kerl gewollt, also sollte sie ihn haben, das arme Ding, aber getaugt hat er nicht mehr als du. Was ihr auf dem Leib tragt und euch in die Bäuche stopft, das habt ihr durch die Mutterseite. Durch meine Sanne. Durch mich. Ich halt's zusammen, bis sie mich auf der Bahre aus meinem Haus tragen, unter dem sechszackigen Stern hindurch, und danach werden Lentz und Endres weiterführen, was mein Ahnherr begonnen hat.«

»Und was wird aus mir?«, entfuhr es Utz.

»Das frag Endres und Lentz«, entgegnete der Großvater. »Wenn es nach meinem letzten Willen geht, bekommst du dein Wohnrecht und einen vollen Teller und sonst nichts, nichts, nichts.«

Das dreimal wiederholte Wort hallte schärfer als ein Schlag.

Vermutlich hatten die Übrigen genau wie Magda angenommen, dass der Großvater nicht viel mehr als seinen Namen schreiben konnte und sich um Amtsgeschäfte nicht scherte. Er aber hatte das, was er auf der Verlobungsfeier verkündet hatte, ernst gemeint: In aller Heimlichkeit hatte er einen letzten Willen aufgesetzt und dabei zwei seiner Enkelsöhne übergangen.

Flüchtig fürchtete Magda, Utz werde auf den alten Mann losgehen, aber wie üblich beherrschte er sich, wenn ihm auch ein Zittern von seinem Nacken aus über den Rücken lief.

Gleich darauf stand Lentz bei ihm und legte ihm den Arm um die Schultern. »Das war unnötig«, sagte er zum Großvater. »In dem Haus, in dem mein Kind zur Welt kommt, wünsche ich nicht, dass mein Bruder gedemütigt wird. Kein Wunder, dass weder Päpste noch Könige Frieden halten können, wenn es uns in der eigenen Familie nicht gelingt.«

Damit führte er Utz aus der Stube, und Magda sah ihm bewundernd nach. Lentz war stets der Friedfertigste unter ihnen gewesen, doch seit seiner Heirat hatte er eine innere Stärke und Zuversicht dazugewonnen, die ihnen in dieser Zeit der Unruhe Halt verlieh. Wenn Diether sich wahrhaftig einbildete, Alheyt habe ihn geliebt und Lentz nur wegen seines Erbes genommen, dann betrieb er Augenwischerei. Alheyt liebte Lentz mit allem Ernst, zu dem ihr Wesen fähig war, und er liebte sie, wenn das überhaupt möglich war, noch inniger. Trotz seines Bartes wirkte er längst nicht mehr wie ein alter Mann, sondern auf seine behäbige Weise sogar schön.

Es würde so arg nicht kommen! Trotz des Brauverbots würden sie den Winter überstehen, Utz und Endres würden nicht fortgehen, und zu Weihnachten würde ihr kleiner Neffe oder ihre Nichte in der Wiege zappeln. Magda buk mit Alheyt Trockenbrot für die Fastenzeit des Advent und begann, sich auf die Zukunft zu freuen. Dann aber, genau zwei Wochen vor der Geburt des Herrn, hatte sie wieder einen Traum.

5

Der Mann nahm noch einen langen Schluck aus seinem Krug, dann wischte er sich mit Hingabe den Schaum aus dem Bart und stellte das Gefäß zurück auf den Tisch. »Ausgezeichnet«, lobte er. »Eine Würze, die nicht im Nu verfliegt, eine Fülle, die in der Fastenzeit ordentlich nährt, und eine Bitterkeit, die verrät, dass Starkbier nichts für Weiber und Wickelkinder ist. Ihr könnt mit Recht stolz darauf sein.«

»Meinen Dank«, sagte Utz bescheiden. »Ich selbst mache mir nichts aus Bier, aber mich freut, wenn es Euch schmeckt.«

»Ihr macht Euch nichts aus Bier?« Sein Gast lachte auf. Sie saßen in der kleinen Schankstube, die dem Haus seitlich angebaut war und in die der Großvater Kunden zum Verkosten lud. »Dann seid Ihr so etwas wie das Gegenteil des zum Bock gemachten Gärtners, was? Zumindest müsst Ihr nie fürchten, dass Ihr Euch selbst die besten Fässer leer sauft.«

Utz bemühte sich um ein höfliches Lächeln. »Nein, das wohl kaum. Euch aber schenke ich, wenn Ihr mögt, gern nach.«

Sein Gast ließ sich nicht lange bitten, sondern hob ihm erwartungsfroh den Krug entgegen. »Ich wäre ein Dummkopf, wenn ich mir das entgehen ließe.«

Sorgfältig füllte Utz den Krug aus der Bierkanne nach, wobei er ihn schräg hielt und darauf achtete, dass das sämige Fastenbier samt seiner flockigen Hefe sich erst setzte und der Schaum sich festigte, ehe er mehr hinzugoss.

»Sieh einer an«, bemerkte sein Gast und rieb sich den bemerkenswerten Wanst. »Für einen Mann, der sich aus Bier nichts macht, behandelt Ihr es allerdings mit Respekt. Das gefällt mir. Es flößt Vertrauen ein – jemand, der allem, was er tut, die nötige Aufmerksamkeit entgegenbringt.«

Utz spürte, wie ihm Hitze in die Wangen stieg, und kam sich vor wie ein Mädchen. Heftig biss er sich auf die Lippen. »Das ist sehr freundlich von Euch. Ob ich dann wohl nachfragen dürfte, wie Ihr in meiner Sache...«

»Und ob Ihr dürft«, fiel ihm der andere leutselig ins Wort. »Tatsächlich hatte ich gerade vor, dazu überzuleiten. In Eurer Sache, wie Ihr Euch ausdrückt, habe ich wahrhaftig das Gewünschte erreichen können.«

»Ist das Euer Ernst?«

»Das ist es, mein Bester. Ich habe Euer Anliegen der Versammlung der Gilde vorgetragen, und man ist bereit, Euch aufzunehmen, sofern Ihr Wohnsitz und Kontor nachweisen könnt, das Bürgerrecht erlangt und Euren Beitrag umgehend entrichtet. Wie Euch bekannt ist, benötigt Ihr zwei Bürgen. Den ersten habt Ihr in mir schon gefunden, und da er meinem Urteil vertraut, ist auch mein Schwager, der Herr Lebus, willens, die Bürgschaft für Euch zu leisten.«

Ein kurzer Stich ließ Utz den Atem anhalten. Ausgerechnet Lebus würde für ihn bürgen, der gebrechliche Greis, an den Fronica gefesselt war. Diese Kleinigkeit aber sollte ihm jetzt die Freude nicht schmälern. Was Fronica betraf, so würde die Zeit schon ihre Arbeit für ihn tun. »Das ist großartig«, sprudelte er heraus.

Sein Gast lächelte selbstzufrieden. »So war es gedacht, mein Bester. Was nun das Kontor betrifft, das Ihr von mir käuflich zu erwerben wünscht, so sind wir uns über den Preis ja längst einig und der Verkauf kann jederzeit abgewickelt werden. Wie Ihr seht, steht der Erfüllung Eures Wunsches nichts mehr im Wege. Über die Hohen Feiertage ruht natürlich jegliche Geschäftstätigkeit, doch zu Beginn des neuen Jahres könnte man

Euch den Eid abnehmen. Fortan dürftet Ihr Euch mit Fug und Recht Mitglied der Berliner Kaufmannsgilde nennen.«

Utz glaubte zu spüren, wie sein Herz einen Satz vollführte, genauso, wie es ihm erging, wenn er Fronica gegenüberstand. Er würde ein Mitglied der Gilde sein! Ohne diese Mitgliedschaft durfte sich kein Mann in Berlin als Kaufmann niederlassen, und das wollte Utz um jeden Preis: Nach Berlin gehen, ein Handelskontor erwerben, sich eine Zukunft schaffen, an die er glauben konnte. In einer Zeit der heillosen Unordnung würde die Gilde ihm Halt und Richtung schenken. Wer einer Gilde angehörte, stand nicht länger allein in der Unbegreiflichkeit der Welt.

Er würde Bernau und alles, was dazugehörte, hinter sich lassen. Seine Geschwister würden ihm fehlen, doch er war so gut wie sicher, dass sie ihm eines Tages folgen würden.

»Nun, was sagt Ihr, mein Herr?«

Um ein Haar hätte er sich vor dem beleibten Mann auf die Knie geworfen, obgleich er derlei würdelose Gesten hasste. »Ich weiß nicht, wie ich Euch danken soll, Herr Bechtolt. Ihr werdet Eure Großherzigkeit nicht bereuen, das gelobe ich Euch.«

»Daran zweifle ich nicht, mein Bester.« Der andere trank sein Fastenbier und klopfte Utz auf den Arm. »Und was nun das Geschäftliche angeht – nicht nur ich, auch der Vorsteher der Gilde wäre froh, wenn sich diese Dinge hier und jetzt gleich abwickeln ließen.«

»Selbstverständlich«, beeilte Utz sich zu versichern. »Ich hole nur rasch meinen Bruder, der in der Brauerei wohl aufgehalten wurde. Wenn Ihr Euch also gedulden und hier auf uns warten wollt?«

»Aber gewiss doch. Nur keine Eile.«

Eigentlich hatte Utz vor Bechtolts Ankunft mit Lentz das Nötige besprechen wollen, doch wenn er ehrlich war, hatte er aus Furcht die Unterredung aufgeschoben. Als er dann endlich ins Sudhaus gegangen war, um sich ein Herz zu fassen, hatte er keinen seiner Brüder, sondern nur Endres angetroffen. Es gab ja auch kaum Arbeit. Da kein Getreide gemälzt werden durfte, brauten sie ein Bier aus Molke, das nach Käse schmeckte und sich höchstens für ein Almosen verkaufen ließ.

»Lentz ist hinauf zu seiner Frau gegangen«, hatte Endres ihm unaufgefordert berichtet. Das hätte Utz sich selbst denken können. Alheyt lag seit Tagen darnieder, weil das Kind ihr Schmerzen verursachte, und Lentz, den die Liebe zum Gimpel machte, ließ sie am liebsten keinen Herzschlag lang allein.

»Hast du vielleicht Diether gesehen?«, fragte Endres schüchtern. »Er wollte herkommen, aber er hat sich den ganzen Tag nicht blicken lassen. Ich mache mir Sorgen, und solange Lentz nicht zurück ist, kann ich ihn nicht suchen.«

»Diether ist ein freier Mann«, verwies er Endres, obwohl ihm natürlich klar war, warum der Junge sich sorgte. Aber für seinen jüngsten Bruder hatte er heute keine Zeit; es war der älteste, den er brauchte! Nach oben, in die Kammer der Eheleute, mochte er nicht eindringen, und außerdem war es ohnehin zu spät, denn Bechtolts Fuhrwerk, begleitet von zwei Reisigen, quetschte sich bereits in die halb zugeschneite Gasse. Er hatte den Händler empfangen müssen, ohne die Zusage von seinem Bruder in der Tasche zu haben.

Jetzt hoffte er, Lentz bei der Arbeit anzutreffen, doch auch diesmal stand nur der bienenfleißige Endres am Kessel, aus dem säuerlich stinkender Dampf aufstieg. Gütiger Himmel, was sollte er Bechtolt sagen? Wie Sand im Stundenglas schien ihm die Erfüllung seiner Träume durch die Hände zu rinnen, so schnell, dass jedes Festhalten sinnlos war. »Ist Lentz noch immer nicht heruntergekommen?«, herrschte er Endres unmäßig grob an.

»Nein, bisher nicht«, erwiderte der junge Mann gedämpft

und gleichmütig wie stets. Gab es irgendetwas, das ihn aus seiner ewigen Ruhe brachte?

»Geh ihn holen«, sagte Utz. »Ich habe mit ihm zu sprechen.« Sein Großvater hatte immer deutlich gemacht, dass Endres in seinem Haus kein Bediensteter, sondern ein Mitglied der Familie war, das niemand herumstoßen durfte. Utz' Art war es ohnehin nicht, Menschen herumzustoßen. Er erkannte sich selbst kaum wieder. Die hochfliegende Hoffnung und die Furcht, sie wieder zu verlieren, trieben Risse in die dünne Decke seiner Selbstbeherrschung.

Endres aber lief ohne Widerrede hinaus und kehrte kurz darauf mit Lentz im Schlepptau zurück. Das Gesicht des Bruders war bleich, Haar und Bart zerrauft. »Was gibt es denn?«

»Ich muss dich sprechen«, antwortete Utz.

»Ja, das hat mir Endres schon erzählt. Nur heraus damit. Ich würde gern rasch zur Alheyt zurück. Es geht ihr nicht gut, und Magda läuft eben nach der Hebamme.«

»Nach der Hebamme? Ja, kommt denn schon das Kind?« Wie wohl die meisten Männer kam sich Utz bei solchen Gesprächen dümmlich vor. Er hatte nicht die geringste Ahnung, woran man erkannte, dass ein Kind sich aus dem Leib einer Frau den Weg ins Leben bahnte, und was die Hebamme dabei zu tun hatte. Flüchtig bedauerte er, dass er den kleinen Neffen kaum erleben würde. Vielleicht wäre es schön gewesen, ein Onkel zu sein, eine Art Vorbild und Wegbereiter für ein winziges Menschenwesen, das noch gänzlich unverdorben war. Sofort aber fiel ihm wieder ein, was für ihn auf dem Spiel stand. »Komm nach draußen«, sagte er zu Lentz.

»Draußen ist es eisig, und ich habe meine Cotta im Haus. Können wir nicht hier reden?«

Kurzerhand zog Utz ihn mit sich aus der Tür. »Was ich mit dir zu besprechen habe, ist nur für uns beide bestimmt.«

Ihre Schritte knirschten im Schnee, und der Bruder klapperte mit den Zähnen. Es war ein düsterer Tag, so tief und gelbgrau verhangen, dass vor dem Abend mehr Schnee zu erwarten stand. Bechtolt muss nach Berlin zurück, durchfuhr es Utz. Wenn er nicht bald aufbrach, würde er samt seiner Reisigen hier übernachten müssen. Damit kämen Utz' Pläne ans Licht, ehe sie so weit gediehen waren, dass es kein Zurück mehr gab. Das musste er verhindern. »Lentz, ich brauche Geld«, platzte er ohne Vorbereitung heraus.

»Für Getreide?«, fragte Lentz verdutzt. »Aber wir haben doch sämtliche Speicher voll und dürfen ohnehin keines mälzen. Außerdem weißt du, was Großvater gesagt hat. Jede Ausgabe, die nicht lebensnotwendig ist, muss warten, bis das Brauverbot aufgehoben ist – wenn nicht noch länger. Denn die Löcher, die die Verbote uns in den Beutel reißen, müssen wir ja erst einmal zugestopft bekommen.«

Utz musste mühsam an sich halten, um den Bruder nicht zu unterbrechen. »Um die paar Pfennige geht es doch nicht!«, rief er, sobald Lentz fertig war. »Ich habe in der Verkostung einen Getreidehändler aus Berlin sitzen, der mir helfen würde, mir dort etwas aufzubauen. Er sagt, ich hätte das Zeug zu einem Händler. Wir sind im Frühling durch ein Geschäft bekannt geworden, um genau zu sein, sogar durch einen Streit, denn wir hatten es beide auf dieselbe Fuhre Getreide abgesehen. Dadurch jedoch lernte ein jeder von uns das Verhandlungsgeschick und die Beharrlichkeit des anderen kennen und schätzen.«

»Das freut mich für dich«, warf Lentz vage ein.

»Dieser Herr Bechtolt würde mir ein Kontor verkaufen, am Olden Markt, da wo in Berlin der Handel blüht«, fuhr Utz sogleich fort. »Mit dem Besitz eines Grundstücks und der Eröffnung eines Handelsgeschäfts könnte ich um das Berliner Bürgerrecht nachsuchen. Ich müsste klein anfangen, sicher, aber der Herr Bechtolt will mir ja den Steigbügel halten. Du wirst sehen, im Handumdrehen habe ich mir als Händler einen Namen gemacht und zahle euch das Geld zurück.«

»Aber du bist doch Brauer, kein Händler«, stammelte Lentz, der sichtlich kein Wort verstand.

»Das Brauerhandwerk ist nichts für mich«, sprach Utz aus, was er in seinem Herzen vergraben hatte, solange er denken konnte. »Ich mag nicht einmal Bier. Vom Geruch von Hopfen wird mir übel, und wenn ich eine Würzepfanne füllen muss, bricht mir der Schweiß aus, bis ich schlimmer stinke als ein Wiedehopf. Mein Leben lang habe ich davon geträumt, ein Händler zu sein – mit Geld umzugehen und mit kultivierten Worten, nicht mit schleimig vergorener Masse, die auf Stunden an den Händen klebt.«

»Aber Utz.« Lentz legte ihm die Hand auf die Schulter. »Warum hast du denn nie ein Wort davon gesagt? Weißt du, ich selbst bin ja auch kein Brauer aus Leidenschaft wie der Großvater. Für mich ist die Bierbrauerei einfach der Platz, an den der Herrgott mich gestellt hat, und den versuche ich auszufüllen, so gut ich eben kann. Manchmal ist es mir schwergefallen, doch seit ich Alheyt und nun bald noch unser Kleines habe, weiß ich, für wen ich es tue, und es fällt mir so leicht, dass ich es kaum bemerke. Meinst du nicht, Utz, wenn du erst einen Menschen hast, für den du so gern sorgen willst wie ich für meine Alheyt, dass du es hinnehmen kannst wie übles Wetter und Boden, der zu hart zum Umgraben ist?«

»Ich will kein übles Wetter hinnehmen, ich will ein Haus, in dem jeder Raum beheizt ist«, brach es aus Utz heraus. »Ich will keinen Boden voller Ziegendreck mehr umgraben, um meine Grütze mit ein paar läppischen Bohnen zu strecken. Ich will mein Essen auf dem Markt kaufen, wie es sich für Städter ziemt: weißes Brot und hellgoldenen Honig, Fleisch, das nicht stinkt, und Wein aus Ländern, in denen es nicht ständig regnet und schon gar nicht schneit.« Erschrocken schlug er die Hand vor den Mund. Er hatte so laut gesprochen, dass zwei Weiber mit Einkaufskörben kichernd die Köpfe drehten.

»Aber Utz«, stammelte Lentz noch einmal und ließ seine Schulter nicht los. »Ich wünschte, ich hätte gewusst, wie unerträglich dir unser Leben ist. Ich wünschte, ich hätte dir geholfen.«

»Hilf mir jetzt«, sagte Utz. »Gib mir das Geld für das Kontor und für den Beitritt in die Gilde, alles andere schaffe ich allein.«

»Glaub mir, wenn ich könnte, liefe ich jetzt sofort los, um dir das Geld zu holen«, erwiderte Lentz bedrückt. »Aber woher soll ich denn so viel nehmen? Ich bin ja froh, wenn ich nachher genug habe, um die Hebamme zu entlohnen.«

Wie auf ein Zeichen kamen Magda und die Hebamme um die Häuserecke gerannt, dass der frische Schnee vor ihren Leibern in die Höhe stob. Im Laufen winkte Magda ihnen zu. »Noch vor dem Abend bist du ein Vater, Lentz – und ich bin endlich Frau Tante Magdalen!«

»Die Mitgift von Alheyt...«, begann Utz leise, nachdem die Haustür hinter den Frauen ins Schloss gefallen war. »Es ist nur geliehen, das weißt du – ich zahle dir alles auf Heller und Pfennig zurück.«

»Natürlich weiß ich das«, versicherte ihm Lentz, »und Alheyt und ich, wir würden dir das Geld mit Freuden geben, aber es ist doch keines mehr da. Dass wir nicht brauen dürfen, Utz, schon den zweiten Winter nicht, das schlägt uns so hart, dass wir ohne Alheyts Mitgift klein beigeben müssten. Wir haben das Geld benutzt, um den Beitrag für die Zunft, die Steuer und den Zehnt zu begleichen, um Molke und Vorräte zu kaufen, Stoff für Kinderkleider, Arznei für Alheyt, all die kleinen und großen Dinge, die weiter bezahlt werden müssen, auch wenn kein Pfennig in die Kasse kommt.«

Utz wurde übel. »Ihr habt das gesamte Geld hinausgeworfen, um an dieser Brauerei festzuhalten, die im nächsten Winter ohnehin am Ende ist?« Was Lentz einwandte, hörte er nicht. In seinen Ohren rauschte das Blut. Jeden Augenblick konnte Bechtolt aus der Verkostung kommen und erklären, seine Geduld sei aufgebraucht, er müsse nach Berlin zurück, und als Käufer für sein Kontor werde er sich einen anderen suchen.

Mit äußerster Mühe riss Utz sich zusammen. »Nun schön«, sagte er. »In dem Fall bleibt mir nichts anderes übrig, als die Mitgift von Magda zu beleihen, die Großvater in der Truhe hortet. Du musst mich verstehen, Lentz. Ich habe jahrelang auf diese Möglichkeit gewartet. Nur dafür bin ich zu den Klosterbrüdern gerannt und habe mich schinden und erniedrigen lassen, nur dafür habe ich dieses Leben ertragen. Ich darf sie mir nicht entgehen lassen – sie kommt nur das eine Mal und dann gewiss nie wieder.«

»Magdas Mitgift?«, fragte Lentz und riss ungläubig die Augen auf. »Aber du kannst doch nicht Magdas Mitgift nehmen und sie für dich selbst verwenden!«

»Warum sollte ich das nicht können? Zu dir hat Großvater Vertrauen, dir wird er den Schlüssel nicht verweigern. Gib mir das Geld, Lentz, und in ein paar Jahren zahle ich es euch samt der Zinsen zurück.«

»Aber Magda kann doch nicht Jahre warten!«, rief Lentz entgeistert.

»Natürlich kann sie. Sie wird ja ohnehin ledig bleiben wie Barbara und bei dir und Alheyt wohnen. Sie ist ein kluges Mädchen, verständig, gut zu haben. Ich werde eine Weile brauchen, um mir einen Hausstand zu schaffen, doch wenn sie sich dann lieber mir anschließen möchte, stünde meine Tür ihr jederzeit offen.«

Jetzt lachte Lentz wahrhaftig auf. »Süßer Jesus, wo hast du denn deine Augen, Utz? Unsere kleine Schwester Magda ist das letzte Mädchen in Bernau, das ledig bliebe. Sie ist ja schon heute so gut wie vermählt, im Herzen sicher, nur Vertrag und Segen fehlen noch.«

»Was redest du denn? Mit wem soll Magda vermählt sein?«

»Na, mit unserem Endres doch – jeder Blinde könnte es den beiden ansehen, und du willst mir erzählen, du hast nichts davon gewusst?«

»Endres«, murmelte Utz sinnlos vor sich hin. Lentz hatte recht. Jeder Blinde hätte es den beiden angesehen – die heimlichen Blicke, die sich streifenden Hände, das verstohlene Lächeln und Flüstern. Seine kleine Schwester war verliebt, und er hatte nichts davon bemerkt. Gegen den Jungen war nichts zu sagen, er war fleißig, verlässlich und treuer als ein Hund. Nur Geld besaß er keines. Magda würde, wenn sie ihn heiraten wollte, eine Mitgift brauchen, und damit erklärte sich auch, weshalb der Großvater das Geld in der Truhe so eisern hütete. Er liebte Endres. Mehr als die Enkel, viel eher wie den Sohn, den er nie gehabt hatte. Und diesem geliebten Ziehsohn wollte er die Möglichkeit geben, sich etwas Eigenes aufzubauen.

Wie erschlagen starrte Utz in den Schnee, dessen glitzernde Kristalle vor seinen Augen zu einer endlosen weißen Fläche zerflossen. Er war gescheitert. Der Kampf, in dem er all seine Kräfte verausgabt hatte, war zu Ende, und er ging als Verlierer vom Platz.

»Ist dir nicht wohl, Utz? Komm doch ins Haus, bei dieser Kälte und Düsternis muss einem ja die ganze Welt als Jammertal erscheinen.«

Als Utz aufblickte, schien ihm sein Kopf schwer wie Blei. Im selben Moment kam ein Mann in die Gasse getrottet, dem der Kopf noch schwerer sein musste, denn er ließ ihn im Gehen vornüberhängen. Auf einen Blick sah Utz, dass in den Schopf des Fremden ein kreisrundes Loch geschoren war. Nur ein schmaler Haarkranz war stehen geblieben, der an die Dornenkrone Christi gemahnen sollte. In Utz' Magen regte sich Widerwillen, als sei der fremde Gottesmann an seinem Elend schuld.

Der Mönch kam weiter durch den Schnee auf sie zu. Unwillkürlich blickte Utz auf seine Füße, die in offenen Sandalen steckten. Die Haut war aufgeraut und blaurot verfroren, die graue Kutte hing vor Nässe schwer darüber. Wie konnte ein Mensch sich das antun, wie konnte er freiwillig ein solches Leben wählen? Die Selbsterniedrigung aber war das Schlimmste: Ohne den Kopf zu heben, streckte der Mann ihnen die Hände entgegen und murmelte seine Bitte um Almosen, die diese Leute beständiger auf den Lippen führten als Vaterunser und Rosenkranz. »Scher dich weg!«, fuhr Utz ihn so heftig an, dass der Gottesmann erschrocken zurückwich.

Lentz hingegen hatte bereits in den Beutel an seinem Gürtel gelangt und eine Münze zutage gefördert. Er legte sie dem Mönch in die halb erfrorenen Hände und schloss kurz die seinen darum. »Ich weiß, Ihr dürft keine Gabe in Geld annehmen, doch ich habe nichts anderes zur Hand. Wenn Ihr es Eurem Guardian abliefert, wird es recht sein.«

»Gottes Segen begleite jeden Eurer Wege«, erwiderte der Mönch und ging.

»Wir haben kein Geld!«, schrie Utz seinen Bruder an, kaum dass die braune Kutte hinter der Häuserecke verschwunden war. »Mir ist soeben mein Leben in Scherben zersprungen, weil meine Familie mir nicht mit einer Leihgabe aushelfen kann. Du aber gehst hin und verschenkst Geld an die verfluchten Klosterbrüder, die uns die Preise ruinieren und denen wir das ganze Elend zu verdanken haben.«

»Aber das war doch ein Franziskaner«, entgegnete Lentz erstaunt, ohne die Stimme zu erheben. »Ein Minorit. Diese Leute, die dem Bettelorden angehören, sind anders als die Mönche aus den mächtigen Klöstern in Zinna oder Chorin.

Sie leben allein von Spenden und in völliger Armut, Utz. Sie nehmen niemandem etwas weg, schon gar nicht uns. Alles, was sie wollen, ist eins zu sein mit Gott.«

»Du hörst dich an wie dieser Teufel von Propst«, erwiderte Utz, obwohl der Vergleich geradezu lächerlich falsch war. »Mir ist einerlei, welchem Orden diese Kerle, die sich um die Welt nicht scheren, angehören. Sie sind die Jünger von Papst Johannes dem Zweiundzwanzigsten, und der ist in der Tat der Teufel in Menschengestalt. Dass er Brandenburg mit Krieg überziehen will, weißt du, oder? Und warum? Weil Menschen anfangen, sich gegen die Herrschaft der Kirche zu wehren, weil Städter aufstehen und sich auf ihre eigenen Kräfte besinnen. Das ertragen diese Herren nicht. Da machen sie lieber ein Land samt seiner Bewohner dem Erdboden gleich.«

»Ich habe nicht vom Propst und schon gar nicht vom Papst gesprochen, Utz«, erwiderte Lentz wie tief in Gedanken. »Nur von Gott. Komm jetzt ins Haus, ehe wir beide hier erfrieren. Es tut mir im Herzen weh, wie schlecht es dir geht, aber deine Wut an einem unbeteiligten Franziskanermönch auszulassen, hilft dir nicht.«

Und woher weißt du das?, wollte Utz ihm entgegenschleudern. Dass es ihm sehr wohl half, wollte er dem Bruder in sein selbstgerechtes Gesicht schreien, dass er sich wünschte, seine Wut an der ganzen Welt auszulassen, die ihm Stein um Stein in den Weg warf, bis er keine Kraft mehr hatte, sie fortzuräumen. Er wollte nicht ins Haus. Hier in der Gasse, im Schnee, wollte er sich niederlegen und liegen bleiben. Mochten Fuhrwerke über ihn hinwegrollen und Kinder beim Spielen auf ihn springen, ihn scherte es nicht. Er hatte alles verloren. Sein Ziel. Seine Hoffnung. Seine Selbstachtung. Fronica.

So erging es einem, dem sein Traum zersprang – auf einen Schlag sah er nirgends mehr Hoffnung und war zugleich sicher: Keinem anderen Menschen auf der Erde konnte etwas widerfahren, das schwerer erträglich war. »Geh du«, wollte er sagen, weil sein Bruder ihn in seinem Glück ohnehin nicht verstand. In diesem Augenblick aber wurde oben, im zweiten Stock des Hauses, der Laden des Fensters aufgestoßen, und das Gesicht seiner Schwester erschien.

Ein Blick in ihr Gesicht genügte. Der Schrei, den sie gleich darauf ausstieß, war nicht nötig. Utz' Leid verblasste neben dem, das seinem Bruder bevorstand. Er packte Lentz bei der Schulter und stütze ihn, wie Lentz zuvor ihn hatte stützen wollen.

»Lentz, Lentz!«, rief Magda mit verzerrter Stimme. »Du musst kommen. Alheyt...«

Utz und Lentz rannten. Den Rest der Worte, die Magda hinunter auf die Straße rief, hörten sie nicht mehr.

6

Das Wetter war schwer und lichtlos, und das Leben war es auch. Dass Alheyt, die gesund und voll Zuversicht gewesen war, an der Geburt des Kindes, auf das sie sich so sehr gefreut hatte, gestorben war, ließ sich nicht begreifen. Alle Hoffnung aber war nicht mit ihr gestorben, denn noch lebte das Kind, ein kleiner Knabe, und um ihn lohnte sich der Kampf. »Genau so war es damals«, vertraute der Großvater, der vom Tod der Mutter nie zuvor gesprochen hatte, Magda an. »Meine Sanne lag tot in meinen Armen, aber das Wurm war ja noch da, ihr kleines Kälbchen. Damit uns das nicht zuschanden ging, mussten wir die Köpfe oben behalten, das waren wir der Sanne doch schuldig.«

Sie holten den Arzt, wie es die reichen Leute taten, sie kauften eine gläserne Flasche mit enger Tülle, aus der der Winzling saugen konnte, und dazu von einer Amme Milch, in die Magda, weil sie so dünn war, Rübensirup rührte. Sie kauften Rosenhonig, der ein Vermögen kostete, und rieben dem Kleinen damit die Mundhöhle aus. Die Kleider, die Lentz und Alheyt für ihr Kind zurechtgemacht hatten, waren weiß und fein wie für ein Fürstenkind. Magda ließ Utz wollene Decken dazukaufen, die das mutterlose Kindchen warm halten sollten. Sie hielt es von früh bis spät in den Armen, wiegte es und flößte ihm Tropfen von der Milch ein. Alle Lieder, die ihr einfielen, sang sie ihm vor, und als ihr keines mehr einfiel, dichtete sie selbst welche.

»Trink nur schön, bleib nur schön stark«, flüsterte sie ihm zu, wann immer sie weinen musste und Angst bekam, selbst nicht stark zu bleiben. »Wir beide schaffen es, wir halten dich im Leben. Für deine Mutter, Kleines. Und für deinen Vater, den Lentz, der sonst daran zerbricht.«

Lentz half ihr nicht. Es war, als sei Lentz mit Alheyt gestorben. Diether half ihr schon gar nicht, und Endres auch nicht, der hielt sich schüchtern und linkisch vom Leid der Familie fern. Zur Seite standen ihr der Großvater, der ihr wie eine emsige Pflegerin Getränke und Speisen brachte, und Utz, der unentwegt das Feuer schürte, damit es nicht herunterbrannte. Zudem besorgte er für das Kleine, was immer sie ihm auftrug. Beide Männer redeten auf Magda ein, sie müsse den Jungen einmal niederlegen und sich ausruhen, aber sie hatte Angst, ihn loszulassen.

Am meisten Angst hatte sie, sich schlafen zu legen. Solange sie nicht schlief, konnte sie auch nicht träumen, und solange sie nicht träumte, wie sie in der Nacht vor Alheyts Tod geträumt hatte, konnte das Kleine ihr nicht sterben. Es trank schlecht, bekam die gläserne Saugöffnung nicht richtig zwischen die Lippen, sodass die kostbare Milch ihm die Mundwinkel hinunterrann. Es schrie nicht wie andere Kinder, die Hunger litten, und von denen gab es in der Stadt in diesem Winter viele. Es wimmerte vor sich hin, stündlich leiser – wie ein Mäuslein, das die Katze erwischt hat und das langsam und unter Qualen verendet.

Aber das Kindlein konnte ja nicht verenden, denn Magda blieb standhaft und legte sich nicht schlafen. Sie döste wohl für ein paar Augenblicke mit dem Kind im Schoß ein, aber ehe ein Traum sie anspringen konnte, schreckte sie wieder auf. In der vierten Nacht wurde ihr so kalt, dass sie die Eiderdaunendecke, die aus Alheyts Mitgift stammte, über sich und das Kind zog, zusammen mit den wollenen Decken und ihrem Tuch. So saß sie mit dem Jungen, der schlafend in ihren Armen hing, auf dem Bett. »Erfrieren können wir nicht, mein Kleines. Und in der Frühe kommt Utz und schürt uns das Feuer, dann haben wir's so mollig und behaglich wie der König oder der Papst.«

Utz kam in der Frühe und rüttelte sie behutsam wach. »Ich hole den Priester, Magda.«

»Du holst den Priester, Utz?« Magda schreckte aus einem Schlaf voll wirrer Bilder und musste lachen. »Aber du hasst doch die Priester wie der Teufel das Heilige Wasser!«

»Bleib nur hier sitzen«, sagte Utz und streichelte ungewohnt sanft ihr zerzaustes Haar. Als sie blinzelte, um richtig zu sich zu kommen, sah sie in seinen Augen Tränen glitzern. »Ich bin gleich zurück.«

»Mit einem Priester? Aber warum denn jetzt?«

»Er muss ihm die Taufe geben.« Fast flüsterte er. »Uns bleibt keine Zeit mehr, mein Herz.«

Ein blutjunger Priester, den Magda nicht kannte, kam in Begleitung eines noch jüngeren Messdieners und taufte das winzige Kindchen auf die Namen Seyfrid Lentz Antonius Herman, und nachdem er die kleine Stirn mit dem Heiligen Wasser gezeichnet hatte, tat er es noch einmal mit dem geweihten Öl für die Sterbenden. Während er die lateinische Segensformel zu Ende sprach, wurde Seyfrid Lentz Antonius Herman Harzer in Magdas Armen kalt.

Magda rannte hinaus in die Kälte. *Aber ich habe doch nicht von meiner Mutter geträumt*, wollte sie gegen den bleigrauen, schweigenden Himmel schreien. Die Stimme versagte ihr. Der Schrei blieb stumm, und noch während sie vergeblich auf ihn wartete, fragte sie sich: *Was maßt du dir eigentlich an? Du mit deinen albernen Träumen, hast du geglaubt, du bist Gott und regierst den Tod?*

Die wütend gegen den Himmel ausgestreckten Arme sackten ihr herunter. Zu Tode erschöpft drehte sie sich um und trottete mit gesenktem Kopf ins Haus zurück. Ihre Träume waren bedeutungslos. Der Tod scherte sich nicht um Magda

Harzers nächtliche Erscheinungen, sondern tat, was er wollte, raubte Frauen, die auf Erden von ganzem Herzen geliebt wurden, und kleine Kinder, die das Leben nicht einmal hatten kosten dürfen.

»Und die Alten, deren Zeit da wäre, lässt er stehen«, sagte der Großvater. »Erklär mir einer, was für ein verdrehter Sinn darin steckt. Ich wünschte, ich könnte mir eine Leiter bauen, die lang genug ist, um an den Himmel zu kratzen. Mir nichts, dir nichts würde ich da hochsteigen und Lärm schlagen. Gibt's da einen Rat wie in der Stadt? Dann würde ich Klage einreichen: Du hast den Falschen abgeholt, Tod. Ich bin der, der dir zustand, ein alter, zerknitterter Zausel, kein Kindchen mit Rosenhaut und erst recht nicht die Liebste von meinem armen Lentz, meinem armen Lentz.«

Das Leben mochte schwer und lichtlos sein, doch das, was der Großvater gesagt hatte, war das Gegenteil davon. Magda warf die Arme um ihn. »Weißt du was, Großvater? Ich dachte, ich könnte über nichts mehr froh sein, aber jetzt bin ich froh, dass der Tod dich hiergelassen hat.«

»Hmm-mm«, brummte der Alte und gab noch ein paar weitere unverständliche Laute von sich, während Magda sich an seinen krummen, vogelhaften Leib drückte. »Aber die Jungen sind wichtig. Nicht die Alten. Du musst dem Lentz helfen, dass er nicht den Verstand verliert, hörst du? Damals, als meine Irmel mir gestorben ist, hab ich auch geglaubt, ich verliere den Verstand.«

Er machte eine Pause und senkte die faltigen Lider, als blicke er in sich hinein und suche dort nach längst verblichenen Bildern. »Meine Irmel hab ich geheiratet, als ich fünfzehn und sie dreizehn war«, fuhr er schließlich fort. »Unsere Eltern wollten es so, damit die zwei Brauhäuser zusammenkamen. Ich hab sie angesehen und gedacht: Die ist zu klein, die gefällt mir nicht. Aber mit den Jahren, in denen uns drei Söhnchen geboren und gestorben sind und wir schließlich unsere Sanne bekamen, da gefiel sie mir. Und als der Tod sie mir geholt hat, gefiel sie mir besser als jede Große auf der Welt. Meine Kumpane haben gesagt: Nun ist die tot, nun nimmst du dir eine andere. Aber ich hab gedacht: Eine andere will ich nicht. Nur meine Irmel. Irmel.«

Nein, dachte Magda, das Leben mochte schwer sein, aber es war nicht lichtlos. Sie lehnte ihre Wange gegen die des Großvaters. »Wenn ich kann, dann helfe ich Lentz«, sagte sie. »Ich versuche mein Bestes.«

»Und dem Diether hilfst du auch? Selbst wenn ich manchmal denke, bei dem Diether ist Hopfen und Malz verloren ...«

»Das ist es nicht«, fiel ihm Magda kämpferisch ins Wort. »Diether ist nicht schlecht, das sagt Endres auch – er glaubt nur, der Vater hat ihn nicht leiden mögen, und dann hat auch noch ausgerechnet er ihn finden müssen, wie er da lag am Moorweg, mit dem Gesicht voll Blut. Seither ist diese Unrast in ihm, diese Gier, die er nicht zügeln kann.«

»Aha«, bemerkte der Großvater und klang alles andere als überzeugt. »Und was war vorher? Als euer feiner Vater noch lebte, hat ihm da nicht auch schon das Fell gejuckt, dass man es ihm nicht schnell genug gerben konnte?«

»Vielleicht habt ihr es ihm einmal zu oft gegerbt«, erwiderte Magda, obwohl der Großvater Diether mit dem Stock zwar ständig gedroht, aber diesen kaum je benutzt hatte. »Ein wenig hat er doch recht – einerlei, was wir Kinder angestellt hatten, Schelte und Schläge hatte immer Diether einzustecken.«

»Und jetzt erzähl mir nur noch, der hatte seine Dresche nicht verdient.«

»Mag sein, dass er sie verdient hatte. Es mag aber auch sein, dass er sich irgendwann dachte: Einerlei, was ich tue, der Sündenbock bin ich so oder so. Also kann ich genauso gut etwas ordentlich Schlechtes anstellen, damit sich die Dresche und das Niedermachen wenigstens lohnen. Vielleicht hätte ihm ein einziges Mal jemand sagen sollen: Diether, du hast deine Sache gut und richtig gemacht.«

Der Großvater musste lachen, und das war in Anbetracht der Umstände mehr wert als Gold. »Das täte ich nur allzu gern, aber der Kerl gibt mir leider keinen Anlass dazu.«

Magda lachte mit, auch wenn etwas in der Brust ihr dabei brannte. »Wart's ab. Das kommt noch. Und wenn es so weit ist, vergiss nur nicht, es ihm zu sagen.«

»Werd's mir merken, mein Kälbchen. Du und ich, wir halten diese Familie zusammen, was? Auf diese Familie lassen wir nichts kommen, was immer ein jeder von dem Haufen auf dem Kerbholz hat. Und nun sag mir – was wird mit dir und deinem Endres?«

Magda hielt in der Bewegung inne: »Du weißt es? Endres hat mit dir gesprochen?«

»Ach wo denn, dazu ist dieser feine Bursche doch viel zu bescheiden. Aber dein Großvater hat Augen im Kopf. Und er sorgt sich um euch. Ich würde den Endres ja liebend gern auf die Wanderschaft schicken, damit eure Sache vorankommt, aber ausgerechnet jetzt? Wie sollen wir mit unserem Sack voller Flöhe denn fertig werden, wenn uns auch noch der Endres fehlt? Und dazu ist das Geld so knapp, wie ich's im Leben nie kannte, so knapp, dass ich mich schämen muss, weil meine Enkel mit Löchern in den Schuhen gehen.«

»Wenn das deine größte Sorge ist, dann hast du nichts als kleine!«, rief Magda. »Kann denn Endres nicht hierbleiben, bis Lentz sich ein wenig gefangen und es ein Ende mit diesen Brauverboten hat?

Der Großvater überlegte. »Das könnte er schon«, bekundete er schließlich. »Aber dann würdest du ein spätes Mädchen, mein Kälbchen. Das wird ja alles noch Jahre dauern, und du bist jetzt schon älter, als deine Mutter war, als sie ihre törichte Wahl getroffen hat.«

»Ich treffe eine kluge«, erwiderte Magda tapfer. »Und zu warten macht mir nichts aus, solange ich weiß, dass ich Endres' Frau werden darf.«

»Recht hast du, du prächtiges Ding.« Er nahm sie bei den Schultern und hielt sie ein Stück von sich weg, um sie sich anzusehen. »Nicht, wann du heiratest, zählt, sondern wen, hab ich recht? Deine Mitgift in der Truhe rührt mir niemand an, davon baut ihr euch, wenn es so weit ist, einen eigenen Hausstand auf. Ihr erwerbt ein Stück Boden, und der Endres lässt sich einen Brustpanzer schmieden, damit ihm das volle Bürgerrecht zusteht. Und mit dem verrückten Wetter muss es ja irgendwann ein Ende haben. So viele schlechte Sommer und eisige Winter hintereinander hat's in meinen siebzig Jahren nie gegeben, gegeben.«

»Es hat bestimmt ein Ende.«

Darauf reichten sie einander die Hand.

Das Leben war schwer und der Himmel verhangen, aber das Licht der Wintersonne, so fahl es auch sein mochte, brach sich immer wieder Bahn. Magda gab alles, um ihr Versprechen zu halten. Sie lernte endlich kochen, damit der Großvater entlastet war, stand lange vor Morgengrauen auf und sorgte dafür, dass das Haus heimelig wirkte und ein jeder sich umsorgt fühlte. Bei all der Arbeit merkte sie kaum, wie die Zeit verstrich. Eines Morgens aber, als sie in tiefster Dunkelheit am Brunnen Wasser schöpfte, hörte sie eine Feldlerche, die mit ihrem Lied den Tag begrüßte. Das eisige Schweigen des Winters war vorüber.

7

Der Frühling kam und mit ihm das Ende des Brauverbots. Durch die Kälte und den ewigen Niederschlag war jedoch Nässe durch die hölzernen Wände der Speicher gedrungen, und Fäulnis hatte das Getreide verdorben. Gerupft wie die Kirchenmäuse standen die Harzers da, aber damit waren sie beileibe nicht allein. Ganz Bernau schleppte an der Last der schlechten Ernten und an der unsicheren Lage im Land. Raubritter und Wegelagerer nutzten die fehlende Ordnung für ihre Zwecke aus, bis kaum ein Kaufmann mehr wagte, eine Reise zu unternehmen und dabei Geld oder Waren mitzuführen. Der Handel erlahmte, weil die Menschen vorsichtig geworden waren und nur kauften, was sie unbedingt zum Leben brauchten.

Zu allem Unglück hielt das grauenhafte Wetter an. Nach tagelangen Regenfällen versanken die Katen vor der Stadtmauer im Morast. Papst Johannes XXII. verhängte über König Ludwig den angedrohten Kirchenbann, und Propst Nikolaus predigte mit Geifer auf den Lippen von der Strafe Gottes: Mit Wolkenbrüchen und Missernten würde der Allmächtige die Brandenburger geißeln, bis sie sich von dem ketzerischen Bayern lossagten und statt seiner Herzog Rudolf unterstützten, den rechtmäßigen Kandidaten des Papstes.

Herzog Rudolf aber war dem Bayern in der Schlacht längst unterlegen, und Markgraf von Brandenburg war und blieb des Bayern Sohn. Dass die Brandenburger Bürger auf das Wetter Einfluss nehmen konnten, indem sie sich für oder gegen ihren Landesherrn entschieden, hielt Magda für so vermessen wie die Hoffnung, die sie in jenen kurzen Tagen mit Alheyts Sohn gehegt hatte: Sie und ihre kindischen Träume hätten Gewalt über Leben und Tod.

Von Linhart hieß es, er habe die Wendin Worša in sein Haus aufgenommen, nachdem ihr ein Sturm das Dach über dem Kopf davongerissen hatte. *Er ist doch ein netter Mann*, dachte Magda. Um seine Brauerei stand es bei Weitem übler als um die ihre, aber das hinderte ihn nicht, einem Menschen in Not sein Mitleid zu erweisen.

Kurze Zeit darauf aber hatte sie wieder einmal Grund, sich um Diether zu sorgen, denn neue Gerüchte besagten, er lasse noch immer nicht die Finger von der Wendin, obgleich diese nun in Linharts Haus lebte. Auch über andere Mädchen gab es Gemunkel: Auf dem Markt wurde geflüstert, eine Müllerstochter aus Ahrensfelde habe sich um seinetwillen in die Panke gestürzt und sei halbtot von ihrem Vater herausgezogen worden.

Magda stellte Diether zur Rede, doch kaum hatte sie mit ihrer Standpauke begonnen, fiel er ihr voll Empörung ins Wort: »Deshalb kommt meine Schwester also zu mir, dazu findet sie Zeit – um mich wie einen dummen Buben auszuschelten. Aber ist sie etwa vorher gekommen, hat sie mich gefragt, wie es mir geht und ob ich ihren Trost brauche? Weit gefehlt. Ich war ja mit Alheyt nicht verheiratet, also hatte ich kein Recht, sie zu lieben, und schon gar keines, um sie zu trauern. Dass sie mein Mädchen war, bevor Lentz sie mir weggeschnappt hat, das zählt natürlich nicht.«

Einen Herzschlag lang hielt Magda inne. Der verletzte Zug in seinem Gesicht ließ sie stocken, doch gleich darauf besann sie sich. »Wenn du Alheyt so sehr geliebt hast, was willst du dann von der Wendin?«, fuhr sie ihn an. »Und die Müllerin aus Ahrensfelde, liebst du die auch mit allen Herzenskräften, und obendrein noch die Witwe aus Biesenthal? Wie kannst du so leben, Diether, wie kannst du dich selbst dabei ertragen?«

Er zuckte Schultern und Mundwinkel gleichzeitig und schaffte es, dabei so hübsch und verdorben auszusehen, dass es ihr in den Fingern juckte, ihm eins auf den Mund zu geben. »Zu etwas anderem tauge ich doch nicht. Die Weiber wissen mich wenigstens zu schätzen.«

»Beim Herrgott, du machst es dir einfach – was immer dir guttut, nimmst du dir, und an einen anderen denkst du nicht. An die Wendin schon gar nicht. An der reizt dich doch nichts, außer dass sie Linhart gehört. Weißt du, dass ich mich manchmal schäme, deine Schwester zu sein? Und weißt du auch, dass Endres nicht auf Wanderschaft gehen kann, weil er auf dich achtgeben muss wie auf ein kleines Kind? Und das in einer Zeit, in der deine Familie jede Hand brauchte, um sich aus dem Sumpf zu ziehen!«

»Da zieht nur alleine!«, höhnte er, doch der Schmerz in seiner Stimme entging ihr nicht. »In eurem Haufen von wackeren Streitern würde ein Nichtsnutz wie ich doch ohnehin nur stören. Endres, der Held, füllt meinen Platz schließlich wunderbar aus, was will er da bitte schön auf Wanderschaft?«

Sein Blick traf sie. Er hatte die Lider mit den langen Wimpern gesenkt, und in seinen Augen stand ein Flehen, das auszusprechen ihm sein Stolz verbot. Magdas Wut zerplatzte. »Was ich gesagt habe, ist nicht wahr«, bekannte sie. »Ich schäme mich nicht, deine Schwester zu sein, aber ich habe Tag und Nacht Angst um dich. Tu mir einen Gefallen, Diether: Was für Verrücktheiten dir auch einfallen mögen, halte dich von Linhart und seinem Mädchen fern. Der Hass, den er auf dich und Endres hat, brennt längst lichterloh, und wenn du den noch schürst, fehlt uns am Ende das Wasser zum Löschen.« Flüchtig fuhr sie ihm über die Wange, dann ließ sie ihn stehen, weil ein Berg Arbeit auf sie wartete.

»Schwesterchen!«, rief er ihr nach, sodass jeder, der denselben Weg ging, es hören musste. »Auch wenn ich nichts tauge, auch wenn ich zu schlecht bin, um ein Mädchen zu lieben – dich liebe ich!« Seine Stimme war hell und voll Silber. Zwei Bauersfrauen, die ihre Kannen vorbeischleppten, drehten sich tuschelnd nach ihm um.

Tage später hörte Magda, Linhart habe seine Wendin auf die Straße geworfen, denn das undankbare Ding habe ihm Hörner aufgesetzt. Das Mädchen mit dem schwarzen Haar tauchte nie wieder in Bernaus Straßen auf, doch hartnäckig hielt sich das Gerücht, sie wäre ertrunken und striche als Geist des Nachts um die Häuser in der Braugasse.

Diether war nicht der Einzige unter ihren Brüdern, der Magda Sorgen bereitete. Wenn sie Lentz zusah, zog sich ihr das Herz zusammen. Er gab sich den Anschein, als wäre nichts geschehen, tat seine Arbeit, legte sich wie Endres und Großvater ins Zeug, um die Verluste wettzumachen, erschien mit sauberen Händen zum Essen und ging am Sonntag mit der Familie in die Messe. Aber er sprach mit niemandem mehr als das, was ihm aufgezwungen wurde, und lebte unter ihnen wie ein Fremder. Magdas Versuche, mit ihm zu reden, scheiterten. »Lass ihm Zeit«, riet ihr Endres. »Lentz ist stärker als wir alle, er wird schon tun, was für ihn das Richtige ist.«

»Aber ist das nicht hart?«, fragte Magda. »Immer der Starke sein zu müssen, immer der, der das Richtige tut?« Tatsächlich war dies schon immer Lentz' Rolle gewesen – er war der, an den man sich mit seinen Sorgen wenden konnte, weil er selbst keine hatte oder allein damit fertig wurde. Dass er auch jetzt mit allem allein war, tat Magda in der Seele weh.

Das Leben aber ist ein seltsames Ding. Es ist wie ein Haus, in dem ein Stockwerk einstürzt, während die Bewohner im anderen unbekümmert weiter ihr Gelage halten. In all dem Kummer gab es glückliche Augenblicke, Tage, an denen sich nach dem

Regen die Sonne in den Pfützen spiegelte, laue Abendstunden, die Magda und Endres sich stahlen, um bei der Allmende auf ihren Steinen zu sitzen und sich zaghaft eine Zukunft auszumalen.

Am Walpurgistag wurde der Jahrmarkt abgehalten, und anschließend gab es bei der Linde Speis und Trank und Maientanz. In diesem Jahr ließ Endres sich überreden, mit Magda hinzugehen, obgleich er steif und fest darauf beharrte, nicht tanzen zu können. Er hasste derlei Festlichkeiten, auf denen stets zu viel getrunken wurde und selbst die friedfertigsten Gesellen über die Stränge schlugen.

Magda wollte sie auch hassen. Sie bewunderte Endres für seine Ernsthaftigkeit, die durch die süße Musik, die schäumenden Getränke und den Duft der Köstlichkeiten an den Ständen nicht im Mindesten in Versuchung geriet. Um sie selbst war es leider anders bestellt: Von Herzen gern wollte sie besonnen und vernünftig sein, wie es Endres gefiel, doch alles in ihr sehnte sich nach Ausgelassenheit, und ihr Fuß wippte im Takt der Musik, ohne dass sie es verhindern konnte.

Mehrere der Handwerkersöhne, die sie ihr Leben lang kannte, kamen, um sie zum Tanz aufzufordern, doch sie wies jeden zurück, um Endres nicht zu kränken. Dann aber trat ihr Bruder Utz vor sie hin. »Dieser Tanz ist fürchterlich bäurisch«, bekundete er lächelnd. »Aber dass das netteste Mädchen wie ein Gewächs des Schattens sitzen bleibt, ist trotzdem eine Schande.«

Ihrem Bruder durfte sie ja wohl einen Tanz nicht verweigern! Er bot ihr den Arm, sie hängte sich ein und ließ sich auf die Tanzfläche führen. Zwei junge Männer schlugen mit Stöcken ihre Tamburine, dass die Schellen klirrten und Magdas Schenkelmuskeln zuckten. Rings um sie überboten die Burschen sich darin, ihre Tanzpartnerinnen um die Achse zu schwingen, sie dann in der Taille zu packen und in die Lüfte zu schleudern. Dabei jauchzten und lachten sie, dass es weithin wiederhallte.

Utz hingegen führte Magda gesittet und sorgsam wie beim Schreittanz. Wenn sie einen ungestümen Schritt setzte oder gar hüpfte, wie der Tanz es vorsah, zwang er sie sanft mit seinem Arm in die Figur zurück. Es war nicht ganz so vergnüglich wie ein echter Hoppeldei, aber sie genoss die Galanterie, mit der Utz sich ihr widmete, und die staunenden Blicke, die ihnen folgten. Ein wenig mochten sie wie ein Paar vornehmer Fremder wirken, wie sie sich zuweilen auf Bernaus Jahrmärkte verirrten.

Hinterher deutete Utz eine Verbeugung an, als wäre sie eine Dame und er ein wirklicher Herr. Sie fand, er habe das Zeug zu einem, und das sagte sie ihm: »Wenn du ein Hemd mit gefälteltem Kragen, enge Beinkleider und eine von den neuen Schecken aus Samt hättest, sähest du aus wie ein Herr.«

Utz seufzte und rupfte unwillig an seiner groben, knöchellangen Cotta. »Du weißt nicht, wie sehr ich mir das wünschte. Wer sich nicht anständig kleiden kann, dem sieht man auf ewig an, woher er kommt.«

»Du kommst aus einem guten Haus, Utz. Und du bist eben im Innern ein Herr.«

Sein Lächeln kehrte zurück. »Danke, mein Herz. Was meinst du, wollen wir etwas trinken?«

Mehr und mehr Tanzpaare tummelten sich auf der Fläche, und vor der Bude des Possenreißers drängten sich Schaulustige, die ihre Kinder über die Köpfe hoben. Geschickt schlängelte sich Utz zwischen den Leibern hindurch zu den Ständen, an denen Speisen und Getränke feilgeboten wurden. Der Großvater hatte wie stets gemeinsam mit Nachbarn aus der Braugasse einen Stand aufgebaut und schenkte mit vollmundigen Sprüchen sein frisch gebrautes, untergäriges Starkbier aus. Sein kauziger, böser Witz machte den Leuten Vergnügen. Mit leisem Frohlocken sah Magda, dass vor ihrem Stand mehr Zecher Schlange standen als vor dem weit größeren, den Laienbrüder des Klosters Chorin errichtet hatten.

Ein Stück weit im Hintergrund erkannte sie Pater Honorius, der alles andere als ein Laie, nämlich der Prior der Zisterzienser war. Als solcher hätte er in Weltabgeschiedenheit und Stille leben müssen, doch dazu war er offensichtlich nicht geboren. Sooft sich Gelegenheit bot, brach er aus den stillen Mauern des Konvents aus und begab sich ins quirlige Treiben des Städtchens. Er wusste um jede Einzelheit, die in den Bernauer Gassen vor sich ging, hielt mit seiner Meinung nicht hinterm Berg und war für seinen Jähzorn bekannt. Wenn es um den Peterspfennig und die Verderbtheit der Brandenburger ging, verspritzte er kaum weniger Gift und Galle als Propst Nikolaus.

Zu Magdas Verblüffung führte Utz sie an beiden Bierständen vorbei zu einer Bude am äußersten Rand des Festplatzes. Zwei dunkelhaarige Männer, die Magda nicht kannte, schenkten dort aus hohen Krügen ein Getränk aus.

Utz fischte zwei Becher aus seinem Beutel und ließ sie sich von einem der Dunkelhaarigen vollschenken. Magda sah zu, wie die Flüssigkeit aus der Tülle strömte. Sie schäumte kaum und war golden wie flüssiger Honig. »Beim Herrgott, ist das Wein, Utz? Aber wir können doch keinen Wein trinken, wir müssen doch sparen, was das Zeug hält!«

»Ständig sparen kann kein Mensch«, erwiderte Utz und ließ seinen Becher leicht gegen ihren klirren, sodass von der honigfarbenen Flüssigkeit ein paar Tropfen hinüberschwappten, wie sie es beide vom Bier kannten. »Nun probier schon. Wenn du ihn nicht einmal trinkst, ist das Geld dafür wahrhaftig vergeudet.«

Der Wein war voller Süße, und wenn Magda ihn eine Weile lang im Mund behielt, legte er sich samtig und schwer auf ihre Zunge. »Das ist ja köstlich, Utz! Ich wünschte, ich könnte einen ganzen Krug davon leeren.« Auch in der Mark wurde Wein angebaut, doch er war so sauer, dass man ihm kellenweise Sirup zusetzen musste, um ihn überhaupt hinunterzubekommen.

Utz lachte leise. »Dacht ich's mir doch, dass du in der Familie den feinsten Geschmack besitzt.« Damit ging er und ließ ihre Becher noch einmal füllen. »Die Weinhändler kommen aus Regensburg«, erzählte er. »Dort ist der Himmel blau, von April an fällt kein Tropfen Regen, und der Wein kann an grünen Hängen in der Sonne baden. Muss es nicht herrlich sein, in einem Land zu leben, das sonnig, fruchtbar und voll Fülle ist wie dieser Wein?«

Magda überlegte. Sie trank noch einen Schluck und glaubte zu schmecken, was Utz meinte: Die Wärme in ihrem Mund ließ sie vergessen, dass graue Wolken aufzogen und sie eben noch in ihrem dünnen Kleid gefröstelt hatte. Sie glaubte, die in Sonne getauchten Hügel vor sich zu sehen, den reichen, leicht pflügbaren Boden und das strahlende Blau des Himmels, das es hier nur an kostbaren, seltenen Sommertagen gab.

Ja, vielleicht wäre es schön, in der Nacht nicht zu frieren und am Morgen von der Sonne geweckt zu werden, sich in Bächen zu waschen, in denen die Glieder nicht blau froren, und auf grünen Hügeln Trauben zu pflücken, dass einem der süße Saft die Gelenke hinunterrann. Vielleicht wäre es schön, im März seinen Hof mit den Händen umzugraben, statt die Hacke zu nehmen und vor Schweiß zu triefen. Vielleicht – aber die sonnendurchflutete Welt blieb Magda trotzdem fremd und schwer vorstellbar.

»Wenn ich könnte, ginge ich dorthin«, sagte Utz. »Kämst du mit?«

Magda trank Wein und sagte: »Ich glaub nicht, Utz. Ich wäre da nicht am richtigen Platz. Ja, ich weiß, bei uns ist es rau und trübe, und die Erde ist so zäh wie alte Binsen. Und dann sind da die Sümpfe und die verteufelt dunklen Wälder voll Gesindel – aber es ist doch das Land, das uns gemacht hat, oder? Ich hab keine zarten Rehbeinchen, um auf grünen Hügelchen herumzuspringen, sondern zwei Stampfer, um Brandenburger Kraut zu treten. Ich tauge nicht dazu, mit gespitztem Mündchen Artigkeiten auszutauschen, sondern schwatze, wie mir mein Schnabel gewachsen ist. Nein, ich käme nicht mit. Ich bin Brandenburgerin, und auch ein Wildschwein fragt sich ja nicht, ob es als Damenpferd besser dran wäre.«

Kurz sah Utz sie an, als verstünde er nicht. Dann brach er in ein Gelächter aus, wie sie es selten bei ihm gehört hatte. »Weißt du was, mein Herz? Wenn ich nach Regensburg ginge, würdest du mir fehlen.«

»Dann bleib eben hier!«, rief Magda. »Überhaupt, wer sagt dir denn, dass es dort nicht auch regnet, wo es doch schon Regensburg heißt?«

Zu einer Antwort kam Utz nicht, weil sich ein Dritter zu ihnen gesellte. »Ich komme, um dich zu fragen, Magdalen, ob du nicht mit mir tanzen magst«, sagte Linhart und nickte ihr zu. Er trug ein reines Hemd aus feinem Leinen und hatte sich das wilde rote Haar, so gut es ging, geglättet.

Magda wollte eine höfliche Floskel der Ablehnung stammeln, aber Utz antwortete an ihrer Stelle: »Das ist sehr löblich, Linhart. Meine Schwester hat gewiss längst genug davon, sich mit mir die Beine in den Bauch zu stehen.«

»Habe ich nicht!«, protestierte Magda, aber den Tanz konnte sie jetzt nicht mehr zurückweisen. Ein wenig beklommen ging sie an Linharts Arm zurück zur Linde.

»Hoppla!«, rief ihr Tänzer, sobald die Fiedel ihren wilden Auftakt begann und gleich darauf der Sackpfeifer und die Jungen mit den Tamburinen einfielen. Auf dem Tanzboden verstand der sonst so verdrießliche Linhart seine Sache, das musste Magda ihm lassen. Er wirbelte sie linksherum, dann fing er sie im Fluge auf und wirbelte sie nach rechts, dass ihr Hören und Sehen verging und sie vor Vergnügen japste.

»Du tanzt ausgezeichnet, Magdalen.«

»Das Kompliment bekommst du zurück.«

Sein Fischatem störte sie nicht mehr, so wenig wie der leichte Regen. Seine Hände umfassten ihre Taille, warfen sie mit Schwung in die Höhe und fingen sie gleich darauf wieder auf. »Hoppla!« Sie lachten zusammen.

Geschickt stellte er sie auf die Füße, doch als er sie nach der Linken drehen wollte, sprang ihr Diether in den Weg. »Lass meine Schwester los, Linhart von der Mauer. Fass sie nie wieder an, oder du hast einen Haken sitzen, dass du nicht mehr weißt, wie du heißt.«

Linhart straffte die schmalen Schultern und umfasste Magdas Oberarm, als wäre sie sein Besitz. »Darf deine Schwester nicht selbst entscheiden, mit wem sie auf dem Maifest tanzt? Ich habe sie höflich gefragt, und dein Bruder Utz, der ja wohl älter ist als du, hatte nichts dagegen einzuwenden.«

»Halt dein Drecksmaul, Linhart!« Diether griff nach Magdas anderem Arm, und einen Augenblick lang glaubte sie, die beiden wollten sie zwischen sich zerreißen. Dann trat Endres dazu und berührte seinerseits Diether am Arm. »Lasst gut sein. Gehen wir nach Hause. Auf solchen Festen trinkt so mancher mehr als er verträgt.«

»Und wer bist du?«, erwiderte Linhart höhnisch. »Der Laufbursche von Propst Nikolaus, der uns Moral predigt?« Er ließ Magda los, krümmte den Rücken und stieß seinen Kopf wie eine Natter nach vorn. »Den Peterspfennig will ich, heraus mit dem Peterspfennig!«, ahmte er die geifernde Stimme des Propstes nach. »Ihr verkommenen Sünder, hört auf, euer Geld auf dem Maifest zu versaufen, und spendet es eurer Mutter Kirche, oder ihr brennt alle miteinander in der Hölle!«

In Windeseile hatte sich ein Kreis um sie gebildet. Gelächter ertönte. Der Regen wurde stärker.

»Ist schon gut, Linhart«, sagte Endres. »Für uns wird es Zeit – reden wir ein andermal darüber.«

»Wer hat denn überhaupt mit dir geredet?«, fuhr Linhart

auf. »Weißt du, wie satt ich es habe, dass du dich immerzu einmischst mit deinem Salbadern und deiner Frömmelei? Was geht es dich eigentlich an, warum machst du nicht, dass du allein nach Hause kommst, wenn dir der Hintern kalt wird? Mit Diether Harzer wäre ich schon einig geworden, wenn du nicht deine Nase hineingesteckt hättest. Ich habe nämlich keine unehrlichen Absichten bei seiner Schwester, sondern nur die allerbesten, aber das ist eine Sache zwischen ihm und mir.«

Endres stand still und ließ die beleidigenden Worte auf sich niederprasseln. *Sag's ihm*, beschwor ihn Magda stumm. *Sag ihm, dass es dich sehr wohl etwas angeht, weil wir nämlich verlobt sind, wie ich selbst es ihm auch schon gesagt habe.* Sie suchte seinen Blick, um ihn zum Sprechen zu bewegen, aber Endres sah zu Boden und schwieg. Wie sollte Linhart ihre Verbindung ernstnehmen, wenn Endres sich nicht zu ihr bekannte, wie sollte irgendwer in dieser Stadt sie ernst nehmen? Sie hatte ihn für seine stille Art geliebt und nie etwas Übles über ihn gedacht, aber jetzt musste sie die Lippen aufeinanderpressen, um ihm nicht entgegenzuschleudern, was sie von ihm hielt: *Du Feigling*, dachte sie. *Wann wirst du endlich aufhören, dich vor allem und jedem zu ducken?*

»Komm nach Hause«, sagte Endres schließlich nicht zu Magda, sondern zu Diether. »Lass dich hier nicht schon wieder auf Streit ein, ich bitte dich darum.«

»Und warum bitte schön sollte ich?«, höhnte Diether. »Ganz Unrecht hat er ja nicht, der Linhart – weshalb mischst du dich überhaupt ein, wenn du dann den Mund nicht aufbekommst, um zu sagen, wo du bei dieser Sache stehst? Für meinen Großvater magst du der Held seiner Träume sein, aber für mich muss ein Kerl erst mal Mut beweisen, ehe ich ihn in den Himmel hebe.«

Das Gelächter und das Getuschel verstummten. Magda hatte das Gefühl, als schlösse der Ring der Gaffer sich enger um sie. Gespannt wartete die Horde auf das, was jetzt geschehen würde. Ein echter, womöglich blutiger Kampf war besser als das lahme Mirakelspiel der Schausteller, und damit, dass Diether Harzer sich gegen seinen getreuen Schatten, den wackeren Endres, wenden würde, hatte niemand gerechnet.

Endres hob den Kopf und sah Diether an. »Lass uns gehen, ehe ein Unglück geschieht«, sagte er leise. »Der Marktmeister kann uns an Ort und Stelle eine Buße aufbrummen, wenn wir seine Ordnung stören.«

Was Diether bewegte, umzuschwenken, wusste Magda nicht. Gewiss nicht die Buße, die vom Marktmeister drohte, denn derlei forderte ihn eher noch heraus. Er ballte die Faust und vollführte einen Ausfallschritt in Richtung Linhart, dann aber wandte er sich zu Endres zurück, spuckte aus und ließ die Faust sinken. »Also meinetwegen. Aber du kommst auch mit.« Er verstärkte seinen Griff um Magdas Arm und zerrte sie mit sich von der Tanzfläche. Sie hätte sich wehren können, versuchen, ihn abzuschütteln, doch sie fühlte sich mit einem Schlag todmüde und wünschte nur noch, dass dieser Tag zu Ende ging.

8

Die Ernte kam und fiel zwar von Neuem kärglich, jedoch nicht ganz so übel aus wie im Jahr zuvor. Vielleicht hörte das Wetter also allmählich doch auf, verrückt zu spielen, und von der Strafe Gottes würde nichts übrigbleiben als ein paar Gräuelgeschichten, um Kinder zu erschrecken. In jedem Fall würden die Brandenburger in diesem Jahr leichter über den Winter kommen. Im Hause Harzer war es für Jubel zu früh, doch es gab Geld, um Getreide zu kaufen, und zögernd breitete sich Erleichterung aus.

Magda allerdings hatte seit dem Jahrmarkt zu Walpurgis das Gefühl, auf einem Ballen Stroh zu sitzen, der jederzeit Feuer fangen konnte. Dabei gab es offenbar keinen Grund, sich zu fürchten: Es war kein Brauverbot ergangen, Diether hatte bei seinen Eskapaden bisher keinen Schaden genommen, und Lentz war zwar noch immer in sich gekehrt, aber sein Zustand hatte sich zumindest nicht verschlechtert. Dennoch erschien der Frieden im Haus ihr trügerisch, und am Michaelistag begriff sie, warum.

Sie waren wie gewöhnlich gemeinsam zur Messe gegangen, hatten hinterher noch im Kreis von Bekannten vor dem Kirchentor gestanden, um über Propst Nikolaus zu schimpfen, und sich dann auf den Heimweg gemacht. Hinter dem Kirchhof schloss Linhart sich ihnen an. Wie zum Maifest hatte er sich mit besonderer Sorgfalt gekleidet, trug ein Paar der engen Beinlinge, wie sie unter den Patriziern in Mode kamen, und seine Gesichtshaut war gerötet, als habe er sie geschrubbt.

»Guten Morgen, Magdalen«, sagte er und lächelte ihr erwartungsfroh entgegen. Dann wandte er sich dem Großvater zu. »Guten Morgen, Herr Seyfrid. Ist es recht, wenn ich Euch begleite? Es gibt da etwas, das ich gern mit Euch bereden möchte.«

Endres hielt Diether zurück, ehe der die Fäuste ballte. Der Großvater schien überrumpelt und suchte nach Worten. Da niemand es ihm verwehrte, ging Linhart mit ihnen weiter. Ein stürmischer Wind vertrieb die blassen grauen Wolken und schob schwarze heran. Just als sie in ihre Gasse einbogen, brach der Himmel auf und ergoss sich prasselnd über ihren Köpfen. Einer hinter dem anderen flüchteten sie ins Haus.

Noch während sie sich der nassen Mäntel entledigten, trat Linhart vor den Großvater hin und sagte: »Es ist wegen Magdalen, dass ich gekommen bin, Herr Seyfrid. Da mein Vater nicht mehr sein Wort für mich einlegen kann, spreche ich allein vor und bitte, dass Ihr mir Magdalen zur Frau gebt. Ich bin ein guter Bierbrauer, das ist Euch bekannt, und wenn ich auch auf harte Zeiten gefallen bin, so will ich doch bald wieder auf einen grünen Zweig kommen und für Magdalen, wie es ihr zukommt, sorgen.«

Magdas Herz setzte einen Schlag lang aus. *Zum Teufel, Endres*, dachte sie, *warum hast du ihm nicht im Mai erklärt, wie es um uns steht, dann hättest du uns diese Misere erspart.* Natürlich würden sie Linhart abweisen müssen, aber das war jetzt nicht mehr möglich, ohne ihn zu demütigen, und ein gedemütigter Mann war eine Quelle der Gefahr.

»Ha, mit dem Geld meiner Schwester willst du auf deinen grünen Zweig kommen!«, brüllte Diether. Endres und Utz kämpften gemeinsam darum, ihn festzuhalten, damit er nicht auf Linhart losging. Musste er jedes Mal alles noch schwieriger machen, konnte er nicht einmal nachdenken, ehe er mit seinen Worten herausplatzte?

Linhart aber schenkte ihm keine Beachtung, sondern blieb

dem Großvater zugewandt. Seine Beine in den engen Hosen zitterten vor Erwartung. »Aus der Verbindung unserer Familien werden wir alle Nutzen ziehen«, beteuerte er zwischen heftigen Atemzügen. »Gerade in solcher Bedrängnis müssen wir Handwerker unsere Kräfte vereinen, damit man uns die Butter nicht vom Brot nimmt.«

Magda hätte darauf gewettet, dass der Großvater seine gehässige Seite zeigen und Linhart eine hämische Abfuhr erteilen würde. Zu ihrer Überraschung schien dessen hilfloser Antrag jedoch sein Mitleid zu wecken. »Das ist sehr hübsch von dir, Linhart«, bekundete er mit rauer Stimme. »Sag, warum setzt du dich nicht und trinkst nach diesem Getöse da draußen einen Krug Bier mit uns?«

»Dafür danke ich«, erwiderte Linhart. »Nur hätte ich erst gern meine Antwort von Euch.«

»Das habe ich befürchtet.« Der Großvater seufzte. »Mit Bier lässt sich bittere Arznei zwar leichter hinunterspülen, aber man kann keinen Menschen zu seinem Glück zwingen. Wie schon gesagt, es ist sehr hübsch von dir, Linhart, und wir fühlen uns von deiner Absicht geehrt. Leider kann daraus aber nichts werden, denn unsere Magda ist schon mit einem anderen verlobt. Wir sind derzeit noch gezwungen, es geheim zu halten, doch das ändert nichts.«

»Und warum, bitte schön?«, rief Diether. »Heda, Endres, warum trittst du nicht endlich vor und sprichst aus, dass du der Glückliche bist. Wenn es für diese Geheimniskrämerei einen Grund gibt, dann bleibt er mir verborgen.«

Der Großvater sandte einen tödlichen Blick in Diethers Richtung, aber Magda fand, dass der Bruder dieses Mal recht hatte. Ja, sie und Endres lebten unter einem Dach, obwohl sie dem Gesetz der Zunft nach zurzeit nicht heiraten durften. Ja, es würde Gerede geben, aber das legte sich auch wieder, sobald die Klatschmäuler andere Opfer fanden. Sie drehte sich nach

Endres um. Der stand noch immer im hintersten Winkel, als ginge ihn das Ganze nichts an.

»Der da?«, rief Linhart außer sich und wies auf Endres. »Der Waisenknabe, der keinen Pfennig im Beutel hat und als Schmarotzer von eurer Gnade lebt?«

»Ja, genau der!«, rief Diether. »Der ist meines Großvaters Liebling und sackt hier alles ein, auch wenn er nicht einmal den Mumm hat, für sein Mädchen einzutreten. An dem kommst du nicht vorbei, du Kaulquappe.«

»Was für Dreck seid ihr denn!«, schrie Linhart mit verzerrter Stimme. »Die eigene Schwester gebt ihr einem Buhlen, und das unter eurem Dach! Das soll das Heim von ehrlichen Handwerkern sein? Ein Hurenhaus ist es, ein Sündenpfuhl!«

Magda schloss die Augen und presste sich die Hände auf die Ohren. Sie wollte nicht miterleben, wie Diether durch den Raum preschte und mit den Fäusten auf Linhart eindrosch, wie Endres versuchte, ihn zurückzureißen, wie Utz sich vergeblich dazwischenwarf und wie der Großvater schließlich ein Ende machte und Linhart des Hauses verwies.

Und bei diesem ganzen scheußlichen Tumult geht es um mich, rumorte es ihr im Kopf. Aber um sie ging es ja in Wahrheit gar nicht – höchstens um Geld in einer Truhe, um den Besitz der Brauerei und des Großvaters Stellung in der Stadt. Zum ersten Mal hatte Magda ihre Familie satt. Sie lief hinauf in ihre Kammer und wollte an diesem Tag keinen von ihnen mehr sehen.

In der Nacht, die diesem Tag voll Unfrieden folgte, hatte sie wieder einen Traum. Es war jener Traum, der ihr Leben für immer verändern würde, jene Nacht, in der Magda begann, sich vor sich selbst zu fürchten.

Vor dem Morgengrauen schreckte sie aus einem qualvollen Schlaf, in eisigen Schweiß gebadet. Die Decke wärmte sie nicht, so fest sie sie auch um sich schlang. Ihr Herz raste vor Entsetzen. Endlich zwang sie sich, die Reste ihrer Vernunft zusammenzuklauben und sich aufzusetzen. Statt weiter unter der durchnässten Decke zu zittern, stieß sie sie von sich und legte sich ihr Schultertuch um.

Erinnere dich, befahl sie sich. *Es war nur ein dummer Traum, wie es die vielen Male zuvor nur ein Traum war. Es ist unmöglich, in die Zukunft zu schauen, allein Gott kann das, kein törichtes Mädchen aus Bernau.* Alheyts Kind fiel ihr ein. Von ihm hatte sie nicht geträumt, und dennoch war es gestorben. Aber das Kind hatte noch nicht sprechen und von ihr nicht Abschied nehmen können. Nein, sie betrog sich nur selbst: Natürlich starben Menschen, ohne ihr im Traum zu erscheinen. Das war nicht, was sie so sehr besorgte. Was sie quälte, war vielmehr, dass ausnahmslos jeder, der ihr im Traum erschien, vom Tod geholt wurde. Der Mann aus ihrem Traum hatte ihr klar und deutlich seinen Gruß entboten: »Ich muss jetzt gehen. Ich bin gekommen, um dir Lebewohl zu wünschen.«

Der Mann aus ihrem Traum würde sterben.

9

Seit Wochen hatte Endres Diether in den Ohren gelegen, er solle mit ihm zum Torfstechen gehen. Zusammen mit anderen Burschen aus der Stadt hatte er vor dem Waldrand ein Stück Moor durch Gräben notdürftig entwässert, und mit dem Schwarztorf, der dort in der Tiefe wartete, wollte er versuchen, ein Rauchbier zu brauen, wie es im Bayrischen bekannt war. Die Idee stammte von Diether selbst, doch wie so oft war er nur einmal kurz darüber in Begeisterung geraten, um sie wenig später zu vergessen.

Endres hingegen war Feuer und Flamme: »Wenn wir jetzt ein paar Fuhren Torf holen, bekommen wir ihn bis zum Winter noch trocken«, hatte er gesagt. »Du hast selbst gesagt, mit dem Rauchbier hätten wir etwas, das die Klöster nicht zu bieten haben, und ich bin überzeugt, die Händler würden uns reichlich davon abnehmen.«

Diether hatte keine Lust, Torf zu stechen. Es war eine viehische Plackerei, Drecksarbeit, für die betuchte Herren Tagelöhner aus den Katen bezahlten. Gut gestellte Handwerker wie die Harzers hatten derlei kaum je nötig gehabt.

»Die Zeiten werden schlechter.«

»Bleib mir vom Hals mit deinen schlechten Zeiten. Wenn ich die Zeit wäre, ich würde auch schlecht werden, wenn Unken wie du es beständig herbeischwatzen.«

Es war nicht nur die Arbeit des Stechens, die Diether hasste, sondern das Moor an sich. Nicht, weil sich allerlei Legenden von Geistergestalten und friedlos wandelnden Moorleichen darum rankten. Er war ja kein Mädchen, und als Knabe hatten ihm derlei Geschichten eher ein finsteres Vergnügen bereitet. Auch nicht, weil das Moor das reinste Brutnest für Räuber war, die sich auf den tückisch verborgenen Wegen auskannten und ein argloses Opfer in die tödlichen Fangarme der Nässe treiben konnten. Tollkühnheit, die seine Schwester Leichtsinn nannte, war Diether in die Wiege gelegt, und vor einer ordentlichen Prügelei hätte er nie und nimmer den Schwanz eingekniffen. Nein, es waren weder Räuber noch Geister, die ihm das Moor verleideten. Es war die Erinnerung an den Vater, die weit aufgetriebene Wunde am Hals und das vom Blut schier unkenntliche Gesicht, die ihn noch immer verfolgte.

An diesem Morgen, der grau wie unter Schleiern begann und selbst nach Stunden kaum heller wurde, sagte er dennoch zu Endres: »Na komm, gehen wir Torf stechen, wie du's dir so sehnlichst wünschst.«

»Jetzt ist es zu spät«, erwiderte Endres. »Die Gräben sind längst voll Wasser gelaufen, und so oder so bekämen wir den Torf nicht mehr trocken.«

»Und was ist mit deinem Rauchbier, bitte schön?« Diether boxte den Kleineren in die Seite. »Darauf warst du doch so scharf. Ist das schon alles vorbei?«

»Ich hätte es gern versucht«, gab Endres zu. »Aber die Brauerei gehört euch, und bei euch liegt die Entscheidung. Du wolltest es nicht, also habe ich es aufgegeben.«

»Schwatz keinen Kohl«, erwiderte Diether und boxte ihn noch einmal. »Wenn hier jemand Entscheidungen trifft, dann der Großvater, und der hört auf dich, nicht auf uns. Das weißt du selbst, nicht wahr, du Goldkind? Ich habe mich schon gewundert, dass er mich nicht mit dem Stecken ins Moor gescheucht hat, damit ich dir deinen verdammten Torf ausgrabe.«

»Ich habe ihm von dem Torf und dem Rauchbier nichts erzählt«, sagte Endres mit jener leisen Stimme, die Diether bis aufs Blut reizte.

»Und warum nicht?«

Lasch zuckte Endres die Achseln. »Die Idee war ohnehin deine. Ich hätte gern etwas gehabt, das wir zwei allein schaffen. Nur du und ich.«

Das Gefühl der Rührung, das Diether kurz ansprang, schüttelte er schnell wieder ab. »Na komm, dann lass uns das machen. Ist doch gerade erst Oktober. Das bisschen Torf für dein Rauchbier wird sich aus der Tunke beim Wald wohl noch schaufeln lassen. Sei kein Frosch – eine Unke bist du doch schon.«

»Ich weiß nicht«, murmelte Endres.

»Du weißt nie. Glaubst du, meiner Schwester gefällt das auf ewig, ein Kerl, der sich zu nichts entschließen kann? Ja, ja, ich weiß schon, du bist der leuchtende Tugendstern dieses Hauses, du verstehst dich darauf, alte Männer zu bezirzen, aber auf Mädchen verstehe ich mich besser als du. Vielleicht solltest du Magda mal zeigen, dass du ein Kerl bist, auch ohne Großvaters helfendes Händchen.«

»Ich hole meine Cotta«, hatte Endres gesagt und war vom Schreibpult, wo er wie so oft über Pergament und Tintenhorn gesessen hatte, aufgestanden. »Wir werden die beiden großen Schaufeln und die Schubkarren aus dem Verschlag brauchen.«

»Und das Messer«, fügte Diether hinzu und schob es in seinen Gurt.

Sie luden das Werkzeug und ein wenig Proviant auf die Karren, dann zogen sie los. Der Tag, der finster begonnen hatte, war jetzt beinahe völlig schwarz. Wind trieb ihnen dünnen Regen entgegen, und die Wolken, die sich ballten, drohten ein Unwetter an, das eine Strafe Gottes glaubhaft machte. An Strafen Gottes aber wollte Diether so wenig denken wie an den Vater, der elendig im Moor verblutet war.

Natürlich behielt Endres Recht: Es war zu spät im Jahr, um Torf zu stechen. Hinter der Stadtmauer war außer ihnen keine

Menschenseele unterwegs, weil niemand so vermessen war, jetzt noch aufs Moor zu ziehen. Aber genau das hatte Diether beabsichtigt. Er hatte mit Endres allein sein wollen.

Der Gefährte fand den Streifen Moorland, den sie im Sommer ausgetrocknet hatten, sofort, obwohl die Gräben wie erwartet zugelaufen und die Dämme überschwemmt waren. Diether sah ihm zu, wie er seinen Karren ächzend auf einen trockenen Flecken Gras bugsierte. *Du warst mein Freund*, dachte er und verspürte einen scharfen Schmerz in der Brust. *Als ich inmitten meiner Familie allein war, von keinem Menschen als meiner Schwester geliebt, bist du gekommen und warst mein Freund. Ich bin nicht emsig und gebildet wie du, ich bin nur der dumme Diether, aber ich dachte, du hättest mich gern. Ich hatte keine Ahnung, dass du dir alles stehlen würdest, was ich mir wünschte. Ich habe dir vertraut.*

Schweigend suchten sie nach einem Stück Grund, auf dem sie stehen konnten, auch wenn sie bis über den Rand ihrer Stiefel absanken. Schweigend luden sie die Schaufeln von den Karren und begannen zu graben, um die oberste Schicht Moorland abzutragen. Die Arbeit war mörderisch, denn nach jedem Stich, den sie machten, schwemmte Schlamm die Vertiefung wieder zu. Diether und Endres aber gaben sich, als kämen sie gehörig voran, und schaufelten noch immer schweigend weiter.

Stunde um Stunde plagten sie sich, bis sie auf dem kleinen Abschnitt, den sie beackerten, endlich die Soden des unbrauchbaren Weißtorfs abgetragen hatten. Darunter kam tatsächlich Brauntorf zum Vorschein und schließlich der begehrte Schwarztorf, der, wenn er trocken war, höllisch knisterte und brannte. Schweiß lief Diether in Strömen Brust und Rücken hinunter, rann ihm in die Augen und troff salzig über seine Lippen. Dass ihm die Kräfte erlahmten, hatte er bisher nicht eingestehen wollen, jetzt aber schmerzten die Muskeln seiner

Arme so sehr, dass er sie unmöglich noch einmal anspannen konnte.

Die brennbaren Soden würden mit dem großen Torfmesser aus dem Erdreich herausgeschnitten und später zum Trocknen ausgelegt werden. Das war der leichtere Teil der Arbeit, aber es würde trotzdem noch Stunden dauern, bis sie ihre Karren vollgeladen hatten. Das Schnaufen schwerer Atemzüge drang zu Diether herüber. Endres hatte sich auf seinen Spaten gestützt und rang keuchend nach Luft. Er war immer ein schmächtiges Bürschlein gewesen und für körperliche Arbeit im Grunde nicht gemacht.

»He, Kumpan, alles in Ordnung mit dir?«, rief Diether ihm zu.

Der andere brauchte eine ganze Weile, ehe er, noch immer kurzatmig, antworten konnte: »Lass uns für heute Schluss machen. Ich glaube, wenn ich noch einen Spatenstich tun muss, falle ich tot um.«

»Wir machen Pause«, bestimmte Diether. »Ein bisschen Grütze und ein Schluck warmes Bier werden dich schon wieder zu Kräften bringen.«

»Aber die Sonne geht unter.« Endres' Stimme klang jämmerlich. »Im Nu können wir keine Hand mehr vor Augen sehen, und regnen tut es auch.«

»Das bisschen Getröpfel wird uns schon nicht schmelzen«, wies Diether ihn zurecht, ging den handschmalen Pfad zu den Karren entlang und holte das scharfe Torfmesser heraus. Vorsichtig, um nicht vom Weg abzukommen, kehrte er zu ihrer Grube zurück und begann, an der trockensten Stelle ein Stück Sode aus dem Erdreich zu schneiden. »Das gibt ein schönes Feuerchen, meinst du nicht auch?«

»Ich meine, wir sollten nach Hause gehen«, erwiderte Endres noch immer in dem weinerlichen Ton.

»Wenn wir jetzt gehen, war die ganze Schufterei umsonst.

Bis morgen ist uns die verdammte Grube wieder vollgelaufen.«

»Aber es ist gefährlich, Diether. Das bisschen Torf ist doch unser Leben nicht wert, und du weißt selbst am besten, was einem hier im Moor geschehen kann.«

Das hätte er nicht sagen dürfen! Die Worte trafen Diether, als rissen Hände in seinem Innern Schorf von einer Wunde, als sprudelte ihm Blut in die Kehle. Er wandte sich ab und glaubte in den Schatten, die im Zwielicht flackerten, den Körper seines Vaters wahrzunehmen, den zerfleischten Hals und das Rot des Blutes im Schwarz. Zornig schob er das Messer in den Gürtel und riss das tropfende Stück Torf in die Höhe. »Halt den Mund und komm«, fuhr er Endres an. »Wer hat denn bitte schön getönt, die Brauerei gehöre uns und bei uns liege die Entscheidung?«

Wie erwartet kam von Endres keine Antwort. »Ich jedenfalls entscheide, jetzt etwas zu essen und dann weiterzumachen«, fuhr Diether fort. »Schließlich wollen wir nachher den Torf noch auslegen. Du, ehe du dir vor Angst die Hosen nass machst, lauf lieber heim und lass dir vom Großvater den Hintern trocknen. Mir aber erzähl nie wieder, du wünschst dir etwas, das wir beide allein schaffen.«

Diether schwang herum, wobei er um ein Haar neben den Weg trat, und ging zurück bis zu dem Flecken Gras, wo ihre Karren standen. Als er sich auf einem Stein niederließ, um Feuer zu machen, streifte das scharfe Messer seinen Schenkel und ritzte ihm die Hose auf. »Verflucht!«, zischte er zwischen den Zähnen hindurch.

»Dieses Messer ist zu lang, um es im Gürtel zu tragen«, sagte Endres, der ihm gefolgt war. »Auch zu scharf geschliffen. Leg es lieber wieder in den Karren.«

»Mein Messer bleibt da, wo es mir passt«, entgegnete Diether wütend, griff sich in den Halsausschnitt und holte den

Beutel mit dem Zunderschwamm heraus. Bei der Arbeit in der Grube hatte er geschwitzt und die Ärmel aufgekrempelt, jetzt aber erkalteten seine Muskeln im Nu. Ein Frösteln rann ihm durch sämtliche Glieder. Der Zunder fühlte sich feucht an, und der durchnässte Torf ließ sich nicht entzünden. Endres setzte sich ihm gegenüber und sah ihm zu, doch er erteilte ihm keine Ratschläge mehr.

Endlich fing eine Kante der Sode doch noch Feuer, und mit Stochern und Fachen bekam Diether die kleine Flamme zum Lodern. Die jähe Wärme tat unendlich wohl. Aus ihrem Bündel hob er den großen Bierkrug und den Topf mit der Hirsegrütze und hielt beides abwechselnd über die Glut.

»Diether«, sagte Endres.

Diether hätte selbst gern ein Gespräch angefangen, denn das Schweigen in der Dämmerung war beklemmend, aber er würde sich nicht von Neuem wie ein dummer Junge abkanzeln lassen. »Wenn du mir Moral predigen willst, dann spar deinen Atem«, sagte er. »Ich frage weder dich noch den Pfaffen nach seiner Meinung, und ich vergnüge mich mit so vielen Mädchen, wie ich will.«

»Ja, das tust du«, erwiderte Endres. »Weißt du, dass ich mich oft frage, ob du dich wirklich dabei vergnügst? Ob du nicht vielmehr etwas suchst und es einfach nicht findest?«

»Und was soll das bitte schön sein, Herr Neunmalgescheit?«

»Ich weiß es nicht, Diether. Vielleicht das, was ich von deiner Schwester bekomme. Achtung und Vertrauen.«

»Und du bist der Ansicht, das hättest du beides verdient?«

»Nein«, sagte Endres. »Ich bin der Ansicht, wenn wir es am wenigsten verdienen, wenn wir versagen, haben wir es am bittersten nötig.«

Das Wort traf Diether wie ein Peitschenhieb. »Ich versage nicht!« Er sprang auf, dass der Topf seinen Händen entglitt. All die Grütze, die Magda ihnen gekocht hatte, ergoss sich in das kleine Feuer. Gestank nach Verbranntem stieg auf, die Flamme färbte sich blau, dann erstickte sie. Mit einem Schlag war es dunkel. »Mir ist einerlei, was der Großvater von mir hält, was dieses ganze Kaff Bernau von mir hält. Ich bin kein Versager, hast du gehört? Ich werde es euch schon noch zeigen. Für dieses enge Nest voller Kleingeister mag ich nicht geboren sein, aber ein Versager bin ich deshalb noch lange nicht!«

»Ich habe doch nicht gesagt, du wärst einer«, erwiderte Endres so leise, dass Diether die Hälfte der Worte erraten musste. »Ich habe es auch nie gedacht. Schade um die schöne Grütze.«

»Lass mich mit deiner Grütze in Frieden!« Ein Gefühl der Enttäuschung und Leere ergriff von ihm Besitz, das er weder erklären noch beherrschen konnte. »Und doch, du hast gesagt, dass ich ein Versager bin. Das denkst du schon lange. Glaubst du, das weiß ich nicht?«

»Es ist dein Großvater, der es sagt«, erwiderte Endres. »Und dass er sich davon nicht abbringen lässt, tut mir im Herzen weh.«

»Auf dein Mitleid pfeife ich! Und auf den Großvater schon lange.« Um der abscheulichen Leere Herr zu werden, packte Diether den Bierkrug und schüttete sich in die Kehle, was immer er schlucken konnte.

»Das ist Starkbier«, sagte Endres und klang wie eine Betschwester. »Das solltest du nicht so hinunterstürzen, schon gar nicht auf leeren Magen.«

»Ich werde dir zeigen, was ich soll!«, rief Diether, setzte den Krug wieder an und trank ihn erbarmungslos leer, auch wenn ihm schwindlig wurde und sprudelndes Bier in seine Nase stieg. Wann hatte das angefangen, dass Endres ihn wie alle anderen verachtete, alle außer Magda, die er sicher auch bald damit anstecken würde?

Wann bist du von meinem Freund zu meinem Feind geworden? Wann begann dir das Schöngetue eines alten Mannes mehr zu bedeuten als unsere Freundschaft? Ist es damals geschehen, als ich heimkam aus dem Moor, bis zu den Schultern mit Blut beschmiert? Damals, als das Geflüster anhob, sobald ich vorbeiging, das Zusammenstecken der Köpfe, das vergiftete Raunen: Da geht Diether Harzer, der seinen Vater abgestochen wie ein Huhn im Moor gefunden hat. Wer weiß denn, ob an dem nicht der Tod klebt? Ein missratener Bengel, ein Satansbraten war der ja schon immer. Wer weiß denn, ob der seinem Vater nicht selbst den Garaus gemacht hat?

Er wollte trinken, trinken, trinken. Keine Bilder mehr sehen, keine Schmähungen mehr hören. Im Karren war noch eine lederne Flasche mit Magdas Schnaps aus Wacholderbeeren. Für Notfälle, pflegte sie zu sagen, auch wenn Diether sich von jeher gefragt hatte, bei was für Notfällen Wacholderschnaps aushelfen sollte. Jetzt wusste er es. Er fischte die Flasche unter dem Werkzeug hervor.

»Bitte hör auf, Diether. Es tut mir leid. Lass mich noch meine Wanderschaft ableisten, darum bitte ich dich. Danach, wenn du es so willst, nehme ich Magdalen und gehe fort.«

»Magda willst du mir auch noch nehmen, ja?« Diether trank Schnaps, und die Worte verwischten.

»Magdalen heiratet mich aus freien Stücken. Und mehr will ich nicht – weder die Brauerei noch das Geld, das dein Großvater in der Truhe bewahrt.«

»Ach, mehr willst du nicht! Nur unsere Schwester, nur das Beste, was wir zu bieten haben!« Er ging einen Schritt auf Endres zu, spürte, wie er schwankte, trat fehl und sank bis zum Knie in den Schlamm. Mit einem heiseren Schrei sprang Endres hinzu und griff nach seinem Arm, um ihm herauszuhelfen.

»Fass mich nicht an!«, fauchte Diether, riss sich los und tappte mit dem nächsten Schritt von Neuem in schmatzende, saugende Nässe, die sich wie Bleigewichte um seine Wade schlang. Er streckte die Arme aus, fand keinen Halt und stürzte. Vor seinen Augen, in der Düsternis, verschwamm das Bild.

Alsdann geschah alles so schnell, wie ein Herz zu schlagen aufhört, von einem Augenblick zum andern, ohne dass irgendeine Kraft der Welt es aufhalten kann. Jemand musste sich angeschlichen haben, musste, während sie sich in ihren Streit verbissen hatten, lautlos hinzugesprungen sein. Endres' Laut der Überraschung war das Letzte, was Diether deutlich wahrnahm und zuordnen konnte.

Später, als er mit aller Mühe und Verzweiflung versuchte, sich klar zu erinnern, bekam er nie mehr als Einzelheiten zusammen, zerrissene Fetzen, die kein Ganzes ergaben: Er sah das Messer aus seinem Gürtel gleiten, die Klinge, die in der Dunkelheit blitzte. Er hörte das dumpfe Platschen, mit dem ein Körper aufs Moor niederging, und wusste nicht, ob es sein eigener war. Dann hörte er Schreie, verschiedene Stimmen, von denen die seine am schrillsten gellte. Er erkannte ein Gesicht, schneeweiß in der Schwärze, kniff vor Entsetzen die Augen zu und schrie noch lauter, schrie und schrie, bis ihn die Kräfte verließen und ihm die Stimme brach.

Möglicherweise hatte er einen Schlag abbekommen, seitlich gegen den Kopf, der ihm für Augenblicke das Bewusstsein raubte. Vielleicht hatte er sich aber auch nur an einem Stein gestoßen, oder der Schnaps war schuld an der Dunkelheit um ihn.

Als er wieder zu sich kam, lag er auf seinen Knien, halb auf dem Weg, halb im Morast, starrte in seine Hände und sah dasselbe, was er damals gesehen hatte, über dem leblosen Leib seines Vaters: Schlamm und Blut, Schwarz und Rot, selbst im Dunkel noch glänzend. An seinen Knien spürte er wie damals den Körper und wich unwillkürlich zurück. Widerwillen packte ihn. Mit äußerster Anstrengung überwand er sich, streckte die Hand aus und tastete, ohne hinzusehen, nach dem Hals. Zitternd glitten seine Finger über den klaffenden, der Länge nach gesetzten Spalt und die klebrige Nässe. Weiter oben, an der Seite, fühlte er ein Stück heile Haut. Dort, wo das Leben hätte pochen müssen, war alles tot und still.

Diethers Kehle war wund und aufgeraut vom Schreien, und als er um Hilfe rufen wollte, entrang sich ihr nicht mehr als ein Krächzen. Ohnehin hätte kein Mensch ihn gehört. Nur ein Nachtvogel kreischte. In der Finsternis auf dem Moor war Diether mit dem Toten allein.

ZWEITER TEIL

Berlin, Brandenburg
Januar – Mai 1325

*»Wie konnte nur jemand auf die Idee kommen,
in all diesem Sand eine Stadt zu bauen?«*

Marie-Henry Beyle, alias Stendhal

10

Der Vorraum besaß kein Fenster. Er war so klein, dass nicht mehr als drei Menschen nebeneinander darin Platz gefunden hätten. Gern hätte Thomas seiner Schwäche nachgegeben und sich zumindest einen Augenblick lang gegen eine der Wände gelehnt, doch er zwang sich, den Rücken zu straffen und aufrecht stehen zu bleiben. »Wartet ruhig ab und rührt Euch nicht«, hatte der Bruder, der im Torhaus Dienst versah, ihn angewiesen. »Wenn es an der Zeit ist, wird Pater Martinus Euch hereinrufen.«

Die schneidend scharfe Antwort, die er dem Mann noch vor Wochen erteilt hätte, blieb Thomas in der Kehle stecken. Statt gegen die respektlose Behandlung aufzubegehren, senkte er den Kopf und fügte sich. Jetzt wartete er. Er hatte nie gelernt zu warten. Draußen lag kniehoch der Schnee, und in dem fensterlosen Raum war es beißend kalt, doch auch die Kälte gehörte zu den Dingen, die er wohl besser zu ertragen lernte, wenn er seinem Leben künftig gewachsen sein wollte.

Wie lange er in der Enge stillstand, wusste er nicht. Schwindel erfasste ihn, sodass er den Arm nach der Wand strecken und nach Halt suchen musste. Selbstverachtung packte ihn. War er der Mann gewesen, der einen ungestümen andalusischen Hengst bezwungen und quer durch vier Länder heimgeritten hatte? Der Mann, der vor keinem Marsch zurückgeschreckt war, die Muskeln der Schenkel hart wie Eisen, die Straßen Europas als Erinnerung darin? Jetzt vermochte er nicht einmal mehr, auf seinen eigenen Beinen zu stehen. An seinen Schläfen hämmerte das Blut wie mit Spitzhacken, sein Magen schien sich um sich selbst zu drehen, und in den Schultern rührte sich der inzwischen vertraute, verhasste Schmerz. Was für ein Bild gab er ab? Eine Jammergestalt!

Er hatte einen Ruf erwartet, der ihm gestattete, die niedrige Tür aufzuschieben und sich unter der Zarge hindurch in den Raum zu ducken. Stattdessen wurde sie aufgezogen, und das Gesicht eines Mannes erschien.

Männer, die ihr Haar zur Tonsur geschoren trugen, gehörten zum Bild jeder Stadt, und Thomas war jahrelang von solchen Männern unterrichtet worden. Dennoch jagte ihm der Anblick einen kurzen Schrecken ein und ließ ihn zurückweichen, als wolle er fliehen. Unwillkürlich fuhr er mit der Hand an seinen eigenen Schädel. Was er dort ertastete, ließ ihn schaudern, als hätte er nicht längst daran gewöhnt sein müssen. Er zog die Hand zurück und straffte die Schultern mit jäher Heftigkeit, ohne sich um den Schmerz zu scheren.

»Gott zum Gruß«, sagte der Mann, der eine schmucklose, staubgraue Kutte ohne jegliche Insignien einer Amtswürde trug.

Wie ertappt schlug Thomas den Blick zu Boden. »Gott zum Gruß.«

»Eure Kleidung zeugt von erlesenem Geschmack, aber sie taugt nicht für die Jahreszeit.« Er vollführte eine Geste in den Raum, der hinter ihm lag. »Ich kann Euch leider nicht aushelfen, wie Ihr Euch denken mögt. Aber drinnen ist es ein wenig wärmer als hier draußen.«

In Avignon, der Residenzstadt des Papstes, wie in Paris und Montpellier war Thomas Männern des geistlichen Standes begegnet, die in wahren Palästen lebten. Sie bewirteten ihre Gäste mit kandierten Trauben und sizilianischem Wein, saßen bei mannshoch lodernden Feuern, umgeben von erlesenem Mobiliar. Der Raum, in den der Franziskaner ihn führte, erschien dagegen nackt wie eine Gefängniszelle. Mehr als ein Lesepult und zwei Schemel gab es darin nicht, auf den Dielen lag nicht einmal Stroh, und in dem bläulich verkümmernden Feuer verbrannten ein paar dürre Scheite. Die Wände waren weiß getüncht und bar jeden Schmucks.

Natürlich wusste Thomas, dass den Angehörigen des Franziskanerordens jeglicher Besitz verboten war, doch der Komplex der klösterlichen Gebäude hatte keineswegs ärmlich auf ihn gewirkt, sondern schien Macht und Größe auszustrahlen. Die imposante Hallenkirche und die Nebengebäude, an denen noch immer gebaut wurde, waren aus solidem Backstein gezimmert. Sie lagen in der vornehmsten Straße der Stadt, gleich neben dem prunkvollen Hohen Haus, dem Berliner Wohnsitz der Markgrafen, die den Franziskanern das Grundstück in einer Schenkung übereignet hatten. Die Anlage grenzte an die schützende Stadtmauer, und *Graues Kloster* nannten die Berliner sie gewiss nicht, weil ihre Fassaden grau gewesen wären. Vielmehr gemahnte dieser Name an die graubraunen Kutten der Brüder, die hinter den Fassaden lebten.

Wer war der Mann, der ihn in diesem spartanischen Zimmer empfing? Pater Martinus, der Provinzialminister der Brandenburger Franziskaner, konnte er kaum sein. Er war ein kleiner, ganz und gar unscheinbarer Mann, etwa im Alter von Thomas' Vater, und er betrug sich ohne jegliches Gehabe. »Setzt Euch, rückt Euch den Schemel näher ans Feuer«, forderte er Thomas auf und stolperte selbst in seltsam eckigen, steifen Schritten zum Pult, um dort Platz zu nehmen.

Thomas kam der ersten, nicht aber der zweiten Aufforderung nach. Kaum saß er, überfielen ihn neuerlich Schwäche und Schwindel, sodass ihm flüchtig schwarz vor Augen wurde.

»Euer Name?«, fragte der Franziskaner.

»Ich bin gekommen, um den Provinzialminister zu sprechen«, erwiderte Thomas mühsam. »Pater Martinus. Mir wurde gesagt, ihn müsse ich einer Entscheidung wegen aufsuchen.«

»Das ist schwerlich ein Name«, bekundete sein Gegenüber. »Aber wenn es beim Antworten hilft: Pater Martinus bin ich. Diener Gottes auf ewig und Provinzialminister des *Ordo Fratrum Minorum* in Brandenburg auf Zeit.«

»Oh«, entfuhr es Thomas. Etwas in ihm hatte das Gefühl, den Mann um Verzeihung bitten zu müssen, doch die dazu notwendigen Worte waren selbst jetzt noch zu störrisch, um über seine Lippen zu gleiten.

»Schon gut«, bemerkte der Franziskaner, als hätte er Ungesagtes verstanden. »Darf ich jetzt vielleicht Euren Namen erfahren?«

»Thomas Alvensleben.«

»Sohn des?«

»Clewin Alvensleben, Gewandschneider aus Spandau.«

Pater Martinus nickte. »Den Sohn eines Mannes, der sich auf Tuche versteht, sieht man Euch an. Und das ist nicht abfällig gemeint, sondern als Kompliment.«

»Danke«, hörte Thomas sich herausstoßen, verblüfft, wie gut das kleine Wort ihm tat.

Über das Gesicht des Paters huschte ein kurzes Lächeln. »Wie gesagt: Schon gut. Es ist also Euer ureigener, tief empfundener Wunsch, vorerst als Postulant und nach erfolgter gründlicher Prüfung als Novize in den Orden der Minoriten aufgenommen zu werden?«

Thomas zögerte nur einen Herzschlag lang, ehe er nickte. »In Gransee, wo ich vorsprach, sagte man mir, ich habe mich an Euch zu wenden.«

Pater Martinus nickte. »Ihr wisst demnach, dass ich Euch auf Euer Gewissen zu befragen und danach zu entscheiden habe, ob ich Euch für geeignet befinde, ein Leben innerhalb unseres Ordens zu beginnen? Als Postulant würdet Ihr unserer Gemeinschaft angehören, obgleich Ihr noch kein Gelübde abgelegt habt. Ich denke, es ist verständlich, dass solcher Schritt

Vertrauen erfordert und dass wir dieses Vertrauen mit Vorsicht verschenken.«

»Selbstverständlich.« Thomas' Schultern, Magen und Schädel schienen sich einen Kampf darum zu liefern, ihm den heftigsten Schmerz zu bereiten. Um alle drei zu übertrumpfen, biss er sich auf die Lippen, bis er Blut schmeckte. Nur gegen den Schwindel kam er nicht an. Er konnte lediglich hoffen, dass er nicht allzu sichtlich auf dem Schemel schwankte.

»Euer inniger Wunsch ist es somit, Euch Eures irdischen Besitzes zu entäußern, die, die Euch auf Erden angehören, zu verlassen und in apostolischer Armut Jesu nachzufolgen, gemäß dem Vorbild des heiligen Franziskus?«

Beim Nicken warf ihn der Schwindel fast vom Schemel. Er krallte die Hände in die Schenkel, um unbewegt sitzen zu bleiben.

»Ihr seid der Sohn eines begüterten Mannes. Der Erstgeborene?«

»Der Einzige«, erwiderte Thomas bitter.

»Der Erbe also. Und Ihr seid außerdem – vergebt mir die Feststellung – ein Mann, der bei der Weiblichkeit nicht eben auf Abneigung stoßen dürfte. Ich gebe zu, es wundert mich, dass ausgerechnet ein solcher Mann um Aufnahme in einen geistlichen Orden nachsucht. Gebt mir ein wenig Erklärung dazu. War Euch von klein auf eine drängende Sehnsucht nach Gott eigen, eine innere Suche und Abkehr von weltlichem Getümmel?«

»Nein«, antwortete Thomas und fragte sich, warum er dem Mann die Wahrheit sagte, wo es so viel einfacher gewesen wäre zu lügen. Hatte ihn der törichte Zwang, die Wahrheit zu sagen, nicht in den Abgrund gestoßen, in dem er sich jetzt suhlte?

»Also nicht.« Der Provinzialminister setzte ein Schriftzeichen auf das Pergament, das ausgebreitet auf dem Pult lag.

Zweifellos hatte er in diesem Augenblick bereits entschieden, Thomas' Gesuch abzuweisen. »Mögt Ihr mir erzählen, was Euch sonst antreibt, der Welt zu entsagen und ein Leben in der Nachfolge Jesu anzustreben?«

»Nein«, erwiderte Thomas noch einmal, ohne seine eigene Dummheit zu begreifen.

»Nun gut.« Der Franziskaner legte eine Pause ein und schrieb noch etwas auf das Pergament, ehe er von Neuem anhob: »Ich habe Euch jetzt noch zu fragen, was Euch bewogen hat, gerade in unserem Orden um Aufnahme nachzusuchen, nicht in einem der anderen, deren Anteil an weltlicher Macht ungleich größer ist.«

Als Antwort auf diese Frage hatte er sich eine Lüge zurechtgelegt, doch auch diesmal scheiterte er an dem Versuch, sie auszusprechen. Es war, als zerplatzten ihm die vorbereiteten Worte auf der Zunge, ehe er sie dem anderen entgegenstoßen konnte. Genauso war es damals gewesen, unter dem Dach der Laube, und genauso war es ihm zum Verhängnis geworden.

»Lasst mich die Frage anders formulieren«, sagte Pater Martinus. »Steht Eurer Nachfolge Jesu womöglich ein Hindernis im Wege, das Euch die Tore eines anderen Ordens verschließt?«

Thomas zuckte zusammen wie geohrfeigt. Und so wie er als Knabe gegen jede Ohrfeige aufbegehrt hatte, schüttelte er jetzt alle Schwindelgefühle ab und sprang auf. »Was wollt Ihr damit sagen?«

»Was immer Ihr hineinlegt«, erwiderte Bruder Martinus unerschütterlich. »Im schlimmsten Fall mag hinter der Frage stehen: Ist über Euch die Exkommunikation ausgesprochen worden, habt Ihr eine Sünde begangen, die Euch der Heiligen Mutter Kirche verweist?«

Sein Vater hatte ihn niemals geohrfeigt, nur einer seiner

Lehrer, der kein Recht dazu besaß. Damals hatte er sich in die Brust werfen und fordern können, dass der Lehrer ihn reuig um Verzeihung bat. Jetzt aber musste er den Schlag einstecken. Die Empörung verpuffte, und stattdessen spürte er das Gewicht der Scham. »Nein, Ehrwürdiger Vater«, sagte er und senkte den Kopf.

»Setzt Euch wieder nieder. Ich frage Euch dies, um Euch zu versichern, dass kein Urteil, das ein kanonisches Gericht über Euch verhängt hat, Eurem Eintritt in den Orden entgegenstehen muss. Wir Minoriten haben die Erlaubnis, reuigen Sündern die Tore zu öffnen, so schwer das Gewicht Ihres Fehlens auch auf ihnen lasten mag.«

Damit war es besiegelt. *Kein kanonisches Gericht.* Er würde aussprechen müssen, was ihn hierhertrieb, und daraufhin würde der grau gewandete Mönch ihm die Tür weisen, wie ihm jeder Mann von Ehre die Tür gewiesen hätte. Nur ein Ausweg blieb ihm: Als Lügner war er nutzlos, doch er konnte die Wahrheit verschweigen und darauf hoffen, dass seine Kleidung täuschte. Der Pater würde auf das tiefe Blau seines Surcots sehen, weder auf seinen Schädel noch in sein Herz und auf den Rücken ohnehin nicht. Zudem besaßen die Brüder der Bettelorden zumeist wenig Kenntnis von dem, was an den brodelnden Gerüchtekesseln der Städte die Runde machte. Er würde schweigen und vielleicht doch Aufnahme finden. Ein Schlupfloch, in dem er sich auf alle Zeit verbergen konnte, den Rest des Lebens überstehen, ohne je wieder einem Menschen in die Augen sehen oder seine Berührung ertragen zu müssen.

»Ihr seid ein stolzer Mann, habe ich Recht?«, schnitt der Pater in seine Gedanken. »Ich will ehrlich sein: Nach all der Zeit wieder einmal einen stolzen Mann zu Gesicht zu bekommen, ist alles andere als unerfreulich. Seid Ihr Euch aber bewusst darüber, dass Euer Stolz hier harte Schläge wird einstecken müssen? Denn nicht Stolz, sondern Demut ist, die unser Leben erfordert. Wisst Ihr, dass Ihr Euch von Almosen ernähren werdet, die Ihr Euch demütig erbetteln müsst?«

Die Last, über das Eine, Entscheidende schweigen zu müssen, verschloss Thomas auch jetzt die Lippen. In seinem Rücken spürte er jeden einzelnen Muskel, der sich verhärtete und zusammenzog.

»Dieses Mal dränge ich auf Antwort, mein Herr. Ihr erscheint mir beileibe nicht wie jemand, der die Fähigkeit zur Demut besitzt.«

»Ist die Demut eine derart mysteriöse Kunst, dass ein schlichter Mann sie nicht erlernen kann?«, fauchte Thomas zurück.

Der Pater sah ihm in die Augen. Thomas wollte seinem Blick ausweichen, doch er hielt den seinen fest. »Was ein schlichter Mann kann, tut hier wohl wenig zur Sache«, sagte er. »Die Frage ist: Könnt Ihr es?«

Die Augen des anderen waren rund, wasserblau und wimpernlos. Thomas glaubte, sich selbst darin gespiegelt zu sehen. Nicht nur seine immerhin glatt rasierten Wangen und seine noch immer manierliche Kleidung, sondern auch das Schwarze, Widerwärtige, das darunter lag. Er hatte verloren. Alles, was er noch tun konnte, war, die Flucht nach vorn anzutreten, statt Schande mit Feigheit zu krönen. Noch einmal sammelte er seine Kräfte, um aufrecht stehen zu bleiben. »Ich bin von keinem kanonischen Gericht verurteilt worden«, sagte er. »Aber von einem weltlichen. Von der höheren Halsgerichtsbarkeit.« Dann holte er Atem. Dort, in der verschneiten Straße, auf die der Pater ihn stoßen würde, mochte er heute Nacht vielleicht sterben. Sein wildes, gieriges Festhalten am Leben hatte ihn seit Wochen gewundert, doch jetzt war er endlich zu erschöpft dazu.

Der Pater stand auf. In seinen schiefen, wankenden Schritten kam er auf Thomas zu und blieb vor ihm stehen. Als Thomas ihm ausweichen oder ihn zurückweisen wollte, ergriff der Schwindel erneut von ihm Besitz. Pater Martinus legte ihm die

Hände auf die Schultern und drückte den viel größeren, schwereren Mann behutsam hinunter auf den Schemel. »Ich möchte nicht wissen, wie lange Ihr nichts gegessen habt«, sagte er. »Und ich möchte schon gar nicht wissen, wie lange Ihr ohne Schlaf seid. Tage? Wochen? Wir leben vom Nötigsten hier und verlangen unseren Leibern das Äußerste ab, aber wir schinden sie nicht zu Tode. Sie sind Geschenke Gottes, die wir in Achtung und Dankbarkeit verwalten. Womit hat Euer Leib diese Erbarmungslosigkeit verdient?«

Damit, dass er begehrte, was ihm nicht zustand. Damit, dass er eine Seligkeit erfuhr, auf die kein Erdenwurm ein Anrecht hat. Damit, dass er sich erniedrigen ließ, zu jämmerlichem Gelump zusammenprügeln, das keinen Schutz mehr wert ist.

Thomas' Glieder begannen zu zittern. Um keinen Preis durfte er vom Schemel rutschen und den jämmerlichen Rest seiner Würde preisgeben, der ohnehin als Würde eines Menschen nicht mehr kenntlich war. Die knochigen Hände des Paters verliehen seinen Schultern, die vor Kraft gestrotzt hatten, Halt. Die Antwort, die Thomas ihm geben wollte, erstickte im Ringen nach Atem.

»Ich frage Euch noch einmal: Womit hat Euer Leib so harte Strafe verdient? Wollt Ihr mir verraten, wofür Ihr verurteilt worden seid?«

Fornicatio, Luxuria, Intemperantia, hallte es durch seinen Schädel. Die Worte geißelten ihn schärfer als die metallverstärkten Ruten und rissen tiefere Wunden in sein Fleisch. *Fornicatio. Luxuria. Intemperantia. Hurerei. Unkeuschheit. Triebhafte Zügellosigkeit.* »Für Unzucht«, stieß er hervor. Dann hallte das schlimmste der Worte hinterdrein: *Violatio!* »Notzucht«, verbesserte er, ehe ihn der Ekel vor sich selbst übermannte.

Er glaubte zu spüren, wie die Hände sich von seinen Schultern lösten, glaubte zu hören, wie der Gottesmann vor Entsetzen ächzte. Ein letztes Mal zwang er sich ein wenig Kraft ab und stand auf. Er hatte sich anspucken lassen, und was immer Demut bedeutete, er konnte es nicht noch einmal tun.

»Aber nicht doch, seid nicht töricht. Bleibt hier sitzen, bis ich besser für Euch sorgen kann.« Das schmächtige Mönchlein drückte Thomas' stattlichen Körper leichthin zurück auf den Schemel. Dann hob er die Hand und berührte Thomas' Kopfhaut, unter der Trommelwirbel zu toben schienen. Die Hand schreckte nicht zurück, sondern strich, wie um ihm Zärtlichkeit zu erweisen, über den widerlichen Schorf und Grind. »Wie brutal«, sagte er geradezu traurig. »Hier bei uns schert man Euch das Haar erst, wenn Euer Postulat vorüber ist und Ihr selbst den Wunsch danach äußert. Und glaubt mir, wir werden uns alle Mühe geben, Euch dabei keinen Schmerz zuzufügen.«

Das Gefühl, das Thomas ansprang, war ihm gänzlich fremd. Der Wunsch, sich fallen zu lassen, die gewohnte Stärke aufzugeben und sich dem Schutz eines anderen anzuvertrauen. Mit schwindenden Sinnen kämpfte er dagegen an. »Ich verstehe, dass Ihr mich als Postulanten nicht aufzunehmen wünscht«, sagte er. »Eure Zeit möchte ich daher nicht länger in Anspruch nehmen.« Damit wollte er aufstehen und mit schwingendem Surcot den Raum verlassen, wie er es Hunderte von Malen getan hatte, doch seine Kraft ließ ihn im Stich. Der sachte Druck, der von den Händen des Paters ausging, genügte, um ihn niederzuhalten.

»Du bist so gut wie Berliner, nicht wahr?«, fragte Pater Martinus. »Also sprechen wir auch wie Berliner: Halt deinen Schnabel, mein Junge! Am liebsten würde ich dir hier und jetzt eine Schüssel Grütze einzwingen, doch ich fürchte, selbst dazu wärst du nicht mehr kräftig genug.«

»Ihr lasst mich bleiben? Trotz allem, was Ihr jetzt von mir wisst?«

»Mein Geschäft ist der Glaube, nicht das Wissen«, erwiderte der Franziskaner mit einem Schmunzeln. »Und das deine ist fürs Erste der Schlaf. Weiche Himmelbetten haben wir nicht zu bieten, aber für deinen armen Leib tut's eine Pritsche genauso. Für deine arme Seele bete ich heute Nacht allein. Sollte dein Postulat dich in deinem Entschluss bestärken, hast du schließlich den Rest deines Lebens Zeit, es selbst zu tun.«

11

Nach einem Winter voller Nächte ohne Ende und Tage ohne Licht zog der Märzmorgen so klar und sonnendurchflutet herauf, als sei eine neue Welt geboren. Hinter der Marienkirche baute eine Gruppe von Schaustellern bereits die Bühne für ihr Passionsspiel auf, und der Trübsinn, der die Bernauer auf Monate niedergedrückt hatte, schien mit einem Schlag verflogen. Nur über den Harzers aus der Brauergasse lastete er in unverminderter Schwere. Das Lächeln, zu dem Magda sich zwingen wollte, misslang ihr. Also ließ sie sich ohne Lächeln von Utz den Kasten reichen, in dem sie ihre Kleider aufbewahrte, und trug ihn hinunter in den Hof.

Utz folgte ihr mit aufeinandergestapelten Stühlen aus der Stube, in der sie gekocht, gegessen, gefeiert, gelacht, gezankt und getrauert hatten. Mit einem Strick band er die Möbelstücke zusammen und lud sie auf den Karren. »Komm, lass mich das machen«, sagte er zu Magda, die sich vergeblich mühte, ihren Kasten nach oben zu stemmen.

Früher hätte Magda empört widersprochen. Sie war immer stolz darauf gewesen, genauso anpacken zu können wie die Brüder. Jetzt aber überließ sie es mit einem Achselzucken Utz.

Utz verstaute den Kasten neben dem übrigen Gepäck und wandte sich ihr wieder zu. »Ach, mein Herz, zieh doch nicht so ein Gesicht«, sagte er und legte liebevoll die Arme um sie. »Berlin wird dir gefallen, glaub mir. Es gefällt jedem, der nur ein wenig Sehnsucht nach Fortschritt im Leib hat. Es ist so anders als hier.«

»Wie kann es mir dann gefallen?«, raunzte sie ihn an.

Er wich erschrocken zurück, und ihr tat es leid. Den ganzen Winter über hatte Utz sowohl ihr als auch Diether gestattet, ihren Schmerz und Zorn an ihm auszulassen, und es war einfach nicht gerecht, es auf ewig weiter zu tun. Im Gegenteil. Sie wollte ihm dankbar dafür sein, dass er die Zügel in die Hand genommen hatte, dass er unermüdlich darum kämpfte, die Familie zusammenzuhalten und sie alle zu schützen. Ein anderer wäre dazu nicht in der Lage gewesen, und ohne Utz' Tatkraft wären sie untergegangen, in Not und Verzweiflung ertrunken, weil keiner von ihnen gegen die grausame Strömung anschwimmen konnte.

»Es tut mir leid«, sagte sie zu Utz. »Ich weiß, das alles ist nicht deine Schuld.«

»Ein wenig schuldig fühle ich mich schon«, gab Utz zu. »Weil es mich von jeher nach Berlin zog, während ihr um jeden Preis hierbleiben wolltet. Wenn du mich so anschaust, ist mir zumute, als hätte ich euch etwas aufgezwungen, was euch noch unglücklicher macht, als ihr es eh schon seid.«

»Nein, Utz.« Magda schüttelte den Kopf. »Du hast das Richtige getan. Wir hätten hier nicht bleiben können, die Leute hätten uns Diether vor der eigenen Haustür totgeschlagen.« Die Erinnerung an den Tag, an dem ihr Bruder heimgekehrt war, nachdem eine Horde Kerle ihn auf offener Straße verprügelt hatte, trieb ihr von Neuem Tränen des Zorns in die Augen. »Und unglücklicher, als wir schon sind, kann uns gar nichts machen. Das ist unmöglich.«

»Ich wünsche mir, dass Berlin euch, vor allem dir, ein wenig neue Hoffnung gibt.«

Auch das ist unmöglich, wollte Magda antworten, doch dann riss sie sich zusammen und schwieg. Sie wollte nicht länger so denken, wollte Mut fassen, um den Rest der Familie zu stützen. Allen voran den Großvater. Nach Endres' Tod hatte der alte

Mann sich aufgegeben. Dieser zähe, laute, oft selbstgerechte, doch immer vor Leben strotzende Kerl war von einem Augenblick zum andern in sich zusammengebrochen und sah jetzt aus wie der Greis, der er war. Wochenlang war Magda versucht gewesen, es ihm gleichzutun, sich fallen zu lassen, sich um nichts mehr zu scheren und tatenlos darauf zu warten, dass das Verhängnis seinen Lauf nahm.

Für diese Haltung aber schämte sie sich jetzt. Utz hatte richtig gehandelt – was immer sie taten, klein beigeben durften sie nicht. Der Großvater hatte es getan, Lentz hatte es bereits nach dem Verlust seiner Alheyt getan, und Diether tat es jeden Tag aufs Neue. Sie und Utz hatten kein Recht, sich solche Schwäche zu erlauben. Wenn sie sich auch noch ihrem Schmerz hingaben, waren die übrigen drei verloren. Sie hatten niemanden als sie, um sich aus dem Elend herauszukämpfen.

Magda war froh gewesen, als Utz beschlossen hatte, jenen Berliner Bekannten – Herrn Bechtolt – aufzusuchen und ihn zu fragen, ob das Angebot, das er ihm einst gemacht hatte, noch galt. Bechtolt war großzügig genug, seine Offerte zu erneuern, und Utz teilte der Familie mit, er werde die Truhe mit Magdas Mitgift öffnen, um von dem Geld und dem Erlös aus dem Verkauf des Hausrats das erforderliche Grundstück mit Kontor zu kaufen. Hernach werde er ihren Umzug nach Berlin in die Wege leiten.

Diesmal hatte der Großvater sich nicht widersetzt. Seit Endres' Tod besaß er keine Kraft mehr, sich zu widersetzen. Dass der Großvater Endres, seinen Patensohn, geliebt hatte, war Magda nicht neu, doch das Ausmaß dieser Liebe erschreckte sie. Auf Endres, so schien es, hatte der alte Mann all seine Hoffnung gesetzt, und ohne ihn sah er in nichts mehr einen Sinn. Nicht einmal in seiner Arbeit, der Brauerei, der er sein ganzes Leben gewidmet hatte.

Ohnehin war der Betrieb verloren, und sie konnten nicht in

Bernau bleiben. Ihre Mitbürger, die Menschen, unter denen sie ihr Leben verbracht hatten, beschuldigten Diether, seinem künftigen Schwager Endres in den Hals gestochen und zugeschaut zu haben, wie er elend verblutet war. Bei ihren eigenen Leuten waren sie unter die Wölfe gefallen.

Hatte nicht jeder vernommen, wie Diether den Ziehbruder auf dem Jahrmarkt zu Walpurgis beschimpft hatte? Wussten nicht alle schon seit Lentz' Verlobung, dass der Großvater nicht Diether, sondern Endres zu seinem zweiten Erben bestimmt hatte? Überhaupt sei doch bekannt, dass in Diether Harzers Adern allzu heißes Blut floss. War er nicht beim kleinsten Anlass mit den Fäusten dabei, und hatte man nicht munkeln hören, er habe harmlose Bürger wie den Linhart mit dem Messer bedroht?

Dass Diether vor dem Rat den Überfall schilderte und dass der Rat ihn nach gründlicher Befragung laufen ließ, änderte nichts daran. Diether hatte ja den angeblichen Mörder nicht gesehen und vermochte ihn nicht zu beschreiben. Mithin blieb er für die Leute aus Bernau der Mörder, und bei der Familie eines Mörders kaufte niemand mehr sein Bier.

»Hast du den Mann denn wirklich nicht erkannt?«, hatte Magda ihren Bruder wieder und wieder gefragt. Sie selbst war anfangs sicher gewesen, einzig Linhart könne das Verbrechen begangen haben, sosehr sie sich inzwischen dafür schämte. »Du musst doch etwas gesehen haben, und wenn es nur die kleinste Einzelheit ist.«

In diesen Tagen war Diether so gut wie ständig betrunken. All die Fässer, die niemand mehr kaufte, trank er selbst leer, und wenn Magda mit ihm sprechen wollte, beharrte er mit schwerer Zunge, er habe nichts gesehen. Schließlich sei er niedergeschlagen worden, und außerdem hätten er und Endres ordentlich gebechert und wären somit kaum bei sich gewesen. »Wir hatten den ganzen Krug Starkbier ausgetrunken und dann noch die Flasche mit Wacholderschnaps, die du uns mitgegeben hast. Wir waren ja bester Laune und wollten unsern Plan mit dem Rauchbier feiern.« Sobald er zu der Stelle kam, schossen ihm grundsätzlich die Tränen in die Augen, und es war kein Reden mehr mit ihm.

Einmal aber, nachdem die Männer aus der Stadt ihn verprügelt hatten, erwischte Magda ihn nüchtern. So zerschunden war er, dass er nicht einmal aus dem Bett kam, um sich volllaufen zu lassen. Sein Anblick war zum Gotterbarmen. Eines seiner schönen Augen war zugeschwollen, die Haut ringsum wie rohes, rotes Fleisch. Die Lippen waren aufgeplatzt, das Haar in Büscheln ausgerissen, und quer über die Wange zog sich eine Schramme. Was immer er auch durch seinen Leichtsinn zu Endres' Tod beigetragen haben mochte, dies hier hatte er nicht verdient. Magdas Herz ballte sich zusammen. Am liebsten wäre sie auf die Straße gerannt und mit den Fäusten auf die Schläger losgegangen.

»Sprich mit mir«, hatte sie zu ihm gesagt. »Versuch dich zu erinnern, erzähl mir alles, was dir einfällt. Solange wir den Verbrecher, der uns Endres genommen hat, nicht finden, wird diese Stadt dich nicht in Frieden leben lassen. Denk noch einmal nach. Hast du den Mann, der euch überfallen hat, nicht vielleicht doch erkannt?«

»Doch«, erwiderte Diether so unverhofft, dass Magda zusammenzuckte. »Doch, ich habe ihn erkannt, aber das nützt mir nichts. Den Mann, den ich gesehen habe, kann ich vor kein Gericht bringen, sondern muss darüber schweigen.«

»Aber warum denn, Diether? Wenn wir den Mörder kennen, dann muss er doch für seine Tat bestraft werden.« Sie selbst hatte keinen anderen Wunsch mehr, als den Mörder, der ihr Leben zerstört hatte, bestraft zu sehen.

»Das kannst du vergessen«, entgegnete Diether kalt. »Er wird im Leben nicht bestraft, weil es Pater Honorius von den verdammten Brüdern in Chorin war. Und jetzt sei so gut und gib Ruhe. Es geht mir übel, und ich hätte gegen die Schmerzen gern einen Krug starkes Bier.«

Die Anschuldigung war so unerhört, dass Magda Tage brauchte, ehe sie daran glauben konnte. Erst als sie mit Utz darüber sprach, erkannte sie, dass Diethers Behauptung durchaus der Wahrheit entsprechen mochte.

»Diese Kleriker geben sich den Anschein, als wären sie Heilige, über jeden Tadel erhaben wie Gottvater selbst«, erklärte Utz. »Aber sie sind alles andere als das. Fehlbare Menschen sind sie, zu Sünde und Gewalt nicht weniger fähig als du und ich. Hast du nicht gehört, was Papst Johannes im Namen Gottes anzettelt? Er hetzt den polnischen König Wladislaw samt seinen Litauern in einen Krieg gegen Brandenburg, weil König Ludwig ihm ein Dorn im Auge ist. Um seine kleinlichen Händel auszutragen, lässt er ein Heer die Neumark überrennen, Dörfer in Brand setzen und schuldlose Menschen ohne Gnade abschlachten. Wenn ein Papst, der Stellvertreter Gottes auf Erden, so etwas kalten Blutes fertigbringt, weshalb sollte nicht ein zisterziensischer Prior in der Lage sein, einen einzelnen Mann zu erstechen?«

»Aber warum denn Endres, der keinem Menschen etwas zuleide getan hat? Er hat ja noch nicht einmal gegen die Priester und das Kloster gewettert wie der Rest von euch.«

»Endres war der hoffnungsvollste Brauer ringsum«, gab Utz zu bedenken. »Und Pater Honorius gehört wie Propst Nikolaus zu jenen Klerikern, die der Ansicht sind, allein der Kirche stünde zu, was dieses Land an Reichtum hervorbringt. Wir gewöhnlichen Sterblichen sollen uns in Dreck und Hunger zu Tode schuften, solange nur der Papst seinen Peterspfennig einsackt und die Klöster immer reicher und mächtiger werden. Pater Honorius hört in dieser Stadt das Gras wachsen, und sein Jähzorn ist allseits bekannt. Wenn er nun fürchtete, Endres mit seinem Eifer und seiner Lernwilligkeit würde dem Kloster die Kunden abwerben, mag er den Mord als einen Akt im Dienste Gottes betrachtet haben. Nicht anders als der Papst mit seinem schändlichen Krieg.«

»Glaubst du das wirklich?«, fragte Magda fassungslos.

»Ich weiß nicht, was ich glauben soll«, gestand Utz. »Aber dass mein Bruder Diether kein Mörder ist, weiß ich. Und weshalb sollte er lügen und ausgerechnet Pater Honorius beschuldigen? Was brächte ihm das ein?«

Damit hatte Utz zweifellos Recht. Kaum ein anderer würde so schwer zu belangen sein wie der mächtige Kleriker. Der hingegen zog aus seiner Schandtat reichlich Nutzen: Dass die Leute neuerdings einen Bogen um Harzers Brauerei machten, kam allein dem Kloster zugute, denn Linhart war so gut wie ruiniert und nicht in der Lage, den Bedarf an Bier zu decken. Wiederum tat es Magda leid, ihn verdächtigt zu haben. »Aber Utz«, rief sie, »wenn der Pater Endres getötet hat, dann müssen wir es dem Rat sagen! Es mag Mühe kosten, aber letzten Endes wird ihnen keine Wahl bleiben, als ihn aus dem Kloster zu holen und vor Gericht zu stellen. Endres' Tod wird gesühnt, und Diether gewinnt seinen guten Namen zurück!«

Voll Bedauern sandte Utz ihr einen Blick. »Ich wünschte, so ließe es sich machen«, sagte er. »Doch das Recht in diesem Land sieht anders aus. Die Pfaffen hinter ihren Klostermauern sind vor dem Arm der weltlichen Gerichtsbarkeit geschützt. Was glaubst du, täte der Papst, wenn er zu hören bekäme, dass hier ein Würdenträger der Kirche wegen Mordes an einem lumpigen Braugesellen hingerichtet würde? Er ließe seine Polen nach der Neumark auch noch uns dem Erdboden gleichmachen. Und was, glaubst du, wird der Rat uns erzählen, wenn wir als Geschwister des Verdächtigen vorsprechen und Pater Honorius beschuldigen? Wir können froh sein, wenn sie uns nur mit Spott übergießen und nicht wegen Verleumdung an den Pranger stellen.«

Magda mochte sich damit nicht abfinden. Dass in der Welt Gerechtigkeit herrscht, daran hatte sie immer geglaubt. Da sie darauf bestand, vor dem Rat Klage zu erheben, sah sich Utz gezwungen, sie in die Gerichtslaube zu begleiten. Es kam, wie er befürchtet hatte. »Ich hege noch immer Achtung und Mitleid für Seyfrid Harzer, der an der Schande seiner Enkel keine Schuld trägt«, erklärte Hinz Fassner, der Stadtschultheiß, der so manches Mal in der Stube der Harzers beim Bier gesessen hatte. »Andernfalls würde ich nicht zögern, euch beide vom Scharfrichter an den Pranger stellen zu lassen für die infame Lüge, die ihr über einen heiligen Mann verbreitet. Geht und lasst euch nicht wieder blicken, ehe ich mich eines andern besinne.«

Die Verletzung saß tief. Wer an den Pranger gestellt oder überhaupt durch den Scharfrichter bestraft wurde, verlor seine Ehre, und dass ihre Stadt ihr mit solcher Erniedrigung drohte, vermochte Magda nicht zu begreifen. Utz hatte Recht. Bernau war nicht mehr ihre Heimat. Dass Diether, dem es versagt blieb, seinen Namen reinzuwaschen, mehr und mehr dem Trunk verfiel, konnte sie ihm nicht zum Vorwurf machen. In Berlin aber, wo niemand ihn kannte, mochte es gelingen, ihn zu sich selbst zurückzubringen.

Sie war es Endres schuldig, um das Leben der Familie zu kämpfen. Ihm war das seine geraubt worden, wie durfte sie das ihre da wegwerfen? So leer und trostlos es in ihr auch aussah, sie hatte kein Recht, klein beizugeben. Zudem war sie nicht imstande, sich damit abzufinden, dass Endres' Tod ungesühnt blieb. Utz war sicher, es als Händler recht bald zu Einfluss und Ansehen zu bringen, und dann würde kein Richter ihnen mehr mit dem Pranger drohen, sondern wäre gezwungen, ihnen Gehör zu schenken. Allein dafür lohnte es sich weiterzuleben.

Noch einmal drehte sich Magda nach dem Haus um, in dem sie mit Endres glücklich gewesen war. *Eines Tages erlange ich Gerechtigkeit für dich,* schwor sie ihm stumm. *Eines Tages, mein Endres, wird dein Mörder für seine Tat bezahlen.*

Das Haus gehörte ihnen schon nicht mehr. Utz hatte es samt seiner Kessel, Fässer und dem meisten Hausrat einem Brauer aus dem Umland verkauft. Vom Erlös hatte er Schulden beglichen, einen Grundstock an Waren und zum stolzen Preis von acht Mark ein Pferd erworben. An dem Abend, nachdem der Vertrag unterzeichnet worden war, hatte Magda verloren auf der Gasse gestanden und im schwindenden Licht auf das Haus gestarrt, in dem sie an keinem leuchtenden Sommermorgen mehr erwachen und das sie an keinem Weihnachtstag mehr mit Misteln, Tannengrün und Eibenzweigen schmücken würde. Weshalb fühlte sie sich, als risse ihr jemand ein Stück aus dem Herzen? Wollte sie nicht fort aus dieser Stadt, die sie verstoßen und gedemütigt hatte, wollte sie das alles nicht vergessen?

Lautlos wie eine Katze war Lentz hinter sie getreten. »Uns Menschen fällt es schwer, unser Haus zu verlassen«, sagte der Bruder, der sich sonst um die Familie kaum noch scherte. »Wohl, weil es uns daran erinnert, dass wir auch in diesem Leben nicht auf ewig bleiben dürfen, sondern unser irdisches Haus eines Tages verlassen müssen, ohne zu wissen, wohin wir gehen.«

Erstaunt hatte sie sich nach ihm umgedreht, und er hatte ihr zugenickt. »Uns bleibt nichts übrig, als zu vertrauen, Magda.«

Er war ihr ältester Bruder und der Klügste von ihnen. Kein anderer vermochte Dinge mit so viel Wärme und Verständnis auszusprechen. Magda hätte sich gewünscht, dass er jetzt, wo der Großvater es nicht mehr konnte, den Platz des Familienoberhauptes übernahm und ihr mit seinem Rat zur Seite stand. Ihm hätte sie womöglich auch zu erzählen gewagt, dass sie seit Endres' Tod nicht mehr richtig schlief, weil sie die Furcht vor neuen Träumen nicht ertrug. Er aber zog sich sogleich wieder in seine Trauer zurück und überließ es Magda und Utz, für die banalen Belange des Lebens Sorge zu tragen.

Was wäre aus ihnen allen geworden ohne Utz? Er verdiente mehr Anerkennung, mehr Rückhalt von ihr. Jetzt stand er bei der Flanke des mageren Pferdes und prüfte mit sorgsamen Griffen das Geschirr. Martha trat zu ihm. »Ja, du hast Recht«, sagte sie. »Ich will auch daran glauben, dass wir in Berlin wieder Hoffnung schöpfen. Es ist ein neuer Anfang.«

»Und dafür eignet sich keine Stadt so gut wie Berlin, die selbst ein neuer Anfang ist«, versprach Utz und zog sie noch einmal an sich. »Bist du bereit, mein Herz? Soll ich die übrigen holen?«

»Ja, hol sie«, antwortete Magda. »Ich habe nur rasch ein Letztes zu erledigen, und dann werde ich noch etwas Platz auf dem Karren brauchen.« Damit angelte sie sich von der Ladefläche eine der Schaufeln, die Diether und Endres an jenem Tag des Grauens zum Torfstechen benutzt hatten. Keiner von ihnen hatte es seither fertiggebracht, sie zu benutzen, doch zum Wegwerfen waren sie zu teuer. Jetzt war sie froh, das Gerät zur Hand zu haben.

Sie lief in den Hof und begann, mit dem Schaufelblatt auf den hart gefrorenen Boden einzuhacken. Zunächst bewegte sich gar nichts, nur der Schweiß brach ihr aus, und ihre Schultern schmerzten zum Gotterbarmen. Nach einer Unzahl beharrlicher Hiebe jedoch gab das Erdreich nach, die ersten Schollen wirbelten auf und enthüllten eine Schicht, die ein wenig weicher war. Magda biss die Zähne zusammen, grub und hackte, bis die Wurzeln des Gagelstrauchs, die sich tief in die Erde klammerten, sich mit einem Ruck daraus lösen ließen. Mit dem zweiten Strauch verfuhr sie genauso, und dann hatte sie sämtliche Kräfte verausgabt und musste auf die Schaufel gestützt verschnaufen.

»Was tust du denn da?« Aus der Tordurchfahrt ertönte die Stimme des Großvaters, gebrochen und heiser, wie sie jetzt immer klang. Der alte Mann, der nicht mehr gerade stehen konnte, stützte sich am Mauerwerk ab.

»Ich hole die Gagelsträucher«, erwiderte Magda und lud sich die beiden reichlich zerrupften Pflanzen auf die Arme. »Die müssen doch mit nach Berlin.«

»Was willst du denn damit?«, fragte der Großvater. »Wir werden ja im Leben kein Bier mehr brauen, wozu sollen wir die also brauchen, brauchen?«

»Die Gagelsträucher brauchen wir, um zu zeigen, wer wir sind«, erwiderte Magda. »Die Harzers. Das kann niemand uns nehmen.« Sie drückte ihm einen der Sträucher in die Arme und stapfte durchs Tor, um den ihren auf den Karren zu laden. Unterwegs hob sie den geschmiedeten Stern der Bierbrauer auf, den der Pöbel vom Haken gerissen und durch Stiefeltritte verbeult hatte. Behutsam legte sie ihn neben den Strauch und stieg hinauf. »Wir können fahren, Utz. Der Großvater ist schon hier.«

12

Es war der Tag, auf den Utz sein Leben lang gewartet hatte. Natürlich hatte er sich die Reise anders vorgestellt, als Fahrt in die Freiheit, nicht als Flucht vor Grauen, Tod und Schande, doch als der Abend heraufdämmerte und ihr Karren sich rumpelnd aus dem Dickicht des Kiefernwaldes quälte, überwältigte ihn trotz allem der Moment des Glücks. Vor ihnen erstreckten sich die noch kahlen Roggenfelder, und dort, wo sie endeten, erahnte er die Gebäude der Stadt. *Wir ziehen nach Berlin ein. Meine Geschwister und ich werden Bürger von Berlin.*

Der Tag war der strahlendste seit Monaten gewesen. Manchmal hatte Utz geglaubt, solche Tage gäbe es gar nicht mehr. Ohne Zweifel hatte das Wetter sich verschlechtert, obgleich er sich weigerte, an eine Strafe Gottes zu glauben. Wenn Gott Grund hatte, jemanden zu strafen, dann waren es die Pfaffen, die wie mit Schlingarmen an ihrer Macht festhielten und jedem Fortschritt einen Riegel vorschoben. Gewiss waren es nicht die tapfer schuftenden Bauern, die lange vor ihrer Zeit an Entkräftung starben, und genauso wenig die Bürger der Städte, die endlich ihren Platz auf der Sonnenseite forderten und ihn sich mutig und trotzig erkämpften.

Warum auch immer das Wetter sich zum Üblen verändert hatte – in Berlin, in dem neuen Haus, das er mit dem Kontor erworben hatte, würde seine Familie nicht darunter leiden. »Es ist kein Palast«, hatte Bechtolt gesagt. »Aber viele haben mit Schlechterem anfangen müssen. Ihr werdet es Euch schon behaglich einrichten, mein Bester, dessen bin ich sicher.«

Auch ihr Haus in Bernau war alles andere als ein Palast gewesen: ein schmalbrüstiges, schmuckloses Stadthaus, nach vorn hin ausgekragt, sodass es die Gasse verdunkelte, die Räume winzig und kaum zu heizen. Einzig der Bau aus Backstein, Großvaters Stolz, hatte von seinem Status als Handwerksmeister der Zunft gekündet. Weniger erfolgreiche Handwerker wie Endres' Eltern bewohnten Häuser aus Fachwerk, und die Zunftlosen, denen das Bürgerrecht fehlte, mussten froh sein, wenn sie ein schlichtes Holzdach über ihrem Kopf ihr Eigen nannten.

Utz hatte in Berlin genügend Häuser von Handwerkern gesehen, um zu wissen, dass die Bernauer Bauten sich damit nicht messen konnten. Und er hatte nicht das Haus eines Handwerkers, sondern das eines Händlers gekauft, am Olden Markt, in Berlins feinster, florierendster Gegend! Seine Geschwister würden mit offenem Mund vor ihrem neuen Zuhause stehen. Endlich würden sie sich wieder wie ehrbare Menschen fühlen, eine Würde, die man ihnen in Bernau entrissen hatte.

Um ein Haar vergaß Utz, das Pferd auf der holprigen Straße zu lenken, so viel Vergnügen machte es ihm, sich auszumalen, wie die anderen staunen würden, wenn sie ihr Haus zu sehen bekamen. Diether würde das alte, schon fast vergessene Feuer an den Tag legen, und sogar Lentz würde sich an Wärme und Behaglichkeit ein wenig freuen. Und Magda, die arme, beherzte Magda, die mehr gelitten hatte als sie alle, sollte die beste Kammer im ganzen Haus erhalten.

Er hätte viel darum gegeben, bereits Namen und Ansehen zu besitzen und ihr damit einen geeigneten Bräutigam verschaffen zu können. Stämmig und struppig, wie sie war, galt sie gemeinhin nicht als hübsch, wiewohl Utz diese Sicht nicht verstand. Magda konnte sich vielleicht nicht mit Fronica messen, die in seinen Augen die schönste Frau unter dem Himmel war, doch in ihrer Tapferkeit und ihrer Treue besaß sie einen eigenen Liebreiz, mit dem sie jedem Mann den Lebenskampf erleichtert hätte.

Vielleicht würde sich in ein paar Jahren doch noch ein Bewerber für Magda finden. Und wenn nicht, das schwor sich Utz, würde sie in seinem Haus eine Stellung innehaben, die der einer Hausfrau in nichts nachstand. Sie sollte nicht wie die arme Barbara als Dienstmagd schuften, sondern sein Glück und seinen Wohlstand teilen. Es würde lange dauern, bis er Fronica heiraten konnte. Ihr Totenschädel von einem Gatten war zwar älter als die Sünde, aber er hielt sich genauso wacker auf den Beinen. Unsterblichkeit besaß jedoch auch er nicht, und irgendwann würde es Utz und Fronica vergönnt sein, ihr gemeinsames Leben zu beginnen. Das Paradies auf Erden wollte er seiner Liebsten bereiten und ihr nur eine Bedingung stellen: Sie sollte seine Schwester in Ehren halten, denn am Paradies auf Erden stand Magda ein Anteil zu.

Über den noch ungepflügten Feldern ging die Sonne unter, als hätte ein Verschwender flüssiges Gelb- und Rotgold miteinander vermischt. Gleich darauf tauchte hinter der flachen Kuppe des Hügels die Mauer auf. Utz drehte sich auf dem Bock um und rief zu dem Häuflein hinüber, das zusammengesunken zwischen der ärmlichen Habe kauerte: »Schaut alle nach vorn, auf die Stadt! Dort liegt eure neue Heimat. Dort liegt Berlin.«

Lentz und der Großvater blieben untätig sitzen. Magda aber sprang auf und schirmte die Augen mit der Hand gegen die blendende Abendsonne ab. Da siegte auch bei Diether die Neugier, und er rappelte sich auf. »Drei Kirchtürme«, stieß Magda überwältigt aus. »Und einer ist höher als der andere.«

»Der höchste gehört der Nikolaikirche«, erklärte Utz. »Gewidmet dem heiligen Nikolaus von Myra, dem Schutzpatron der Kaufleute. Sie liegt nämlich mitten in einer Kaufmannssiedlung, und Kaufleute haben sie erbaut. Wir wollen sie zu unserer Kirche machen und um ihren Segen für unser Geschäft bitten, einverstanden?«

»Eine Kirche kann dein Geschäft nicht segnen«, ließ sich unvermittelt Lentz vernehmen. »Nicht einmal eine für Kaufleute. Segen spenden kann Gott allein, und er segnet dein Herz, nicht dein Geschäft.«

Kurz herrschte Schweigen. Dann stieß Diether, der so lange nicht gelacht hatte, ein Glucksen aus, das allerdings nicht froh klang. »Seht an, der vermaledeite Propst Nikolaus ist mit von der Partie. Wäre ja auch zu arg gewesen, wenn wir auf den hätten verzichten müssen.«

»Diether, ich verbiete dir fortan das Fluchen«, sagte Utz. »In Berlin schickt sich das nicht. Nicht für die Familie eines ehrbaren Händlers der Gilde.«

»Ha!«, rief Diether, und es kam Utz vor, als hätte er schon wieder getrunken. »Und was willst du tun, wenn ich auf dein Verbot einen fahren lasse? Mir eine Tracht Prügel verpassen? Oder schickst du mich nach Bernau zurück, damit der Rat doch noch zur Einsicht kommt und mich als Mörder aufs Rad knüpfen lässt?«

»Diether!«, rief Magda, packte den Schwankenden an der Schulter und setzte sich mit ihm nieder, damit er nicht vom Karren kippte.

Utz seufzte. Diethers Frage war nicht unberechtigt. Was sollte er tun, wenn der kleine Bruder sich nicht fügte, wenn ihm das Leben in Berlin nicht half, auf einen achtbaren Weg zurückzufinden? Nichts konnte er tun, nur hoffen und helfen, wo es möglich war. »Du hast mir nichts zu verbieten«, lallte Diether. »Ich bin ein freier Mann.«

»Ja, das bist du«, erwiderte Utz beherrscht. »Und damit du es bleibst, sind wir hier und ertragen deine Launen.«

Er wandte sich wieder der Straße zu und atmete durch. Kurz darauf spürte er eine Hand auf seiner Schulter. »Danke«, sagte Magda und sandte ihm ein müdes, halbes Lächeln.

»Wofür?«

»Dafür, dass du Diether nicht zum Teufel schickst. Erzähl mir noch von den zwei anderen Kirchen, ja?«

Sie war mehr wert als Gold! Wenn kein Mann klug genug war, dies zu erkennen, würde er auf immer für sie sorgen. »Setz dich zu mir«, sagte er und rückte auf dem Bock beiseite. »Das da zur Linken ist die Marienkirche, wie jede Stadt eine hat. Gewöhnlich liegt sie am Markt wie in Bernau, doch den Platz bei der Berliner Marienkirche kenne ich nicht, weil sich ja alles Wesentliche am Olden Markt abspielt. Und dann gibt es noch die Petrikirche, deren Kirchturm du dort hinter dem Flussufer siehst. Die steht in Cölln, das seit knapp zwanzig Jahren mit Berlin vereint ist. Weißt du, warum die Kirche Petrus, dem Fischer unter den Aposteln, geweiht ist?«

Magda schüttelte den Kopf.

»Weil Cölln eine Siedlung von Fischern war, ehe die Fernhändler kamen und der Doppelstadt neue Wege eröffneten. Im Fischfang lag der Ursprung, doch dem Handel gehört die Zukunft. Ich habe für den Anfang ja ein Kontor für Getreide erworben, aber ich denke, ich werde mich auch an Tuchen und Gewürzen versuchen, was meinst du?«

Sie lehnte den Kopf an seine Schulter. »Ach, Utz, du steckst so voller Tatendrang und machst all diese Pläne für uns. Ich wollte, wir wären dir eine Hilfe und nicht nur ein Klotz am Bein.«

»Du bist mir eine Hilfe, mein Herz.«

Das Lachen misslang ihr, als hätte sie es verlernt. »Nun, zumindest kann ich dir eine Bernauer Erbsensuppe mit Speck und Schweinsohren kochen, wenn dir der Sinn nach Deftigem steht.«

Er lachte mit. »Um ehrlich zu sein, hoffe ich in Berlin auf feinere Speisen. Auch hätte ich gern eine Magd, damit nicht du dich am Herd plagen musst. Aber fürs Erste…«

Ihre Blicke trafen sich. »Aber fürs Erste tut's meine Erbsensuppe«, bestimmte Magda. »Die schafft immerhin Kraft, und davon können wir mehr als genug brauchen. Danke, dass du dich mit uns abschleppst, Utz. Danke, dass du das alles für uns auf die Beine stellst und dass du Diether noch nicht aufgegeben hast.«

»Diether hat Furchtbares hinter sich«, sagte Utz. »Er braucht uns mehr denn je.«

Magda streichelte seinen Arm. Die Sonne versank hinter dem Horizont, und das Blauschwarz des Nachthimmels zog herauf, gespickt mit den ersten, lang entbehrten Sternen.

»Schau noch einmal nach vorn«, bat Utz leise und zügelte das Pferd. »Siehst du die dreimal mannshohe Stadtmauer, die Türme, die Wehrzinnen, siehst du, wie machtvoll und wehrhaft diese Stadt ist? Und dort am Ende der Straße erwartet uns das Oderberger Tor.«

Magda nickte beeindruckt. Dann schweifte ihr Blick ab und wanderte zu dem dunklen Gebäude, das zur Linken, ein gutes Stück vom Tor entfernt lag.

»Da sieh nicht hin«, riet ihr Utz. »Und hierher darfst du dich auch nie begeben, es sei denn, einer von uns begleitet dich.«

»Warum nicht? Ist dort das Gefängnis?«

Utz schüttelte den Kopf. »Das Sankt-Georgen-Hospital. Ein Siechenhaus. Hierher schafft man die, denen der Tod schon im Blut sitzt, ehe ihr vergifteter Atem sich in der Stadt ausbreitet. In einem Flügel hausen die Aussätzigen, aber an solches Elend wollen wir heute nicht denken.« Er schnalzte dem Pferd zu, damit es wieder antrabte. »Fahren wir lieber zu. Wir werden es gerade noch schaffen, Einlass zu erlangen, ehe die Torknechte die Riegel für die Nacht verschließen. Dahinter empfängt uns Herr Bechtolt mit dem Schlüssel und der Besitzurkunde für unser neues Heim.«

»Die Besitzurkunde hast du noch nicht?«, fragte Magda. »Aber du hast doch für Haus und Grund schon bezahlt.«

»Gleich nach Neujahr«, erwiderte ihr Bruder ein wenig verdutzt. »Ist daran etwas ungewöhnlich?«

»Ich habe ja keine Ahnung vom Handel«, erwiderte Magda. »Nur hätte mir am Ausschank keiner sein Geld ausgehändigt, ehe er nicht seinen Krug gefüllt bekommen hätte.«

Utz sandte ihr ein Lächeln. »In der Tat, mit dem Bierausschank auf dem Jahrmarkt lassen sich Handel und Geldverkehr nicht vergleichen«, erklärte er. »Wenn es nach mir geht, brauchst du dich mit alledem nicht mehr zu befassen, mein Herz. Ich habe dich Lesen und Schreiben gelehrt, weil ich wollte, dass du zur Not gerüstet bist. Von jetzt an aber soll für dich gesorgt sein, auch ohne dass du dir den Kopf eines Mannes zerbrichst.«

»Es macht mir nichts aus«, sagte sie, doch er merkte ihrer Stimme an, wie erschöpft sie war.

Sie erreichten das Oderberger Tor gerade, als die Wache sich anschickte, die Bolzen herunterzulassen und die schweren Riegel vorzuschieben. Unbehelligt zockelte ihr Fuhrwerk hindurch, und dann waren sie wirklich und wahrhaftig in Berlin. Utz sah das Band der Spree, in dem sich glitzernd das letzte Tageslicht spiegelte, und verspürte eine Erregung, die alle Müdigkeit vertrieb. Er richtete sich halb auf dem Bock auf, um nach Bechtolt Ausschau zu halten, konnte ihn jedoch nirgends erspähen. »Er wird sich verspätet haben«, sagte er zu Magda. Der Großvater und Diether waren auf dem Karren eingeschlafen, Lentz saß neben ihnen und hüllte sich in tiefes Schweigen. »Am besten wir warten hier. Sicher kommt er gleich.«

Der Tag hatte sie mit Sonne überschüttet, doch war es erst März, in den Straßengräben lag Schnee, und jetzt, wo der Abend sich senkte, wurde es empfindlich kalt. Utz, der in seiner Cotta ohne Überrock fröstelte, sah, wie Magda sich ihr Wolltuch fester um die Schultern zog. Was sollte er tun, wenn Bechtolt seinen Brief nicht erhalten oder sich im Tag geirrt hatte? Er hatte kein Geld mehr, das letzte war in den Erwerb der Ware geflossen. Wie und wo sollte er seine Familie zum Schlafen unterbringen, wie auch nur für ein Nachtessen sorgen?

»Ist er das?« Magda stieß ihn in die Seite und wies geradeaus. Eine Gestalt eilte von der Spree her die Straße hinauf. Bechtolt konnte es nicht sein, mit dessen Wanst ließ es sich keinesfalls so schnell laufen. Der Läufer aber hob beide Arme über den Kopf und winkte ihnen zu. Als er näher kam, erkannte Utz, dass es sich um keinen Mann, sondern um einen Jungen handelte.

»Herr Utz!«, rief eine helle Stimme. »Herr Utz Harzer aus Bernau?«

»Der bin ich.« Utz beugte sich vom Wagen hinunter.

Der Junge, der höchstens zwölf Jahre alt sein konnte, blieb schwer atmend vor ihm stehen und hielt ihm einen buckligen, in Leinwand gewickelten Packen entgegen. »Mich schickt der Herr Bechtolt. Leider ist er verhindert, heißt Euch aber trotzdem herzlich willkommen in der Freien Stadt Berlin«, stotterte der Bursche die eingelernten Worte dahin. »Er sagt, er hat alles Nötige eingepackt, und Ihr sollt nun also an den Krögel fahren und es Euch dort recht gut gehen lassen.«

»An den Krögel?«

»Das ist die Gasse am Olden Markt«, erwiderte der Junge mit einem Grinsen, das Utz nicht zu deuten wusste. »Die, wo Euer Kontor steht. Und das Badehaus.« Damit warf er den Packen Utz in den Schoß und streckte die Hände nach einer Münze als Botenlohn aus.

Utz hatte kein Geld, um es an den Bengel zu verschenken, den schließlich Bechtolt entlohnen musste, nicht er. Dass der Freund ihn nicht wie vereinbart abgeholt hatte, ließ ein flaues Gefühl in seinem Magen zurück. Ängstlich schlug er die Leinwand auf und entdeckte zu seiner Erleichterung Schlüssel und Urkunde. Obenauf lag ein gelblicher Streifen Papier, auf dem die Adresse noch einmal in schwarzer Tinte notiert stand: Am Krögel, drittes Haus, Older Markt.

Die Kälte wurde schärfer. Utz riss sich zusammen, nahm die Zügel auf und scheuchte den Jungen mit einer Handbewegung fort. Als der nicht ging, fragte er ihn: »Zum Olden Markt fahre ich die Straße hinunter und dann nach Süden in Richtung Nikolaikirche, richtig? Es ist ein Jahr her, dass ich das letzte Mal hier war, ich finde mich noch nicht ganz zurecht.«

»Wird schon richtig sein«, erwiderte der Junge und zuckte die Achseln. »Zum Olden Markt komm ich selbst schon längst nicht mehr, denn das wahre Leben spielt sich ja jetzt um die Marienkirche ab.«

Gewiss war der Junge wütend, weil er für seine Mühe keinen Lohn erhalten hatte. Utz würde ihm nicht länger zuhören, sondern den Weg einschlagen, den er in Erinnerung hatte. Er packte die Peitsche und versetzte dem altersschwachen Pferd einen Hieb, dass es aus dem Stand in Trab sprang und er und Magda vornüberfielen. »Verzeih!«, rief er und fing die Schwester auf, ehe sie vom Wagen stürzte.

Magda sah ein wenig bleich aus, doch rasch fasste sie sich. »Ganz schön holprig geht's zu, in deinem Berlin.«

Bemüht lachte er auf. »Das liegt nur daran, dass du einen jämmerlichen Kutscher hast. Die Straße ist bis zu dem Markt, wo unser Haus steht, gepflastert. Was sagst du dazu?«

»Du bist ein großartiger Kutscher«, erwiderte Magda mit vor Kälte zitternden Lippen. »Du hast uns hergebracht, ohne dich auch nur ein einziges Mal im Weg zu irren.«

Sie hielt so viel von ihm. Er würde sie nicht enttäuschen!

Berlin ging schlafen, Lichter erloschen, und vom Markt her drang schon das Geläut zur Nacht. So leid es ihm tat, Utz musste dem Klepper noch einen Hieb versetzen. Er wollte endlich sein Ziel erreichen, wollte seine Schar warm und sicher unter seinem Dach wissen.

Der Marktplatz, auf dem er nicht nur Bechtolt, sondern auch dessen Schwester, die bezaubernde Fronica, und den dazugehörigen Schwager, den alten Lebus, kennengelernt hatte, lag dunkel und verlassen vor ihnen. Er und Magda erhoben sich und hielten Ausschau, doch kein Mensch war zu sehen, der ihnen den Weg hätte weisen können. Seufzend zügelte Utz das Pferd, um sich selbst auf die Suche zu begeben, da kam aus einer finsteren Gasse doch noch ein Mann auf sie zu.

Er war so groß und kräftig gebaut, dass er einen jeden von ihnen leicht hätte überwältigen können. Seine graubraune Kleidung hob sich im Zwielicht kaum ab. Während in Utz das Misstrauen anschwoll, beugte sich Lentz aus dem Wagen. »Verzeiht, Bruder. Wie es aussieht, finden wir uns in Eurer Stadt nicht zurecht. Könntet Ihr uns wohl den Weg weisen, auch wenn wir nichts bei uns haben, um Euch den Dienst zu vergelten?«

Der Mann trat zu Utz an den Bock. »Wohin wollt Ihr?« Seine Aussprache kündete von Bildung, und seine Stimme wäre ausnehmend schön gewesen, hätte sie nicht vor Überheblichkeit gestrotzt. Da Lentz den Mann als »Bruder« angesprochen hatte, erwartete Utz einen Mönch, doch der Mann trug keine Tonsur.

Utz hielt ihm das Papier mit der Adresse hin, ließ es aber nicht los, da er dem Fremden noch immer nicht traute. »Am Krögel«, las der. Er musste erstaunlich scharfe Augen haben, wenn er die Buchstaben in der Finsternis entziffern konnte. »Die Gasse liegt hinter dem Haus des Marktmeisters, aber mit dem Fuhrwerk kommt Ihr dort nicht hinein. Lasst mich das Pferd ausschirren. Eure Habe werdet Ihr tragen und den Wagen unterstellen müssen.«

»Hände weg von meinem Pferd!« Der Fremde hatte die Deichsel berührt, um sich am Zaumzeug zu schaffen zu machen, doch im selben Moment sauste ihm der Riemen der Peitsche über die Hand. Utz erschrak bis ins Mark. Nie zuvor hatte er einen Menschen mit der Peitsche geschlagen. Seine Angst war schuld. Die Sorge, seine Familie nicht sicher unterzubringen, brachte ihn um den Verstand.

»Bist du verrückt?«, rief Magda und sprang vom Bock. Sie lief um das Pferd herum zu dem Fremden und packte seine blutende Hand. »Ich bitte um Vergebung, mein Herr«, sagte sie, hob ihr Knie in die Höhe und riss sich ohne Federlesens einen Streifen Leinen vom Unterkleid. »Mein Bruder ist müde und weiß nicht, was er tut. Er hat Euch Eure Hilfe wahrlich so nicht vergelten wollen.« Der Fremde entzog ihr seine Hand, sie aber fing sie wieder ein und wickelte ihm reichlich grob das Leinen um die Wunde.

Ohne es zu wollen, sah Utz in das Gesicht des Mannes, Züge, die glasklar geschnitten und unvergesslich waren. Anmaßend hoben sich die Brauen, doch um die Mundwinkel spielte etwas, das beinahe einem Lächeln glich. »Ich bin kein Herr. Und meine Hilfe braucht mir niemand zu vergelten, schon gar nicht, indem er sich in so eisiger Nacht sein Gewand zerfetzt.«

Magda hielt inne und sah aus, als müsse sie selbst gegen ein Lächeln kämpfen. »Papperlapapp«, sagte sie. »Natürlich vergelten wir Euch Eure Hilfe! Und zwar mit einem wärmenden Getränk in unserem neuen Heim. Wir sind die Harzers aus Bernau, Meister Seyfrid und vier Enkel, Lentz, Utz, Diether und Magda, frisch eingetroffen und recht durcheinander, aber sonst gut zu haben. Und jetzt seid Ihr an der Reihe – auch wenn Ihr kein Herr seid, werdet Ihr ja einen Namen haben?«

»Kaum«, erwiderte der Mann mit der vermessen schönen Stimme. »Ich bin Franziskaner-Postulant in dem Kloster, das die Berliner das Graue nennen. Da spielen Namen keine Rolle. Wollt Ihr, dass ich Euch jetzt das Pferd ausschirre und in den Krögel führe, damit Ihr endlich aus der Kälte kommt?«

Also doch ein Pfaffe, dachte Utz und bereute den Peitschenhieb nicht länger. Auf die ein oder andere Weise verdiente es ein jeder von ihnen. »Ich werde meinen Wagen gewiss nicht hier draußen dem Diebesgesindel überlassen«, mischte er sich mit scharfer Stimme ein.

»Das liegt ganz bei Euch«, erwiderte der ungeschorene Mönch gelassen. Hochmütig, fand Utz. Von der Demut, die diese Leute predigten, himmelweit entfernt. »Dass Ihr um den Wagen besorgter seid als um die Dame, befremdet mich, aber mich geht es schließlich nichts an.«

»Ganz recht«, konterte Utz. Weshalb sollte er den Wagen nicht bis vor sein Haus fahren können? Sogar in der Enge von Bernau hatte der Platz dafür ja genügt. »Wenn Ihr uns dann jetzt bitte zeigen würdet, in welche Gasse wir abbiegen müssen...«

Gleichgültig wies der Mönch nach rechts. Dort tat sich hinter dem Gebäude der Marktaufsicht eine winzige Gasse auf.

»Da sollen wir hinein?«, rief Magda. »Utz, der Herr hier hat Recht, in dem Nadelöhr bleiben wir mit dem Wagen stecken wie Speck und Blut in der Wurst.«

»Wir lassen ihn hier«, ließ Lentz sich vernehmen und stieg ab, ehe Utz auch nur ein Wort herausbekam. Er ging um das Pferd herum und reichte dem Fremden die Hand. »Habt Dank, Bruder. Ich bin Lentz Harzer und bedaure es sehr, dass Ihr verletzt worden seid.«

Der Fremde winkte ab. »Neben der Marktaufsicht ist ein Unterstand, auf den die Nachtwache ein Auge hat. Lasst den Karren dort und bezahlt morgen früh.«

Die drei – Magda, Lentz und der überhebliche Kuttenträger – nahmen Utz die Führung aus der Hand. Schnell und gewandt schirrte der Fremde das Pferd aus, klopfte ihm den schweißnassen Hals und begann es zum Trocknen auf und ab zu führen. Lentz machte sich daran, das Gepäck vom Wagen zu laden, und Magda weckte Diether und den Großvater.

»Fasst alle mit an!«, rief Magda. »Umso schneller kommen wir samt Gepäck ins Warme!«

Kaum erwacht, spie Diether sich die Seele aus dem Leib, und auch der schlaftrunkene Großvater war keine Hilfe. Magda, Lentz und Utz mühten sich zu dritt, bekamen aber den klobigen Wagen nicht bewegt.

»Haltet das Pferd«, kommandierte der Fremde und übergab Magda die Zügel. Er trat hinter das Gefährt, lehnte sich mit der Schulter dagegen, setzte das ganze Gewicht seines Körpers ein und brachte den Wagen mit einem Ruck in Fahrt. Ohne große Unterstützung von Utz und Lentz schob er ihn an seinen Bestimmungsort. In dem Unterstand, in dem sich noch weitere Karren reihten, würde er wohl einigermaßen sicher aufgehoben sein.

Sie gaben einen traurigen Zug ab, wie sie einer nach dem andern, mit ihrer Habe auf den Armen, hinter dem Mönch mit dem Pferd in die Gasse trotteten. Die war so schmal, dass das klapprige Tier gerade so hindurchpasste. Der Fremde wandte den Kopf. »Das dritte Haus?«

Utz, dem es die Kehle zuschnürte, zwang sich zu einem Nicken.

»Hier«, erwiderte der Fremde und blieb mit dem Klepper stehen.

»Das kann nicht sein«, stammelte Utz und wagte kaum aufzublicken. »Wir sind wohl falsch gegangen, denn das hier ist es auf keinen Fall.«

Mit zwei Schritten war Magda bei ihm und nahm ihm den Schlüssel aus den Händen. »Lass mich sehen, ja?« Sie ließ die anderen stehen, ging zur Haustür und schob den Schlüssel ins Schloss. »Er passt«, sagte sie tonlos. »Wie es aussieht, sind wir angekommen.«

»Aber das geht doch nicht, da können wir doch nicht wohnen!«, rief Diether, während der Großvater brummte: »Ins

Spital hätt ich gehen sollen, da gehören die, die nicht mehr zum Leben taugen, hin. Selbst bei den Kuttenträgern wär's mir noch besser ergangen als hier im Koben, im Koben.«

»Das ist Unsinn, Großvater«, sagte Magda, um Fassung bemüht. »Hier hast du deine Familie um dich, einerlei wie das Haus beschaffen ist.« Sie stieß die Tür auf und begann, ihren Kleiderkasten ins Innere zu wuchten. »Und du mach, dass du die restlichen Sachen holst, Diether. Ihr, Herr Namenlos, könnt mir helfen, den Stall zu finden, damit Ihr endlich dieses Pferd und somit uns loswerdet.«

Alle setzten sich in Bewegung, als zöge Magda sie an Strippen. »So übel ist es doch nicht«, vernahm Utz eine Stimme und spürte Lentz' Hand auf seiner Schulter. »Es ist ein Haus mit einem Kontor, wie du es brauchst, nur darauf kommt es an.«

Utz vermochte ihm nicht zu antworten. Er konnte nur wie versteinert an dem Haus hinaufblicken, das sich einem Schandmal gleich vor ihm erhob. Es sah kaum wie ein Stadthaus aus, mehr wie eine übergroße Scheune. Vom Fundament bis hinauf zum Dachstuhl wies es weder Stein noch Fachwerk auf, sondern nichts als Holz.

13

Schlimmer kann es nicht kommen, sagte sich Magda jeden Morgen, aber damit irrte sie sich.

Das Kontor bot reichlich Platz, doch das war auch schon das einzig Gute, das sich über Utz' Kauf sagen ließ. Das Haus war zugig, windschief, enthielt nur eine einzige, nicht einmal gemauerte Feuerstelle und machte den Eindruck, als würde es demnächst über ihnen zusammenbrechen. Bechtolt, der Mann, der ihnen doch den Weg hatte ebnen wollen, ließ sich nicht blicken. Sie hatten kein Geld und außer den Resten ihrer Wegzehrung nichts mehr zu essen. Diether nahm mit Bier vorlieb, und Magdas einziger Trost dabei war, dass auch dieser Vorrat bald aufgebraucht sein würde. Die übrigen litten Hunger.

Als sie endlich mit klappernden Zähnen auf einer notdürftig errichteten Schlafstätte lag, sprang sie mit einem Mal der Wunsch an, zurückzukehren. Aber wohin? Sie hatten ja keinen Ort mehr, der sie wieder aufnehmen würde, nur abgebrochene Brücken und verlorene Erinnerungen. Ihnen blieb keine Wahl, als sich hier durchzubeißen.

Sie schlief noch weniger, noch zerquälter als sonst und schreckte anderntags wie zerschlagen aus der Schwärze. Dennoch kämpfte sie sich in die Höhe. Vom Platz her ertönte das Geläut, das den Markttag eröffnete, und in ihrem Kontor lagerte säckeweise ungemahlenes Getreide. Daraus Grütze kochen konnten sie nicht, aber sie konnten einen Teil davon zu Geld machen! Dieser Bechtolt mochte ihren Bruder übers Ohr gehauen haben, aber vom Stillsitzen und Hadern wurde nichts besser. »Wir müssen dafür sorgen, dass Geld hereinkommt«, sagte sie zu Utz. »Wenn wir uns erst einmal richtig ausstatten können, sieht alles nur noch halb so schlimm aus.«

Utz, der bisher so tatkräftig das Ruder übernommen hatte, wirkte völlig gebrochen. Magda musste ihn förmlich zwingen, sich aufzurappeln, sich ebenso wie sie einen Sack auf die Schulter zu laden und mit ihr auf den Markt zu ziehen. »So betreibt man keinen Handel«, war alles, was er murmelte.

»Das ist mir gleichgültig«, erwiderte Magda. »Heute Abend kaufe ich für meine Familie zwei Schweinsohren, ein Stück fetten Speck und einen Sack Erbsen, damit Leib und Seele beieinanderbleiben. Und Holz zum Heizen und um dem Großvater ein ordentliches Bett zu zimmern. Deinen Handel betreiben kannst du, wie es dir passt, aber erst wenn es der Familie nicht länger am Nötigsten fehlt.«

Er hatte nichts mehr gesagt und sich gefügt. Vom Olden Markt wehte ihnen durch den Schneeregen beißender Gestank entgegen. Gerade dort, wo ihre Gasse in den Platz mündete, hatten die Fischhändler ihre Stände aufgebaut. Ihre Stimmen überboten sich gegenseitig, während sie die angebotenen Waren – glitzernde Heringe, fette Aale, die noch zu zappeln schienen – hoch über den Köpfen der Kunden schwenkten. Der Platz wogte und waberte vor Menschenleibern. Mit einiger Mühe entdeckte Magda vor der gegenüberliegenden Häuserzeile eine Reihe von Ständen, an denen Händler Getreide anboten. »Dorthin!«, rief sie und zerrte Utz mit sich, dem Menschenstrom entgegen. Unter Knuffen, Püffen und Flüchen zwängten sie sich durchs Gewimmel auf die andere Seite. Da sich nicht der kleinste freie Scharren mehr fand, stellte Magda ihren Sack einfach in eine Lücke zwischen zwei Verkaufsstände.

Sie hatte nie zuvor etwas anderes als Bier verkauft, aber so schwierig konnte das schließlich nicht sein. Die Preise kannte sie – für zwanzig Pfund Roggen würde sie anderthalb Schillinge verlangen, und ansonsten würde sie sich einfach abschauen, wie die anderen es anfingen.

Die anderen brüllten. Priesen bis zur Heiserkeit ihre Waren an, um das Getöse ringsum zu übertönen. Gänse schnatterten, Schweine quiekten, Weiber feilschten, und auf dem Stuhl des Zahnreißers heulte sich ein Mann die Seele aus dem Leib. Das ein wenig schräge Spiel der Sackpfeifer rief Magda vergangenen Frohsinn in Erinnerung. *Eigentlich ist es hier gar nicht so übel,* durchfuhr es sie. Es tat gut, wieder unter Menschen zu kommen, wieder zu einer Gemeinschaft zu gehören. »Berliner Roggen!«, brüllte sie aus Leibeskräften im Chor der anderen mit, denn das hatte sie Ulf sagen hören. »Bester, reinster Berliner Roggen, beliebt von der Ostsee bis zum Erzgebirge!«

Ein Mann, den ihre Bemühungen offenbar zum Lachen brachten, blieb vor ihr stehen. Zur bestickten Haube trug er eine grüne Schecke und um die Hüften einen breiten beschlagenen Gürtel. Also besaß er Geld, gehörte womöglich der Innung der Bäcker an und wäre als erster Kunde ein trefflicher Fang. »Magda, um alles in der Welt«, zischelte Utz in ihrem Rücken, aber Magda schenkte ihm keine Beachtung.

»Du verkaufst also Roggen?«, fragte der Mann und zupfte an Magdas Sack.

Magda nickte eifrig. »Nicht nur den – auch Dinkel, Hafer, Gerste und besonders feinen Weizen, alles, was das Herz begehrt. Lasst mich nur wissen, welche Sorte Ihr zu prüfen wünscht, und ich schaffe sie aus unserem Kontor am Krögel her.«

»So, so«, brummte der Mann, schwang herum und vollführte mit dem Arm eine Geste, als winke er aus der Menge jemanden heran. Dann baute er sich straff vor Magda auf und blaffte: »Ich werde dir sagen, welche Sorte ich zu sehen wünsche: Deine Genehmigung, hier Waren feilzubieten, will ich sehen, oder wohl besser die von deinem Buhlen.«

»Ich bin ihr Bruder«, murmelte Utz.

»Von mir aus kannst du der Papst in persona sein – ich jedenfalls bin hier Marktmeister, mich kratzt deine Genehmigung und sonst nichts.«

»Meine Schwester wusste nicht, dass wir eine benötigen.« Utz sprach jetzt so leise, wie Endres oft gesprochen und damit Magda zum Wahnsinn getrieben hatte.

Prompt legte der Marktmeister eine Hand ans Ohr. »Geht's lauter? Ich verstehe kein Wort.«

»Meine Schwester wusste nicht, dass wir eine Genehmigung brauchen. Wir sind gestern erst angekommen, aber ich bin Utz Harzer, Mitglied der Kaufmannsgilde, ein Freund von Herrn Bechtolt ...«

»Ich habe dir schon einmal gesagt: Wer du bist, kratzt mich nicht. Keine Genehmigung also? Dann kommst du jetzt mit, und Schluss mit dem Palavern.«

Zwei der Stadtknechte, die er herbeigewunken hatte, packten Utz unter den Armen und schleiften ihn davon, ehe Magda sich aus ihrer Schreckstarre lösen konnte. Ein Dritter lud sich beide Säcke zugleich auf die Schultern und schleppte sie hinterdrein.

»Lasst ihn los!«, rief Magda und rannte den Männern nach, drängte sich zwischen Mensch und Tier hindurch und musste sich immer wieder auf Zehenspitzen recken, um zu erspähen, wohin die Männer ihren Bruder schleppten. »Er kann nichts dafür, es ist doch alles meine Schuld!«

Andere Schaulustige, die johlten und feixten, versperrten ihr den Weg. Sie sah gerade noch, wie die Stadtknechte mit Utz im Haus der Marktaufsicht verschwanden und wie die wuchtige Eichentür sich hinter ihnen schloss. In ihrer Verzweiflung schrie sie auf und trommelte mit den Fäusten auf den Rücken des Mannes ein, der vor ihr stand. Der drehte sich lediglich kurz um und strich sie wie eine Schmeißfliege von sich ab, dann wandte er sich wieder seinem Schauspiel zu.

»Ihr vergeudet Eure Kraft.«

Magda schoss herum. Seltsam, dass vier Worte genügten, um eine Stimme zu erkennen, die sie erst einmal gehört hatte. »Was habt Ihr hier zu schaffen?«, schrie sie ihn an. »Schleicht Ihr mir nach?«

»Mitnichten. Ich habe auf dem Markt zu tun wie Ihr.«

»Und was?«

»Betteln«, erwiderte der Fremde und kniff einen Mundwinkel ein. Sein Mund war schön. Der blanke Hochmut der Miene wirkte geradezu entstellend.

»Dann geht nur weiter Eurer Bettelei nach und fallt mir nicht zur Last.« Der Mann mochte ihnen gestern als Retter in der Not geholfen haben, doch er gehörte einem Kloster an, und damit war er ein Feind. *Einer wie Pater Honorius.* Sie hätte lieber mit dem leibhaftigen Blutvogt geschwatzt als mit ihm. Zudem war er unerträglich von sich eingenommen – eine weitere Eigenschaft, die er mit dem Mörder Honorius teilte.

»Wie beliebt.« Der Fremde drehte sich um und ging. Vor ihm spritzte die Menge auseinander, was zweifellos seinem Wuchs geschuldet war. Er konnte unmöglich ein Mönch sein! Was wollte ein Mann mit solchen Schultern hinter Klostermauern? Kalter Schrecken durchfuhr sie. Stand sie hier und beglotzte einem Fremden den Rücken, während Utz bei der Marktaufsicht gefangen saß? Sie musste ihm helfen, und zwar auf der Stelle. Mit ausgefahrenen Ellbogen kämpfte sie sich durch die Wand aus Leibern, drängte sich zwischen den Ständen hindurch und eilte endlich die Stufen zu der Tür hoch, hinter der die Männer mit Utz verschwunden waren.

Nach dem geschmiedeten Klopfer musste sie sich recken. Mit aller Kraft ließ sie ihn gegen das Holz sausen, dass jede gewöhnliche Tür in ihren Angeln erzittert wäre. Diese aber rührte sich nicht. Magda klopfte ein zweites und ein drittes Mal, ohne dass jemand kam, um ihr zu öffnen. Als sie den

Klopfer zum vierten Mal anhob, sprang ein Kerl im grünen Wams der Stadtknechte hinzu und zerrte sie grob von der Tür zurück. Mit der flachen Hand holte er zum Schlag aus.

»Nicht!«

Der Schläger hielt inne. Am Fuß der Stufen stand der Fremde in der Kutte.

»Du hältst dich raus, Bruder.«

»Mit Vergnügen. Aber du lässt das Mädchen gehen.«

»Deine Schwester?«

»Gewiss doch.«

Der Stadtknecht lachte und verpasste die Backpfeife, die Magda zugedacht gewesen war, stattdessen der Luft. »Ihr Mönche seid ein Drecksvolk, alle miteinander. So ein Glück möchte unsereins haben – kaum kriegen die Weiber einen Hintern in Kutte zu Gesicht, kennen sie kein Halten mehr.«

Er versetzte Magda einen Stoß und gab sie frei. Mühsam fing sie sich auf der untersten Stufe und sprang zurück, um nicht dem Fremden in die Arme zu fallen. »Woher kommt Ihr schon wieder?«, zischte sie ihn an.

»Ich schleiche Euch nach.«

»Verschwindet!« Sie wollte, dass er ging, sie allein ließ, nicht ständig aus dem Boden wuchs, wenn sie sich neuerlich wie eine dumme Gans betrug. Sie hatte ohnehin für all dies keine Zeit. Sie musste sich um Utz kümmern, Hilfe herbeirufen, ehe die Schergen ihm etwas antaten. Wen aber sollte sie holen, den Großvater, Diether, Lentz? Der Erste würde sich um Utz nicht scheren, der Zweite im Bier ertrinken und der Dritte erklären, dass er leider machtlos sei und am Lauf der Welt nichts ändern könne. Es gab keine Hilfe. Wie so oft stand sie allein da.

Der Mann hatte sich abgewandt und war ein paar Schritte in Richtung Marktplatz gegangen. Jetzt blieb er stehen und drehte sich neuerlich um. Einen Herzschlag lang wirkte der Ausdruck auf seinem Gesicht nicht überheblich, sondern fragend. Was er in ihrem Gesicht als Antwort las, wusste sie nicht. Aber er kam zurück.

Sie stieg die Stufe hinunter. Er blieb vor ihr stehen, mehr als einen Kopf größer als sie. »Lasst mich Euch etwas zu essen kaufen«, sagte er.

Bei dem Wort rief ihr Magen sich in Erinnerung. Er schmerzte vor Leere. »Ich dachte, Ihr müsst betteln.«

Der Fremde langte in den Beutel, den er an einer Schnur um den Hals trug, und ließ ein paar Münzen in seiner Handfläche spielen. »Vom Erbettelten kann ich Euch einen Salzhering kaufen, oder nicht? Streng genommen dürfte ich Geld ohnehin nicht annehmen, sondern nur Dinge, die ich unbedingt zum Leben brauche.« Als er die Münzen zurück in den Beutel schob, sah sie den blutroten Striemen, der sich über seinen Handrücken zog.

»Bitte kauft mir nichts.«

»Was dann? Wenn Ihr mir noch einmal sagt, ich soll verschwinden, erfülle ich Euch den Wunsch und drehe mich nicht wieder um«, warnte er sie, doch in seiner Stimme glaubte sie die Spur eines Lachens zu vernehmen.

Er war ein Geistlicher, der letzte Mensch auf der Welt, dem sie vertrauen durfte, und sein Betragen war herablassend und kalt. Dennoch hatte er etwas an sich, das sie wärmte. »Weshalb habt Ihr Euch überhaupt umgedreht?«, fragte sie.

Er hob die Hände. »Das frage ich mich selbst.«

Sie brauchte dringend Hilfe, und dies war kein Augenblick, um sich albernen Stolz zu leisten. Dennoch verschloss sich ihre Kehle und gab die Worte nicht frei.

»Ihr braucht Hilfe, aber Ihr könnt mich nicht darum bitten«, sagte er.

»Was seid Ihr? Ein Hellseher?«

»Nein. Ich hatte nur das Gefühl, in einen Spiegel zu blicken.«

Ihre Lage war wirklich nicht zum Lachen angetan. Dennoch entfuhr ihnen beiden ein Prusten. Sie mussten verrückt sein! *Mönch hin oder her, du bekommst einen Stein in meinem Brett,* beschloss Magda verwundert. *Ich dachte, so etwas gäbe es gar nicht, einen Mann, der über sich selbst lachen kann.*

»Ich brauche in der Tat Hilfe«, sagte Magda. »Aber als Mönch werdet Ihr sie mir nicht geben können, weil Ihr Euch hinter Klostermauern verkriecht und Euch vor dem Lärm der Welt die Ohren zuhaltet.«

»Das wäre manchmal in der Tat ein Segen«, sagte er und deutete mit dem Kopf in Richtung Marktplatz mit all seinem Getöse. »Aber ich bin kein Mönch. Nur ein Postulant.«

»Und was soll das sein?«

»Einer, der erst noch ein Mönch werden will.«

Sie hätte ihn liebend gern gefragt, warum er etwas wollte, das augenscheinlich so wenig zu ihm passte. Seine Stimme klang ein wenig verrucht, so, als müsste man es einem Priester beichten, dass man ihr gelauscht und sich dabei gewünscht hatte, er möge endlos weitersprechen.

»Franziskaner verkriechen sich zudem nicht hinter Klostermauern«, fuhr er fort. »Sie ziehen durch Städte, betteln um Almosen und hoffen darauf, dass jemand ihre Hilfe braucht und sie dafür bezahlt.« Auch sein Blick war ein wenig verrucht. Zugleich vertraut und verboten. Vielleicht lag es an der Farbe der Augen oder an den Schatten, die Brauen und Wimpern warfen. Vielleicht an der Unverhülltheit seines Blicks. Etwas daran war ... nackt.

»Ich kann Euch für Eure Hilfe nicht bezahlen.«

»Ich bin ja auch noch kein Mönch. Ist es Euer Bruder, um dessentwillen Ihr der Marktaufsicht die Tür einschlagen wolltet?«

Magda nickte. Jäh wurde ihr vor Schwäche schwindlig. Der Mann, der sie bisher nicht einmal mit den Fingerspitzen gestreift hatte, fing sie auf. Er hielt sie bei den Armen und weit von sich weg, als wären Menschenleiber ihm zuwider, doch er stützte sie. Wie von selbst sprudelte ihre Geschichte aus ihr heraus: Bechtolts Betrug mit dem unsäglichen Holzhaus, ihren törichten Versuch, an Geld zu kommen, und schließlich Utz' Verhaftung durch den Marktmeister.

Als sie fertig war, führte er sie vom Haus der Aufsicht weg zu einem Lagergebäude, an dessen Wand sie sich lehnen konnte.

»Ihr werdet Bechtolt aufsuchen müssen«, sagte er. »Was den Kauf betrifft, lässt sich nichts rückgängig machen. Euer Bruder hätte sich das Haus vorher zeigen lassen müssen, und da er das versäumt hat, ist er jetzt der Dumme. Aber zumindest wird Bechtolt Euch wohl helfen, ihn möglichst unbeschadet aus den Fängen der Marktaufseher zu befreien.«

»Ich weiß ja nicht einmal, wer dieser Bechtolt überhaupt ist und wo ich ihn finde.«

»Aber ich«, erwiderte er ruhig. »Er gehört zu den Oldermännern der Kaufmannsgilde. In seiner Macht steht es ohne Zweifel, Euren Bruder auszulösen. Wollt Ihr sofort gehen oder Euch eine Weile ausruhen?«

»Sofort!«

Der Fremde nickte, und sie machten sich auf den Weg.

Magda hatte angenommen, Utz' Bekannter würde in der Nähe wohnen, doch da täuschte sie sich. Sie mussten beinahe vom einen Ende der Stadt zum anderen gehen, und bei der Gelegenheit lernte sie ihre neue Heimat kennen: die Große Straße, die so breit war, dass drei Bernauer Gassen nebeneinander darin Platz gefunden hätten, und in der Leute Kleider spazieren trugen, wie Magda sie am Königshof erwartet hätte. Der dunkle, wie ein Aalrücken schimmernde Fluss, die Lange Brücke, an deren Flanke sich das dreistöckige, backsteinrote Rathaus entlangzog, und der Mühlendamm, die zweite Brücke, auf der sich Verkaufsbuden drängten und in deren Schatten die Räder dreier Wassermühlen sprudelten.

Hätte Magda die Stadt mit einem einzigen Begriff beschreiben müssen, so hätte sie das Wort *emsig* gewählt. Überall schienen Menschen damit beschäftigt, etwas zu bauen, instandzusetzen, zu verladen oder aufzustapeln, und durch die Luft hallte Hämmern, Sägen, Schleifen, Fluchen und Pfeifen. Wie zuvor dachte sie: *Eigentlich ist es hier gar nicht so übel. Wären die Umstände anders, vielleicht fände ich es schön.*

Das Viertel, in das sie schließlich gelangten, bestand gänzlich aus breiten, fest angelegten Straßen und neu erbauten Steinhäusern, von denen eins das andere an Pracht übertrumpfte. Jungen mit Besen und Kübeln flitzten umher, um Straßengräben und Kloaken zu säubern, und der unverwechselbare Gestank, der überall dort in Schwaden hing, wo Menschen beieinander hausten, schien um diese Gegend einen Bogen zu machen. Über Giebeldächern sah Magda einen Kirchturm aufragen, den sie wiedererkannte. »Die Marienkirche, nicht wahr?«

Ihr Begleiter nickte. »In ihrem Schatten ist der Neue Markt entstanden. Wenn Euer Bruder in dieser Stadt zu etwas kommen will, wird er sein Kontor hierher verlegen und am besten ein zweites am Flussufer eröffnen müssen. Beim Mühlendamm, wo die Fernhändler ihre Waren gemäß dem Stapelrecht zum Kauf anbieten.«

Warum hatte Utz davon nichts gewusst? Warum hatte dieser Bechtolt ihm erzählt, es gäbe keinen besseren Standort als den Olden Markt? Wie eine kalte Hand legte sich Angst in Magdas Nacken und jagte ihr einen Schauder den Rücken hinunter. »Wenn der Herr Bechtolt mich nun nicht anhört...«, begann sie und ließ den Rest der Frage in der Luft hängen.

Ihr Begleiter blieb mit ihr stehen. Auch jetzt fasste er sie nicht an, doch sein Blick hatte etwas von einer tröstenden Berührung. »Keine Sorge. Mich hört er an.«

»Wer seid Ihr denn so Besonderes?«, entfuhr es ihr patzig.

»Franziskaner«, antwortete er, ohne sich reizen zu lassen. »Zumindest gebe ich vor, einer zu sein.«

»Und das öffnet Euch Türen?«

»Bei der Gilde durchaus. Die Herren Kaufleute stellen sich mit dem Grauen Kloster gern gut.« Er ging weiter, und sie schloss sich an.

Als sich ihr Herzschlag nach ein paar Schritten noch immer nicht beruhigt hatte, begann sie noch einmal: »Bitte sagt es mir: Wenn niemand Utz hilft – was geschieht dann mit ihm?«

Wieder blieb ihr Begleiter stehen, und diesmal hatte sein Blick nichts Tröstendes. Die Muskeln seiner Kiefer spannten sich so hart, dass sie deutlich hervortraten. »Dann wird für die Störung der Marktordnung eine Leibesstrafe an ihm vollzogen«, antwortete er kalt.

Magdas Hände krampften sich zusammen. »Eine entehrende Strafe?«, stammelte sie, die Stimme nur noch ein Flüstern.

Noch immer war sein Blick so kalt, dass sie glaubte zu erschaudern. »Das kommt darauf an. Wenn der Marktmeister sich damit begnügt, die Sache selbst zu erledigen, mag es bei einer Anzahl hinter verschlossener Tür verabreichter Stockschillinge bleiben. Wenn er den Fall dagegen als Friedensbruch ans Stadtgericht verweist, wird Euer Bruder öffentlich gestäupt.«

Wie konnte er diese Abscheulichkeiten so gleichgültig aufzählen? »Eure Art, davon zu sprechen, ist widerlich«, warf sie ihm ins Gesicht.

»Ich habe Euch nicht gezwungen mir zuzuhören.«

Damit hatte er unleugbar Recht. Sie brauchte seine Hilfe, nicht er die ihre. Sie riss sich zusammen. »Das darf nicht geschehen«, sagte sie. »Ich lasse nicht zu, dass Utz geprügelt wird, und schon gar nicht, dass man ihm seine Ehre nimmt.«

»Dann kommt.« Ohne ein weiteres Wort überquerte er den

Platz mit der Kirche, der trotz des trüben Wetters mit einem Gewirr von Farben protzte und vor Leben schier aus den Nähten platzte. Die imposante Größe ihres Begleiters bahnte ihnen den Weg in eine gepflasterte Gasse. Vor einem Stadthaus mit himmelwärts weisenden Backsteingiebeln blieb er stehen. »Hier wohnt Bechtolt.«

Magda wollte die Hand nach dem Klopfer ausstrecken, war aber dankbar, als der Fremde ihr zuvorkam. Alles traf ein, wie er es vorausgesagt hatte: Dem Hausknecht, der ihnen öffnete, stellte er sich als Ordensbruder des Grauen Klosters vor, und wenig später erschien ein Mann, dessen Gewand und Leibesumfang den Hausherrn verrieten. Eine blaugrün schimmernde, elegant gezaddelte Schecke spannte sich über einer Wampe, die den teuren Samt zu sprengen drohte. Spitze Schnabelschuhe aus kunstvoll gewebtem Brokat verliehen seinen Füßen die Länge veritabler Flusskähne. Um dieses unglaubliche Schuhwerk überhaupt in Form zu halten, hatte er dessen Spitzen mit Fäden an seinen prallen Waden festgeknotet.

Der Dicke wollte Magdas Begleiter einen Beutel mit Almosen reichen, doch der hob abwehrend die Hand. »Dieses Mal komme ich nicht, um Geld zu sammeln«, sagte er. Dann erzählte er in knappen Worten, was Utz und Magda widerfahren war.

Der Dickwanst zögerte eine Weile, dann aber warf er den Kopf zurück und öffnete die Arme, wie um Magda darin einzuschließen. »Ja, wer sagt es denn! Seid Ihr also alle miteinander in unserer schönen Stadt eingetroffen. Sie ist kein Köln, sie ist kein München, aber das alles und mehr wird sie werden. Ist es nicht herrlich, das Seine dazu beizutragen? Und Ihr also seid die Schwester meines Freundes Harzer – wie erfreulich. Gern würde ich Euch mit uns zu Tisch bitten, doch ich fürchte, meine Gattin ist darauf nicht eingerichtet. Wir holen es nach, nicht wahr? Ein andermal.«

»Habt Ihr nicht gehört? Mein Bruder ist verhaftet worden!«, brach es aus Magda heraus, die das Gebaren des Dicken nicht fassen konnte.

»Ach ja, das dumme Missgeschick, das der Harzer sich da geleistet hat. Das überlasst nur mir, meine Beste. Ich verspreche, ich rücke die Dinge schon wieder zurecht.«

»Können wir dann jetzt gleich zurück zum Olden Markt...«

»Aber nicht doch«, fiel der Dicke ihr mit butterweicher Stimme ins Wort. »Wir haben Gäste zum Nachtmahl, meine Schwester mit Gatten, und man lässt doch seine Gäste nicht vor vollen Schüsseln darben. Geht nur heim, meine Liebe, lebt Euch ein, erholt Euch von der Reise. Vor morgen früh geschieht ohnehin nichts, und gleich dann mache ich mich auf den Weg, um diese dumme Sache zu bereinigen. Zu Mittag habt Ihr Euren Bruder wieder – gesund und um eine nützliche Lehre reicher.«

Der Gedanke, Utz über Nacht in den Klauen dieser Leute zu lassen, war unerträglich. Magda wollte sich von dem vollgefressenen Kerl, der ja an der ganzen Misere schuld war, so nicht abspeisen lassen. Sie stieß ihm einen Schwall von Schimpfworten entgegen und schob, als er nicht reagierte, ihren Fuß in den Spalt. Der Dicke aber ließ sich davon nicht beirren und schlug die Tür nur umso schwungvoller zu. Um sie aufzuhalten, steckte ihr Begleiter seine Rechte dazwischen und riss Magda mit der Linken zurück. Ihr Fuß war gerettet, doch die Finger des Mannes klemmten fest.

Ein Zischlaut entfuhr ihm. Entsetzt stieß Magda die Tür wieder auf. Dahinter kam der Dicke zum Vorschein. Er wackelte grinsend mit dem Zeigefinger. »Hab ich dich wenigstens tüchtig erwischt? Wer nicht hören will, muss fühlen, Freundchen, und jetzt sieh besser zu, dass du weiter kommst. Ansonsten könnte ich nämlich auf den Gedanken verfallen, meinen Freunden vom Kloster zu erzählen, was du hier treibst –

eine Lektion mit der Birkenrute würde dir gewiss nicht schaden.«

Damit schlug er die Tür endgültig zu. Magdas Begleiter betrachtete seine misshandelten Finger, an denen sich die Quetschungen blaurot verfärbten.

»Tut es sehr weh?«, fragte Magda leise.

»Nein«, log er, bog die Finger durch und verbiss sich einen Laut.

»Ihr braucht vor mir nicht den strammen Maxen zu markieren.«

Verwundert blickte er auf. Eine feine Röte breitete sich über sein Gesicht aus, bis hinauf zu den Ohren. Auf einmal wirkte er verletzlich und so jung, wie er vermutlich war.

Im Graben bei der Straße lag noch ein Rest vom Schnee. Magda hob einen kleinen Ballen davon auf und klopfte ihn flach. Resolut griff sie nach seiner Hand und legte den Schnee auf die verletzten Finger. Während er schmolz, ruhte seine Hand in der ihren. Er hielt vollkommen still. »Wenn Ihr Euch noch lange mit mir abgebt, ist Eure Hand bald nicht mehr zu gebrauchen.«

»Das macht sich beim Betteln nicht schlecht.« Sein Ton hatte nichts Beißendes mehr, sondern war nur noch traurig. Sacht zog er seine Hand zurück. »Es wird dunkel. Ich bringe Euch jetzt besser nach Hause.«

»Aber was wird denn mit Utz?«, rief Magda.

»Vielleicht hält Bechtolt ja Wort.«

»Glaubt Ihr daran?«

Er schluckte hart. »Nein«, sagte er dann.

»Und meinen Bruder wollt Ihr seinem Schicksal überlassen?«, fuhr sie auf, schlug sich jedoch gleich darauf die Hand vor den Mund. Dass Utz in der Marktaufsicht gefangen saß, war ihre Schuld, nicht seine. Er war nur ein Fremder, dem ihr Schicksal gleichgültig sein konnte und der dennoch das Herz

153

besessen hatte, ihr zu helfen. Dafür mochte ihm in seinem Kloster eine Strafe blühen, und ihren Tadel hatte er wahrlich nicht verdient. »Es tut mir leid«, murmelte sie, den Blick zu Boden gesenkt.

»Das braucht es nicht.«

»Doch, ich ...«

»Ach was«, unterbrach er sie. »Dieses Zeug ist so schwer auszusprechen, und die Sache ist den Aufwand nicht wert. Ihr habt Angst um Euren Bruder. Wie sollt Ihr da herumstehen und in aller Höflichkeit mit mir palavern?«

Verblüfft und dankbar blickte sie auf. »Ja, genau so ist es – ich bin nicht zornig auf Euch, sondern auf diesen Bechtolt und die ganze Lage. Und auf mich selbst, weil ich eine solche Idiotin war.« Tränen nahmen ihr die Sicht, und Erschöpfung übermannte sie. Er fing sie auf, zog sie an sich und schloss sie schützend in den Armen ein. Noch während sie haltlos in den rauen Stoff seiner Kutte schluchzte, fiel ihr ein: *Ich habe noch nie in den Armen eines Mannes geweint. Ich hatte keine Ahnung, dass an der Brust eines Mannes so viel Platz zum Weinen ist.* Hatte sie seit Barbaras Tod überhaupt je aus anderen Gründen als aus Zorn geweint? Sie erinnerte sich nicht. Nur dass sie sich sehnlichst gewünscht hatte zu weinen, als Endres gestorben war, wusste sie – und dass ihre Augen geschmerzt hatten, so trocken waren sie. Jetzt jedenfalls hielt das Weinen an, als hätte es ein ganzes Leben wettzumachen.

Als sie sich endlich beruhigte und wieder Luft bekam, hob sie beschämt den Kopf und sah durch Schleier zu ihm auf. Er betrachtete sie. Seine Züge waren reglos, der Blick seiner Augen wie tief versunken. Mit zwei Fingern nahm er schließlich den Ärmel seiner Kutte und begann, ihr das Gesicht zu trocknen. Als er bemerkte, dass sie unter dem kratzenden Stoff zusammenzuckte, ließ er den Zipfel fallen. Sacht und sorgsam trocknete er ihr Gesicht mit den Fingerspitzen. Nicht nur

Wangen und Augen, auch das Stück Haut zwischen Nase und Mund. Magda hielt den Atem an.

»Warum tut Ihr das?«, fragte sie überwältigt, als sie wieder in der Lage war zu sprechen.

Er zuckte die Schultern. »Weil man es nicht nicht tun kann, oder? Ich habe nichts bei mir, nicht den kleinsten Fetzen Stoff, und Ihr habt geweint. Was soll ich also machen?«

Seine Unsicherheit wirkte an einem so großen, so selbstherrlichen Mann derart verblüffend, dass sie lachen musste. In seinen Augen zuckte etwas. »Verzeiht«, sagte Magda, und jetzt war es ganz leicht. »Ich habe Euch nicht auslachen wollen.« Warum sie gelacht hatte, konnte sie sich nicht erklären. Vielleicht weil sie gerade begriffen hatte, warum er ein Mönch werden wollte, auch wenn die seltsame Sinnlichkeit, die Gott ihm verliehen hatte, sich dagegen regelrecht zu sträuben schien.

Über was denke ich denn nach? Sie fühlte sich ertappt. *Meinem Bruder droht der Verlust seiner Ehre, und mir gehen Bilder durch den Kopf, von denen ich nicht einmal wusste, dass ich sie kannte.*

Er würde ein guter Mönch werden. Einer, der nicht wegschaute. Dabei hätten sowohl Utz als auch Diether und der Großvater getönt, dass es gute Mönche nicht gab, und auch für Magda ging jeder Gedanke an den geistlichen Stand mit Gedanken an Pater Honorius und maßlosem Zorn einher.

Schweigend traten sie den Rückweg an und ließen das vornehme Marienviertel hinter sich. Schnell zog die Dämmerung auf, das geschäftige Treiben verebbte, und es war zum zweiten Mal Abend in Berlin. Hatte Magda zuvor nur die schillernd bunten Farben bemerkt, so entdeckte sie jetzt auf einmal Gestalten, die in völligem Grau durch die Gassen zogen, ihre Kinder oder ein Bündel Gepäck an sich pressten und sich an den Mauern entlangdrückten.

»Wer sind die?«

»Flüchtlinge«, erwiderte ihr Begleiter. »Aus der Neumark.«
»Haben sie keine Unterkunft?«
»Die wenigsten. In ihrer Heimat sind sie den polnischen Schlächtern entkommen, und hier erfrieren sie in den Straßen.«
»Nehmen die Klöster sie denn nicht auf?«
»Doch«, antwortete er. »Auch die Spitäler. Aber bisher sind schon tausend gekommen. Es heißt, es gebe nirgendwo mehr Platz.«

Sie sahen sich an. Dachte er an Bechtolts palastähnlichen Wohnsitz wie sie? Über das hölzerne Haus am Krögel wollte sie nie wieder klagen. Wäre Utz sicher daheim gewesen, wäre ihr nichts mehr hart oder übel erschienen.

Über den Olden Markt, der sich geleert hatte, strebten sie ihrer Gasse entgegen. Als ihr Begleiter einbiegen wollte, blieb Magda stehen. »Ich möchte noch einmal dorthin«, sagte sie. »Zur Marktaufsicht. Noch einmal darum bitten, mich anzuhören.«

»Das ist sinnlos.«

»Aber ich kann es doch nicht einfach geschehen lassen!«

»Hört zu«, sagte er und unterdrückte ein Stöhnen. »Ich kann Euch nichts versprechen, aber ich werde versuchen, mit dem Guardian meines Klosters zu reden. Wenn er sich bei Bechtolt verwendet, wird der ihm die Bitte kaum abschlagen.«

»Und wenn nicht?«

»Dann bleibt mir noch ein Ausweg«, sagte er. »Aber der ist der letzte, ich werde ihn nur im Notfall einschlagen und nicht darüber sprechen, verstanden? Morgen früh gebe ich Euch Bescheid, und jetzt müsst Ihr schlafen. Wenn Ihr zusammenbrecht, nützt Ihr Eurem Bruder gar nichts.«

»Ich kann das nicht glauben«, murmelte Magda matt und schämte sich.

»Was?«

»Dass Ihr noch einen Ausweg wisst, wenn Euer Guardian uns nicht helfen will.«

Ein paar Augenblicke lang schwieg er völlig still. *Er ist zornig auf mich,* dachte Magda. *Und das völlig zu Recht. Er hat getan, was er konnte, und dafür misstraue ich ihm. Weshalb sollte er noch einen Finger für mich krümmen?*

»Also schön«, sagte der Fremde wie von weit her. »Lesen könnt Ihr, oder?«

Magda nickte.

Daraufhin förderte er aus dem Halsausschnitt der Kutte einen gesiegelten, aufgebrochenen Brief zutage, riss einen Streifen ab und faltete ihn. »Das ist mein letzter Ausweg«, sagte er und schob ihr das Papier in die Hand. »Wenn ich Euch morgen keine Nachricht bringe, dann sucht diesen Mann auf. Geht allein, zeigt ihm den Fetzen und bittet ihn, Euch zu helfen. Sagt ihm, es sei der Preis, um den er gebeten hat. Falls Euer Bruder aber morgen befreit ist, versprecht mir, den Fetzen nicht zu öffnen und nicht zu lesen.«

Sie wollte ihm danken, er aber hielt ihr den verletzten Zeigefinger so dicht vor den Mund, dass er beinahe ihre Lippen berührte. Dann wandte er sich ab und ging über den dunklen Platz davon.

14

Diether widerte sich an. Gehörte das aufgedunsene, schlecht rasierte Gesicht mit den umschatteten Augen, das ihm aus dem Spiegel entgegenstierte, wahrhaftig ihm? War das Diether Harzer, bei dem keine Jungfer in der Mark hatte züchtig bleiben können? Welche von denen, die sich nach ihm verschmachtet, die gedroht hatten, seinetwegen ins Wasser zu gehen, sähe ihn jetzt noch mit dem Hintern an? Sein Hemd hing zerschlissen und schmuddelig an ihm herunter. Wie sollte er eigentlich lernen, sich wieder wie ein Mensch von Wert und Würde zu fühlen, wenn er aussah, als hätte er beides nie besessen?

Dieses Unterfangen mit Berlin war gründlich schiefgegangen. Utz hatte es in den Sand gesetzt, wie die ganze Stadt auf Sand gebaut war. *Komm an meine Brust, Bruder,* dachte Diether. Er und Utz setzten in den Sand, was immer sie anpackten. Wie es weitergehen sollte, wusste niemand, und die, die früher den Karren aus dem Dreck gezogen hatten – Lentz, der Großvater, Endres –, waren nicht mehr fähig dazu. Blieb allein Magda. Um die Last, die sie schleppte, tat es Diether in der Seele weh, doch er war der Letzte, der ihr helfen konnte.

Sie waren vom Pech verfolgt. Gleich am ersten Tag hatte Utz sich auf dem Marktplatz wegen irgendeines Unsinns festnehmen lassen. Zwar war es Magda mithilfe dieses Mönchs, den sie aufgegabelt hatte, gelungen, ihn auszulösen, doch dafür hatte eine Buße bezahlt werden müssen. Dieser Bechtolt, der Utz betrogen hatte, streckte die Summe vor und nahm ihr Pferd und ihren Wagen in Zahlung. Zudem durfte Utz noch

19) Was ist für _____
20) Was suchst _____

21) Er _____ gern _____
22) _____ ihr einen Hun
23) Mein Bruder _____
24) Er _____ nicht, wie
25) Wir _____ ihn ni
26) Mein Onkel _____
27) _____ du kein Fle
28) Claudia _____ eine
29) Was _____ wir h
30) _____ du das Au
31) Er _____ meine M
32) Hans und Jakob _____
33) Ich _____ nicht a
34) _____ du Deutsch
35) Klaus _____ zum

keinen Handel beginnen, da seine Aufnahme in die Gilde noch nicht durch das Siegel der Stadt Berlin bestätigt worden war.

Was denn dem noch im Weg stehe, hatte der arme Utz gefragt, er habe doch den Aufnahmebeitrag wie gefordert entrichtet, Haus und Grund nachgewiesen und den Eid geleistet. »Ach, da hakt es nur noch an einer Winzigkeit«, hatte Bechtolt mit einem klebrigen Lachen erwidert. »Zusätzlich zu dem Betrag in Geld sind vier Pfund in Wachs zu entrichten, von denen ein halbes als Spende dem Heilig-Geist-Spital zusteht. Uns Gildemitgliedern liegt nämlich die Pflege der Alten und Kranken am Herzen – wer das Vorrecht der Stadt genießt, trägt auch Verantwortung für sie, stimmt Ihr mir darin nicht zu? Diese Wachsspende steht nun von Euch noch aus, doch sobald Ihr sie eingebracht habt, seid Ihr mit Brief und Siegel einer von uns.«

Wachs kostete ein Vermögen, das wusste der Fettwanst nur zu gut. Sooft Diether an ihn dachte, ballten sich seine Hände zu Fäusten. Wie gern hätte er den zuckenden, feisten Hals zwischen seinen Fingern gespürt. Den Kaufpreis für das Wachs könne er Utz leider nicht vorstrecken, hatte Bechtolt leutselig erklärt. Als Kaufmann müsse man mit seinen Flüssigmitteln haushalten, aber Utz solle doch in den Judenhof gehen und sich dort an einen Verleiher wenden. Unterdessen würde Bechtolt die ganze Familie zu einer Nachtmahlzeit in sein Haus einladen. »Damit Ihr Euch erst einmal tüchtig satt essen könnt. Von Hungerleidern kauft niemand gern.«

Jenes Abendessen im Haus des Kaufmanns würde Diether sein Lebtag nie vergessen. Weder die faustdicken Teppiche an den Wänden noch das lodernde Feuer und die Wärme, die die Räume füllte. Weder die Pracht der Wandarme und Kerzenleuchter noch das schimmernde Weiß des Tafelleinens, geschweige denn die aufgetischten Köstlichkeiten. Er hatte nicht hingehen, am Tisch dieses Mannes keinen Bissen hinunterbringen wollen. Aber Stolz war etwas für volle Bäuche, und so erlag sein Widerstand im Nu der gepfefferten Kapaunenpastete mit Senf und Safran, dem Aal in dunkler Tunke, dem zarten weißen Brot und der Honigspeise im Ring aus kandierten Früchten. Ganz zu schweigen von dem mit Zimt und Blüten gesüßten Wein. Diether betrank sich wie nie in seinem Leben.

Es war nicht recht, dass einer wie die Made im Speck saß, dass er die Reste seinen Hunden hinwarf und noch darüber lachte, während andere sich nicht einmal menschenwürdig kleiden konnten. Diether warf noch einen Blick auf sein Gesicht, dann stieß er den Spiegel beiseite. Eine Stimme durchdrang das Brummen in seinem Schädel. Durch die dünnen Holzwände in diesem Haus blieb kein Geräusch verborgen.

»Nimm das. Mehr kann ich dir nicht geben. Kauf ein, was unbedingt nötig ist, alles Übrige muss wohl oder übel warten.«

»Der Jude hat dir also etwas geliehen?«

Utz und Magda. Auf Zehenspitzen schlich Diether sich aus dem Winkel, in dem er nächtigte, an die Treppe, damit ihm keine Einzelheit des Gesprächs entging. Wie üblich glich der untere Wohnraum einer Räucherkammer, weil die Feuerstelle nicht einmal notdürftig vermauert war. Diether musste gegen einen Hustenreiz kämpfen. Durch Schwaden des Qualms sah er Bruder und Schwester bei der Tür stehen. Utz hatte Magda aus einem Beutel Münzen in die Hand gezählt und trat nun vor den Spind, den sie aus Bernau mitgebracht hatten. »Ja, das hat er«, beantwortete er Magdas Frage und nahm die Schatulle heraus, die ebenfalls aus Bernau stammte. »Frag mich aber bitte nicht um welchen Zins.«

»Wäre es nicht besser, wenn ich dich fragte?«

Utz schüttelte den Kopf. »Nein, damit werde ich allein fertig. Ich habe euch in dieses Unglück hineingeritten, und ich ziehe euch auch wieder heraus. Schlimm genug, dass du mich beim Marktmeister auslösen musstest.«

»In das Unglück hatte ich dich ja geritten«, bekannte Magda. »Außerdem habe nicht ich dich ausgelöst, sondern der Postulant.«

»Der Postulant«, höhnte Utz und klang, als wäre ihm schlecht. »Tu mir einen Gefallen und quäle mich nicht mehr mit diesem Mönch! Ich könnte mich ununterbrochen übergeben, wenn ich nur daran denke, dass ich diesem kuttetragenden Nasehoch meine Rettung verdanke. Die Männer des Papstes sind es, die sich nicht scheuen, dieses Land dem Erdboden gleichzumachen. Schau dir die Scharen der Kriegsflüchtlinge in der Stadt gut an, und dann versprich mir, dass du dir und uns jenen Menschen künftig vom Leibe hältst. Wenn er dir lästig fällt, erstatte ich seinem Kloster Meldung.«

»Er fällt mir doch nicht lästig, Utz«, erwiderte Magda mit eigenartigem Lachen. »Er ist ein Mann Gottes.«

»Das sind die Wüstesten. Hast du vergessen, was einer von denen dir angetan hat?«

Magda schlug den Blick zu Boden. »Ich werde es nie im Leben vergessen«, sagte sie. »Pater Honorius hat mir das Liebste genommen, das ich hatte. Aber deshalb zu glauben, jeder Mann in einer Kutte sei ein messerstechender Mörder, wäre ein wenig übertrieben, oder nicht?«

Diether in seinem Versteck unterdrückte nur mit Mühe ein Lachen. Seine Schwester konnte bis zum Hals in der Jauche sitzen, sie besaß noch immer eine Art, die Dinge beim Namen zu nennen, die schlichtweg erfrischend war.

»Sieh dich vor, mein Herz.« Utz hielt sich die Hand vor die Stirn und stöhnte. »Ich wünschte, ich hätte die Mittel, dich zu schützen.«

»Jetzt lass das doch.« Magda trat zu ihm und klopfte ihm auf den Arm. »Wenn dir so viel daran liegt, verspreche ich dir, dass ich ihn uns vom Leibe halte. Ich sehe ihn doch ohnehin nicht wieder. Er hat mir nicht einmal gesagt, wie er heißt.«

»Er hat schwarze Augen wie ein welscher Verführer.«

»Was für ein Unsinn. Hast du keine anderen Sorgen? Was ist mit dem Geld für das Wachs? Wird das, was der Jude dir gegeben hat, reichen?«

Utz nickte und leerte den Beutel in die Schatulle. »Auf den Pfennig.« Die Münzen klirrten. »Ein Bote von der Gilde kommt morgen Abend, um es abzuholen und die vier Pfund Lichtwachs einzukaufen. Ab Montag darf ich dann endlich meinen Handel eröffnen.«

»Vielleicht solltest du bei der Marienkirche nach einem Standort suchen«, warf Magda ein. »Der Postulant sagt, die wirklich guten Geschäfte werden jetzt alle dort auf dem neuen Markt oder am Mühlendamm gemacht.«

»Du sollst mir doch mit deinem verdammten Mönch vom Leibe bleiben!« Entsetzt sah Diether, wie sein beherrschter Bruder Magda grob am Arm packte. Gleich darauf gab er sie frei und ließ Kopf und Arme sinken. »Verzeih mir.« Er taumelte zum Schemel, ließ sich darauf niederfallen und begrub das Gesicht in den Händen. »Ich weiß nicht mehr, was ich tue. Die Sorgen erdrücken mich, mein Herz. Sie rauben mir den Verstand.«

»Nun lass doch gut sein.« Magda ging vor ihm in die Hocke und strich ihm das Haar aus der Stirn. »Es kann ja jetzt nicht mehr schlimmer werden. Nur besser, Utz. Denk einmal an die Flüchtlinge, sind die nicht bei Weitem übler dran als wir? Wir haben ein Dach überm Kopf, und wir haben uns, die Familie. Zu essen werden wir heute Abend auch reichlich haben, und wenn ich gewusst hätte, dass dich der dumme Mönch so aufregt, hätte ich ihn mit keinem Wort erwähnt. Der hat doch nichts mit uns zu schaffen.«

»Wirklich nicht?«

»Wirklich nicht.«

»Danke, mein Herz. Ich denke, dann werde ich jetzt ein

wenig ins Rathaus gehen. In den unteren Hallen ist dort regelmäßig ein Kaufhaus aufgebaut, und unter dessen Händlern möchte ich mich umsehen. Vielleicht ist mir der Einstieg hier ja so kläglich misslungen, weil ich Berlin noch nicht gut genug kenne, noch nicht genug Verbindungen habe.«

»Bestimmt, Utz. Und das wird sich doch ändern.«

»Ja, jetzt, mit der Gilde, wird es sich ändern. Ein Mann muss einfach wissen, wohin er gehört, meinst du nicht auch? Sonst ist er nicht mehr als ein Schiffbrüchiger in einem schwankenden Kahn.«

»Wenn du's sagst.« Sie stand auf und griff nach ihrem Korb. »Dann geh mal und schaukele deinen schwankenden Kahn übers Wasser, ich kaufe derweil unser Abendessen ein.«

Gemeinsam verließen die beiden das Haus. Diether, der sich erleichtert das Kratzen aus der Kehle hustete, blieb allein. Lentz' Bettstatt war leer, er musste irgendwohin gegangen sein, und der Großvater zählte nicht, der hockte in seinem Kämmerchen und starrte ins Leere. Auf einmal hielt Diether es in dem zugigen, verqualmten Kasten nicht mehr aus. Sein verwahrlostes Äußeres vergaß er. Wenn sich Utz in der Stadt umsah, warum sollte er nicht dasselbe tun? Nur hinauskommen, ehe er erstickte, ehe die Bilder ihn einholten, jetzt, wo nicht einmal mehr Starkbier im Haus war.

Halb regnete und halb schneite es, doch wann tat es das nicht? Diether lief nicht zum Markt, wo ja Magda unterwegs war, sondern in die andere Richtung, die enge Gasse hinunter, ohne zu wissen, wohin sie ihn führte. Weiter als ein paar Schritte kam er nicht, dann verstellte ihm ein Bursche in Lederschürze den Weg. Über seinen Kopf hielt er ein Schild, das an einer geschmiedeten Stange schwankte. Diether erkannte das Rasierbecken, das Zeichen der Bader und Barbiere, die keiner Zunft angehörten. »Kommt baden, Leute, kommt baden!«, dröhnte der Bursche aus unglaublichen Lungen.

»Warmes Wasser heute um Schlag eins, warmes Wasser heute um eins!«

Damit drängelte er sich an Diether vorbei, nicht ohne ihm einen prüfenden Blick zuzuwerfen. »Dir könnte ein schönes Bad auch nicht eben schaden, was?«, fragte er.

»Du sagst es, Neunmalschlau«, platzte Diether heraus. »Und erzählst du mir, so gelehrt, wie du bist, jetzt auch noch, wie unsereins das bezahlen kann?«

»Na komm, na komm, gar so grässlich wirst du sicher nicht am Hungertuch nagen. Ich mache dir einen Sonderpreis, was sagst du dazu?«

»Dass dir der Bader das Fell versohlen wird, das sage ich. Seit wann machen Knechte im Badehaus die Preise?«

»Seit der Bader seine Augen nicht überall haben kann. Schon gar nicht, solange er sie vornehmlich bei der betörenden Lisbeth Schönbein hat.« Der Badeknecht grinste, stellte das Schild ab und reichte Diether die Hand. »Hans bin ich. Hans vom Bader, das genügt und ist mein Adel. Was sagst du zu zehn Pfennigen? Für alles, versteht sich. Warm baden, reichlich Dampf, Bart scheren und frisieren. Nur der Honigwein, den du trinkst, kommt dazu, aber den schreib ich dir aufs Kerbholz, und das hat bei uns noch keiner am selben Tag beglichen.«

»Diether Harzer.« Mit Schwung schlug er in die gebotene Hand ein. Dieser Hans mochte einem ehrlosen Beruf nachgehen, aber er war sichtlich ein netter Kerl, und einen Kumpan, der ein bisschen Frohsinn verbreitete, konnte Diether gut gebrauchen. Dass er keine lumpigen zehn Pfennige im Beutel hatte, tat ihm im Herzen weh. So abgerissen sollte ein Mann aus guter Familie wahrlich nicht herumlaufen müssen.

»Das Wasser ist schön warm«, lockte der Badeknecht. »Und Rosenwasser setze ich auch zu, dann kann dir nicht mal eine Spandauer Ritterstochter widerstehen. Weißt du eigentlich, woran unsere Mädchen von der Spree erkennen, dass einer wie du von anderswo kommt?« Als Diether keine Antwort wusste, lachte er. »Am Geruch. Die betörende Lisbeth Schönbein sagt: Einerlei womit die von draußen sich Butter und Brot verdienen, die Wolke von Ziegendung klebt ihnen immer an den Backen.«

»Pass auf, dass an deinen Backen nicht gleich meine fünf Finger kleben«, drohte Diether. Dann aber boxte er den anderen in die Seite, wie er es bei Endres getan hatte. »Sag mal, wenn dein Herr ohnehin mit seiner Buhlin beschäftigt ist – könntest du mir den Preis dann nicht ganz nachlassen? Zur Einführung sozusagen, damit ich keine Katze im Sack kaufen muss – und am Ende nicht in Rosenwasser, sondern in deinem Nachttopf schwimme.«

»Für nichts und wieder nichts soll ich dich baden lassen?« Hans schüttelte den Kopf. »Geht nicht, mein Freund. So leid's mir tut. Muss mir ein bisschen was zur Seite schaffen, du verstehst?«

»Gar nichts versteh ich.«

Hans ließ die Augen rollen. »Ein herzallerliebstes Mädchen.«

»Und die knöpft dir so viel ab, dass du deinen Herrn betrügen musst?«

»Der Herr kann's verkraften«, erwiderte Hans gleichmütig. »Meine Ursel und ihre Schwester brauchen's nötiger als der.«

In Bernau hatte Diether selbst eine Ursel gekannt. Unwillkürlich musste er daran denken, wie es sich anfühlte, einem Mädchen in den Armen zu liegen, von einem Mädchen das Haar gestreichelt zu bekommen, ihr Liebeswispern zu hören und unter ihren Zärtlichkeiten alle Qualen und Dämonen zu vergessen. »Sie hat eine Schwester, deine Ursel?«, fragte er.

Hans nickte. »Ja, die Gretlin, das arme Ding.«

Ohne Zweifel Badehuren, die verliebten Tölpeln das letzte Hemd auszogen. Im Augenblick aber war Diether nicht wählerisch. »Ich hol dir das Geld«, sagte er zu Hans. »So abgebrannt, wie ich mich gebe, bin ich nämlich nicht.«

»Wirst's nicht bereuen.« Sein neuer Gefährte strahlte. »Ich dreh nur rasch meine Ausrufrunde zu Ende, dann fülle ich dir einen Zuber, ganz für dich allein.«

Während er röhrend mit seinem Schild von dannen zog, schlich Diether sich in sein eigenes Heim wie ein Dieb. *Was heißt wie ein Dieb?*, durchfuhr es ihn. Er *war* einer. Nicht viel besser als Wegelagerer, die den Vater um ein paar Münzen willen überfallen hatten ...

Halt!, rief er sich zur Ordnung. Der Vater war um ein paar Münzen willen überfallen worden, so oft Diether sich das auch vorbetete. Und er überfiel seine Familie nicht, sondern lieh sich einen geringen Betrag von seinem Bruder, um sich herzurichten, wie es sich für einen Händler ziemte. Schließlich wurde das Geld für das Wachs erst morgen Abend abgeholt, und bis dahin würde er die lächerliche Summe ersetzen. Auf Zehenspitzen schlich er zum Spind, zog die Tür auf und fuhr beim Kreischen der Scharniere zusammen. Er langte in die Schatulle und zählte blind die Münzen ab. Dann warf er alles wieder zu und war mit drei langen Sätzen aus dem Haus.

Hans hatte Diether nicht zu viel versprochen. Die Stunden im Badehaus waren dazu angetan, ihn nicht nur den Diebstahl, sondern alles, was ihn sonst noch quälte, vergessen zu lassen. Der Betrieb des Baders war in einem hohen Fachwerkgebäude, nur drei Häuser neben ihrem Kontor eingerichtet. Bereits in der Empfangsstube wallten Diether Düfte entgegen, die ihm die Sinne schwinden ließen. Er glaubte Muskat wahrzunehmen, die unbezahlbare, bitterschwere Note, die ihn mit Macht an die Tische der Gewürzhändler zog. Der überreife, schon an Sterblichkeit gemahnende Zauber fremdländischer Rosen, das

Feuer von Orangen, das harzige Geheimnis eines Nadelwaldes und die süße Verführung von Zimt. Flüchtig glaubte er fast, sich nach der Brauerei zu sehnen. Die harte Arbeit mit Korn und Malz war nie das Seine gewesen, doch die spielerische Suche nach Geruchs- und Geschmacksnoten hatte ihm stets Vergnügen bereitet.

Das hochgewachsene Mädchen, das ihn begrüßte, trug einen Leinenkittel, der gerade eben ihre Knie bedeckte. Wie zum Ausgleich fiel ihr dunkles Haar dafür bis auf ihre Hüften hinunter, nur von einem Netz gehalten. Große, dunkellockige Frauen machten Diether schwach. Wenn diese Schönheit dem Hans gehörte, würde er gleich den ersten Tag ihrer Freundschaft mit einem Betrug beginnen müssen.

»Du bist der Zugereiste, der beim Hans bezahlt, richtig?«, fragte das Mädchen.

Diether ließ seinen Blick an ihrer Vollkommenheit hinauf- und hinabgleiten. »Du sagst es. Der bin ich. Und du selbst? Die Ursel?«

Das Mädchen lachte und bleckte nahezu schadlose Zähne. »Meinetwegen bin ich auch die Ursel. Mir soll es recht sein.«

Sie führte ihn die Stiege hinauf und wies ihm einen durch eine Holzwand abgeteilten Winkel zu. »Dort hinein zum Entkleiden. Hans hat gesagt, ich soll mich gleich ein wenig um deine Kleider kümmern.«

Kümmere dich lieber um das, was aus den Kleidern herauskommt, dachte Diether, aber er hatte ja Zeit, und wenn ihm die Ursel die ärgsten Flecken aus Hemd und Hosen rieb, würde er sich nicht beklagen. Gehorsam reichte er ihr die Stücke und folgte ihr so, wie Gott ihn in einem lächelnden Augenblick geschaffen hatte, in die Badestube.

Zu seiner Überraschung saßen in den gefüllten Zubern nur Männer. Ursel lachte. »Hier wird gebadet. Nichts weiter. Was du dir sonst noch wünschst, lässt sich ja bereden, wenn die

Schmutzkruste herunter ist.« Sie hauchte einen Kuss in die Luft, dann füllte sie aus einer Kanne dampfend heißes Wasser in seinen Zuber und zog sich zurück. Der Wohlgeruch übermannte ihn. Nun gut, wenn es hier so Sitte war, würde er eben erst sein Bad im süßen Wasser und hinterher im Ozean der Liebe genießen. Er stieg in den hölzernen Bottich, lehnte sich zurück und vergaß, dass es Sorgen gab.

Drei volle Stunden lang ließ er seinen Leib, der nach Verwöhnung gelechzt hatte, in dem Badezuber weichen. Von Zeit zu Zeit erschien Ursel, um heißes Wasser nachzufüllen oder den Badenden gewürzten Wein und Süßigkeiten zu servieren. Manche ließen sich von ihr den Rücken mit Bürsten bearbeiten, und einmal tauchte Hans auf, der Diether mit wahrer Meisterschaft den Bart schor und das Haar nachschnitt. Was Diether in der Zeit dazwischen über die Stadt Berlin und die Lage im Land lernte, hätte er außerhalb dieser Wände in Wochen nicht erfahren.

Die Männer in den anderen Zubern schwatzten, was das Zeug hielt. Den neben seinem teilte sich eine Gruppe von fünf Handwerksmeistern, deren Mundwerke wie Mühlenräder klapperten. Um König Ludwig ging es, der ja ein ausgemachtes Schlitzohr sein mochte, aber immerhin König und Landesherr und dessen Sohn schon noch ein rechter Brandenburger werden würde. »Der Ludwig wird nicht haltmachen, ehe er zum Kaiser gekrönt ist«, prophezeite einer, dem Schweiß die roten Wangen hinunterströmte. »Notfalls, so muss wohl befürchtet werden, auch ohne den Papst.«

»Ohne den Papst? Das wäre mal was, oder etwa nicht?« Der Mann zu seiner Linken, der trotz sichtlicher Jugend völlig kahlköpfig war, patschte vor Vergnügen aufs Wasser.

»Wie immer er's anstellt, uns soll es recht sein«, bekundete das Rotgesicht. »Von Ludwig bekommen wir die Erweiterung unserer Stadtrechte, die Handelsprivilegien, die wir brauchen, wenn's hier vorangehen soll. Geben uns die vielleicht die Herren der Kirche? Gar der Papst in seinem Avignon?«

»Nie und nimmer!«, rief sein glatzköpfiger Gefährte kämpferisch. »Für den Papst sind wir doch nur ein dicker Hintern, den er schröpfen kann, bis die Schwarte kracht.«

Über den Vergleich musste Diether lachen.

Die fünf Badenden drehten sich nach ihm um. Der Kahlkopf war sichtlich stolz auf seinen Erfolg.

»Ja, ja, in unserem Petter steckt ein rechter Rebell«, bemerkte der Rotgesichtige. »Der hat kein gutes Haar auf dem Kopf, und an den Pfaffen lässt er auch keines.«

Vielstimmiges Gelächter folgte.

»Wie lautet denn Eure Ansicht zu der Frage?«, wollte der junge Glatzkopf von Diether wissen. »Haltet Ihr's mit den Wittelsbachern, die von Rechts wegen unseren Markgrafen stellen, oder mit dem Luxemburger, den uns die Kirche mir nichts, dir nichts vorsetzen will?«

»Mit wem auch immer ich es halte«, konterte Diether, ohne nachzudenken, »vorsetzen lasse ich mir nichts! Schon gar nicht von Pfaffen, die nie mit eigener Haut gespürt haben, wie es sich lebt in der Welt.«

»Applaus, Applaus!«, rief der Glatzkopf, und tatsächlich begannen die vier übrigen in die Hände zu klatschen. »Das ist einmal eine Antwort, die eines Städters würdig ist, oder etwa nicht? Jawohl, wir sind freie Bürger einer täglich erstarkenden Stadt, wir lassen uns keine Vorschriften machen. Wenn mir vom Altar gepredigt wird, ich soll mein Geld nicht ins Badehaus und zu den Huren tragen, bleibt es ja immer noch mein Geld im Beutelchen, mein dreckiger Hintern, der mich kratzt, und mein Gemächt, das mich juckt.«

In das grölende Gelächter, das aufklang, stimmte Diether erneut mit ein. Dass ihm das noch einmal widerfuhr, hätte er nicht zu träumen gewagt: Menschen, die ihm mit Achtung begegneten, die seine Meinung schätzten und seine Gesellschaft regelrecht genossen.

»Und woher stammt Ihr?«, fragte einer seiner neuen Bekannten, bei denen es sich, wie er im Laufe des Gesprächs erfuhr, um drei Kürschner und zwei Bäckermeister handelte. »Nicht vom Dorf, das merkt man sofort. Und ohne Zweifel bis ins Mark ein Brandenburger!«

»Aus Bernau«, stimmte Diether zu und gab eine geschönte Fassung seiner Geschichte zum Besten: Mit seinen Brüdern habe er kürzlich sein Handelsgeschäft nach Berlin verlegt, da er sich hier mehr freiheitliche Rechte und mehr Möglichkeiten zum Aufstieg erhoffe.

»Recht so, recht so«, lobte der Kahlkopf, der sich als Petter Tietz – »jung an Jahren, doch Erbe der feinsten Bäckerei am Platze« – vorstellte. »So machen's jetzt viele, selbst die aus Spandau, die sich ja immer für was Besseres hielten. Und wenn Ihr mich fragt, passt es, oder etwa nicht? Mit unserm Berlin geht's voran, also brauchen wir mehr Hände, die zupacken. Und besser wir bekommen unsere eigenen Leutchen her als das fremde Volk aus dem Rheinischen, das so mancher hier gern ansiedeln würde. Was nun Freiheit und Rechte betrifft, so muss man Euch zustimmen. Hier ließe es sich wahrlich leben – wenn nur das ewige Gezänk der Pfaffen nicht wäre!«

»Das habt Ihr in Bernau ja selbst«, warf das Rotgesicht ein. »Dieser Propst Nikolaus, das ist der schärfste Hund von allen.«

»Ohne Frage«, stimmte Petter Tietz ihm zu. »Den möcht ich einmal zwischen die Finger bekommen, ich glaub, den ließe ich halb mahlen, halb schroten und machte gesalzene Brezelchen aus ihm.« Der Bäcker rieb sich den Wanst, der im Gegensatz zum Kopf kräftig behaart war, ehe er fortfuhr: »Aber ein Bierchen braut Ihr da unten in Bernau, das macht Euch auch bei uns keiner nach.«

Mit der Faust patschte er in Diethers Zuber, dass das Wasser aufspritzte, und sie lachten wie alte Freunde. Gleich darauf kam Ursel mit den Kannen und bereitete ihnen einen Dampfaufguss, bis sie keuchend und schweißtriefend über den Holzwänden hingen. Diether verspürte Bedauern, als die schöne Maid schließlich neue Gäste in die Stube schob und er und seine Bekannten ihr Bad beenden mussten. »Wir treffen uns an jedem zweiten Donnerstag hier – nach dem Markt am Mühlendamm, wann immer der Bader das Wasser heiß hat«, erklärte der rotgesichtige Kürschner. »Würde uns freuen, Euch wieder einmal anzutreffen – wenn man sich nicht schon vorher in der Stadt über den Weg läuft.«

»Allerdings!«, fügte der junge Tietz fröhlich hinzu. »Ein Mann, der den Mut hat, gegen die Pfaffen die Gosch aufzuklappen, der passt zu uns wie das Fäustchen aufs Auge.«

Diethers Kleider lagen sauber ausgebürstet über der Trennwand. Er kam sich wie ein neuer Mensch vor. Wo aber fand er jetzt Ursel oder eine andere Bademagd für den krönenden Abschluss des Tages? Noch nie hatte er eine Frau für die Liebe bezahlt, und als er spürte, wie ihm sein Haar in weicher Welle über die Schläfe strich, war er sicher, dass auch heute Mangel an Geld kein Hindernis darstellen würde.

Auf der vor Nässe glatten Stiege kam ihm endlich Ursel entgegen. Allerdings hatte sie einen neuen Gast im Schlepptau und scheuchte Diether mit einer unwirschen Geste aus dem Weg. Diether hätte um ein Haar einen Satz rückwärts vollführt. Der Gast, der sich zwischen Wand und Geländer nach oben quetschte, war niemand anders als Bechtolt. Sein Hals schien zu schwellen, als er Diether erkannte. »Welch Überraschung«, bemerkte er schnaufend. »Habe ich es nicht gesagt? Man lebt sich ein. Gestern noch stand das Wasser bis zur Gurgel und heute trägt man bereits sein Geld ins Badehaus.« Er lachte wie über einen trefflichen Witz. Dann tippte er sich zum Gruß an die Stirn und trampelte samt Ursel an Diether vorbei.

Am Fuß der Stiege entdeckte er Hans, der verschüttetes Wasser aufwischte. Der Badeknecht, der sich so verblüffend geschickt als Barbier machte, blickte auf. »Und? Zufrieden?«

»Das kannst du laut sagen.«

»Freut mich zu hören«, sagte Hans. »Siehst auch bei Weitem appetitlicher aus als in der Frühe. Einen Platz kann ich dir übrigens jederzeit freihalten – nur muss ich das nächste Mal leider den vollen Preis berechnen. Immer ist ja selbst der Bader nicht auf Freiersfüßen.«

»Ja, ja, schon gut.« Diether winkte ab. Er hatte keine Lust, sich schon wieder wie der abgerissene Schlucker zu fühlen, der er war. »Ich habe dir doch gesagt, so abgebrannt, wie ich mich zum Spaß manchmal gebe, bin ich nicht. Im Gegenteil. In zwei Wochen nehme ich dasselbe wieder – am Donnerstag, nach dem Markt am Mühlendamm. Vorausgesetzt, ich bekomme jetzt das, was noch fehlt.«

»Gütiger Herr des Himmels, was sollte denn noch fehlen? Hast du keine Haarwäsche bekommen, kein Rosenwasser, keinen ordentlichen Dampf?«

Diether sandte ihm ein Zwinkern. »Du hast mir vorhin doch etwas von einer Ursel samt Schwester versprochen. Die Ursel habe ich, denke ich, schon zu Gesicht bekommen ...«

»Hüte dich!« Hans hob den Putzlumpen auf, als wollte er ihn nach Diether schleudern. »Ich würd mein Salz mit dir teilen, wenn ich welches hätte, aber von meiner Ursel lässt du die Finger. Die Ursel ist keins von den liederlichen Weibern, sondern meine Braut.«

»Machst du Witze?«

»Und weshalb sollte ich? Weil ich arm bin und mir keine Hochzeit leisten kann? Das heißt nicht, dass einem Burschen nicht an einem Mädchen gelegen sein kann.«

Erstaunt erkannte Diether, dass es dem anderen ernst war. Sobald er mit der Arbeit fertig wäre, erklärte dieser, würde er zur Ursel laufen, um ihr ein Nachtmahl zu kaufen. »Eine wollene Decke hab ich ihr auch beschafft«, sagte er in zärtlichen Gedanken versunken. »Schön warm. Sie friert so in der Nacht.«

»Ich helfe dir«, bot Diether an. »Dann bist du schneller fertig und kannst zu deiner Liebsten.«

»Das willst du wahrhaftig tun? Ist mir etwa mitten am Krögel der Bursche mit dem größten Herzen von ganz Brandenburg über den Weg gelaufen?«

Die Frage vermochte Diether nicht zu beantworten. Er war kein kalter Mann, war es nie gewesen. Vielleicht hatte er sogar sein Leben verpfuscht, weil er nicht kalt genug war. Etwas an diesem Kerl mit seiner albernen Wolldecke rührte ihn. Außerdem hatte er sonst nichts zu tun, und vor dem Weg nach Hause graute ihm. Noch etwas anderes fiel ihm ein: Seit Endres' Tod hatte er keinen Freund mehr gehabt. Und Endres war nie ein Freund gewesen, für den er etwas hatte tun können. Es war immer umgekehrt gewesen, sodass er sich stets in der Schuld des anderen gefühlt hatte.

Zu zweit wischten sie Stube und Stiege, leerten Zuber und Kannen auf die Straße und reinigten die Feuerstellen. Als bis auf Bechtolt alle Gäste gegangen waren, hatten sie ihre Arbeit beendet. »Der bleibt oben, im geheimen Stübchen, bis der Bader abschließt«, ließ Hans ihn wissen und zwinkerte ihm vielsagend zu. »Ich bin jetzt frei und kann gehen. Aber sag, warum kommst du zur Ursel und zur Gretlin nicht mit? Gretlin mag sich fürchten, aber Ursel wird sich freuen, mal einen Freund von mir kennenzulernen. Die ist ja sonst alle Tage allein.«

Diether überlegte nicht lange. Er hatte geglaubt, nur ein paar Schritte gehen zu müssen, doch da irrte er sich. Stattdessen waren sie unterwegs, bis die Dämmerung dem Dunkel der Nacht gewichen war. »Sag mal, wo ist denn das, wo deine Ursel haust?«, wagte Diether endlich zu fragen, als sämtliche belebten Straßen hinter ihnen lagen. »Doch nicht etwa im Stadtgefängnis?« Eine Wolke beißenden Gestanks waberte ihnen entgegen. Dicht vor ihnen ragte bereits die gewaltige Stadtmauer aus Feldstein und Ziegeln auf und reckte ihre Türme in den sternenlosen Himmel.

Es hatte ein Scherz sein sollen, aber Hans lachte nicht. »Weit entfernt davon ist es nicht«, erwiderte er mit einem Seufzen. »Da vorn hat der Blutvogt sein Haus, und gleich daneben steht der Kerkerturm. Hinter der Mauer liegt sein Schindanger, deshalb stinkt es hier Tag und Nacht wie im Höllenschlund.«

»Und da wohnt deine Ursel?«

Betrübt nickte Hans. »Dort bei den Bäumen steht das Gasthaus – die mieseste Kaschemme in der Stadt, feucht, verdreckt und ein Brutnest für mieses Gelichter. Etwas Besseres kann sich ein armer Schlucker wie ich nicht leisten.«

»Ja, musst denn du für ihre Unterkunft bezahlen? Haben die Schwestern keine Familie, die für sie sorgt?«

»Nicht mehr«, erwiderte Hans. »Ursel und Gretlin sind nicht von hier. Sie stammen von einem Gehöft bei Arnswalde. In der Neumark.«

»Flüchtlinge?«

Hans nickte. »Deshalb ist Gretlin stumm und fürchtet sich vor Menschen. Sie hat mitansehen müssen, wie polnische Reiter ihrem Vater, ihrer Mutter und dem kleinen Bruder die Köpfe abgeschnitten und sie auf den Mist geworfen haben. Was sie ihr dann noch angetan haben, weiß Ursel nicht, und ich glaub, das ist besser so.«

Das Gasthaus war nicht mehr als ein baufälliger Verschlag aus Brettern. In der Schankstube saß kein Mensch, nur eine rußende Kienfunzel brannte. »Kanne Bier und Suppe wie immer?«, fragte der Wirt ohne ein Wort der Begrüßung. »Brot auch dazu? Oben geb ich Bescheid.«

Nach oben, wo sich wohl eine Kammer für Schlafgäste befand, führte eine Leiter, auf der wenig später ein paar bloße Füße und ein ausgefranster Rocksaum erschienen. Hansens Ursel war ein geradezu winziges Geschöpf mit einem weißblonden Gespinst von Haar. Ihre Schwester, die ihr auf dem Fuße folgte, war noch kleiner und weißblonder. Als sie Diether neben Hans erspähte, stieß sie einen Laut aus wie ein Tier in Todesangst und duckte sich hinter den Rücken ihrer Schwester. »Heda«, sagte Diether und trat einen Schritt vor. »Ich will dir doch nichts Böses. Ich bin nur der Diether aus Bernau, ein Freund vom Hans – und eigentlich ein leidlich netter Kerl.«

Das kleine Wesen hinter dem Rücken der Schwester gab ein Wimmern von sich. Diether kam noch näher und streckte die Hand aus. Das Wimmern wurde lauter, doch ein blonder Schopf reckte sich an der Schulter der Schwester vorbei. Eine angstvoll gefurchte Stirn. Zwei helle Brauen. Ein Paar weit aufgerissene Augen, die vor Furcht zwar flackerten, die aber dennoch nicht gegen ihre Neugier ankamen. Eine kleine Hand streckte sich der seinen entgegen, floh jedoch gleich wieder in ihr Versteck. In diesem Moment, dessen war Diether sicher, veränderte sich sein Leben.

15

Schlimmer kann es nicht kommen, hatte Magda auch dieses Mal gedacht, und sie hatte sich auch dieses Mal getäuscht.

An dem Betrag für das Wachs, den der Bote abholen wollte, fehlten zehn Pfennige. Die Familie hatte bei den dicken Erbsen gesessen, die Magda aufgetischt hatte, und zum ersten Mal seit ihrer Ankunft war so etwas wie Heiterkeit aufgekommen. Sogar Diether wirkte nüchtern und äußerst manierlich, und Lentz war nicht ganz so abwesend wie sonst. Das alles aber zerstob zu nichts, sobald der Bote eintraf. Dreimal ließ er sich von Utz das Geld vorzählen, und dreimal kam dieselbe zu niedrige Summe heraus.

»Das genügt nicht«, bemerkte der Mann trocken und wollte sich zum Gehen wenden.

»Der Jude muss es mir falsch ausgezahlt haben!«, rief Utz außer sich und klammerte sich an seinen Arm.

»Dann geht zum Juden und erzählt es dem. Jeder hier in der Stadt behauptet, dass er vom Juden übers Ohr gehauen wurde, sobald's ans Zahlen geht.«

»Aber ich habe doch den Schuldschein für die vereinbarte Summe unterzeichnet«, beteuerte Utz.

»Und nachgezählt habt Ihr nicht?«

»Doch, das habe ich«, entfuhr es Utz, ehe er innehielt und jäh verstummte. Sämtliche Blicke richteten sich über den Tisch hinweg auf Diether.

»Regelt das mit Bechtolt«, sagte der Bote und befreite seinen Arm. »Ich führe nur aus, was mir aufgetragen wurde, und wo kein Geld ist, da kann ich nichts kaufen.«

Niemand fragte Diether nach der fehlenden Summe, doch die Blicke und das Schweigen sagten ihm genug. Anderntags ging er früh aus dem Haus und kam zum Abendessen nicht zurück.

Statt seiner kam Bechtolt. Bis dahin hatten Utz und Magda das Haus auf den Kopf gestellt, um das fehlende Geld aufzutreiben, doch natürlich war es nirgends zu finden. An diesem Abend gab es keine Erbsen mit Trockenbirnen und Speck mehr, sondern die Reste vom Brot und eine Suppe aus Wasser und Mehl. Der Großvater rührte seinen Napf nicht an.

»Ich habe mich vor der Gilde zum Narren gemacht«, erklärte Bechtolt. »Mit Menschen- und Engelszungen habe ich geredet: Ganz gewiss liege heute der Beitrag von Euch vor, und ganz gewiss seien all diese Widrigkeiten nur Eurem Mangel an Erfahrung geschuldet. Wie stehe ich jetzt vor den anderen Oldermännern da? Wie ein Tölpel, der sich durch hohles Wortgeklingel hat täuschen lassen.«

Weil sie das tatenlose Schweigen nicht ertrug, stand Magda auf. »Es sind doch nur zehn Pfennige, die fehlen«, machte sie sich Luft. »Um nicht als Tölpel dazustehen, hättet Ihr eine solch kleine Summe leicht aus Eurem eigenen Beutel dazuschlagen können. Habt Ihr von uns nicht das Pferd bekommen? Acht Mark hat mein Bruder dafür bezahlt, und hat die Auslösesumme, die Ihr ihm vorgestreckt habt, nicht viel weniger betragen?«

»Ha!«, rief der Dicke und streckte seine Wampe in den Raum. »So macht man die Rechnung ohne den Wirt, meine Beste – der Klepper, der nur noch für den Abdecker gut ist, bringt mir im Leben keine acht Mark mehr, sondern höchstens zwei. Bin ich vielleicht ein Bettelmönch, betreibe ich eine Armenpflege? Ich habe für Euch getan, was ich konnte, habe Euren Haufen sogar an meinem Tisch beköstigt, aber wenn ich jetzt obendrein für das Geld aufkommen soll, das der feine

Herr Bruder ins Badehaus trägt, dann hat die Freundschaft für mich ein Ende.«

Ehe er ging, wandte er sich noch einmal an Utz: »Es ist nicht so, dass Ihr mich nicht dauert, mein Lieber. Ihr wärt nicht der Erste, der über einen ehrlosen Verwandten gestolpert ist, und die wenigsten rappeln sich nach einem solchen Sturz wieder auf.«

»Unser Bruder Diether ist nicht ehrlos!«, rief Magda. »Und er ist auch kein Dieb, der seine eigene Familie bestiehlt.« Obgleich sie sich dessen alles andere als sicher war, verachtete sie einen Herzschlag lang die Übrigen für ihr Schweigen.

»Nichts für ungut«, sagte Bechtolt zu Utz, ohne sie zu beachten. »Sollte sich das Geld vor dem Tag des Herrn noch finden, fühlt Euch frei, mich aufzusuchen.«

Natürlich fand das Geld sich nicht, und natürlich stritt Diether ab, etwas damit zu tun zu haben. »Dass ich für euch kein Mensch mehr bin, weiß ich schon lange«, empörte er sich. »Aber wollt ihr es jetzt wahrhaftig mir anhängen, wenn der Jude sich verzählt?«

»Und willst du es dem Juden anhängen?«, fragte Magda. »Soll Utz den Juden vors Gericht bringen und mit Zangen zwicken lassen, bis er gesteht?«

Daraufhin schwieg Diether, und der Rest der Familie schwieg auch. Es ließ sich ja nichts dazu sagen. Wie man es drehte und wendete, kam immer wieder dasselbe heraus: Diether musste die Familie bestohlen haben. Dass er ihnen derart entglitten war, erfüllte Magda mit bleischwerer Traurigkeit. Keine Strafe, die sie ihm hätten erteilen können, hätte daran etwas geändert. Sie hätten ihn verstoßen müssen, aus dem Haus weisen und seinem Schicksal überlassen, doch sie waren die Harzers, und er war einer von ihnen. Sie mussten ihn bei sich behalten, den letzten

Laib Brot im Kasten mit ihm teilen und dafür sorgen, dass er in der Nacht nicht fror.

Der Sonntag ging vorüber, und damit war besiegelt, dass Utz nicht in die Gilde der Kaufleute aufgenommen würde. Sie saßen auf einem Kontor voll Getreide, das sie nicht offen verkaufen durften und nicht einmal mahlen lassen konnten, weil ihnen selbst dazu die Mittel fehlten. Magda schlug vor, den Betrag, den Utz für den Gildenbeitritt eingezahlt hatte, zurückzuverlangen. Das Geld gehörte ihnen – was sprach dagegen, es von Bechtolt einzufordern, um damit ihre größte Not zu lindern? »Und hat sein Bote nicht auch das Geld für das Wachs mitgenommen? Das wird ja nun nicht gebraucht – wir aber müssen es dem Juden zurückzahlen.«

Utz wand sich wie ein Aal, und Magdas Geduld hing nur noch an einem seidenen Faden, der beim nächsten Wort gerissen wäre. Sie ließ sie alle stehen und ging selbst den Weg zu Bechtolts Haus, den sie seinerzeit mit dem Franziskaner gegangen war. Flüchtig ertappte sie sich bei dem Wunsch, er wäre wiederum an ihrer Seite. In Wahrheit war es natürlich nicht der hochmütige Gottesmann, nach dem sie sich sehnte – ihr fehlte einfach ein Mensch, der ihr beistand, damit sie nicht alles allein anpacken musste, übernächtigt und kopflos, wie sie war.

Umso lauter und zorniger klopfte sie an Bechtolts Haustür, entschlossen, sich wiederzuholen, was ihnen gehörte. Dieser zweite Besuch jedoch verlief verheerender als der erste. Eiskalt fertigte Bechtolt sie auf der Schwelle ab, indem er erklärte, das Geld müsse die Gilde für ihren Aufwand einbehalten. Als Magda sich weigerte, klein beizugeben, ließ er seinen Hausknecht einen Eimer Abwässer ausschütten, sodass ihr die stinkende Brühe über Brust und Gesicht spritzte. Durchnässt, verdreckt und zum Gotterbarmen frierend, musste Magda den Heimweg antreten.

»Ich hätte dir die Demütigung gern erspart«, sagte Utz, als

sie sich endlich bis vor die Tür ihres Hauses geschleppt hatte. »Aber du hast dich ja geweigert, auf mich zu hören.«

»Demütigung, glaubst du, darauf gebe ich was?«, fauchte sie Utz an und kämpfte wie so oft gegen Tränen des Zorns. »Wir müssen essen, das zählt. Und der Großvater darf uns nicht erfrieren. Für all den Unsinn um Stolz und Ehre, um den ihr Männer ein Gewese macht, habe ich keine Zeit.«

»Vielleicht wird es ja doch mal wärmer«, meldete sich Diether kleinlaut zu Wort.

»Du hältst dich raus«, fuhr Utz ihm über den Mund. »Ehe ich mich vergesse und dir gebe, was dir gebührt.«

Diether erhob sich und verließ das Haus. Magda, die gerade erst kraftlos auf einen Hocker gesunken war, sprang wieder auf und rannte ihm durch den eisigen Schneeregen nach. Vor dem Kontor holte sie ihn ein. »Komm zurück!«, schrie sie. »Spiel du nicht auch noch den Beleidigten, du, dem das alles zu verdanken ist.«

»Ja, ich, der Endres umgebracht hat, nicht wahr, das glaubst du doch?«, schrie er zurück. »Ich stehle euer Geld, ich bringe Leute um, ich bin an allem schuld, was euch widerfährt.«

Sie waren im Nu durchnässt bis auf die Haut. »Hast du das Geld etwa nicht genommen?«, fragte sie über das Rauschen des Regens hinweg.

»Doch, ich hab's genommen, verdammt, aber ich hab's nicht gestohlen. Ich dachte, wo es doch der Familie gehört, stünden mir wohl ein paar Pfennige zu, um mich rasieren zu lassen. Lässt Utz sich bitte schön nicht rasieren? Ach, ich vergaß – sogar Utz ist inzwischen ja mehr Mensch als ich.«

Stärker als je zuvor verspürte sie das Verlangen, ihm die Maulschelle zu verpassen, die er für sein Selbstmitleid verdiente. »Du, du, du!«, schrie sie stattdessen. »Gibt es für dich eigentlich noch andere Menschen auf der Welt, wenigstens einen einzigen?«

»Ja«, erwiderte er, auf einmal seltsam ruhig. »Aber darüber möchte ich mit dir nicht sprechen. Du hörst ja doch nur das, was du hören willst.«

»Was ist es denn, was ich hören will?«, schrie sie.

»Dass ich an allem schuld bin. Nicht der Papst, der Krieg und Mord predigt, nicht die Pfaffen, die dem Volk das Letzte aus den Taschen ziehen, nicht einmal der, der Endres getötet hat, und auch nicht der Dickwanst, der uns alle übers Ohr gehauen hat. Hätte der Dreckskerl den Utz mit seinem Gesäusel nicht kirre gemacht, wären wir vielleicht als Brauer nach Berlin gegangen. Um hier Handel zu treiben, muss man vielleicht mit Spreewasser gewaschen sein, aber unser Bier aus Bernau, das macht uns auch in Berlin keiner nach.«

»Wären wir als Brauer nach Berlin gegangen«, murmelte Magda vor sich hin, als begreife sie die Worte nicht. In Wahrheit aber begriff sie sehr wohl, kaum dass der Regen das letzte Wort verschluckt hatte. Es war die Lösung. Die einzige. Zwei Dinge besaßen sie in Hülle und Fülle, Getreide und Platz, und viel mehr war zum Brauen nicht nötig. Die Berliner Kaufmannsgilde mochte ihnen die Tür weisen, doch in Bernau waren sie ehrbare Mitglieder ihrer Zunft gewesen. »Komm ins Haus«, befahl sie ihrem Bruder brüsk. »Ab morgen brauen wir wieder. Wir haben unseren Stern und unsere Gagelsträucher, und wir sind die Harzers. Das kann uns niemand nehmen.«

16

Hinter der Stadtmauer, die Straße nach Spandau hinauf und nach genau tausend Schritten westlich in den Wald. Schlag dich durch bis an den kleinen Weiher mit den Weiden. Dort warte ich auf dich.

Den Brief mit der Nachricht trug er immer bei sich. Unter dem Hemd, auf der bloßen Haut überm Herzen, hatte die Liebesbotschaft ihren Platz. Zwei volle Jahre lang hatten sie einander dort beim Weiher getroffen, an jedem ersten Montag im Monat, wenn kein Feiertag darauf fiel. Unter den Weiden gab es einen Unterstand, dort machten sie sich von Mai an ihr Lager zurecht. Der Ruf des Kuckucks hatte die Stunden gezählt, ehe seine Liebste sich aus seinen Armen losreißen musste, ihre kostbaren Kleider wieder um sich schnürte und heim zu ihrem Gatten hastete. Für ihn hatte der Ruf des Kuckucks geklungen wie: *Wie lange noch? Wie lange noch?* Bis an sein Lebensende würde er ihn hören.

Im Winter hatten sie sich nicht lieben können. Nur manchmal, wenn sie es wagten, in einer verschwiegenen Schänke unter einem Birnbaum zu sitzen und sich an den Händen zu halten. Oder eng umschlungen beim Weiher zu stehen, miteinander frieren und von einer Zukunft träumen, die nie einzutreffen schien. *Wie lange noch? Wie lange noch?* Sie hatte ihn unter ihre Pelze genommen und ihn getröstet: »Nur noch ein Weilchen, Herzliebster, dann wird es Frühling, und auch der Lebus kann nicht ewig leben.« Hände und Lippen hatten sie sich blau gefroren, und doch erfasste ihn zuweilen eine Sehnsucht nach jenen Tagen in bittersüßer Kälte, die ihm das Herz wie einen Eiszapfen brach.

Jetzt gab es keine Tage bei den Weiden mehr, auch wenn es Frühling wurde und die Reste vom Schnee schmolzen. Drei Briefe hatte er ihr schicken und um ein Treffen betteln müssen. Erst nach dem dritten, der ihn seinen letzten Bogen Papier kostete, sandte sie ihm Antwort. In den zwei hingeworfenen Zeilen, die der Bote brachte, bestellte sie ihn nach Einbruch der Dunkelheit ins Viertel der Zinsleute, in eine totenstille Gasse.

Sooft er an den Weiher, zu ihrem Versteck bei den Weiden gekommen war, hatte sie dort auf ihn gewartet. Kaum hatte sie seinen Schritt erkannt, hatte sie seinen Namen gerufen und war in seine Arme geeilt. Jetzt tastete er sich durch völlige Dunkelheit, darauf bedacht, keine Seele zu wecken, und konnte sie nirgends erspähen. Im Finstern trat er auf ein verendetes Tier und strauchelte. Ein Laut entfuhr ihm, während er mühsam sein Gleichgewicht wiederfand.

»Sei doch still«, vernahm er ihr zischendes Flüstern. »Willst du, dass uns jemand findet? Sollen sie mich an den Pranger stellen, mit Ruten streichen und als Dirne aus der Stadt jagen?«

Allein die Vorstellung, jemand könnte ihrem zarten Leib ein Leid antun, drehte ihm den Magen um. Er tastete sich an der Wand einer Bude entlang zu ihrem Versteck vor und schlang die Arme um sie. »Fronica. Liebste. Dem Himmel sei Dank.«

Gewandt wie eine Katze zog sie sich ein Stück weit zurück. »Bei allen Heiligen, Utz, sei doch leise.«

»Das bin ich ja, Liebste. Mach dir keine Sorgen.« Seine Hände schlossen sich um ihre Wangen, dann löste er mit zitternden Fingern die Knoten, die ihr Gebände um ihr reizendes Kinn mit dem Grübchen hielten. Die Haube öffnete sich, und ihr herrliches Haar fiel ihr hinunter auf die Schultern. Utz hielt den Atem an, ehe er seine Lippen auf ihre presste und sie küsste. Erst dann sah er sich in der Lage zu sprechen. »Ich habe von

Lebus gehört, Liebste. Es heißt, er liegt im Sterben. Ist es denn möglich, dass unser Traum sich nach allem doch noch erfüllt? Dass diese Qual ein Ende hat?« Sie hatten den Alten, wenn sie von ihm sprachen, immer Lebus genannt, nie ihren Mann oder Gatten. Ihr Mann war Utz, im Herzen wie im Fleisch, und ihr Gatte würde er sein.

»Wie kannst du denn so reden?« Sie warf den Kopf in den Nacken. »Mein Mann ist noch nicht einmal kalt, und du beträgst dich, als wärst du kein Christenmensch.«

»Verzeih mir. Es war nur die Freude, die mich übermannt hat, der Gedanke, dich bald in jeder Stunde des Tages um mich zu haben.«

Er wollte sie wieder küssen, doch sie hob die Hand. »Utz, ich muss mit dir wie mit einem vernünftigen Menschen sprechen. Ist das möglich? Sieh einmal, auch wenn mein Mann jetzt stirbt – so einfach, wie du es dir vorstellst, geht es nicht. Ich möchte nicht, dass Gerede aufkommt, ich möchte nicht, dass Finger auf mich zeigen und ich geschmäht bin wie Afra von Quitzow.«

»Wer ist Afra von Quitzow?«

»Ach, vergiss es. Die Tochter eines Spandauer Ritters, mit dem mein Mann in geschäftlicher Verbindung steht. Die hat sich mit einem eingelassen, der unter ihr stand, und den Schimpf und Spott, den sie über sich ergehen lassen musste, wünscht man selbst einer Dirne nicht. Keinen Schritt kann sie mehr gehen, ohne dass das Volk um sie zu tuscheln beginnt, und in ihren Kreisen ist sie von nun an eine, die ein Herr von Ehre nicht einmal mit der Zange berühren dürfte.«

»Und der Mann?«, entfuhr es Utz. »Der, mit dem sie sich eingelassen hat?«

»O weh.« Mit der Rechten vollführte sie eine höchst merkwürdige, frivole Geste in Richtung ihrer Scham und danach die Bewegung des Peitschenschwingens. »In dessen Haut möchtest du nicht stecken. Der hat für seine Anmaßung teuer und schmerzlich bezahlt.«

»Einerlei«, verwarf Utz die Vorstellung, die ihm einen Schauder einflößte. »Was geht uns das an? Du bist nicht von Adel, Liebste.«

»Nun wohl. Ich mag nicht von Adel sein, wie du so ungalant ausführst, doch ich bin immerhin Patrizierin. Mein Mann gehört zu den reichsten Kaufleuten der Mark und sitzt im Rat der Stadt.«

»Ich wollte, du würdest ihn nicht ständig deinen Mann nennen«, fuhr Utz auf. »Und im Rat wird er wohl kaum noch sitzen. Ich habe gehört, er überlebt die Nacht nicht.«

»Das ist schon möglich, weshalb ich nicht mehr lange bleiben kann«, erwiderte Fronica. »So oder so bin ich seine Frau, und wenn er am Morgen nicht mehr leben sollte, bin ich seine Witwe.«

»Was willst du damit sagen?«

»Ach, Utz«, zwitscherte sie und küsste ihn auf die Wange, wie man Kinder küsst. »Dass ich selbst dann noch unerreichbar weit über dir stehe, will ich sagen, begreifst du das denn nicht?«

»Das hast du immer gewusst. Und ich habe dir immer versprochen, dass sich das ändern wird.«

»Ja, das hast du, du tapferer Streiter. Aber es wird sich nicht ändern, habe ich Recht? Utz, unser Cölln-Berlin mit seinen achttausend Seelen mag dir wie eine Stadt ohne Grenzen vorkommen, doch was Klatsch und Tratsch betrifft, ist es nicht größer als ein Altmärker Dorf. Und an meinem Bruder ist allemal ein Klatschweib verloren gegangen. Über die Grube, in die du getappt bist, weiß in meinen Kreisen jedes Kind Bescheid. Du hast an deinen Braukessel zurückkehren müssen, nicht wahr, mein Ärmster? Aber daran ist ja fürwahr nichts Ehrenrühriges.«

»Nein, ist es nicht«, erwiderte Utz in jähem Zorn.

Sie legte ihm ihre schlanke Hand auf den Arm. »Kein Mensch bei Verstand würde so etwas behaupten. Es ist nun einmal ein jeder in der Welt an einen Platz gestellt, und wer sich darüber zu erheben sucht, fällt tief, so wie der Buhle der Afra von Quitzow. Im Grunde ist es doch eine Gnade, dass du an deinen Platz zurückkehren kannst, ganz so, als wäre nichts geschehen.«

Innerhalb eines Wimpernschlags schienen Jahre an Utz vorbeizurauschen. Endlose Stunden in der verhassten Braustube, die Arme schwer vom Rühren der Maische, das Gesicht überm Kessel rot vom Dampf. Der strenge Geruch des vor dem Mälzen eingeweichten Getreides, der noch strengere, Übelkeit erregende der Hefe und die ewig schmierigen Hände. Die schiefen Blicke, verdrehten Augen, das Stöhnen. Die tiefe Demütigung, wenn der Großvater die Kelle in den Sud tauchte, der aus Utz' Würzepfanne troff, wenn er mit spitzen Lippen probierte und dann die Kelle angewidert auf den Boden leerte. *Aus dir wird nie ein Brauer. Dir fehlt's im Gaumen, Bube. Eher wird meine Ziege zum Papst, zum Papst.*

Utz liebte die zarten und sauberen Dinge im Leben: Fronicas fein gesponnenes Haar, die Arbeit über weißen Papieren, den Geschmack von edlem Wein. Die Grobheit, in der er hatte aufwachsen müssen, hatte etwas in ihm zerstört, und er hatte geglaubt, wenn es einen Menschen gab, der das verstand, sei es Fronica. »Die Braustube ist nicht mein Platz.« Wie oft hatten sie in ihrem Versteck bei den Weiden darüber gesprochen und waren zwischen Küssen und Schmeicheln zum immer gleichen Ergebnis gelangt: *Du bist zum Kaufmann geboren, Herzliebster. Wenn du nur ein wenig Hilfe von deiner Familie gehabt hättest, hättest du sowohl den Lebus als auch meinen Bruder übertrumpfen können.*

Die Hilfe, die ihm von seiner Familie verwehrt geblieben war, hatte ihm von ihrem Bruder zuteil werden sollen, und wenn er erst Fuß gefasst hätte, würde er sich einen Hausstand aufbauen, der ihrer würdig war. Wie hatte sie von der Zeit geschwärmt, in der sie diesem Hausstand vorstehen würde, in denen ihnen beiden die Stadt Berlin zu Füßen lag!

»Ach, Utz«, sagte sie jetzt mit einem kleinen Lachen. »Wie es aussieht, ist die Braustube ja wohl doch dein Platz. Das ist keine Schande. Für die große Welt ist eben nicht jeder Mann gemacht.«

»Dein Bruder hat mich reingelegt!«, rief Utz. »Und das kreidest du mir an? Du sprichst mit mir wie mit einem Bauerntölpel, weil ich über das Seil, das dein Bruder gespannt hat, gestolpert bin?«

»Mein Bruder ist ein mächtiger Mann. Leute, die über seine Stricke stolpern, kann er nicht achten, wobei er für Brandenburger ohnehin wenig Achtung übrig hat.«

»Aber er ist doch selbst ...«

Sie winkte ab. »Das tut nichts zur Sache. Er will, dass sich Söhne aus den alten rheinischen Kaufmannsfamilien hier ansiedeln und Berlin zur Größe verhelfen. Emporkömmlinge mit Brandenburger Sand an den Händen würde er mit Freuden zum Teufel jagen.«

»Aber warum hat er mir dann geholfen?«, fragte Utz aller Fassung beraubt.

»Hat er das? Ich wüsste nicht wie. Wenn du mich fragst, hat er sich geärgert, weil du ihm damals diese Fuhre Weizen wegschnappen wolltest. So etwas kann er nicht leiden, und es hat ihm gewiss auch nicht geschmeckt, wie du ständig um mich herumscharwenzelt bist. Er war der Meinung, dafür dürfe er sich einen Spaß mit dir leisten, mehr war es nicht, denke ich.«

Utz taumelte gegen die Wand der Bude. »Weißt du, was ich geopfert habe?«, brach es aus ihm heraus. »Für unseren Traum habe ich alles geopfert, was ich besaß, und jetzt sagst du mir, das Ganze war nicht mehr als ein Spaß? Ich hatte verloren, noch ehe ich anfing, sagst du, und jetzt soll ich mich trollen und wieder an der Würzepfanne schwitzen?«

»Das hat auch mein Herz belastet«, gab Fronica zu. »Dieses Opfer, das du gebracht hast. Aber wenn man es recht betrachtet, hat es doch gar kein Opfer gegeben. Berlin ist ein hübscher Flecken, und solange du hier Haus und Grund besitzt, verbietet dir kein Mensch das Brauen. Du kannst dein Geschäft neu aufbauen, größer sogar als in Bernau.«

»Und du?«, fragte er, obgleich er die Antwort nicht hören wollte. »Wenn dein Mann, wie du ihn jetzt nennst, begraben und betrauert ist, wirst du dann zu mir kommen und mit mir im Haus eines Handwerkers leben?«

Ganz leicht und mit einem Lächeln schüttelte Fronica den Kopf. Dann zog sie ihr Gebände über den Kopf und schloss mit Sorgfalt die Bänder. »Ich kann das nicht, Herzliebster. Ich bin keine Afra von Quitzow, die sogar noch geweint haben soll, als ihr Buhle für die Süße der Liebe mit bitterer Prügel bezahlte. So etwas ist recht reizend, wenn uns die Sänger davon ein trauriges Liedchen schmieden. Aber es ist alles andere als reizend, wenn man wahrhaftig aus seinem Leben herausgerissen und in eines gesteckt wird, in das man nicht gehört. Hätte Gott mich zur Frau eines Bierbrauers bestimmt, hätte er mich dazu gemacht. Ich aber bekomme schon vom Geruch von Bier Kopfweh, mein Schatz.«

Er ließ sie los und sah ihr durch das Dunkel zu, wie sie sich jedes Fältchen ihrer Kleidung zurechtrückte und jede Locke unter die Haube schob. Dann wandte er sich ab. Er hätte ihr Geleit bieten müssen, zumindest bis in den lichteren Teil der Stadt, wo die Nachtwache für ein wenig Schutz sorgte, doch er hätte keinen weiteren Augenblick in ihrer Gegenwart ertragen.

17

Sie hatten keine Würzepfanne mehr, kein Fass, keinen Kessel, noch nicht einmal Kellen und Rührstäbe. Aber sie hatten ihr uraltes, geheimes Wissen über die Zubereitung von gutem Bier. Als Magda bis auf die Haut durchnässt mit Diether ins Haus zurückgekehrt war und verkündet hatte, dass die Familie Harzer wieder brauen würde, hatte der Großvater aufgeblickt. »Dann könnt ihr mich auch wieder brauchen, was, was?«

»Wir hätten dich die ganze Zeit über brauchen können«, erwiderte Magda ungnädig. Ihr Herz aber gestattete sich einen winzigen Sprung: Vielleicht kam es nun ja wirklich nicht mehr schlimmer. Vielleicht wurde es endlich wieder besser?

Sie hoffte, schlafen zu können, doch kaum lag sie auf ihrem unbequemen Lager, überfiel sie von Neuem die Angst vor dem Traum. Was, wenn er sie gerade heute heimsuchte, wo sie einen Streifen Licht am Ende des Dunkels zu erkennen glaubte? Was wenn er ihr jetzt, wo sie noch einmal die Hoffnung hegte, ihre Familie zusammenzuhalten, einen von ihnen raubte? Sie schlief noch schlechter als in den Nächten zuvor, und am Morgen türmte sich die Arbeit vor ihr wie ein Berg.

Sie musste das Getreide sichten. Vor allem aber musste sie sich den Kopf darüber zerbrechen, wie Geld für die schlichteste Ausrüstung aufzutreiben war. Als sie im Kontor vor den aufgereihten Säcken stand, ließ eine Bewegung sie herumfahren. Beinahe lautlos war Diether hinter sie getreten.

»Ich weiß, wir dürfen sie nicht offen verkaufen«, sagte er. »Aber wenn ich nun jemanden wüsste, der uns unter der Hand ein paar davon abnimmt? Nicht wie Bechtolt, der Betrüger, sondern zu einem sauberen Preis, sodass wir eine Würzepfanne kaufen und die Braustube ausstatten können?«

»Und wer soll das sein?«

»Ich weiß, für euch alle tauge ich nichts ...«

»Beim Herrgott, hör endlich auf mit diesem Gejammer! Sag mir, wer dieser geheimnisvolle Käufer sein soll, damit einer von uns mit ihm sprechen kann, oder spar dir die ganze Rederei.«

»Mit ihm sprechen müsste ich schon selbst«, erwiderte Diether verschnupft. »Du glaubst, es gibt ihn gar nicht? Nun, es gibt ihn sehr wohl, und sogar ich kann einmal etwas richtig machen. Er heißt Petter Tietz und ist Bäckermeister. Einer von den großen, die ihre Bude auf dem Mühlendamm haben.«

»Und wo willst du den getroffen haben?«

»Das ist meine Sache. Du sag mir nur, ob ich mit ihm sprechen soll. Wenn du nicht willst ...« Er ließ den Rest des Satzes in der Luft hängen.

Konnte sie sein Angebot denn ausschlagen? Sie war so unendlich müde und wollte endlich einen Fortschritt sehen. »Sprich mit ihm«, sagte sie matt. »Wenn er uns für drei Säcke Roggen zehn Schillinge zahlt und darüber schweigt, dann sind wir im Geschäft.«

»Ich werde es ihm sagen.« Diethers Zunge flitzte wie die einer Natter über seine Unterlippe. »Eines wäre da noch.«

»Und was?«

»Ein Anteil von dem Geld stünde ja wohl mir zu, oder? Dafür, dass ich das Geschäft vermittle.«

»Deinen Anteil vom Geld hast du dir doch schon selbst beschafft!«, fauchte sie. »Andernfalls steckten wir jetzt nicht in diesem Schlamassel. Wenn du deiner Familie helfen willst, mit dem Bierbrauen wieder ihr Geld zu verdienen, dann sollst du selbstredend deinen Anteil haben wie wir alle. Wenn nicht, dann lass mich alleine, Diether. Ich habe wahrlich Sorgen genug.«

»Magda«, sagte Diether, »ich will das tun, was du gesagt hast. Mithelfen, die Harzer-Brauerei wiederaufzubauen, arbeiten, um ein Leben in Anstand zu führen. Aber es gibt eine Schwierigkeit dabei. Ich brauche das Geld nicht in ein paar Wochen. Ich brauche es jetzt.«

Er hatte Schulden gemacht, und jetzt saßen ihm die Gläubiger im Nacken. Er hatte Geld verspielt oder Schlimmeres, wie es ihm seit der Wiege prophezeit worden war. Zu Tode erschöpft ließ Magda sich auf einen der Säcke fallen. Er war ein so freundlicher Junge gewesen, sanft und warmherzig, der liebenswerteste unter ihren Brüdern. Ihr Spielgefährte, der ihr täglich neue Geschichten in funkelnder Farbenpracht erzählte, der ihr die Lieder der Vögel auf der Flöte nachspielte und der nachts in ihr Bett gekrochen kam, weil er sich im Dunkeln fürchtete. Wie war es so weit mit ihm gekommen, und wo in all dem Dickicht lag der Weg zurück?

»Magda«, sagte er noch einmal, und sein Ton ließ sie aufhorchen. »Was immer du jetzt denkst, ich brauche das Geld nicht für mich. Erinnerst du dich an die kleine Wendin, die Worša? Ja, du hattest Recht, ich habe ein böses Spiel mit ihr getrieben. Anfangs habe ich ihr wirklich helfen wollen, aber dann fing es an, mir Vergnügen zu machen, dass Linhart so verrückt nach ihr war. Er hat behauptet, er wolle sie heiraten, er hat sie sogar in sein Haus genommen, und mich ritt der Teufel, ich habe einfach kein Ende gefunden. Zum Schluss hat Linhart sie auf die Straße geworfen, und sie musste fort, wer weiß wohin. Kannst du mir bitte glauben, dass es mir von Herzen leidtut, was ich damals diesem Mädchen angetan habe?«

Magda wusste nicht, ob sie ihm glauben konnte, denn etwas anderes nahm ihre Gedanken gefangen: Linhart hatte die Wendin heiraten wollen, doch Diether hatte seinen Wunsch zunichtegemacht. Danach hatte Linhart sie, Magda, heiraten wollen, und diesmal war es Endres gewesen, an dem sein Wunsch gescheitert war. »Diether«, sagte sie, »du hast wirklich Pater Honorius gesehen, damals im Moor, nicht wahr? Du warst bei dir, trotz des Trinkens, und du hast Pater Honorius erkannt?«

»Warum fragst du mich das?«

»Weil ich eben überlegt habe, ob es nicht doch Linhart gewesen sein könnte. Ich habe ihn anfangs verdächtigt, doch als du dann Pater Honorius beschuldigt hast, habe ich mich dafür geschämt. Jetzt aber frage ich mich – wie sehr muss er euch beide gehasst haben? Indem er Endres erstach und dir die Schuld in die Schuhe schob, hätte er mit einem Schlag an euch beiden Rache nehmen können.«

Diether schluckte mehrmals, dass sein Kehlkopf sich hart auf und ab bewegte. »Es war der Pfaffe«, sagte er dann. »Pater Honorius, den wir im Leben nicht belangen können. Ich aber habe von der Wendin nicht angefangen, um das alles wieder aufzuwühlen, sondern um dir zu sagen, dass ich es gutmachen will. Nicht an Worša, denn das kann ich nicht mehr. Aber an einem anderen Mädchen, das meine Hilfe noch dringender braucht.«

Hatte er ihr das alles nur erzählt, um sie wissen zu lassen, dass er eine neue Liebschaft hatte? Noch dazu eine, die Geld von ihm verlangte?

»Ich brauche einen Schilling«, sprach Diether weiter. »Nur damit ich sie und ihre Schwester in einem besseren Quartier unterbringen kann. So ein Loch wie das, in dem sie hausen, hast du dein Lebtag nicht gesehen, Magda. Gretlin wird krank davon. Sie hustet zum Gotterbarmen und schreit sich Nacht für Nacht die Seele aus dem Leib.«

Magda wollte nichts mehr hören. Sie hatte den Kopf zu voll, um auch nur den kleinsten Winkel für eine unbekannte Gretlin freizuräumen oder darüber nachzudenken, wie viel von Diethers Erzählung wohl der Wahrheit entsprach. »Wenn du das Geld von deinem Bäcker tatsächlich bringst, kannst du einen Schilling für dich selbst behalten«, sagte sie.

»Schwesterchen, du bist die Beste!« Mit einem Ruck kam Leben in Diether, er sprang zu ihr und riss sie in die Arme. Dann drückte er ihr einen Kuss auf die Stirn und auf jede Wange. »Die Allerbeste bist du. Hab tausend Dank!«

Magda ließ seine Liebkosungen über sich ergehen, doch sie empfand nichts dabei. *Sie sollen alle ihre Finger von mir lassen*, dachte sie. *Vielleicht gefällt es mir ja wieder, von einem Menschen geherzt zu werden, wenn ich zur Abwechslung einmal weiß, dass ich mich auf ihn verlassen kann.*

Zwei Tage später brachte Diether ihr das Geld – das Doppelte des vereinbarten Betrages. Darüber hinaus lieh sein Bekannter ihnen einen Handkarren, damit sie ihre Einkäufe heimschaffen konnten.

Sofort zog Magda los, um eine Würzepfanne und die nötigsten Gefäße zu kaufen. Obgleich sie nie zuvor in solchem Umfang Geschäfte getätigt hatte und manche Händler sich sträubten, mit einer Frau zu verhandeln, hatte sie am Ende auf ihrem Karren, was sie brauchte. Das Geld war noch knapper, als sie befürchtet hatte. Mit den letzten Pfennigen marschierte sie schließlich zur Marktaufsicht, fand diesmal ohne Schwierigkeiten Einlass und erwarb eine Marke, die die Familie Harzer berechtigte, auf dem Wochenmarkt einen Scharren zu betreiben und dort gebrautes Getränk feilzubieten. Damit war die Summe restlos ausgegeben. Ihr erstes Berliner Bier würden sie ohne Hopfen brauen müssen.

Der Großvater fluchte über das verbeulte, zusammengestoppelte Gerät, doch auf die Arbeit stürzte er sich wie auf ein Lebenselixier. Ohne Hopfen zu brauen, hatte er als Junge gelernt, und mit dem Tatendrang eines Jungen führte er Magda vor die Stadt, um junge Kräuter zu sammeln, die zusammen mit den Gagelblättern eine würzige Grut ergaben. Schier über

Nacht war es Frühling geworden. Aus jeder Spalte, jedem toten Baumstamm, jeder Pore der Erde brach das Grün, das neues Leben versprach.

Diether half ein paar Stunden lang halbherzig bei den Vorarbeiten, dann brach er, wie er sagte, zu einer dringenden Verabredung auf. Lentz und Utz hielten sich überhaupt fern, und so standen Magda und der Großvater allein in der Braustube, die sie im Erdgeschoss des Kontors eingerichtet hatten. Es gab alle Hände voll zu tun, doch sie waren beide harte Arbeit gewohnt.

Ihre Brüder mochte Magda nicht bedrängen. Lentz würde früher oder später schon mitanpacken, er tat schließlich immer, was getan werden musste. Utz, der am Boden zerstört war, sollte Zeit haben, sich von seiner Niederlage zu erholen, und was Diether betraf, so betete sie lediglich darum, dass er, was immer er tat, nicht zu Schaden kam.

Mit dem Brauen kehrte ein Stück Vertrautheit zurück, ein bekannter Tagesablauf, an dem Magda sich festhalten konnte. Das erste schnell gebraute, kurz gegärte Jungbier nahm ihnen Diethers Freund, der Bäcker, ab, sodass Geld ins Haus kam, und eine Woche später stand Magda das erste Mal mit ein paar Kannen auf dem Markt. Verglichen mit dem, was sie in Bernau verkauft hatten, war dies nur ein kümmerlicher Anfang, doch ihr Bier ging schneller über den Tisch als die warmen Brezeln ihres Standnachbarn. Die Hoffnung wuchs: Sie würden sich aus eigener Kraft wieder auf die Füße kämpfen. Ein tückisches Großmaul wie Bechtolt bekam die Harzers nicht klein!

Zwischen ihr und dem Großvater spielte sich rasch jeder Handgriff ein. Die meiste Zeit über erledigten sie schweigsam und schwitzend ihre Arbeit, doch eines Morgens, als sie die Pfanne befüllt hatten und zu zweit das Feuer schürten, fragte der Großvater beinahe schüchtern: »Ist der Diether allein in der Stadt unterwegs? All die Tage? Wird denn das nicht zu was führen?«

»Was meinst du damit?«, fragte Magda, die es satt hatte, dass kein Mensch die Dinge beim Namen nannte. »Hast du Angst, er stellt etwas an?«

Der Großvater seufzte. »Die habe ich, seit er auf der Welt ist. Aber hier ist alles so viel größer, eine Versuchung jagt die nächste, und der Junge ist fremd. Schon bei uns daheim hatte er nicht mehr Urteilsvermögen als ein Maulwurf. In was für ein Schlangenloch soll er da erst hier tappen?«

»Ich weiß, dir war Endres hundertmal lieber«, murmelte Magda. »Aber kannst du an Diether nicht ein gutes Haar lassen? Immerhin hat dieser Mann, den er aufgetrieben hat, uns aus dem tiefsten Loch herausgeholfen, und wie wir ohne ihn an Gerät gekommen wären ...«

»Beim heiligen Florian, was ist denn das für ein Unsinn?«, platzte der Großvater ihr in die Rede. »Mir war doch der Endres nicht lieber als der Diether, mein eigen Fleisch und Blut. Der Endres war ein feiner Bursche, der Enkel eines wahren Freundes, und als Mann für dich hätte er mir gefallen. Aber der Diether – zum Teufel, das lässt sich doch gar nicht vergleichen –, der Diether ist der Sohn meiner Sanne!«

Das Bild der Welt, wie Magda es immer gesehen hatte, erhielt auf einmal Risse und verschwamm. »Aber du hast ihm doch Endres ständig vorgehalten!«, rief sie. »Wann immer Diether etwas nicht sofort zustande brachte, hast du ihm in den Ohren gelegen, wie großartig Endres doch sei.«

»Ach, damit wollt ich ihn doch nur ein bisschen triezen«, brummte der Großvater. »Was hätt ich denn sonst machen sollen? Ihm den Hintern durchhauen, wie sein Vater es getan hat? Das hatte bei dem doch keine Wirkung, davon ist er nur immer verstockter geworden. Also dacht ich mir, ich packe den Burschen bei der Ehre, ich stachele seinen Ehrgeiz an, indem ich ihm den Endres vor die Nase halte ...«

»Davon ist er erst recht verstockt geworden«, schnitt ihm

Magda das Wort ab. »Weißt du, wie tief du ihn damit verletzt hast, wie tief du die Freundschaft zwischen Diether und Endres verletzt hast?«

Der Großvater hob den Blick von den glühenden Scheiten und sah zu ihr auf. Seine Augen waren trübe. In quälender Langsamkeit nickte er.

»Du hast sogar einen letzten Willen aufgesetzt und darin Diether enterbt!«

»Nicht doch«, krächzte der Großvater. »Dummes Geschwätz eines alten Narren – es hat doch wohl nicht tatsächlich einer von euch daran geglaubt?«

»Ganz Bernau hat daran geglaubt«, parierte Magda scharf.

»Aber wie könnt ihr denn so was von mir denken? Ich würde doch den Diether, den jüngsten Sohn meiner geliebten Sanne, nicht enterben. Und für den Endres habe ich schließlich deine Mitgift erspart, damit er auch zu was kommt, wie ich es ihm als Pate schuldig war.«

All das klang schlüssig und passte zusammen, und doch war Magda nicht fähig, das neue Bild, das sich ergab, in sich aufzunehmen. »Und wenn Endres dir wirklich nicht mehr als wir andern am Herzen lag«, begann sie noch einmal, »weshalb hast du dich dann seit seinem Tod betragen, als wärst du mit ihm gestorben? Du warst nicht mehr du selbst – keiner von uns war dir auch nur ein Lächeln wert.«

»So war es nicht.«

»Wie war es dann?«

»Ich will's dir nicht sagen. Hab doch geschworen, dass ich dich beschütze.«

»Der Schwur gilt lange nicht mehr. Ich bin erwachsen und habe ein Recht darauf, es zu wissen.«

»Lass mich, mein Kälbchen. Nicht alles Wissen ist heilsam. Manches verschlägt dir die Sprache und macht, dass du an nichts anderes mehr denken kannst.«

Das war Magda selbst nur allzu gut bekannt. Das Wissen um ihre Träume, das sie in sich vergrub, raubte ihr noch immer den Schlaf. »Sag's mir«, forderte sie nichtsdestotrotz. »So schlimm wie das, was ich aus deinem Schweigen schließe, kann die Wahrheit nicht sein. Warum warst du seit Endres' Tod selbst wie ein Toter, warum hast du uns gemieden, uns behandelt, als wären wir einfach nicht mehr da?«

»Die Wahrheit ist schlimmer«, erwiderte der Großvater dumpf. »Ich hab euch gemieden, weil ich Angst hatte. Weil ich nicht wollte, dass mir einer entlockt, was in meinem Kopf umgeht.«

»Und was geht darin um? Wovor hattest du Angst?«

Der alte Mann senkte den Blick zurück aufs Feuer, die Augen weit aufgerissen, obgleich die Glut ihn blenden musste. »Davor, dass es wahr sein könnte«, murmelte er. »Das, was die Leute reden. Dass der Diether das Torfmesser genommen und den Endres totgestochen hat.«

In der jähen Stille hörte Magda den Sud in der Pfanne brodeln und ihr eigenes Herz schlagen. Das Torfmesser. Wo war es geblieben? Dunkel erinnerte sie sich an jene Tage des Schreckens, an Diether, der sich bis an den Stadtrand geschleppt hatte, um Hilfe zu holen, und an die zwei Stadtknechte, die ihn und den Karren nach Hause gebracht hatten. Die beiden Schaufeln hatten auf dem Karren gelegen, auch die Bierkanne und die Flasche für den Schnaps, doch das Messer fehlte. Damals hatte keiner von ihnen die Kraft besessen, einen Gedanken darauf zu verschwenden, heute aber fragte sich Magda: Hatte Pater Honorius, um seinen Mord zu begehen, keine eigene Waffe bei sich getragen? Hatte er Diether das Torfmesser abgenommen und es hinterher im Moor versenkt?

»Das kannst du nicht glauben«, sagte sie zum Großvater. »Du darfst es nicht.«

»Ich weiß.« Die Stimme des Alten war nicht mehr als ein

Krächzen. »Und selbst wenn es so gewesen wäre, hätte ja doch nicht Diether Schuld, sondern ich. Die zwei waren Freunde, der Diether und der Endres. Ich war es, der das zerstört hat, ich hab den einen gegen den andern aufgehetzt.«

Er stützte sich an der Wand ab und rang pfeifend nach Atem. »Und was euren Vater angeht – der hatte doch für den Diether nichts übrig als ewig und drei Tage den Stock. Manchmal habe ich schon bei mir gedacht: Ich hätt den Schinder auch umgebracht, wenn der mein Vater gewesen wär und mich so behandelt hätt.«

»Du verdächtigst Diether, auch den Vater getötet zu haben? Bist du nicht bei Sinnen? Ein Raubritter hat es getan, das hast du selbst gesagt – und Diether war doch damals noch ein Kind.«

»Fünfzehn war er«, murmelte der Großvater, ohne Magdas Blick zu erwidern. »Stämmig für sein Alter.«

»Aber der Vater war viel stärker!«

Jetzt blickte der Großvater doch auf und sah aus, als hätte er gern geweint. »Stärker ist der, der das Messer hat«, sagte er leise. »Und dann vergiss nicht: Wer dauernd den Stolz verdroschen kriegt, der wird wütend, und wer wütend ist, dem wächst eine tückische Kraft.«

»Und das Fuhrwerk?«, rief Magda und klammerte sich an dem Gedanken wie an einem letzten Strohhalm fest. »Was hätte Diether denn mit dem Fuhrwerk voller Bierfässer anfangen sollen?«

»Ich hab's nie einem Menschen gesagt«, erwiderte der Großvater tonlos mit gesenktem Blick. »Unsern Karren haben sie später hinter Biesenthal gefunden. Der Gaul war natürlich ausgespannt und das Bier verschwunden, aber der Karren sah aus, als hätte der Mörder ihn einfach auf dem Moor seinem Schicksal überlassen.«

Ihr Feuer war dabei zu ersticken. Auch das Brodeln in der

Pfanne war bis auf ein mattes Summen verstummt. Magda packte den Schürhaken und hieb ihn mit aller Gewalt in die Glut, um sie von Neuem zu entfachen. »Das ist alles Unsinn«, sprach sie vor sich hin, ohne den Großvater anzusehen. »Alles Unsinn. Willst du dich ausruhen? Ich muss das Getreide in den Keimkästen befeuchten, wenn wir umgefüllt haben. Das schaffe ich auch ohne dich.«

Der Großvater, der sich nie im Leben tagsüber ausgeruht hatte, nickte. Ein letztes Mal begegneten sich ihre Blicke, und damit trafen sie ihr stummes Abkommen: Sie würden das, was zwischen ihnen gesprochen worden war, behandeln, als wäre nie ein Wort davon gefallen.

In dieser Nacht kam der Traum. Magda wollte schreien, sobald sie das weiße Gesicht der Mutter erkannte, das sich diesmal einfach aus der Finsternis über ihr Lager beugte. Zum ersten Mal öffnete sich in dem weißen, augenlosen Gesicht ein Mund, um zu ihr zu sprechen. Der Anblick war so grauenhaft, dass der Schrei ihr im Halse stecken blieb.

»Ich bringe dir deinen Bruder«, sagte die Stimme der Mutter, die sie nie gehört hatte. »Er hat dich innig geliebt, und er wird dich weiter lieben, doch er kann nicht mehr lange bei dir bleiben. Eine kleine Weile noch. Dann muss er gehen.«

Starr vor Entsetzen sah Magda, wie die Erscheinung zur Seite trat und den Blick auf eine Gestalt freigab, die hinter ihrem Rücken gewartet hatte. Es war ein Mann von mittlerer Größe, das Haar hell wie bei jedem ihrer Brüder, aber um mehr zu erkennen, war das Dunkel zu dicht. »Welcher?«, wollte Magda schreien, »welcher?«, doch aus ihrer Kehle drang kein Ton.

Auch der Bruder schwieg. Nur die Mutter erhob noch einmal die Stimme. »Er hat kein Recht, zu dir zu sprechen«, sagte sie. »Er wünscht dir jedoch, dass alles Glück der Welt auf dich fällt und du dich dein Leben lang nie allein fühlen musst.«

Das geisterhafte Schemen hob die Hand und winkte Magda zu. Auch der Bruder im Dunkeln winkte, dann tauchten sie beide in die Tiefe des Raumes ein und lösten sich auf.

»Welcher?«, brüllte Magda aus Leibeskräften, und mit dem Schrei auf den Lippen schreckte sie auf. Ihr Nachthemd klebte an ihr, und der Schweiß rann noch immer in Strömen. Ihre Zunge lag wie ein Bündel Stroh in ihrem Mund, und als sie ihre Lippen berührte, entdeckte sie an ihrem Finger einen Tropfen Blut.

Am folgenden Morgen war Wochenmarkt, und Magda verkaufte mehr als an jedem Tag zuvor. Sie legte sich ins Zeug, brüllte und pries ihre Ware, dass die Fischweiber gegen sie zu stillen Waisen verblassten. Jede Kanne, die sie ausschenkte, jeder Auftrag, den sie entgegennahm, sollte ihr den Traum aus dem Gedächtnis jagen: »Bier aus Bernau, bestes Bier aus Bernau! Unser Starkbier haut die stärksten Männer um, unser Dünnbier macht die tugendhaftesten Weiber schwach. Bier aus Bernau, das einzig echte, einzig wahre, im ganzen Reich gefürchtete Bier aus Bernau!«

»Bei dir kauf ich gerne« sagte der einäugige Kupferschmied, der in den wenigen Tagen schon ihr Stammkunde geworden war, und kniff sie in die Wange. »Viel lieber als bei einer Hübschen. Wenigstens bist du keine von den tödlich Ernsten, sondern auch mal für einen Scherz zu haben.«

Sah man ihr wirklich von dem, was in ihr tobte, nichts an? Ihrem Gefühl nach musste ihr Gesicht einem Totenschädel gleichen. Sie setzte ihr pikantestes Lächeln auf und boxte den Kupferschmied in die Seite, wie es Diethers Art war. »Aber immer, mein Herr. Der passende Scherz zum Bier, und prompt hat der Nachbar die ganze Brühe im Gesicht.«

Der Einäugige lachte. »Du bist richtig, Bierbrauerin. Und du bleibst uns hier am Olden Markt auch erhalten, was? Wanderst nicht zum Marienplatz ab, wo die hingehen, die zu hoch hinauswollen?«

»Gewiss nicht.« Am Marienplatz mochte sie Bechtolt begegnen, und wozu sie dann fähig war, wollte sie lieber nicht wissen. Sie lud ihre Gefäße auf den Karren. Kein Tropfen war übriggeblieben, und in ihrem Beutel klimperten die Münzen. Magda aber fürchtete sich davor, nach Hause zu kommen, und mit jedem Schritt machte die Furcht ihr die Glieder schwer.

Daheim erwartete sie jedoch nicht die gefürchtete Schreckensnachricht, sondern ein Bild des Friedens wie aus vergangenen Tagen. Die ganze Familie, selbst Diether, saß um den gedeckten Tisch versammelt, und es roch nach Großvaters verbranntem Kohl.

»Willkommen, willkommen!« Der Großvater rückte ihr den Stuhl zurecht und stellte eine Schüssel vor sie hin. »Wer so fleißig arbeitet, der soll hinterher gut und reichlich essen.«

»Es tut mir leid, dass ich dir auf dem Markt nicht geholfen habe«, murmelte Utz, während die Übrigen das eingenommene Geld bestaunten. »Ich wünschte, ich wäre nicht so ein Schwächling.«

Und ich wünschte, ihr würdet, wenn ihr mir schon nicht helft, nicht auch noch euer Selbstmitleid über mir ausschütten, rutschte es Magda beinahe heraus, doch sie schluckte die Worte mit einem Bissen Kraut hinunter.

»Ich müsste wohl einen Teil von dem Verdienst dem Juden geben«, murmelte Utz, ohne sie anzusehen, weiter.

»Welchen Teil?«

Umständlich begann er Münzen in seine Hand zu zählen, bis nur noch drei Weißpfennige übrig waren. »Der Zins ist auch fällig. Es tut mir leid, Magda.«

»Nur keine Sorge«, erwiderte sie. »Wir werden schon auskommen, und je schneller wir unsere Schulden abbezahlt haben, desto besser.«

»Aber das Geld von dem verdammten Bechtolt möchte ich doch wiederhaben«, ließ sich Diether vernehmen. »Der Tietz und der Hans sagen auch ...«

»Ich verbiete dir, mit fremdem Volk über Dinge zu reden, die nur unsere Familie angehen«, fuhr Utz ihm über den Mund. »Und ich verbiete dir auch, an meinem Tisch zu fluchen.«

»Es ist nicht dein Tisch«, entgegnete Diether schnippisch. »Wenn überhaupt, dann gehört er Magda.«

»Hört auf zu zanken!« Der Großvater hieb mit der Faust auf den Tisch. »Seid ihr Rotzlümmel, braucht ihr was hinter die Ohren? Eure Schwester hat sich für euch krummgelegt, und heute Abend wollen wir feiern. Um sich euer Gezänk anzuhören, stellt sich ein alter Knochen wie ich nicht an den Herd.«

»Also dann, Schwesterchen!« Diether hob seinen Becher, an dem der Bierschaum in Flocken heruntertroff. »Auf dich und unser süffiges Gebräu – und wer von euch allen wagt es nun, mit mir anzustoßen?«

Ehe Magda es tun konnte, hob Lentz mit einem Lächeln seinen Becher und stieß ihn kräftig gegen den seines Bruders. »Es möge nützen, Diether!«

»Dir auch, alter Lentz!«

Etwas fiel von ihnen ab. Nacheinander folgten Magda, Utz und der Großvater, stießen an und tranken vom Versöhnungsbier. Das Kraut schmeckte, das grobe Brot schmeckte noch besser, und das Geld würde schon reichen, bis wieder Markt war. *Wir haben uns,* sprach sich Magda in Gedanken vor. *Wir haben uns, und das bleibt auch so, der Traum hat keine Macht, uns das zu rauben.*

»Bitte bleib noch sitzen«, sagte Lentz, als Magda aufstehen wollte, um die Schüsseln abzuräumen. »Ich habe euch etwas zu sagen, und ich hätte gern, dass dabei alle beisammen sind.«

Er würde ihnen sagen, dass die endlose Zeit seiner Trauer vorüber war. Dass er in die Familie zurückkehren wollte, mit seiner Besonnenheit, seiner Klugheit, seinem ausgleichenden Wesen, das ihnen schmerzlich gefehlt hatte.

»Sag bloß, du willst wieder heiraten?«, rief Diether und klatschte dem Bruder auf die Schulter.

»Nein«, antwortete Lentz. »Nicht jetzt und zu keiner anderen Zeit. Ich war mit Alheyt verheiratet. Das war ein Glück, für das ich dankbar bin, und es war für mein Leben genug.« Seine Stimme war freundlich und voll Ruhe. Magda liebte sie.

»Ich wollte damit warten, bis die Familie sich ein wenig gefestigt hat«, fuhr Lentz fort. »Ich denke, dank Magda ist es jetzt so weit. Ihr kommt zurecht. Auf die eine oder andere Art werdet ihr immer zurechtkommen. Ich bin nur ein zusätzlicher Esser, den ihr durchfüttert, ohne dass er euch von Nutzen ist. Und ich gehöre hier nicht länger her. Ich werde morgen früh im Grauen Kloster um meine Aufnahme in den Orden der Minderen Brüder nachsuchen.«

Die Nachricht traf sie wie ein Blitz, der in ein reetgedecktes Dach einschlug und Feuer in ein Haus trug, in dem noch eben argloser Frieden geherrscht hatte. Eine Ewigkeit schien zu verstreichen, ehe überhaupt jemand sprach, und dann war es Diether, der aufsprang und herausschrie, was sie alle dachten: »Haben sie dir den Verstand verbraten? Das darfst du nicht, Lentz! Du zu den Pfaffen – willst du deine Familie verraten, willst du dich mit denen gemeinmachen, die für das ganze Elend ringsum verantwortlich sind?«

»Ich will mich mit niemandem gemeinmachen«, entgegnete Lentz ruhig. »Nur mit Gott.«

Diether vollführte einen Satz und stieß den Bierkrug um, sodass die Neige sich Lentz in den Schoß ergoss. Der blieb unbewegt sitzen und ließ es geschehen. »Weißt du, wie die Flüchtlinge leben, weil der Papst ihr Land mit Krieg überzieht?«, rief

Diether. »Weißt du, was für Gräuel sie hinter sich haben, und weißt du, dass der Papst mit demselben Krieg auch uns bedroht? Weißt du, dass wir Berliner mit unserem freien Geist und unserem frechen Willen ihm ein Dorn im Auge sind? In der Marienkirche werden nicht länger Predigten, sondern Hetzreden gehalten – gegen die Freiheit unserer Stadt, gegen unsere Rechte als Städter!«

Magda hatte nicht angenommen, dass Diether überhaupt wusste, wo die Marienkirche stand. Seit wann beschäftigte er sich mit solchen Fragen, und seit wann sagte er *wir Berliner* und schloss sich selbst darin ein?

»Mir ist jede Art von Krieg zuwider«, sagte Lentz. »Ich wünsche mir nichts als Frieden und Nähe zu Gott.«

»Und die findest du bei den Kuttenträgern, die uns die sauer verdienten Pfennige aus dem Beutel ziehen?«, bellte der Großvater. »Die uns die Preise zerstören und uns mit der Hölle drohen, wenn wir von dem Geld, für das wir schuften, zumindest anständig leben wollen?«

»Franziskaner leben in Armut, Großvater. Nicht nur jeder einzelne Bruder – auch der Orden selbst darf keinerlei Besitz sein Eigen nennen.«

»Papperlapapp! Das sagen sie alle, diese Heuchler, die Wasser predigen und Wein aus Schläuchen saufen.« Er wiederholte das letzte Wort nicht, denn an diesem Abend würde er seine Reden nicht so schnell beenden.

»Es tut mir leid, dass ich euch meinen Entschluss nicht verständlich machen kann«, sagte Lentz und stand so gemächlich, wie sie es von ihm kannten, auf. »Fest steht er dennoch. Ich habe ihn gefällt, noch ehe wir Bernau verlassen haben, und wäre unsere Ankunft hier ein wenig glatter verlaufen, hätte ich ihn schon vor Wochen ausgeführt.«

»Du läufst zur anderen Seite über.« Diether stellte sich ihm in den Weg. »Zur Seite der Feinde!«

»Ich habe keine Feinde«, sagte Lentz und schob ihn so behutsam wie bestimmt beiseite. »Ich liebe euch innig. Ich werde euch immer lieben und euer Bruder sein, auch wenn ich nicht länger mit euch leben kann.«

Die Worte aus ihrem Traum! War es das, was er ihr angekündigt hatte, keinen Tod diesmal und doch einen unersetzlichen Verlust? Begreifen überwältigte sie, und Schmerz ergriff sie mit einer Heftigkeit, der sie sich nicht gewachsen fühlte. Lentz war ihr großer Bruder, mehr Vater, als ihr Vater es je gewesen war. Sie konnte ihn nicht hergeben, nicht nach Barbara, Alheyt und Endres auch noch ihn! Von Lentz hatte sie sich Hilfe erhofft, wenn erst sein Tal der Trauer durchschritten war. Ihm traute sie zu, auf Diether heilenden Einfluss auszuüben und ihn auf den geraden Weg zurückzuführen. Ohne Lentz, so kam es ihr vor, war ihr Alleinsein besiegelt. Sie würde niemanden haben, der ihr zur Seite stand, niemanden, bei dem sie sich auch nur für Augenblicke ausruhen konnte.

Das Geschrei, das Diether und der Großvater vollführten, rauschte an ihr vorüber. Die beiden gaben erst Ruhe, als sie sich leer geschrien hatten, und dann riss Diether seine Cotta vom Haken und stürmte aus der Tür. »Gute Nacht«, sagte Lentz mit leisem Bedauern. »Gott behüte euch.«

»Lentz«, kam es von Utz, der als Einziger noch bei Magda am Tisch saß. »Es war ein Mönch, der Endres getötet hat, und ein Mönch, der nie dafür belangt worden ist. Willst du wahrhaftig zu solchen Wölfen unter Menschen gehören?«

»Ich will zu Gott gehören«, sagte Lentz. »So, wie wir alle es von Anbeginn an tun.« Damit verließ er sie und ging die Stiege hinauf.

18

Erst als Magda sich niedergelegt hatte, erfasste sie in vollem Umfang, was Lentz' Entschluss bedeutete: Von morgen an würde er nicht mehr hier sein, nie wieder schwerfällig von seinem Stuhl aufstehen, nie wieder still in sich hineinlachen, nie wieder seine kräftigen Arme um sie legen und sie in die Höhe heben.

Nein, das würde sie nicht zulassen! Alles hatte sie hingenommen, ohne sich zu beklagen. Sie hatte geschluckt und hundertmal neu angefangen, aber dieses Mal würde sie aufbegehren.

Du kannst ihn nicht haben, flüsterte sie ins Dunkel und begriff mit Verzögerung, dass sie zu Gott sprach. *Du hast mir Endres genommen, und ich habe weitergelebt. Ich bin zur Kirche gegangen und habe gespart und geknausert, damit wir den Zehnt zahlen konnten. Ich habe wenig gesündigt oder zumindest nicht viel mehr als andere Leute. Für das bisschen Lügen, Fluchen und Lästern, das ich alles dem Priester gebeichtet habe, darfst du mir nicht meinen Bruder nehmen.*

Sie nahm sich vor, Lentz morgen, wenn er sich aufmachen wollte, in den Weg zu treten. Einerlei, wann er aufbrach, sie würde auf ihn warten. Es war fast Mai, der Jahrmarkt zu Walpurgis stand bevor, und sie hatte Arbeit ohne Ende, weshalb sie ohnehin aufstand, ehe ein Hahn krähte. Um rechtzeitig wach zu werden, hatte sie nie einen Hahnenschrei oder ein Morgenläuten gebraucht. Sie nahm sich einfach vor, in der Frühe zeitig zu erwachen, und damit war es getan.

Nicht so an diesem Morgen. Sie hatte wiederum stundenlang wachgelegen, und als sie endlich in unruhigen Schlaf fiel, forderte ihr ausgelaugter Körper sein Recht. Magda erwachte erst, als gleißendes Morgenlicht durch die Fensterluke sickerte und den Staub im Raum zum Schillern brachte. Der Tag draußen musste hell und schön sein, wie sie ihn den Winter über ersehnt hatten.

In Windeseile war sie in ihren Kleidern und stürmte die Treppe hinunter. Utz saß über einer Schüssel kalten Krauts. Der Großvater stand mit dem Rücken zu ihm und verlas ein Scheffel Gerste zum Mälzen.

»Wo ist Lentz?«

Mit dem Kopf wies der Großvater zur Tür.

»Gegangen«, sagte Utz. »Vor dem Morgengrauen. Gestorben für uns.«

Magda würdigte keinen von ihnen eines Blickes und rannte aus dem Haus.

Sie wusste nicht einmal, wo das Kloster sich befand. Chorin, das mächtige Haus der Zisterzienser, lag hinter Wäldern verborgen, von der Welt abgeschieden, doch Franziskaner verkrochen sich nicht hinter Klostermauern, sondern zogen durch Städte und bettelten um Almosen. Wer hatte ihr das erzählt? Der Postulant mit den ungewöhnlichen Augen, den sie schon fast vergessen hatte. Unwillkürlich schlug sie die Richtung zum Olden Markt ein. Vielleicht würde wieder einer der grau gewandeten Bettler dort unterwegs sein, den sie nach dem Weg fragen konnte.

Auf dem Markt war kein Mann in grauer Kutte zu sehen. Stattdessen traf sie einen Händler, der gestern bei ihr Bier getrunken hatte, und fragte ihn nach der Klosterstraße. »Was will ein so hübsches Ding wie du denn bei den frommen Brüdern?«

»Ich bin kein hübsches Ding, das wisst Ihr so gut wie ich.«

Der Händler lachte. »Da hast du so Unrecht nicht, freche Gosch. Aber ich bin nicht wählerisch, mir schmeckt's auch deftig und ein bisschen verwürzt. Na komm, mein Pfefferkörnchen. Was würdest du zu einem Paar gesottener Würste sagen?«

»Nichts«, sagte Magda. »Die deftig Verwürzte will nur wissen, wo das Kloster ist.«

Widerstrebend wies er ihr den Weg in Richtung Stadtmauer. Bereits wenige Schritte später tauchte der Turm der Klosterkirche auf, der kurz und kompakt die Dächer überragte. Als Magda in die breite Straße einbog, sah sie neben der Kirche einen weiten, von einer Mauer geschützten Garten, der das imposanteste Gebäude umgab, vor dem sie je gestanden hatte. Das mächtige Eingangsportal, das bunt schillernde Glas der Fenster, die Türme und mit Marmorwerk verzierten Giebel, die Arkaden samt ihrer spitzen Bögen – dieser Prachtbau konnte unmöglich ein Kloster sein! Nicht einmal das überreiche Chorin wagte es, mit so viel Glanz zu protzen. Vor dem steinernen Tor standen zwei geharnischte Wachen mit Lanzen. Wenn ihr Bruder tatsächlich hinter diesem Tor verschwunden war, bestand keine Aussicht, jemals zu ihm vorzudringen.

Magda wandte sich nach der Kirche um und entdeckte in deren Schatten eine Reihe von Gebäuden aus Backstein. Sie atmete auf. Das Kloster lag dort drüben. Zwar besaß das größte der Bauwerke ebenfalls ein ansehnliches, von Schmuckpfeilern getragenes Eingangsportal und hohe Fenster, die die gesamte Front säumten, doch davon abgesehen erschien die Bauweise schlicht. Mehrere Häuser erweckten sogar den Eindruck, noch nicht ganz fertig zu sein.

Erleichtert hastete Magda die Straße hinunter. Vor diesem Portal wartete keine Wache, und die hölzerne Tür ließ sich leicht aufstoßen. »Lentz!«, rief sie atemlos, kaum dass ihr Fuß lautstark auf dem gekachelten Boden auftraf. Der Raum, in den sie gelangt war, schien eine Art Windfang zu sein, von dem mehrere niedrige Türen abgingen. Eine öffnete sich im Handumdrehen, und ein Mönch trat ihr entgegen. Er baute sich vor ihr auf und verschränkte die Arme vor der Brust. »Was immer dir einfällt – hier kannst du nicht hinein.«

»Ich muss! Mein Bruder ist hier...«

»Besuche sind brieflich zu vereinbaren. Und jetzt pack dich. Nimm die Beine in die Hand!«

Der Mönch war noch jung. Genau genommen war er ein hageres Bürschlein mit pickligem Gesicht, das nicht im Mindesten bedrohlich wirkte. »Es ist ein Notfall«, behauptete Magda tapfer.

»Liegt ein Verwandter im Sterben? In dem Fall kann ich wohl eine Nachricht übermitteln.«

Magda biss sich auf die Lippen, kniff die Augen zu und nickte.

»Der Vater?«, fragte der Mönch.

Wieder nickte Magda und hielt die Augen weiter geschlossen, als bliebe die Lüge ungeschehen, wenn sie den anderen nicht dabei ansah. Ihren Vater, der längst in der Ewigkeit ruhte, konnte durch ihren Frevel wenigstens kein Schaden mehr treffen.

»Nun gut denn. Der Bruder, den du suchst, wer ist das?«

»Lentz Harzer. Er muss in der Frühe hier eingetroffen sein.«

»Der Brauerssohn, der heute Einlass ersucht hat? Den kannst du nicht sprechen, Mädchen, der wird ja gerade erst auf seine Eignung geprüft.«

»Er ist nicht geeignet – dazu braucht Ihr Eure Zeit nicht mit Prüfungen zu vergeuden.«

Der Mönch hielt inne. »Dein Vater liegt gar nicht im Sterben, was? Eine von den Durchtriebenen bist du, eine, die lügt, ohne mit der Wimper zu zucken.«

Magda schnappte nach Luft und zugleich nach einer Antwort. In diesem Augenblick öffnete sich die niedrige Tür erneut, und im Spalt erschien ein Mann, der sich unter der Zarge hindurchbücken musste. Während er den Rücken krümmte, fiel Magdas Blick auf sein ungeschorenes Haar. Es war gewachsen. Weich und glatt und tintenschwarz. Sie überlegte keinen Herzschlag lang. »Ihr müsst mir helfen!«, rief sie. »Ich flehe Euch an – um alles in der Welt.« Dann verließen sie die Kräfte, ihr wurde schwarz vor Augen, und sie taumelte gegen die Wand.

»Aber ja doch«, sagte der große Mann und schob den anderen aus dem Weg. »Ich helfe Euch.«

Als seine Arme sich um sie schlossen, ließ sie sich fallen. Sie hatte es schon einmal getan, fiel ihr ein. Jedes Mal, wenn sie sich trafen, schien sie am Ende ihrer Kraft zu sein, nur musste sie diesmal wenigstens nicht weinen.

»Warum tut Ihr Euch das eigentlich an?«, fragte er. »Nicht schlafen, nicht essen, alles, was Ihr habt, verausgaben?«

»Ha – das fragt der Richtige«, warf der blutjunge Mönch ein. »Bei dir fragen wir uns alle, wie lange du dich mit den ewigen Nachtwachen und einer Kelle Wassersuppe noch auf den Füßen hältst.«

Ohne sie loszulassen, wandte der Postulant sich um. »Ich kümmere mich um die Dame, Bruder Basilius«, sagte er.

»Die ist doch keine Dame! Sie will den Bewerber umstimmen, der in der Frühe gekommen ist. Es sei ihr Bruder, sagt sie, aber sie ist ja nicht die Erste, die so was erzählt.«

»Ehe Ihr weiter die Schwester eines künftigen Mitbruders beleidigt, kehrt besser an Eure Pflichten zurück«, erwiderte der Postulant.

»Was gibt dir denn das Recht, mir Befehle zu erteilen?«, blaffte der Mönch zurück. »Hüte deine Zunge, Thomas. Zwar magst du in unserer Gemeinschaft leben, aber ein Teil des Klosters bist du noch lange nicht. Und wenn du nicht lernst, deinen Hochmut zu mäßigen, wirst du es auch nicht werden.«

»Ich bitte demütigst um Vergebung«, erwiderte der Postulant. Magda glaubte, förmlich zu hören, wie er den Mundwinkel spöttisch verzog. »Ich hatte nicht vor, Euch zu befehlen, eher, Euch Arbeit abzunehmen.«

»Und das soll ich dir glauben?«

»Ich möchte demütigst darum bitten.«

Der junge Mönch seufzte. »Du musst wissen, was du tust, Thomas. Aber bei der Geschichte, die sie sich über dich erzählen, würd ich von der da die Finger lassen.«

Magda spürte, wie der Leib, an dem sie lehnte, sich verhärtete, wie jeder Muskel, jede Sehne sich spannte, wie über die Linie von Armen und Schultern ein Beben rann. Es musste den Mann das Äußerste an Selbstbeherrschung kosten, dem anderen keine passende Antwort zu erteilen. Der trollte sich schließlich. Magda blickte auf und dem Fremden in die Augen. Was er zu ihr gesagt hatte, hallte ihr im Ohr: *Aber ja doch. Ich helfe Euch.*

»Ich muss meinen Bruder sprechen«, sagte sie. »Um jeden Preis. Er gehört nicht hierher, er muss mit mir nach Hause kommen.«

»Wenn jetzt der Guardian mit ihm spricht, kann ich ihn nicht unterbrechen. Wartet bis heute Abend. Falls Euer Bruder hier wirklich nicht hergehört, wird er zu Euch nach Hause kommen.«

»Ich kann nicht warten! Und er weiß doch nicht, wo er hingehört. Ich muss jetzt mit ihm sprechen. Sofort.«

»Das ist unmöglich.«

»Ich habe es satt, dass mir alle Welt erzählt, was unmöglich ist!«, schrie sie ihn an. »Lentz ist mein Bruder, und warum soll es unmöglich sein, dass ein Bruder mit seiner Schwester spricht?«

Rasch hob der Fremde ihr den Finger vor die Lippen, wiederum so dicht, dass er sie fast berührte. »Also schön.« Er seufzte. »Ich werde sehen, ob sich etwas machen lässt. Bitte tut mir den Gefallen und verhaltet Euch solange halbwegs ruhig.«

Als er sie losließ und ging, bemerkte sie, wie kalt es zwischen den steinernen Wänden war. Die Zeit schien sich endlos zu dehnen, bis die Tür sich öffnete und er von Neuem unter der Zarge hindurchtauchte. »Es tut mir leid«, sagte er.

Magda hatte gelernt, diesen Satz zu hassen. »Wo ist Lentz?«
»Wollt Ihr die Wahrheit? Oder etwas Erträgliches?«
»Die Wahrheit«, bellte Magda ungeduldig.
»Sein Gespräch mit dem Guardian ist beendet«, sagte er. »Er lässt Euch grüßen. Aber er möchte nicht mit Euch sprechen.«
»Wo ist er?«, schrie Magda und rannte in Richtung Tür.
Der Fremde versperrte ihr den Weg. »Ihr könnt jetzt nicht zu ihm. Beim besten Willen nicht.«
»Geht beiseite! Ich kann, was ich will!« Als er die Tür nicht freigab, war es um Magdas Beherrschung geschehen. Lentz weigerte sich, ihr Rede und Antwort zu stehen, und dieser anmaßende Kerl mischte sich ein und stellte sich ihr in den Weg! Wie von Sinnen drosch sie mit den Fäusten auf seine Brust ein, trat nach seinen Schienbeinen, hieb ihm die Stirn mit einer Wucht an die Schulter, dass sie flüchtig nichts als Funken in der Schwärze sah. Kaum hatte sie sich gefasst, holte sie mit geballter Faust zum nächsten Hieb aus und traf seinen Mund. Als sie von Neuem die Faust hob, umfing er hart ihr Gelenk. Magda schrie vor Zorn und biss ihm in die Hand.

Wie ein toller Hund hing sie an seinem Daumenballen und grub die Zähne tiefer, je heftiger er versuchte, sie abzuschütteln. Schließlich umspannte er mit der Linken ihre Kiefer und drückte sie zusammen, bis sie gezwungen war, sie zu öffnen und seine Hand freizulassen. Der Anblick brachte sie zur Besinnung. Zahn um Zahn hatte sich ihr Gebiss in sein Fleisch gekerbt. Ein Tropfen Blut quoll ganz langsam durch die geäderte Haut.

Sie wusste nicht, was sie sagen sollte. Alles, nur nicht: *Es tut mir leid.*

Er wischte sich die Hand an der Kutte ab und sagte: »Kommt mit, ehe es hier vor Menschen wimmelt.« Er trat an ihr vorbei aus dem Portal und hielt ihr die Tür auf. Die Helligkeit blendete sie. Wie betrunken taumelte sie auf die Straße. Als er sah, dass sie kaum Fuß fassen konnte, reichte er ihr seinen Arm und führte sie in schnellen Schritten in eine Seitengasse, die sich in den Schatten der Mauer schmiegte. Willenlos ließ Magda sich mitziehen.

Die Schänke duckte sich unter einen Rundbogen, der zwei Türme verband. Ein Birnbaum hatte seinen halb ausgehöhlten Stamm um den Eckpfeiler des Hauses geschlungen und die Äste seiner Krone mit den Dachstreben regelrecht verflochten. Dementsprechend lautete denn auch der Name des Gasthauses: *Zur hohlen Birne*. Das Dunkel, das sie empfing, war eine Wohltat. Am liebsten hätte Magda sich hier verkrochen, bis ihr Leben auf irgendeine Weise wieder ins Gleichgewicht geriet. Es roch nach Torfrauch, nach Gebratenem und schwach nach Kräutern, die sie mochte: Salbei, Minze und Liebstöckel. Der Schankraum war größer, als es von außen den Anschein hatte, und wirkte sauberer, als es in derlei Kaschemmen üblich war.

Ihr Begleiter führte sie in den Winkel hinter dem Schanktisch an einen Tisch mit nur zwei Stühlen. »Ich fürchte, der Wirt wird Euch für meine Geliebte halten«, sagte er. »Aber Gerede gibt es nicht. Er ist es gewohnt, dass Männer hierherkommen, wenn sie samt ihrer Begleitung ungesehen beim Wein sitzen wollen, und er kann schweigen wie ein ganzer Kirchhof.«

»Ihr kommt wohl oft hierher.« Warum sagte sie das? Was konnte es sie scheren, und welches Recht hatte sie, ihn auf Herz und Nieren zu befragen?

Sein Blick traf sie wie eine Herausforderung. »Früher bin ich oft hergekommen, ja. Jetzt nicht mehr.«

Sie wusste nichts zu erwidern.

»Setzt Euch hin«, forderte er sie auf. Dann ging er zum Schanktisch, sprach mit dem grauhaarigen, geradezu liebevoll schmunzelnden Wirt und kam gleich darauf mit einem Korb zurück, in dem sich ein Laib Brot, rote Zwiebeln und ein Batzen Käse drängten. Der Wirt folgte ihm mit einem Krug und zwei Bechern. Sie waren die einzigen Gäste in der Schänke.

Der Franziskaner förderte ein Messer zutage, säbelte eine Scheibe von dem Brot ab und legte sie vor Magda hin. Käse und Zwiebeln hobelte er in dünne Scheiben, die er auf der Brotscheibe schichtete. Verwundert sah sie seinen Händen zu, die sich gewandt, doch ohne Hast bewegten. Schlanke Hände mit schmalen Gelenken, die zu dem kraftvollen Wuchs nicht recht passten. Über Handrücken und Knöchel der Rechten zogen sich die Narben, die er ihr zu verdanken hatte. Als er fertig war, schenkte er ihr aus dem Krug den Becher voll. Wein, kein Bier. Nicht golden, sondern rot wie dunkles Blut.

»Trinkt nicht auf leeren Magen«, sagte er. »Das Essen ist gar nicht so übel – in jedem Fall sicherer als Kesselfleisch, bei dem man nicht weiß, was in der Tunke schmort.«

»Warum tut Ihr das?«

Er zuckte die Schultern. »Irgendwer muss es tun, oder? Ihr seht aus, als hättet Ihr nicht tagelang, sondern wochenlang nicht geschlafen. Zweifellos habt Ihr auch nicht gefrühstückt, und wenn Ihr nicht ausruht, brecht Ihr auf der Straße zusammen.«

»Was kümmert es Euch?«

Er stand auf. »Ich kann gehen.«

»Nein!«, rief sie kleinlaut. »Nein.«

Als er sich wieder setzte, griff sie nach dem Becher.

»Erst essen«, mahnte er.

Sie brach ein Stück Brot samt Käse und Zwiebeln ab und kaute ewig daran. Ihr Magen rebellierte, doch der Bissen tat ihr gut, und noch besser tat ihr, dass sich jemand um sie sorgte.

»Trinkt Ihr nicht?«

»Ich denke, das lasse ich besser bleiben.«

»Trinkt!«, befahl sie. »Ich will nicht allein dabei sein.«

Er sah sie an, furchte die Brauen und zog die Stirn in Falten. Seine skeptische Miene hatte etwas Komisches, das in ihr eine Saite anschlug. Und seine Augen schlugen noch viel lauter an diese Saite. Sie standen schräg, das linke ein wenig schräger als das rechte, und hinter dem Schutz der Wimpern verkroch sich ein Funkeln. Sie goss ihm Wein in den Becher, dann griff sie, ohne nachzudenken, nach seiner Hand und schloss die ihre darum. Ihre Finger, fand sie, wirkten plump gegen seine. Hastig trank sie und wartete, bis er es ihr nachtat.

»Bitte helft mir«, sagte sie.

»Das möchte ich gern. Aber ich kann Euren Bruder nicht zwingen, etwas zu tun, was er gar nicht will.«

»Stellt ihn zur Rede«, beschwor sie ihn. »Sagt ihm, dass er die falsche Wahl trifft, dass das, was er vorhat, ein Verbrechen gegen seine Familie ist.«

»Und wenn ich diese Sicht nicht teile?«

»Beim Herrgott«, fuhr Magda auf, »wie kann denn ein Mann freiwillig seine schönen, gesunden Glieder in eine scheußliche Kutte wickeln und beschließen, fortan hinter eisigen Mauern zu hausen, wenn er draußen ein Leben hat, eine Familie, einen blutwarmen Haufen Menschen, der ihn liebt?«

»Er kann«, erwiderte ihr Gegenüber nur und war nicht dazu zu bewegen, ein weiteres Wort preiszugeben.

»Nun schön.« Magda seufzte. »Dann werde ich es ihm eben sagen, aber dazu muss er erst einmal mit mir sprechen. Macht ihm klar, dass er ein Feigling ist, wenn er mir das verweigert, ein selbstgefälliger Lump ohne Ehre und Pflichtgefühl!«

»Das alles könnte ich ihm an den Kopf werfen«, gestand der Fremde zu. »Aber, um ehrlich zu sein, ich käme mir dabei wie der König der Heuchler vor.«

»Was wollt Ihr damit sagen? Habt Ihr Euch etwa auch

geweigert, Eurer eigenen Schwester zumindest eine Erklärung zu geben?«

»Meine Familie steht hier nicht zur Debatte«, wich er aus. »Und Euren Bruder werde ich bitten, Euch das Gespräch, das Ihr Euch wünscht, zu gewähren. Mehr bleibt weder mir noch Euch zu tun. Die Zeit muss entscheiden, ob er auf dem Weg, den er eingeschlagen hat, weitergehen oder zu Euch zurückkehren wird.«

»Aber ich will nicht, dass irgendeine Zeit entscheidet!« Sie ballte von Neuem die Fäuste. »Ich will ihn wiederhaben, ich brauche ihn. Hier und jetzt.«

»Selbst wenn Ihr mir die Zähne ausschlagt«, sagte er, »oder mir sämtliche Finger abbeißt, nichts davon wird Euren Bruder dazu bewegen, etwas zu tun, was er nicht will.«

Getroffen starrte Magda auf ihre Fäuste, die sich nur mühsam öffnen ließen, als hätten sie ein Eigenleben. War das wirklich sie gewesen, die rasende Furie, die sinn- und haltlos auf einen unbeteiligten Mann eingeprügelt, ihn getreten und gebissen hatte wie ein tolles Tier? »Ich wollte Euch keinen Schmerz zufügen«, stammelte sie. »Ich war nicht bei mir.«

Als sie zögernd den Kopf hob, lächelte er. »Ach, doch«, sagte er. »Ich glaube, ich habe selten einen Menschen so sehr bei sich erlebt.«

»Nein, wirklich – ich kann nicht glauben, dass ich das getan habe.«

»Warum denn nicht?« Seine Stimme war warm. Sie besaß die berückende Fähigkeit, sowohl völlig ernst als auch leicht belustigt zugleich zu klingen. »Wenn man uns immer wieder Wände in den Weg stellt und wir uns die Köpfe daran blutig rennen – ist es verwunderlich, dass wir irgendwann wenigstens eine dieser ewigen Wände in Trümmer schlagen wollen?«

»Doch«, sagte Magda, trank Wein und fühlte, obgleich nichts gelöst war, Wellen der Erleichterung durch ihren Körper strömen. »Aber Ihr seid ja aus Fleisch und Blut. Keine Wand, die nichts fühlt.«

»Ich stand im Weg.«

Sie lachten beide. Leise. Mit einem Finger begann Magda, über die Wunde an seiner Hand zu streicheln, wie sie es bei einem ihrer Brüder getan hätte.

»Nicht«, sagte er, ein Beben in der Stimme.

Dich hat seit einer Ewigkeit kein Mensch mehr gestreichelt, stellte sie verwundert fest. Als sie nicht aufhörte, sagte er nichts mehr.

Es tat gut, stillzusitzen und sich auszuruhen. Zu schweigen, ohne allein zu sein. Irgendwann zog er behutsam seine Hand zu sich und sagte: »Danke.«

Die Tür flog auf. Wind trieb Regen herein und verriet, dass es mit dem Gold des Tages schon sein Ende hatte. Inmitten der feuchtkalten Woge stampfte ein beleibter Mann in pelzverbrämter Schecke in die Schänke. In einem Arm hielt er eine Frau wie im Schwitzkasten. Als die Tür ins Schloss fiel, gab er sie frei und wandte sich in herrischem Ton an den freundlichen Wirt. Erst jetzt bemerkte Magda, dass sich auf der anderen Seite des Raumes eine Stiege befand. Die Frau tänzelte bis dorthin vor, dann blieb sie stehen und wartete. Überm Kleid trug sie das gelbe Tuch der Huren, ihr Haar glänzte seidig, und einige der Flechten, in die es gebunden war, hatten sich bereits gelöst. Sie mochte eine Käufliche sein, eine Ehrlose, doch sie war vor allem eine schöne Frau.

Was war das, was unter Magdas Rippen zu wühlen begann, während sie die Gelbgewandte unziemlich anstarrte? Neid? Auf eine Hure? Abrupt wandte sie sich ab und ihrer Mahlzeit zu. Hatte sie überhaupt nicht bemerkt, wie gut es hier schmeckte, wie frisch das Brot war, wie würzig der Käse? Jetzt packte sie das Messer des Fremden, das noch auf dem Tisch lag, und säbelte wütend die ganze Pracht in Stücke.

Ihre Brüder hatten oft über die Gier, mit der sie sich auf ihre Schüssel stürzte, Witze gerissen. »Findet Ihr das nicht zum Lachen?«, fragte sie ihr Gegenüber, als kein Krümel mehr übrig war. »Oder zum Naserümpfen? Ein Mädchen, das ohne Maß und Anstand sein Essen verschlingt?«

»Nein«, erwiderte er. »Ich bin froh, Euch überhaupt einmal essen zu sehen. Habt Ihr noch Hunger? Michel schreibt es aufs Kerbholz.«

»Michel?«

»Der Wirt.«

»Aber wie wollt Ihr es denn begleichen? Ihr dürft doch kein Geld annehmen.«

Beinahe spitzbübisch hob er eine Braue. »Allzu wörtlich muss man nicht einmal eine Klosterordnung nehmen, oder? Und manches, was Michel ins Kerbholz ritzt, streicht er auch wieder aus.«

Magda trank ihren Becher leer und musste lächeln. »Wein hätte ich gern noch. Auch wenn sich's nicht schickt.«

Er stand auf und ging zum Schanktisch, um zu warten, bis der Wirt den beleibten Mann abgefertigt hatte. Magda sah, wie die schöne Hure auf ihn aufmerksam wurde, wie ihr Blick ihn von Kopf bis Fuß vermaß. Jäh hatte sie das Gefühl, ihn mit den Augen der anderen zu betrachten. Die formlose Kutte ließ das, was sie umhüllte, nur erahnen, doch die Eleganz, mit der er sich bewegte, war schwerlich zu verbergen. Er stützte einen Arm auf den Schanktisch und den Kopf in die Hand, gleichmütig, scheinbar ohne sich seiner selbst bewusst zu sein.

Die Kutte war ihm zu eng, der grobe Stoff spannte über den Muskeln der Schultern. Magdas Blick kroch das Schlüsselbein entlang in seinen Nacken, wo das Haar, das noch immer kurz war, einen Streifen Haut unbedeckt ließ. Jäh wünschte sie sich, dieses schimmernde Haar zu berühren und einen Finger auf die bloße Haut zu legen. Im nächsten Augenblick aber sah sie wieder nach der Hure, deren Blick vom Nacken des Mannes über seinen Rücken in die Tiefe wanderte. Wie gefesselt folgte Magdas Blick dem ihren.

Dort wo der Strick die Kutte raffte, war der breite Rücken auf einmal lächerlich schmal. Fast hätte sie aufgelacht, weil sie nie zuvor bemerkt hatte, dass Männer keine Hüften besaßen. Es hatte etwas regelrecht Dreistes, Aufreizendes, dieses Fehlen jeglicher Rundung, das von den Formen einer Frau so weit entfernt wie nur möglich war. Hatte sie Endres nie so betrachtet, ihren Endres, an dessen Seite sie aufgewachsen war?

Auf einmal glaubte sie, die Stimme des Stadtknechts vom Olden Markt zu vernehmen: *Kaum kriegen die Weiber einen Hintern in Kutte zu Gesicht, kennen die kein Halten mehr.* Jäh wurde ihr klar, woran ihr Blick festhing, ihr Atem stockte, und erschrocken blickte sie auf. Über das Gesicht der Hure glitt ein Ausdruck von Entzücken, der etwas Schuldloses hatte. Magda hingegen presste die Hände an die Wangen und zuckte vor der Hitze zurück.

Ihr Begleiter nahm dem Wirt den Krug ab und kam zu ihr zurück. Die nicht vorhandenen Hüften wiegten sich im Schritt, und die Hure, die ihm nachsah, schloss halb die Lider und leckte sich die Lippen. Gleich darauf stampfte der Beleibte heran, packte sie brüsk beim Ellbogen und erklomm mit ihr die Stiege.

»Hier sitzt man also nicht nur beim Wein, wenn man nicht gesehen werden will«, sagte Magda.

»Nein.«

»Seid Ihr deshalb mit mir hierhergekommen? Lullt Ihr mich ein und denkt Euch, wenn diese zwei da wieder herunterkommen, steigt Ihr mit mir hinauf?«

Er hatte Wein eingeschenkt und hielt in der Bewegung inne.

Das, was der picklige Mönch gesagt hatte, fiel ihr ein. »Ist das die Geschichte, die man sich über Euch erzählt? Dass Ihr schamlos seid und Mädchen zu Fall bringt?«

»Ja«, sagte er und sah sie an. Utz' warnende Stimme hallte ihr durch den Schädel: *Er hat schwarze Augen wie ein welscher Verführer.*

Nur war etwas daran falsch. Seine Augen waren so wenig schwarz wie der schillernde Fluss, der durch die Doppelstadt floss, blau war. Endres' Augen hatten Magda im Innersten berührt. Die seinen rüttelten daran und wühlten sie auf.

»Gehen wir«, sagte er. »Ich würde Euch gern an einen Ort bringen, an dem Ihr sicher und nicht allein seid.«

»Und ich hätte gern eine Erklärung.«

Er schüttelte den Kopf. »Das ist meine Sache und geht Euch nichts an. Ich könnte auf Knien beteuern, dass ich nicht vorhatte, Euch anzurühren, aber welchen Grund hättet Ihr, mir zu glauben? Also ersparen wir es uns. Einverstanden?«

Sie sah ihm noch immer unverwandt in die Augen, und ihre Empörung fiel in sich zusammen. Wie eine Schweinsblase, der die Luft entwich. »Ich glaub Euch«, sagte sie. Wie hatte sie sich einbilden können, der schöne Mann, dem die Hure nachschmachtete, wolle sich mit ihr in eine Dachkammer schleichen? »Verzeiht mir die Anmaßung«, erwiderte sie in beißendem Ton. »Was immer Ihr getan habt oder noch tut – nach einer deftig Verwürzten wie mir gelüstet es Euch ganz sicher nicht.«

»Wie bitte?« Vor Verblüffung schossen seine Brauen in die Höhe.

»Das hat vorhin ein Händler auf dem Markt zu mir gesagt.« Vor Magdas Augen verschwamm sein schönes Gesicht. »Vielleicht das einzige Kompliment, das ich je bekommen werde. Ich sei zwar nicht hübsch, hat er erklärt, aber ihm schmecke es auch deftig und ein wenig verwürzt.«

Sprachen die Leute nicht so über sie, seit sie auf der Welt war?

Auch wenn du keine Schönheit bist, Schwesterchen, du hast das Herz auf dem rechten Fleck.

Bei dir kauf ich gern, Bernauerin. Viel lieber als bei einer Hübschen.

Hatte je jemand anders über sie gesprochen? Hatte Endres, ihr Liebster, ihr je gesagt, er finde etwas an ihr schön?

Du bist Seyfrid Harzers Enkelin, und du bist das pfiffigste und das netteste Mädchen von Bernau.

Worte wie diese schienen von sämtlichen Seiten auf sie einzustürmen. All die Kränkungen, die sie jahrelang mit einem Lachen weggesteckt hatte, trafen sie jetzt mit grausamer Wucht.

»Mir nicht«, sagte der Mann.

»Was soll das heißen, mir nicht?«

»Mir schmeckt es nicht deftig und verwürzt.«

»Nein. Euch gewiss nicht. Ihr könnt es Euch leisten, wählerisch zu sein.«

»Ich bin mehr als wählerisch«, sagte er. »Ich nehme nur das Beste von allem.« Dann beugte er sich geschmeidig zu ihr hinüber, zog sie an sich und küsste sie.

19

Sie stiegen in keine Dachkammer, sondern liefen aus der Stadt hinaus durch kniehohes, regennasses Gras. Der Wind war stürmisch, trieb ihnen Regen entgegen, doch das erleichterte ihnen ihr Schweigen. In Magdas Brust und Kehle brodelten die Worte wie Biersud in der Würzepfanne, und doch durfte keines von ihnen hinaus. Übergroß war die Furcht vor jeder möglichen Antwort. Was sie mit Worten nicht wagten, übernahmen ihre Hände: Sie hielten einander umklammert, als könnte der wilde Wind sie auseinanderreißen.

Am Waldrand, im Schutz dicht verflochtener Eichenkronen, setzten sie sich nieder, weil sie noch viel mehr Küsse nötig hatten, noch viel mehr Umarmen, Festhalten, Streicheln, Ertasten, Liebkosen und Verzärteln. Sie waren zwei, die in den Hungerturm gesperrt worden waren und sich befreit hatten, die in Gier und Todesfurcht nicht genug bekamen. Sie waren zwei, die im tiefsten Winter ins Eis eingebrochen und fast erfroren waren, die alle Wärme der Welt brauchten, um ihr Blut zum Kreisen zu bringen und sich wieder zu spüren. Vage erinnerte sich Magda, dass Endres' Küsse süß geschmeckt hatten. Die ihres fremden Liebsten schmeckten nicht süß, sondern so, wie Wein schmecken musste, wenn man ihm nicht mit zuckriger Zutat die Würde raubte. Sie wollte nicht, dass es ein Ende fand, dass es Grenzen hatte, dass sie vor etwas haltmachen musste.

Er war es, der ihre Hände aufhielt. »Nicht, Magda«, sagte er, die Stimme rau vor trauriger Zärtlichkeit. »Nicht weiter.«

Jetzt, wo er sie das erste Mal beim Namen nannte, fiel ihr ein, dass sie seinen Namen auch kannte. Nicht einen künstlichen, lateinischen wie Honorius oder Basilius, sondern den, der auf Erden zu ihm gehörte. »Thomas.« Sie küsste seine Schläfe. Er war kein Fremder mehr.

Flüchtig schlossen sich seine Lider. Um seinen Mund zuckte ein zögerliches Lächeln und verkroch sich wieder. Dann straffte er sich und zog ihre Hand, die sich sein Bein hinaufstahl, zurück.

»Sag nicht, das dürfen wir nicht. Ich will das nie wieder hören.«

»Das dürfen wir nicht.«

Sie verschloss ihm den Mund, spürte unter ihren Fingern, wie seine Lippen um Freiheit kämpften, und drückte fester zu. Als er zwar unverständlich, doch immer weiter aussprach, was sie nicht hören wollte, zog sie die Hand weg und küsste ihn.

»Liebes Mädchen«, sagte er, als sie endlich von seinen Lippen abließ, »du liebes, unglaubliches Mädchen.« Er senkte sein Gesicht auf ihr Haar, den Mund dicht an ihr Ohr. »Weißt du jetzt, dass du schön bist? Dass ein Kerl, der vom Verwürzen schwatzt, ein Blinder oder ein Idiot sein muss?«

Sie langte nach seinem Kopf, nahm sein Gesicht in die Hände und betrachtete es Zug um Zug. Nie hatte sie jemanden so angesehen, weder Endres noch einen ihrer Brüder, hatte sich niemandes Züge auf solche Art eingeprägt. Fast schien es verrückt, dass sie nach Endres diesen Mann lieben sollte, denn einen, der dem Verstorbenen weniger ähnlich sah, hätte sie kaum finden können. Endres war hell, scheu und zart gewesen, und dieser war dunkel und kraftstrotzend, hochmütig, wuchtig, ein Erdrutsch in einer Mönchskutte. Sie hatte sich sicher gefühlt in dem Wissen, dass Endres sich ihr wie ein lammfrommes Zugpferd fügen würde. Jetzt verspürte sie auf einmal eine ungeheure Lust, mit diesem prachtvollen, unverschämten Burschen ihre Kräfte zu messen.

Sie küsste ihn wieder, diesmal nicht ohne Biss. »Ja, jetzt weiß ich's«, sagte sie. »Aber wenn du mich wegschiebst, weiß ich es nicht mehr. Du musst bei mir bleiben.«

»Du weißt, dass ich das nicht kann.«

»Und du weißt, dass ich das nicht hören will.«

»Ich bin Franziskaner«, sagte er und strich ihr das störrische Haar aus der Stirn. »Ich kann das, was wir getan haben, nicht bereuen, aber weiter darf es nicht gehen. Siehst du, dass es schon dämmert? Wir müssen aus dieser Pfütze aufstehen, Magda, und in die Stadt zurückkehren.«

»Es muss weitergehen!«, rief Magda, krallte die Hände um den Halsausschnitt der Kutte und schüttelte seinen schweren Leib. Die Angst, er könnte tun, was er gesagt hatte – aufstehen und gehen –, wuchs sich in Windeseile zum Entsetzen aus. »Du bist kein Franziskaner, du hast kein Gelübde geleistet, und ich erlaube dir nicht, mich einfach im Stich zu lassen. Dir nicht!«

»Willst du mich jetzt wieder schlagen? Es hilft nicht, Magda. Ich glaube, es hilft nie, es bringt einen Menschen in Zorn, aber es hält ihn von nichts ab.«

Die Bilder des Vormittags zuckten wieder durch ihr Gedächtnis, ihre haltlose Raserei, ohne Sinn und Verstand. »Nein, ich will dich nicht schlagen«, sagte sie, löste die Hände von seiner Kutte und setzte sich auf. Jäh begannen ihr die Zähne zu klappern und sämtliche Glieder wie welkes Laub zu zittern. Es war kalt im Gras, jetzt, wo seine Arme sie nicht mehr wärmten, doch vor allem sie zu Tode erschöpft und krank vor Furcht. »Ich will, dass du bei mir bleibst«, sagte sie. »Dass mich einmal ein Mensch nicht allein lässt.«

»Nicht ich, Magda. Ich bin ein gefährlicher Mensch. Ich würde dir schaden.«

»Nicht du, sondern ich!«, schrie sie ihn an. »Ich bin gefährlich, ich schade Menschen. Du glaubst, ich bin eine närrische, unbeherrschte Gans, die den Kopf verliert, sobald etwas nicht nach ihrem Willen geht. Aber so ist es nicht – ich galt als völlig vernünftiges, brauchbares Mädchen, ehe das mit diesen Träumen mich überrollt hat. Es raubt mir den Verstand, Thomas. Ich bin nicht mehr ich, ich werde wahnsinnig daran! Und wie soll ich denn nicht wahnsinnig werden, wenn ich mit meinen Träumen schuld daran bin, dass jeder Mensch, den ich liebe, mich verlässt?«

Er sprang auf die Füße, zog sie aus dem nassen Gras und schloss fest die Arme um sie. »Ist ja gut, Liebste. Ist ja gut. Ich glaube nicht, dass du eine Gans bist, ich glaube nicht, dass du wahnsinnig wirst, und ich verlasse dich nicht.«

»Wirklich nicht?«

»Aber nein.« Mit der Lippe zerdrückte er ihr eine Träne auf der Wange. »Jetzt erzähl es mir, ja? Das, was dich so fürchterlich quält.«

Sie wischte sich das Gesicht ab und tat es. In einer Springflut von Worten erzählte sie ihm von den Träumen, von dem unsäglichen Geheimnis, das sie all die Jahre in sich vergraben hatte, und dann war sie nicht mehr allein.

DRITTER TEIL

Berlin, Brandenburg
Juni – August 1325

*»Die Einwohner sind gut, aber rau und ungelehrt.
Dem Essen und Trinken mehr ergeben als dem Studium
guter Schriften. Sie neigen von Natur her zur Faulheit.«*

Johannes Trithemius, Abt des Klosters Sponheim

20

Über der Tür der Schänke hing dort, wo bei anderen ein Blechschild baumelte, ein gewaltiger Knochen, zu groß und zu massig, um irgendeinem bekannten Getier zu gehören. Caspar, der Wirt, behauptete, der Knochen sei die Rippe eines Meeresuntiers, das sich in die Spree verirrt habe und von einem seiner Ahnen erlegt worden sei. Andere behaupteten, das mächtige Gebein sei der Brust eines Riesen entnommen, den ein tollkühner Berliner in den Müggelbergen erschlagen habe. In jedem Fall hieß die Schänke, die ihre Front hinter dem Mühlendamm dem Fluss entgegenstreckte, *Zur Rippe* und stellte den Wunderknochen stolz zur Schau. Der zweistöckige, langgezogene Fachwerkbau war ohne jeden Zweifel das beliebteste Gasthaus in ganz Berlin.

Diether konnte sich nicht erinnern, sich je an einem Ort so wohlgefühlt zu haben wie in dem rauchgefüllten, bis auf den letzten Platz besetzten Schankraum. Der Lärm der Zecher hallte von den Wänden, Krüge und Schüsseln klirrten, jeder schien jeden zu kennen, und alle paar Augenblicke wallte Gelächter in Schwaden auf. Es gab zum Platzen fette Schweinswürste, einen Schmortopf, in dessen sämiger Tunke der Löffel stecken blieb, und frisch vom Mühlendamm gelieferte Brezeln. Dazu flossen obergäriges Bier und Honigwein in Strömen. Es wurde geredet, gescherzt und gesungen, Würfel klapperten im Becher, Spielkarten klatschten auf Tischplatten, und die Wirtstöchter, die sich als Schankmädchen verdingten, parierten Anzüglichkeiten mit lustvollen Maulschellen. Vor allem aber wurde zwischen Kraut und Bier nach Herzenslust philosophiert und die Ordnungen von Welt und Himmelreich neu aufgestellt.

Der lebenslustige Kreis um den Bäcker Petter Tietz hatte Diether als einen der ihren aufgenommen. Er war willkommen, obgleich in seinem Beutel ständig Ebbe herrschte, was seine Geschichte vom schwungvollen Handel wenig glaubwürdig machte. Es kam jedoch niemand auf den Gedanken, das, was er erzählte, nachzuprüfen. Man brachte ihm Vertrauen entgegen, achtete ihn als einen Menschen unter Menschen. Auch den Hans vom Bader, der noch viel tiefer unter ihnen stand als Diether, behandelten die Männer wie ihresgleichen.

Anfangs, so hatte Hans ihm anvertraut, hatte er an einem Katzentisch in der hintersten Ecke sitzen und sein Bier aus einer Kanne trinken müssen, die mit einer Kette an die Wand geschmiedet war. Auf diese Weise bestrafte die Stadt Männer, die ehrlosen Berufen nachgingen, den Blutvogt und seine Henkersknechte ebenso wie Bader und Hurenwirte. Petter Tietz aber hatte sich über alle Grenzen von Stand und Sitte hinweggesetzt und seinen Schemel neben den von Hans gerückt. »Wenn dieser düstere Winkel für meinen Freund gut genug ist, dann ist er's auch für mich«, hatte er bekundet. »Aber da uns das Bierchen, wenn's an der Kette liegt, nur halb so gut schmeckt, werden wir hier wohl kaum noch einen zweiten Krug bestellen.«

Seither durfte Hans mit den Übrigen im Schankraum sitzen und sein Bier trinken wie ein freier Bürger Berlins. »Wenn einer sein Herz auf dem rechten Flecken hat, dann ist es der Petter«, sagte Hans, der Diether in diesen Wochen der Freund geworden war, den er so schmerzlich vermisst hatte. »Er steht so weit über mir wie die Sterne über den Spreeinseln, aber lässt er's mich spüren? Nie im Leben. Er ist ein Aufrührer, weißt du? An das, was er im Mund führt, glaubt er wirklich, und mit dem Fortschritt in Berlin ist es ihm ernst.«

Tatsächlich träumte Petter, der seines Vaters Großbäckerei bereits im zarten Alter von vierzehn Jahren geerbt hatte, von einem Stand der Städter, der sich von niemandem mehr den Mund verbieten ließ. In dieser neuen Art von Bürgertum sollte ein Mann allein durch Leistung und Willen erreichen können, was immer er wollte, ohne dass seine Herkunft ihm im Weg stand. Kein Wunder, dass der geistliche Stand dem kämpferischen Kahlkopf ein ewiger Stachel im Fleisch war. »Unser Brandenburg in all seinen Teilen besitzt die Gestalt eines Adlers«, predigte er feurig über einem Becher Roten. »Und was ist der Adler? Ein stolzes Tier, das seine Freiheit liebt. Was aber sind wir, meine Freunde? Ein Haufen Rotzjungen, denen das Väterchen einen verdroschenen Hintern androht – und prompt kneifen wir die Schwänze ein und kuschen.«

Unter dem Johlen und Lachen der Gefährten steigerte er sich zum Höhepunkt: »Und genauso halten es der Papst und seine Jünger, oder etwa nicht? Wenn wir es wagen, den Kopf zu erheben, drohen sie uns statt mit dem Stöckchen mit dem Höllenfeuer, und wie verdroschene Gören ducken wir uns und halten die Gosch.«

Diether bezweifelte, dass Petter je von seinem Vater der Hintern verdroschen worden war. Einer, der so selbstbewusst daherkam und seine Meinung so frei durch den Saal posaunte, konnte die widerliche Angst vor der Erniedrigung nicht kennen. Die Angst machte klein und feige, und Petter war alles andere als das. Sogar viel ältere Zunftmitglieder, die in der *Rippe* zechten, begegneten dem jungen Bäckermeister mit Respekt, wenn ihn sein Freund Alban, der rotgesichtige Kürschner, auch ab und an mahnte: »Geh nur nicht zu weit, Flausenkopf. Ich habe keine Lust, dich als Ketzer brutzeln oder als Landesverräter vom Galgen baumeln zu sehen.«

»Unsinn, ich kann gar nicht weit genug gehen«, entgegnete Petter. »Irgendwann müssen wir Duckmäuser doch aufhören, vor Angst zu bibbern, und stattdessen klar heraus sagen, was wir fordern: erweiterte Stadtrechte, freier, selbstbestimmter Handel, Vertreter aus dem Handwerk im Rat und vor allem ein Ende der Moralvorschriften durch selbstherrliche Kirchenfürsten! König Ludwig, dieses bayrische Pfundskerlchen, hat es uns doch vorgemacht: Wenn der dem Papst ohne Furcht die Stirn bietet, weshalb sollten wir es in seinem Schatten nicht auch tun?«

»Aber über König Ludwig ist der Kirchenbann verhängt worden«, gab einer der anderen Zecher unsicher zu bedenken. »Er ist von allen Sakramenten ausgeschlossen, und nach seinem Tode darf kein geweihter Boden seinen Leib entgegennehmen.«

»Das glaubst du doch wohl selbst nicht«, schoss Petter zurück. »Wo gäbe es denn so was, einen König – oder vielleicht bald Kaiser – des Heiligen Römischen Reiches, der nicht mit kirchlichen Ehren bestattet worden wäre? Der wird dereinst in seinem München, in seiner Frauenkirche begraben liegen, darauf nehme ich Gift, Freunde. Bis dahin aber wird er die alten Knochen dieses Reiches noch ordentlich durcheinanderwirbeln. Der Bann des Papstes kratzt ihn nicht – wenn Ludwigs eigene Geistlichkeit sich weigert, ihn zu vollstrecken, welche Wirkung hat er dann noch?«

»Das ist schon richtig«, stimmte sein Gegenüber, ein mickriger Schuhmacher namens Jecklin, ihm zu. »Einen Haken aber hat die Sache.«

»Und der wäre?«

»Wir sind keine Könige, Petter.«

»Aber wir sind Berliner!«, hörte Diether sich rufen, und sogleich begann sein Herzschlag zu poltern. Viel zu selten wagte er es, in diesem Kreis von gewitzten, weltgewandten Männern das Wort zu ergreifen, und dabei hegte er keinen größeren Wunsch, als ihnen zu imponieren. »Wenn wir Städter uns wie ein Mann erheben und gemeinsam für unser Recht eintreten, ist der Papst gegen uns so machtlos wie gegen ein gekröntes Haupt. Er kann ja schließlich schlecht eine ganze Stadt mit seinem Kirchenbann belegen!«

»Und warum soll er das nicht können?«, warf der Schuhmacher ein. »Gibt es in der Vergangenheit etwa keine Beispiele für ganze Städte, die der Bann getroffen hat? Für Handel und Blüte, die über Nacht zum Erliegen kamen, weil kein christlicher Kaufmann die Märkte der Stadt mehr aufsuchte? Für Kinder, die ungetauft gestorben sind, für Alte, denen ohne Trost und Segen vorm Tode bangte, für Töchter und Schwestern, die in Sünde lebten, weil kein Priester sich bereitfand, sie zu trauen? Wollt ihr in Kauf nehmen, dass unsere Töchter und Schwestern solches Leid erfahren müssen, unsere Kinder und Alten, jeder einzelne Mensch in dieser Stadt?«

Diether wusste nicht, ob früher schon Städte mit dem Kirchenbann belegt worden waren, er hatte sich mit derlei Fragen nie befasst. Aber auf die Rede des kleinen Jecklin lauschte sowieso niemand, denn der große Petter spendete ihm, Diether Harzer, Beifall: »So ist es recht, mein Kumpan aus Bernau, hier ist ein Mann nach meinem Herzen. Dieser ewige Kirchenbann ist auch nicht mehr als ein Stöckchen, mit dem der gestrenge Herr Vater uns einschüchtern will. Aber die Drohung zieht nicht mehr, die hat sich abgenutzt wie Sattelleder. Wird der Prügel allzu oft geschwungen, wächst dem Hintern Hornhaut, oder etwa nicht?«

In das dröhnende Gelächter stimmten selbst die Schankmädchen ein, die mit frisch gefüllten Krügen an den Tisch eilten. Dass die Worte ketzerischer kaum möglich waren, tat ihrem Erfolg keinen Abbruch. Den Leuten gefiel das, sie waren reif dafür! Was für eine Zeit, um auf dem Gipfel des Lebens zu stehen, dachte Diether. Was für eine Zeit, um nirgendwo als in Berlin zu sein!

Sosehr Diether es liebte, mit Petter und seinen Gefährten zusammenzusitzen oder mit Hans um die Häuser zu ziehen, einen Menschen gab es, dessen Gesellschaft er noch weit mehr genoss: Gretlin.

Für die anderen mochte das blonde Flüchtlingsmädchen stumm sein, doch für Diether war Gretlin mit ihren Blicken, Gesten und ihrer schüchternen Zärtlichkeit beredter als sämtliche Schwätzer der Welt. So klein war sie, dass sie stets zu ihm aufblicken musste, und sie tat es mit weiten, bewundernden Augen. Das zutiefst verschreckte Geschöpf, das von jedem Menschen das Schlimmste fürchtete, schmiegte sich vertrauensvoll in seinen Arm und überließ sich seiner Führung. Ein Gefühl, das erhebender war, gab es nicht. Mit Gretlin an der Seite glaubte Diether, um mindestens vier Zoll zu wachsen. Nie hatte ein Mensch ihn gebraucht wie sie. Nie hatte ein Mensch ihn spüren lassen, dass allein er geeignet war, ihr Held und Retter zu sein.

Er hatte sie aus dem abscheulichen Loch beim Haus des Blutvogts herausgeholt und samt ihrer Schwester in der *Rippe* untergebracht. Mehr als die kleinste Kammer unterm Dach konnten er und Hans nicht bezahlen, doch das Zimmerchen war immerhin sauber und trocken, und die Tür ließ sich ordentlich verriegeln. In Gretlins dankbarem Blick las er, dass sie den engen Raum als Paradies empfand. Voll Überschwang wies Diether den Wirt an, den beiden Schwestern täglich ein Frühstück mit reichlich Milch und am Abend einen Krug nahrhaften Honigwein zu servieren.

»Gütiger Herr des Himmels, wie sollen wir für solchen Luxus denn das Geld aufbringen?«, hatte Hans ausgerufen.

»Sind Gretlin und Ursel das bisschen Milch und Wein etwa nicht wert?«, hatte Diether geantwortet. »Die zwei hatten keine Unze Fleisch auf den Knochen, und jetzt setzt meine Gretlin endlich ein wenig Speck an. Haben sie nach allem, was sie durchgemacht haben, kein Recht, umsorgt zu werden? Ich jedenfalls möchte meine Gretlin hätscheln und päppeln, bis in ihren süßen Schnabel kein Krumen mehr passt.«

»Ja meinst du denn, ich nicht? Hätte ich die Mittel dazu, wäre meine Ursel mollig wie eine Spandauer Ritterstochter und ginge in Pelz und Seide. Leider bin ich aber nur ein armseliger Badersknecht, und in meinem Beutel klimpern kaum je zwei Münzen umeinander.«

»Das lass meine Sorge sein«, beruhigte Diether ihn großzügig. »Natürlich dauert es seine Zeit, bis mein Geschäft hier richtig in Schwung kommt, aber so ganz auf dem Trockenen sitzt man als Händler ja nie.«

»Du bist ein Freund nach meinem Herzen!«, jubelte Hans und warf Diether die Arme um den Hals. »Ob ich's dir in klingender Münze eines Tages vergelten kann, weiß ich nicht, aber solltest du jemals einen brauchen, der für dich einen Drachen tötet – finde ihn hier, in mir.«

In solchen Augenblicken war Diether sicher, alle Widrigkeiten überwinden und nicht nur Gretlin und Ursel, sondern auch den Freund aus seinem Elend erlösen zu können. Das Vertrauen, das diese Menschen in ihn setzten, würde ihm helfen, über sich hinauszuwachsen.

Die Wahrheit, vor der Tür der *Rippe* und im Tageslicht betrachtet, sah allerdings anders aus. Diethers einzige Einkommensquelle blieb die Brauerei, die seine Familie inzwischen mit beachtlichem Erfolg betrieb. Lentz, der Feigling, hatte sich davongemacht, doch Utz half bei den geschäftlichen Dingen, und Magda und der Großvater werkelten wie zwei Mühlräder, für die es kein Halten gab. Wieder und wieder nahm Diether sich vor, sich an der Arbeit zu beteiligen, doch länger als ein paar Stunden hielt sein Vorsatz nie an, und danach blieb er der Braustube von Neuem tagelang fern.

Es war nicht die Arbeit, die ihn schreckte, denn seinen Hang zur Faulheit hätte er um Gretlins willen besiegt. Es war die Nähe seiner Familie, der stumme Verdacht, der im Raum hing. Er machte die Luft schwer und undurchdringlich, bis Diether ins Freie fliehen musste, wenn er nicht ersticken wollte.

Zudem wurde in der Kasse der Familie weiterhin jeder Pfennig dreimal umgedreht. Die Schuld beim Juden musste beglichen werden, weil der verdammte Bechtolt die Summe unterschlagen hatte, Geräte und Hausrat fehlten, und allmonatlich verlangte der Marktmeister seine Gebühr für den Stand. So fühlte sich Diether jedes Mal, wenn er Magda um Geld bitten musste, nicht nur wie ein Bettler, sondern ein wenig wie ein Dieb. »Es ist für Gretlin«, pflegte er zu sagen, und Magda zählte ihm in die Hand, was sie hatte, meist nicht einmal die Hälfte von dem, was er gebraucht hätte.

»Mich kratzt nicht, wofür es ist«, erklärte sie. »Solange es dich davor bewahrt, dich in den Sumpf zu reiten.«

Ein Verbrechen zu begehen war, was sie in Wahrheit sagen wollte. *Ein weiteres Verbrechen.* So sah das Bild aus, das seine Familie von ihm hatte. Diether war heilfroh, wenn er nach einem solchen Schlag ins Gesicht die Münzen einstecken und Hals über Kopf in die *Rippe*, zu Hans oder zu seiner Gretlin flüchten konnte. Das mitgebrachte Geld reichte nie, um wie versprochen Caspar, den Wirt, zu entlohnen, doch daraus drehte ihm Hans keinen Strick. »Lass dir darüber keine grauen Haare wachsen, alter Freund«, tröstete er. »Wenn dein Geschäft erst richtig anläuft, versorgst du uns alle wie die Fürstenkinder, und bis dahin muss ich mir eben ein paar mehr Kunden auf die Seite schaffen. Die Amelie hält dicht, und der Herr vergnügt sich demnächst wieder bei der betörenden Lisbeth Schönbein.«

Amelie war die Magd, die Diether bei seinem Besuch im Badehaus für Ursel gehalten hatte, und die betörende Lisbeth Schönbein war eine gewiefte Hure, die dem Bader den Kopf verdrehte. Anfangs hatte Diether befürchtet, der Bader werde Hans, wenn er ihn bei seinen Mauscheleien erwischte, wegen Unterschlagung vor den Rat zerren: »Dafür wirst du gebrandmarkt, oder sie hacken dir die Hände ab. In jedem Fall treiben sie dich aus der Stadt.«

»Nie im Leben«, hatte Hans abgewinkt. »Wenn der Herr mich erwischt, bezieht mein armer Arsch ein gepfeffertes Dutzend und Schluss.«

»Bist du dir sicher? Der Bader müsste der mildeste Dienstherr von ganz Brandenburg sein, wenn er dich damit davonkommen ließe.«

»Er lässt mich davonkommen«, sagte Hans, und dann bewies er Diether, wie nahe er ihm inzwischen stand, indem er ihm sein Geheimnis anvertraute: Der Bader war nicht nur sein Dienstherr, sondern sein leiblicher Vater. Seine Mutter, eine Badehure, die den Reiz einer Lisbeth Schönbein nie besessen hatte, war gestorben, als Hans ein Knirps gewesen war, und der Bader hatte es nicht über sich gebracht, sein Fleisch und Blut in die Gosse zu stoßen. Seither lebte Hans unter seinem Dach und erlernte sein Handwerk, ohne die Aussicht, je den Betrieb zu erben. »Den hinterlässt er seinem Neffen, denn ich bin ja nur ein Hurenbalg zur linken Hand. Du siehst, du hast dir einen zum Freund genommen, der ehrloser als ehrlos ist. Und die arme Ursel hat auch nicht klüger gewählt. Sobald einer wie ich eine Kirche betritt, müsste von Rechts wegen das Dach einstürzen.«

»Du bist nicht ehrlos«, platzte Diether voll Empörung heraus. »Ich gebe auf Pfaffengeschwätz so wenig wie Petter Tietz, schreib dir das hinter die Ohren. Du hast mehr Ehre im Leib als der ganze gesalbte Haufen zusammen, und wenn einer von den geschorenen Köpfen es wagt, dich zu kränken, soll er sich vor mir hüten, denn ich bringe ihn um.«

»Sag doch so was nicht, Diether«, murmelte Hans und

starrte ihn tief beeindruckt an. »Man weiß ja nie, wer einen hört.«

»Das kratzt mich nicht!«, bekundete Diether triumphierend. »Du weißt doch: Wird der Prügel zu oft geschwungen, wächst dem Hintern Hornhaut.«

Sie tauschten einen verschwörerischen Blick, schlangen einander die Arme um die Schultern und zogen vereint in den Schankraum der *Rippe*.

Ja, Diether genoss sein Leben in diesem Sommer, der womöglich noch regnerischer und trüber verlief als die Sommer davor, der ihm aber erfüllt von Licht und Wärme erschien. Er, Diether Harzer, der wie von Dämonen gejagt von einem Abenteuer ins nächste gestürzt war, hatte wahrhaftig die Liebe gefunden, und das war ein Wunder ohnegleichen. Leider jedoch bewirkte die Liebe nichts gegen seine Geldknappheit und seine Sorge um die Zukunft. Wenn er Gretlin heiraten wollte, und das wollte er mehr als alles auf der Welt – wovon sollte er sie kleiden und nähren, wie ihr ein Dach über dem Kopf verschaffen?

In manchen Nächten malte er sich aus, wie er sich an Petter Tietz um Hilfe wandte. Der klagte nicht selten darüber, dass er mit der Arbeit in der Bäckerei nicht nachkam und einen tüchtigen Lehrling gut hätte brauchen können. Diether war für die Lehre zu alt, und der Gedanke kratzte an seiner Würde, doch wenn er sich anstellig zeigte, würde er ja nicht lange Lehrling bleiben. Die Wanderjahre ließen sich gewiss umgehen, die Stimme von Meister Tietz hatte schließlich Gewicht in der Bäckerinnung, die die älteste in ganz Berlin war. Und das Handwerk würde ihm sicher liegen. Er schmeckte gern ab, stellte Aromen und Würzmittel zusammen, die dem Gaumen schmeichelten oder ihn reizten – warum sollte er also nicht zum Bäcker taugen? In seinen Träumen sah er sich und Petter bereits als Partner, deren Backwerk über Berlin hinaus Berühmtheit erlangte, und Gretlin und Petters spätere Gattin als Freundinnen, die sich gegenseitig zu den üppigsten Mahlzeiten luden.

Der Erfüllung des Traumes lag nur ein Stein im Weg, doch der war ein Brocken vom Umfang eines Felsens: Um bei Petter vorstellig zu werden, hätte er sein Gespinst aus Lügen aufgeben und seinen wahren Stand bekennen müssen. Gerade vor Petter aber war das gänzlich undenkbar, denn vor ihm hatte er in den höchsten Tönen geprahlt. Mit den Getreidesäcken, die er für Magda hatte verscherbeln sollen, war er bei ihm eingerückt wie mit einer Fuhre Gold: Feinste Ware habe er anzubieten, für solchen Preis nirgendwo zu haben und nur zum Verkauf, weil er sein Sortiment umstellte und derzeit noch auf die Genehmigung wartete. »Brief und Siegel – das kennt man ja, dass die Herren in den Amtsstuben sich damit gern Zeit lassen.«

»Ja, ja«, hatte Petter beiläufig zur Antwort gegeben, »lass nur hören, was du bekommst und wann die Säckchen geliefert werden. Mehr brauch ich nicht zu wissen. Wenn du mir sagst, das Zeug ist sein Geld wert, genügt mir das.«

Offenbar sah Petter einen Händler von Rang in ihm, und in diesem Glauben hatte Diether ihn weidlich bestärkt. Wie sollte er das rückgängig machen, ohne Petters Achtung, Hans' Freundschaft und womöglich gar Gretlins Liebe zu verlieren? *Ich müsste einmal etwas richtig Großes tun,* dachte er, *nicht nur in der Kneipe vollmundig Sprüche klopfen, sondern etwas Unglaubliches vollbringen, das sie alle von den Füßen reißt.*

Wenn nun er es wäre, der ihren Gegnern, den Pfaffen, die Stirn bot, der ihnen furchtlos entgegentrat – wäre ihnen dann nicht gleichgültig, ob er nun Diether, der betuchte Händler, oder Diether, der künftige Bäcker und zugleich ein Held war? Nichts hätte er lieber getan, als seinen Freunden zu beweisen, dass er für sie zu allem bereit war. Sie glaubten an ihn, und er wünschte sich eine Tat, die diesen Glauben belohnte.

Da sich zu einer solchen Heldentat jedoch keine Gelegenheit bot, musste er sich weiter mit seiner Not herumschlagen. Am schlimmsten war, dass die Aussicht auf eine Heirat ohne Geld in unerreichbare Ferne rückte. Diether sehnte sich danach, mit Gretlin allein zu sein, doch dazu waren sie auf halbwegs sommerliches Wetter angewiesen. Er mochte sein zartes Mädchen keinem Regen aussetzen, und in ihrer Kammer war kein Beisammensein möglich, weil er nicht wollte, dass Leute übel von Gretlin dachten. Sie war seine Braut, kein Flittchen. Hans empfand ähnlich, und so blieb ihnen an Regentagen nichts übrig, als sich mit Gretlin und Ursel an den Schanktisch zu setzen.

Es machte Diether stolz, sich mit Gretlin zu zeigen, aber es war nicht dasselbe, wie seine Liebste für sich zu haben. Zudem schämte er sich, weil er nicht einmal genug Geld im Beutel hatte, um ihr einen Bückling und einen Becher Dünnbier zu kaufen.

Zumeist bezahlte Petter für seine Getränke, und wie selbstverständlich lud er auch Gretlin ein, doch es war nicht recht. Als es drei Tage hintereinander regnete, wäre Diether am liebsten gar nicht mehr in die *Rippe* gegangen, aber die Sehnsucht war stärker als die Scham. Er traf Hans, sobald das Badehaus schloss, und gemeinsam holten sie Ursel und Gretlin aus der Dachkammer. Am Stammtisch war die vertraute Runde schon versammelt. Petter hatte Rheinwein bestellt und schickte sich freigiebig an, den Neuankömmlingen einzuschenken. »Knurrt den Herrschaften der Magen?« Wie immer schien er blendender Laune. »Unser Caspar hat ein paar Hühnern den Hals umgedreht, und deren knusprige Schenkelchen sind nicht zu verachten.«

»Lass gut sein«, sagte Hans und bedeckte seinen Becher mit der Hand. »Zur Abwechslung halte einmal ich die Runde frei. Den Herren Badegästen saß das Geld heute locker, und was mein ist, ist auch euer – also, was darf's sein? Zwei Schüsseln von dem Huhn für alle und dazu noch von dem Rheinischen?«

Applaus und Glückwünsche prasselten auf Hans nieder, und Petter versetzte ihm einen Klaps auf die Schulter. Als die Krüge gebracht wurden, hoben alle ihre Becher auf sein Wohl. »Und auf Euch, holde Jungfer Ursula!«, rief Alban, der Kürschner. »Euer Bräutigam ist ein wahrer Brandenburger – er besitzt das Herz eines Adlers, und seine Taschen sind so weit wie unsere Heide. Mögt Ihr ihm stets ein gesegnetes Lager und eine ansehnliche Kinderschar schenken.«

Die Übrigen johlten, Hans errötete bis über die Ohren, und Diether wäre am liebsten zwischen den Dielenbrettern im Boden versunken. Er konnte nie den Wohltäter spielen, seine Gretlin würde niemand wie eine Ritterstochter mit *Jungfer* ansprechen, und ihrem Wohl würde auch nie ein Trinkspruch gelten. Stattdessen würde über kurz oder lang jeder ahnen, dass es mit seinen Geschäften nicht weit her war. Sie drängte sich an ihn, seine Herzensgeliebte, und hätte sämtliche Reichtümer unter der Sonne verdient. Rasch langte er über den Tisch, säbelte eine dicke Scheibe Brot vom Laib und angelte einen Hühnerschenkel aus dem Topf, den er ihr fein und klein auf dem Brot zerlegte. »Lass es dir schmecken, meine Goldene. Ich bin heilfroh, dass du dir langsam ein wenig Fülle zulegst und ich keine Angst mehr haben muss, der nächste Windstoß könnte dich von dannen blasen.«

Fragend blickte sie zu ihm auf, als müsse sie ihn um Erlaubnis bitten, ehe sie es wagte, die Speisen anzurühren. Er fand diese Geste genauso reizend wie ihre Art, mit spitzem Mündchen und in winzigen Bissen zu essen. Wie amüsant wäre es, sie und Magda zu einer gemeinsamen Mahlzeit zu laden und sich an dem Gegensatz – die Wölfin und das Mäuslein – zu vergnügen! Er war sicher, die beiden würden auf Anhieb Gefallen aneinander finden, doch wie konnte er Gretlin ins Haus seiner

Familie bringen, ohne alles aufzudecken? Seiner Prahlerei nach musste sie sich eine Art Palast vorstellen, wie der verdammte Bechtolt ihn besaß, kein schäbiges Holzhaus, in dem es stärker nach Malz und Hefe roch als in jeder Schänke.

Ein anderer Gedanke kam ihm: Musste Gretlin ihn nicht für einen Geizkragen halten, weil er sich von anderen freihalten ließ? Und noch schlimmer – da sie ja glaubte, er sei ein begüterter Mann, musste sie sich nicht fragen, warum er nicht auf ihre Hochzeit drang? Am Ende würde sie annehmen, er triebe ein Spiel mit ihr und sie, der mittellose Flüchtling, wäre ihm als Gattin nicht gut genug!

Wie um ihn zu beruhigen, schmiegte sie sich enger an ihn. Nicht zum ersten Mal hatte er das Gefühl, sie lese seine Gedanken, sie durchschaue ihn bis auf den Grund seines Herzens, sehe alles Leuchtende und alles Schwarze darin. Wenn sie dazu jedoch tatsächlich fähig war, dann durfte er aufatmen. Dann nämlich kannte sie auch das Schlimmste, und er durfte sicher sein, dass sie sich durch nichts auf der Welt von ihm trennen ließ.

Vielleicht hätte er den Mut haben sollen, ihr alles zu erzählen, sich die steinerne Last von der Brust zu schaffen, doch so weit war er noch nicht. »Ich liebe dich, Gretlin«, raunte er stattdessen und streichelte ihr übers Haar, das sie züchtig unter einem dünnen Netz trug. Früher hatte er über züchtige Mädchen gespottet, aber an Gretlin gefiel es ihm.

»He, mein Kumpan aus Bernau.« Petter rutschte auf der Bank zu ihm heran. »Hast du schon die Nachricht vernommen, mit der unser Alban hier hereingeplatzt ist? Ja, natürlich hast du's gehört, du stehst ja mit deinen Sächelchen bei der Marienkirche, oder etwa nicht? Auf dem Neuen Markt, sagt Alban, wurde den ganzen Nachmittag über nichts anderes geschwatzt.«

»Ich war heute im Brandenburgischen«, redete Diether sich heraus. »Das Angebot sichten, ehe ich mein Lager aufstocke.

Leider habe ich noch keine Zeit gefunden, mich daheim nach dem Neuesten umzutun.«

»Na, dann habe ich dir einen vom Pferd zu erzählen!« Der Bäcker klatschte sich auf den Schenkel. »Was glaubst du wohl, was der Herr in Avignon, Gottes Statthalter auf Erden, befunden und beschlossen hat? In Brandenburg hat's trotz Schlachten und Brandschatzen mit der Ketzerei kein Ende, meint er, und der schwärzeste Sündenpfuhl von allen ist die freche Doppelstadt! Um die Gotteslästerer ein für allemal in ihr Verderben zu reißen, will er uns seine Gesandten schicken, die uns Mores lehren. Ehe die eintreffen, sollen uns die schärfsten Köter aus dem Umland aber schon einmal in die Waden beißen – allen voran Nikolaus Cyriacus, seines Zeichens Propst von Bernau!«

Petter legte eine effektvolle Pause ein und blickte in die Runde. »Na«, fragte er dann, »erinnert sich noch einer, was ich mit jenem sauberen Herrn gern anstellen würde?«

»Und ob!«, rief Diether. »Du hast geschworen, du würdest Brezelchen aus ihm backen.«

»Brav«, lobte Petter. »Du hast ein Gedächtnis wie ein Klosterarchivar. Und dieser Herr soll nun also am Sechzehnten, zum Markttag, in unserer Marienkirche predigen und uns bösen Buben die Höschen stramm ziehen.«

»Da gehen wir hin!«, ereiferten sich mehrere, die schon kräftig dem Wein zugesprochen hatten. »Der soll uns Berliner mal kennenlernen, dem zeigen wir, was eine Harke ist, dem Papstjünger!«

»Kriegstreiber!«

»Leuteschinder!«

»Nieder mit Nikolaus, dem Propst von Bernau!«

Vom Geschrei verängstigt, verkroch Gretlin sich in Diethers Armbeuge. »Du brauchst keine Angst zu haben, meine Goldene«, sagte er und senkte flüchtig die Lippen auf ihren Scheitel. Dann hob er die Stimme, sodass man ihn bis in den letzten

Winkel der Schänke hören konnte. »Ja, das ist er, der Propst von Bernau – der Mann, der hier in Brandenburg als Vertreter des Papstes agiert. Das, was deiner Familie angetan worden ist, hat er zu verantworten, und er würde liebend gern dasselbe auch uns zufügen: unsere Häuser niederbrennen, unsere Lager plündern und jedem, den er erwischt, den Hals durchschneiden.«

Gretlin entfuhr ein heiserer Laut.

Diether schloss seinen Arm noch fester um sie. Es tat ihm im Herzen weh, die Angst seiner Liebsten zu vergrößern, doch um der Wirkung willen war es unumgänglich. »Ja, Nikolaus von Bernau ist unser Feind, aber du musst dich nicht fürchten, meine Kleine. Du bist doch hier unter Freunden. All diese prächtigen Männer stehen auf deiner Seite, und einer von ihnen, dein Diether, würde alles tun, um das Leid, das du durch diesen Mann erfahren hast, zu rächen.«

Ein Jubel brach los, wie Diether ihn noch selten in der *Rippe* erlebt hatte. Der Boden schien zu beben, der Tisch wackelte, und die Schüsseln und Becher vollführten einen klirrenden Tanz.

»Ich bin dabei!«, johlte Alban Kürschner.

»Auf mich kannst du zählen!«, folgte das Echo von etlichen anderen.

Petter aber hob das nächstbeste mit Wein gefüllte Gefäß und rief mit donnernder Stimme: »Auf unsere Gretlin! Darauf, dass dieses süße Krümchen fortan angstfrei leben und ihrem Diether eine unbeschwerte Braut sein kann! Zu den Bechern, Kumpane – nieder mit Propst Nikolaus, dem Weiberschreck!«

Mehrere Gefäße gingen angesichts der Heftigkeit des Anstoßens zu Bruch. Der Wirt Caspar ließ seine Töchter gelassen neue heranschaffen, wohlwissend, dass Petter für die Zeche aufkommen würde. Der schenkte als Erstem Diether nach und verpasste seiner Schulter denselben anerkennenden Klaps, den vorhin Hans erhalten hatte. »Bist schon ein Pfundskerlchen, Diether. Eine Schande, dass ich einen wie dich nicht bei mir in der Backstube habe, da ginge das Brezeln wie im Flug von der Hand. Und bei uns zweien würde so manches Pröpstchen und Päpstchen in der Rührschüssel landen, oder etwa nicht?«

»Und ob!« Diethers Becher klirrte gegen seinen.

»Lasst doch Vorsicht walten, nehmt die Münder nicht so voll!«, jammerte der Schuhmacher Jecklin, der eine Unke vor dem Herrn war. »Ihr habt ja Recht. An der Art, wie's in der Kirche zugeht, muss sich was ändern. Ihr aber wollt das Gewicht Gottes mit irdischen Kräften bewegen, und das wird euch das Rückgrat brechen.«

»Ach, Jecklin, Jungchen.« Petter lachte, hob den kleinen Mann in die Höhe und setzte ihn mitten auf den Tisch in eine Weinpfütze. »So ist's um meine irdischen Kräfte bestellt, und so blüht's auch dem Propst von Bernau, denn der ist kein Gott. Höchstens ein Göttchen.«

Vor Lachen prustete Diether seinen Wein über den Tisch.

»Ja, ja, nehmt nur den Mund nicht zu voll«, ahmte Petter den Schuhmacher nach. »Also am Sonntag zur Messe, auf dem Neuen Markt?«

»Am Sonntag, zur Messe!«, jubelte Diether. »Auf dem Neuen Markt.«

21

Er war Student gewesen. Er hatte die Welt bereist. Paris, Montpellier, Bologna. All die Namen, die Farbe, der Zauber. In seinem Arm zwischen Farnen zu liegen und seine Geschichten zu hören, war, wie selbst auf Reisen zu gehen, sich Flügel wachsen zu lassen, die sogar stämmige Brandenburger Mädchen trugen, eine andere zu werden, eine Schöne, Schwebende, Grazile, und doch noch immer Magda aus Bernau zu sein.

Magda aus Bernau, die mit dem struppigen Rosshaar und den Krautstampferbeinen, denn keine andere liebte er.

»Hast du mich noch lieb?«, fragte sie ihn zwischen Geschichten über einen Schimmelhengst aus Andalusien und einen buckligen Händler in Genua, der Früchte verkaufte, die wie Säbel geformt waren und wie Feuer brannten.

Er unterbrach die Erzählung, legte den Kopf zurück und stöhnte. »Ja, ich hab dich lieb, mein Mädchen aus Bernau, ich hab dich ohne Sinn und Verstand und ganz verloren und verboten lieb.«

»Von Montpellier bis Bologna?«

»Das ist so weit nicht, *Maddalena bella*. Von den zwölf Toren Jerusalems bis in das eiserstarrte Turku, das kommt eher hin.«

»Und wenn du alt bist und dir die Zähne ausfallen, hast du mich dann vergessen?«

»Wer weiß denn das?«

»Kannst du nicht lügen?«

»Nein. Nur dir sagen, dass dich zu vergessen sich in diesem Augenblick so verrückt und unmöglich anfühlt, wie das Atmen zu vergessen und daran zu sterben.«

»Stirbt man, wenn man zu atmen vergisst?«

Er küsste sie. »So etwas Dummes tut kein Mensch, weshalb wir nichts darüber wissen. So, wie wir nicht wissen, ob irgendein Kerl ein Riesendummkopf ist und sein süßes Mädchen aus Bernau vergisst.«

Sie schlang die Arme um ihn und gab ihm den ganzen Orkan, der in ihr tobte, mit Lippen und Händen, Hüften und Schenkeln, mit ihrer ganzen Kraft, die, wie jeder ihrer Brüder sagte, für ein Mädchen leidlich unglaublich war. Den hässlichen Stoff der Kutte hatte sie ihm schon einmal zerrissen, am Hals, wo sich, wenn sie nur wild genug zerrte, die Linie seines Schlüsselbeins zeigte, die sie hinreißend fand.

Wie war es möglich, dass Männer Schultern und Schlüsselbeine hatten wie Frauen und ihnen dennoch kein bisschen ähnlich sahen? Und wie war es möglich, dass man etwas so lieb hatte, etwas schöner und berauschender fand als die schillernden Nebel über Frühlingsmooren und die rote, windzerzauste Heide? Wie war es möglich, dass man etwas vor allem Schmerz und aller Zerstörung behüten wollte und sich dennoch wünschte, es zu kratzen und zu beißen und in die Makellosigkeit seine Spur zu prägen? Sie biss ihn in die Schulter. Er unterdrückte den Zischlaut, den sie schon kannte, und pflückte ihren Kopf von sich ab. Magda musste lachen.

»Was bist du? Eine Schlange? Rund um Bernau soll es vor Nattern wimmeln.«

»Tut es«, bestätigte Magda mit schuldlosem Augenaufschlag, während sie sich wünschte, sich wieder auf ihn zu stürzen.

»Aber die Bisse von Mädchen, sagen die Quacksalber, sind giftiger als die von Schlangen.«

»Allerdings, mein Herr. Gegen uns Mädchen aus Bernau sind sämtliche Schlangen Regenwürmer. Wenn eine Schlange Euch beißt, müsst Ihr sterben. Beißt Euch aber eine von uns

Bernauerinnen, so müsst Ihr leben und uns bei jedem Schritt um Euren Hals tragen.«

Er lachte und küsste ihr Ohr. »Um ehrlich zu sein, ich kann mir Schlimmeres vorstellen.«

»Stell es dir lieber nicht vor!«

Sie balgten sich, hielten sich, rollten im warmen Gras umeinander. Magda war verrückt danach, ihm über die schlanken Flanken zu streichen und dann weiter über die Muskeln von Gesäß und Schenkeln. Ihre Handflächen waren süchtig nach diesen schönen festen Linien, wollten streicheln, schlagen, sich festkrallen, und wenn er versuchte, sich zu entziehen, kitzelte sie ihn, bis er vor Lachen in ihren Armen seine Kapitulation erklärte. Dann nahm sie sein Gesicht in die Hände und sah ihn sich an, wie sie es stundenlang hätte tun können. Seine Augen waren nicht mehr so tief umschattet wie zu Beginn des Sommers, und das lächelnde Funkeln darin wurde täglich kühner. Es war ihm elend ergangen, das erkannte sie erst jetzt, und mit jedem Tag, den er sich erholte, gefiel er ihr besser. Er war ein Mann, dem es stand, wenn es ihm wohl erging, und ob er davon hochmütig wurde oder nicht, war ihr egal. Sie wollte ihn überschütten, bis er vor Wohlergehen seufzte.

Das Lager, das sie vor Blicken schützte, hatten sie sich unter den Zweigen der Eichen und Schlehen bereitet, hatten Wurzeln gebrochen und trockenes Laub aufgeschichtet, um ihre Liebe so weich wie möglich zu betten. Wenn es regnete, irrten sie durch Straßen, von Vordach zu Vordach, klammerten sich tropfnass aneinander und trockneten einer des anderen Gesicht mit bloßen Händen.

Zuweilen wagten sie sich in die *Hohle Birne,* in den Schutz des Wirtes Michel, der hinter seinem Schanktisch schmunzelte, Wein und Käse servierte und schwieg. Es war ein übler Sommer, vielleicht der übelste von allen. Dennoch waren es die leuchtenden Tage, die im Gedächtnis bleiben würden, leuchtend selbst in strömendem Regen, als hätte die Sonne alle Tage vom Himmel gebrannt.

Mit ihrer Arbeit kam Magda in diesem Sommer gut voran, wenn auch die Lage ihr nichts leicht machte. Sie fühlte sich stark und ihrem Leben gewachsen, weil sie ihm nicht mehr allein die Stirn bieten musste. Ihr Schlaf war in den meisten Nächten erholsam, seit sie wusste: Wenn der Traum wieder über sie käme, wäre sie auch damit nicht allein, sondern hätte ihren Liebsten, um die Angst zu teilen. Er schreckte nie zurück, duckte sich nie unter einer Last hinweg und überließ sie ihr. Auf Thomas hatte sie sich in all diesen Wochen verlassen können wie nie zuvor auf einen Menschen. Weil er stark war, hatte sie gelernt, schwach sein zu dürfen, und fühlte sich eben deshalb stark bis zum Platzen.

Jetzt kniete sie sich auf ihn und stemmte ihm die Hände in die Schultersehnen, bis er ächzte. »Sag, dass du mich liebst bis an dein Lebensende.«

»Autsch, du erbarmungsloses Mädchen! Was an meinem Lebensende ist, das weiß ich nicht, und wenn du mich zu Tode folterst.«

»Ich warne dich! Lüg oder ich stütze mein ganzes Gewicht drauf.«

»Das tust du ohnehin schon, meine Süße, und du bist nicht gerade eine Elfe.«

Sie gab eine seiner Schultern frei und verpasste seinen Lippen einen Klaps. »Auch noch beleidigen lassen muss ich mich von dir?«

»Aber nicht doch«, sagte er, packte sie mit seiner zärtlichen Bestimmtheit und setzte sich mit ihr auf. »Wer möchte denn eine Elfe umarmen und ihr die Knöchlein brechen, wenn er stattdessen ein Mädchen halten kann, bei dem er spürt, dass es lebt?«

»Was möchtest du?«

»Dich. Auch wenn ich nicht darf.«

»Ihr dürft, mein Herr. Heute ausnahmsweise, weil's der Tag der heiligen Afra ist.«

»Es ist was?« Er stockte, erstarrte, ließ sie aus seinen Händen gleiten.

»Der Tag der heiligen Afra – aber was ist denn? Ich habe doch nur ein bisschen Kohl geschwatzt, ohne nachzudenken, so wie alle Tage. Ein Händler aus Augsburg hat's mir auf dem Markt erzählt, weil die Afra Augsburgs Schutzpatronin ist, weiter nichts.«

Er atmete tief ein, dann zog er sie in die Arme, sodass ihr Gesicht an seiner Schulter ruhte. Seine Hand schloss sich um ihren Hinterkopf, und an ihrem Ohr vernahm sie, dass sein Atem noch immer schwer ging. »Sie ist verbrannt worden«, sagte er schließlich.

»Die heilige Afra?«

Er nickte und küsste sie. »*Maddalena bella*, liebste Bernauerin, wir müssen irgendwo unsere tief verschüttete Vernunft wiederfinden und aufhören zu tun, was wir tun.«

»Der Kohl, den du schwatzt, ist schlimmer als meiner«, schimpfte sie, machte sich frei und gab ihm einen Nasenstüber, aber der Unterton seiner Stimme tat ihr weh. »Das mit der heiligen Afra war dummes Zeug, das ich eben vor mich hin geredet habe, weil ich dir ja nicht unaufhörlich in die Ohren säuseln kann, wie lieb ich dich habe und wie hübsch ich deine Augen finde. Davon wirst du eingebildet, und das bist du ohnehin schon so grauslig, dass du dir am liebsten einen Spiegel um den Hals hängen würdest.«

»Tatsächlich?« Er hob die Brauen und fuhr sich mit der Hand ins Haar. Obwohl sie dieses Spiel nicht zum ersten Mal mit ihm spielte, schien er alles andere als sicher, ob sie scherzte oder im Ernst sprach.

»Aber gewiss doch!«, rief sie. »Denkst du, dieses hässliche Ding, das du eine Kutte nennst, verbirgt einen eitlen Mann?«

»Nein«, erwiderte er entwaffnet. »Aber ich hatte gehofft, ich hätte mich gebessert.«

Sie küsste die Grube an seinem Hals und dann die Grube zwischen Kiefer und Ohr. »Bessere dich nie, Thomas, lass das ganze Gebessere sein. Was ist denn so schlimm daran, wenn ein Bursche weiß, dass er nicht übel anzuschauen ist, was ist so schlimm an uns ungebesserten Menschen? Wir tun unsere Arbeit. Wir besorgen unser Haus. Wir sündigen ein bisschen und erzählen es dem Pater, und zum nächsten Sonntag zahlen wir den Zehnt. Wenn Gott uns noch besser will – weshalb hat er sich dann eigentlich nicht mehr Mühe gegeben und uns besser gemacht?«

Wenn er nicht auf der Hut war, wenn es ihn einfach überrumpelte, war sein Lachen überwältigend. Er lehnte sich zurück, hielt sie gerade noch fest und lachte frei und schallend in den Himmel.

»Das soll ich nicht dem Beichtvater erzählen, oder? Das, was ich da vor mich hin geplappert habe?«

Er zog sie an sich und stürzte sich auf sie, bis kein Zoll Haut in ihrem Gesicht mehr ungeküsst war. »Beichtväter sind eine Sache für sich«, sagte er und lachte zwischen den Worten noch immer Tränen. »Mit denen lässt man besser Vorsicht walten. An Gottes Stelle aber würde ich keinen Herzschlag zögern, sondern dich auf der Stelle heiligsprechen.«

»Ich will nicht heilig sein, Thomas!«

»Das ist nicht zu übersehen, meine Teure. Welcher eitle Kerl, der dich haben kann, braucht einen Spiegel um den Hals?«

Sie packte sein Haar, das endlich lang genug war, um daran zu rupfen. »Du nicht, hörst du? Und du brauchst auch nicht heilig zu sein.«

Er seufzte auf, und die selige Leichtigkeit verflog. »Jetzt lass uns ein Ende finden«, sagte er und befreite sich.

»Und warum?«

»Wir müssen gehen, Magda. Und wenn wir nur für einen Pfennig Verstand besitzen, kommen wir nicht noch einmal her.«

Allzu oft geschah es auf diese Weise. Sie sprach ein falsches Wort aus oder stellte eine Frage, die an den verbotenen Bereich rührte, und auf einen Schlag verschloss er sich wie ein Portal mit eisernen Türen. Noch härter traf sie, dass sie nicht einmal ahnte, was der verbotene Bereich umfasste und warum verboten war, was hinter seinen Grenzen lag.

Ein Gespräch konnte vollkommen harmlos beginnen und stieß doch mitten im Geplänkel an jene Mauer, die unüberwindlich blieb. So hatte sie ihn beispielsweise einmal gefragt: »Du hast all die Jahre mit Lernen verbracht – warst du denn gern Student?«

Er hatte bereitwillig Antwort gegeben: »Ja, ziemlich gern.«

»Bist du auch gern gereist?«

»Ja, das bin ich. Ohne Frage.«

»Warum bist du dann überhaupt zurückgekommen, wolltest du nicht lieber als Gelehrter in der Fremde leben und kluge Bücher schreiben, die alle Welt liest?«

Er lachte. »Wohl nicht. So ein Buch, ob klug oder nicht, braucht Geduld, und mit der bin ich nicht gesegnet. Zudem, fürchte ich, hatte ich Heimweh nach Brandenburg.«

»Obwohl es hier ständig regnet?«

»Obwohl es hier ständig regnet, obwohl die Häuser auf Sand gebaut sind und das Vieh im Sumpf versinkt, obwohl die Leute sich öfter beleidigen als waschen, und obwohl der Wein so sauer wie Gallustinte schmeckt.«

Seine Antwort gefiel ihr, auch wenn sie nicht wusste, wie Gallustinte schmeckte. »Aber in Brandenburg gibt es keine Universitäten – was kann ein Studierter wie du bei uns denn anfangen?«

»Nach Berlin gehen. Eine Stellung in einer städtischen

Amtsstube antreten und darauf hoffen, zum Syndikus aufzusteigen.« Er hielt inne, und von einem Herzschlag zum anderen verhärteten sich seine Züge. »Den Kindern reicher Leute ein wenig Unterricht erteilen, ehe sie sich vor Langeweile die Augen ausstechen«, fügte er beißend hinzu.

»Hast du das getan?«

»Wir sollten jetzt gehen«, hatte er statt einer Antwort gesagt und sich aus ihren Armen gewunden, um aufzustehen. So verzweifelt sie auch auf ihn einredete, ihn beschwor, ihr zu erklären, was sie falsch gemacht habe, sie erreichte ihn nicht. Er verschloss sich, ließ sie mit ihren Fragen allein und war erst Tage später wieder für sie zu sprechen. Ohnehin versprach er ihr nie ein Treffen für einen bestimmten Tag und Ort. Stattdessen strich er, wenn es ihm passte, auf dem Markt herum, wo sie ihr Bier verkaufte, und sobald sie ihn sah, nahm sie sich für ihn Zeit. Brida, die Bäuerin, die ein Stück weiter Käse und Würste verkaufte, war stets bereit, für ein, zwei Stunden ein Auge auf Magdas Scharren zu haben, und Magda erwiderte den Gefallen, wenn eins von Bridas sechs Kindern sie von der Arbeit abhielt.

Magda erzählte ihr, sie müsse nach ihrem Bruder sehen, und Brida fragte nicht nach. Dass Magdas jüngster Bruder ein Sorgenkind war, dem man auf die Finger schauen musste, hatte sich in der verflochtenen Gemeinschaft des Nikolaiviertels längst herumgesprochen, und die Bäuerin hatte Mitleid mit ihr. Mit Thomas verständigte sie sich durch Zeichen und Blicke, und mit der Zeit wurden sie regelrecht gewieft darin. Getrennt verließen sie den Markt und trafen erst wieder zusammen, wenn die Stadtmauer hinter ihnen lag.

Die Heimlichkeit war Magda verhasst. Sie kam sich vor wie eine Diebin und begriff nicht, warum nicht alle Welt wissen durfte, dass ihnen die Liebe in den Schoß gefallen war. »Du hast doch kein Gelübde geleistet. Warum gehst du nicht hin und erklärst deinen Klosteroberen, dass du dich getäuscht hast und wieder ein freier Mann sein willst?«

Aber auch diese Frage gehörte zu den verbotenen, es war sogar die schlimmste von allen. »Ich war kein freier Mann.« Alle Zärtlichkeit, alle Belustigung verschwand aus der schönen Stimme, so oft er ihr diese Antwort gab. »Und ich kann auch keiner mehr werden. Ich habe dir kein Leben zu bieten. Treib dich mit einem wie mir nicht herum und vergiss mich.«

Jetzt würde es wieder so kommen. Eine schwarze Wolke würde sich über dem Licht ihres Himmels ballen, sie würden in die Stadt zurückkehren, und er würde tagelang für sie nicht erreichbar sein. Er sammelte bereits ihre Habe zusammen, die Wolltücher, auf denen sie gelegen, die Becher, aus denen sie getrunken hatten, und traurig half sie ihm.

Im Mai hatte sie all diesen Rätseln noch etwas abgewinnen können, hatte sich darauf gefreut, wie bei einer Zwiebel Haut um Haut von seinem Geheimnis zu schälen, bis sie es schließlich voll Staunen in den Händen hielt. Jetzt aber begann der August, und sie war keinen Schritt weiter. Er ging in sein Graues Kloster, sie ging heim in die Brauerei. Sie hatte ihm ihr Leben anvertraut, wie man ein Buch aufblättert: eine Seite für den Großvater, eine Seite für Barbara, eine für jeden ihrer Brüder, und mehr als eine für den armen Endres, an den sie nicht ohne Schuldgefühle denken konnte.

»Er war so still und scheu, hielt sich immer zurück, und zum Schluss hat er mich damit zur Weißglut getrieben. Dabei hat er zusehen müssen, wie seine ganze Familie im Feuer zu Tode kam. Liegt es da nicht nahe, dass ein Mensch ganz still wird und sich vor dem Leben fürchtet?«

»In der Tat«, hatte Thomas erwidert. »Er muss ein unglaublich starker Mensch gewesen sein, um das zu überleben.«

Magda nickte. Sie hatte es nie so betrachtet, sondern sich oft geärgert, weil er ständig den Mund nicht aufbekam und sie für ihn hatte sprechen müssen.

»War er denn immer still?«, fragte Thomas. »Auch wenn er mit dir allein war?«

»Nein!«, rief sie erregt. »Wenn wir allein waren, hat er mir manchmal etwas erklärt – über den König, über den Papst, über die Verhältnisse im Land. Nur wenn ein anderer dabei war, war kein Wort mehr aus ihm herauszuholen.«

»Dir hat er vertraut, Magda. Sei nicht so hart zu dir. Nach allem, was ihm widerfahren ist, hast du ihm einen Ort geschenkt, an dem er sich sicher fühlte.«

Seine Worte waren Balsam. Dennoch fuhr Magda noch einmal auf: »Aber ich habe ihn doch gar nicht verstanden. Nach seinen Eltern, seinem früheren Leben habe ich ihn nie gefragt.«

»Meinst du nicht, dass es ihm recht so war? Er hat dich geliebt, er wollte, dass du das Schönste, nicht das Schlimmste von ihm weißt.«

Was er sagte, klang, als hätte er Endres gekannt. Er war ein Meister des Trostes, schien in sie hineinzuschauen und mit seiner Stimme ihr aufgewühltes Innerstes zu streicheln. Was aber sein eigenes Innerstes betraf, so schwieg er sich aus. »Und was ist mit dir?«, herrschte sie ihn an. »Willst du auch, dass ich nur das Schöne, nicht das Schlimme von dir weiß?«

»Natürlich.« Er lachte. »Will das nicht jeder Mann?«

Nicht meine Brüder, dachte Magda und packte ihn bei den Ohren. »Bei Endres habe ich mich damit zufriedengegeben, aber von dir will ich alles wissen. Alles Schlimme, alles Schöne, jede Einzelheit!«

»Du weißt doch schon alles! Ich bin ein Kerl in einer grauen Kutte, ich sollte in der Stadt um Almosen betteln und liebe stattdessen ein Mädchen aus Bernau, das mir beide Ohren zugleich ausreißt.«

Lachend entwand er sich, und sie musste ihn davonkommen lassen, weil er sie mit seinem Funkelblick bezirzte und ihr gleich darauf statt einer Antwort einen Kuss anbot. In Wahrheit aber hatte er ihr aus seinem Leben nichts erzählt als ein paar farbenprächtige Anekdoten, in denen zwar die Städte des Südens, das glitzernde Wellenspiel des Meeres und die Weisheit fremder Völker erstrahlten, er selbst jedoch nicht die geringste Rolle spielte.

Sie wusste, dass er auf einem Grashalm pfeifen konnte, liebend gern Zweige wilder Minze kaute und ein linkes Augenlid besaß, das ein wenig schräger hing als das rechte, aber sie wusste nicht, wer seine Eltern waren. Sie wusste, dass er, ehe er sie küsste, unmerklich lächelte, dass seine Ohren empfindlich waren und seine Fußsohlen kitzlig, aber sie wusste nicht, warum er seine Freiheit hinschenken und seine sinnliche Lebenslust in ein Kloster sperren wollte. Sie wusste, dass er sie liebte, fühlte sich in jedem Augenblick von ihm geliebt wie nie von einem Menschen, aber sie wusste nicht, warum diese Liebe ihn nicht in der Welt hielt, warum sie es ihm nicht wert war, um sie zu kämpfen.

Es war nicht mehr Mai. Das Korn stand längst hoch und reckte sich dem Schnitt der Sichel entgegen. In ein paar Wochen würde der Sommer vorüber sein, und was blieb ihnen dann?

»Komm«, sagte er, jetzt wieder sacht. »Wir wollen zurück sein, ehe es dämmert, ich mag dich im Dunkeln nicht alleine gehen lassen.«

»Und warum lässt du mich gehen? Komm heute mit mir nach Hause, Thomas. Zeig dich, lass alle sehen, wie es um uns steht. Mein Großvater und meine Brüder, wenn sie sich überhaupt scheren, werden uns ein bisschen Saures geben, aber die Ohren werden sie uns schon nicht abreißen.«

»Haben wir darüber nicht schon etliche Male gesprochen, starrköpfige Brandenburgerin?«

»Haben wir nicht. Ich habe geredet, und du hast mir die Antwort verweigert. Verweigere sie mir dieses eine Mal nicht. Erklär mir, was so schlimm daran wäre, wenn uns jemand beieinander sieht.«

»Ich müsste lügen«, sagte er. »Und als Lügner bin ich der kläglichste Versager in der ganzen Mark.«

Die Worte klangen nicht komisch, sondern geradezu tödlich ernst. »Und wenn du die Wahrheit sagst?«

»Dann darf ich nicht mehr ins Kloster zurück.«

»Beim Herrgott, du sollst doch auch nicht mehr in diesen Kasten zurück! Wie soll ich nur jemals begreifen, warum du dorthin willst, du, der Lästerreden schwingt wie der übelste Ketzer und der sich auf Frauen versteht, dass ich dir manchmal die Augen auskratzen möchte ...«

Er war ein paar Schritte weitergegangen und blieb beim dichtesten der Schlehensträucher stehen. In Gedanken versunken, betrachtete er die winzigen, gerade erst sich formenden Früchte. Dann hob er den Kopf und drehte sich zu ihr um. »Ich lästere nicht wie ein Ketzer«, behauptete er geradezu gekränkt. »Und auf Frauen verstehe ich mich so jämmerlich wie ein Keiler aufs Flötenspiel.«

»Red dich nicht heraus! Ich denke, du bist als Lügner ein Versager.«

»Als Lügner ja.« Er wandte sich wieder zu den Schlehen. »Und als Mann, der eine Frau liebt, auch.«

Magda ging zu ihm und legte ihm die Hand auf die Schulter. Wie unter einem Hieb fuhr er herum und wich einen Schritt von ihr fort. Auch das tat ihr weh. Er erlaubte ihr, mit ihm zu spielen und zu toben, ihn am Haar und an den Ohren zu ziehen, ihn in die Lippen zu beißen und ihn zu kitzeln, bis er um Gnade flehte. Aber er erlaubte ihr nicht, seinen Rücken zu berühren, den sie aufregend fand und unendlich gern liebkost hätte.

Resigniert griff sie nach seinem Arm. »Steh mir einmal Rede und Antwort, Thomas. Wenn es erst kalt, wenn es Herbst wird, was soll dann aus uns werden? Wir sind doch keine Vögel auf dem Feld, die in den Tag hineinleben können.«

»Nein«, gab er zu, »wir sind keine. Auch wenn es mir himmlisch vorkäme, einer zu sein. Also schön. Ich stehe dir Rede und Antwort. Recht hast du ja – dass es mir wehtut, ist kein Grund, sich davor zu drücken.«

Sie lehnte sich gegen ihn und streichelte über seine Wange. »Vielleicht glaubst du nur, es müsse dir wehtun, weil du keine Lösung weißt. Ich aber will doch mit dir reden, um eine zu finden.«

»Ich weiß eine, mein liebstes Mädchen aus Bernau«, sagte er und küsste ihre Hand. »Sie ist ganz einfach. Und sie tut mir weh. Wenn es Herbst wird, leiste ich die Gelübde und beginne mein Noviziat. Ich habe das, was jetzt bevorsteht, mit einer Feigheit hinausgezögert, die zum Himmel schreit. Umso froher bin ich, dass du mich nicht mehr davonkommen lässt. Dass wir es hinter uns bringen, du und ich.«

»Was hinter uns bringen?«

»Das Lebewohlsagen, Magda. Das letzte Mal.«

Sie erschrak bis ins Mark. »Nein«, flüsterte sie.

»Ich finde es ein bisschen widerlich, mit großen Worten um mich zu werfen.« Seine Stimme brach zweimal in dem einen Satz. Er nahm sie beim Kinn und küsste zart ihre Lippen. »Diese muss ich dir trotzdem sagen, Mädchen aus Bernau: Du hast mir das Leben gerettet, glaube ich. An Gottes Stelle gäbe ich dir alles Glück, das sich auf Erden versammeln lässt, weil du mit deinem tollkühnen Herzen jede Unze davon verdienst. Und nein, das ist keine ketzerische Rede, das ist so, wie es ist.« Mit dem letzten Wort brach ihm die Stimme erneut. Er küsste Magda noch einmal und gab ihr Kinn frei. Das Bündel aus Decken warf er sich über die Schulter. Dann ging er.

»Warum?«, schrie sie ihm nach, dass das kleine Wort über die Endlosigkeit des Feldes hallte. »Warum, warum, warum? Du hast versprochen, mich nicht zu verlassen – wie kannst du so kalt sein, wie kannst du einfach dein Versprechen brechen?«

Er blieb stehen und wandte ihr sein Gesicht zu. Es war alles, nur nicht kalt. »Ich verlasse dich nicht, Magda. Wie dein Bruder Lentz dich nicht verlässt. Wann immer du meine Hilfe brauchst, wirst du sie haben, das verspreche ich dir heute noch einmal. Und was immer nötig ist, um dir zu helfen, selbst das Letzte, werde ich tun. Als Mann der Welt habe ich dir nichts zu geben. Als Bruder der Franziskaner aber hindert mich nichts daran, dir in der Not ein Freund zu sein.«

»Ich will keinen Freund!«, rief Magda tränenblind. »Ich will keinen Bruder. Ich will dich!«

Er musste zu ihr zurückkommen. Er war immer gekommen, wenn es ihr übel ergangen war, nie hatte er seine eigenen Belange über die ihren gestellt wie die anderen Menschen in ihrem Leben. Er war der eine, auf den sie sich stützen durfte, der Kraft genug besaß, sie zu halten, wenn das Leben sie ins Wanken brachte.

Er kam nicht zurück. »Lass uns jetzt gehen«, sagte er.

»Nicht, ehe du mir gesagt hast, warum du mir das antust. Warum du unsere Art, uns zu lieben, die stark und anders und nur für uns gemacht ist, in deine Hände nimmst und zerbrichst. So, wie man etwas ins Feuer wirft, weil man es nicht mehr braucht.« Die Rede und die Tränen nahmen ihr den Atem. »Du sagst, du kannst mir als Mann nichts geben«, presste sie mühsam hervor. »Aber war das, was wir hatten, denn nicht genug? Ich bin Brauerin. Mein Bier werde ich als Frau noch brauen dürfen, wenn es unter meinem Dach keinen Braumeister mehr gibt. Gewiss wird die Zunft mir den Beitritt verweigern, und den großen Betrieb kann ich dann nicht mehr halten, aber den Unterhalt für mich und meine Brüder bringe ich allemal mit meiner Arbeit auf. Was verlange ich also von dir?«

»Viel weniger, als du verschenkst, mein nobles Mädchen. Aber du bestehst darauf, dich öffentlich mit einem Kerl wie mir zu zeigen. Das hieße, dir die Ehre zu nehmen, oder ...«

»Oder zu leben, wie es von Anbeginn für Mann und Frau bestimmt ist!«, rief sie triumphierend. »Was wäre denn daran so schrecklich? Hast du Angst, ich lege dich in Ketten, und wenn du mir nicht zu Willen bist, bekommst du ganz fürchterlich Prügel mit dem Besenstiel?«

Traurig lachte er auf. »Dazu braucht man keinen Mann zu prügeln, Liebste. Ganz fürchterlich schon gar nicht.«

»Dich offenbar schon.« Sie rannte durch das hohe Korn zu ihm, schlang die Arme um ihn und schmiegte sich an seinen Leib, wie sie es viele Male getan hatte, in dem Wunsch, ihm näher zu sein als jedem Menschen. Die Sehnsucht ließ sie an allen Gliedern flattern, machte ihr den Gaumen trocken und den Kopf federleicht. Jede Pore, so fühlte es sich an, öffnete sich, um ihn aufzunehmen, ihn zu spüren, um mit ihm zu verwachsen wie Schlehe und Eiche oder tausendmal fester. »Sei mir zu Willen, mein Liebling«, flüsterte sie. So hatte sie keinen genannt. Auch Endres nicht.

Er stöhnte, kämpfte und löste sich. Nahm sie bei den Armen. »Ich kann dich nicht heiraten, Magda. Ist dir das jetzt Antwort genug?«

»Wie sollte es? Du nennst mir ja keinen Grund.«

»Ich kann nicht für dich sorgen. Nein, erzähl mir nicht, ich hätte studiert und könne doch eine Stellung in den städtischen Amtsstuben finden, denn das kann ich nicht. Ich kann nirgendwo eine Stellung finden, die mir das Recht dazu gäbe, um ein ehrbares Mädchen zu werben. Du hast mir von eurem Hass auf die Zisterzienser in Chorin erzählt, aber ich habe dir etwas nicht erzählt: Ich war selbst in Chorin. Ich stand vor dem hohen, hinter Bäumen verborgenen Tor und habe mir gewünscht, dort Einlass zu finden, hinter den Mauern verschwinden zu dürfen und nie wieder aufzutauchen. Die Zisterzienser aber hätten einen wie mich nicht in ihre Reihen aufgenommen. So steht es um mich. Ich bin ein Mann ohne Ehre. Du hast nicht aufgehört zu fragen, mein Mädchen aus Bernau, und jetzt, so leid es mir tut, wirst du die Antwort aushalten müssen.«

»Und wenn ich dir nicht glaube?«

Er zuckte mit den Schultern. »Es wird dunkel. Wir hören jetzt endlich mit dem Reden auf und gehen.«

Es war das erste Mal, dass er sie grob anfasste. Ihr war es egal. Ihr war alles egal. Sie ließ sich an seinem Arm zurück in die Stadt schleppen und dachte im Rhythmus ihrer stolpernden Schritte nur eines: *Es ist nicht wahr. Was er versucht, mir einzureden, ist nicht wahr.*

22

Nichts war Utz je so schwergefallen, als sich nach seiner Niederlage gegen Bechtolt aufzurappeln. Er hatte in seinem Leben manchen Schlag einstecken müssen und war mehr als einmal zu Boden gegangen. Er hatte öfter mit ansehen müssen, wie ihm ein Gebäude, das er mühsam errichtet hatte, vor den Augen zertrümmert wurde, er hatte von vorn beginnen müssen, doch er hatte nie die Hoffnung verloren.

Diesmal war es anders. Mit Bechtolts Verrat hatte er seinen Traum vom Aufstieg als Berliner Händler verloren. Dieser Traum war ihm immer wie eine Kugel aus zartem, unermesslich kostbarem Glas erschienen, durch deren eisklare Wände er seine Zukunft vor sich gesehen hatte: Er würde in die blühende Doppelstadt gehen, er würde Haus und Grund erwerben und die Aufnahme in die Gilde erreichen. Waren diese Hürden erst genommen, würde der Rest sich von selbst ergeben. Aufs Handeln verstand er sich, daran hegte er keinen Zweifel. Sein Geschäft würde florieren, wenn er nur die Möglichkeit erhielt, sich zu bewähren, und für diese Möglichkeit war ihm kein Opfer zu groß erschienen.

Jetzt aber gab es nichts mehr, um das ein Opfer sich lohnte. Bechtolt hatte die Glaskugel, seinen schönsten, teuersten Besitz, zu Boden geschleudert, wo sie in tausend Scherben zersprungen war.

Weshalb also am Morgen noch aufstehen, weshalb ordentliche Kleidung anlegen, weshalb einen Bauch, der zu nichts nütze war, mit Speisen abfüllen? Einzig Magda war es, die Utz im Leben hielt. Zu sehen, wie sie sich abrackerte, ohne dass einer ihrer Brüder ihr zur Seite stand, erfüllte ihn mit marternden Schuldgefühlen. Er musste einfach die Stärke aufbringen und seiner Schwester zu Hilfe eilen. War er als Familienoberhaupt nicht dazu verpflichtet? Und das Oberhaupt dieser Familie war er, war es im gewissen Sinne immer gewesen, denn der Großvater in seiner Verbohrtheit taugte nicht dazu, und Lentz, so brav er sich lange Zeit geschlagen hatte, besaß weder Ehrgeiz noch Passion. Wenn Magda auf einen ihrer Brüder zählen konnte, dann war es Utz. Er durfte sie nicht im Stich lassen.

Zwei Versuche, ins Leben zurückzukehren, scheiterten. Beim dritten begriff Utz: Er würde nicht die Kraft finden, sich auf die Füße zu kämpfen, solange er nicht den kleinsten Funken Hoffnung aufbringen konnte. Hoffnung darauf, doch noch ein Dasein in Würde zu führen. Hoffnung, eines Tages zu leben, wie es seinem Wesen entsprach. Hoffnung, Bechtolt heimzuzahlen, was dieser ihm angetan hatte, und Hoffnung, Fronica noch einmal gegenüberzustehen wie damals in der dunklen Gasse und diesmal die Karten von Sieg und Niederlage neu zu verteilen.

Das Wunder geschah: Ganz allmählich und mit einem Mut, der ihn selbst verblüffte, nährte Utz wieder Hoffnung in sich. Schritt um Schritt, wenn auch langsam, entstand vor seinem geistigen Auge eine neue Kugel aus glitzerndem, venezianischen Glas. Ein neuer Plan nahm Gestalt an und füllte die Kugel mit Farbe und Bildern. Jene Bilder verliehen Utz die Kraft, sich schließlich vom Boden zu erheben und seiner Schwester seine Hilfe anzubieten, sosehr ihm das Braugewerbe auch zuwider war.

Mit Magdas Zustimmung übernahm er den geschäftlichen Teil und machte, wie nicht anders zu erwarten, seine Sache gut. Lentz' feige Flucht war ein neuerlicher Schlag für die Familie, doch letzten Endes kam es, wie der Bruder gesagt hatte: Er fehlte ihnen nicht, und es gab einen Esser weniger, der ihnen auf der knapp gefüllten Tasche lag. Magda schuftete wie ein Tier, um die Schulden zu begleichen, und so oft der erste Zipfel eines grünen Zweiges in Sicht war, tauchte Diether auf und sackte das bisschen Überschuss ein, um es sinnlos zu verprassen. Utz wusste, mit was für Leuten er sich herumtrieb, wo er sein Geld ließ und mit was für Gefahren er spielte, doch ebenso wenig wie Magda wusste er, wie dem Einhalt zu gebieten war. Da sie ihn nicht fallen lassen konnten, überließen sie ihm zähneknirschend ihr Geld, obgleich es sie jedes Mal um Wochen zurückwarf.

Lange kam es Utz vor, als kämpften sie auf verlorenem Posten, als folgten auf jeden Schritt vorwärts zwei oder gar drei zurück. Magda jedoch erwies sich als unermüdlich. Der Quell ihrer Stärke schien nie zu versiegen, und bei allem schaffte sie es noch, ihre Arbeit mit einem Frohsinn zu verrichten, als wären das Gestampf in der Maische und das Geschrei auf dem Markt der Gipfel der Seligkeit. *Wäre sie nicht meine Schwester Magda, müsste ich annehmen, sie sei verliebt,* dachte Utz.

Letzten Endes zahlten Magdas Zähigkeit und sein Geschäftssinn sich aus. Allmählich geriet der kleine Betrieb in Schwung, der Name Harzer-Bier erwarb sich einen Klang, und die Kunden, die einmal eine gefüllte Schweinsblase kauften, kamen an den nächsten Markttagen wieder. Im Juni gelang es ihnen zum ersten Mal, ein wenig Geld beiseitezuschaffen, von dem Diether hoffentlich nichts erfahren würde. Die kleine Summe lag unter einem Gärfass versteckt, und allwöchentlich kamen ein paar Pfennige dazu. Mit jedem einzelnen spürte Utz die Erregung in sich steigen. Seine Hoffnung wuchs, und sie beflügelte ihn.

Noch immer war es Magda, die das Geld verwaltete, obwohl diese Aufgabe Utz hätte zukommen müssen. »Und dabei bleibt es auch«, hatte der Großvater gebellt, als er eines Abends zaghaft vorgeschlagen hatte, ihm den Umgang mit den Einkünften zu übertragen, statt ihm für jeden Einkauf abgezählte Summen zuzuteilen. »Das Kälbchen hat dieses Gewerbe mit seinen eigenen Füßchen aus dem Boden gestampft, und was immer dabei herausspringt, steht ihm von Rechts wegen zu. Du lass deine Finger davon. Ihre Mitgift hast du schon für deine Flausen vergeudet, und wenn sie jetzt nicht heiraten kann, dann soll sie wenigstens ihr Auskommen haben, haben.«

Utz ließ sich zu keiner Erwiderung hinreißen. Manchmal hatte er sich gewünscht, dem gehässigen Alten seine Kränkungen heimzuzahlen, doch er hatte entschieden, dass derlei unter seiner Würde war. Ohnehin war der Greis jenseits von Gut und Böse und für nichts, was er tat, mehr verantwortlich. Wenn der Zeitpunkt gekommen war, würde Utz mit Magda sprechen. Bei seiner Schwester, daran zweifelte er nicht, würde er auf Verständnis stoßen.

Der Zeitpunkt kam, als der August anbrach. Sooft Utz allein im Kontor war, zählte er die Summe unter dem Gärfass durch. Sie wuchs stetig, und bald war sie so groß, dass es sich lohnte, sie zu teilen. Er würde Magda vom Markt abholen und ihr vorschlagen, sich eine ordentliche Mahlzeit im Gasthaus zu gönnen. Auf diese Weise konnten sie ihr Gespräch ohne die lästige Einmischung des Großvaters führen, und zudem schien es Utz nur angemessen, nach all der Mühsal und dem Kampf zu feiern.

Der kleine Stand, den Magda auf dem Olden Markt unterhielt, war eng von Kunden umstellt. Utz hielt sich am Rand und sah zu, wie seine Schwester emsig Krug um Krug ausschenkte, den Leuten die mitgebrachten Schweinsblasen füllte und mit der freien Hand eine Bestellung niederschrieb. Das Schreiben hatte Utz sie gelehrt, und nun zahlte es sich aus! Welche der anderen Marktfrauen verfügte wohl über so viel Bildung, dass sie ihre Aufträge schriftlich hätte festhalten können?

In den Anflug von Stolz mischte sich ein Tropfen Bitterkeit: Er hatte seiner Schwester zu Bildung verholfen, um ihr ein Leben wie das als Marktfrau zu ersparen. Sie mochte ein einfaches Brandenburger Mädchen sein, nicht zu Höherem geboren, doch er hatte ihr einen Mann gewünscht, der sie beschützte und für sie sorgte. Mit einem Seufzen zuckte Utz die Schultern. Das Schicksal hatte es anders bestimmt, der Hader nützte nicht, und Magda schien ihr Los mit Heiterkeit zu tragen.

Jedenfalls hatte sie es die Sommermonate über mit Heiterkeit getragen. Dass dem nicht mehr so war, musste Utz erkennen, sobald das Marktläuten das Ende des Handelns gebot und der belebte Platz sich leerte. Als die Menge sich teilte, tauchte das Gesicht seiner Schwester auf und versetzte ihm einen Schrecken. Wo war das glückselige Strahlen, das Magda in all den Wochen an den Tag gelegt hatte, wo war die frische Farbe, die davon kündete, dass sie ordentlich aß und schlief? Die Magda, die er jetzt zu sehen bekam, war totenbleich, und um ihre Augen ballten sich schwarze Schatten wie bei einer Kranken.

»Mein Herz«, entfuhr es ihm, und ohne den Rückzug des letzten Kunden abzuwarten, stürmte er zu ihr an den Scharren.

Sie wandte ihm den Blick zu, schwerfällig, fast als hätte sie Mühe, ihn zu erkennen. »Utz«, murmelte sie ohne Ausdruck.

»Mein Herz, was ist dir denn? Bist du krank, wächst dir dieser Berg von Arbeit über den Kopf?«

»Mir ist nichts, Utz«, sagte sie noch immer in dem unheimlichen, ausdruckslosen Ton und begann, das geleerte Steinzeug auf ihren Handkarren zu laden und mit geübten Griffen festzuzurren.

»Was hältst du davon, heute Abend einmal kein Kraut aufzuwärmen, sondern es dir in der *Hohlen Birne* nach Herzenslust schmecken zu lassen? Ich lade dich ein – du hast es dir redlich verdient.«

Dass er für die Einladung Geld aus ihrem Beutel brauchte, war unangenehm, doch es wäre ja das letzte Mal.

»Nicht in die *Birne!*«, rief sie, und in ihre Stimme kam Leben. Sie klang regelrecht entsetzt.

»Etwas Feineres können wir uns nicht leisten«, bekundete er ein wenig verärgert. Für ihn war die *Birne* zwei Winter lang gut genug gewesen, zwei selige Winter mit Fronica. »In die *Rippe*, wo unser Herr Bruder verkehrt, gehe ich jedenfalls nicht. Da herrscht mir zu viel vulgärer Lärm.«

»Nicht in die *Birne*«, beharrte Magda starr. »Überhaupt, ich habe vor Einbruch der Dunkelheit noch zu mälzen, und was soll denn der Großvater zu Abend essen?«

Sie wollte mit dem Karren an ihm vorbei, doch er verstellte ihr den Weg. »Ich habe mit dir zu sprechen, Magda.« Wieder einmal verlief etwas anders, als er es sich ausgemalt hatte, doch davon würde er sich nicht beirren lassen.

Müde blieb sie stehen und stützte sich auf die Griffe des Karrens. »Ja, dann sprich, Utz.«

»Es geht um das Geld«, bekannte er mutig. »Um unser Geld, das wir den Sommer über erwirtschaftet haben. Es ist sauer verdient, das weiß ich nur zu gut, und du hast gewiss gehofft, jeden Pfennig wieder in den Braubetrieb zu stecken. Aber Magda, du weißt ja, dass ich nicht zum Brauer geboren bin. Der Sinn steht mir nun einmal nach Höherem, daran lässt sich nichts ändern. Es ist nun einmal ein jeder in der Welt an einen Platz gestellt.«

»Was willst du denn sagen, Utz? Sei mir nicht böse, aber mir tun die Beine weh, und ich habe daheim noch zu schaffen.«

»Sagen will ich, dass ich mir wieder etwas aufbauen möchte.

Erst einmal im Kleinen – ein geschicktes Geschäft hier und eines dort, wie ich es angefangen habe, als wir noch in Bernau waren.«

»Aber das darfst du doch nicht. Du bist ja kein Mitglied der Gilde.«

»Nein, und dank Bechtolt werde ich wohl auch nie eines werden können«, erwiderte Utz bitter. »Aber auch als Gildeloser darf ich im kleinsten Rahmen Geschäfte tätigen, solange ich niemandem in die Quere komme. Wie ich dir sagte – ich will ja nur hier und da ein wenig für mich schaffen, und natürlich ändert das nichts daran, dass ich dir helfend zur Seite stehe. Wenn es mir aber gelingt, einen gewissen Betrag zusammenzubringen, dann dachte ich daran, aus Brandenburg fortzugehen. In die Gegend, von der ich dir einst erzählt habe, dorthin, wo der pralle Wein wächst, wo das Wetter freundlich ist und die Menschen echte Herzlichkeit besitzen. Ich werde als Fremder kommen, und gewiss wird der Neuanfang kein Honigschlecken, doch zumindest werde ich dort auf Geschäftspartner stoßen, die einem unbescholtenen Mann keine Steine in den Weg legen.«

Sie sagte nichts. Sah ihn nur unverwandt an, die Augen weit und leer im aschfahlen Gesicht. Zum ersten Mal bemerkte er, welch ungewöhnliche Farbe sie hatten, ein klares Grün wie der Weiher, an dem er Fronica geliebt hatte, wenn an schönen Tagen die Sonne darauffiel. »Mein Herz«, sagte er und griff nach ihren Händen. »Versteh mich doch. Es ist mein Lebenstraum. Wenn ich ihn verliere – was habe ich dann noch, um dafür zu leben?«

»Seltsam«, murmelte Magda. »Ich habe so etwas nie gehabt. Einen Lebenstraum. Ich wollte, dass meine Familie zusammenbleibt, dass wir es warm beieinander haben und dass überm Feuer stets ein Topf hängt, in dem dicke Erbsen für den Abend köcheln. Aber ja, natürlich. Wenn du ohne deinen Traum nicht leben kannst, dann darfst du wohl nicht auf ihn verzichten. So wie Lentz auf seinen Gang ins Kloster nicht verzichten konnte. Ich zähle nachher das Geld und rechne aus, was ich dir geben kann, einverstanden? An welche Summe hattest du gedacht?«

Ihr Ton war kühl und fremd. Aber sie würde ihm das Geld geben. »An die Hälfte«, antwortete er.

»Die Hälfte kannst du nicht haben«, erwiderte Magda. »Ich muss etwas für die Zeit zurücklegen, in der der Großvater nicht mehr arbeiten kann. Und ich muss Diether etwas geben, vergiss das nicht.«

»Bist du wahrhaftig der Ansicht, Diether stünde von unserem Geld etwas zu?«

»Tu mir den Gefallen«, sagte Magda, »und frag mich nicht, wem von euch etwas zusteht, denn das weiß ich nicht mehr. Ich werde jedem von euch geben, was ich geben kann, aber ich muss für Diether und den Großvater sorgen, einerlei, was wird. Jetzt lass mich bitte nach Hause. Wenn ich bis spät in der Nacht überm Malz stehe, komme ich morgen nicht rechtzeitig hoch.«

Das Gespräch war sein erster Sieg, wenn auch nur der allerwinzigste. Sein Traum würde sich nicht so schnell erfüllen, wie er es sich erhofft hatte, aber erfüllen würde er sich. Er war nicht dazu verurteilt, in der Braustube zu verrotten, sondern würde wieder lichtere Zeiten erleben. Vor seinen Augen schimmerte die Glaskugel in neuem, frisch poliertem Glanz.

Vor Magda allerdings hatte er sich geschämt. Sie sah so müde aus, so am Ende ihrer Kraft, und die Sorge um Diether hing ihr wie ein Wackerstein um den Hals. Er hatte es nicht über sich gebracht, ihr einen Teil des Ersparten zu nehmen, sondern hatte mit ihr vereinbart, dass er von jetzt an wöchentlich einen Anteil der Einnahmen für sich behalten würde, der seinem Anteil an Arbeit entsprach. »Ich verspreche dir, mein Herz, ich gehe nicht fort, ehe ich sicher bin, dass ihr zurechtkommt«, sagte er.

»Geh nur, wann immer es dir passt«, hatte sie ohne Regung erwidert. »Um uns sorg dich nicht. Wir werden schon nicht untergehen.«

In dieser Nacht konnte Utz nicht schlafen. Stundenlang lag er wach und entwarf Pläne für die Brauerei. Je schneller das Gewerbe zu Erfolg kam, desto eher hatte er sein Reisegeld zusammen und desto besseren Gewissens konnte er Magda zurücklassen. Jener verteufelte Mönch hatte die Wahrheit gesagt: Am Olden Markt waren nur noch Pfennige zu holen, die wahren Geschäfte wurden auf dem Mühlendamm und am Neuen Markt getätigt. Er würde dort einen Stand mieten oder besser eine fest errichtete Bude, die bei Weitem mehr hermachte. Er selbst, so beschloss er, würde sich nicht zu fein sein, sich dahinterzustellen und das allseits beliebte Bier aus Bernau anzubieten.

Falls Bechtolt auftauchte und ihn mit seinem Hohn übergoss, würde Utz ihm die kalte Schulter zeigen. In diesem einen Fall glaubte er an das, was die Weiber munkelten, die Liebestränke und Blicke in die Zukunft verhökerten: Man begegnete sich immer zweimal im Leben. Bechtolt und seiner Schwester würde er zum zweiten Mal begegnen, wenn er als gemachter Kaufmann aus dem Süden eine Reise in die unwirtliche Mark unternahm. Die Abrechnung würde dann stattfinden. Und zu seinen Bedingungen.

Gleich am nächsten Morgen machte er sich auf den Weg zur Marienkirche, um mit der Aufsicht am Neuen Markt zu verhandeln. Das Treiben, das dort herrschte, das Feilschen und Schachern, das Bieten, Wägen und Zugreifen versetzten ihn in

Hochstimmung. Irgendwann würde es ihm doch noch gelingen, sich seinen Platz in dieser Welt zu erobern.

Nicht auf der Linken, wo es stank wie auf dem Schindanger, wo zwei Zoten reißende Metzger einen an den Läufen aufgehängten Hammel schlachteten und das Blut wie aus geplatzten Schläuchen spritzte. Nein, er, Utz Harzer, sehnte sich von klein auf nach der Rechten, wo sich auf langen Tischen blitzsaubere Waren reihten, Kostbarkeiten, die die Härte des Lebens dämpften und die sein Herz höher schlagen ließen: fein gewirkte Tuche, Pelze, Schmuck und Zierrat, duftende Spezereien und kunstvolle Schmiedearbeiten aus edlem Metall. Auch Glas, das aus Böhmen oder der venezianischen Republik stammte, klar und makellos wie die Kugel, die die Bilder seiner Zukunft bewahrte. Kein anderes Material versetzte Utz so sehr in Entzücken wie dieses. In der Augustsonne ließ er sich ein paar Schritte weit treiben und gab sich der Süße seiner Träume hin.

»Ja Gott, sag an, Harzer, mein Bester – ist das denn wahr, dass man Euch auch einmal wieder zu Gesicht bekommt?«

Utz stockte der Herzschlag. Spielten ihm seine Augen einen unerhörten Streich, oder war der Kerl, der vor ihm seinen Wanst ausstreckte, wahrhaftig Bechtolt? Er war es. Wie er leibte und lebte. In den paar Monaten seit ihrer letzten Begegnung war er noch feister geworden, und seine seidige Schecke war so kurz, dass sie auf den massigen Hinterbacken auflag. Unter seine albernen Schnabelschuhe hatte er sich Trippen geschnallt, auf denen er wie eine Ente watschelte.

»Vergnüglicher Zufall«, bemerkte sein fetter Feind mit einem kehligen Lachen. »Ob Ihr's glaubt oder nicht, gerade haben wir von Euch gesprochen.« Wen er in sein *Wir* einschloss, zeigte er Utz mit einer lässigen Geste auf die Gesellschaft in seinem Rücken, drei nach neuester Mode ausstaffierte Herren und eine Dame, die sich um einen Verkaufstisch scharten.

Die Dame hätte Utz unter sämtlichen Frauen der Christenheit erkannt. Ihr Gebände saß fest, von dem reizenden Grübchen im Kinn war keine Spur zu erspähen, genauso wenig wie von dem rotgoldenen Feuer ihres Haars. Doch allein um das Geheimnis zu wissen, weckte das alte Brennen, das zwischen den Schenkeln begann und bis in Brust und Kehle loderte. Jäh wünschte er sich, Fronica den scheinheiligen Kopfputz herunterzureißen und sie an ihrem prachtvollen Haar über den Platz zu schleifen, wie man es mit Huren tat, auf die Pranger und Rute warteten.

Es war nicht einmal mehr die verschleierte Witwenhaube, die dieses verdorbene Haar bedeckte!

Bechtolt bemerkte seinen Blick. »Ja, ja, meine Schwester«, brummte er mit verschwörerischem Grinsen. »Die habe ich gleich vom Totenbett weg neu verheiratet, war nur froh, sie wieder an festen Zügeln zu wissen. Gewiss kennt Ihr das, Ihr habt ja selbst eine Schwester. Man trägt doch Verantwortung für so ein verstandloses Geschöpf und möchte nicht, dass es sich mit seiner Unvernunft in Schwierigkeiten bringt ...« Bedeutungsschwanger ließ er den Satz in der Luft hängen, ehe er auf einen der Herren wies, der eine eigentümlich flache Kappe aus moosgrünem Samt trug. Er hatte ein ordentlich gestutztes silbriges Bärtchen, wirkte prächtig genährt und ausgesprochen heiter. »Mein Schwager Nummer zwei«, erläuterte Bechtolt. »Der Herr Adalbert. Aus dem Bayrischen.«

Utz Lippen waren so fest aufeinandergepresst, dass er Blut zu schmecken glaubte. Nicht einmal ein Nicken brachte er als Antwort zustande.

»Ist ein gewichtiger Mann da unten.« Statt seiner nickte Bechtolt mehrere Male, wobei sein Doppelkinn Wellen schlug. »Im Morgen- wie im Abendland gibt es keine Ware, die er Euch nicht bieten kann. Vorausgesetzt, der Preis stimmt!« Bechtolt lachte, dann beugte er sich vor und flüsterte Utz ins Ohr, als wäre der sein Spießgeselle: »Menschenfleisch eingeschlossen.

Lebendiges, versteht sich. Derzeit steht ihm jedoch der Sinn danach, seine Nase fürs Geschäft in unserem schönen Brandenburg unter Beweis zu stellen.«

Der Geruch des Dicken – ein Gemisch aus Moschus, Fürzen und gebratenen Zwiebeln – trieb Utz die Tränen in die Augen. Er trat einen Schritt beiseite, wodurch Bechtolt ins Schwanken geriet. »Oh, ich sehe, Ihr habt es eilig. Geschäfte, was?«

Hastig brummte Utz seine Zustimmung. Er wollte den Blick von Fronicas Gebände losreißen und seitlich im Gewimmel untertauchen, aber Bechtolt ergriff vertraulich seinen Arm. »Ach, sagt mir doch, Bester, betreibt Ihr denn noch immer Eure kleine Brauerei?«

Als ob der Kerl das nicht wüsste, als ob es irgendetwas in dieser Stadt gab, das er nicht wusste! Utz zwang sich zu einem Räuspern. »Allerdings«, bekundete er. »Ich wüsste nicht, was mich davon abbringen sollte, so glänzend, wie die Geschäfte gehen. Unser Bier aus Bernau erfreut sich bei den Berlinern größter Beliebtheit.«

»Das freut mich zu hören, mein Bester.« Bechtolt entblößte eine Reihe merkwürdig klein geratener Zähnchen. »Und umso gespannter bin ich, wie unseren Berlinern das Bier aus der berühmten bayrischen Brautradition munden wird.«

»Bayrische Brautradition?« Die Worte waren bereits ausgesprochen, als er bemerkte, wie dümmlich sie klangen.

»Aber ja, ich sagte Euch doch – mein Schwager.« Noch einmal wies Bechtolt auf den Mann mit der Kappe, der jetzt beiläufig die Hand hob und seine Finger über Fronicas Gurgel spielen ließ. »Wir dachten uns, wir tun uns zusammen: Er gibt das Seine, ich stecke das Erbe vom Lebus hinein, und mit dem ganzen Batzen begründen wir eine Großbrauerei. So etwas fehlt doch bei uns, und Bier ist wie Brot: Es wird zu allen Zeiten gesoffen. Eine solche Goldgrube darf man schließlich nicht allein den Klöstern überlassen.«

»Ihr wollt...«, stammelte Utz, verlor die Stimme und begann von Neuem: »Ihr wollt eine Brauerei begründen? Wollt in dieser Stadt Bier verkaufen?«

»Und wie ich das will!« Bechtolt strahlte über pralle Backen. »Wenn der mit dem Teufel verbündete Spandauer mit seinen Tuchen sein angestammtes Feld verlässt und in meinen Jagdgründen wildert, bleibt mir nichts übrig, als dasselbe zu tun, oder nicht?«

Utz hatte keine Ahnung, wer der mit dem Teufel verbündete Spandauer war, und er wollte es auch nicht wissen. Er wusste, wer Bechtolt war. Das genügte für ein ganzes Leben.

»Die Idee, das muss ich gestehen, stammt allerdings nicht von mir«, schwatzte Bechtolt weiter. »Von meiner Schwester stammt sie, von der holden Fronica. Da staunt Ihr, was? So viel Geschäftssinn traut man den flatterhaften Wesen gar nicht zu, aber selbst plätschernde Wasser sind gelegentlich tief. Vielleicht solltet Ihr Eure Schwester auch einmal nach ihren Ideen fragen, mein Bester!«

Mit einem sachten, fast unhörbaren Klirren schlug die Glaskugel auf dem Boden auf und zersprang. Utz erstarrte. Wie die Frau des Lot, die sich nach dem Verlorenen umgedreht hatte, wurde er zur Säule aus Salz und würde sich nie mehr rühren.

»Ihr sagt nichts?«, fragte Bechtolt enttäuscht. »Meint Ihr nicht, das ist eine famose Idee, wo sich das Bier doch schon auf Eurem mickrigen Scharren wegverkauft wie warme Semmeln?«

Utz stand reglos und starrte in die Scherben, zwischen denen die Bilder seines Traums verschwammen.

»Wenn man im großen Stil braut, kann man natürlich ganz andere Preise bieten«, schwatzte Bechtolt noch immer, als höre irgendwer ihm zu. »Und wer billig kauft, der kauft viel, habe ich nicht Recht?«

23

Sie hatte für Diether und den Großvater zu sorgen. Das war es, was sie sich von früh bis spät vorbeten musste, wenn ihre Glieder schlappzumachen drohten und ihr Kopf sich weigern wollte, die Qual noch länger zu ertragen. *Ich war nie zuvor allein,* stellte sie, die sich so lange allein gefühlt hatte, verwundert fest. Ein Mensch konnte gar nicht wirklich allein sein, solange er nicht erlebt hatte, wie es war, zu zweit zu sein. Sie hatte zuweilen geglaubt, sich nach etwas zu sehnen, doch die wahre Gewalt von Sehnsucht bekam sie erst jetzt zu spüren, da sie das Ersehnte besessen, in zärtlichen Armen gehalten und wieder verloren hatte.

Ich muss für Diether und den Großvater sorgen. Mit diesen Worten hatte sie sich aus dem Haus und hinunter auf den Markt getrieben. Mit diesen Worten zwang sie sich, ihre Krüge vom Karren zu laden und auf dem Scharren aufzubauen. Was auf den schmalen Brettern keinen Platz fand, reihte sie davor auf das schlammbedeckte Pflaster. Bisher hatte sie sich immer Mühe gegeben, ihren Stand hübsch und einladend zu gestalten. Jetzt aber lud sie die Waren einfach ab und war zufrieden, wenn sie irgendwo standen.

Ihr einäugiger Verehrer kam wie jeden Tag, um mit ihr zu scherzen, doch die fidele Bernauerin, die ihm so manchen Schilling wert gewesen war, schien heute eine andere zu sein. So wie er trollten sich auch andere Kunden, die ihre Bierbrauerin nicht wiedererkannten, und schließlich stand Magda im sachten Regen allein. In den letzten Wochen war das Gedränge auf dem Markt täglich dichter geworden. Der große Jahrmarkt zum

Heiligkreuztag rückte ebenso näher wie die Erntefeste, und Fernhändler mit bis zum Rand beladenen Wagen strömten in Scharen in die Stadt. Die Masse wogte vor und zurück wie ein Tier mit unzähligen Köpfen. Eine Gans flatterte auf und versuchte, dem Beil ihres Henkers zu entwischen, scheiterte aber an der kläglichen Ungeübtheit der gestutzten Flügel.

Jäh fühlte Magda sich dem Tier verwandt. *Flattern wir nicht genauso ungelenk durch unser Leben?*, fragte sie sich. *Wir glauben, wir taugten zu Höhenflügen, doch in Wahrheit sind unsere Flügel Stummel, und im Kochtopf sind wir am besten aufgehoben.* Voll Häme lachte sie auf. *Übst du dich jetzt im Philosophieren, Magda Harzer, Brauerin? Glaubst du, das bisschen Liegen in den Armen eines Gelehrten hat auf deinen Kleingeist abgefärbt?*

Dabei hatte Thomas gar nicht vor ihr philosophiert. Er hatte sie auch nicht mit gelehrter Weisheit eingeschüchtert, sondern sich mit ihr im Gras gerollt und über die verrückte Mannigfaltigkeit des Lebens gelacht, gestaunt, geschwiegen und Unsinn geschwatzt. Sie wusste nicht einmal, ob er noch einen weiteren Namen besaß. Wenn er vom Grauen Kloster fort und in ein anderes ging, hatte sie keine Möglichkeit, ihn jemals wiederzufinden. Die Vorstellung schnürte ihr die Kehle zu.

In der Nacht hatte sie versucht, sich zu versichern, dass er die vernichtenden Worte nur so dahingeredet hatte, dass er zurückkommen würde, zu ihr auf den Markt, wie er immer zurückgekommen war. Im Herzen aber wusste sie, dass ihm jedes Wort ernst gewesen war. Er war entschlossen, das Gelübde zu leisten und ihnen beiden diese unmenschliche Qual aufzuerlegen, was auch immer ihn dazu veranlasste. Er würde nicht mehr zu ihr kommen, und wenn sie selbst hinüber zum Grauen Kloster liefe, wäre ihr die Tür dort ebenso verschlossen wie das Tor mit den Lanzenträgern, von dem sie inzwischen wusste, das es den Wohnsitz des Markgrafen schützte. Er würde sie abweisen lassen, wie Lentz sie abgewiesen hatte, als hätte es eine Magda aus Bernau in seinem Leben nie gegeben.

Wer so trübe Gedanken hegte, verkaufte kein Bier. *Reiß dich am Riemen,* befahl sich Magda, doch dieses Mal gehorchte sie nicht. Im nächsten Augenblick schreckte ein Geschrei vom anderen Ende des Marktes sie aus ihrer Trance. Der Tumult übertönte das Summen des üblichen Lärms: Männer johlten, Frauen kreischten, und über allem wieherte ein Pferd. Magda blickte auf und entdeckte den Unruhestifter: Es war ein Grauschimmel, ein ausnehmend schönes Tier, das vor der Menge scheute und mit wirbelnden Hufen hochstieg.

Wie es aussah, hatte der Reiter die Kontrolle über sein Pferd verloren. Klein und hilflos wirkte er, wie er sich in die Mähne des Tieres klammerte, das erst buckelte und sich dann wiederum bäumte. Kinder und Hunde flohen quiekend nach den Seiten und versetzten den Schimmel damit in noch größeren Schrecken. Ein beherzter Bursche sprang hinzu und griff ihm in die Zügel. Mit einem kräftigen Ruck brachte er ihn zum Stehen und wandte sich beifallheischend um. Gleich darauf aber stieg das Pferd von Neuem und riss den Mann von den Füßen.

Mit einem Knall zerriss der Zügel. Im jähen Besitz seiner Freiheit vollführte das Pferd ein paar Galoppsprünge, teilte die Menschenmenge und setzte geradewegs auf Magdas Scharren zu. »Gütige Jungfrau, Mädchen, aus dem Weg mit dir!«, schrie die Bäuerin Brida hinter ihrem Karren und schleuderte eine pralle Blutwurst nach dem durchgehenden Tier. Etwas Törichteres hätte sie kaum tun können. Die Blutwurst platzte dem Schimmel auf der Kruppe, und mit einem Satz, der den Reiter über seinen Kopf schleuderte, schoss er nach vorn.

Während das Tier quer über den Marktplatz davongaloppierte, landete der Reiter, zum Ball zusammengekrümmt, vor Magdas Scharren. Schlamm spritzte auf. Die Knie des Unglücksraben stießen den größten Krug um, der am Boden zerschellte. Bier ergoss sich ihm über Bauch und Brust, verströmte seinen unverwechselbaren Duft und lockte Raben und räudige Köter an. Einer vergrub die Schnauze in das Haar des Reiters, das golden und füllig unter seiner Kappe hervorquoll. Magda blinzelte mehrmals. Der gestürzte Reiter, zart gebaut und in blassblaue Seide gehüllt, war ohne jeden Zweifel eine Frau.

»Seid Ihr bei Euch? Könnt Ihr den Kopf drehen?« Magda kniete sich neben der Verunglückten in die Lache aus Schlamm und Bier. »Bleibt nur ruhig liegen. Ich schicke jemanden nach dem Bader, der versteht sich auf Brüche.«

»Oh nein, oh nicht doch«, stammelte die Frau. »Es sieht viel ärger aus, als es ist, und ich möchte Euch keinen Aufwand bereiten.«

Dazu ist es ein bisschen spät, dachte Magda. Wer anderen keinen Aufwand bereiten wollte, kam auf klügere Ideen als die, ein kopfscheues Pferd ins Getümmel eines Marktes zu lenken. Aber die Frau war offensichtlich von Adel und brauchte sich an die Regeln gewöhnlicher Sterblicher nicht zu halten. Auf der bierdurchtränkten Seide an ihrem Hals funkelte zwischen golden geschmiedeten Gliedern ein kostbarer Stein.

An dem Stein blieb Magdas Blick hängen. Sie hatte auch in Bernau schon Adlige samt ihrer Geschmeide zu Gesicht bekommen, doch dieses war anders. Der Goldschmuck war massiv, aber schlicht und der Stein, der ohne kunstvolle Fassung daran hing, ungeschliffen und riesengroß. Es war die Farbe, die Magdas Blick auf sich zog und nicht mehr losließ. Der große Stein schillerte weder in der Klarheit eines Diamanten noch im Rot von Rubinen, sondern in allen erdenklichen Spielarten von Braun. Nie zuvor hatte sie solche Töne an einem Schmuckstück gesehen.

Magda arbeitete mit Bier, seit sie einen Rührstab halten konnte. Dennoch wurde ihr zum ersten Mal bewusst, wie sehr sie dessen Farbspiel mochte, das je nach Zutat und Gärungsart von hellem Gelb über das warme Feuer von Bernstein bis zu tiefsten dunkelsten Erdfarben jede Schattierung annehmen konnte. Teile fügten sich zusammen. *Er hat schwarze Augen wie ein welscher Verführer,* glaubte sie ihren Bruder wettern zu hören und begriff, warum ihr das von Anfang an falsch erschienen war. Schwarz war die Farbe der Nacht und der Angst, aber Thomas' vor Wärme funkelnde Augen hatten ihr nie Angst gemacht. Sie waren ihr vertraut, weil sie die tausendfaltigen Farben von Bier besaßen. So wie dieser Stein, der für ein Schmuckstück viel zu groß und zu seltsam geformt war.

»Oh, gefällt Euch mein Amulett?« Ein wenig ungelenk und mit leisem Ächzen setzte die Reiterin sich auf. »Es ist ein Achat. Er soll vor den Stürmen des Lebens und vorm Verdursten schützen. Und davor, in der Welt allein zu sein.«

Magda musste sich beherrschen, um nicht die Hand auszustrecken und den Stein zu berühren. Ohne Federlesens löste die Reiterin den Verschluss in ihrem Nacken und hielt Magda das funkelnde Schmuckstück entgegen. »Seht ihn Euch ruhig an. Sonderlich wertvoll ist er nicht. Aber schön, nicht wahr?«

Eine Antwort fiel Magda nicht ein. Auf die Schönheit des Steins passte kein Wort, und dass er der Frau nicht wertvoll erschien, tat ihr weh. Hastig wandte sie sich ab, um vor der Fremden nicht wie eine dumme Gans in Tränen auszubrechen. Eine Weile lang hielt jene ihr das Kleinod noch hin, dann begriff sie wohl, dass Magda es nicht länger sehen wollte, und steckte es in ihren Beutel. »Ein Freund hat ihn mir geschenkt. Weil ich ihn unbedingt wollte.«

Magda schwieg und drehte sich weg.

»Habt Dank, dass Ihr mir geholfen habt«, sagte die Fremde.

»Ich habe Euch nicht geholfen«, erwiderte Magda patzig. »Aber die Stadtknechte haben inzwischen Euer Pferd eingefangen. Wenn Ihr Euch nichts gebrochen habt, könnt Ihr weiterreiten, doch steigt Ihr lieber hinter dem Platz, in einer ruhigen Gasse auf. Wer sein Pferd nicht beherrscht, der tut besser daran, Lärm und Gemenge wie dieses zu meiden.«

»Oh ja, oh ja.« Die junge Frau schlug sich die Hände vors Gesicht. »Ihr müsst mich für eine entsetzliche Reiterin halten, dabei bin ich in Wahrheit gar nicht so schlecht. Hidalgo und ich sind einander nur noch fremd, und er hat monatelang im Stall gestanden, das bekommt einem Hengst nicht gut.«

»Ich halte Euch für gar nichts«, entgegnete Magda. »Ich bin Brauerin. Vom Reiten verstehe ich nichts.«

»Brauerin seid ihr?« Die Augen der Frau weiteten sich und musterten Magda mit unverhohlener Neugier. Sie waren von demselben zarten Blau wie ihr Kleid, dessen Wert nicht zu übersehen war, obgleich es vom Saum bis zum Hals mit Dreck und Bier bespritzt war. »Die Brauerin Magda aus Bernau?«

»Die bin ich.«

»Was für ein Zufall!«, rief die andere. »Euretwegen habe ich den armen Hidalgo auf diesen Platz gelenkt, und dann purzle ich ausgerechnet Euch vor die Füße und schlage auch noch Euren schönen Krug kaputt. Für den Schaden werde ich selbstverständlich aufkommen. Ihr gestattet, dass ich mich vorstelle?«

»Das ist nicht nötig«, knurrte Magda, der abwechselnd heiß und kalt war, vermutlich weil sie mit dem Hintern in einer Schlammpfütze saß. Eilig erhob sie sich. »Weshalb wolltet Ihr zu mir? Hat Euch jemand mein Bier empfohlen?«

»Um ehrlich zu sein – ich wollte Euch gern sehen.« Die Frau stand ebenfalls auf. Sie war eine Schönheit, selbst zerrauft und von Kopf bis Fuß verdreckt. Eine goldschimmernde Elfe im Vergleich mit Magda. Sie streckte ihr die grazile Hand hin, die aus zerfetzter blauer Seide ragte. »Ich bin Afra von Parstein. Bitte entschuldigt meinen unangemessenen Auftritt. Ich komme in keiner bösen Absicht.«

Magda kannte keine Afra von Parstein, sie kannte überhaupt keine Menschen von Adel, die auf ihren Burgen und Herrensitzen hausten und vom Leben in den Städten so weit entfernt waren wie der Himmel vom Brandenburger Sand. Dennoch weckte der Name eine Erinnerung, rührte an eine Saite und jagte die heißen und kalten Schauer in noch schnellerem Wechsel über ihren Rücken.

Sie schlug nicht in die Hand ein. »Da sind die Leute mit Eurem Pferd. Wenn Ihr mir weiter nichts zu sagen habt, ginge ich gern an meine Arbeit zurück, damit nicht der ganze Tag verloren ist.« Tatsächlich waren die beiden Stadtknechte, die den Grauschimmel mit vereinten Kräften im Zaum hielten, in einiger Entfernung stehen geblieben und warfen Magda fragende Blicke zu. Zweifellos wollten sie der hohen Frau alles recht machen, um hinterher umso fürstlicher entlohnt zu werden.

»Oh nein, oh nein!«, rief die Frau und schlug sich erneut vor Verlegenheit die Hände vors Gesicht. Im Grunde hatte ihre hilflose Art etwas Liebenswertes, doch Magda wünschte sich lediglich, sie so schnell wie möglich loszuwerden. »Der Tag darf Euch nicht verloren sein, Magda. Es ist Euch doch recht, wenn ich Euch Magda nenne? Ich will für jeglichen Verlust aufkommen, und den Krug ersetze ich Euch natürlich auch.«

Sie begann, an dem Beutel, in den sie den Stein gestopft hatte, zu fingern, doch Magda hob die Hand. »Ich will von Euch nichts ersetzt. Ich will wissen, warum Ihr gekommen seid, und dann in Frieden weiter mein Bier verkaufen.«

»Euer Bier habe ich bereits rühmen hören«, erwiderte die Fremde. »Mein Gatte schenkt Bier an sein Gesinde aus. Vielleicht könnten wir es künftig von Euch beziehen? Ihr beliefert doch Burgen? Nach Parstein ist es auf dem Wasserweg nicht allzu weit, und mein Gatte ist ein sehr freundlicher Herr, der mir den Wunsch nicht abschlagen wird.«

»Nein, ich beliefere keine Burgen«, blaffte Magda zurück und wusste, dass Utz sich die Haare gerauft hätte. Hatte sie nicht für Diether und den Großvater zu sorgen? Ein Geschäft mit der Adligen mochte ihr Auskommen für den gesamten Winter sichern, und mit der Arbeit würden sie schon fertig werden. In Bernau hatten sie eine Burg beliefert. Natürlich hatten sie damals zu sechst in der Brauerei gestanden, doch sie hatte schon andere Wunder möglich gemacht, und wenn Geld hereinfloss, konnten sie eine Hilfe einstellen. Warum also nahm sie das Angebot der Frau nicht an? »Ich beliefere arme Schlucker, die hier auf dem Markt ein bisschen saufen und ihr elendes Leben vergessen wollen«, sagte sie nadelspitz zu der Elfenfrau.

»Oh«, war alles, was der Adligen einfiel. Gleich darauf aber fing sie sich. »Ich kann verstehen, dass Ihr zornig auf mich seid oder mich für krank im Geiste haltet. Darf ich dennoch versuchen, mich zu erklären? Jemand, den wir beide kennen, hat mich wissen lassen, wo ich Euch finde. Nein, kein Schwatzmaul, das Euch übel will, sondern ein braver Mann, der mir von Zeit zu Zeit behilflich ist, weil er ein weiches Herz hat und um meine Not weiß.«

Ich will um deine Not nicht wissen, flehte Magda stumm. *Um alles in der Welt, verschone mich damit.*

»Ich habe jenen Mann gebeten, mir Euren Namen zu nennen, weil er mir sagte, dass Euch ein einstiger Freund von mir bekannt ist. Seither habe ich mir gewünscht, Euch kennenzulernen.« Die junge Frau senkte die Stimme und zugleich den Blick. »Darf ich Euch bitten, mich wissen zu lassen, ob es ihm gut geht, jenem ... Freund von mir?«

»Woher sollte ich Eure Freunde kennen?«, fragte Magda, doch ihre Stimme zitterte. Sie kannte die Antwort der Frau, noch ehe diese den Mund auftat.

»Er lebt als Postulant im Grauen Kloster. Thomas Alvensleben. Ein großer, schöner Mann mit schwarzem Haar und Augen wie aus leuchtendem Achat.«

Magda war sicher, sie hatte noch nie einen Menschen etwas in so traurigem Ton aussprechen hören. Die Stimme der Adligen klang auf einmal nicht mehr jung, sondern gänzlich erloschen. Es war diese Traurigkeit, die sie veranlasste, der anderen ein paar freundlichere Worte hinzuwerfen: »Ja, ich denke, es geht ihm gut. Er ist gesund, ihm fehlt nichts.«

»Wahrhaftig nicht?« Die Frau trat auf Magda zu und lehnte einen Herzschlag lang die Wange an ihre. »Ihr wisst nicht, was für einen Dienst Ihr mir damit erweist.«

Ich fürchte, ich weiß es besser, als ich es jemals wissen wollte, dachte Magda.

»Und nicht nur mir«, fuhr die Frau fort. Erst jetzt sah Magda, dass in ihren blauen Augen Tränen glitzerten. »Ich möchte Euch nicht noch einmal kränken, indem ich Euch Geld anbiete. Aber gibt es vielleicht einen anderen Weg, Euch Eure Hilfe zu vergelten?«

Magdas eigene Augen waren knochentrocken. Nur ihr Herz raste. *Jetzt weiß ich, warum du hinter Klostermauern hockst.* Das Herz hämmerte ihr gegen die Rippen. *Weil du die da nicht haben konntest, weil sie dich abgewiesen und einen vom selben Stand geheiratet hat. Und jetzt weiß ich auch, warum Magda aus Bernau, die kleine deftig Verwürzte, dich aus deinem Gefängnis nicht herauslocken und halten konnte.* »Geld kränkt mich nicht«, sagte sie kalt zu der Elfe. »Gebt mir, was Ihr meint, mir zu schulden, und geht.« Sie streckte die Hand aus, wie die Huren es taten.

Augenblicklich begann die Frau wieder, an ihrem Beutel zu nesteln, förderte eine Handvoll Münzen zutage, denen man das schiere Silber ansah, und legte Magda eine um die andere in die Hand. Zwischendurch blickte sie auf, um mit Blicken zu fragen, ob es nun wohl genug sei, aber Magdas Gesicht blieb ausdruckslos. Von dem Geld konnte sie vermutlich ihr gesamtes Kontor mit Krügen füllen, aber das würde sie nicht tun. Sie konnte Utz die Reise in das sonnenüberflutete Hügelland bezahlen oder Diether ein ganzes Jahr im Rausch, doch auch das würde sie nicht tun. Sie würde die Münzen verstecken und für sich allein behalten, auch wenn sie nicht im Mindesten wusste, was sie damit anfangen sollte. Sie hatte es verdient. Es war ihr Hurenlohn, und kein anderer hatte ein Recht darauf.

Als in dem zarten Händchen kein Silbergroschen mehr übrig war, fragte die Frau: »Wird das genügen? Mehr trage ich nicht bei mir, aber ich könnte ...«

»Nicht nötig. Das genügt.« Magda steckte die Münzen ein und forderte die Stadtknechte durch ein Kopfnicken auf, das Pferd heranzuführen. »Guten Heimweg.«

»Eine Bitte noch – eine letzte.«

Magda stimmte weder zu noch lehnte sie ab. Sie starrte den Kopf des Schimmels an, an dem die Adern fein verästelt heraustraten.

»Wenn Ihr ihn wiederseht – könnt Ihr ihm wohl eine Botschaft von mir ausrichten?«

»Ich sehe ihn nicht wieder.« *Selbst wenn er es wollte, ich will ihn nie mehr sehen.*

»Hier, darauf habt Ihr mehr Anrecht als ich.« Sie zog den schillernden Stein aus ihrem Beutel und schob ihn Magda in die nun wieder leere Hand. »Bitte sagt ihm, Afra bittet um Verzeihung. Und sie wünscht ihm allen Frieden der Welt.«

»Seid Ihr taub? Ich sehe ihn nicht wieder.« Magda hätte den Stein gern fallen lassen, doch ihre Finger öffneten sich nicht. »Wenn das, was Ihr ihm zu sagen habt, so wichtig ist, dann geht in die Klosterstraße und bestellt es ihm selbst.«

Abrupt schwang sie herum und flüchtete hinter ihren Scharren. Den Stein stopfte sie zu den Münzen und begann in fliegender Geschäftigkeit, Krüge und Becher neu auszurichten. Durch das Summen des Marktlärms vernahm sie, dass die

Stadtknechte mit Afra von Parstein sprachen. Als sie aufblickte, hatten sie der Adligen aufs Pferd geholfen und führten sie durch die Menge. Wie eine schmutzige Königin thronte die blonde Elfe im Sattel. »Auf Wiedersehen, Magda!«, rief sie auf ihren Kopf hinunter. »Bitte hasst mich nicht, und solltet Ihr je meine Hilfe benötigen, lasst es mich wissen. Ich wäre unendlich froh – und nicht nur ich.«

24

Wie es die Regel verlangte, war Pater Martinus als Minister des Provinzialkapitels abgelöst worden, doch die Gemeinschaft des Berliner Klosters hatte ihn erneut zum Guardian gewählt. Auf den Versammlungen des Kapitels hatte Thomas ihn wohl zu Gesicht bekommen, doch in den sieben Monaten, die seit seiner Aufnahme verstrichen waren, hatte er kein Wort mehr mit ihm gewechselt. Jetzt hatte der Guardian ihn in sein Sprechzimmer bestellt. Eine gute Nachricht konnte das kaum bedeuten, und Thomas hatte beileibe keine verdient.

Er hatte drei Tage außerhalb des Klosters verbracht und war eigens für diese Unterredung zurückgerufen worden. Hätte der Guardian ihm eine Strafe erteilen wollen, so hätte er sie vor dem Kapitel verhängt und vollstreckt. Was er zu sagen hatte, musste schlimmer sein als das.

Während er vor der Tür des Sprechzimmers wartete, empfand er kaum Furcht, nur Müdigkeit. Alle anderen Gefühle schienen in ihm abgestorben wie die Fingerglieder des Mannes, der in der Nacht auf seinen Knien verendet war. Der Tod des Mannes hatte allerdings noch ein Gefühl in ihm ausgelöst. Der Alte hatte sich in den Tod geweint, und hinterher waren Thomas' Wangen so nass gewesen wie seine.

»Hast du mich nicht rufen hören, Thomas? Du siehst aus, als schliefest du im Stehen.«

Scharf rief sich Thomas zur Ordnung. »Ich bitte um Vergebung, Pater. In den letzten Nächten kam ich wenig zum Schlafen.«

Pater Martinus nickte. »Davon habe ich gehört. Was ist dir

lieber? Willst du das Gespräch vertagen und dich bis zur Non niederlegen? Oder willst du dieses Zaubermittel ausprobieren?«

Er hielt Thomas die Handfläche hin, auf der ein grünes Pfefferkorn lag. Manche der Brüder schworen auf dieses Mittel, um der Übermüdung standzuhalten. Ohne Zaudern griff Thomas zu und schob sich das Korn zwischen die Lippen. Als er daraufbiss, entfuhr ihm ein Laut. Ohne Zweifel, der Pfeffer würde seine Wirkung tun. Er hatte ihn nicht genommen, weil er tatsächlich fürchtete, im Stehen einzuschlafen, sondern weil es wohltat, zu spüren, dass nicht jede Empfindung in ihm abgestorben war.

»Hilft es?« Der Pater lächelte.

»Umwerfend.«

»Dann nur herein.«

Wie damals setzte der Pater sich auf den Schemel beim Pult, den er, wie Thomas inzwischen wusste, auch bei Schreibarbeiten benutzte, weil er aufgrund einer Verletzung nur unter Schmerzen stehen konnte. Als Knabe hatte er sich bei einem Sturz vom Pferd den Rücken gebrochen und war zum Sterben vorbereitet worden. Sein Überleben galt als Wunder und als Gnadenakt Gottes, aber Thomas fragte sich, wie viel Gnade in einem Leben unter ständigen Schmerzen liegen mochte. Er zwang sich, den eigenen Rücken zu straffen. Es tat seinem Fleisch nicht mehr weh, doch die glühende Lohe, die von der Schmach stammte, schoss ihm stets aufs Neue durch den Leib.

»Willst du dich nicht setzen?«

»Ich bliebe gern stehen.«

»Wie beliebt«, erwiderte der Pater. »Ich will dich nicht auf die Folter spannen, Thomas. Eigentlich hatte ich erwartet, du würdest mich dieser Tage aus eigenem Antrieb aufsuchen. Findest du nicht, es ist an der Zeit?«

An der Zeit, zu gehen? Die Furcht, die vorhin ausgeblieben war, überfiel ihn jetzt kalt.

»Ein halbes Jahr Prüfungszeit erweist sich in der Regel als ausreichend – sowohl für den Postulanten als auch für die Gemeinschaft, die seine Aufnahme erwägt. Wie steht es bei dir? Haben dir die sieben Monate nicht genügt, um deinen einstmals gefassten Entschluss zu überdenken?«

»Doch.«

»Also bitte. Ich höre.«

Sollte er dem Guardian seine Entscheidung mitteilen, ehe dieser ihm sagte, was das Kloster über ihn entschieden hatte? Wollte man ihn auf diese Weise tiefer als notwendig demütigen? Aber was wusste er denn? Vielleicht war es notwendig. Dort draußen, am Waldrand hinter den Roggenfeldern, hatte er begriffen, dass er leben wollte, und in den Nächten danach, im Georgen-Hospital, hatte er Menschen gesehen, die es auch wollten, obgleich an ihren verfallenen Leibern nichts mehr war, das zum Leben Kraft besaß. Was immer es erforderte und auch wenn er selbst nichts mehr spürte, er würde um das Leben, das übrig war, ringen. Er biss auf das Pfefferkorn. »Ehrwürdiger Vater, ich bitte um meine Aufnahme in den Orden der Minderen Brüder«, sagte er.

Ruhig suchte der andere seinen Blick. »Du bist dir sicher?«

»Ich weiß, ich bin nicht das, was man von einem guten Franziskaner erwartet«, brach es aus Thomas heraus. »Ich habe auch hier unter Euch nicht gelebt, wie man es von einem guten Franziskaner erwartet ...«

»Nein, das hast du wohl nicht.« Pater Martinus musste die Stimme erheben, um ihn zu unterbrechen. »Du bist durch diese Stadt gestreunt wie ein räudiger Hund, und dein Freiheitswille hat sich gegen jeden Zügel gesträubt. Aber willst du hören, was ich von einem guten Franziskaner erwarte? Nicht, dass er bereits gehorsam und demütig geboren ist und arm und keusch obendrein. Sondern dass er sich innig wünscht, die Nachfolge des heiligen Franziskus anzutreten, auch wenn es Kampf und Mühsal bedeutet. Dass er sich einsam genug fühlt, um sich mit seinem ganzen Sein nach Gottes Nähe zu sehnen.«

Thomas war sprachlos. Als der Franziskaner ihm mit einer Geste noch einmal bedeutete, sich niederzusetzen, gehorchte er.

»Ich habe heute in der Frühe über dich gesprochen. Mit Pater Gregorius vom Georgen-Hospital. Ich habe ihn gefragt, ob die Männer, die wir ihm gesandt haben, ihm von Nutzen waren, und er hat erzählt, er habe dich mit der Suppe für die Aussätzigen hinüber zum Leprosenhaus geschickt. Du hättest die Regeln zu deinem Schutz, die er dir genannt hat, nicht beachtet. Den Suppenkessel hättest du nicht, wie angewiesen, vor der Tür abgestellt, sondern wärst zu den Kranken hineingegangen und hättest die Nacht bei ihnen verbracht.«

»Ich habe niemanden berührt«, verteidigte sich Thomas.

»Ist das die Wahrheit?«

»Nein.«

Über Pater Martinus' Gesicht zuckte ein Grinsen. »Darf ich erfahren, warum du dich dem Verbot widersetzt hast?«

Die Worte waren ausgesprochen, ehe er sich hindern konnte: »Weil ich mir einmal gewünscht habe, jemand möge sich einem Verbot widersetzen und mich berühren.«

Pater Martinus nickte und schwieg.

»Muss ich mich dafür hier zur Bestrafung melden?«, fragte Thomas kalt. »Oder bei Pater Gregorius?«

»Bei niemandem«, erwiderte der Guardian. »Weder Pater Gregorius noch ich bestrafen einen Mann dafür, dass er seinem Gewissen folgt. Wir brauchen Männer, die ihre Kämpfe nicht uns überlassen, sondern sie mit Gott und sich selbst austragen. Und wenn wir bedenken, wie die Lage zwischen König und Heiligem Vater sich zuspitzt, brauchen wir dringender denn je

Männer, die zuweilen als Christenmenschen das Herz aufbringen, sich einem Verbot zu widersetzen. In der Nachfolge Jesu. In der Nachfolge des heiligen Franziskus.«

»Heißt das, Ihr erlaubt mir zu bleiben?«

»Wir wünschen uns, dass du bleibst«, erwiderte Pater Martinus. »Wir würden, wenn es so kommt, gern sehen, dass du deine außerordentliche Bildung nutzt und um das Studium der Theologie erweiterst. Damit erhieltest du die Befähigung, eines Tages in unser Terziarenhaus einzuziehen und den Städtern als Seelsorger zur Seite zu stehen. Wärst du willens und bereit, einen solchen Weg einzuschlagen?«

Beschämt von der Größe der Gabe senkte Thomas den Kopf. »Ja, mein Vater.«

»Sehr gut. Dann werden wir von heute an dafür beten, dass Gott dich in deinem Entschluss bestärkt.«

»Aber mein Entschluss steht fest!«, rief Thomas.

»Dieses hingegen«, entgegnete der Pater, »ist ein Punkt, an dem wir uns des Zweifels nicht erwehren können.«

»Ich habe Euch doch gesagt...«

»Still!«, gebot ihm Pater Martinus. »Was du mir gesagt hast, habe ich gehört, und dass du zur Lüge nicht fähig bist, hast du gerade erst erneut bewiesen. Ich bin überzeugt, dass du jedes deiner Worte aufrichtig meinst. Ebenso überzeugt bin ich aber, dass du einem Teil von dir das Wort verbietest, und zwar so streng, dass sogar ein Zisterzienser vor dir leichenblass würde.«

»Und was für ein Teil soll das sein?«

»Der, den es mit aller Kraft deiner fünfundzwanzig Jahre zurück nach draußen, in die Welt zieht. Der Teil, der sich so sehr sehnt, dass er vor lauter Schmerz schon gar nichts mehr spürt. Nein, reiße noch nicht den Schnabel vor Empörung auf. Mir ist nun einmal bekannt, dass du nicht wie ich schon als Kind zum Krüppel geworden bist und die Fähigkeit verloren hast, ein Leben als Mann in der Welt zu führen.«

»Ich habe die Fähigkeit auch verloren. Was das betrifft, bin ich ein Krüppel wie Ihr.«

Der Pater stand auf und kam in seinen steifen Schritten zu ihm. Als Thomas ebenfalls aufstehen wollte, gebot er ihm, sitzen zu bleiben, stellte sich hinter ihn und legte ihm die Hand auf den Rücken, zwischen die Schulterblätter. Thomas fuhr zusammen. Wie von selbst wölbte sein Rücken sich vor, um der Berührung auszuweichen. »Dass du das glaubst, weiß ich«, sagte der Pater. »Und ich denke, ich kenne auch den Grund.«

»Ja, den kennt Ihr, denn ich habe ihn Euch am ersten Tag anvertraut«, fuhr Thomas auf. Gewiss hatte er damals keine Einzelheiten erzählt, doch die näheren Umstände in einem Fall wie dem seinen herauszufinden, war ein Leichtes für einen Mann von Pater Martinus' Stand. »Steht Ihr jetzt hier, um mir daraus einen Strick zu drehen?«

Der Pater tappte ihm auf den Hinterkopf, wie man ein Kind schlägt, wenn man es eher mahnen als strafen will. »Dummkopf«, sagte er. »Ich stehe hier, um dir zu sagen, dass deine geschätzte Sicht nicht die einzige ist, mit der man die Welt betrachten kann. Nimmt nicht der größte Teil der Menschheit an, ein Aussätziger sei widerwärtig und aus Gottes Angesicht verstoßen? Und teilst du diese Annahme? Hast du sie geteilt, als du gestern Nacht einen Aussätzigen in deine Arme zogst, damit er beim Sterben einen menschlichen Herzschlag hören konnte? Sag es mir, Thomas, der nicht lügen kann – war der Mann dir widerwärtig? Hast du gedacht, er sei Gott verhasst?«

»Nein«, murmelte Thomas und hielt seinen stocksteifen Rücken, den jede Berührung quälte, unter der Hand des Paters still.

»Wie war es dann?«

»Ich habe gar nichts gedacht«, presste er heraus. »Ich wollte ihn bei mir haben.«

»Aha. Und dass ein Menschenherz auf dich genauso blickt,

hältst du für ausgeschlossen? Du bist ein Entehrter, ein wegen Notzucht Verurteilter, widerwärtig und aus dem Angesicht Gottes verstoßen. Als einen Menschen darf dich niemand mehr betrachten?«

»Gibt es ein abscheulicheres Verbrechen als Notzucht?« Er schrie beinahe auf, als der Schmerz in seinem Rücken regelrecht explodierte. »Ich selbst hätte eine solche Bestie mit keiner Kneifzange angefasst. Mit einem Dieb hätte ich mich vielleicht an einen Tisch gesetzt, sogar mit einem Betrüger, aber niemals mit einem, der Frauen schändet, der einem Mädchen Gewalt antut und ihr die Zukunft raubt!«

»Und tust du das?« Pater Martinus' Hand hielt auf seinem Rücken inne. »Schändest du Frauen? Willst du wirklich von mir, dass ich dir derlei zutraue?«

Thomas starrte zu Boden und schwieg.

»Antworte mir!«, herrschte der Pater ihn an.

Er schluckte trocken, musste sich räuspern, ehe sich ein Wort aus seiner Kehle zwängen ließ. »Offenbar ist es mir zuzutrauen«, war alles, was er herausbekam.

»Jetzt begreife ich«, sagte Pater Martinus und fuhr fort, ihm den Rücken zu streicheln. »Jemand hat ein Urteil über dich gefällt, das dich entsetzlich schmerzt. Also gehst du kein Wagnis mehr ein und erlaubst keinem anderen, sich sein Urteil zu bilden. Um ganz offen zu sein – das ist ein bisschen feige, oder nicht?«

»Ja«, gestand Thomas überrumpelt ein.

»Und das liebreizende Mädchen, mit dem du durch die Tage des Sommers getollt bist, darf deshalb nie erfahren, wer du bist, was du getan oder nicht getan hast und wie du dafür bestraft worden bist. Ein Urteil ist ihr verboten, denn ihr Urteil glaubst du ja zu kennen. Ein Gericht hat dir zugetraut, ein Schänder zu sein, also nimmst du fortan an, die ganze Welt müsse dasselbe tun.«

»Woher wisst Ihr ...«

Der Pater winkte ab. »Woher wir um das Mädchen wissen, ist ohne Bedeutung. Wir wissen es, und wir haben nicht vor, es gegen dich zu verwenden. Du hast ein Ende gemacht, und alles Übrige geht uns nichts an. Nur das eine: Wenn du hinter diese Mauern geflüchtet bist, damit das Mädchen dir nicht auf die Schliche kommt, dann ist dies hier nicht dein Platz.«

Thomas wollte widersprechen, doch der Pater ließ ihm keine Zeit dazu. »Um dir Gelegenheit zu geben, diese Fragen in dir zu ergründen, haben wir beschlossen, dein Postulat bis zum Beginn der Fastenzeit zu Allerheiligen zu verlängern«, verkündete er in förmlichem Ton. »Erst dann werden wir darüber entscheiden, ob du das Noviziat innerhalb der Gemeinschaft antreten darfst.«

»Und Ihr sagt, Ihr vertraut mir?« Thomas sprang auf. »Lentz Harzer, der noch kein halbes Jahr hier ist, legt am Sonntag seine Gelübde ab, aber die meinen schiebt Ihr auf?«

»Eifersüchtig?«

»Nein«, platzte er prompt heraus. »Auf einen feinen Kerl wie Lentz Harzer könnte nicht einmal der Teufel eifersüchtig sein.«

»Tatsächlich nicht?« Der Mönch hob die Brauen. »Und solches Reden im Sprechzimmer deines Guardian erscheint dir kein bisschen zweifelhaft?«

»Warum sollte es?«

Pater Martinus lachte. »Nun gut, darüber sprechen wir ein andermal. Sofern du sicher bist, keine Pause zu benötigen, darfst du jetzt ins Hospital zurückkehren. Pater Gregorius kann jede Hand, die zupackt, gut gebrauchen.«

»Ich will die Gelübde ablegen«, sagte Thomas. »Wenn es ist, wie Ihr sagt, wenn meine Ehrenstrafe für Euch kein Hindernis darstellt, dann begreife ich nicht, warum Ihr mir vorenthaltet, was Ihr jedem anderen gewährt.«

»Halt den Schnabel, mein Junge«, erwiderte der Pater. »So lautet nun einmal unsere Entscheidung, die musst du hinnehmen, nicht begreifen. Zumindest jetzt noch nicht.«

Damit stolperte er zur Tür und zog sie auf. Als Thomas unschlüssig stehen blieb, zog er ihn sacht am Ärmel. »Du bist ein stolzer, freiheitsliebender Mann«, sagte er. »Und dafür habe ich dich vom ersten Tag an geliebt. Hast du das Wort gehört, das ich benutzt habe? Dann behalte es. Es ist ein Geschenk. Ich habe mir damals vorgenommen, dich nicht zu brechen, sondern dir zu helfen, dich zu heilen, Thomas. Und nicht einmal du wirst mich davon abbringen können.«

»Was soll all das Gerede bedeuten? Dass Ihr mich nicht bei Euch haben wollt?«

»Dass ich dich von Herzen gern hier haben will – aber nur, wenn du die freie Wahl hast. Und sie triffst.«

25

Diether und seine Freunde hatten sich bereits am frühen Morgen auf dem Neuen Markt treffen wollen, um mitzuerleben, wie Propst Nikolaus und sein Gefolge in die Kirche einmarschierten. Am Abend zuvor aber hatte Diether einen furchtbaren Streit mit Magda gehabt. Um Geld war es gegangen, um die paar Pfennige, die er für Gretlins Unterhalt brauchte. Begriff Magda nicht, wie erniedrigend es für ihn war, sie darum anzubetteln? Hätte sie nicht auf den Gedanken kommen können, ihm den Betrag regelmäßig auszuzahlen, damit er wie ein Mann davon leben konnte, bis er wieder auf die Füße fand?

Er würde ja in Petters Geschäft eintreten, Petter hatte ihn schließlich selbst darum gebeten. Sobald sie Propst Nikolaus das Fürchten gelehrt hätten, würde Diether mit ihm sprechen. Natürlich hatte er Magda nichts davon erklären können, doch bisher hatte sie auch ohne Erklärung Verständnis gezeigt. Ausgerechnet an diesem Abend stellte sie sich bockbeinig wie eine Eselin. »Ich mag ja eine Gans sein, Diether, aber keine, die goldene Eier legt.«

»Ach, komm schon, einen einzigen Groschen wirst du doch entbehren können.«

»Von einem einzigen Groschen leben wir eine Woche lang«, entgegnete sie. »Und auch du könntest nicht schlecht davon leben. Du bekommst dein Essen auf den Tisch, dein Bier dazu, du hast dein sauberes, warmes Lager und deine Kleider, die ich dir in Ordnung halte. Zu mehr mag es bei uns nicht reichen, doch für die meisten Menschen ist das mehr als genug.«

»Und was ist mit Gretlin?«, fuhr Diether ihr in ihre Predigt.

»Für Gretlin, wer immer sie sein mag, bin ich nicht verantwortlich«, sagte Magda. »Ihr mögt alle Lebensträume und Gretlins und der Himmel weiß, was noch, haben, aber ich sorge hier für euer täglich Brot. Um alles andere müsst ihr euch selbst kümmern.«

»Was ist denn in dich gefahren?«, rief er ehrlich verblüfft. »Hast du neuerdings kein Herz mehr? Ist vielleicht Gretlin schuld daran, dass ihr die Schlächter des Papstes die Eltern abgestochen haben?«

»Ich bin auch nicht schuld daran. Ich habe niemanden abgestochen. In meinem ganzen Leben nicht.«

Er erkannte sie nicht wieder. Als er sie im Licht der Kerze betrachtete, erschien sie ihm regelrecht hässlich – nicht mehr wie das liebenswerte Bündel Leben, sondern wie eine verbitterte alte Jungfer, die anderen jegliche Freude missgönnte. Ein Wort ergab das andere, und am Ende warf er ihr an den Kopf, sie sei von Neid zerfressen und würde jeden Mann in die Flucht schlagen. »Und weil du keinen mehr findest, der dich lieb hat, kannst du's nicht ertragen, dass Gretlin und ich einander lieb haben!«, rief er, stieß seinen Becher zu Boden und stürmte aus dem Haus.

Kaum stand er auf der dunklen Straße, fiel das Entsetzen über ihn her: Was hatte er getan? Wie hatte er Magda so verletzen können, ausgerechnet er, der doch schuld daran war, dass sie ihren geliebten Endres nicht mehr hatte? Er hatte zu Gretlin gehen wollen, er hatte Caspar versprochen, die Miete zu bezahlen, doch stattdessen ging er zu Hans. Bei irgendwem musste er sich seine Last von der Seele reden, und außerdem brauchte er dringend ein Getränk.

Natürlich blieb das Pech ihm an diesem Abend treu: Auch Hans hatte keinen Pfennig im Beutel und konnte ihm mit der Miete nicht aushelfen. Zumindest gelang es ihnen, dem Bader einen Schlauch Wein zu stibitzen, den sie in der Wäschekammer leerten. Er war sauer wie Katzenpisse und erst nach dem dritten Becher genießbar, aber er tat seine Wirkung. Diether begann zu erzählen, und Hans hörte ihm geduldig zu. Natürlich konnte er dem Freund nicht den wahren Grund des Streits nennen. Stattdessen behauptete er, Magda wolle ihm verbieten, Gretlin, ein mittelloses Flüchtlingsmädchen, zur Frau zu nehmen.

»Gütiger Herr des Himmels«, bemerkte Hans. »Einen Kerl wie dich, den gibt's wahrhaftig nur einmal unter tausend. Dass du die Gretlin nimmst, einerlei, was sie mit sich herumträgt, das ist ein verflucht feiner Zug, und deine Familie sollte stolz auf dich sein.«

Auf diese Weise hatte Diether es noch nie betrachtet. Es tat ihm wohl, es war genau das, was er brauchte. In seinem Drang, sich endlich einmal das Herz zu erleichtern, vertraute er Hans auch an, was seine Schwester so herzlos und zänkisch gemacht hatte: Endres. Die Geschichte, deren Last er allein getragen hatte und an der er um ein Haar zerbrochen wäre. Einen Teil – den, den kein Mensch je erfahren durfte – ließ er aus, doch den Rest erzählte er in allen Einzelheiten.

»Ich bin schuld«, sagte er am Ende. »Ohne mich hätte Magda noch immer ihren braven Burschen an der Seite, der ihr nie ein Leid zugefügt hätte. Und ausgerechnet ich, der ihr diesen Wunderknaben geraubt hat, werfe ihr jetzt an den Kopf, dass sie keinen mehr bekommt. Wie habe ich das nur tun können? Ich habe sie doch lieb, mein Schwesterchen. Nach meiner Gretlin habe ich keinen Menschen auf der Welt so lieb. Aber du kommst an Stelle drei, mein Hans. Ganz gewiss kommst du an Stelle drei.«

Hans, auf seinen unergründlichen Wegen, besorgte noch ein wenig Wein, obwohl keiner von ihnen mehr gerade gehen konnte. »Jetzt reiß dir nicht den Kopf ab«, sagte er. »Morgen gehst du zu deiner Schwester und erklärst ihr, was mit dir los war: Du hättest die Gewalt über dich verloren, weil es um deine Gretlin ging und weil ein Mann doch für sein Mädchen einstehen muss.«

»Schön bin ich für sie eingestanden!«, bemerkte Diether höhnisch. »Dem Caspar habe ich die Miete nicht gezahlt.«

»Deshalb setzt der Caspar nicht gleich zwei Logiergäste auf die Straße, die ihm seit Monaten gutes Geld bringen«, beruhigte ihn Hans. »Gehst du eben morgen und bezahlst.«

Ja, morgen, nach der Messe mit dem Propst, würde er gehen und bezahlen. Er würde sich das Geld von Petter borgen, als Vorschuss auf seinen ersten Lohn. »Und du glaubst wirklich, Magda versteht mich, wenn ich es ihr erkläre? Und sie verzeiht mir auch, dass ich schuld an der Sache mit Endres bin?«

»Das mit ihrem Bräutigam, das kannst du nicht mehr geradebiegen«, lallte Hans mit schwerer Zunge. »Du kannst ja die Zeit nicht umkehren oder einen Toten aus dem Grab erwecken. Aber hast du schon mal überlegt, ob sich unter unseren Freunden nicht einer für deine Schwester findet? Der Jecklin wär noch unbeweibt, und wer weiß, wenn der mal hin und wieder einen Kuss bekäme, säh er die ganze Welt vielleicht nicht mehr so höllenschwarz.«

Darüber wollte Diether sich vor Lachen ausschütten, und als der zweite Schlauch leer war, waren sie sich einig, dass Jecklin und Magda füreinander bestimmt waren. In ihre Betten schafften sie es nicht mehr, sondern schliefen so, wie sie waren, zwischen den Wäschesäcken ein.

Diether erwachte von dem erbarmungslosesten Kopfschmerz seines Lebens. Hinter seinen Schläfen hockten zwei Trommler, die mit eisernen Schlegeln Löcher in seinen Schädel hackten, und in seinem Mund lag keine Zunge mehr, sondern ein pelziges, totes Tier. Grelles Tageslicht quoll durch die Dachritzen, brannte ihm in den Augen, und es dauerte eine Ewigkeit, bis ihm klar wurde, wo er sich befand. Hans war längst fort. Er musste am Vormittag für den Bader arbeiten und wollte erst später zum Neuen Markt nachkommen. Er aber, Diether, wurde dort seit dem Morgengrauen erwartet!

Erschrocken sprang er auf, plumpste jedoch augenblicklich auf den Wäschesack zurück. Wimmernd hielt er sich die Schläfen, so teuflisch wütete der Schmerz in seinem Kopf. Zudem musste ihm das Ungeziefer in seinem Mund, ehe es verreckt war, sämtliche Flüssigkeit aus dem Leib gesaugt haben, denn einen Durst wie diesen hatte er nie verspürt. Langsam, ganz langsam tastete er sich in die Höhe, um nicht sofort wieder niederzufallen. Schwankend stützte er sich an der Wand ab. Das Stehen fiel ihm schwer, aber immerhin war er in der Lage, sich in kleinen Schritten vorwärtszubewegen.

Wie es um sein Äußeres bestellt war, wollte er lieber nicht wissen. Die Kleider zerdrückt, das Haar zerrauft, die Augen rot gerändert wie bei Kaninchen – und so wollte er seiner Gretlin unter die Augen treten? Er hatte mit Hans ausgemacht, dass er die Schwestern abholen würde, damit sie den berühmten Propst zu sehen bekamen. Siedend heiß fielen ihm Einzelheiten des gestrigen Abends wieder ein: Wegen der dummen Streiterei mit Magda hatte er die Miete nicht bezahlt, und jetzt würde Caspar ihn zur Rede stellen. Sollte er also besser gleich zur Kirche laufen, ohne Gretlin und Ursel in der *Rippe* abzuholen? Er wollte jedoch auf keinen Fall, dass Gretlin das Spektakel versäumte. Sie sollte dabei sein, wenn ihr Liebster endlich aller Welt zeigte, zu was er imstande war.

Die Straßen der Stadt wirkten geradezu gespenstisch leer. Um die vereinzelten Karren und Stände auf dem sonst so belebten Olden Markt tummelte sich höchstens eine Handvoll Kunden. Aus der Ferne sah Diether seine Schwester, die hinter ihrem Scharren Bier ausschenkte, und nahm die Beine in die Hand, ehe ihr Blick ihn erhaschte.

Selbst in der *Rippe* war nur ein einziger Tisch besetzt. »Was für ein Totentanz wird denn hier gefeiert?«, platzte Diether heraus.

»Siehste doch«, erwiderte Caspar, der müde hinter dem Schanktisch seine Einnahmen zählte. »Ganz Berlin ist ins Marienviertel gerannt, um diesen Propst zu begaffen. Es ist der Tag der Entscheidung, posaunen sie überall herum – jeder Mann, der sich heute auf die Seite des Papstes stellt, stellt sich gegen Brandenburg. Wäre ich der Herr Propst, dann würde ich machen, dass ich zurück in mein Bernau käme, denn die Tracht Prügel, die dem hier blüht, die wünsch ich meinem ärgsten Zechpreller nicht.«

»Den Satan kannst du mit harmlosen Zechprellern nicht vergleichen«, beeilte Diether sich einzuwerfen. Er hatte Caspar um einen Schluck Schnaps oder wenigstens einen Becher Wasser gegen den brennenden Durst bitten wollen, ließ es jetzt aber wohlweislich bleiben. »Ich hole dann mal Gretlin und Ursel, damit wir nicht zu spät zur Messe kommen.«

»Das werdet ihr eh«, bemerkte Caspar trocken. »Außerdem kriegt ihr gar keine Plätze mehr bei den Massen, die's da hingetrieben hat. Und da wir von deinen zwei niedlichen Schwestern sprechen, du König der Kaufleute – wo ist eigentlich mein Mietzins?« Ohne Scham hielt er Diether die offene Hand hin.

Im Grunde war dieser Caspar ein herzloser Geizhals. Dass er nicht mit auf den Neuen Markt kam, sondern lieber in seiner Kneipe Pfennige zählte, sprach für sich. »Ich hab mein Geld nicht bei mir«, murmelte Diether hastig. »War mir zu gefährlich – in dem Gewimmel da draußen treiben sich jede Menge Beutelschneider rum.«

»Und der größte von denen bist du selber, was?« Caspar schlug die Schatulle mit seinen gehorteten Reichtümern zu.

»Na, mir soll's recht sein. Bring mir den fälligen Groschen eben nachher vorbei, aber vergiss es nicht. Ansonsten brauchst du deine zwei Hübschen gar nicht mehr abzuliefern, die haben dann nämlich kein Bett mehr hier.«

Die Beklommenheit, die Diether verspürte, war schlimmer als der Kopfschmerz und das Ungeziefer im Mund. Weshalb hatte sich eigentlich alle Welt gegen ihn verschworen? Er konnte jetzt wirklich nur noch darauf hoffen, dass ihm heute der entscheidende Schlag gelang, der seine Probleme löste.

In fliegender Eile trieb er Gretlin und Ursel aus der Kammer und machte sich mit ihnen auf den Weg. Die beiden Mädchen kamen kaum mit, so geschwind hastete er an der sonnenglitzernden Spree entlang. Es tat ihm weh, seine Liebste derart rücksichtslos mit sich zu zerren. Auch wenn Gretlin um die Leibesmitte zugelegt hatte, waren ihre Arme und Beine noch immer dürr wie Stöckchen.

Kaum stürmte er mit den Mädchen durch die Große Straße, vernahm er den dröhnenden Glockenschlag, der die Bürger des Marienviertels zur Messe rief: Er kam zu spät. Der Tag, auf den er all seine Hoffnung gesetzt hatte, stand wahrhaftig unter einem schwarzen Stern.

Der Neue Markt war von Menschen überfüllt. Die Wirtsleute der Schänken, die sich rund um das Marktgelände reihten, hatten ihre Türen geöffnet und Tische und Stühle auf die Straße gestellt. Einzelne Zecher waren sogar auf die Tische geklettert, um vom Geschehen rund um die Kirche nichts zu versäumen. Die Stände der Händler waren an diesem Markttag kaum auszumachen, so dicht drängten sich die Schaulustigen dazwischen. Diether spürte, wie ihm das Herz sank. Wie sollte er jemals diese Horden durchdringen, um zum Portal der Kirche zu gelangen? Dass er die zwei Mädchen am Rockzipfel hatte, machte das Unmögliche keineswegs leichter.

Nichtsdestotrotz, er hatte keine Wahl. »Wir müssen da

durch«, sagte er zu Ursel und Gretlin und nahm die beiden noch fester bei den Armen. »Bis nach vorn, zur Kirche, seht ihr?«

Ursel folgte bereitwillig, obgleich sich vor ihnen nicht der schmalste Spalt zum Durchschlüpfen auftat. Gretlin aber weigerte sich. Sie blieb einfach stehen, stemmte die schwachen Beinchen in den Boden und schrie. Diether hätte sie gewaltsam vorwärtsschleifen müssen, um weiterzukommen.

Seine Lage war verzweifelt – was immer er tat, er konnte nur verlieren. Gab er auf, so verspielte er die eine Gelegenheit, Petter und den anderen zu beweisen, was in ihm steckte. Er würde Caspar den Mietzins nicht zahlen können und keine Partnerschaft mit Petter beginnen, die ihm die Heirat mit seiner Gretlin ermöglichte. Zwang er Gretlin aber, sich mit ihm in die Menschenmenge zu stürzen, so versetzte er ihr womöglich einen Schrecken, von dem sie sich nie mehr erholte. Zu allem Unglück lief ihm die Zeit davon – mit jedem Augenblick, den er hier unschlüssig herumstand, schwand seine Hoffnung auf Erfolg.

»Ursel«, rief er in seiner Not, »hör mir zu: Es ist lebenswichtig, dass ich in diese Kirche komme – verstehst du das?«

Er hatte sich angewöhnt, mit der stummen Gretlin wie mit einem Kind zu sprechen, das die Bedeutung der Worte erst lernen musste. Bei Ursel hätte er sich das sparen können. Sie verzog das Gesicht. »Weshalb soll ich das denn nicht verstehen?«, meinte sie. »Laut genug redest du ja.«

»Kannst du dann hier mit deiner Schwester stehen bleiben und auf mich warten? Du siehst, es wäre Quälerei, sie weiter vorwärtszutreiben, und allein komme ich leichter durch. Versprich mir also, dass du mit ihr auf diesem Flecken wartest, bis wir alle wieder beisammen sind.«

»Wenn du meinst, dann mache ich's so.«

»Rührt euch aber nicht von der Stelle, einerlei was geschieht!«

Er küsste die wimmernde Gretlin auf die Wangen und kam sich vor, als zöge er in den Krieg.

Der Weg durch die schiebenden, stoßenden, tretenden Leiber, die sich weigerten, auch nur um ein Zoll freiwillig beiseitezurücken, war eine Heldentat für sich. Wie viel Püffe und Hiebe sein schmerzender Kopf abbekam, vermochte Diether nicht zu zählen, und unter anderen Umständen hätte er sicher aufgegeben. Da ihm jedoch keine Wahl blieb, bahnte er sich mit Fäusten und Ellbogen seinen Pfad.

Als er etwa bis in die Mitte des Platzes vorgedrungen war, stolperte er über etwas, das am Boden lag, und wäre lang hingeschlagen, hätte es nicht an Raum dazu gefehlt. Im Weiterdrängen bückte er sich. Der Gegenstand war ein Gehstock, ein ordentlicher Knüppel mit dickem Knauf, den jemand verloren haben musste. Wenn man ihn schwang, wirkte er ohne Zweifel bedrohlich. Ein Wink des Himmels! Er hob den Gehstock auf und schwenkte ihn über seinem Kopf. Seine Rechnung ging auf: Die Menge spritzte auseinander und ließ ihn passieren. Diether stob voran, als gäbe es kein Halten mehr. Zerschlagen und außer Atem erreichte er schließlich das Portal.

Er hatte Wachen davor erwartet und sich schon eine Erklärung zurechtgelegt, doch zu seiner Verblüffung hinderte kein Mensch ihn daran, eine der schweren Flügeltüren aufzustemmen. Drinnen, im weiten Mittelschiff der Kirche, standen die Menschen noch dreimal dichter zusammengestopft als draußen auf dem Platz. Propst Nikolaus' Stimme dröhnte ihm entgegen. Offenbar war die liturgische Einleitung schon vorüber, und die Predigt hatte begonnen.

Etwas im Ton des Bernauers, das Näselnde, Herablassende, das selbst in schäumenden Wuttiraden erhalten blieb, war Diether zutiefst zuwider. Es erinnerte ihn an die Stimme seines Vaters, wenn der ihn beim Kragen gepackt und in die Höhe gezogen hatte, dass ihm das Ratschen des Hemdstoffs in den

Ohren gellte. *Weißt du, wie sehr du mich auch diesmal enttäuscht hast? Weißt du, wie ich mich schäme, einen Sohn zu haben, der nichts und wieder nichts taugt?* Dann hatte er Diethers Körper, der zu schwach war, um sich zu wehren, über sein Knie gelegt und jedes Mal, wenn der Stock auf seinen Hintern niederpfiff, in dieser näselnden Stimme gekeift: *Da hast du, da hast du!*

Schon die Hiebe allein hätte er dem Vater nie vergeben, doch diese näselnde Stimme hatte alles noch schlimmer gemacht. Diether war sich wie ein Nichts vorgekommen, wie ein Stück Dreck. Seine Hände verkrampften sich um den Knauf des Gehstocks. »Die Strafe wird über euch kommen, ihr Verblendeten!«, rief Propst Nikolaus über die Köpfe der Versammelten hinweg. »*Wer nicht mit mir ist, der ist wider mich*, spricht der Herr, und über die Gottlosen, die wider ihn sind, wird Sein Richtspruch fürchterlich sein!«

»Pass nur auf, dass Er nicht vorher dich richtet!«, rief jemand dazwischen. Diether richtete sich so hoch auf, wie er konnte, und entdeckte ganz vorn, nur ein paar Schritte vor dem prunkvollen Hochaltar, die Gruppe seiner Freunde, aus der der Ruf gekommen war.

»Der Fürst der Hölle frohlockt!«, schrie Propst Nikolaus auf den Zwischenrufer nieder. »Eurer Seelen, Ihr Verderbten, ist er sich sicher! Gebt Ihr etwa den Anteil, der Eurer Mutter Kirche gebührt, pflichtbewusst ab, ein jeder nach seinem Verdienst, wie es geschrieben steht? Mitnichten! Zu den Huren tragt ihr ihn, in den Pfuhl der schändlichen Lust! Sodom und Gomorrha sind nichts gegen euer Sündenbabel, und wie jene wird das lasterhafte Berlin unter Feuer und Schwefel begraben werden!«

Wie ein Donnergrollen schwoll das Murren der Menschenmenge an, wurde dichter, lauter, schien den Kopf des Propstes bedrohlich zu umschweben. »Feuer und Schwefel!«, schrie der Eiferer unbeirrt, »Feuer und Schwefel mit dem Gestank der Hölle!«

Im Seitenschiff schrie eine Frau. Wieder stützte Diether sich auf den Stock, reckte sich in die Höhe und entdeckte die endlosen Reihen der Flüchtlinge. Wie ein Mahnmal standen sie dort in ihren grau verwaschenen Gewändern, drückten ihre Kinder an sich oder hielten sich aneinander fest. Das waren die Menschen, die der Papst und sein Jünger Nikolaus mit Feuer und Schwefel überrannt hatten – unschuldige Frauen, Mädchen wie Gretlin, gebrechliche Greise und Säuglinge!

Diether hatte auf den passenden Augenblick warten wollen, auf einen Einfall, mit dem er beweisen konnte, wie gewitzt er war, doch jetzt war ihm alles einerlei. »Mörder!«, schrie er über die Menschenmenge hinweg dem Propst entgegen. »Dich sollte man mit Feuer und Schwefel heimsuchen, um die Menschen zu rächen, die du ermorden lässt!«

Diethers Schreie aus dem hintersten Winkel der Kirche schienen die Menge zu entfesseln. Wie ein Mann stieß sie nach vorn, dem Feind entgegen, kesselte ihn regelrecht ein und wogte noch einen Schritt näher. Propst Nikolaus aber ließ sich dadurch nicht einschüchtern. »Jeder Einzelne von euch ist ein Sünder und Ketzer wie der Bayer Ludwig, den ihr euren Markgrafen nennt! Mitnichten ist dieser Mann euer Markgraf! Johannes der Zweiundzwanzigste, Heiliger Vater, Stellvertreter Gottes auf Erden, hat Herzog Rudolf ernannt und den Ketzer in Acht und Bann gelegt. Jeder, der dem Gotteslästerer Ludwig noch huldigt, statt die Seite des Heiligen Stuhles zu ergreifen, ist ein Ketzer, nicht besser als jener, und fällt der Hölle anheim!«

»Ludwig ist Markgraf dieses Landes!«, rief Diether zurück. Seine Stimme überschlug sich, und sein Schädel drohte zu platzen. »Wer sich gegen ihn stellt, der stellt sich gegen Brandenburg. Papst oder Brandenburg, so lautet hier und heute die Entscheidung!«

»Papst oder Brandenburg!« Sein Ruf pflanzte sich fort und ging rasch in einen ohrenbetäubenden Singsang über, mit dem die Leute ihre Entscheidung durch die Kirche brüllten: »Bran – den – burg, Bran – den – burg!«

Es war ein Schlachtruf.

Und es war eine Liebeserklärung.

Diese Leute waren nicht länger kuschende Untertanen in irgendeiner sandigen Grenzmark an den östlichsten Rändern des Reiches. Sie waren Brandenburger. Männer aus dem Land mit der Adlergestalt.

Propst Nikolaus schrie und wetterte weiter, aber Diether verstand nichts mehr. Er hatte es getan, er hatte vor allen Leuten seinen Mut bewiesen, und seine Worte hatten seine Mitbürger befeuert. Schritt um Schritt drangen die Scharen auf den Altar zu, schwangen die Fäuste in Richtung des Propstes und spien wüste Drohungen aus. Er, Diether Harzer, war der Urheber dieses Aufruhrs, ihm war der Sturm gerechten Zornes zu verdanken. Hatte aber jeder es mitbekommen, vor allem Petter, der ganz vorn vorm Altar stand? In seinem Winkel, weitab vom Herzen des Geschehens, kam Diether sich vor, als bliebe er von seiner eigenen Siegesfeier ausgeschlossen.

»Ihr Frevler, ihr Gottlosen!«, brüllte Propst Nikolaus. »Den Zehnt wie den Peterspfennig wird man von euch mit dem Schwert eintreiben!«

»Mörder!«, brüllte die Menge zurück.

»Schinder, Kriegstreiber!«

»Kein polnisches Heer in Brandenburg!«

»Bran – den – burg, Bran – den – burg!«

Diether sah, wie von der Tür des linken Seitenschiffes her drei Geistliche in den Altarraum hasteten. In einem von ihnen erkannte er Nikolaus' Amtsbruder Hubertus, den Propst von Berlin. Eilig drängte er sich zu Propst Nikolaus durch und sprach erregt auf ihn ein. Mehrmals wies er dabei auf die Seitentür, vor der Diether eine Handvoll Bewaffneter erkannte. Männer der Stadtwache. Gewiss von der Geistlichkeit herbeigerufen, um den Propst vor den Prügeln der aufgebrachten Menge zu schützen. Wieder wies Hubertus nach der Tür, vor der die Wachen mit ihren Lanzen warteten. Offenbar hatte er vor, seinen Amtsbruder dorthinaus und durch Nebengassen geleiten zu lassen, bis er in Sicherheit war.

Ein kluger Plan. Propst Nikolaus aber warf sich geradezu empört in die Brust und schüttelte schnaufend den Kopf. Als sein Berliner Amtsbruder noch einmal heftig auf ihn einsprach, schob er ihn kurzerhand aus dem Weg. »Der Leib des Herrn, der für euch gestorben ist, wird heute nicht an euch ausgeteilt!«, rief er triumphierend in die Menschenmenge. »Damit ihr einen Vorgeschmack auf das bekommt, was Gotteslästerern wie euch bevorsteht – ein Dasein ohne Trost, ohne Gnade, eine Welt ohne Heil und ein Himmel der vollkommenen Leere – Leere – Leere!«

Dreimal brüllte er das Wort wie Diethers Großvater, wenn er eine Rede beendete. Propst Nikolaus aber beendete seine Rede mitnichten, sondern brüllte immer weiter. In das Geschrei drang das Geläut der Altarglocke, das für gewöhnlich die liturgischen Einsetzungsworte begleitete. Allem Anschein nach hatte der junge Messdiener nicht mitbekommen, dass der Propst den Berlinern die heilige Kommunion vorenthalten wollte.

Und welches Recht hatte er dazu? Gottes Sohn hatte doch wohl sein Blut für sie alle vergossen, nicht nur für gesalbte Herren in Soutane und Mitra!

»Her mit dem Leib Jesu!«, schrie Diether.

Neben ihm lachte ein älterer Mann mit Backenbart auf. »Ganz schön dreist, junger Freund. Bist so eine Art Raubein, den wilden Wäldern entwichen, ja?«

Der Sinn der Worte entzog sich Diether, doch ihm blieb keine Zeit, darüber nachzudenken. Im selben Augenblick nämlich schlug Propst Nikolaus ein letztes Mal das Angebot des

Amtsbruders aus und schickte sich an, den Altarraum auf üblichem Wege zu verlassen. Tatsächlich wollte er diese Farce von einer Messe beenden, ohne den Menschen zumindest seinen Segen zu spenden. Für gewöhnlich gaben die Gläubigen in der Mitte einen Gang frei, sobald der Geistliche sich zum Auszug bereit machte. Für Propst Nikolaus jedoch wich kein einziger Mann auch nur um einen Schritt zurück. Im Gegenteil, die Berliner schienen sich auf die Mitte zuzubewegen und sich bedrohlich um den verhassten Propst zu ballen.

Die Erregung, mit der die Kirche bis zum Bersten geladen schien, ergriff von Diether Besitz. Während der Predigt hatte er abgedrängt im Winkel stehen müssen, jetzt aber würde er einer der Ersten sein, die mit dem Propst ins Freie gelangten. Niemand wagte es, im Innern der Kirche Hand an den Vertreter Gottes zu legen. Schon deshalb mussten die Leute ihm schließlich den Durchgang erlauben, aber der Spalt, den sie ihm zwischen ihren Leibern ließen, war winzig. Arme, Schultern und Schenkel streiften wie zufällig seine Glieder oder stießen ihn zur Seite. Ein Fuß streckte sich, doch ehe der Propst zu Fall kam, zog er sich wieder zurück. Schimpfworte wurden gezischt, geflüstert, geraunt, bis das ganze Kirchenschiff vor unheilschwangerem Gemurmel widerhallte.

Propst Nikolaus aber schien sich seiner Stellung und seiner Unantastbarkeit vollkommen sicher. Unbeirrt, mit hochmütig gerecktem Haupt, schritt er dem Portal entgegen. Glaubte er, Gott würde seine schützende Hand über ihn halten? Glaubte er, die Stadtwache würde eingreifen, oder war er in seinem Größenwahn tatsächlich so verblendet, dass er annahm, kein Berliner würde dreist genug sein, ihn anzugreifen?

Jäh fühlte sich Diether von der Woge der ins Freie drängenden Menge erfasst. Taumelnd wurde er nach draußen geschwemmt, wo weitere Scharen den verhassten Kirchenmann erwarteten. Dunkles Buhen und Schimpfen aus Hunderten von

Kehlen glich dem Grollen, das ein Gewitter ankündigte. Diether, dem der Kopf bis zum Platzen schmerzte, versuchte stehen zu bleiben und Atem zu schöpfen, doch die Leiber, die weiter vorwärts strebten, drängten ihn aus dem Weg.

Er blickte auf und fand sich Auge in Auge mit Nikolaus Cyriacus, der just aus dem Portal getreten sein musste. Gleich darauf traf den Propst der erste Fausthieb. Die Mitra, die er trug, weil er an kirchlicher Macht einem Bischof kaum nachstand, flog ihm vom Kopf und segelte in den Dreck auf dem Pflaster. Ein junger Bursche fischte sie auf und enteilte johlend damit durch die Menge. Einen Herzschlag lang sah Diether das Gesicht des Feindes. Es hatte jäh die Farbe verloren, wirkte jedoch eher überrascht als entsetzt. Diether schien es, als hielte die wütende Menge in der Bewegung inne. Als stünde die Zeit still, einen Atemzug lang.

Brachte niemand den Mut auf, dem Propst den nächsten Hieb zu versetzen, obwohl ihm jeder die Tracht Prügel gönnte?

Erwartete jeder von einem anderen, dass er zum Schlag ausholte?

Wie nah stand er selbst?

Nicht nah genug, um sein Gesicht zu treffen.

Der Schmerz in Diethers Schädel steigerte sich, und sein leerer Magen rebellierte. Er wandte sich zur Seite, versuchte Ausschau zu halten. Wo waren Petter und die anderen? Sahen sie ihm zu, wie er hier in kaum einer Armeslänge Entfernung dem gemeinsamen Feind gegenüberstand?

Der Propst setzte einen Schritt nach vorn. Mit dem nächsten Atemzug löste sich Diethers Starre, und ohne nachzudenken schlug er zu. Er hatte nie vor einer guten Prügelei den Schwanz eingekniffen, und ein paar Hiebe hatte der Widerling doch wahrhaft verdient! Seine Faust traf Nikolaus Cyriacus an der Schulter. Nicht fest, nicht einmal so, dass er ins Taumeln geriet. Ihre Blicke trafen sich. Die Augen des anderen waren grau, und verwundert stellte Diether fest, dass er kein großer oder kräftiger Mann war. Lediglich aufgeblasen hatte er sich, wenn er in seinem Altarraum Maulaffen feilhielt. Von allen Seiten stürmten auf einmal Männer an Diether vorbei. Schläge hallten, zwischen Wutgebrüll ertönte ein Schmerzensschrei.

Diether reckte sich auf die Zehenspitzen, was weder dem flauen Gefühl in seinem Magen noch dem Kopfschmerz abhalf. Zu viert oder fünft schlugen die Männer jetzt auf Propst Nikolaus ein. Die meisten schwangen ihre bloßen Fäuste, doch einer holte mit etwas anderem aus. Das war der Moment, in dem Diether bemerkte, dass er den Gehstock nicht mehr in Händen hielt. Er musste ihn im Getümmel verloren haben. Gebannt vor Entsetzen sah er, wie der Stock, am falschen Ende gepackt, durch die Luft wirbelte und mit einem dumpfen Laut auf dem Schädel des Propstes aufschlug.

Wo war die Stadtwache? Schafften es die Männer mit den Lanzen womöglich nicht, durch das Gewimmel bis auf den Platz vorzudringen?

Als er das Blut sah, das aus der Wunde sprudelte, drehte sich Diethers Magen um. Er wollte so etwas nie wieder sehen, einen Menschen, der in seinem Blut verreckte, *nie wieder, nie im Leben wieder*. In seinem Kopf begannen Bilder sich mit solcher Geschwindigkeit umeinanderzudrehen, dass er das Gleichgewicht verlor und auf die Knie stürzte. Würgend und keuchend übergab er sich aufs Pflaster. Als jemand ihm auf die Hand trat, spürte er kaum einen Schmerz.

Zwischen Beinen, die vor ihm auftragten, sah er, wie der Propst zu Boden ging. Seine sahneweiße, kostbar bestickte Kasel färbte sich im Handumdrehen rot. Der nächste Hieb mit dem Knauf traf Nikolaus' Gesicht. Als der Stock heruntersank, war es als Menschengesicht nicht mehr kenntlich. Blut schoss aus den Öffnungen, die Augen, Nase und Mund gewesen waren. Diether wollte sich abwenden, doch nicht einmal dazu genügte seine

Kraft. Seine Stirn berührte den Boden, und dann umfing ihn die gnädige Schwärze, nach der er sich verzweifelt gesehnt hatte.

Als er zu sich kam, packten ihn kräftige Arme an den Schultern und zerrten ihn in die Höhe. Qualm und Gestank stiegen ihm in die Nase, dass ihn die Übelkeit sogleich von Neuem überfiel. Es stank zum Gotterbarmen, nach versengtem Fett und verkohltem Haar, so wie draußen vor der Stadt, wo der Blutvogt die Kadaver von Tieren verbrannte. Was war geschehen? War womöglich einer von den Kötern, die überall herumstreunten, an einer Wurstbraterei ins Feuer geraten? Als Diether an sich hinuntersah, wurde ihm mit einem Schlag kalt. Zum dritten Mal in seinem Leben erwachte er aus einer Ohnmacht, und sein Hemd war vom Saum bis zum Kragen blutverschmiert.

Regen fiel in silbrigen Fäden. Das Gedränge hatte sich dem Anschein nach aufgelöst, doch um Diether und die Männer, die ihn hielten, hatte sich ein Ring aus schweigenden Gaffern gebildet. Der harte Griff tat seinen Schultern weh. Er wollte sich befreien, doch die Männer bogen ihm die Arme auf den Rücken. »Also los jetzt?«, vernahm er ein Stück hinter sich eine schneidende Stimme. »War's der?«

»Könnt schon sein.«

»Ich hab nichts gesehen.«

»Gut möglich, dass er's gewesen ist.«

»Einen mächtigen Stock hatte der. Und sah aus wie ein Wilder. Ganz rote Augen und zerrauftes Haar.«

»Ja oder nein will ich hören, verstanden?«, unterbrach die schneidende Stimme das Gemurmel. »Ist der's gewesen? Du da – gib Antwort!«

Der Angesprochene, den Diether nicht sehen konnte, gab

nur ein Räuspern von sich. Das Klatschen einer Backpfeife folgte. »Maul auf! Oder sollen wir dich mitnehmen?«

»Nein, nein!«, wimmerte der Befragte, dessen Stimme Diether bekannt vorkam.

»Was heißt nein, nein – war's der also nicht?«

»Nein, ihr sollt mich nicht mitnehmen, heißt's. Nehmt den da mit. Der da hatte den Stock. Der muss es ja dann wohl gewesen sein.«

VIERTER TEIL

Berlin, Brandenburg
August – Oktober 1325

»Schaut auf diese Stadt.«

Ernst Reuter

26

Es war ein schlechter Tag gewesen.

Müde schob Magda ihren Karren, auf dem die Kannen mit unverkauftem Bier schaukelten, durch Schlammfurchen nach Hause. Schon am Vormittag waren kaum Kunden auf dem Olden Markt unterwegs gewesen, und am Nachmittag hatte Regen eingesetzt und die wenigen übrig gebliebenen auch noch vertrieben.

»Ich sag dir, die sind heute alle bei der Marienkirche«, hatte Brida zu ihr herübergetuschelt. Die Bäuerin hatte ihren Wagen neben Magdas Scharren gerollt, da die Händler zwischen ihnen längst das Weite gesucht hatten. Gemeinsam starrte sie durch die Fäden des silbernen Regens über den ausgestorbenen Platz. »Wollen doch alle den Propst hören, den aus Bernau.«

»Der predigt hier? Propst Nikolaus Cyriacus?«

Brida nickte gewichtig. »Ein ganz scharfer Hund soll der sein, den Leuten in den Ohren liegen, dass die was geben sollen, für den Papst in Avignon. Bloß, wer nichts hat, der kann nichts geben, oder? Das Wetter setzt uns von Jahr zu Jahr böser zu, die Ernte ersäuft und verfault, aus dem versumpften Land steigen giftige Dämpfe, und das Vieh wird krank und verreckt. Was sollen wir da geben?«

»Nichts«, antwortete Magda, die sich auch fühlte wie eine, die nichts mehr zu geben hatte.

»Sollten die Kirchenoberen nicht lieber mal ein Lob springen lassen?«, fuhr Brida keck fort. »Dafür, dass wir den Kopf oben behalten und uns das Leben nicht vergällen lassen? Der Allmächtige, denk ich, wird schon wissen, dass man einem nackten Mann in keinen Beutel fassen kann. Und der wird auch zufrieden sein, dass wir uns das, was uns gegeben ist, aufladen und das Beste draus machen, mein Wentzel und ich.«

»Ja«, sagte Magda, »ich glaube, damit ist er zufrieden, und ein Lob habt ihr beide verdient.«

Dann hatten sie lange Zeit nichts gesagt, und Magda hatte gedacht, dass sie das gern gehabt hätte – ein Leben, das man sich nicht vergällen ließ, sondern aus dem man das Beste machte. Mit erhobenem Kopf. *Mein Wentzel und ich.* Sie hatte keinen Wentzel. Sie ging heim in ihr stilles Haus und machte dem Großvater, der unter bellendem Husten litt, Brustwickel. Gewiss war Utz wiederum den ganzen Tag nicht nach Hause gekommen und hatte sich um den alten Mann nicht gekümmert.

Und Diether erst recht nicht. Schon als Junge hatte er sich nach einem Streit tagelang nicht blicken lassen, schon gar nicht, wenn er sich schämte, weil er wie gestern im Unrecht war. Hätte er sie um Verzeihung gebeten, so hätte Magda ihm sagen können, dass es sie gar nicht kratzte. Sie bekam keinen Mann mehr ab – als ob sie das nicht selbst wusste! Wenn Diether sie damit hatte kränken wollen, so hätte er früher aufstehen müssen. Kränkungen dieser Art hatte sie sich längst alle selbst an den Kopf geworfen.

In der Nacht war der Traum zurückgekehrt, doch auch dessen Schrecken hatte sich abgenutzt. Wieder kam die Mutter und beugte sich aus der Finsternis über ihr Lager. In dem weißen, augenlosen Gesicht öffnete sich ein Mund und sprach fast dieselben Worte wie schon einmal: »Ich bringe dir deinen Bruder. Er hat dich innig geliebt, und er wird dich weiter lieben, doch er kann nicht mehr lange bei dir bleiben. Sehr bald ist es so weit, dass er gehen muss.«

Hinter ihrem Rücken tauchte von Neuem der unkenntliche Bruder auf und schwieg. Er sah genauso aus wie in der Nacht im Frühjahr, nur sein Hemd schien die Brust hinunter rötlich verschmiert. Diesmal versuchte Magda nicht zu schreien und zu fragen, welcher ihrer Brüder sie verlassen würde. »Einmal kommen wir noch«, versprach die Mutter. »Dann darf er zu dir sprechen und dir wünschen, dass alles Glück der Welt auf dich fällt und du dich dein Leben lang nie allein fühlen musst.«

Beide winkten mit ihren Geisterhänden, ehe sie in die Tiefe des Raumes eintauchten und sich auflösten.

Schon beim Erwachen war Magda müde gewesen, doch sie verspürte keine Angst. Ja, Lentz hatte sie verlassen, und in gewisser Weise würde das Verlassen, wenn er die Gelübde leistete, endgültig werden, doch für sie war es das jetzt schon. Sie hatte ihn, seit er ins Kloster gegangen war, nicht mehr gesehen, und den Brief, den er ihr vor Tagen gesandt hatte, hatte sie nicht beantwortet.

»Woran denkst du denn, Brauerin?«, fragte Brida. »An nichts, was den Sinn erheitert, das steht mal fest.«

»Ach – nur an meinen Bruder.«

»An den denkst du zu viel, meine Kleine. In deinem Alter dächtest du besser auch mal an einen Herrn Bräutigam.«

»Lass gut sein, Brida. Das Heiraten ist nichts für mich.«

Die Bäuerin lachte laut und vergnügt in den grauen Tag. »Das haben schon viele gesagt, und Recht haben sie, denn die Ehe ist kein Honigschlecken. Das sagt dir eine, die neun Kinder in die Welt geboren und drei davon begraben hat. Aber es trägt sich leichter zu zweit. Es hungert sich leichter, und es fürchtet sich leichter, es schimpft und weint und zankt sich leichter, und oft lacht es sich leichter und schläft sich selbst im kältesten Bett leichter ein. Eines Tages, denk ich, stirbt es sich leichter, und wenn der andere noch bleibt, dann bleibt ein kleines Stück von einem selbst.«

Weil sie nichts antworten konnte, legte Magda ihre Hand auf die der Bäuerin. So hielten sie eine Weile lang still.

»Ich hab ihn übrigens heute gesehen, deinen Bruder«, sagte Brida dann. »In der Frühe – er sah aus, als wären sieben Teufel hinter ihm her.«

»Meinen Bruder? Diether?«

»Wie der heißt, weiß ich nicht. Der Blonde jedenfalls, der überall vorgibt, was zu sein, was er nicht ist.«

»Ja, das ist Diether.« Magda seufzte. »Als kleiner Junge hat er manchmal erzählt, er wäre der König von Brandenburg.«

Wieder lachte Brida. »Na komm, wer wäre das nicht gerne? Und Brandenburg könnte einen eigenen König gut brauchen, dann hätte das ganze Gezänk um Papst und Markgraf ein Ende. Ich hoffe nur, das hat heute bei der Marienkirche nichts gegeben.«

»Was sollte es denn gegeben haben?«

»Na, du weißt schon, Männer in Scharen, Getränke in Strömen und im Bauch ein Knäuel aus rechtschaffener Wut. Das ist eine Mischung, die gärt wilder als dein Bier.«

In Magda hingegen gärte an diesem Abend nichts mehr. Sie fror in den durchnässten Kleidern und wollte nur noch ins Bett, um sich die Decke über den Kopf zu ziehen. Noch immer wirkten die Straßen eigentümlich leergefegt, und daheim saß der Großvater allein. Er hatte gebraut, solange er sich auf den Beinen halten konnte, dann hatte er sich am erkalteten Feuer niedergesetzt und still vor sich hin gehustet.

Magda umarmte ihn. Sie hatte keinen Wentzel, der Großvater hatte keine Irmel mehr, und die Brüder taten, was immer ihnen in den Sinn kam, aber sie hatten einander. *Hätte nur Alheyts Kind überlebt,* fiel ihr auf einmal ein, *hätten wir hier ein Kleines, das wir umsorgen und großziehen könnten, dann hätte das alles seinen Sinn.*

»Pass auf, Großvater«, sagte sie, »ich pfeife jetzt darauf, dass

August ist, und schüre uns ein schönes, hohes Feuer. Von der Brida habe ich eine Blutwurst mitgebracht, die wärme ich uns im Kraut, und hinterher bekommst du einen Wickel für die Brust. Dann kriechen wir in unsere Betten und schlafen diese hässliche Nacht einfach weg.«

Mit ebenso trüben wie glasigen Augen blickte er zu ihr auf. »Kälbchen, ich muss dir was sagen.«

»Etwas Schlimmes, Großvater?«

Der alte Mann krampfte die Hände umeinander. »Ich hab in meinem Kasten nach etwas gesucht, das ich mir um den Hals wickeln kann. Dabei hab ich ein Hemd gefunden, keines von meinen, aber unter meine Sachen gestopft.«

»Eins von den Brüdern?«, fragte Magda. »Das kann schon mal vorkommen, dass ich bei der Wäsche etwas falsch sortiere.«

»Ich weiß ja, du liebes Kälbchen, ich weiß.« Jetzt packte er ihre Hände und drückte sie, dass es ihr wehtat. »Aber das Hemd war vom Saum bis zum Hals beschmiert. Mit Blut. So wie damals, die zwei Male, als der Diether heimkam.«

Magda richtete sich auf und presste eine Hand auf ihr Herz. »Wo ist das Hemd? Ich will es sehen.«

»Das geht nicht. Ich ... ich hab's mit der Angst gekriegt, da hab ich nicht überlegt, sondern das Ding gepackt und da hineingestopft.« Ohne hinzuschauen, wies er auf das Feuer.

Erst jetzt sah Magda die großen Flocken von Asche, die darin herumwirbelten. Sie wollte nicht denken, um keinen Preis sich fragen, wie das Blut dieses dritte Mal an Diethers Hemd gekommen war und wo Diether jetzt steckte. Es musste doch auch harmlose Erklärungen geben! Vielleicht war der Bruder auf dem Fleischmarkt, bei den Schlachtern gewesen, vielleicht hatte er einem Verletzten geholfen, vielleicht hatte der Großvater übertrieben und es waren nur ein paar Spritzer, wie man sie beim Nasenbluten verlor.

Gleich darauf wurde sie von den quälenden Gedanken erlöst. Fäuste hämmerten an die Tür, als wollten sie sie zu Splittern zerschlagen. Dazu rief eine Stimme nach ihnen, dem Klang nach eine Frau oder eher noch ein Kind. Magda glaubte, aus dem Gewirr von Lauten ihren Namen zu erkennen, war sich aber nicht sicher. Fest stand nur, dass der Mensch, der dort draußen stand, außer sich vor Verzweiflung war. Kurz entschlossen lief sie zur Tür und riss sie auf.

Vor ihr stand ein Mädchen von vielleicht zwölf Jahren, dem das blonde Haar wirr ins Gesicht hing. Es war barfuß. Einen der Schuhe musste es verloren haben, den anderen hielt es in der Hand, um damit an die Tür zu klopfen. Sein Kittel aus grobem Leinen war über und über verdreckt. »Mak-da«, stieß es hervor, streckte den Zeigefinger aus und zeigte Magda auf die Brust.

»Ja, richtig. Ich bin Magda.« Sie packte den Arm des Mädchens, zog es ins Haus und schloss hinter ihm die Tür. »Setz dich hierher. Und dann erzähl, was dir zugestoßen ist.«

Heftig schüttelte das Mädchen den Kopf und blieb stehen. Die beiden Silben, die es sich abrang, waren nicht zu verstehen. Die Kehle schien aufgeraut, und es fiel ihm schwer, verständliche Worte zu formen.

»Versuch's noch einmal«, forderte Magda es auf. »Was willst du mir sagen?«

»Di-ta!«, brach es aus dem Mädchen heraus, und dann rief es wie von Sinnen dreimal hintereinander: »Di-ta, Di-ta, Di-ta!« Damit schien der Damm gebrochen. »Du muss kommen«, krächzte es, »muss helfen! Oder Di-ta stirbt!«

27

»Bruder Thomas?«

Die Anrede stand ihm als Postulanten nicht zu, und bisher hatte keiner der Franziskaner ihn so angesprochen. Thomas, der beim Kienspan gestanden und zu schreiben versucht hatte, drehte sich um. Unter der Zarge der Zellentür stand Pater Antonius, der Novizenmeister. »Ich brauche einen Mann, der mich bei einer heiklen und betrüblichen Aufgabe begleitet. Der Guardian hat Euren Namen genannt.«

Eine Aufgabe, um diese Zeit? Seit der Vesper bei Sonnenuntergang mussten mindestens zwei Stunden vergangen sein. Rief man ihn wieder ins Georgen-Hospital? Er war gern dort. Nie, seit jenen Tagen im Herbst, hatte er sich so sehr im Frieden mit sich selbst gefühlt wie bei der Arbeit mit den Kranken. Im Grunde war es keine Arbeit, und im Grunde hatte er auch vor jenem Herbst keinen solchen Frieden gekannt.

»Ich bin bereit«, sagte er.

»Nehmt Eure Gugel«, erwiderte der Novizenmeister und wies auf den wärmenden Überwurf mit der Kapuze, der am einzigen Haken in der Zelle hing. »Löscht den Kienspan.«

»Was habe ich zu tun?«

»Das erkläre ich Euch auf dem Weg.« Antonius ging durch den dunklen Gang voraus. Mit drei langen Schritten schloss Thomas zu ihm auf. Mit dem Novizenmeister hatte er bisher nichts zu schaffen gehabt, aber Lentz Harzer hatte ihn als einen Mann geschildert, dem durch seine Arbeit mit den jungen Brüdern nichts Menschliches fremd war. Er galt als einer, der zupackte und sich nicht leicht erschüttern ließ.

»Es ist etwas Schlimmes geschehen«, sagte er zu Thomas. »Eine Bluttat. Der Guardian bereitet ein sofortiges Seelenamt vor, doch es müssen auch Brüder in die Stadt entsendet werden, um schnellstens Trost und Beruhigung zu spenden. Heute Morgen ist Pater Nikolaus, Propst von Bernau, nach seiner Predigt in der Marienkirche von einer aufgebrachten Horde getötet worden.«

Auf dem dunklen Gang sahen die zwei Männer einander an. Zur Erschütterung über den gewaltsamen Tod eines Menschen kam eine andere: Sie wussten beide, was die Nachricht bedeutete. Ein hoher Würdenträger der Kirche, ein erwählter Vertreter des Heiligen Stuhles, war in Berlin bei der Ausübung seiner Pflicht zu Tode gekommen. Damit würde Papst Johannes kein Halten mehr kennen, sondern über die Doppelstadt die härteste Strafe verhängen. Cölln-Berlin würde unter den Kirchenbann fallen. Der Schlag, der den gerade erst der Blüte zustrebenden Handel treffen würde, war dabei noch das kleinere von zwei gewaltigen Übeln. Weit härter waren die Folgen für das geistliche Leben der Stadt, das zum Erliegen kommen würde: Kein Kind dürfte mehr getauft, keine Ehe gesegnet, keine Glocke geläutet und kein Sterbender durch das Sakrament seiner Kirche getröstet werden.

In den vergangenen Monaten hatte Thomas gelernt, welches Gewicht vor allem dies Letzte für Menschen besaß. Sterben war ein Stoß in die Schwärze eines Abgrunds, und am Trost der letzten Ölung hielten die Todgeweihten sich fest wie an einer Kerze, die in kalten Händen lebendig zuckte.

»Wie ist der Propst gestorben?« Thomas hatte keine Ahnung, warum er ausgerechnet diese Frage stellte.

»Man ist nicht sicher.« Die Stimme des Novizenmeisters klang gepresst.

»Warum nicht?«

»Im Rat nimmt man vorerst an, er sei erschlagen worden.

Einem Gerücht nach haben die Wachen einen Gehstock mit blutigem Knauf gefunden, doch ebenso möglich ist, dass auch ein Messer im Spiel war. Mit Sicherheit weiß es nur Gott, der seiner Seele gnädig sein möge. Das Volk, das aus der Messe kam, muss vor Zorn jeden Halt verloren haben. Die Leute haben mitten auf dem Neuen Markt einen Scheiterhaufen errichtet und Pater Nikolaus' Leichnam darauf verbrannt.«

Thomas' Herz verkrampfte sich. Das war kein Zorn mehr, der die Berliner vor der Kirche zu der grausamen Tat getrieben hatte, es war blanker, rasender Hass. Sie hatten den von Gott geschaffenen Leib eines Menschen geschändet, sie hatten ein gottgewolltes Leben ausgelöscht. Wie lebten sie damit weiter, was geschah mit ihnen, jetzt, wo sie aus dem Rausch der Bluttat erwacht sein mussten?

»Sie verlassen den Platz nicht«, gab Pater Antonius Antwort auf Fragen, die in ihm vermutlich ebenso brannten. »Die Stadtwache hat versucht, sie auseinanderzutreiben, es gab Verletzte, doch letztendlich hat der Rat entschieden, sie sich selbst zu überlassen. Niemand will, dass der Zorn noch einmal eskaliert und Berliner gegen Berliner kämpfen. Der Rat tagt die ganze Nacht. Stadtschultheiß von Asperstedt war es, der bei uns um Hilfe nachsuchen ließ.«

»Was können wir tun?«

Zum ersten Mal sah Thomas einen Bruder der Franziskaner mit den Schultern zucken. »Das wüsste ich auch gern. Ich bete zu Gott, dem Herrn, dass er es mir beizeiten sagt.«

Über die Nachttreppe stiegen sie hinüber ins Haupthaus, wo im Windfang ein weiterer Bruder wartete. »Bruder Laurentius wird uns begleiten«, erklärte der Novizenmeister.

Sein Anblick versetzte Thomas einen Stich. Zwar hatte er dem Guardian im Brustton der Überzeugung verkündet, auf Lentz Harzer könne nicht einmal der Teufel eifersüchtig sein, doch da hatte er sich getäuscht. Ja, Lentz Harzer, der jetzt Bruder Laurentius hieß, den graubrauen Habit und die Tonsur trug, war ein feiner Kerl, der nur das Beste verdiente. Ein Musterbeispiel. Er fing mit niemandem Streit an, ließ sich von niemandem reizen, vergaß keinen Arbeitsauftrag und kein Gebet. Wo ein Gefährte Schwäche zeigte, half er aus und schien selbst keine Schwäche zu kennen. Vor allem kannte er keine Zweifel. Dem Orden war er nicht beigetreten, weil er in der Welt gescheitert war, sondern weil es seinem innigen Wunsch entsprungen war.

Jeder liebte Lentz. Jeder wünschte sich ihn in seiner Nähe. Dass Pater Antonius ihn zu seinem Begleiter erkoren hatte, war mehr als verständlich. Wenn jemand in dieser Nacht von Nutzen sein konnte, dann war es Lentz in seiner Festigkeit und Stärke. War es aber nicht auch verständlich, wenn man den ewigen Musterknaben gelegentlich sattbekam?

»Thomas«, begrüßte ihn Lentz und reichte ihm mit einem Lächeln die Hand. »Diese Nacht wird hart. Ich bin froh, dass du es bist, den Pater Antonius dazugeholt hat.«

Thomas senkte vor Scham den Kopf. Zum ersten Mal in seinem Leben wünschte er, er hätte statt der Freundlichkeit die schallende Ohrfeige erhalten, die er verdiente.

Zu dritt eilten sie raschen Schrittes durch die nächtliche Stadt. Leichter Wind wehte, doch die Regenwolken hatten sich verzogen, und über ihnen wölbte sich der Himmel blauschwarz und von Sternen übersät. Einmal hatte Thomas unter einem solchen Himmel ein Mädchen geliebt. Die Sehnsucht traf ihn ohne jede Warnung, schnell und scharf wie ein Schwert.

Je näher sie dem Marienviertel kamen, desto lauter schwoll das Rauschen an, zu dem sich das Gewirr unzähliger Stimmen vereinte. Der Gestank nach verbranntem Fleisch hing noch immer in Schwaden in der Luft, und hinzu kam eine Spannung, die schier mit den Händen zu greifen war. Die drei Männer tauschten kein Wort mehr, nur alle paar Schritte einen

Blick. Als sie durch die Heringsgasse auf den Platz zustrebten, kam der Nachtwächter ihnen entgegen. Im Lichtkegel seiner Laterne unterzog er die Ankömmlinge einer Prüfung, dann stützte er sich aufatmend auf den Stab seiner Hellebarde. »Dem Allmächtigen sei Dank, die Graukutten kommen! Beeilt Euch, Pater – die da sind völlig außer Rand und Band. Wenn die nicht einer zur Ruhe bringt, dann schlagen sie heute Nacht noch mehr Leute tot.«

»Wir werden mit Gottes Hilfe tun, was in unserer Macht steht«, erwiderte Pater Antonius. Nur wer im Laternenschein sehr genau hinsah, bemerkte, dass ihm die Lippen zitterten. »Habt Ihr selbst denn alles versucht, um die Leute nach Hause zu schicken?«

»Hab ich in der Tat«, beteuerte der Mann. »Hab sogar gedroht, einen auf die Hellebarde zu spießen, wenn sie nicht machen, dass sie wegkommen, aber die sind wie Taube oder Nachtwandler, die hören gar nichts mehr. Ihr da, Bruder«, mit einem Schwenk seiner Waffe wies er auf Thomas, »Ihr seid der Richtige für diesen Schlamassel. So wie Ihr gebaut seid, könntet Ihr die Kerle sogar einzeln vom Platz schleifen. Vor so einem kuschen die vielleicht.«

Es waren durchaus nicht nur Kerle auf dem weitläufigen Platz versammelt, sondern auch zahllose Frauen. Einige von ihnen drückten sogar Kinder an sich, die vor sich hin weinten oder trotz des Tumultes eingeschlafen waren. Ringsum waren Kienfackeln aufgestellt, die die Szene in flackerndes, gespenstisches Licht tauchten. Kaum traten die drei Männer unter Führung des Nachtwächters aus der Gasse, schwappte ihnen eine Woge von Menschen entgegen. Eine Frau fiel vor Thomas auf die Knie und umklammerte mit beiden Händen den Strick um seine Mitte.

»Ihr müsst uns helfen, Pater«, flehte sie. »Bei Gott und allen Heiligen, Ihr müsst uns retten! Der Papst wird mit uns dasselbe tun wie mit denen aus der Neumark – unsere Häuser abbrennen, unsern Kindern die Köpfe abschlagen und sie vor dem Stadttor aufspießen! Oder er verhängt den Bann über uns. Dann muss das Kleine, was ich im Leib hab, ungetauft bleiben, und seine unsterbliche Seele geht zum Teufel!«

Ich bin kein Pater, wollte Thomas erklären, aber welche Bedeutung hatte schon, was er war oder nicht war? Die Frau hatte Todesangst, war gehetzt vom Dämon der Schuld, und die Leute, die ihn gleich darauf umringten, wirkten nicht minder verzweifelt. Sie brauchten keine spitzfindigen Erläuterungen, für sie ging es um Leben und Tod.

»Der hat es doch nicht anders gewollt!«, rief ein Mann. »Bis aufs Blut gereizt hat uns der, unsere Stadt beleidigt – und dann soll ein Berliner nicht einen Herzschlag lang mal seinen Kopf verlieren?«

»Ist es das, was geschehen ist?«, fragte Thomas. »Habt ihr einen Herzschlag lang den Kopf verloren?«

»Was wissen denn wir?«

»Es war doch so voll, man bekam doch nichts mit.«

»Einen Denkzettel sollte der kriegen, ein paar auf den Buckel, die er nicht so schnell vergisst, aber so was niemals!«

»Wir sind doch keine Mörder – wir doch nicht!«

Thomas wusste, wenn er das Entsetzliche nicht in Worte fasste, wenn er ihnen nicht half, dem Schmerz und der Schuld ins Auge zu sehen, würde beides in ihnen weiterwühlen bis ins Grab. »Ihr sagt, ihr seid keine Mörder«, begann er. »Aber Ihr habt den heiligen Leib eines Menschen genommen, ihn in ein Feuer geworfen und wie wertlosen Unrat verbrannt.« Das Ungeheuerliche der Tat stand jetzt klar und ausgesprochen zwischen ihnen. Flüchtig wunderte sich Thomas, dass es ihn überhaupt nicht erschreckte. *Vielleicht ist das meine Art von Demut,* dachte er. *Das hart erworbene Wissen, dass wir zu allem fähig sind. Zu unfasslicher Güte wie zu unsäglicher Grausamkeit.*

»Steckst du mit denen unter einer Decke, Mönch?«, schrie ein Bursche. »Auf deren Seite bist du, willst, dass wir alle gemetzelt werden und wie Verbrecher zur Hölle fahren?«

Andere schrien dasselbe, und ein zaudernder Fausthieb traf Thomas an der Schulter. »Nein«, sagte er. »Ich will, dass wir leben, dass unsere Seelen errettet werden. Ich bin auf unserer Seite.«

»Und was kannst du für uns tun?«

»Nichts«, erwiderte er aufrichtig. »Nur mit euch beten und euch dann beschwören: Geht zurück in eure Häuser. Legt euch in eure Betten, bleibt beieinander und bewahrt, so gut ihr irgend könnt, die Ruhe. Und Morgen früh oder so rasch es möglich ist, geht in eure Pfarrkirchen und legt die Beichte ab.«

»Warum nimmst nicht du uns die Beichte ab?«, rief ein Mann mit verrußtem Gesicht, halb höhnisch, halb hoffnungsvoll.

»Weil ich dazu nicht berechtigt bin.«

»Ist dies hier kein Notfall?«, schrie die Frau, die noch immer vor ihm kniete, mit tränenüberströmtem Gesicht. »Darf in der Not nicht jeder Geistliche, der einem Christenmenschen helfen will, die Sakramente spenden?«

Thomas dachte nach. Ganz so einfach war es nicht, und zudem war er kein Geistlicher, aber er wusste, was die Frau ihm sagen wollte, und nach kurzer Überlegung musste er ihr Recht geben.

»Ha!«, rief der Mann mit dem Ruß im Gesicht, »du kneifst also, weil deine Oberen es dir verbieten, richtig? Unser Seelenheil schert dich nicht, wenn dein Papst dir befiehlt, deine gesalbten Finger von uns Verdammten zu lassen!«

Thomas straffte den Rücken. »Ich kann euch jetzt nicht die Beichte abnehmen«, sagte er. »Ihr seid nicht in Not, ihr könnt als freie Menschen nach Hause gehen und eure Seelsorger darum ersuchen. Aber ich verspreche euch: Ich werde euch hier, auf diesem Platz, die Sakramente spenden, wenn es tatsächlich kommt, wie ihr sagt. Wenn der Heilige Stuhl gebietet, die Kirchen dieser Stadt zu versiegeln, werde ich hier stehen und Euch Gottes Tröstung austeilen.«

»Ist das dein Ernst, Pfaffe?«

»Ich heiße Thomas«, sagte er. »Und ihr habt mein Wort, so wahr Gott mir helfe.«

Etwas wie Jubel brach aus, ein wenig Lärm, in dem Erleichterung sich Luft machte. Thomas ließ ihnen Zeit, ehe er erneut die Stimme hob. »Lasst uns jetzt beten und Gott um Stärke und Vergebung bitten.«

Vielleicht hatte er das nie zuvor getan. Gott um Vergebung gebeten. Es war, so begriff er, die Bitte, sich selbst vergeben zu dürfen. Er sprach sein Gebet auf Deutsch, wählte die Worte, wie sie ihm in den Sinn kamen, damit ein jeder ihn verstand. Hinterher sprach er das *Paternoster,* das *Ave-Maria* und das kurze *Gloria-Patri* auf Lateinisch, weil es für die Versammelten die vertraute Sprache des Herrn war. Als er die Hände hob, um Gottes Segen für die gepeinigten, verstörten Menschen zu erbitten, erschien ihm nichts daran falsch. Flüchtig blickte er zur Seite und sah Pater Antonius an, der ihm zunickte, bevor er ebenfalls über einer Ansammlung von Betenden seinen Segen aussprach.

Zuerst zögerlich, doch bald in immer größeren Gruppen verließen die Leute den Platz. Wer sah, dass Freunde und Nachbarn gingen, schloss sich ihnen an. Es dauerte lange, bis das Gelände sich tatsächlich leerte. Dort, wo Knäuel aus Körpern sich auflösten, kam die schwarze, noch immer qualmende Feuerstelle zum Vorschein, auf der an diesem Tag einer der ihren verbrannt war. Man konnte den Blick darauf gerichtet lassen und feststellen, dass der Mensch ein Ungeheuer ist. Oder man konnte ihn nach der Seite wenden, auf die Frauen, die ihre todmüden Kinder trugen, auf die jungen Männer, die Alte und

Gebrechliche stützten, und feststellen, dass es nichts Wundervolleres, nichts Heiligeres gibt als den Menschen.

Nicht alle gingen. Vereinzelte Gruppen blieben auf dem Platz vor der Kirche zurück. Noch immer zu aufgewühlt, um sich schlafen zu legen, redeten sie mit wilden Gesten aufeinander ein. Lentz – Bruder Laurentius – war von einer solchen Gruppe umstellt, und Pater Antonius eilte ihm zu Hilfe. Eine weitere Gruppe, angeführt von dem Mann mit dem rußigen Gesicht, strebte auf Thomas zu.

»He, Mönch«, rief der Rußige, »du scheinst einer zu sein, mit dem man reden kann!«

»Zumindest manchmal«, erwiderte Thomas. »Solange die Läuse auf meiner Leber es nicht zu toll treiben.«

Der andere verzog den Mund zum Grinsen, wurde aber sofort wieder ernst. »Glaubst du, der Papst stellt uns wirklich unter den Bann?«

»Ich weiß es nicht«, erwiderte Thomas ehrlich. »Lasst uns bis morgen warten, dann sehen wir klarer. Der Rat wird alles tun, um ein Interdikt zu verhindern, so viel steht fest.«

»Es ist für den Rat doch ein Leichtes, das zu schaffen!«, rief der Mann. »Der Tod von Propst Nikolaus muss gesühnt werden, daran gibt's nichts zu rütteln. Aber warum soll denn eine ganze Stadt für ein Verbrechen bezahlen, das nur ein Mann begangen hat? Ist das gerecht?«

Thomas horchte auf. »Den Mord hat doch aber nicht nur ein Mann begangen.«

»Und ob er das hat!«, rief das Rußgesicht. »Nun ja, gut, der ein oder andere mag den Propst zuvor ein bisschen grob angefasst haben. Ein paar Maulschellen hat's schon gegeben, auch einen Tritt in den Allerwertesten, nachdem er uns alle beschimpft und unsere Stadt verunglimpft hat. Aber den Knüppel genommen und ihn damit totgeschlagen, das hat nur einer.«

»Ein Messer war's!«, rief ein anderer dazwischen.

»Nein, ein Knüppel, den hat die Stadtwache doch gefunden – und den Kerl, der den Kirchenmann erschlagen hat, den haben sie auch.«

»Der Mann ist verhaftet worden?«

»Gleich an Ort und Stelle«, bestätigte das Rußgesicht. »Das hat doch einer gesehen, dass der's war, und jetzt soll der auch dafür bezahlen. Aufs Rad mit ihm! Dann ist es bezahlt, und uns lassen sie unseren Frieden, denn wir haben schließlich nichts getan.«

»Aufs Rad, aufs Rad!«, tönte es aus mehreren Kehlen.

Thomas lief ein Schauder über den Rücken, weil ihm jäh in den Ohren gellte, wie die Leute bei der Verhandlung gegen ihn dasselbe gefordert hatten. Die Gerichtslaube neben dem Rathaus war nach allen Seiten hin offen gewesen, er hatte gefesselt vor seinen Richtern gestanden, und draußen auf dem Platz hatten die Menschen, unter denen er gelebt hatte, im Chor gebrüllt: *Aufs Rad mit dem Dreckschwein! Zermalmt den Frauenschänder! Aufs Rad, aufs Rad!*

Ehe ein Verbrecher aufs Rad geflochten wurde, um qualvoll zu sterben und danach ohne Hoffnung auf Auferstehung zu verrotten, brach der Blutvogt ihm sämtliche Knochen, weil sein Leib sich sonst nicht um die Radspeichen krümmen ließ. Jeder Schritt der Prozedur wurde öffentlich vollzogen, damit rechtschaffene Bürger sich daran ergötzen konnten. Zum Leidwesen von Thomas' Mitbürgern wurde diese Strafe jedoch nur über Mörder und Mordbrenner verhängt und war ihm somit erspart geblieben. Dem Mann, der heute verhaftet worden war, mochte sie hingegen drohen – umso mehr, wenn der Rat ein Exempel statuieren und den Heiligen Stuhl damit beschwichtigen wollte. Ein gerädeter Einzeltäter gäbe den perfekten Sündenbock ab.

»Ihr seid ja verrückt!«, schrie Thomas das Rußgesicht und seine Spießgesellen an. »Ein einzelner Mann hat also Propst

Nikolaus totgeschlagen. Und was ist dann geschehen? Hat ein einzelner Mann auch diesen riesigen Scheiterhaufen errichtet, hat er das Feuer entzündet und den Toten hineingeworfen, auf dass das Ewige Leben ihm verwehrt bleibt?«

»Das war dem doch eh verwehrt, dem Kriegstreiber«, murmelte das Rußgesicht eingeschüchtert. Zuweilen vergaß Thomas, dass er die meisten seiner Mitmenschen um gut einen halben Kopf überragte. »Nun ja, gut, bei dem Feuer, da haben ein paar andere mitgeholfen, aber die haben doch gar nicht mehr gewusst, was sie da machen. Die hatten bloß Angst und dachten, das geht noch mal glimpflich ab, wenn nur der Tote wegkommt.«

»Vor den Augen der Stadtwache?«

»Die ist ja erst später eingerückt. Die war im Getümmel stecken geblieben.«

»Und wir sagen Euch doch, es war die Hölle los, kein Männlein und kein Weiblein hat mehr klar gedacht.«

Ein kurzes Schweigen entstand, in der die Sprecher Atem schöpften. Diesen Augenblick nutzte ein kleiner Mann mit krummem Rücken, der sich aus der Gruppe löste und vor Thomas hintrat. Fackellicht fiel auf sein Gesicht, das erbärmlich zugerichtet war. Ein Auge war zugeschwollen, die Wange blau verfärbt, die Lippen blutverkrustet »Der war's nicht alleine«, stammelte der Kleine schwer hörbar. »Einer alleine kann's gar nicht gewesen sein, denn es haben doch alle drumherum gestanden und mitgemacht.«

»Du Idiot!«, fuhr das Rußgesicht ihn an. »Ich denke, du willst nicht, dass wir alle unter den Bann kommen, ich denke, du hast Angst, dass du deinen Vater nicht begraben darfst!«

»Ja, ja«, erwiderte der Kleine furchtsam. »Aber dennoch...«

Das Rußgesicht wollte ihn beiseitestoßen, doch Thomas versetzte ihm einen Stoß vor die Brust. »Ihr gebt jetzt Ruhe und lasst den Mann sprechen.«

»Weshalb schwärzt er den Kerl denn erst an, wenn er hinterher alles widerruft?«, begehrte das Rußgesicht auf, trat aber in den Kreis der Übrigen zurück.

»Jetzt sprecht«, sagte Thomas. »Ist es wahr, was Euer Gefährte sagt? Habt Ihr den Mann, der verhaftet wurde, angeschwärzt?«

Der Mann faltete die Hände und presste sie zusammen, bis die Knöchel heraustraten. Dann nickte er.

»Und warum?«

»Weil's so ist, wie er gesagt hat«, antwortete er. »Mein Vater liegt seit Langem auf dem Sterbebett. Seine größte Furcht ist es, ohne Segen der Kirche zu sterben.«

»Und um ihm das zu ersparen, habt Ihr der Wache einen Mann ausgeliefert, der womöglich unschuldig ist?«

»Ich wollte erst nicht«, quetschte der Kleine heraus. »Aber die Männer von der Wache...« Ohne aufzublicken, wies er auf sein Gesicht. Thomas begriff. Die Wachen hatten ihn geschlagen, damit er den anderen preisgab, weil sie von derselben Angst vor dem Bann besessen waren. Die ganze Stadt wünschte sich nichts sehnlicher als einen Sündenbock. »Könnt ihr ihm helfen – dem, den sie mitgenommen haben?«, wisperte der Mann.

Das bezweifelte Thomas. Vermutlich war einem Ertrinkenden im Weltmeer eher zu helfen als dem Verhafteten im Kerkerturm.

»Er hatte doch den Stock«, stotterte der Kleine weiter. »Und dann, als die Wachen mit dem Prügeln anfingen, da hab ich gedacht: Na, wenn er doch den Stock hatte, wer weiß, vielleicht ist er's doch gewesen. Aber er war's nicht. Er hat mit dem Stock in der Kirche gestanden, und er ist so ein Großsprecher, der immer herumprahlt, wen er alles zu Brezeln machen will. Aber bei alledem ist er harmlos und will nur dem Petter imponieren. Und den Stock, den hat er nachher doch gar nicht mehr gehabt.«

»Ihr kennt den Mann?«

Der Kleine nickte. »Aus der Schänke. Der *Rippe*. Diether Harzer heißt er, einer von den Streunern, die Petter Tietz, der Bäcker, aufliest. Dem Petter gefällt das nämlich, wenn solche armen Teufel zu ihm aufblicken wie zum lieben Gott.«

»Augenblick«, fuhr Thomas ihm ins Wort. »Dieser Mann heißt *wie*?«

»Diether Harzer. Erzählt herum, er sei weiß Gott was für ein großer Handelsherr, aber das glaubt kein Mensch. In Wahrheit füttert ihn seine Schwester durch, die hat dahinten am Krögel die kleine Brauerei.«

»Du hörst mir jetzt zu«, sagte Thomas mit rasendem Herzen und packte den Mann bei den Schultern. »Das, was du getan hast, war unendlich feige, und ob sich für den Mann, den du verraten hast, noch etwas tun lässt, weiß ich nicht. Sag mir deinen Namen, los.«

»Jecklin Schuhmacher.« Der Kleine wand sich unter seinem Griff. »Warum quält Ihr mich denn so? Habt Ihr überhaupt eine Ahnung, wie es ist, geprügelt zu werden?«

»Allerdings«, erwiderte Thomas und sandte ihm ein böses Lächeln. »Pass auf, Jecklin Schuhmacher, du bist mir dafür verantwortlich, dass deine Kumpane hier ohne Radau vom Platz verschwinden. Hast du verstanden? Ich verlasse mich auf dich. Andernfalls kann ich nicht gehen und versuchen, für Diether Harzer Hilfe zu bekommen.«

Jecklin Schuhmacher nickte und wischte sich die zerschundenen Wangen. »Ich hab doch den Petter und die anderen gewarnt«, jammerte er. »Geht es langsam an, hab ich gesagt, versucht nicht, das Gewicht Gottes mit irdischen Kräften zu bewegen, aber auf den dummen Jecklin hat ja niemand gehört.«

Thomas hielt inne und überlegte. »Das ist nicht schlecht gesprochen«, sagte er dann. »Nur ist es nicht Gott, der bewegt werden muss, sondern die Kirche, damit sie uns nicht länger die Sicht auf Gott versperrt. Aber derlei Fragen brauchen wir zu unserem Glück nicht heute Nacht zu lösen. Geht nach Hause. Geht schlafen. Morgen früh habt ihr genug zu tun.«

»Und was wird mit dem Papst?«, fragte das Rußgesicht kläglich. »Mit dem Kirchenbann?«

»Das weiß ich so wenig wie ihr«, erwiderte Thomas. »Aber es reicht aus, dass wir Berliner heute einen Mann auf dem Gewissen haben. Einen zweiten braucht es wahrhaftig nicht.«

Ohne viel Federlesens drängte sich Thomas in die Gruppe, die Pater Antonius und Lentz umringte. »Ich muss Euch sprechen«, sagte er knapp zu beiden. »Die Sache duldet keinen Aufschub.«

Hätte Pater Antonius ihn zurechtgewiesen, hätte er nicht gewusst, was er getan hätte. Sein Herz raste ihm bis in die Kehle, und er brauchte alle Kraft, um Ruhe zu bewahren. Der Novizenmeister aber befahl der Menge zurückzutreten und wandte sich ihm zu. »Schlechte Nachrichten, Bruder?«

Thomas nickte. »Die Wache hat jemanden verhaftet.«

»Ja, ich habe davon gehört«, sagte Antonius. »Das Kloster wird morgen jemanden schicken und nachfragen, wie es in der Sache dieses Mannes steht.«

»Nicht morgen«, erwiderte Thomas. »Heute Nacht. Schickt mich.«

»Ihr habt Euch gerade auf bemerkenswerte Weise bewährt«, entgegnete der Novizenmeister scharf. »Aber das gibt Euch nicht das Recht, mir mit solchem Hochmut Befehle zu erteilen. Vergesst Euren Platz nicht! Ich verlange, dass Ihr Euch erklärt.«

Thomas zögerte keinen Augenblick, sondern ging auf dem Pflasterstein in die Knie. »Ich bitte Euch um Vergebung«, sagte er, ohne zu stocken. »Und ich bitte Euch, meinen Wunsch zu gewähren und mich in den Kerkerturm zu schicken. Der verhaftete Mann ist ein Freund. Ich habe Angst um ihn.« Als Lügner war er ein Versager, aber dies hier fühlte sich nicht wie eine Lüge an.

Pater Antonius besaß Größe. Er sah davon ab, ihn zu strafen, indem er ihn zappeln ließ. »Versucht es«, sagte er. »Sagt, Ihr kommt von Pater Martinus, der gleich in der Frühe ein entsprechendes Schreiben ausstellen wird. Wenn man Euch allerdings nicht vorlässt, kann ich Euch nicht helfen. Dann müsst Ihr zurückkommen und bis morgen warten.«

Zum ersten Mal in seinem Leben war Thomas in Versuchung, einem anderen Mann die Hand zu küssen. Stattdessen dankte er dem Pater, stand auf und wartete, bis dieser sich wieder der Volksmenge zuwandte. Dann trat er Lentz, der dem anderen folgen wollte, in den Weg. »Du musst zu deiner Schwester«, sagte er, ohne sich um die förmliche Anrede, die dem anderen gebührte, zu scheren. »Sofort.«

»Ich habe meiner Schwester geschrieben«, erwiderte Lentz verwirrt. »Aber da von ihr keine Antwort kam, hielt ich es für besser, sie in Frieden zu lassen.«

»Darum geht es jetzt nicht«, herrschte Thomas ihn an. »Der Mann, der im Kerkerturm sitzt und vom Tod auf dem Rad bedroht ist, ist euer Bruder Diether!«

Lentz zuckte zusammen. Dann fasste er sich mit der Hand an die Stirn und stöhnte wie unter Schmerzen. »Diether«, murmelte er stimmlos, und noch einmal: »Diether. O süßer Jesus, mein Erlöser, gib Magda, gib uns allen die Kraft, das auszuhalten.« Er bekreuzigte sich. Dann blickte er zu Thomas auf. »Trotz allem, was mein Bruder getan hat, ich will nicht, dass er gerädert wird. Wohin kann man sich wenden, was kann man veranlassen, um eine Begnadigung zu erreichen?«

»Trotz allem, was er getan hat?«, platzte Thomas heraus.

»Hat er, solange keine Tat bewiesen ist, nicht das Recht, für unschuldig zu gelten? Vor allem vor der eigenen Familie?« Der Schmerz der Erinnerung drohte ihn zu überwältigen. Der Mann, der seine Familie gewesen war, hatte ihn verurteilt, ohne auch nur eine Frage zu stellen. »So, wie es derzeit aussieht, hat er nicht mehr getan, als zur falschen Zeit am falschen Ort zu sein«, warf er Lentz ins Gesicht. »Vermutlich hatte er zu viel getrunken, wollte sich vor irgendwelchen Freunden großtun und dachte, er gerät wie so oft in eine harmlose Schlägerei...«

»Sag mal, woher kennst du denn Diether?«, fiel ihm Lentz verblüfft ins Wort.

Aus einem Sommer voller Zauber und voller Geschichten. Aus den Liebeserklärungen eines unvergleichlichen Mädchens, das seinen drei Brüdern die Mutter ersetzt hat und sie gegen alle Drachen und Dämonen der Welt verteidigt hätte. »Ich kenne ihn gar nicht«, erwiderte er. »Ich habe nur ein paar Dinge gehört und ziehe daraus Schlüsse. Jetzt ist keine Zeit, um herumzureden. In städtischen Kerkern werden Gefangene nicht mit Samthandschuhen angefasst.«

»Ich will nicht, dass Diether misshandelt wird.«

»Ich auch nicht«, bekannte Thomas. »Deshalb gehe ich jetzt und versuche, dem Kerkermeister klarzumachen, dass dein Bruder unter dem Schutz des Grauen Klosters steht. Außerdem muss ich mit ihm sprechen und Klarheit über die Ereignisse gewinnen. In der Zwischenzeit gehst du zu deiner Schwester, und ich beschwöre dich – stell keine Fragen.«

»Zu meiner Schwester?« Lentz schien jetzt vollends verstört. »Ja, aber was soll denn Magda...?«

»Keine Fragen«, warnte ihn Thomas. »Deine Schwester hat ein Stück Papier bei sich, das ich ihr einmal gegeben habe. Sag ihr, sie soll es jetzt benutzen, es ist der letzte Ausweg, und sie soll alles tun, wie wir es damals besprochen haben.«

»Und warum gehst du nicht selbst und sagst es ihr?«
»Keine Fragen«, verwies ihn Thomas noch einmal, drehte sich um und ging.

28

Acht Wachleute hatten Diether von der Marienkirche bis vor die Stadtmauer geschafft, von der der Kerkerturm aufragte. Zwei liefen mit Lanzen voraus, zwei liefen mit Lanzen hinterdrein, zwei schleiften ihn an den Armen und zwei traten ihm in den Rücken, wann immer er sich nicht schnell genug bewegte. Die Schmerzen in seinem Kopf tobten inzwischen so wild, dass er die Augen nicht offen halten konnte. Ihm war zum Speien übel, und er hätte alles, was er besaß, für einen Becher Wasser gegeben.

Nur besaß er nichts mehr. Nicht einmal seine Freiheit.

Der Kerkerturm neben dem Haus des Blutvogts hatte zu ebener Erde keine Tür. Um das Gebäude wand sich eine enge Stiege, die Diether hinaufgestoßen wurde. Er war nie zimperlich gewesen, doch die Beleidigungen, mit denen die Männer ihn bedachten, trafen ihn tief im Innersten wie Peitschenhiebe.

»Los, vorwärts, Hurensohn!«

»Wird's bald, du Stück Scheiße, oder muss ich dir Beine machen?«

»Da rein mit dir, Abschaum, damit mir von deinem Anblick nicht das Kotzen kommt.«

Dazu schlugen sie ihn mit ihren Stöcken in die Kniekehlen, was einen brennenden Schmerz durch seinen ganzen Körper sandte. Diether begriff in Windeseile: Wer hier landete, hatte kein Recht mehr, sondern hatte aufgehört, ein Mensch zu sein.

Der runde Raum, in den sie ihn stießen, befand sich etwa

vier Mannslängen über dem Boden und besaß kein Fenster. Das Licht einer blakenden Wandfackel ließ erkennen, wozu die Kammer genutzt wurde. Diether musste würgen und erhielt dafür einen Hieb in den Nacken. In die Wände waren Ketten mit Fußschellen eingelassen, um Gefangene zu fesseln, und daneben lehnte das Werkzeug für das peinliche Verhör: Zangen, die Fleisch zwickten, Schrauben, die Gelenke zerquetschten, Becken, in denen Kohle erhitzt wurde, um Fußsohlen in glühende Asche zu verwandeln. Als er taumelte, fing einer der Männer ihn am Arm auf und gab ihm einen verächtlichen Streich über die Wange. »Die Empfindsamkeit gewöhnst du dir besser ab, Hundsfott. Das, was dir bevorsteht, ist schlimmer als das bisschen Zwicken.«

Aus dem Dunkel, das der Schein der Fackel nicht erreichte, schlurfte der Kerkerwächter in sein Blickfeld, kniete in der Mitte des Raumes nieder und öffnete eine Klappe. »Kriegt ihr den allein da runter?«

»Ich hab mir an dem Abschaum schon die Pfoten dreckig gemacht«, erwiderte der Anführer der Wachen. »Aber dafür, den ins Loch zu schmeißen, wirst du bezahlt, nicht ich.«

»Was ist an dem da denn schlimmer als an den anderen, mit denen du dir deinen Spaß machst?«

»Hast du nichts gehört?«, fragte der andere schnaufend vor Entrüstung. »Der da ist der Mörder von Nikolaus Cyriacus, dem Propst von Bernau!«

Der Mörder. Das war er. Bis zu diesem Augenblick hatten weder die Erkenntnis noch deren Bedeutung Diether erreicht.

»Dem haut keiner hübsch zart die Rübe ab, und den knüpft auch keiner auf. Die Sau stirbt auf dem Rad.«

An sämtlichen Gliedern schlotternd, hatte Diether den Weg in das Loch angetreten, über eine eiserne Leiter, die geradewegs in die schwarze Tiefe führte. Allein die Ölfunzel, die dem Kerkermeister am Gelenk baumelte, spendete ein wenig Licht. Am liebsten hätte Diether sie in die Hände genommen und sich an ihrem Leben, ihrem Zucken gewärmt.

Der Gestank, der ihnen entgegenschlug, war unbeschreiblich. Wieder würgte Diether, dessen Kehle bereits brannte wie eine offene Wunde. »Da rein«, sagte der Kerkermeister und entriegelte eine weitere Platte im Boden. Er sprach völlig ausdruckslos, frei von Hass, sondern so, als wäre Diethers Schicksal ihm vollkommen gleichgültig. »Kannst ruhig springen. Ist nicht so tief, dass du dir was brichst, und wenn's so weit ist, zerschmettern die dir ja doch die Knochen.«

Der stirbt auf dem Rad.

Als kleiner Junge, in Bernau, hatte Diether einmal eine solche Hinrichtung mitansehen sollen und war schreiend davongelaufen. Was das Rad bedeutete, wusste er: Die Knechte des Blutvogts würden ihm die Knochen zerschmettern, damit sie seinen Leib um die Speichen flechten konnten, wo er über Stunden unter Höllenqualen starb. Seine Überreste würde niemand entfernen, sie würden verrotten und zum Himmel stinken, der ihm auf alle Zeit verwehrt war. Er würde Gretlin nicht wiedersehen. Er würde Magda und den Großvater nicht wiedersehen, Hans und Petter, die alle erfahren würden, dass er nicht nur ein Lügner und Zechpreller, sondern ein Mörder war. Und jetzt verlangte dieser Mann von ihm, dass er sich nicht sträubte, sondern in ein tiefschwarzes Loch sprang und darin verschwand? Entsetzen erfasste ihn. Sein Schrei klang schrill und vollkommen fremd.

»Na mach schon. Oder muss ich dich stoßen?«

Wie er es schaffte, sich doch noch in das Loch hinunterzuhangeln, wusste er nicht. Noch weniger, warum er an dem Schrecken nicht starb, als das Licht der Funzel verlosch und die steinerne Platte sich über ihm schloss. Er lag auf eiskaltem

Boden, zwischen fauligen Halmen Stroh, die atemraubend nach menschlicher Notdurft stanken. Der Raum, der ihn umschloss, war kaum hoch genug, um sich aufzurichten, und nicht lang genug, um alle Glieder zu strecken. Er hatte kein Wasser, keine Decke, nicht das kleinste Stück Brot und keinen Funken Licht. Keine Hoffnung. Kein Recht. Keinen Menschen.

Ich werde sterben.

Jedes Mal, wenn der Gedanke in ihm aufwallte, sprang er auf die Knie, begann zu schreien und mit den Fäusten auf die Kerkerwände einzuhämmern, bis ihm die Kräfte erlahmten. Jemand musste ihn hören, jemand musste sich erbarmen und nur ein Wort zu ihm sprechen, ein Gebet, ein Lied, einen Menschenlaut zur Beruhigung! Aber niemand hörte ihn und niemand kam. Augenblicke, Stunden oder Tage vergingen. Von Zeit zu Zeit wünschte er sich Schlaf, doch dann erschreckte ihn die Angst davor, die Angst, in dieser Schwärze zu erwachen und noch einmal von Neuem zu begreifen, dass es keinen Ausweg gab. Der Durst tat ein Übriges, und über allem stand das Wissen um seine Schuld, das ihm das Herz in der Brust zerquetschte.

Bei den ersten Geräuschen regte sich noch Hoffnung in ihm. Kam doch jemand, war das alles ein Irrtum, ein Albtraum, eine Fieberphantasie? Immer aber erwies sich die Hoffnung als trügerisch: Das Geräusch hatte er selbst durch eine Bewegung im Stroh verursacht, oder das Rascheln stammte von einer Ratte, die durch einen engen Spalt entwischte. Später achtete er nicht mehr auf die Geräusche. Sie kamen und gingen und änderten nichts an seiner Not.

In den Stunden oder Tagen, die verstrichen, zog sein Leben an ihm vorbei. Alle Gabelungen, an denen er den falschen Weg eingeschlagen hatte, jede törichte Entscheidung, jede Verfehlung, die er mit einer Handbewegung abgetan hatte. Er hatte einen Unschuldigen eines teuflischen Verbrechens beschuldigt.

Er hatte die, die er liebte, belogen und betrogen, er hatte mitangesehen, wie andere für seine Fehler bezahlten, so teuer, dass es keine Rückerstattung gab. In seinem jungen Leben, so stellte er fest, hatte er mehr gesündigt, mehr Schmerz zugefügt, als er jemals sühnen konnte. Und dabei war das Leben voller Schönheit gewesen, die er nur hätte greifen müssen. Greifen, festhalten, pflegen und teilen.

Er liebte Musik, er hatte als Junge liebend gern auf seiner Flöte gespielt. Durch den Bach zu streifen oder durchs Schilf am Ufer und dabei ein Lied zu flöten, hatte ihn glücklich gemacht. Er liebte seine Familie, Magda besonders, die hingebungsvoll seinen Geschichten lauschte, aber auch den Großvater, den alten Giftzwerg, der Galle spuckte und doch kaum je zubiss. Er hatte Endres geliebt, und er liebte seine Brüder, auch wenn die Eifersucht ihn ständig zwackte. Auf einmal wünschte er sich nichts, weder Wasser noch Licht noch Hoffnung, so sehr wie die Gelegenheit, es ihnen zu sagen: *Ich habe ein scheußliches Fiasko aus unserem Leben gemacht, aber ich habe es geliebt. Ich liebte es, mit euch zu lachen und dumme Witze zu reißen, ich liebte es, nach Hause zu kommen und den Finger in den Topf mit dicken Erbsen zu stecken.*

Ich hätte euch gern Gretlin gebracht. Nicht der Familie des vornehmen Handelsherrn, sondern euch. Ich würde so gern mit euch noch einmal von vorn beginnen. Es wäre nicht alles Glanz und Gloria. Aus Diether, dem Faulpelz, würde nicht über Nacht eine Arbeitsbiene werden, aber es wäre unser Leben, und wir würden uns schon zusammenraufen. Unser Leben – warum begreife ich das erst jetzt? – war viel kostbarer, zerbrechlicher und schützenswerter als alles, was man sich erdenken und erträumen kann.

Das Geräusch ließ ihn kaum noch aufschrecken, obgleich es lauter war als die anderen. Einen Atemzug später aber wurde die steinerne Platte beiseitegeschoben, und in die Schwärze drang Licht. »Diether Harzer?«

Die Stimme war wie dunkler Samt, und er hörte sie nicht zum ersten Mal.

»Rückt so weit wie möglich zur Wand. Ich springe zu Euch hinunter.«

Der Mann war ein Riese. Als er punktgenau zwischen Diethers Beinen landete, schien die Zelle zu beben. Wie er es schaffte, dabei sein Talglicht in der Hand zu balancieren und unter dem anderen Arm ein Paket zu tragen, war Diether ein Rätsel. Mühsam blinzelte er, um seine Augen an das Licht zu gewöhnen. In der winzigen, widerlichen Zelle saß ihm der große Mann beinahe auf dem Schoß. Er löste den Knoten eines Lederbandes an seinem Hals und reichte Diether wortlos eine Feldflasche. Als Diether das Gefäß in den Händen drehte, ohne etwas damit anzufangen, nahm er es noch einmal an sich und entkorkte es. Dann gab er sie Diether zurück.

Er setzte die Flasche an und ließ das Wasser in seine Kehle laufen. Es war die Erlösung. Einen Augenblick lang war es die vollkommene Seligkeit. Vor Gier verschluckte er sich, hustete und trank dann weiter, bis die Flasche leer war. Als er zu Atem kam, hatte der andere das Talglicht auf den Boden gestellt und das Paket ausgewickelt. Es war eine Decke, die er Diether um die Schultern legte. Eine weitere Erlösung. Wärme und der Geruch nach grober, sauberer Wolle. Seine Glieder spürten wieder etwas anderes als Schmerz.

»Wer seid Ihr?«, fragte er ungläubig, doch im selben Moment erkannte er den Mann.

»Thomas«, sagte der. »Auch wenn das wenig zur Sache tut.« Er gab ihm einen kleinen, runden Laib Brot, der in den Falten der Decke gesteckt hatte. Diether konnte ihn nicht sofort essen, sondern musste die Nase daran halten. Wenn so das Elysium duftete, frisch und holzig und ein wenig nach Kümmel, dann lohnte es sich, ohne Sünde zu bleiben. Vorsichtig, wie um das Brot nicht zu verletzen, schlug er die Zähne in die krachende Kruste. Es kam ihm mindestens so köstlich vor wie die Nüsse, die der Großvater ihm heimlich zugesteckt hatte, wenn er verheult aus der Kammer seines Vaters kam.

Der Mann, der Thomas hieß, wartete, bis Diether seine Mahlzeit beendet hatte. »Ihr wisst, was man Euch vorwirft und was Euch dafür droht?«, fragte er dann.

Mit einem Schlag war die Erlösung vorüber. Diether konnte nur nicken.

»Ihr seid nicht allein«, sagte der Mann. »Es gibt Menschen, die Euch helfen wollen. Eure Schwester Magda. Euer Bruder Lentz. Aber ich muss von Euch so genau wie möglich erfahren, was auf dem Neuen Markt geschehen ist.«

Sie wollten ihm helfen. Magda, Lentz und dieser komische Fremde, der wohl immer auftauchte, wenn einer von ihnen in der Tinte hockte. Sie hatten ihn nicht aufgegeben, trotz allem, was er ihnen angetan hatte. Ob er sie bitten konnte, sich um Gretlin zu kümmern, Caspar die Miete zu zahlen oder die Mädchen zu sich zu nehmen?

»Habt Ihr mich gehört? Könnt Ihr mir schildern, was heute beim Besuch des Propstes geschehen ist?«

Dieter zuckte zusammen. »Ich weiß es nicht«, brach es aus ihm heraus. »Ich war nicht richtig bei mir, ich habe...« Er stockte, weil er die Worte wiedererkannte. Hatte er auf ähnliche Weise nicht Magda nach Endres' Tod abgespeist? Damit war es vorbei. Er würde nie wieder versuchen, sich durch Täuschen und Lügen aus einer Schlinge zu winden, einer Strafe auszuweichen, als sei er der Angst vor dem Stock seines Vaters noch immer nicht entwachsen.

Entschlossen setzte er sich auf, schlang die Decke um sich und erzählte dem Fremden, was geschehen war: Angefangen von seiner Prahlerei in der *Rippe*, über den furchtbaren Streit mit Magda und dem Gelage mit Hans bis zu den Ereignissen auf dem Platz. Wichtige Eckpunkte fehlten ihm: Wo hatte er den Stock verloren, und was war geschehen, nachdem der Knauf den Propst ins Gesicht getroffen hatte? »Ich musste mich übergeben, ich war völlig fertig von dem Blut und von der verdammten Sauferei. Mir ist schwarz vor Augen geworden, und das Nächste, was ich mitbekommen habe, war, dass die Wachen mir die Arme verdrehten.«

»Sorgt Euch deswegen nicht«, sagte der Mann namens Thomas. »Dass Ihr nicht alles mitbekommen habt, war zu erwarten. Ihr habt Eure Sache ausgezeichnet gemacht.«

Diether glaubte seinen Ohren nicht zu trauen. Warum war der Fremde nicht entsetzt, warum wendete er sich nicht angewidert ab? »Bedeutet das, dass Ihr mir immer noch helfen wollt?«

»Ich kann nichts versprechen. Aber ich hoffe, dass Eure Geschichte zusammen mit einigen Beweisen überzeugen kann. Wenn Ihr einverstanden seid, werde ich alles, was Ihr mir erzählt habt, niederschreiben und jemandem zustellen, der über Einfluss verfügt und sich vor dem Rat Gehör verschaffen kann. Das bedeutet freilich, dass Eure Geschichte bekannt wird. Auch müssten wir die Leute, die für Euch aussagen können, aufsuchen – Hans, den Badeknecht, und Eure Verlobte Gretlin. Wollt Ihr mir dazu die Erlaubnis erteilen oder wollt Ihr diese Dinge vor Euren Freunden verborgen halten?«

»Nein, nein, nein!«, rief Diether. »Sie sollen alles wissen. Wenn ich könnte, ich würde es ihnen selbst erzählen.« Er würde Gretlins Liebe verlieren, und Hans würde ihn verachten. Magda und der Großvater würden sich seiner schämen, aber er würde endlich vor den Menschen, die er liebte, ohne Lüge stehen. *Ohne Lüge.* Die Erinnerung durchzuckte ihn wie eine glühende Klinge. Auf einmal wusste er, dass er das Geheimnis nicht länger bei sich behalten konnte, dass er es endlich jemandem anvertrauen musste. Nicht so wie bei Hans, wo er den entscheidenden Teil ausgelassen hatte, sondern in seiner ganzen nackten Unerträglichkeit.

Er blickte auf und dem Fremden in die Augen, in denen ein Mosaik aus braunen Kristallen funkelte. »Ich habe Euch nicht alles erzählt«, sagte er. »Es gibt etwas, das, wenn es herauskommt, all Eure Mühe zunichtemachen kann. Meine Vergangenheit.«

Der Fremde mit den warmen braunen Augen nickte. »Ich denke, das verstehe ich.«

»Wie könntet Ihr?«

»Ich habe auch eine.«

»Aber Ihr habt doch kein Verbrechen begangen!«

»Doch«, erwiderte der Fremde ruhig. »Ich habe grün und blau geprügelt in einer Zelle wie dieser gesessen und auf mein Urteil gewartet. Ich habe mich selbst und meine Familie entehrt und alles verloren, was mir bis dato etwas wert gewesen ist. Allerdings schwebte kein Todesurteil über mir. Nur Verstümmelung, Züchtigung und Verbannung aus der Stadt.«

»Und darf ich fragen, was . . .«, begann Diether und brach ab.

»Was ich getan habe?«

Diether nickte.

»Ein Mädchen geschändet. Ihr Gewalt angetan.«

Im ersten Augenblick wollte Diether aufspringen, den Kerl packen und hinauswerfen, als wäre dies hier sein Haus und er ein unbescholtener Mann. Für alles konnte er Verständnis aufbringen, aber nicht für ein Stück Dreck, das einer Frau angetan hatte, was Gretlin angetan worden war!

Gleich darauf sackte die Wut in sich zusammen. Der Mann hatte sich nicht gerührt und sah ihm unverwandt in die Augen. Diether blieb sitzen. *Ich kann mir nicht helfen*, dachte er, *aber ich vertraue dir.* Jäh wünschte er sich, der andere würde von ihm genauso denken: *Etwas steckt dahinter. Etwas lässt sich erklären, und was immer du getan hast, ich bin sicher, du hattest einen verdammt guten Grund dafür.*

»Darf ich Euch meine Geschichte erzählen?«, fragte er.
»Ich wäre froh«, sagte der Fremde.
»Dann wappnet Euch«, begann Diether und hielt sich an dem warmen Blick des Mannes fest. »Das, was heute geschehen ist, war nämlich nicht mein erster Mord.«

29

Magdas leeres, stilles Haus hatte sich in einen Hühnerstall verwandelt, der vom Gegacker widerhallte. Keine halbe Stunde nach dem Mädchen war auch noch ein junger Mann eingetroffen, der sich als Hans vorstellte und keuchte, als wäre er von Bernau bis nach Berlin gerannt.

Das Mädchen war mitnichten zwölf, sondern volle achtzehn Jahre alt. Es hieß Gretlin, und nachdem es sich einmal den Frosch des langen Schweigens aus dem Hals gehustet hatte, sprudelten Worte aus ihm wie Schaum aus einem Gärfass.

»Di-ta denkt, weil ich nicht sprech, bin ich dumm wie Bohnenstroh«, sagte sie. »Aber ich bin ein Brandenburger Gör, nicht weniger als er. Meine freche Gosch hab ich allemal, meine Ohren taugen auch, und mein Bett steht über dem lautesten Schankraum in der ganzen Mark. Mir entgeht nicht, was die Leute schwatzen, und dass Di-ta kein vornehmer Händler, sondern ein Habenichts ist, weiß ich seit dem ersten Tag. Was denkt der sich denn? Dass ein Mädchen auf einem Hof in der Neumark noch nie einen Händler zu Gesicht bekommen hat?«

»Es ist sehr nett von dir, dass du Diether helfen willst, obwohl er dich nach Strich und Faden belogen hat«, sagte Magda, denn als Erstes hatte Gretlin ihnen von dem unfasslichen Verbrechen erzählt, das auf dem Neuen Markt geschehen war.

»Aber wo denn!«, rief Gretlin und schlug ihre winzige Faust auf den Tisch. »Ich lieb doch den Di-ta! Er mag ja ein Schwindler und ein Aufschneider sein, weil er von sich selbst nichts hält, aber innen drin hat er ein Herz aus Butter. Wie er für mich den Helden spielen will, obwohl er selbst vor Angst schlottert, das bringt Eisen zum Schmelzen. Hätt ich den Dita nicht gehabt, wär ich jetzt immer noch stumm und würde mir die Seele aus dem Leib schreien, sobald mir ein Mann nur nahe kommt. Dafür lieb ich meinen Di-ta, solange ich lebe, und dass sie ihn mir quälen und totmachen, lass ich nicht zu.«

Ich auch nicht, dachte Magda, obgleich sie nicht wusste, wie sie ihrem Bruder noch helfen sollte. Denn leider hatte Gretlin in ihrer hellhörigen Kammer noch mehr mitbekommen als nur die Wahrheit über Diethers Aufschneidereien. »In der *Rippe* logiert ja Volk von überall«, erzählte sie. »Und aus Bernau waren auch mal welche da, vor nicht ganz zwei Wochen, eine Handvoll Kerle, die hier Getreide kaufen wollten. Einer von denen war Brauer wie Ihr.«

»Wie du«, verbesserte Magda. »Bitte erzähl mir nicht, der Mann hieß Linhart von der Mauer.«

»So hieß er«, bestätigte Gretlin. »Wie das Gespräch auf Dita kam, weiß ich nicht, gewiss hat wieder der Wirt über ihn geschimpft. Und dieser Herr von der Mauer hat mitgeschimpft, aber nicht, wie es in einer Schänke eben geht, wo einer über den andern herzieht, sondern so, dass mir in meiner Kammer das Herz stillstand. Er hat gesagt, Di-ta ist ein Mörder, er hat seinen eigenen Vater und seinen Schwager abgestochen wie Schweine zum Schlachten.«

Das Mädchen war blass und holte schnappend Luft, doch gleich fing es sich wieder und sprach weiter. »Und eine Wendin, die spurlos verschwunden ist, die hat Di-ta gemetzelt und im Moor versenkt, hat dieser Kerl mit seinem schlimmen Mund gesagt.«

»Beim Herrgott – Worša?«

Gretlin nickte. »In Bernau weiß das jeder, hat er behauptet, und Di-ta haben sie nur laufen lassen, weil sie Mitleid mit seinem Großvater hatten. Und weil sein Bruder geschworen hat, dass er ihn wegbringt aus Bernau, dass er achtgibt und Di-ta die Stadt Bernau nicht mehr betritt.«

»Sein Bruder soll das versprochen haben?«, fragte Magda.

Gretlin nickte. »Das hat alles dieser Linhart erzählt. Meine Schwester hat gesagt, sie will es Di-ta weitersagen, aber ich hab's ihr verboten. Ich wollt nicht, dass Di-ta denkt, ich höre auf solche Maulzerreißer, die andere mit ihrem Dreck bewerfen.«

»Und es hat dich gar nicht gezwickt?«, fuhr der Großvater ungläubig dazwischen. »Ob nicht doch ein Körnchen Wahrheit dran ist, das hat dich nicht umgetrieben, nicht mal, wenn du nachts allein in deinem Bett gelegen hast?«

»Nein, warum denn?«, fragte Gretlin. »Wenn eine fremd ist und einen dicken Bauch hat, dann wird über sie geredet, dass sie eine Hure ist. Kein Mensch wird sie fragen: Hast du aus freiem Willen bei dem gelegen, der dir das Balg gemacht hat? Oder hat er dir wehgetan, hat er dir den Hals zugedrückt und gesagt, er bringt dich um, wenn du ihm nicht zu Willen bist? Sie ist eine Hure, sie wird mit Hieben aus der Stadt gejagt und damit Schluss. Aber Di-ta ist anders. Für Di-ta war ich keine Hure, sondern seine Goldene. Jetzt mach ich's genauso für ihn. Er ist mein Liebster, und auf das, was geredet wird, geb ich nichts.«

Magda ertappte sich dabei, wie sie ihr auf den Bauch starrte, der sich prall wie ein Winterapfel zwischen den knochigen Hüften wölbte. Hastig wandte sie den Kopf zur Seite, doch in diesem Augenblick klopfte wie zu ihrer Rettung der junge Mann namens Hans an ihre Tür.

Er sei Diethers Freund, erklärte er in höchster Erregung, er habe Stunden gebraucht, um herauszufinden, was überhaupt geschehen sei, und dann noch einmal Stunden, um nach Diethers Familie zu suchen. »Ich hatte doch keine Ahnung, dass wir beinahe Nachbarn sind!«, rief er aus.

Offenbar war dieser arglose Bursche der Einzige, der Diethers Lügengeschichten aufgesessen war. Jetzt entdecken zu müssen, dass der Freund ihm mehr als einen Bären aufgebunden hatte, brachte ihn jedoch kaum aus der Ruhe. »Gütiger Herr des Himmels, wer macht sich denn nicht gern ein bisschen größer, als er ist?«, fragte er. »Der Petter tut nichts anderes, der hat das Geschäft von seinem Vater mächtig in die Kreide gebracht, aber mit dem Geld wirft er noch immer um sich wie die Herren von Quitzow. Und ist der Petter deshalb ein schlechter Kerl? Mitnichten. Sein letztes Hemd würde er für seine Freunde geben, und der Diether, der gäbe noch die Bruche dazu!«

Die Wangen des Burschen röteten sich, so sehr legte er sich für Diether ins Zeug. *Diether hat Freunde*, stellte Magda verwundert fest. *Freunde, die nicht auf ewig versuchen, ihn zu ändern, sondern ihn nehmen, wie er ist. Warum haben wir ihn so nicht nehmen können? Wären wir dazu imstande gewesen, hätten wir Diether vor dem Verderben bewahrt?*

»Diether hat nicht nur Gretlin, sondern auch meine Ursel aus der finsteren Kaschemme herausgeholt«, erzählte Hans weiter. »Damals hab ich ihm versprochen: Ich bin nur der Hans vom Bader, der nie einen Pfennig haben wird, aber wenn du je einen brauchst, der einen Drachen für dich tötet, dann finde ihn in mir. Und hier bin ich. Ich bin gekommen, um den Drachen zu töten, und jetzt brauche ich nur noch einen, der mir sagt, wie ich es anfangen muss.«

»Den hätten wir auch gern«, brummte der Großvater. »Aber das eine sag ich euch: Solange ich Seyfrid Harzer heiße, wird niemand wagen, den Jungen von meiner Sanne auf ein Rad zu flechten. Bevor ich das erlaube, flechte ich lieber mich alten Zausel selbst da drauf.«

»Di-ta hat nichts getan«, erwiderte Gretlin. »Einen, der nichts getan hat, können die Richter nicht aufs Rad flechten lassen, denn dann wären sie Mörder, nicht besser als die vom Propst.«

»Deinen Glauben möcht ich haben, Täubchen.« Der Großvater stöhnte. »Wer sagt dir denn eigentlich so unumstößlich, dass der Diether nichts getan hat, he? Hast du seinen Vater gekannt, hast du erlebt, wie der den Jungen geschunden hat? Sein Vater war ein Tagedieb, einer, der keine Hand rührt, aber höher hinauswill, als ein Adler kreisen kann. Handelsherr wollte der sein, ein Netz bis ans Ende der Welt aufbauen. Und was hat er wirklich verkauft? Ein paar Arzneimittelchen, die er bei uns hinterm Abort gepanscht hat, für einen Appel und ein halbes Ei.«

Der Großvater holte über lange Zeit Atem, aber er sagte nicht zweimal »Ei«, sondern setzte schließlich von Neuem an: »Dass er nichts zuwege gebracht hat, dieser Herr Vater, das hat er an dem Jungen ausgelassen. Einer wie der Lentz, ein braves Bübchen, das *Ja, Vater, nein, Vater* sagt, das war ihm recht, nach dem Utz hat halt kein Hahn gekräht, und das kleine Kälbchen hier hat ihm wie uns allen das Herz erwärmt. Aber der Diether, der hat's einstecken müssen. Der Mann hat sein Leben gehasst, und weil der Sohn es liebte, hat er es ihm zur Hölle gemacht. Weil er ein so kleiner Mann war, musste er den Sohn noch kleiner prügeln, und damit hat er aus meinem lieben Bübchen, das so hübsch singen konnte, einen Mörder gemacht!«

»Und warum hast du ihn nicht beschützt?«, schrie Magda. Sie hatte den Großvater nie zuvor weinen sehen, aber Mitleid verspürte sie nicht. »Warum hast du ihm nie gesagt, dass er dein liebes Bübchen war, warum hast du ihn verdammt noch mal so mutterseelenallein gelassen?«

Der Großvater gab keine Antwort. In die entstandene Stille hinein sprach Hans: »Augenblick mal. So gern ich diesen Vater in die Finger gekriegt hätte – Diether sitzt nicht seinetwegen im Kerkerturm, sondern weil behauptet wird, er hätte den

Propst von Bernau ermordet. Und das hat er nicht, das kann ein jeder, der dort war, vor Gericht bezeugen. Es gab keinen einzelnen Täter, es gab eine aufgepeitschte Masse von Menschen, die in einen Rausch der Gewalt geriet und ein Leben auslöschte. Jeder von uns, der auf diesem Platz stand, ist so schuldig wie Diether und muss mit dieser Schuld leben.«

Das war mutig gesprochen, und Magda wünschte sich, Diether hätte es gehört. Die Räte und Schöffen, die über ihn zu Gericht saßen, würden die Dinge jedoch anders sehen. Wenn Linharts Hetzreden bereits in der Stadt die Runde machten, würden die Toten der Vergangenheit sich schon bald aus ihren Gräbern erheben. *Wer einmal bereit war, ein Leben zu nehmen, der ist es wieder*, würde es heißen. *Wir brauchen unseren Sündenbock, um die Stadt zu retten, und ein Vatermörder verdient den Tod auf dem Rad ohnehin.*

Flüchtig horchte Magda in sich hinein. Wenn Diether wahrhaftig den Vater und Endres getötet hatte – wollte sie dann, dass er auf dem Rad dafür bezahlte? Sie hatte sich so sehr gewünscht, Endres' Tod zu rächen, doch die Frage verflog wie nie gestellt. Was Diether betraf, so wollte sie nur eines: Ihn in die Arme nehmen und ihm sagen, dass sie ihm beistehen würde, was immer ihm bevorstand. Ihm sagen, dass sie ihn liebte.

In diesem Augenblick klopfte es von Neuem an der Tür.

Die vier Menschen starrten einander an. Es musste weit nach Mitternacht sein. Wer um diese Uhrzeit Einlass in ein Haus begehrte, kam nicht mit guten Nachrichten.

Der Großvater machte halbherzig Anstalten, sich zu erheben, aber Magda kam ihm zuvor. Er war alt. Die Nachricht mochte ihm das Herz brechen. Vor der Tür drehte sie sich noch einmal in den Raum um und sagte: »Gretlin, was immer geschieht – Diether wollte die Heirat mit dir, und damit bist du für uns seine Frau. Du gehörst zur Familie.«

»Aber das Kleine in mir...«

»Diether hat es als seines angenommen, und dabei bleibt es«, erwiderte Magda. »Wir sind nicht reich, und vielleicht wird es jetzt noch härter für uns. Aber wir hatten immer unser Auskommen, und du und das Kleine habt es auch.« Damit drehte sie sich um und zog die Tür auf, um dem Büttel der Stadt die Stirn zu bieten.

Vor der Tür, im Nachtwind, stand Lentz.

Er hob die Arme und ließ sie hilflos wieder fallen.

Sie hob die Arme und ließ sie wieder fallen.

»Magda«, stammelte er und wusste nicht weiter.

»Lentz«, stammelte sie und wusste auch nicht weiter.

Dann trat er einen Schritt vor und dann sie einen, und mit dem nächsten umarmten sie sich und hielten sich aus Leibeskräften fest.

Lentz war ein Segen, wie er es immer gewesen war. Mit ein paar Worten, ein paar Gesten, dem Einschenken von Bier und dem Aufschneiden von Brot gelang es ihm, sie alle so weit zu beruhigen, dass sie sich beraten konnten. »Natürlich bleibe ich bei euch«, antwortete er auf Magdas Frage. »Solang meine Familie mich braucht, bleibe ich hier.«

Aber Lentz war auch ein aufrechter Mann und sprach die Wahrheit aus, sosehr sie ihn schmerzte. »Lasst uns um eines nicht herumreden«, sagte er, nachdem er eine Zeitlang ihrem Wortwechsel gelauscht hatte. »Wenn Diether getötet hat, dann muss er dafür bestraft werden. Wir haben kein Recht, ihm diese Strafe zu ersparen, weder vor Gott noch vor den Menschen.«

»Aber Diether ist unser Bruder!«, rief Magda verzweifelt,

obgleich ihr längst klar war, dass er Recht hatte. »Ich hab ihn so lieb, ich will nicht, dass er stirbt.«

»Ich auch nicht«, sagte Lentz. »Aber wenn ich will, dass seine Seele gerettet wird, dann muss ich zulassen, dass er seine Taten sühnt. Er ist ein Mensch, der in höchster Not gehandelt hat, und niemand, der das tut, verdient es, dass man seinen Leib auf dem Rad verrotten lässt und ihn der ewigen Verdammnis anheimgibt. Davon müssen wir den Rat überzeugen, ehe es zu Gericht geht.«

»Aber zum Tode würde das Gericht ihn selbst dann noch verurteilen?«, fragte Magda.

Lentz nickte. »Ich fürchte, daran führt kein Weg vorbei.«

»Dann helfe ich ihm, aus diesem Loch zu flüchten!«, rief der Großvater, erhob sich vom Stuhl und schwenkte drohend seinen Becher.

»Wenn es das wäre, was Diether wollte, würde ich nicht zögern, dasselbe zu tun«, erwiderte Lentz bedrückt. »Zumal wir an dem, was geschehen ist, einen Teil der Schuld tragen. Wenn er die Strafe aber auf sich nehmen will, werde ich ihn nicht hindern, sondern Gott bitten, ihn in Liebe wieder anzunehmen.«

Der Gedanke war so hart, dass Magdas Hirn sich weigerte, ihn zu Ende zu denken. Stattdessen brach ihr pragmatischer Sinn sich Bahn. »Lasst uns einen Fuß nach dem anderen setzen, sonst stolpern wir«, sagte sie. »Den Mord an Propst Nikolaus hat Diether nicht begangen, also darf er dafür auch nicht als Sündenbock herhalten. Wie können wir erreichen, dass der Rat uns deswegen anhört, dass er Hans anhört und die anderen Zeugen, die wir vielleicht zusammenbringen? Wir brauchen einen Plan, der so sicher ist wie das Amen nach dem Rosenkranz. Ich stand schon einmal um Diethers willen vor dem Rat und habe mich dort nicht nur zur Närrin gemacht, sondern wäre um ein Haar am Pranger gelandet.«

Gretlin, Hans und der Großvater schwiegen. Lentz hingegen erhob sich in seiner vertrauten gemächlichen Weise und nestelte an den Falten seiner Kutte. »Vor allem deswegen bin ich gekommen«, sagte er. »Magda, ich bringe dir eine Nachricht von einem Ordensbruder oder doch von einem Mann, der bald ein Ordensbruder sein wird. Er heißt Thomas, und du bist ihm schon begegnet – am ersten Tag, als wir auf dem Olden Markt Halt machten und nicht wussten, wohin wir uns wenden sollten. Erinnerst du dich?«

Magda schlug das Herz. Mit zusammengepressten Lippen nickte sie.

»Was ihn mit Diether verbindet, weiß ich nicht«, fuhr Lentz fort. »Doch er ist jetzt bei ihm und sorgt dafür, dass ihm kein Leid geschieht. Mir hat er gesagt, ich solle dir keine Fragen stellen, nur dich daran erinnern, dass du ein Papier bei dir trägst, das er dir einmal gegeben hat. Erinnerst du dich auch an dieses Papier?«

Martha presste die Lippen noch fester aufeinander und nickte noch einmal.

Lentz sah sie fest an. »Es ist der letzte Ausweg, lässt Thomas dir sagen. Du sollst ihn jetzt gehen und alles tun, wie ihr es damals besprochen habt.«

30

Sie hatte den Fetzen wegwerfen wollen, doch etwas in ihr hatte sich dagegen gewehrt. In ihrem Kleiderkasten, so hatte sie gedacht, unter ihren Hemden, würde er nie einem Menschen in die Hände fallen. Als sie jetzt vor dem Kasten kniete, um ihn hervorzuholen, kam ihr Diethers Hemd in den Sinn, das der Großvater unter den seinen gefunden hatte. Sie hatte es völlig vergessen und wollte auch in diesem Augenblick nicht darüber nachdenken. Noch weniger nachdenken wollte sie über den Mann, der ihr das Stück Papier gegeben hatte. All ihre Gedanken, all ihre Kräfte mussten darauf konzentriert sein, Diether zu retten.

Sie zog den Zettel heraus und faltete ihn auf. Die Übrigen warteten dicht beieinander an der Tür. Als Lentz einen Schritt vortrat, wies Magda ihn mit einer Geste zurück. Was immer darauf stand, sie wollte allein sein, wenn sie es las.

Die vier Zeilen in geübter Handschrift bildeten eine Adresse, wie bedeutende Männer sie am oberen Rand über ihre Briefe setzten:

Clewin Alvensleben
Gewandschneider
Spandau
Breite Straße, bei Sankt Matthäus

»Und?«, fragte Lentz erwartungsvoll. »Hilft es uns weiter?«
»Es ist eine Adresse in Spandau.« Noch während sie sprach,

fasste sie ihren Entschluss: »Ich muss dorthin. Kann mir jemand sagen, wie weit ich zu gehen habe?«

»Zu Fuß? Gut und gern zwei Stunden, fürchte ich«, antwortete Hans.

»Aber jetzt kannst du nicht gehen!«, rief Lentz. »Es ist mitten in der Nacht, du müsstest Gott danken, wenn du auch nur lebend ankämst.«

»Lasst mich gehen«, erbot sich Hans, »oder wenigstens Euch begleiten.«

Magda schüttelte den Kopf. »Dies muss ich allein tun. Und es muss so schnell wie möglich sein.« Ihre Vernunft aber sagte ihr, dass es keinen Sinn hatte, mit dem Kopf durch die Wand zu wollen. Wenn sie bei Nacht und Nebel einer Bande von Wegelagerern zum Opfer fiel, war Diether verloren.

»Passt auf, was haltet Ihr davon?«, rief der unermüdliche Hans. »Sobald die Sonne aufgeht, laufe ich hinüber zu Petter und bitte ihn, uns sein Fuhrwerk zu leihen. Als Bäcker steht er in aller Herrgottsfrühe auf, und wenn er hört, dass er damit Diether helfen kann, wird er Feuer und Flamme sein. Und mit Petters Zweispänner seid Ihr im Handumdrehen in Spandau.«

»Wenn du glaubst, dein Bekannter ist einverstanden, dann ist das ein guter Gedanke«, stimmte Lentz ihm zu. »Jetzt aber sollten wir alle versuchen, ein paar Stunden zu schlafen, um bei Kräften zu bleiben.«

Natürlich fand Magda in den Stunden bis zum Morgengrauen keinen Schlaf. Hellwach starrte sie hinauf in den Dachstuhl des Hauses und dachte über ihren Traum nach. Lentz hatte sein Gelübde geleistet, er trug Habit und Tonsur, aber er hatte sie nicht verlassen, und in dieser Nacht hatte sie begriffen, dass er es auch nicht tun würde. Es war nicht Lentz, den die Mutter ihr im Traum gebracht hatte, und schon gar nicht Utz, sondern Diether. Sie glaubte ihre Stimme zu hören: *Er hat dich innig geliebt, und er wird dich weiter lieben, doch er kann nicht mehr lange bei dir bleiben. Sehr bald ist es jetzt so weit, dass er gehen muss.*

Bedeutete das, dass Diethers Leben verloren war, wie Lentz es ihr erklärt hatte? Dass sie ihn wirklich nur noch vor der Qual auf dem Rad und der ewigen Verderbnis bewahren konnten?

Aber er hatte doch Propst Nikolaus nicht getötet!

Und wenn der verfluchte Linhart nun längst wieder in Bernau war und keiner mehr auf sein Gerede hörte? Natürlich musste der Rat mit Bernaus Geistlichkeit über den Tod ihres Propstes sprechen, aber weshalb sollten dabei die Mordfälle in der Familie Harzer zur Sprache kommen? Sie konnten Glück haben, und die Geschehnisse blieben verborgen, wie sie so lange verborgen geblieben waren. Warum sollte Diether dann nicht sein Leben weiterführen wie bisher?

Weil dein Bruder kein Unmensch ist. Nur ein Unmensch könnte mit einer Schuld von solcher Schwere weiterleben, ohne sie zu sühnen.

Wer hatte ihr diese Antwort gegeben? War es wie im Traum die Stimme der Mutter, die zu ihr sprach?

Hast du in diesen Jahren nicht gesehen, dass er mit seiner Gewissenslast nicht leben konnte? Im Geheimen sehnt er sich danach, für seine Schuld zu bezahlen, denn anders wird er nie wieder frei sein.

Ja, sie hatte gesehen, dass Diether mit seiner Gewissenslast nicht leben konnte, dass er gehetzt und getrieben durch die Tage jagte, weil er sich selbst nicht ertrug. Hieß das aber, dass sie ihren Bruder sterben lassen musste, keinen Finger rühren sollte, während die Henkersknechte der Stadt seinem gerade erst begonnenen Leben ein Ende machten? Die dahinschleichenden Stunden bis zum ersten Ton der Lerche wurden Magda zur Qual. Sobald das Schwarz vor der Fensterluke jedoch zu

Grau verblich, erneuerte sie ihren Entschluss: Sie würde zuerst alles tun, um Diether von dem Vorwurf des Mordes an Propst Nikolaus reinzuwaschen. Alles andere würde sich finden, wenn dieser Felsen überwunden war.

Hans hielt Wort: Magda war kaum fertig angekleidet, da stand er mit einem völlig kahlköpfigen Mann vor der Tür, dessen Surcot aus mitternachtsblauem Barchent mit Mehl bestäubt war, als hätte es geschneit. »Verehrung, Gnädigste.« Der Kahlkopf verbeugte sich. »Petter Tietz der Name, die beiden Pferdchen warten auf dem Marktplatz. Ich dachte mir, ich kutschiere Euch rasch hinüber nach Spandau, denn mit Bäckermeister Petter reist man schneller als ein übles Gerücht.«

Überrumpelt musste Magda lachen, und das war das Beste, was ihr an diesem Morgen geschehen konnte. Da sie außerdem im Leben nie ein Zweigespann gelenkt hatte, willigte sie ein und stieg samt Petter Tietz auf den mit der Brezel der Bäckerinnung bemalten Wagen. Die zwei mächtigen Kruppen der Braunen begannen, vor ihren Augen auf und ab zu tanzen, und in rasantem Trab fuhren sie auf der Spandauer Straße hinaus aus der Stadt.

An der Kreuzung vor der Langen Brücke flog das Rathaus mit der Gerichtslaube vorbei. Würde hier das Urteil über Diether gesprochen werden, vor Augen und Ohren der Geiferer, die sich dicht um die Pfeiler drängten, um von dem Spektakel nichts zu versäumen? Bechtolt würde sich diesen letzten Schlag gegen die Harzers gewiss nicht entgehen lassen, und er würde dabei in sich hineinlachen, dass sein Wanst wackelte. Magda schüttelte sich. Sie gab sich alle Mühe, die Vorstellung zu verdrängen und nur an das, was vor ihr lag, zu denken.

Nach keiner halben Stunde an Petters Seite wusste Magda, was Hans gemeint hatte: Der Mann war ein Aufschneider vor dem Herrn, er machte aus Diether einen Waisenknaben, aber er war auch ein famoser Kerl. Schenkte man ihm Glauben, so hörten alle zwölf Berliner und sämtliche sechs Cöllner Ratsmitglieder allein auf das Wort von Bäckermeister Tietz, und kraft dieses Wortes würden sich die Anschuldigungen gegen seinen Freund Diether mir nichts, dir nichts in Luft auflösen. Er schien so strahlend und zuversichtlich wie der junge Morgen und der Triumphgesang der Waldvögel. Magda, die vom Bock aus zusah, wie das reife Korn sich in tänzelnden Winden wiegte, schöpfte Hoffnung, auch wenn sie Petter kein Wort glaubte.

Zum Ende der Strecke, als die Mauer von Spandau schon in Sicht kam, wurde er ein wenig kleinlauter. Er fühle sich schuldig, gab er mit zerknirschter Miene zu. Die Idee, dem Propst eine Abreibung zu verpassen, sei ebenso die seine gewesen wie Diethers. »Ich hätte mich um Diether ja auch mehr kümmern wollen. Dass er Arbeit hätte brauchen können, hat man ja gesehen, aber mir bläst das Leben zurzeit auch nicht eben Zucker in den Hintern, und so hab ich eben meine Gosch nicht aufbekommen.«

»Ihr habt uns damals die Säcke mit dem Roggen abgekauft, das war Hilfe genug«, beruhigte ihn Magda. »Ohne Euch hätten wir heute nichts, von dem wir leben können.«

Petter Tietz strahlte. »Es war mir ein Vergnügen, Gnädigste. Und hinter Eurem Bierchen aus Bernau, da kann sich doch das Bayrische verstecken. Wir müssen das nur ein bisschen bekannter machen, vielleicht über meine Backstube, wenn erst Diether wieder ein freier Mann ist...« Gleich verfiel er wieder in die gewohnte Prahlerei und schmiedete hochfliegende Pläne für die Zukunft, während es Magda mit jeder Meile, die vorüberrauschte, beklommener wurde.

»Das da ist die Burg der Quitzows«, erklärte Petter und wies mit der Peitsche auf einen Hügel zur Linken, von dem der

Turm einer Feste aufragte. »Wenn's in unserem Ländchen Raubritter gibt, die diesen Namen verdienen, dann hocken sie da drüben hinter ihrem Fallgatter. Benehmen sich, als gehörte ihnen ganz Brandenburg, aber Hochmut kommt vor dem Fall, oder etwa nicht? Die Spandauer da drüben, die haben ja auch mal die Nase hochgetragen, glaubten, sie wären größer und bedeutender als wir, und was ist jetzt? Jetzt packt ein jeder, der bei denen was auf sich hält, sein Säckchen und zieht nach Berlin.

Magda konnte ihm kaum noch zuhören, und nachdem sie den Burgwall und das Tor der Stadt Spandau passiert hatten, verstummte schließlich auch Petter. Vorbei an Fischerhütten, an denen Kähne und Reusen lehnten, führte eine verschlammte, ungepflasterte Straße ins Herz der Stadt. Die Pferde mühten sich, als ginge es durch den Sumpf, doch nach der ersten Biegung änderte sich jäh das Bild. An den Rändern befestigter Gassen reihten sich nun schmucke Fachwerkhäuser, zwischen denen hier und da ein in Backstein gemauertes Gebäude seine verzierten Giebel in den Himmel reckte. Vor der Einfahrt in eine Straße, deren Häuser an die Vornehmheit von Bechtolts Palast erinnerten, zügelte Petter die Pferde. »Das ist die Breite Straße. Steigen wir ab und fragen, wo wir Euren Bekannten finden?«

»Ich muss allein gehen«, erwiderte Magda, auch wenn sie viel darum gegeben hätte, den fidelen Petter mitnehmen zu dürfen. »Macht Euch nicht die Mühe, auf mich zu warten. Dass Ihr mich bis hierher gefahren habt, ist mehr als genug.«

»Und ob ich warte«, widersprach er. »Von mir aus bis zum Sankt Nimmerleinstag – das Schwesterchen von meinem Freund Diether wäre mir noch ganz anderes wert.«

Schwesterchen, das war der Name, bei dem alleine Diether sie nannte. Trotz regte sich in ihr: Niemals würde sie Diether verloren geben, ihre verrückte, geliebte, wundervolle Landplage

361

von Bruder musste leben! Entschlossen sprang Magda vom Wagen und stapfte mit festen Schritten in die Straße.

Vor dem ersten Haus holte sie eine Magd ein, die versuchte, an ihrem Tragjoch vier scheppernde Milchkannen zugleich zu schleppen. »Heda, lass mich dir helfen!«, rief Magda und machte sich schon daran, eine der Kannen von der Kette zu lösen, ehe durch das Geschepper alle Milch verschüttet wurde.

»Was bist du, eine Milchdiebin?« Die Magd versuchte, nach ihr zu treten.

»Ich bin Magda Harzer aus Bernau«, sagte sie und ließ die Kanne los. »Ich dachte mir, wenn ich dir behilflich bin, könntest du vielleicht für mich dasselbe tun?«

»Und wobei würdest du wohl Hilfe brauchen?«, fragte die Magd schnodderig zurück.

»Ich suche eine Adresse«, erwiderte Magda. »Clewin Alvensleben, neben der Kirche Sankt Matthäus soll er wohnen.«

»Also meinetwegen, fass mit an, Krautkopf aus Bernau«, brummte die Magd. »Da, wo der Herr Clewin wohnt, da wohn ich auch, und da muss die Milch hin. Ich bin die Clara und steh in seinen Diensten.«

Am Ende der Gasse, unter zwei Linden, duckte sich eine Kirche aus einfachem Feldstein. Daneben erhob sich in einem Gegensatz, wie er krasser nicht vorstellbar war, ein Bürgerhaus, das Bechtolts Stadtpalast in einen traurigen Schatten stellte. Drei Stockwerke besaß der Prachtbau, hohe Fenster aus glitzerndem Glas und ein Portal mit Zierpfeilern wie vor städtischen Gebäuden. Als Magda, beladen mit zwei der Kannen, darauf zustreben wollte, rief Clara sie im scharfen Ton zurück. »Was denkst du dir denn? Das da ist der Eingang für die Herrschaft, fürs Gesinde gibt's eine Hintertür.«

Magda folgte ihr durch ein Tor in den Hof, wo sie die Kannen vor einem ebenfalls gemauerten Küchenhaus abstellte. Es war wunderbar still hier, fernab vom Lärm der Stadt, als stünde der weitläufige, ummauerte Hof unter besonderem Schutz. »Jetzt muss ich wieder nach vorn«, sagte sie beherzt zu ihrer Begleiterin. »Ich sehe gewiss wie Gesinde aus – aber ich habe den Herrn zu sprechen.«

»Den Herrn Clewin? Was bildest du dir denn ein, wer du bist, Krautkopf?«

Leiser Hufschlag durchbrach die Stille, und als Magda den Kopf wandte, sah sie, wie jemand ein Pferd über den Hof führte. Von dem Reiter waren lediglich die Beine auszumachen, doch das Tier war unverkennbar. Ein hochbeiniger Grauschimmel, der tänzerisch seine Schritte setzte und gegen die Hand, die ihn zu halten versuchte, seinen Kopf aufwarf. »Ach, meiner Treu!«, stieß Clara mit einem Seufzer heraus. »Irgendwann tritt der Hidalgo uns noch die Stalltür ein, wenn die Dame Quitzow weiter darauf besteht, ihn zu reiten.« Dann schlug sie sich die Hand vor den Mund. »Ich hab kein Wort gesagt, verstanden?«

Die Frau mit dem Schimmel aber musste etwas vernommen haben. »Oh, guten Morgen, Clara!«, rief sie zu der Magd hinüber. »Ob du mir wohl die Stalltür öffnen könntest? Hidalgo steht heute nicht der Sinn nach einem Galopp, scheint mir. Es liegt wohl am Wetter – ich denke, er mag keinen Wind.«

»Der ist mal selbst wie der Wind gelaufen«, brummte die Angesprochene Magda zu und ging, um der Dame zu helfen. Magda hatte die Stimme beim ersten Wort erkannt. Sie gehörte Afra von Parstein.

»Lasst doch den Knecht das Pferd einstellen«, sagte Clara, während sie die Stalltür entriegelte. »Dafür ist er schließlich da.«

»Oh ja, natürlich, aber ich möchte es gern selbst tun«, erwiderte Afra von Parstein liebenswürdig. »Hidalgo ist es gewohnt, von seinem Reiter versorgt zu werden, er soll wenigstens zuweilen etwas bekommen, das ihm die alten Zeiten zurückbringt.«

Magda überlegte nicht lange. »Guten Morgen!«, rief sie in hartem, festen Ton. »Ihr habt gesagt, ich solle es Euch wissen lassen, wenn ich Eure Hilfe brauche. Nun, hier bin ich, und ich brauche sie jetzt.«

Afra von Parstein zögerte genauso wenig wie Magda. Ohne Umschweife überließ sie den Schimmel dem Knecht, kam hinüber und nahm Magda am Arm. »Ich bin froh, dass Ihr gekommen seid, Magda.«

»Ich muss den Herrn Clewin sprechen. Es ist dringend.«

Die blonde Elfe, die heute ein Seidenkleid in zartestem Rosenton trug, stellte keine Fragen. »Kommt mit.«

Magda hatte sich an diesem Morgen mit äußerster Sorgfalt angekleidet, doch als sie hinter Afra von Parstein das Haus betrat, kam sie sich schäbig wie eine Bettlerin vor. Wer war dieser Mann, eine Art Fürst der Bürger von Spandau? Schon in der Halle hingen dicke, in leuchtender Farbkraft geknüpfte Wandteppiche, die Szenen der Genesis – die Einschiffung der Arche Noah – zeigten. Was für unglaubliche, exotische Geschöpfe waren da zu sehen! Kurz wünschte Magda, sie hätte kein sorgenschweres Herz, sondern dürfte wie ein Kind davor stehen bleiben und die prächtigen Tiere bestaunen.

Afra von Parstein schickte einen Hausdiener, der seine Hilfe anbot, ohne viel Federlesens seines Weges. Stattdessen öffnete sie selbst eine Tür und rief mit gedämpfter Stimme in den Raum: »Herr Clewin? Ich bin wieder zurück! Hidalgo schien nicht in Stimmung, und ich mochte ihn nicht schinden.«

»Ich danke Euch, Afra. Möchtet Ihr meinen flüchtigen roten Genueser mit mir teilen, oder zieht es Euch schon wieder zurück in Euer Heim?« Die Stimme, die aus dem Raum drang, war dunkel, ein wenig schwer von Wehmut und auffällig schön.

»Ich habe Euch jemanden mitgebracht«, antwortete Afra. »Magda aus Bernau ist hier, Herr Clewin.«

Kurze Zeit herrschte Schweigen, dann sagte der Mann: »Ihr seid ein so gutes Kind, Afra, der Herr möge Euch segnen und hüten.«

»Mein Verdienst ist es nicht. Sie ist aus freien Stücken gekommen, um Euch zu sprechen.«

Gleich darauf durchmaßen Schritte den Raum, und die Tür wurde aufgezogen. Der Mann, der sich im Rahmen zeigte, war schlank und recht groß. Er trug keine Kappe, und schlohweißes Haar fiel ihm in die Stirn. Als er den Kopf wandte, sah Magda, dass der Rest des Haars noch schwarz, wenngleich von Silber durchzogen war. Seine Cotta wirkte schwer und kostbar, wies jedoch keinerlei Verzierung auf. Vor seinen Zügen hätte Magda gern innegehalten wie vor den Tieren auf den Wandteppichen.

»Ihr seid Magda«, sprach der Herr langsam, wie zu sich selbst, vor sich hin. »Ich muss gestehen, das Bild, das ich mir von Euch gemacht habe, sah ein wenig anders aus. Nichtsdestotrotz – habt Dank, dass Ihr gekommen seid.«

Verwirrung drohte Magda zu übermannen. Weshalb hatte dieser Mann sich ein Bild von ihr gemacht? Dass er klagte, weil sie dem Bild nicht entsprach, erschien ihr rüde. Wessen Bild entsprach sie schon, Magda, die deftig Verwürzte, der schäbige Krautkopf aus Bernau? »Dafür habt Ihr mir nicht zu danken«, erwiderte sie patziger als gewollt. »Ich bin gekommen, weil ich Eure Hilfe brauche.« Sie zog das Papier aus ihrem Beutel und hielt es ihm entgegen. »Ein Verwandter von Euch hat mir dies gegeben«, erklärte sie, denn daran, dass die beiden blutsverwandt waren, konnte kein Zweifel bestehen. »Er hat mir gesagt, in einem Notfall solle ich mich an Euch wenden und Euch ausrichten, das sei der Preis, um den Ihr ihn gebeten habt.«

Mit aufmerksamen Augen begegnete der Mann ihrem Blick, ehe er ihr den Fetzen aus der Hand nahm. »Das stammt von einem Brief, den ich meinem Sohn geschrieben habe«, sagte er leise. »Bitte tretet ein. Ich habe mir in meinem Leben nichts so verzweifelt gewünscht, wie diesen Preis bezahlen zu dürfen. Wenn ich Euch behilflich sein könnte, wäre ich unendlich froh.«

Afra zog sich unauffällig zurück, während Herr Clewin Magda in das Zimmer führte. Es war ohne Zweifel der behaglichste Raum, den sie je betreten hatte. Bei einem Tischchen aus rotem Holz bot er ihr einen mit Samtkissen gepolsterten Stuhl an und nahm selbst in dessen Gegenstück Platz. Auf dem Tisch wartete eine Karaffe aus grünlichem Glas, die ein Vermögen wert sein musste. Der Wein darin schillerte, als wäre seine Oberfläche geschliffen worden.

»Sie besucht mich manchmal«, erklärte Herr Clewin in Gedanken. »Mich und Hidalgo, die Zurückgebliebenen. Sie ist ein so gutes Kind, und Ihr Gatte, der Herr Fridrich, ist ebenso gut und verwehrt es ihr nicht, obwohl ihm jede Einzelheit unserer Geschichte bekannt ist. Ich nehme an, Euch ist sie ebenfalls bekannt?«

»Nein«, erwiderte Magda. »Kein Wort.« Sie schluckte mit knochentrockener Kehle, dann fügte sie hinzu: »Und ich bin auch nicht hergekommen, um Geschichten zu hören.«

»Nein.« Herr Clewin nahm einen halb gefüllten gläsernen Kelch vom Tisch und starrte in den Wein. »Natürlich nicht. Bitte sprecht, lasst mich wissen, was ich für Euch tun kann.«

Ehe Magda anhob, stand er auf und entnahm einem Spind einen zweiten Kelch. Ohne zu fragen, füllte er ihn und hielt ihn ihr hin. Sie war nicht sicher, ob sie aus einem derart zerbrechlichen Gefäß trinken konnte, und außerdem hatte sie seit dem vergangenen Abend nichts gegessen. Magda nahm den Kelch trotzdem entgegen, wenn auch nur, um sich daran festzuhalten. »Ist Euch zu Ohren gekommen, was gestern in der Marienkirche von Berlin geschehen ist?«

Herr Clewin nickte. »Solche Nachrichten werden zum Lauffeuer, noch ehe man fähig ist, sie zu begreifen, nicht wahr?«

Magda gab darauf keine Antwort. »Wenn der Papst in Avignon die Stadt Berlin für schuldig befindet, wird über sie der Kirchenbann verhängt«, sagte sie stattdessen. »Die Folgen für Berlin sind unabsehbar, weshalb der Rat diese Bestrafung um jeden Preis verhindern will. Deshalb braucht er einen Einzeltäter, den er der Geistlichkeit zu deren Genugtuung anbieten kann. Einen Sündenbock.«

»Ist es so nicht immer?« Clewin Alvensleben blickte auf. »Wo Unglück ist, suchen wir Schuld, und wo Schuld ist, suchen wir einen, der sie trägt. Wir haben nicht gelernt, unserem Unglück auf andere Weise ins Auge zu sehen.«

Das Gerede des Mannes war Magda zu hoch – wie sein Haus voller zierlicher Kleinodien und sein Wein aus Glasgefäßen. »Der Sündenbock ist mein Bruder!«, brach es aus ihr heraus. »Diether Harzer, Brauerssohn, einundzwanzig oder zweiundzwanzig Jahre alt – in unseren Kreisen rechnet so genau keiner mit. Um die Wahrheit zu sagen, ist Diether ein grässlicher Faulpelz, ihm rinnt Geld wie Sand durch die Finger, und er nimmt es mit der Wahrheit nicht genau. Aber er kann auch Flöten schnitzen und darauf das Lied des Waldbachs nachspielen, er erzählt Geschichten, die kein Ende haben dürften, würzt ein Bier, das Tote aufweckt, und liebt ein Flüchtlingsmädchen, das Gretlin heißt. Er soll gerädert werden. Aus der Welt gestrichen, als hätte es ihn nie gegeben. Warum Euer Sohn meint, ausgerechnet Ihr würdet einem bedeutungslosen Burschen aus Bernau zu Hilfe kommen, weiß ich nicht. Aber wenn er Recht hat, dann flehe ich Euch an: Helft meinem Bruder.«

Diesmal redete der Mann nicht geschwollen drum herum und starrte auch nicht erst versonnen in den Wein. »Ja«, sagte er unverzüglich. »Ja, ich denke, ich kann Euch helfen.«

Magda war so erleichtert, dass ihr die Stimme versagte. Ein gekrächztes »Wie?« war alles, was sie herausbrachte.

»Die Frage ist berechtigt«, erwiderte Alvensleben. »Zumal es den Anschein hat, als hätten weder mein Reichtum noch mein Einfluss mein eigenes Fleisch und Blut vor dem Schlimmsten bewahrt. Genügt es Euch, wenn ich Euch sage, dass die Geschichte komplizierter ist, als es auf den ersten Blick erscheint?«

»Die Geschichte schert mich nicht! Ich will nur wissen, was Ihr tun könnt, um Diether zu helfen.«

Völlig überraschend lachte der traurige Clewin Alvensleben auf. »Sprecht Ihr mit Thomas auch so? Und mein Herr Sohn lässt es sich gefallen?«

»Ich weiß nicht, wer Euch über mich etwas zugetragen hat und welche Schlüsse Ihr daraus zieht«, entgegnete Magda. »Doch meine Bekanntschaft mit Eurem Sohn war flüchtig und ist bereits vorüber. Wenn Ihr mir daraufhin nicht mehr helfen wollt, nehme ich es hin. Nur sagt es mir freiheraus, denn meine Zeit ist knapp, und ich habe genug davon vergeudet.«

»Ich bitte um Verzeihung«, sagte der Mann, der in der Ordnung des irdischen Lebens um Welten über ihr stand. »Ich kann keine Wunder wirken, und es wäre grausam, falsche Hoffnungen in Euch zu wecken. Ich bin jedoch seit dem vergangenen Winter damit beschäftigt, mir zur Gewandschneiderei einen weiteren Zweig des Handels zu erschließen und ihn nach Berlin zu verlegen. In der Kaufmannsgilde hat man mich just gegen Herrn Bechtolt zum Oldermann gewählt, und das Gericht hat mich mehrmals als Schöffen berufen. Verschiedene Ratsmitglieder, darunter Stadtschultheiß von Asperstedt, sind mir in ein oder anderen Weise verpflichtet, und das alles erzähle ich Euch nicht, um mich großzutun, sondern anzudeuten, dass mein Einfluss womöglich von Nutzen sein kann.«

Ja, ja, ja, hallte es durch Magdas Schädel, *das ist der Mann, den wir benötigen. Wenn irgendwer uns vor Gericht Gehör verschaffen kann, dann er.*

»Gestattet Ihr, dass ich Euch einige Fragen stelle, auch wenn ich mir vorstellen kann, auf welch glühenden Kohlen Ihr sitzt?«

Magda nickte.

»Euer Bruder ist bereit, vor Gericht seine Unschuld zu beteuern?«

»Warum nicht? Seine Unschuld steht schließlich fest!«

»Zuweilen bringen Menschen unfassliche Opfer, um zu schützen, was sie lieben«, sagte Clewin Alvensleben traurig. »Und in diesem Fall ginge es um den Schutz einer ganzen Stadt. Deshalb ist es gut zu wissen, dass Euer Bruder bereit ist, sich zu verteidigen. Die nächste Frage lautet: Könnt Ihr Menschen auftreiben, die für ihn sprechen – am besten Menschen in Scharen? Großartig wären Zeugen, die ihn, was die Tat betrifft, entlasten können, doch auch Freunde, Verwandte und Nachbarn sind von Wert. Mit ihren Aussagen sollten sie seinen Ruf als rechtschaffener Mann stützen, der zu derlei Grausamkeit nicht fähig ist. Was meint Ihr, könnt Ihr mir solche Menschen bringen, wenn ich Ihnen Gehör verschaffe? Ich brauche welche, die sich vor Gericht vernehmen lassen, und andere, die rund um die Laube stehen und dafür sorgen, dass die Stimmung zugunsten Eures Bruders umschlägt.«

»Ich bringe Euch halb Berlin«, sagte Magda, kam sich vor wie Petter Tietz und war dennoch ihrer Sache sicher.

»Je mehr, desto besser«, stimmte Herr Clewin ihr zu. »Es schmerzt mich, Euch in dieser Lage um Zeit zu bitten, doch ich werde wohl einen Tag benötigen, um mich in den Feinheiten des Falls zurechtzufinden. Und auch Ihr werdet Zeit brauchen, um mit möglichen Zeugen zu sprechen. Wollen wir beide an unsere Arbeit gehen, und ich suche Euch morgen Abend zu einer weiteren Besprechung auf?«

Nur ganz allmählich begriff Magda, dass sie mit dem Unerträglichen nicht länger allein stand, sondern dass sie mit Hilfe überhäuft wurde, sodass sie einen Herzschlag lang tief und wohltuend aufatmen konnte. »Ja, bitte«, antwortete sie leise.

»Die letzte Frage: Euer Bruder befindet sich im städtischen Kerker? Wollt Ihr, dass ich mein Wort einlege, damit er menschlich behandelt wird?«

»Darum kümmert sich Euer Sohn«, hörte Magda sich sagen, und dann machte sich jäh die Frage Luft, die sie sich bis zu diesem Augenblick verboten hatte: »Warum tut er das, warum hilft er uns? Er kennt Diether gar nicht, und Ihr kennt noch nicht einmal mich. Warum helft Ihr uns?«

»Was Thomas betrifft, habe ich zwar Vermutungen, aber sprechen muss er für sich selbst«, sagte Clewin Alvensleben. »Für mich hingegen kann ich die Frage beantworten, nur würde ich Euch gern zuvor ein Frühstück bringen lassen. Vergebt mir, doch Ihr seht aus, als brauchtet Ihr dringend eine herzhafte Grundlage, ehe Ihr Euch diesem Genueser überlasst, der nicht nur schnell vergänglich, sondern wie die meisten Charmeure ein klein wenig tückisch ist.«

Magda hatte nicht bemerkt, dass sie von dem Wein getrunken hatte. Er enthielt kein Gewürz und war unverdünnt. Jeder Schluck war ein Hieb in den Magen und zugleich ein Streicheln über Stirn und Augen. »Danke«, sagte sie und meinte es so. »Für gewöhnlich schlinge ich mein Frühstück wie ein Welpe, aber ich glaube, heute kann ich nichts hinunterbringen. Bitte antwortet auf meine Frage, wenn es Euch möglich ist.«

»Es ist sehr gut möglich. Ich gebe Euch die Hilfe, die ich meinem Sohn verweigert habe. Ich habe ihm einen Brief geschrieben, von dem Ihr einen Teil besitzt, und ihn angefleht, mir zu vergeben. Wenn es jemals einen Preis gäbe, den ich bezahlen könnte, um etwas gutzumachen, dann solle er ihn mir nennen. Bald ein Jahr lang habe ich von ihm kein Wort der

Antwort erhalten. Ich war sicher, er hätte meinen Brief ins Feuer geworfen, und, um ehrlich zu sein, nichts anderes hätte ich verdient. Er aber hat ein Stück davon Euch gegeben, dem Mädchen, das sein Herz geheilt hat. Glaubt mir, Magda, wenn es zwischen diesem Sand und dieser Heide einen Mann gibt, der mit allem, was er aufbringen kann, für Euren Bruder kämpfen möchte, dann ist es der alte Knochen, der vor Euch sitzt.«

»Ich habe sein Herz nicht...«, begann Magda und brach ab.

Über Clewin Alvenslebens Gesicht glitt ein Lächeln. »Doch, das habt Ihr. Afra und ich haben unser Recht auf einen Platz in Thomas' Leben verspielt, das wissen wir. Liebe aber ist ein unruhiger Geist, nicht zu zügeln, schlimmer als Hidalgo. Als die Sehnsucht überhandnahm, beschlossen wir, ihr ein wenig Erleichterung zu verschaffen. Nur ein Lebenszeichen, mehr verlangten wir nicht. Der wundervoll verschwiegene Herr Michel von der *Hohlen Birne* fand, es sei kein Vertrauensbruch, sondern ein Akt christlicher Nächstenliebe, uns dies zu gewähren. Wir haben Euch nicht nachspioniert, weil uns sinistere Gründe trieben, sondern weil wir unendlich froh waren zu erfahren, dass Thomas wieder einem Menschen nahe ist.«

Ehe Magda widersprechen konnte, hielt sie inne. Es hatte keinen Sinn, es abzustreiten. Sie und Thomas waren einander nahe gewesen, auch wenn er sie benutzt hatte, um nach der Abfuhr von der elfengleichen Afra Balsam auf seinen Stolz zu streichen. Sie hatte ihn ebenfalls benutzt, um von Endres und seinem grausamen Tod loszukommen. Daraus aber war etwas gewachsen, das mit Afra und Endres nichts zu tun hatte, sondern nur mit Magda und Thomas. Magda begriff, dass sie mit Endres ein Kind gewesen war und mit Thomas keines mehr. Dass sie mit Endres gern einen winzigen Frevel begangen hätte und mit Thomas eine große, süße Sünde. Dass die Geschichte von Endres und Magda von allen Jungen und Mädchen handelte, die lernten, zu Männern und Frauen heranzuwachsen, dass aber die Geschichte von Thomas und Magda von Thomas und Magda handelte und von niemandem sonst.

»Ihr wollt nach Hause, nicht wahr? Ich kann meinem Hausknecht sagen, er soll anspannen und Euch zurück nach Berlin fahren.«

»Ich bin mit einem Freund meines Bruders hier, der auf mich wartet«, sagte Magda und trank noch einmal, diesmal in völliger Absicht, vom Genueser Wein. »Ja, ich will nach Hause, ich will den Rest der Familie nicht auf die Folter spannen, sondern wissen lassen, dass Ihr uns helft. Trotzdem, bevor ich gehe – bitte erzählt mir, warum Ihr Eurem Sohn nicht geholfen habt und kein Teil von seinem Leben mehr sein dürft. Ich will Eure Geschichte jetzt hören. Bitte erzählt sie mir.«

31

»Wie wohl alle Männer habe ich mir viele Kinder gewünscht. Und wie wohl alle Männer, denen nur ein einziger Sohn bleibt, habe ich irgendwann zu denken begonnen: Kein Mensch würde viele gegen diesen einen tauschen.

Mein Sohn war alles, was ein Vater sich wünschen kann, aber welcher Sohn ist das für seinen Vater nicht? Der meine war klug, begabt und voll Wissbegierde. Ich hatte meine Freude an ihm, an jedem Tag seines Lebens. Wir hatten die Frau und Mutter früh verloren und waren einander alle Familie, die wir besaßen. Aber wir waren einander genug, denke ich. Ich zumindest habe es aus tiefstem Herzen genossen, mein Leben mit ihm zu teilen. Es gibt keine schönere Zeit im Leben eines Mannes als die, in der er seinen Sohn heranwachsen sieht, ihn mit Umsicht leiten kann und sich von ihm geleitet fühlt.

Liebt man eine Frau, so hofft man, zu zweit zu sein bis zum letzten Tag. Liebt man ein Kind, so nimmt man den Abschied von der ersten Stunde an in Kauf. Mir war früh klar, dass mein Sohn in die Welt gehörte, dass er einen Kopf zum Studium besaß und dass ich ihn nicht aufhalten durfte. In deutschen Landen gibt es keine Universität, also musste ich ihn in die Fremde schicken, und ob er zurückkehren würde, stand in den Sternen. Wer kommt zurück nach Brandenburg, wenn er die blühenden Weiten Aquitaniens durchstreift hat? Wer sehnt sich am Tiber nach der Spree, wer weiß unter dem Himmel von Genua noch, wo ein Städtchen namens Spandau liegt? Die Trennung schnitt mir ins Herz, aber gleichzeitig barst ich vor Stolz, weil ich solch einen prachtvollen Sohn besaß und weil ich es mir leisten konnte, ihm das Leben zu bieten, das ihm gebührte. Findet Ihr uns hochmütig, Magda, meinen Sohn und mich?

Ihr habt Recht, wir waren hochmütig. Aber sind das nicht alle glücklichen Menschen?

Mein Glück wuchs noch an: Thomas kam nach Brandenburg zurück. Er brachte einen verrückten Schimmelhengst mit, braune Haut wie ein Welscher und ein Lachen, bei dem es mir im Herzen zuckte. So wie mein Thomas lachten Sieger, Männer, die die Welt um ihren kleinen Finger wickelten. Er war ein gewinnender Jüngling gewesen, jetzt aber war er ein Mann, dem sich schwerlich widerstehen ließ. An Bildung konnte ihm hier niemand das Wasser reichen, und ich sah ihn schon als Syndikus, als bewunderten Rechtsgelehrten. Er würde Spandau, dessen Licht im Sinken stand, verlassen und nach Berlin hineinziehen, das wie mein Thomas nach den Sternen griff. Findet Ihr uns hochmütig, Magda, findet Ihr, ich habe meinen Sohn zum Hochmut erzogen? Ja, ich fürchte, das habe ich getan, aber ich habe ihn auch zu einem Mann ohne Falsch und Furcht erzogen, und auf den Mann, der mein Sohn geworden ist, bin ich noch immer stolz.

Thomas hatte es nicht eilig, sich um einen Posten bei der Stadt zu bewerben, sondern nahm zunächst eine Stellung als Hauslehrer auf der Burg der Quitzows an. Jenem Geschlecht gehören nahezu sämtliche Dörfer der Umgebung, und jedes einzelne haben sie sich durch Raub, Erpressung und Gewalt angeeignet. Als ihre Schatzkammern überquollen und ihr Machthunger nichts mehr zum Vertilgen fand, besannen sie sich auf einmal auf Bildung, auf die verfeinerten Künste des Lebens. Sie wollten nicht länger die ungehobelten Haudegen aus dem wilden Brandenburg sein. Deshalb sollte Thomas ihre Kinder in den klassischen Künsten unterrichten und sie zu gebildeten Weltbürgern machen.

Zwei Schüler gab es auf der Burg: den Erben Wernhart, der eines Tages den Teufel erschlagen wird, um sich die Hölle einzuverleiben, und die Tochter Afra, die einzig auf der Welt war, um Vater und Bruder gefügig zu sein. Die Arbeit schien Thomas zu gefallen, und sie ließ ihm Zeit genug, mit mir zu jagen, zu debattieren und Schach zu spielen. Unser Leben war schön. Ich hatte meinen Sohn bei mir, Gott gab uns alles in Fülle, und ich sorgte mich um nichts. Ist es hochmütig, sich um nichts zu sorgen, Magda? Heute wünschte ich, ich wäre nicht so blind gewesen, aber hätte es in meiner Macht gestanden, etwas aufzuhalten?

Andere Leute, Freunde, die mich in alten Tagen um meinen Sohn beneidet hatten, sagten später, ich hätte ihn nicht hart genug angefasst und es versäumt, ihm mit dem Stecken einzubläuen, wo sein Platz im Leben sei. Damit hätte ich seinen Hochmut genährt, bis er nach einem Stern griff, der ihm nicht gebührte. Haben diese Freunde Recht, Magda? Muss ein Mann seinem begabten Sohn mit Schlägen den Stolz und das Feuer austreiben, und bin ich ein unverbesserlicher Narr, weil ich es, wenn ich von vorn beginnen könnte, noch immer nicht täte?

Dieselben Freunde haben mich auch gefragt, ob ich denn nichts bemerkt hätte, ich aber lebte in einem Zustand seliger Ahnungslosigkeit. Ein ganzes Jahr ging ins Land, und ich wusste von nichts. Als es geschah, fiel ich aus allen Wolken. An einem Herbsttag, einem goldenen Morgen im Oktober, stürzte Gutman, mein engster Freund und Thomas' Taufpate, in mein Haus und schrie mir bar jeder Fassung ins Gesicht: *Sei gefasst, Clewin, wappne dein Herz! Oh, ewiger Herr des Himmels, gib diesem armen Mann deine Stärke.* Ob mir nicht aufgefallen sei, dass mein Sohn des Nachts nicht heimgekommen sei, fragte er. Mir war nichts aufgefallen. Weshalb hätte ich meinem Sohn vorschreiben sollen, wo er seine Nächte verbrachte? Weil mein Sohn, so erzählte mir mein Freund Gutman, in den Nächten durchs Dunkel striche und Jungfern Gewalt antäte. Er hätte Afra von Quitzow Gewalt angetan, und die Stadtwachen hätten ihn im Morgengrauen in den Kerker geworfen. Wenn sie ihn leben ließen, wenn sie ihn nicht in der Zelle zu Tode prügelten, wie es Frauenschändern oft geschah, würde er öffentlich entmannt und aus der Stadt gejagt.

Ich hätte zu ihm gehen sollen, nicht wahr? Mit ihm sprechen, ihn vor Misshandlungen schützen müssen; das tun, was Ihr für Euren Bruder tut. Warum ich es nicht getan habe? Ich weiß es nicht, Magda. Wir hatten zu hoch, zu sorglos auf unserem Ross gesessen, und unser Fall kam zu jäh und zu tief. Ich war ihm nicht gewachsen. Tage- und nächtelang tat ich nichts, als zu hadern und den Himmel anzuschreien, er solle diese Last von mir nehmen, denn ich sei nicht fähig, sie zu tragen. Dass mein Sohn sie tragen musste, habe ich nicht bedacht. Ich wünschte mir nur eines: Dass die Sitzung des Gerichts unser Leben wieder ins Lot brächte, dass sich das Ganze als hanebüchener Irrtum erwies, der sich klären und vergessen ließ. Die Sitzung des Gerichts aber klärte nichts, und vergessen sollte ich sie nie.

Mein Sohn sah aus, wie man sich einen Verbrecher vorstellt: die Hände in Ketten, heruntergekommen, das Gesicht grün und blau von Schlägen. Die Leute rund um die Laube brachen in Buhrufe aus, als sie ihn brachten, sie bespuckten ihn und beschimpften ihn mit Worten, die ich nicht wiederholen kann. Einer der Richter schlug ihm über die Wange. Afra von Quitzow, die geschändete Jungfer, trage ein Balg im Leib, hielt er ihm vor, die Frucht einer Notzucht, und stamme die schändliche Leibesfrucht von ihm? *Sag Nein*, beschwor ich ihn stumm, *einerlei ob Lüge oder Wahrheit, bring unser Leben ins Lot zurück und sag Nein*. Mein Sohn sagte Ja. Sie bewarfen ihn mit dem Kot der Straßenköter, mit faulem Obst und mit Steinen. Der Richter ohrfeigte ihn von Neuem, wiederholte die Frage, und mein Sohn sagte noch einmal Ja.

Warum verteidigst du dich nicht?, hätte ich ihn anschreien wollen, warum fällt dir nicht ein einziges Wort ein, um all diesen Dreck von uns abzustreifen? Heute denke ich: Wie soll ein Mann sich verteidigen, den sein eigener Vater für fähig hält, einer Frau Gewalt anzutun? Mein Sohn war von dem, was wir ihm zutrauten, so erschüttert, dass er nicht einmal die Stimme heben konnte, um es von sich zu weisen. Vielleicht hat er es einen Herzschlag lang selbst geglaubt, vielleicht hat er gedacht: Wenn alle Welt es glaubt, muss es wohl wahr sein.

Er sagte kein Wort zu seiner Verteidigung und erhielt sein Urteil. Öffentlich entmannt sollte er werden, sodann mit vierzig Hieben gestäupt und schließlich mit weiteren Hieben ohne Zahl aus der Stadt gepeitscht.

Davon wachte ich auf. Den Gedanken, meinen Sohn, dessen Leib ich vom Tag seiner Geburt an umsorgt und behütet hatte, verstümmeln zu lassen, ertrug ich nicht, selbst wenn dieser Sohn ein Frauenschänder war. Am Tag vor der Vollstreckung flehte ich Freunde im Rat an, meinethalben die Züchtigung zu verschärfen, ihm die Entmannung jedoch zu ersparen. Das Volk sei aufgebracht, hielt man mir entgegen, die Quitzows, die ihre Knute über der gesamten Gegend schwangen, forderten äußerste Härte. Mich aber wollte man gleichfalls nicht verärgern, schließlich schuldeten die meisten dieser Leute mir Geld. Letzten Endes bot man mir an, die Entmannung zum Schein zu vollziehen, meinen Sohn zum Ausgleich aber so gnadenlos zu schlagen, dass er keine Frau mehr anrühren würde. Damit erklärte ich mich einverstanden.«

An diesem Punkt konnte Magda nicht länger an sich halten und sprang auf. »Ihr habt es gestattet?«, rief sie außer sich. »Ihr habt Euren Sohn entehren und wie den verkommensten Schurken züchtigen lassen, Ihr habt zugeschaut, wie er aus seiner Heimat hinausgeprügelt wurde, und habt vor der gesamten Stadt erklärt, er sei kein Mann mehr?« Jedes der Worte tat ihr weh, jedes Bild versetzte sie in atemlosen Zorn. »Wie seid Ihr dazu imstande gewesen? Weshalb habt Ihr nicht in die Welt hinausgeschrien, dass Euer Sohn nichts verbrochen hat?«

»Weil ich es nicht wusste«, erwiderte der Alte leise.

»Und wie konntet Ihr das nicht wissen?«, fragte Magda ungläubig. Hatte dieser Vater seinem eigenen Sohn nie in die Augen gesehen, hatte er nie sein zärtliches Lachen gehört? »Er hat ein Mädchen geliebt, das er nicht lieben durfte, er hat ihr zweifellos auch ein Kind gemacht, aber er hätte ihr doch nie und nimmer Gewalt angetan!« Noch mehr fiel ihr ein, und in rasender Wut platzte sie heraus: »Und dieses Mädchen hat nicht den Mund aufgemacht? Hat sie dabeigestanden, während die Henkersknechte ihm den Rücken in Fetzen peitschten und die Achtung vor sich selbst dazu? Sie hat das mitangesehen und hat kein Wort gesagt, um ihn zu schützen?«

Der Alte nickte. »Ihr Vater und ihr Bruder haben sie gezwungen, mit ihnen bei der Staupsäule zu stehen. Schon in der ersten Frühe, als die Knechte an jeden Zweig der Ruten Metallscherben knüpften, als sie Thomas auf den Platz schleiften und ihm mit stumpfen Klingen Haar und Haut vom Schädel schoren. Sie dürfe sich nichts entgehen lassen, hatten ihr Vater und ihr Bruder ihr befohlen, keinen einzigen Hieb, der ihrem Verderber das Fleisch durchpflügte, keinen Schrei, keinen Grad der Erniedrigung. Das war Afras Strafe. Als sie Thomas von der Säule losbanden, konnte er kaum noch stehen. Afra brach zusammen, doch ihr Vater zerrte sie hinter sich her, während sie ihn vom Platz prügelten. In der Nacht verlor sie ihr Kind. Verurteilt mich, Magda, aber bitte verurteilt nicht Afra. Sie hat ihren Teil der Schuld bezahlt und zahlt ihn noch.«

»Und Euer Sohn?«, schrie Magda erbarmungslos. »Glaubt Ihr etwa, er bezahlt ihn nicht mehr? Ja, ich war ihm nah in diesem Sommer, ich werde nicht länger davon schweigen. Ich habe ihn geliebt, und vielleicht hat ein Teil von ihm mich geliebt, aber ich durfte seinen Rücken nie berühren. Ich durfte von seiner Vergangenheit nichts wissen, und ich durfte ihn nicht in meinen Armen behalten, denn ein Leben in Liebe und Wärme ist er sich selbst nicht mehr wert. Ihr sagt, sie bezahle noch heute, aber sie lebt mit einem freundlichen Geldsack in einem Palast, wärmt sich am Feuer und reitet das Pferd, das Euer Sohn geliebt hat, zuschanden. Er hingegen mauert sich in einem Kloster ein, lässt sich sein Haar noch einmal scheren und demütigt sich, indem er um sein Essen bettelt. Er ist ein schöner Mann, voller Humor und Zärtlichkeit, aber er hat sich alles Liebenswerte in der Welt verboten, weil er an der verdammten Schuld noch immer zahlt!«

Sie musste sich setzen, nach Atem ringen und darum kämpfen, ihre Fassung wiederzuerlangen. Übermächtig war der Wunsch, aus diesem Haus davonzulaufen, zu Petter, Hans, Lentz, zu Menschen, deren Handlungsweise sie verstand, in deren Gegenwart ihr nicht das Blut gefror. Warum nur war sie, um Diether zu retten, auf die Hilfe eines solchen Mannes angewiesen? »Und nach der Tortur habt Ihr ihn seinem Schicksal überlassen?«, fragte sie, weil sie noch immer keinen Weg fand, mit dem Gehörten fertig zu werden. »Halbtot geschunden und ohne einen Pfennig, obwohl der Winter bevorstand?«

Clewin Alvensleben schüttelte den Kopf. »Ich habe ihm von einem Diener Kleider und Geld hinterhertragen lassen. Aber das macht nichts besser, nicht wahr?«

»Nein«, erwiderte Magda. »Es ist so, als ließe man einem Köter einen Knochen hinwerfen, weil man sich selbst nicht die Hände schmutzig machen will.«

Unter ihren Worten zuckte er zusammen. »Ja, das ist es wohl«, sagte er mehr zu sich selbst als zu ihr.

»Und weshalb habt Ihr ihm nachher geschrieben? Wie habt Ihr überhaupt in Erfahrung gebracht, dass er die Misshandlung überlebt hat und im Grauen Kloster ist?«

»Afra kam zu mir«, antwortete er. »Nach dem Verlust des Kindes lag sie für Wochen auf den Tod, doch dann hatte das arme Geschöpf ein wenig Glück: Der Herr Fridrich von Parstein bewarb sich um ihre Hand. Ihr Vater hatte befürchtet, das beschädigte Gut nicht mehr loszuwerden, aber Parstein scherte sich nicht um Gerede. Er wollte Afra zur Frau, und ihre Familie verscherbelte sie nur allzu gern an den um ein Dreifaches älteren Mann. Dem Himmel sei Dank, sie hat es gut getroffen. Bei Herrn Fridrich fand sie Ruhe und Verständnis, und ihm vertraute sie die furchtbare Last, die ihr die Schultern niederdrückte, an. Er war es, der ihr riet, mich aufzusuchen und mir zu erklären, was in Wahrheit geschehen war. Hilf diesem Vater, Afra, hat er gesagt. Ich werde ihm dafür immer dankbar sein.«

»Und was war in Wahrheit geschehen?«

»Das, was ich hätte wissen müssen. Das, was eben geschieht, wenn man zwei derart anziehende junge Menschen Tag für Tag miteinander allein lässt. Thomas verliebte sich in Afra, und Afra verliebte sich in Thomas, und ein volles Jahr lang gaben sie sich dem Glück ihrer Liebe hin und vergaßen die Welt. Dann bemerkte Afra, dass ihr Leib sich veränderte, und begriff, was es bedeutete. Sie mögen sich erschreckt haben, aber unglücklich machte es sie nicht. Thomas war ein Bürgerlicher, doch er entstammte einem Patrizierhaus, hatte in Paris und Bologna studiert und war der Erbe eines beträchtlichen Vermögens. Die Zeiten waren dabei, sich zu ändern, starre Grenzen begannen aufzuweichen, und Thomas zweifelte nicht daran, erhört zu werden, als er an jenem Abend bei Afras Vater vorsprach, um ihn um die Hand seiner Tochter zu bitten. Conrat von Quitzow schrie, noch ehe er zu Ende gesprochen hatte, nach den Wachen. Das Untier habe seine Tochter geschändet, brüllte er, ließ seine Bewaffneten Thomas in die Stadt schleifen und in Ketten in den Kerker werfen.«

»Das alles hat Euch Afra erzählt?«
Clewin Alvensleben nickte.

»Und daraufhin habt Ihr Euren Sohn um Verzeihung gebeten – nachdem bewiesen war, dass er die furchtbare Strafe nicht verdient hatte.«

»Zu spät. Ich weiß. Ich hätte wissen müssen, dass Thomas zu einer solchen Tat nicht fähig ist. Kann es ein schändlicheres Verbrechen geben als Notzucht an einer Frau? Wie kann ein Vater so etwas von seinem Sohn glauben? Euer Bruder ist zu beneiden, und ich beneide und bewundere Euch. Ihn verdächtigt man des Mordes, vielleicht des einzigen Verbrechens, das noch schwerer wiegt. Ihr aber seid in Eurem Herzen sicher, dass Euer Bruder nicht der Mensch ist, der einem anderen das Leben raubt.«

Ein Blitz schien Magda durch den Schädel zu zucken und ihr für Augenblicke sämtliche Gedanken zu lähmen. Als sich die Schreckstarre löste, starrte sie auf ihre Hände, die den Kelch umklammerten. Sie zitterten so heftig, dass der Wein darin schwappte.

Clewin Alvensleben sah es auch. Er fasste nach ihrem Gelenk und löste ihr behutsam die Finger um den Kelch. »Ist Euch nicht wohl? Wollt Ihr Euch niederlegen?«

»Ich bitte Euch um Verzeihung«, flüsterte Magda. »Nicht Ihr wart hochmütig, sondern ich. Dass mein Bruder keinen Mord begangen hat – dessen bin ich mir nämlich nicht sicher. Nur dessen, dass es nicht der Propst von Bernau war, den er getötet hat.« Es war bodenlos töricht, dem fremden Mann dies anzuvertrauen. Was, wenn er sich jetzt entschied, dass er Diether nicht mehr helfen wollte? Eine Wahl hatte sie dennoch nicht. Sie stand auf. »Ich möchte jetzt gehen. Ich bitte noch einmal um Verzeihung und danke Euch, dass Ihr mir Eure Geschichte erzählt habt.«

»Ich hatte im Grunde kein Recht dazu, nicht wahr?«

»Nein, wohl nicht«, erwiderte Magda. »Ich bin dennoch froh, dass Ihr es getan habt, denn so bleibt es Eurem Sohn erspart, und trotzdem weiß ich es.«

»Ihr seid sicher, dass Ihr Euch stark genug für den Weg fühlt? Und dass Euer Bekannter auf Euch wartet?«

Sie nickte.

»Und unsere Verabredung für morgen – ist sie noch gültig?«

»Ich wäre froh«, sagte Magda. »Wir wohnen am Krögel, beim Olden Markt, das Haus von Seyfrid Harzer.«

Ehe Magda ging, gaben sie einander die Hand.

32

Es war gut, dass sie Petter bei sich hatte, dass es so viel zu berichten gab und dass sie auf diese Weise nicht zum Denken kam. Denken wollte sie nicht. Nur so schnell wie möglich Berlin erreichen, um ihren Plan auf den Weg zu bringen.

Petter war Feuer und Flamme: »Zeugen, die für Diether sprechen? Meine Gnädigste, ich bringe Euch nicht nur eine ganze Kneipe, ich bringe Euch eine ganze Stadt.«

»Die halbe genügt«, erwiderte Magda.

Nach einem Drittel der Strecke sagte er nicht mehr Gnädigste zu ihr, sondern Schwesterchen. Sie vereinbarten, dass er und Hans alle Freunde zusammentrommeln würden, die sich zu jener verhängnisvollen Stunde auf dem Neuen Markt aufgehalten hatten. Magda würde in der Zwischenzeit Lentz und den Großvater einweihen und mit ihnen nach weiteren Zeugen suchen. Brida fiel ihr ein. Hatte sie nicht erzählt, sie sei Diether am Morgen vor dem Mord begegnet? *Ich hab ihn übrigens heute gesehen, deinen Bruder*, hörte Magda sie sagen. *In der Frühe – er sah aus, als wären sieben Teufel hinter ihm her.* Beschrieben hatte sie ihn als *den Blonden, der überall vorgibt, zu sein, was er nicht ist*. Nein, Brida war vermutlich keine vorteilhafte Zeugin, auch wenn sie sofort in die Bresche springen würde, um Magda zu helfen.

»Ein Schläfchen machen musst du aber auch mal, Schwesterchen«, sagte Petter. »Was nützt es Diether, wenn du uns zusammenbrichst?«

»Nein, nach Schlaf verlangt es mich nicht«, erwiderte Magda, die sich überwach fühlte. »Nur kurz gehen und jemanden sprechen würde ich gern, sobald alles auf dem Weg ist.«

»Oha!« Petter grinste. »Ganz so ein stilles Wässerchen ist das Schwesterchen also auch nicht. Aber recht tust du daran. Es ist nicht gut, dass der Mensch allein sei, steht schon in der Heiligen Schrift, oder etwa nicht?«

»Um so etwas geht es nicht«, erwiderte Magda. »Es ist ein Mönch.« Wo sie ihn finden sollte, wusste sie nicht. Nur dass sie ihm danken wollte, weil er Diether half, und ihm sagen, dass sie jetzt seine Entscheidung verstand.

»Das sind die Wildesten«, bemerkte Petter. »Aber wenn der Diether erfährt, dass ich über so etwas mit seinem Schwesterchen spreche, lande ich samt Malz und Hopfen in der Würzepfanne.«

Es dämmerte bereits, ehe sie dazukam, nach Thomas zu suchen, und wie so oft hatte es begonnen zu regnen. Petter und Hans waren losgezogen, um Zeugen aufzutreiben, und Gretlin half dem Großvater, der Magdas Scharren auf dem Markt übernommen hatte. Lentz wollte zum Kloster zurück und in Erfahrung bringen, wie die Dinge im Fall des Propstes standen. Die Oberen der Franziskaner standen in ständiger Verbindung mit dem Rat. »Außerdem hoffe ich, dort Thomas zu treffen und zu hören, wie es Diether geht.«

»Ich ginge gern mit dir«, sagte Magda schlicht. »Ich möchte mich bei Thomas bedanken.«

»Soll ich es für dich tun?«

»Nein.«

Lentz warf ihr von der Seite einen Blick zu, stellte aber keine Frage mehr, sondern machte sich mit ihr auf den Weg.

Die Stadt schien verändert. Als hätte sich ein Schleier auf all die Lebhaftigkeit, das stete, emsige Treiben gesenkt. Die Leute schienen früher als gewöhnlich vor dem üblen Wetter in ihre Häuser zu flüchten und hinter den Fensterläden darauf zu warten, was als Nächstes geschah. Ja, genauso kam es Magda vor – als ob die ganze Stadt in Spannung und Schweigen auf etwas wartete.

Lediglich in der Großen Straße kam ihnen ein Tross Menschen entgegen, Männer und Jungen, die Kienfackeln trugen und sich suchend nach allen Richtungen umschauten. Magda hatte keine Augen für sie, ihre Gedanken waren samt und sonders bei der Begegnung, die ihr bevorstand. Lentz hingegen lief hinüber, um mit dem Anführer der Leute zu sprechen. »Das hat nichts mit unserer Sache zu tun«, versicherte er Magda, als er zurückkam. »Da ist vor zwei Nächten eine Frau aus dem Marienviertel verschwunden. Nach der suchen sie.«

Magda hatte die verschwundene Frau vergessen, kaum dass sie die Klosterstraße erreichten. Was sollte sie tun? In Wind und Regen stehen bleiben und Lentz bitten, ihr Thomas nach draußen zu schicken? Gerade als sie dazu ansetzen wollte, kam er von der Stadtmauer her auf sie zugelaufen. Gegen den Wind, sodass sein Haar und seine Kutte wehten. Magda hätte gern zu gleicher Zeit geweint und gelacht.

»Thomas!« Lentz fuhr herum. »Kommst du aus dem Kerkerturm?«

Er nickte. »Euer Bruder ist wohlauf, soweit das in seiner Lage möglich ist. Seine Haltung ist vorbildlich, und seine Stärke reicht sogar zum Witzereißen.« Die Worte waren an Lentz gerichtet, doch sein Blick wich nicht von Magda. Sie genoss es unendlich, ihm in die Augen zu sehen, in das Funkeln, das dem Achat glich und immer ein Lächeln zu bergen schien, einerlei, was ihm geschah.

»Wird er gut behandelt, Thomas?«

»Einen Menschen, den man gut behandeln möchte, wirft man in kein stinkendes Loch, denke ich. Man beschimpft ihn auch nicht als Mörder und droht ihm nicht, ihm die Glieder auf dem Rad zu zerreißen. Aber gemessen an den Umständen ist die Behandlung wohl annehmbar. Er ist unverletzt, bekommt genug zu essen, und ich durfte ihm noch eine Decke bringen.«

»Das macht mich so froh«, sagte Lentz. »Wie sollen wir dir dafür nur danken?«

»Gar nicht«, erwiderte Thomas. »Die Decken gehörten dem Kloster, und euch habe ich ja keine gebracht.«

»Du weißt, was ich meine. Meine Schwester Magda hier ist eigens mitgekommen, weil sie sich bei dir bedanken will.«

Magda ertrug es nicht länger. »Kannst du uns allein lassen?«, sagte sie zu Lentz und sandte ihm einen Blick. »Bitte frag nichts.«

»Bleibt das jetzt für alle Zukunft so, dass mir einer von euch verbietet, Fragen zu stellen?«, meinte Lentz und spielte den Gekränkten, doch dann trollte er sich und ging hinüber zum Kloster, um sich nach dem Verlauf der Ratssitzung zu erkundigen.

Worte hatte Magda sich nicht zurechtgelegt, und es fielen ihr auch jetzt keine ein. Es gab weder etwas Falsches noch etwas Richtiges, das sie tun konnte, nur ein Einziges, ohne Möglichkeit der Wahl. Sie trat auf ihn zu, reckte sich und küsste ihn auf den Mund. Sacht und verhalten begann sie, zügelte sich und ließ ihm Zeit. Erst als sie sah, dass er die Augen halb schloss, und sein dunkles, unterdrücktes Stöhnen hörte, legte sie alles in den Kuss, was sie ihm geben wollte. Irgendwann schloss er die Arme um ihre Mitte, und sie schloss die Arme um seinen Hals und begann, während sie ihn küsste, seinen Nacken zu streicheln. All das Wilde, Gierige, Ungezähmte, das sie mit ihm erlebt hatte, bäumte sich von Neuem in ihr auf, doch sie kämpfte es nieder. In diesem Augenblick, mitten im Regen, wollte sie nichts als zärtlich zu ihm sein.

»Wenn du gern möchtest, dass jemand vom Kloster uns sieht, hättest du den Ort geschickter nicht wählen können«, sagte er, als sie sich lösten.

Sie musste an sich halten, um seine Augen nicht zu streicheln, in denen der Schalk funkelte, so bedrückt ihm zumute sein musste. Das linke Augenlid hing ein wenig tiefer als das rechte. »Nein, Thomas«, sagte sie. »Ich will mit dir sprechen. Irgendwo, wo wir Ruhe und Zeit haben und, falls möglich, nicht nass bis auf die Haut werden. Nur dieses eine Mal. Das verspreche ich dir.«

Gelinde argwöhnisch furchte er die Brauen, während der Schalk in seinen Augen längst seine Zustimmung gab. »Ist die *Hohle Birne* in Ordnung?«

»Die *Hohle Birne* ist wundervoll.«

Auf dem Weg in die Schänke kam ihnen ein weiterer Tross Fackelträger entgegen, die nach der verschwundenen Frau suchten, doch ansonsten begegnete ihnen kein Mensch. Das Gasthaus war behaglich und verschwiegen, wie sie es kannten und dringend brauchten. Magda, die erst jetzt spürte, dass sie vor Nässe triefte, klapperten die Zähne. Thomas bat Michel um eine Decke und breitete sie ihr um die Schultern. »Jetzt habe ich dir doch eine Decke gebracht, und du musst dich bei mir bedanken.«

»Ich möchte mich immerfort bei dir bedanken, Liebling. Für so vieles, dass es die ganze Nacht dauern wird, und dann ist es noch nicht genug.«

»Nicht«, sagte er rau. »Ich schäme mich, wenn du so mit mir sprichst.«

»Du hast dich genug geschämt, Thomas. Hör auf damit!«

Sie liebte sein Lachen, das immer überrumpelt klang. »Erklärst du mir auch noch, wie man das macht, mein unglaubliches Mädchen aus Bernau?«

»Thomas?«

»Ich glaube, so heiße ich.«

»Darf ich dir etwas Komisches sagen?«

»Nein.«

»Warum nicht?«

»Weil ich mir sicher war, dass du nicht locker lässt, ob ich nun Nein sage oder nicht.« Jäh nahm er ihre Hand vom Tisch, presste sie sich an die Wange und legte sie zurück. Seine Mundwinkel zuckten. »Spuck aus, was du ohnehin nicht im Mund behalten kannst.«

»Ich habe es so geliebt, wie du *mein Mädchen aus Bernau* zu mir gesagt hast«, begann Magda. »Zu mir hat nie jemand etwas so Schönes gesagt, und ich habe bestimmt noch nie in ein paar Worten so sehr mich gefunden. Heute in der Frühe habe ich gedacht, dass ich *mein schöner Mann aus Spandau* zu dir sagen möchte. Aber es passt nicht mehr. Weder das eine noch das andere. Thomas, wenn wir diesen Kampf um Diether gewinnen und selbst wenn wir uns nicht mehr wiedersehen – kannst du dann in Gedanken *mein Mädchen aus Berlin* zu mir sagen?«

Seinem Gesicht zuzusehen, dem Ausdruck, der von tiefstem Erstaunen bis zu beinahe diebischem Vergnügen wechselte, war zu viel Freude für ein enges Herz. Die Füße unter dem Tisch wollten mittun, die Hände über dem Tisch, der Mund und der gesamte Rest. Alles wollte nach ihm greifen, ihn sich zu eigen machen und nicht mehr hergeben.

»Weißt du, dass ich jedes Mal, wenn wir beten, *et ne nos inducas in tentationem,* an dich denken sollte?«, fragte er lächelnd. »Und dass mein sturer Schädel sich weigert, zu glauben, du seist damit gemeint?«

»Ich bin ja auch nicht damit gemeint«, sagte Magda, die kein Latein konnte, aber das Gebet von klein auf kannte und wusste, dass die Zeile *Und führe mich nicht in Versuchung* bedeutete. »Damit gemeint ist: *Bring mich nicht dazu, anderen wehzutun, sie zu erniedrigen, ihnen Fallen zu stellen und mich an ihnen schadlos zu halten. Bring mich nicht dazu, andere zu behandeln, als wären sie nichts wert, mich aufzuspielen, als wäre ich besser als sie, doch, vor allem, bring mich niemals dazu, ein Leben zu nehmen, wo ich keines geben kann.* Glaubst du nicht auch, das alles hat Gott damit gemeint? Wie kann er denn gemeint haben: *Bring mich nicht dazu, einen Menschen zu lieben, einen Menschen hüten und ihn in meinen Armen halten zu wollen, weil Du, Gott, ihn so schön gemacht hast?* Gott wäre dumm, wenn er das gemeint hätte, oder?«

»Und wer bist du, mein haarsträubend hinreißendes Mädchen aus Berlin?« Seine lachenden Augen glänzten. »Eine Magistra der Theologie?«

»Ich weiß ja nicht einmal, was das ist.«

»Kein Wunder. Das gibt es ja auch nicht. Und wenn ich dir zuhöre, begreife ich, warum Männer den Frauen verboten haben, Gelehrte zu werden. Wir bekämen keinen Fuß mehr auf den Boden, sobald wir euch die Tore öffneten.«

»Und das findest du gerecht? Seid ihr den Frauen derart unterlegen, dass ihr Verbote braucht?«

»Also schön. Vielleicht sollten wir erwägen, das Verbot in seiner Gänze aufzuheben und es lediglich für Berlinerinnen aufrechtzuerhalten.«

Sie versetzte seinen Lippen einen Klaps und mochte die Hand nicht mehr wegnehmen. »Liebster Thomas. Soll dir die Berlinerin, die auf dein Verbot nichts gibt, noch einmal erklären, warum Gott sie mit der Zeile aus dem *Paternoster* nicht gemeint haben kann? Weil sein Sohn, der aus Liebe zu uns gestorben ist, uns dieses Gebet zum Abschied geschenkt hat. Und es wäre großer Kohl, jemandem, den man liebt, zum Abschied zu sagen: Hab dein Leben nicht lieb. Hab keine Freude daran. Fühl dich niemals auf Erden ein wenig wie im Paradies.«

Er atmete tief ein und aus. Dann nahm er ihre Hand und küsste ihr Gelenk dort, wo ihr Leben schlug. »Wenn du mich fragst, ist Gott damit einverstanden. Aber sag's nicht zu laut, nein? Uns genügt ein weltliches Gericht wegen Mordes, wir brauchen nicht noch ein kanonisches wegen Ketzerei.«

»Das denkt man jetzt oft, nicht wahr?«, fragte Magda grüblerisch. »Dinge, über die man sich früher erschreckt hätte, weil sie sich anhören wie Ketzerei?«

Thomas nickte. »Weißt du, was gestern Nacht jemand zu mir gesagt hat? Er habe das Gefühl, seine Kumpane wollten das Gewicht Gottes mit irdischen Kräften bewegen. So fühlt sich diese ganze Zeit an, oder? Etwas ist aus den Fugen geraten, und wir müssen ein mächtiges Gewicht bewegen, um Gott wieder nahe zu sein, doch unsere irdischen Kräfte möchten sich vor Angst davor verkriechen.« Er küsste ihr Gelenk noch einmal. »Ich mag das, was du gesagt hast, aber vorsichtig musst du trotzdem sein. Du darfst nicht zuschanden gehen, meine weise, süße Versucherin aus Berlin.«

Der Wein, den Michel ihnen gebracht hatte, blieb stehen, denn Magda hatte ohnehin genug getrunken. Brot und Käse blieben ebenfalls stehen, denn das, was in ihren Leibern einen Tanz aufführte, gestattete kein Essen. Über den Krug und den Korb hinweg mussten sie ihre Gesichter hindern, aufeinander zuzurücken, und das war so schwierig, wie zwei dieser Metallteile auseinanderzuhalten, die wie durch Zauberhand einander anzogen.

Das, was zwischen ihr und Thomas geschah, hatte mit Zauberhänden nichts zu tun. Es war völlig erklärlich, fand Magda. Sie passten zueinander. Sie waren beide stark und dem Leben gewachsen, mit der Zunge zu schnell, ein bisschen überheblich und gedankenlos. Sie waren beide gewitzt und zuweilen unverschämt, sie lachten zu viel und zu laut, selbst da, wo Lachen als nachgerade teuflisch galt. Sie zogen aber auch vor dem Leben den Kopf ein, hielten den Atem an und schlotterten an allen Gliedern, weil sie der Kälte so wenig ausweichen konnten wie der Wärme. Sie waren überhaupt eher lausig im Ausweichen.

Er hieß Thomas und hatte Achataugen wie ein welscher Verführer, schwarzes Haar, das nur ein Unmensch scheren konnte, und einen Leib, auf dem *ne nos inducas in tentationem* stand. Sie hingegen hieß Magda und war ein stampfender Krautkopf aus Brandenburg, aber aus unerklärlichen Gründen fand er sie so schön wie sie ihn.

Dazu brauchte es keine Zauberhände. Das war so, seit die Welt erschaffen worden war, denn ansonsten wäre sie längst leer und wüst.

Sie küsste seine Fingerspitzen. »Wenn das schwere Gewicht bewegt werden muss – dann braucht es Menschen, die achtsam sind und klug, nicht wahr?«

Er sah ihr weiter in die Augen, gab jedoch keine Antwort.

»Dann braucht es Menschen wie dich.«

»Ich bin weder achtsam noch klug, Magda.«

»Kohl. Allein zu behaupten, dass du es nicht bist, macht dich achtsamer und klüger als die meisten. Du weißt, dass ich heute bei deinem Vater war, richtig? Und du weißt auch, dass ich dich bei den Ohren nehmen und aus diesem Kloster herauszerren würde, wenn du dort nur bliebest, weil du noch immer glaubst, du hättest kein Leben in der Welt verdient. Aber das ist nicht mehr so. Seit Propst Nikolaus getötet wurde, seit Diether im Kerker sitzt und der Stadt der Bann droht, willst du bleiben, weil Berlin dich braucht, nicht wahr?«

»Ich kann nicht glauben, dass du mich das fragst.«

»Aber ich frage dich. Bitte gib mir Antwort.«

»Ja«, sagte er.

»Sag mir auch das noch: Hast du mich lieb? Steht dir ein deftig verwürzter Krauttopf als Versuchung im Weg?«

»Ich habe von Krauttöpfen und Würzepfannen nicht die geringste Ahnung«, sagte er, um seine Stimme kämpfend. »Aber ich liebe dich. Und die Versuchung ist bei Weitem größer als ich.«

Das behalte bei dir, gebot Magda sich selbst. *Nimm dir Zeit, es aufzuheben, wie man eine Schlehe pflückt, die erst süß und genießbar wird, wenn der erste Frost sie in eine Schale aus Eis gehüllt hat. Heb es dir auf, so, wie man die Schlehen für die Zeit der winterlichen Leere aufhebt. Aber ich liebe dich.* Wenn sie sich daran festhielt, würde sie schwerlich erfrieren.

»Ich möchte dich um etwas bitten.«

Er sah sie an und wartete.

»Geh mit mir in die Dachkammer. Lass mich die eine Nacht haben, damit ich sie bewahren kann. Danach gehen wir weiter, du und ich, so, wie wir es entschieden haben, und stehen einander nicht im Weg. Aber die eine Nacht schenk mir. Ich weiß jetzt, wie Liebe klingt. Lass mich nicht zurück, ohne zu wissen, wie sie schmeckt.«

»Das kann ich nicht«, rief er ehrlich erschrocken, »und du weißt es!«

»Gar nichts weiß ich. Dir fehlt nichts dazu, Liebling. Nichts.« Dies war ein Gasthaus, in dem Huren verkehrten, und was immer die Huren konnten, konnte Magda aus Berlin schon lange. Sie stand auf, ging zu ihm und setzte sich auf seinen Schenkel. Das Gefühl war umwerfend, das pure Laster und das pure Entzücken. Verwegen vor Übermut umspannte sie den Schenkelmuskel und ließ ihre Hand daran höher gleiten.

»Magdalen Harzer aus Berlin. Würdest du augenblicklich unterlassen, was du tust?«

»Foltert dich das? Ich höre augenblicklich auf, wenn du mir gewährst, was ich verlange.«

»Du bist unmöglich, Magda.«

»Ich weiß. Du etwa nicht?«

»Und wenn ich jetzt noch schwächer werde, als ich ohnehin schon bin, wenn ich das täte, was wir auf keinen Fall dürfen, was hätte ich dann aus all diesem Elend gelernt?«

»Nichts, mein Süßer.« Sie küsste sein Ohr. »Und warum solltest du? Du hast ja nichts falsch gemacht.«

Er streifte sie von sich herunter, sah ihr wie ein Verschwörer in die Augen und stand mit unüberhörbarem Stöhnen auf. Michel zwinkerte Magda zu, während er irgendeine Ritze in ein Kerbholz machte, die er später wieder auskratzen würde.

»Gib mir den Krug, und du trag den Käse«, sagte Thomas, als er zu ihr zurückkam. In seinen Augen toste ein kleines Gewitter, das Blitze in Magdas Innerstes sandte. »Wenn wir zwei uns schon um Kopf und Kragen bringen, nehmen wir uns wenigstens die Henkersmahlzeit mit.«

33

Die Nacht war ein silbernes Lachen, das ihr im Ohr bleiben und manchen Missklang übertönen würde. Wer dies nie besessen hatte, keine Nacht wie diese, wie konnte der eine Ahnung vom Paradies haben und eine Sehnsucht, die ihn vom Sündigen abhielt?

Thomas hatte die Kerze ausblasen wollen, aber Magda hatte darauf bestanden, sie brennen zu lassen. »Ich will dich sehen, Liebster. Ich will, dass du dich vor mich hinstellst, ohne all dieses Zeug, nur du.«

Dass er verlegen war, amüsierte sie königlich und ließ sie vergessen, dass sie selbst verlegen war. Im flackernden Licht löste sie ihm den Strick um die Mitte, und ehe er sie noch länger herumnesteln ließ, zog er sich mit unwirschem Ruck die Kutte über den Kopf. Tollkühn ging sie zu ihm und streifte ihm die Bruche von den Hüften. Sie kniete vor ihm nieder und strich das Kleidungsstück seine Beine hinunter, ertastete berauscht die Muskeln von Schenkeln und Waden und küsste ihm erst die eine, dann die andere Fußsohle, dass er schauderte. Dann stand sie auf, legte die Hand auf seine flache Bauchdecke und fuhr mit köstlicher Scheu daran herunter. Er hatte alles andere als einen Grund, verlegen zu sein.

Ohne Hast knotete er sämtliche Bänder an ihren Kleidern auf und ließ eines nach dem anderen an ihr herunterrutschen.

»Meine Schönste«, sagte er voller Staunen. »Mein schönstes Mädchen aus Berlin.«

Sie hatte auch keinen Grund, verlegen zu sein. Sie würde nie wieder einen haben.

Das erste Mal liebte er sie, und sie war glücklich, weil sie ihm Glück schenkte, weil unfasslich war, dass sie imstande sein sollte, ein solches Glück auf das Gesicht eines Menschen zu zaubern. Das zweite Mal liebte sie ihn, weil sie das Glück auf seinem Gesicht noch einmal sehen wollte, und er lachte, küsste sie überall und sagte: »Lass dir doch Zeit. Wenn ich dir hätte entfliehen wollen, hätte ich früher aufstehen müssen.«

Das dritte Mal liebten sie einander, und das Glück überrollte sie in einer solchen Woge, dass sie vergaß, auf das Glück auf seinem Gesicht zu achten. Der Rausch aus Glück hielt an, bis sie jedes bisschen Kraft ihrer Körper verausgabt hatten und keuchend und umschlungen liegen blieben. Sie musste ein bisschen weinen, weil sie wusste, sie würden sich ein viertes Mal nicht lieben können und weil sie das Übermaß des Glücks auf seinem Gesicht nie wieder sehen würde. Dann aber begann sie, seinen Rücken zu streicheln, die vernarbte, verheilte Haut, und er ließ es zu, ohne zusammenzuzucken oder auch nur einen Muskel zu versteifen. Stattdessen schloss er die Augen, barg den Kopf in ihrem Arm und schlief unter ihrer Zärtlichkeit ein.

Zum Zischeln der Kerze hörte Magda ihr Herz schlagen. Einen Mann zu lieben, war wundervoll, doch über den Schlaf des Geliebten zu wachen, war kein geringeres Wunder.

Als sie selbst nicht viel später in Schlaf gefallen war, hatte sie sich so rundum sicher und behütet gefühlt wie nicht einmal als Kind. Dennoch suchte ausgerechnet in dieser Nacht das Entsetzliche sie von Neuem heim. In der Morgenkälte kam es ihr vor, als wären sie beide zugleich aus dem Schlaf geschreckt. Er war bleich, fand sie. Sie legte ihm die Hand auf die Brust, um sein Herz zu spüren, das kräftig, doch viel zu hastig schlug.

»Hattest du wieder den Traum?«, fragte er und glättete mit beiden Händen ihr Haar.

Magda nickte und ließ sich in seine Arme fallen. Die Mutter war die Stiege heraufgekommen, hatte Diether in die Kammer geschoben und gesagt: »Ich bringe dir deinen Bruder. Er hat dich innig geliebt, und er wird dich weiter lieben, doch heute Nacht muss er dir Lebewohl sagen.«

»Lebewohl, Magda«, hatte Diether mit einer Stimme gesagt, die als die seine nicht mehr kenntlich war. »Du warst mir die Liebste von allen, hast du das überhaupt gewusst? Ich hätte dir so gern geholfen, ich hätte dir gewünscht, dass alles Glück der Welt auf dich fällt und du dich dein Leben lang nie allein fühlen musst.«

Magda hatte die Träume nicht mehr fürchten wollen, doch jetzt packte die Angst sie an sämtlichen Gliedern und schüttelte sie durch. Sie waren alle gestorben, wie der Traum es angekündigt hatte, der Vater, Barbara, Alheyt, der alte Linhart und Endres. Heute würde wieder ein Mensch, den sie liebte, sterben, und nichts, was sie tat, würde imstande sein, es aufzuhalten.

Sie klammerte sich an Thomas' Schultern, stieß alles aus sich heraus und ließ sich von ihm wiegen, bis zumindest ihr Atem ein wenig ruhiger ging.

»Magda«, sagte er und hörte nicht auf, sie zu streicheln, »erklär mir das: Wenn Diether, wie wir annehmen, nicht vor Freitag vor Gericht steht, weshalb sollte er dann heute sterben? Selbst wenn ein Todesurteil gefällt würde, was wir doch verhindern wollen, würde es nicht sofort vollstreckt, und wir hätten noch immer Zeit, mit einem Gnadengesuch bis vor den König zu ziehen.«

»Wäre es nicht verständlich, wenn Diether Hand an sich legt? Wenn er das alles nicht mehr erträgt?«

»Er ist voller Zuversicht«, erwiderte Thomas mit undeutbarem Unterton. »Er weiß, er hat Propst Nikolaus nicht getötet, und er weiß auch, dass wir alles tun werden, um das zu beweisen.«

»Thomas«, flüsterte sie und begrub ihr Gesicht an seinem Hals.

»Sprich es aus, Liebstes. Quäl dich nicht.«

»Ich kann nicht.«

»Hilft es dir, wenn ich dir sage, dass ich es ohnehin weiß?«

Sie fuhr auf. »Was weißt du?«

»Dass du fürchtest, dein Bruder könnte zwar nicht diesen, aber zwei andere Morde begangen haben.«

»Woher weißt du das?«

»Von ihm«, erwiderte er ruhig. »Und weder von ihm noch von mir weiß es irgendwer sonst.«

»Er hat dir diese zwei Morde gestanden?«, schrie sie auf.

»Der verfluchte Linhart hat mich fast glauben lassen, es gäbe noch einen dritten – aber den Vater und Endres, die hat wirklich Diether ums Leben gebracht?« Sie glaubte das Blut zu sehen, die Schnitte im Hals. Mit einem Schlag wurde ihr klar, was es bedeutete.

»Lass alles zu, was du denkst.«

»Lentz hat Recht«, murmelte sie dumpf. »Damit kann er nicht leben.«

»Wohl nicht«, sagte Thomas. »Aber er hat es nicht getan.«

Die Erleichterung kam in Wellen, die ihren Körper erschütterten. Wie um sich vor dem Ertrinken zu retten, hielt sie sich an seinen Schultern fest. »Oh, Thomas, ist das wirklich wahr, bist du dir sicher, ist diese grauenhafte Angst vorbei? Ich habe gedacht, sie frisst mich auf, aber dir hat er gesagt, er hat es nicht getan, und du hast ihm ohne Zweifel geglaubt?«

»Ja.«

»Ich wollte, ich hätte es gekonnt!« Tränen drohten ihr die Stimme zu rauben, doch sie kämpfte um jedes Wort. »Er ist mein Bruder, ich hätte doch wissen müssen, dass er zu einem Mord nicht fähig ist. Ich habe deinen armen Vater in Grund und Boden gescholten, dabei wiegt mein Unrecht viel schwerer als das seine.« Unter Tränen, die sich nicht länger aufhalten liessen, erzählte sie ihm, was am vergangenen Morgen geschehen war.

Die ganze Zeit über hielt er sie in den Armen, und als sie fertig war, sagte er: »Ihr beide, du und mein Vater, seid nicht so fürchterlich streng mit euch. Ja, ich habe fast den Verstand darüber verloren, dass mein Vater mich für einen Schänder hielt, und vorgestern Nacht auf dem Neuen Markt habe ich aus ähnlichem Grund deinen Bruder Lentz angebrüllt. Aber solches Denken ist nicht nur selbstgerecht, sondern vor allem dumm. Die, die vor der Kirche den Propst erschlagen haben, waren keine Ungeheuer, sondern nette Leute, die sich dergleichen selbst niemals zugetraut hätten. Verbrecher tragen kein Mal auf der Stirn wie Kain, und wir alle sind im Guten wie im Schlimmen zu mehr fähig, als wir auch nur zu denken wagen.«

»Aber du kannst es doch!«, rief Magda. »Du, ein Fremder, hast Diether ohne Wenn und Aber geglaubt, dass er die Morde nicht begangen hat. Ich hingegen, seine eigene Schwester, habe an ihm gezweifelt, obgleich er auch mir gesagt hat, dass er es nicht war.«

»Aber wie solltest du ihm denn glauben? Er war zweimal dabei, als ein Mitglied eurer Familie auf dieselbe Weise abgeschlachtet wurde, er will zweimal niemanden gesehen haben, und als du ihn bedrängst, benennt er einen zisterziensischen Prior, der nicht belangt werden kann. Du bist ein kluges Mädchen, Magda. So gern du die Geschichte auch glauben wolltest, der Zisterzienser, der sich im Moor verkroch, bis dein Vater und dein Verlobter dort vorbeistampften, der seinen Opfern ein Messer stahl und es ihnen aus fadenscheinigsten Gründen in den Hals stach, wollte einfach nicht in deinen Kopf.«

»Aber du hast doch auch ...«

»Nein«, unterbrach er. »Ich hätte diesen Unsinn auch nicht

geglaubt, aber ich bin im Vorteil. Mir hat Diether gesagt, wer es wirklich war.«

»Wer?«, flüsterte Magda und grub die Hände noch tiefer in die Muskeln seiner Schultern.

Thomas schüttelte den Kopf. »Als Franziskaner darf ich in solchen Fragen nicht schwören, aber ich habe es trotzdem getan. Ich habe Diether geschworen, dass ich es keinem Menschen verrate.«

»Aber das musst du doch! Was ist, wenn es bis zum Rat vordringt und sie ihn verurteilen, weil sie ihn ohnehin für einen Mörder halten?«

»Magda«, sagte er und küsste ihre Augen. »Kannst du jetzt einmal durchatmen und versuchen zu vertrauen? Ich habe dir gesagt, als Franziskaner darf ich gar nicht schwören, und doch hielt ich es für nötig und habe es getan. Kannst du mir bitte glauben, dass ich einen solch albernen Schwur im Notfall auch breche, ohne mit der Wimper zu zucken?«

Mit einem Schlag wich die Anspannung von ihr. Erlöst vergrub sie das Gesicht an seinem Hals. »Nicht wahr, das würdest du tun? Wenn es zum Schlimmsten kommt, würdest du den Schwur brechen und den wahren Täter preisgeben?« Sie scherte sich nicht einmal darum, wer jener Täter sein mochte, war nur selig, dass Diether entlastet war.

»Aber ja«, sagte er und küsste ihre Schläfe. »Nur bin ich überzeugt, es wird nicht nötig sein.«

Dabei beließ sie es. Sie hatte sein Wort, und das genügte ihr. Unendlich froh blieb sie in seinen Armen liegen, erlaubte sich noch einen Augenblick lang, den Duft und die Wärme seiner Haut zu genießen. Dann fiel ihr etwas ein. Ihr war vergeben worden, sie wollte, dass anderen genauso vergeben wurde.

»Thomas, heute Abend kommt dein Vater zu uns. Komm du auch. Er tut so viel für uns, da ist es nur gerecht, wenn ich ihm seinen Sohn wiederbringe.«

»Das kann ich nicht.« Er ließ sie los und setzte sich auf.

»Du kannst nicht? Und das ist dein Ernst? Hast denn nicht du mir gerade erklärt, dass solches Fehlurteil nur menschlich ist? Und dennoch willst du deinem Vater nicht verzeihen, den du ohnehin schon viel zu lange bestraft hast?«

»Ich habe ihn doch nicht bestraft!«

»Ach nein? Und warum darf er dich dann nicht sehen, warum beantwortest du seine Briefe nicht und schickst mich, statt selbst zu ihm zu gehen?«

»Weil ich mich schäme.«

»Weil du dich schämst?« Einen Herzschlag lang blieb ihr der Mund offen stehen, und sie musste die Hände zu Fäusten ballen, um sie still zu halten. »Beim Herrgott, und weil du dich schämst, verbannst du den alten Mann aus deinem Leben? Weißt du, wie satt ich das habe, dieses lächerliche Schämen und Zieren von euch Männern, das im Grunde nichts ist als ein Gesuhle in Selbstmitleid? Wahrhaftig, früher oder später kribbelt es mir so sehr in den Fingern, dass einer von euch dafür eine Maulschelle sitzen hat.«

Mit gespieltem Kleinmut duckte er sein Gesicht in den Schutz seiner Arme. »Muss der, an dem du das mit der Maulschelle ausprobierst, ausgerechnet ich sein, Magda?«

»Ja, musst du.« Sie bog ihm einen der bemerkenswerten Arme beiseite und biss ihn ins Ohr. »Du hast sie am meisten verdient, und weißt du auch, warum? Weil du von euch allen der Klügste bist und diesen bildschönen Kopf, der auf deinem Hals steckt, gefälligst zum Denken benutzen kannst.«

»Zwei Komplimente in einem Atemzug? Falls dir häufiger danach ist, mir die Leviten zu lesen – sei mein Gast.«

»Ach, mein Liebster.« Aufseufzend lehnte sie den Kopf an seine Schulter und küsste seinen Hals. »Mir ist danach, dir jeden Tag die Leviten zu lesen, dir die Ohren lang zu ziehen und dir Komplimente zu machen, bis du vor Hochmut nicht mehr zu ertragen bist. Aber ich habe doch versprochen, dich gehen zu lassen. Ist das ein Notfall, Liebling, darf ich mein Versprechen brechen wie du deinen Schwur?«

»Lass es mich wissen, falls es einer wird«, sagte er und zog sie wieder an sich. »Bevor die Fastenzeit beginnt, zu Allerheiligen. Jetzt verpass mir in Gottes Namen diese Maulschelle, sei aber nicht gar so streng, und dann müssen wir gehen, meine Liebste.«

»Die ist dir erlassen, wenn du ein vernünftiger Junge bist und heute Abend deinem Vater die Hand gibst.« Sie versuchte vergeblich, ihre Tränen zu unterdrücken, und küsste ihn so forsch, wie sie konnte, auf die Wange.

»Sehe ich aus wie ein vernünftiger Junge, schönes Mädchen aus Berlin?« Er rieb ihre Tränen mit den Fingern weg und ließ die seinen laufen. »Heute Abend in eurem Haus am Krögel, ja?« Und dann liebte er sie noch einmal, als hätten sie auf der Welt nichts anderes zu tun.

34

Michel Birnenwirt hatte die Gaststätte, die damals noch nicht unter den hohlen Birnbaum passte, von seinem Vater geerbt. Dessen Vater, Michel Birnenwirts Großvater, hatte den Birnbaum gepflanzt, obgleich sein Vater, Michels Urgroßvater, ihm geraten hatte: »Pflanz ein Apfelbäumchen, das tust du für deine Kinder. Von einem Birnbaum dagegen haben erst deine Enkel was.«

So war es gekommen, und der Enkel, der von der hohlen Birne etwas hatte, war Michel. Die Leute, die zu ihm kamen, weil sich das Leben unter der Birne so verborgen, lauschig und beschützt anfühlte, waren immer dieselben, und in der Regel mochte er sie. Er beobachtete sie gern von seinem Platz hinter dem Schanktisch und malte sich aus, wie ihre Geschichte begonnen hatte und wie sie sich weiter entspinnen mochte. Manchen traute er eine Tragödie zu und anderen nicht einmal ein missglücktes Mirakelspiel. Manche störten ihn, weil ihm zu ihren öden Mienen nichts einfiel, und manche mochte er lieber als die Übrigen, weil er ihnen ein Lied hätte dichten wollen, wäre er als Troubadour, nicht als Birnenwirt zur Welt gekommen, in der Schwüle von Aquitanien, nicht in Brandenburg.

Die beiden, die am vergangenen Abend gekommen waren, waren ihm die liebsten von allen. Er, Michel Birnenwirt, hatte Jahre damit verbracht, in den Gesichtern von Paaren zu lesen, und zuweilen machte es ihn traurig, wie wenig von der Liebe darin zu entziffern war. Die beiden, die gestern zur Kammer hinaufgestiegen waren, brannten vor Hunger, obwohl sie Käse hätten essen können, waren betrunken, obwohl sie seinen Wein nicht angerührt hatten, und verbargen nicht, dass sie sich fürchteten, obwohl sie beide beherzt und tapfer waren. An die verknöcherte Liebe, die manche seiner Gäste machten, mochte Michel nicht einmal denken, doch der Liebe dieser beiden hätte er gerne zugeschaut und hätte sich nicht dafür geschämt.

Stattdessen kletterte er im ersten Morgengrau, nachdem die zwei sich mit seliger Röte auf den Wangen aus dem Haus geschlichen hatten, die Stiege hinauf, um das Nachtgeschirr zu leeren und den Unrat aufzulesen. Michel hatte sich einst vorgestellt, dass seine Gaststätte unter dem Birnbaum eine Zuflucht sein sollte für Menschen, deren Liebe kein Haus hatte. Mithin sorgte er noch heute dafür, dass unter seinem Dach Ruhe, Sauberkeit und erfreuliche Gerüche herrschten. Den schweren Kübel, in den er die Abfälle gesammelt hatte, schleppte er wieder hinunter und trug ihn hinter das Haus, um ihn auf seinen Misthaufen zu leeren.

Sooft es seine Zeit erlaubte, schüttete er frische Erde über den Berg aus Abfall und ließ seine Ziegen ihn niedertrampeln, damit der Dreck nicht allzu viel Ungeziefer anzog und nicht zum Himmel stank. An diesem Morgen, gerade als er an alles andere als Verfall und Verwesung denken wollte, war der Haufen von fetten Fliegen umschwirrt. Solche Schwärme hatte er zuletzt in den glutheißen Sommern gesehen, die Jahrzehnte zurücklagen. Raben, die für gewöhnlich entflohen, sobald sie seine Schritte hörten, flatterten nur bis zum Zaun und blieben lauernd darauf hocken. »Und was gibt es hier, das euch die Schnäbel wässrig macht?«, bellte er sie an. »Ein bisschen Piss und ein bisschen Scheiß, das fällt selbst bei den schönsten Menschen an, selbst bei denen, die die Liebe erfunden haben, und am Ende ist auch von denen nichts übrig als ein Batzen Fleisch, der stinkt.«

Bei dem Wort zog er die Nase kraus. Dass Abfall stank, war kaum eine Erkenntnis, die die Welt bewegte. Der hier aber stank anders als gestern, und das nicht, weil Michel einen ganzen Laib unberührten Käse obenauf geworfen hatte.

Wenn er es recht überlegte, war das eine Verschwendung, die der Allmächtige übelnehmen mochte. Es gehörte zu Michels Regeln, keinem Gast vorzusetzen, was ein Vorgänger verschmäht hatte, doch im Fall des Käselaibes konnte das kaum gelten. An dem war nichts auszusetzen, er war lediglich übrig geblieben, weil sein taubenäugiges Liebespaar nur Augen, Hände, Münder und Mägen füreinander gehabt hatte. Mit einem Seufzen langte Michel nach seiner Mistgabel, um den Käse von der Kuppe des Hügels, auf den er alles geschüttet hatte, wieder herunterzufischen.

Natürlich erwischte er mit den Zinken nicht einfach den Käse, sondern eine ganze Masse von Dingen, die einmal genießbar gewesen, jetzt aber nur noch widerlich waren. Die Bewegung löste eine Lawine aus. Faulige Gemüsereste, Brocken vom Erdreich und der an allem schuldige Käselaib rollten Michel entgegen. Er wollte ihn aufheben, um ihn drinnen am Zuber zu säubern, da blieb sein Blick an dem hängen, was aus der abgeflachten Kuppe seines Abfallbergs ragte. Im selben Atemzug fragte er sich, ob der Hügel nicht ungewöhnlich hoch war. Hatten die Ziegen nicht erst letzte Woche einen ganzen Tag damit verbracht, ihn einzuebnen?

Der Gegenstand, der ihn beunruhigte, reckte sich aufrecht gen Himmel. Abfall blieb liegen, der reckte sich nicht. Michel hörte von der Vordertür her Schritte, die dem kleinen Jobst gehörten, einem leicht zurückgebliebenen Burschen, der ihm morgens in Stube und Küche aushalf. Wenn der merkte, dass sein Herr nicht im Haus war, würde er nach hinten kommen, und ehe das geschah, wollte Michel wissen, was es mit dem seltsamen Ding auf seinem Unrat auf sich hatte. Es war dieses

Ding, das die grünlichen Fliegen umkreisten, und auf beklemmende Weise war Michel sicher, dass er es nicht dort hinaufgeworfen hatte.

Entschlossen setzte er einen Schritt auf den Berg und war mit dem zweiten auch schon oben. Unter seinen Sohlen geriet die dünne Erdschicht ins Rutschen und gab frei, was darunterlag. Tote Augen stierten Michel entgegen. Von dem Gesicht war nicht mehr viel übrig, doch an dem Grübchen im Kinn erkannte er die Frau. Sie war schon lange nicht mehr gekommen, doch an jenem Abend war sie hier gewesen. Hatte nicht nach Liebe ausgesehen, und wie es schien, hatte sie auch keine gefunden. Dort, wo die weiße Gurgel, die Männer so gerne küssten, gezuckt hatte, klaffte ein Spalt, den niemand mehr küssen würde.

Jetzt nur die Ruhe, gebot sich Michel. *Ob du brüllst, ob du spuckst oder wie ein Mädchen in Ohnmacht fällst, das macht keinen Toten lebendig.* Vorsichtig, um nicht auszurutschen, ließ er sich den Hang hinuntergleiten. Dann ging er eilig ums Haus, um den kleinen Jobst abzufangen, der ihm bereits entgegenkam. »Morgen, Junge«, brummte er wie immer, und nur ein überfeines Ohr hätte das Beben in seiner Stimme bemerkt. »Pass auf, heute hab ich mal einen Auftrag für dich, der ist wichtiger als das, was ich dir sonst so geb. Und der muss schnell erledigt sein, hörst du? Meinst du, du kannst das für mich schaffen?«

»Klar doch«, sagte Jobst. Viel mehr sagte er nie.

»Du läufst bis zur Langen Brücke, weißt du, wo das ist?«

»Klar doch.«

»Das Rathaus kennst du auch? Wunderbar, da gehst du hinein und sprichst unten, wo die Kaufleute ihre Waren stapeln, mit den Aufsehern. Sag ihnen: Zu Michel Birnenwirt soll die Stadtwache kommen, mindestens drei Mann hoch und auf dem allerschnellsten Weg.«

35

Sie saßen beisammen wie die glückliche Familie, die sie nie gewesen waren. Der Badersknecht und der vulgäre Bäcker thronten dabei, als gehörten sie dazu, und das Mädchen, das Diether wohl geschwängert hatte, watschelte wie die Herrin des Hauses vom Feuer zum Tisch und zurück. Der vornehm gekleidete Herr, dem ein Todesschrecken das Stirnhaar gebleicht hatte, war Clewin Alvensleben. Der Spandauer Gewandschneider, der die großen Kontore vor dem Mühlendamm aufgekauft und Bechtolt in der Gilde ausgestochen hatte. Wie kam der in diesen traurigen Witz von einem Haus? Warum hatte niemand erwähnt, dass er mit ihm bekannt war? Hatte keiner von ihnen begriffen, dass das die Rettung gewesen wäre, das bisschen Hilfe, das *er* gebraucht hätte, um sie alle ins Glück zu führen?

Nein, natürlich hatten sie es nicht begriffen, sie hatten ja nie darüber nachgedacht. Über *ihn* hatten sie nie nachgedacht, und dass sie *ihn* in seinem Versteck entdeckten, brauchte *er* nicht zu fürchten, denn sie bemerkten ja nicht einmal, dass *er* seit Tagen an ihrem Tisch fehlte. Stattdessen sprachen sie von Diether, wie *er* es sein Leben lang von ihnen kannte: Diether benahm sich daneben und bekam alle Aufmerksamkeit, die ein Mensch sich nur wünschen konnte.

Bis heute bejammerten sie ihn, nur weil er vom Vater ab und an verprügelt worden war. »Aus dir werde ich verdammt noch mal etwas Besonderes machen!«, hatte der Vater gebrüllt und seinen Stock auf Diethers Hintern sausen lassen. »Einen Mann, der in der Welt etwas erreicht!« Und für die paar lachhaften Blessuren war ihm bis heute das Mitleid der Geschwister sicher! Hatte wahrhaftig keiner von ihnen mitbekommen, dass *er* verborgen hinter der Truhe gestanden und sich innig gewünscht hatte, *er* wäre es, der dem Vater die Prügel wert war, *er* wäre es, aus dem der Vater etwas Besonderes machen wollte, einen Mann, der in der Welt etwas erreichte?

Aber *er* war es nie gewesen. Weder der, den der Vater schlug, noch der, dem der Großvater Nüsse zusteckte, und schon gar nicht der, den Magda in die Arme schloss, um ihn zu trösten. Es war immer Diether. Auch jetzt. Ein wahres Aufgebot war um Diethers willen unter dem windschiefen Hausdach zusammengelaufen. Hätten sich alle derart ein Bein ausgerissen, um statt Diether *ihm* behilflich zu sein, so hätte *er* es ihnen tausendfach gedankt. Diether würde es ihnen nicht danken. Dennoch liebte *er* Diether und hatte ihn immer geliebt. Der kleine Bruder war einer von ihnen, und niemals hätte *er* Diether ein Leid getan.

Dafür, dass ihm auch jetzt kein Leid geschah, würde die Familie schon sorgen. Wenn es nottat, würden sie sich nicht scheuen, um Diethers willen wiederum *ihn* über die Klinge springen zu lassen, wie sie es auch zuvor getan hatten. Für Diethers Diebstahl hatte *er* bezahlen müssen, und Diethers Bluttat würden sie ebenso ohne Skrupel *ihm* anhängen. Bis zu Diethers Verhandlung wäre *er* jedoch längst außer ihrer Reichweite. Es tat *ihm* weh, sich von ihnen zu trennen, es würde *ihm* immer wehtun, aber sie ließen *ihm* keine Wahl.

Der vulgäre Bäcker prahlte jetzt mit den Scharen von Pöbel, die er zu Diethers Verteidigung aufbieten würde: »Jeder will kommen, wirklich jeder. Hier geht es um unseren Diether, habe ich ihnen klargemacht, aber zugleich geht es um unser Berlin. Wir dürfen uns von den Pfaffen nicht zwingen lassen, einen der Unsrigen zu opfern! Ist unser Diether nicht wie ein Symbol für unser Berlin? Niemand hat einem von diesen beiden etwas zugetraut, und jetzt will man sie wieder zurück in den Sand stoßen, aber lässt Diether, lässt Berlin sich davon unterkriegen? Mitnichten! Wie der Phoenix aus der Asche kommen wir zurück, und dann zeigen wir der Welt, was eine Harke ist, oder etwa nicht?«

Der Spandauer, Clewin Alvensleben, lachte höflich. »Ihr habt ganze Arbeit geleistet, mein Herr Tietz.«

»Petter, ich bitte Euch! Der Name ist Petter.« Der Bäcker knallte seinen Bierkrug gegen den des hohen Gastes, der unberührt auf dem Tisch stand und überschäumte. Wie gern wäre *er* aus seinem Versteck aufgetaucht, um dieser Horde von Wilden zu erklären, dass ein Herr von Rang ein solches Getränk als Beleidigung empfand.

Mit wahrer Größe sah Herr Alvensleben über den Schaum auf seinem Surcot hinweg. »Das soll mir recht sein, Herr Petter. Mein Name ist Clewin, und ich bin froh, einen ersten Erfolg bekanntgeben zu dürfen: Der Rat hat mich heute in unserem Fall auf den Schöffenstuhl berufen.« Applaus brandete auf. Der Bäcker und der Badersknecht grölten.

Clewins Erfolg war ein Heldenstück. Für gewöhnlich wurden Schöffen zur Schlichtung von Marktstreitigkeiten und ähnlichen Lappalien hinzugezogen, nicht aber für die schweren Fälle der Halsgerichtsbarkeit. Wenn dieser Spandauer zu so etwas in der Lage war – was hätte er dann erst für *ihn* möglich machen, was hätten sie Seite an Seite erreichen können!

Als es an der Tür klopfte, sprang Diethers schwangeres Flittchen auf, als gehörte ihr das Haus. Magda aber wies sie in die Schranken und ging selbst. Sie sah verändert aus. Jemand musste ihr gezeigt haben, wie sich ein Mädchen das Haar kämmte, wie ein Mädchen etwas Rot auf die Lippen legte und wie ein Mädchen seinen Fuß aufsetzte, ohne wie ein Brauereigaul zu stampfen. Hübsch war sie noch immer nicht, aber sie hatte heute etwas an sich, das Blicke auf sich zog. *Ich habe dich innig geliebt, Magda. Mehr als die anderen. Ich wünschte, ich hätte bei dir bleiben und dich beschützen können, ich wünschte, keiner von uns hätte sich je allein gefühlt.*

Magda zog die Tür auf und ließ den glutäugigen Mönch herein, dem man auf drei Meilen ansah, dass er Frauen schändete. Die Erkenntnis, dass er auch Magda geschändet hatte, versetzte *ihm* einen Stich. Warum nur durfte *er* nicht aus seinem Versteck auftauchen, warum durfte *er* den Verführer nicht strafen? *Er* hatte Magda von einer tauben Nuss befreit, und wäre seine Lage nicht so verzweifelt gewesen, hätte *er* mit dem gewissenlosen Lumpen dasselbe getan. So aber musste *er* tatenlos erdulden, was vor seinen Augen geschah. Mit seinen flirrenden Blicken machte der Mönch die arglose Magda kirre, strich ihr wie beiläufig über die Hand, und sie hielt seine Hand fest und wurde über und über rot.

Der Mönch wurde auch rot. Bis zu den Haarwurzeln und über die Ohren. Er war ein versierter Verführer, er konnte erröten, wie es ihm passte, und zu allem Unglück stand es ihm. Arme Magda. Der da beherrschte sämtliche Schliche, und die kleine Bernauerin mit ihren linkischen Avancen spielte ein verlorenes Spiel.

Während die beiden ihr Geturtel weitertrieben, stand Herr Alvensleben auf und drehte sich nach ihnen um. »Ich komme leider nicht mit guten Nachrichten«, sagte der Mönch, doch der Spandauer ließ ihn nicht weitersprechen. »Thomas!«, stieß er hervor, verharrte in der Bewegung und starrte den anderen an.

Er hatte sich auf eine qualvolle Wartezeit eingerichtet. *Er* hatte *sein* Herz, das ohnehin aus etlichen Wunden blutete, für neue Schmerzen gewappnet, doch das, was *er* jetzt zu sehen bekam, war schmerzhafter als alles, was *er* sich hätte ausmalen können. Die beiden Männer, der angesehene Kaufmann und der ruchlose Mönch, gingen aufeinander zu. Ihre Blicke hingen aneinander, ihre Gesichter verklärten sich bis zur Lächerlichkeit, und unverkennbar zeigte sich, was zwischen ihnen bestand: das Band zwischen Vater und Sohn, das nach göttlichem Willen stärker sein sollte als jedes andere Band zwischen Menschen.

Nur gab es Väter, die diesen herrlichen Namen nicht verdienten.

Die beiden Männer fielen einander in die Arme. Wie fühlte es sich an, von einem Vater gehalten zu werden, auf den Schultern seine Hände zu spüren, die liebevoll daraufklopften? Es musste das himmlischste Gefühl auf Erden sein, nach keinem anderen hatte *er* sich so sehr gesehnt. *Tu es ein einziges Mal,* hatte *er* seinen Vater angefleht, *nimm mich in die Arme, zeig mir, dass ich dein Sohn bin.*

Weiß ich's, ob du's bist?, hatte der Vater mit einem Grinsen erwidert. *Immer wenn du mir begegnest, frage ich mich: Ist das einer von meinen? Sag mir doch jemand, wie der heißt, mir ist's schon wieder entfallen. Wie kann denn ein Sohn von mir so völlig gewöhnlich sein?*

Dafür hatte der Vater seine Strafe bekommen. *Er* aber hatte das himmlischste Gefühl auf Erden nie erleben dürfen und musste jetzt zusehen, wie der Unwürdige damit überschüttet wurde. Es war nicht länger ein Klopfen, mit dem der Vater die Schulter des Sohnes bedachte, es war ein Streicheln, ein von zärtlicher Hand erteiltes Lob. Der Vater aber vergrößerte die Qual, die *er* in seinem Winkel ausstand, und sprach es Wort um Wort aus: »Darf ich noch einmal ›mein Junge‹ zu dir sagen, auch wenn du durch und durch ein Mann bist? Mein Junge, ich platze vor Stolz auf dich. Ich hatte einen anderen Lebensweg für dich im Sinn, aber auf den, den du gehst, könnte kein Vater stolzer sein als ich.«

Wenn einem der eigene Vater solche Worte sagte – war es dann nicht spielend leicht, ein Held zu sein?

»Nicht vor anderen Leuten«, brummte sein Sohn, der keine Dankbarkeit kannte, und machte sich los. »Ich bekomme ja Angst, ich werde rot.«

Du bist längst rot wie ein Hahnenkamm, schrie *er* dem Verführer stumm ins Gesicht. *Und das weißt du genau, trotz deines albernen Getues, so wie du weißt, dass alles dich anglotzt und dich für unwiderstehlich hält.* Woher nahmen manche Menschen die Macht, andere zu verführen, in ihnen Liebe zu entfachen wie Lauffeuer – war es der Teufel, der sie ihnen verlieh? In diesem Augenblick hätte *er* seine Seele dem Teufel verkauft, nur um von einem Menschen so geliebt zu werden.

Der Verführer straffte die Schultern, ließ aber die Hand auf dem Arm seines Vaters ruhen. »Leider kann ich mit dieser Nachricht nicht länger hinter dem Busch halten«, sagte er.

»Aber es geht doch alles ganz glänzend!«, rief der Bäcker mit seiner speckigen Glatze. »Sagt nicht, diese Leuteschinder im Kerker haben unserem Diether ein Härchen gekrümmt!«

»Eher nicht«, erwiderte der Verführer und lächelte flüchtig. »Es geht Diether gut, er lässt alle grüßen, und es wird ihm auch weiter gut gehen. Wir müssen aber darauf vorbereitet sein, dass Stimmen im Rat versuchen werden, dies gegen uns zu verwenden: Michel Birnenwirt, der die Schänke hinter der Klosterstraße betreibt, hat heute früh auf seinem Abfall eine Tote gefunden. Es ist die Frau, die im Marienviertel verschwunden ist. Bechtolts Schwester.«

Einen Moment lang ließ der Schrecken sie schweigen. Dann rief Magda: »Aber die kennen wir doch gar nicht! Was hat denn Diether mit der zu schaffen?«

»Ihre Kehle war der Länge nach aufgeschlitzt«, erwiderte der Verführer. »Hinzu kommt, dass alle möglichen Leute behaupten, sie hätten deinen Bruder am Morgen vor dem Tod des Propstes wie von Teufeln gehetzt durch die Gassen laufen sehen.«

»Genau das hat auch Brida gesagt.« Vor Entsetzen presste

Magda sich die Hände auf den Mund. »Brida, meine Freundin vom Markt – sie hat gesagt, sie habe meinen Bruder gesehen, als wären sieben Teufel hinter ihm her.«

»Und wer sagt, dass die bedauernswerte Dame an jenem Morgen zu Tode kam?«, fragte der Badersknecht.

»Michel versichert, sie habe am Abend zuvor noch gelebt«, erwiderte der Verführer. »Er ist verlässlich und auf unserer Seite. Ihre Familie schwört, sie sei seit dem nämlichen Abend verschwunden.«

Alles schwatzte und raunte durcheinander, und eine qualvolle Ewigkeit verstrich, ehe die Stimme des Verführers dem Haufen Ruhe gebot. »Wir sollten jetzt keine Zeit verlieren«, sagte er. »Es wird dunkel, und ich möchte noch einmal zu Diether zurück, um mit ihm über diese Frau zu sprechen. Es wäre vielleicht auch klug, Bechtolt zu befragen. Ich wüsste gern, was er vorhat, aber ich fürchte, er spricht mit keinem von uns.«

»Mit mir spricht er«, erwiderte sein Vater. »Wenn ihr wollt, breche ich sofort auf.«

»Ich bitte Euch!« Das blasse Mädchen hängte sich an den Arm des Verführers. »Darf ich mit Euch zu Diether gehen? Ich möchte ihn so gern sehen und ihm Mut zusprechen.«

Mit dem Lächeln des Jägers erkor er die Schwangere zu seinem nächsten Stück Beute aus. »Ich kann nichts versprechen. Aber es ist gut möglich, dass Ihr ihn sprechen dürft.«

Nach kurzem Palavern beschlossen sie, alle in den Kerker zu ziehen, der Verführer, das Mädchen, der Bäcker und der Bader. Der Großvater ließ sich unter Murren zu Bett schicken, und der Letzte, der bei Magda verblieben wäre, wollte den Guardian des Klosters sprechen. *Er*, in seinem Winkel, musste die Zähne zusammenbeißen, um nicht in Jubel auszubrechen. Mühselig hatte *er* Finten erdacht, mit denen *er* die Horde aus dem Haus locken wollte, und nun räumten sie, einer nach dem andern, freiwillig das Feld.

In erstaunlicher Geschwindigkeit löste das Knäuel an der Tür sich auf. An die Stelle des Lärmens und Tobens trat Stille. Nur das Schnarchen des Großvaters drang aus dem Dachstuhl herunter. Magda, die allein blieb, schloss vor dem Dunkel, das aufzog, einen Fensterladen. Dann zündete sie inmitten der Unordnung auf dem Tisch eine Kerze an.

36

Magda hatte erwogen, das Geschirr in den Zuber zu räumen und zum Spülen in den Hof zu tragen, doch dann entschied sie sich anders und setzte sich für eine Weile nieder. Sie war erschöpft. Sie brauchte Zeit, um nachzudenken. Wenn diese Frau, Bechtolts Schwester, mit einem der Länge nach gesetzten Schnitt getötet worden war, dann konnte das kein Zufall sein. Jemand versuchte gezielt, die Morde an Endres und dem Vater nachzustellen und Diether damit zu belasten. Aber wer kam auf einen derart infamen Plan, zumal die Frau offenbar getötet worden war, ehe der Mord an Propst Nikolaus geschah?

Immer wieder kam sie auf Linhart zurück, weil es keinen anderen gab, der auch nur den mindesten Grund gehabt hätte. Dass Linhart in seiner Rachsucht wie ein getretenes Tier um sich schlug, vermochte sie sich vorzustellen. War aber Linharts kleiner Geist imstande, eine solche Intrige anzuzetteln? Abrupt stand sie auf, um doch den Tisch abzuräumen. Ihre Gedanken bewegten sich im Kreis, und ihre Grübeleien führten zu nichts.

So bedrohlich die Geschehnisse waren, verspürte sie eine eigentümliche Ruhe, die von der Gewissheit stammte, nicht allein zu sein. Es war wundervoll, Menschen um sich zu haben, die wie selbstverständlich einen Teil der Last für sie schleppten. *Ein Mann muss wissen, wohin er gehört, sonst ist er nicht mehr als ein Schiffbrüchiger in einem schwankenden Kahn.* Wer hatte das zu ihr gesagt? Einerlei, von wem es stammte, es traf zu und galt für Frauen genauso wie für Männer.

Eine Bewegung ließ sie herumfahren. Aus dem toten Winkel hinter gestapelten Fässern löste sich ein Schatten. »Guten Abend, Magda.«

»Beim Herrgott, hast du mich erschreckt!«, entfuhr es ihr. Dann hörte sie, wie falsch das klang, und fügte eilig hinzu: »Entschuldige, Utz. Ich hatte dich ganz ...«

»Vergessen, Magda? Das ist doch nichts Neues für mich. War es nicht immer so? Lentz ist der Gute, und Diether ist der Böse. Magda ist jedermanns putziges Kälbchen, und Utz können wir vergessen. Vielleicht hatte ich erhofft, zumindest du würdest anders empfinden, aber ich bin es mittlerweile ja gewohnt, dass meine Hoffnungen zu Staub verpuffen.«

»Aber so ist es doch nicht!«, rief Magda, ohne zu begreifen, warum ihr Herz zu rasen begann und warum das Blut ihr in den Ohren rauschte. »Wir haben doch alle nur solche Angst um Diether, da fällt es schwer, an anderes zu denken.«

»Auch das ist nichts Neues. Wir haben doch ständig Angst um Diether, sodass wir auf die, die es auch noch gibt, keine Kraft vergeuden können.«

»Utz, ich bitte dich. Wenn meine Art, dieses Haus zu führen, dir missfällt, lass uns darüber sprechen, sobald Diether in Sicherheit ist. Gerade ist wieder etwas geschehen, das unsere Zuversicht zunichtemachen kann: Eine Tote ist gefunden worden, auf dieselbe grausame Art gemordet wie Vater und Endres. Jemand hat das getan, um Diether zu schaden, daran besteht kein Zweifel! Die Tote hatte gar nichts mit uns zu tun, sie soll die Schwester von Bechtolt gewesen sein ...«

Magda stockte. Als sie sich eine Hand an die Wange legte, spürte sie deren Eiseskälte. Nein, sie oder Diether hatten mit der Schwester von Bechtolt nichts zu tun, doch wie stand es mit Utz, der den Mann seit Jahren kannte? »Ich denke, ich werde gehen und den Großvater holen!«, rief sie mit fremder, aufgesetzt heiterer Stimme. »Um diese Zeit trinkt er ja immer seine Milch.«

»Und ich denke, du lässt den Großvater schlafen«, sagte Utz

und trat einen Schritt auf sie zu. »Du hast das alte Scheusal doch gerade erst zu Bett geschickt.«

Im selben Moment fiel ihr ein, dass Utz nicht von der Tür her, sondern aus dem Winkel am anderen Ende des Raumes gekommen war. Wie lange hatte er dort gestanden, und was, um alles in der Welt, hatte er dort getrieben? Er ging noch einen Schritt auf sie zu. »Natürlich hat niemand Fronica Bechtolt getötet, um Diether zu schaden. Der, der sie tötete, tat es, um Schaden von der Welt zu nehmen. Manche Menschen sind abgrundtief böse und richten großen Schaden an. Sie stoßen die, die sie lieben, von sich, und über ihre Qualen lachen sie. Das ist grausam, oder nicht? Fronica Bechtolt war solch ein grausamer Mensch. Unser Vater war einer. Meinst du nicht, es ist für die Welt ein Segen, solche grausame Kreaturen dem Teufel zurückzuschicken, der sie uns gesandt hat?«

Wie gebannt sahen sie einander an, bis sein Gesicht vor ihren Augen verschwamm. Stattdessen rauschten die Ereignisse noch einmal an ihr vorüber, Teile fielen an ihren Platz und ergaben ein Bild, das sie in seinem ganzen Grauen nicht erfassen wollte. Ein Schrei entfuhr ihr. Mit einem Satz war er bei ihr und presste ihr die Hand auf den Mund. »Nicht doch, Magda, nicht schreien, weck den Großvater nicht auf. An dem ist dir doch so viel gelegen, an dem Satan, der sich einen Spaß daraus gemacht hat, mir Stiche zu versetzen, Jahr um Jahr, Stich um Stich, bis ich gedacht habe, ich muss an all dem Blut in mir ersticken.«

»Diether wollte dich schonen«, brach es ohne Zusammenhang aus Magda heraus, sobald er ihren Mund freigab. »Er hat es all die Jahre gewusst und ist an dem Wissen fast verrückt geworden. Deshalb hat er Pater Honorius benannt – um von dir abzulenken und jemanden zu beschuldigen, den wir nicht belangen konnten.«

»Selbst ein blindes Huhn findet manchmal ein Korn«, sagte Utz. »Als du mir diese Sache mit Pater Honorius erzählt hast, konnte ich kaum glauben, dass ich nicht selbst auf die Idee gekommen war.«

»Aber warum Endres?« Ihre Stimme war nur noch ein Wimmern. »Endres war nicht grausam, er hat nie einem Menschen etwas Böses getan!«

»Er saß auf deiner Mitgift«, sagte Utz. »Er stand unserem Aufstieg im Weg. Glaub mir, Magda, wenn er etwas wert gewesen wäre, hätte ich ihn dir gelassen, aber er war nur ein völlig gewöhnliches Bübchen, das seinen Mangel an Geistesgaben hinter beflissenem Eifer versteckte. Allein wie er immer am Pult stand und verzweifelt versuchte, sich ein paar Buchstaben und Zahlen einzuprägen! Sogar Diether, der Faulpelz, hat im Handumdrehen lesen gelernt, aber Endres hätte es im Leben nicht begriffen.«

»Und deshalb musste er sterben?«, fuhr sie auf. »Weil er nicht klug genug war, um lesen zu lernen?«

»Er war nicht gut für dich«, erwiderte Utz und presste ihr wieder die Hand auf die Lippen. »Und der Mönch mit den welschen Augen ist es auch nicht. Du hast mir versprochen, du würdest nicht mehr mit ihm verkehren, aber du hast dein Versprechen gebrochen, nicht wahr, Magda?«

Zu ihrem Entsetzen begannen Magdas Arme wie Geschöpfe mit eigenem Willen an ihrem Körper zu schlottern. Ihre Beine erschienen ihr morsch und schwach, als wären sie nicht länger imstande, ihr Gewicht zu tragen.

»Nein, Magda, mein Herz. Hab keine Angst vor mir. Ich habe dich innig geliebt und habe mir gewünscht, dass alles Glück der Welt auf dich fällt. Ich könnte dir kein Leid antun, Magda. Nicht, wenn du mich nicht dazu zwingst.«

»Was willst du?«, keuchte sie, während aus ihren Augen ohne Unterlass die verfluchten Tränen strömten und sie blind machten.

»Geld«, sagte er. »Kannst du dir das nicht denken? Bei dem

Aufwand, den ihr betreibt, wird Diether demnächst freigesprochen, und statt seiner opfert ihr mich. Also muss ich verschwinden. Richtung Süden, wo an den sonnigen Hängen der Wein blüht. Ich habe von jeher dorthin gewollt, hier in Brandenburg war ich immer fremd.«

»Aber Diether ist unschuldig!«, schrie Magda. »Du hast die Morde begangen, du musst dafür einstehen, sonst rührt einer wie Linhart alles auf, und Diether stirbt auf dem Rad.«

Diesmal schloss sich seine Hand so fest um ihren Mund, dass es wehtat. »Hör auf zu schreien!«, befahl er. »Ihr werdet Diether schon herausholen, Ihr seid doch so viele, habt Freunde in Scharen, aber ich habe niemanden. Ich will nur das Geld. Gib es mir, und du bist mich los.«

»Ich wollte dich nie los sein, Utz.«

»Hör auf zu heucheln. Du hast nicht einmal bemerkt, dass du mich seit Tagen nicht mehr zu Gesicht bekommen hast. Wäre ich es gewesen, der tot unter Birnen-Michels Misthaufen lag, hätte mich auf der Welt kein Mensch vermisst.«

»Doch! Natürlich! Es war doch nur...«

»Diethers wegen. Ich weiß. Gib mir das Geld, Magda. Alles andere käme zu spät und kümmert mich nicht mehr.«

»Ich habe ja keines«, versuchte sie sich herauszuwinden, doch sofort landete seine Hand wieder auf ihrem Mund. Eisern schloss sich sein Griff um ihre Kiefer. Sooft sie sich zu wehren versuchte, packte er zu, als wolle er ihr die Zähne brechen. Die freie Linke fuhr hinunter auf seinen Gürtel und tauchte mit dem Werkzeug auf, das ins Bild gehörte. Diethers Torfmesser. Die Schneide glänzte geschliffen, auch wenn das Messer seit der letzten Benutzung nicht gesäubert worden war.

Magdas Schrei erstickte, während er ihr die Schneide der Länge nach an die Gurgel legte, so dicht, dass sie ihre Schärfe spürte. Sie wollte Luft holen, doch ihr Mund war verschlossen und die Nase vom sinnlosen Weinen verstopft.

»Sag mir, wo das Geld ist, Magda.«

Einen Herzschlag lang gab er ihre Lippen frei, sodass sie japsend nach Atem ringen konnte. »Utz ... hör mich an ... Diether muss ...«

Die Hand verschloss ihren Mund, und das Messer ritzte ihre Haut. Das erbärmliche Weinen raubte ihr die Kraft. »Ich habe keine Geduld mehr, Magda. Meine Geduld hat sich an all den Schlägen und Schikanen abgewetzt, und jetzt ist kein Gran mehr davon übrig.«

Sehr langsam zog er die Schneide noch einmal über die Haut an ihrem Hals. *Jetzt ist es zu Ende,* durchfuhr es Magda. Sie wollte um ihr Leben schreien, doch ihre Stimme war gelähmt. Utz führte das Messer an die andere Seite ihrer Kehle und sagte etwas, doch der einsetzende Lärm verschluckte es. Mit der Gewalt von Donnerschlägen hämmerten Fäuste an die Tür. »Magda, Magda«, brüllte Thomas, »mach die Tür auf, Magda, oder ich schlage sie ein!«

Offenbar entschloss er sich mit dem letzten Wort, die andere Möglichkeit gar nicht erst abzuwarten. Der Krach, mit dem das Holz zersplitterte, war ohrenbetäubend, und gleich darauf begann oben der Großvater zu schimpfen. Thomas platzte mit drei, vier Sätzen in den Raum, riss Utz von ihr weg und stieß ihn zu Boden. Sie rangen nicht lange. Ihr Bruder wirkte verloren und schmächtig gegen den Mann, der über ihm kniete. Thomas löste seinen Gürtelstrick und fesselte Utz die Hände auf dem Rücken. Dann wandte er den Kopf nach Magda, sprang auf und schloss sie in die Arme.

»Mein Mädchen, mein Mädchen.« Er war nicht weniger außer Atem als sie, musste gerannt sein, als wären sieben Teufel hinter ihm her. »Bist du heil, geht es dir gut, brauchst du einen Arzt?«

Sie konnte nicht antworten, nur ihm die Hand auf die Brust legen, um ihn zu beruhigen. »Ich bin ein zum Himmel schreiender Idiot«, schalt er sich. »Wie habe ich dich denn hier allein lassen können, statt zwei und zwei zusammenzuzählen? Alle möglichen Leute haben erzählt, sie hätten deinen Bruder an jenem Morgen umherjagen sehen, und ich habe immer nur an Diether gedacht. Bitte verzeih mir, Magda. Ein bezauberndes Mädchen aus Berlin hat aus meinem Verstand dicke Erbsen gekocht.«

Der Großvater, in Nachthemd und Mütze, trat hinzu und streichelte scheu, mit zitternden Fingern, Magdas Rücken. »Ach, mein Kälbchen, Kälbchen, Kälbchen.« Ob das bedeutete, dass er mit seiner Rede fertig war oder ob er noch gar nicht begonnen hatte, ließ sich nicht sicher entscheiden.

Thomas half ihr, sich niederzusetzen, zog den unberührten Bierkrug seines Vaters heran und flößte ihr etwas davon ein. Es tat gut. Warm und vertraut rann ihr die rahmige Flüssigkeit die Kehle hinunter.

»Könnt Ihr auf sie achten?«, fragte er den Großvater, während er ihre Hände in den seinen wärmte. »Ich habe die anderen beim Kerker zurückgelassen, ich bringe diesen Menschen jetzt dorthin.« In seinen letzten Worten bebten Verachtung und Zorn, die Magda an ihm fremd waren.

Der Großvater nickte.

Er hatte Recht, dachte Magda. *Verbrecher tragen kein Mal auf der Stirn wie Kain.* Sie hatte keine Tränen mehr, es war alles leer geweint, ausgetrocknet wie der Tümpel, an dem sie als Kind mit ihren Brüdern gespielt hatte und der eines Tages versiegt war.

Erst als Thomas sich niederbeugte, um Utz an den Schultern in die Höhe zu reißen, erwachte sie aus ihrer Trance. »Thomas!«, rief sie ihn mit krächzender Stimme zurück. »Utz ist nicht *dieser Mensch*. Er ist mein Bruder!«

»Er wollte dich töten!«, rief er empört. »Ein Herzschlag später, und du wärst gestorben, weil ich ein solches Rindvieh war.«

»Nein«, sagte Magda. »Ich glaub nicht. Und du erspar mir dein Selbstmitleid, denn um dich geht es hier nicht. Auch nicht um mich oder die halbe Welt. Dieses eine Mal geht es um Utz.«

Getroffen senkte er den Kopf. »Verzeih.«

Unter Schmerzen setzte Magda sich auf, schob die Hand unter ihren Brustlatz und tastete nach dem Päckchen, das sie dort eingenäht hatte. Anfangs war es ihr schwergefallen, mit den Münzen auf der Brust umherzulaufen, doch im Trubel der Ereignisse hatte sie das Geld von Afra von Parstein fast vergessen. »Ich habe mich anders entschieden«, sagte sie zu Utz. »Du musst mit deiner Schuld fertig werden und wir mit der unseren. Ich gebe dir das Geld.«

»Hast du den Verstand verloren, Kälbchen?«, platzte der Großvater los.

»Du misch dich nicht ein«, verwies ihn Magda, ehe sie sich an Thomas wandte. »Binde ihn los«, sagte sie. »Hilf ihm, aus der Stadt zu kommen. Was danach geschieht, muss er selbst entscheiden, ich aber liefere meinen Bruder nicht aus, damit er auf dem Rad oder am Strick getötet wird.«

Keiner der Männer widersprach ihr. Thomas kniete nieder, um Utz aufzuhelfen und seine Fessel zu lösen. Sie hielten ihr beide den Rücken zugewandt, und erst als Magda sagte: »Hier ist das Geld«, drehte Utz sich um. Sein Blick suchte ihren, doch sie ertrug ihn nicht und wandte sich ab. »Geh«, flüsterte sie. »Nein, ich hab nicht gewusst, dass ich dir die Liebste war. Es tut mir leid, und ich wünsche dir, dass Gott dich nicht allein lässt.«

Thomas führte ihn von ihr fort. An der Tür drehte er sich noch einmal um. »Willst du, dass ich nachher zu dir zurückkomme?«, fragte er leise. »Es wäre ein Notfall. Tausendmal.«

Magda nickte. *Bitte komm zurück und bleib die Nacht über hier, selbst wenn ich weder dich noch mich ertrage.*

37

»Ich weiß, ich bin ein Schwatzmaul vor dem Herrn«, hatte Petter Tietz zerknirscht eingestanden. »Aber wenn man mir ein kleines Feuerchen unterm Hintern macht, dann halte ich mein Wort.«

Diesmal hatte er, um sein Wort zu halten, kein Feuerchen unterm Hintern gebraucht: Er hatte, wenn nicht die ganze, so gewiss die halbe Stadt zusammengebracht, um vor der Gerichtslaube für Diether zu kämpfen. Die Innung der Bäcker musste nahezu vollständig erschienen sein, und auch die Kürschner waren in beträchtlicher Zahl vertreten. Der griesgrämige *Rippen*-Wirt Caspar war ebenso zur Stelle wie der schmunzelnde Verräter Michel. Die Bäuerin Brida führte einen Tross von Marktweibern an und Hans vom Bader eine Schar Mädchen mit gelben Schultertüchern. Auf ihrer Seite standen Krämer vom Mühlendamm, Magdas Kunden, die ihre deftige Verwürztheit mochten, und etliche Leute jeden Standes, die sie nie gesehen hatte.

Den eindrucksvollsten Block aber bildeten die gleichförmigen Reihen der Brüder vom Grauen Kloster. Sie standen auf der Kreuzung zur Spandauer Straße, und obgleich keiner von ihnen eine Waffe trug, kam es Magda vor, als stünden sie dort als Wachen ihrer Stadt. War es je zuvor geschehen, dass diese Masse von graubraun gewandeten Männern geschlossen den Schutz ihrer Mauer verließ und hinaus auf die Straße zog? Sie zeigten damit, wohin sie gehörten. Sie waren ein Teil der Stadt.

Auf der anderen Seite sah Magda ganz vorn, vor der offenen Front der Gerichtslaube, Bechtolt stehen. Dort waren ihre Gegner versammelt. Bechtolts Verwandte und Freunde, Angehörige der Gilde und weitere Patrizier, die ihnen in der Zahl unterlegen sein mochten, sie an Einfluss aber spielend überboten. Vor allem aber reihten sich dort neben Propst Hubertus die ranghohen Kleriker aus Berlin und Bernau sowie die drei Bischöfe von Kamin, Verden und Ratzeburg, die Papst Johannes persönlich entsandt hatte, um den Mord an Propst Nikolaus zu untersuchen. Diese Männer vertraten die geistliche Macht des Reiches. Würden die Franziskaner des Grauen Klosters standhaft bleiben, wenn die höchsten Würdenträger ihrer Kirche ihnen den Kampf ansagten?

Die Verhandlung war noch einmal verschoben worden, um Nachricht aus Avignon abzuwarten. Ohne diesen Aufschub wäre der Brief, den Utz dem Rat der Stadt geschrieben hatte, vermutlich nicht mehr rechtzeitig eingetroffen. So aber lag den Herren nun ein umfassendes Geständnis für drei Mordtaten vor, von denen lediglich eine in ihre Gerichtsbarkeit fiel. Ob dies Bechtolt und seinen Leuten bekannt war, wusste Magda nicht. Sie selbst hatte es durch Clewin Alvensleben erfahren, der über die Entwicklung höchst erleichtert war. In jedem Fall besaßen sie jetzt die Gewissheit, dass niemand Diether aus den Morden seines Bruders einen Strick drehen konnte.

Die Nachricht aus Avignon fiel hingegen niederschmetternd aus. Sie war vor zwei Tagen durch einen Nuntius überbracht worden und hatte ihrer aller Zuversicht erschüttert. Aus düster dahingemunkelten Ahnungen war auf einen Schlag eine Bedrohung geworden, die zum Greifen nahe über ihren Köpfen schwebte. Papst Johannes hatte den Bischöfen von Kamin, Verden und Ratzeburg die Befehlsgewalt übertragen. Sie waren beauftragt, über den Rat der Doppelstadt Cölln-Berlin sowie über die beiden Städte die feierliche Exkommunikation zu verhängen, sollte die Schuld eines Einzeltäters nicht bewiesen und jener Täter nicht mit äußerster Härte bestraft werden. Der weltliche Arm der Gerichtsbarkeit war angewiesen, der kirchlichen zu Hilfe zu eilen, falls es beim Vollzug des Banns zu Widersetzungen kam.

Damit war es besiegelt. Es hieß nun Diether oder Berlin, den erhofften dritten Ausweg gab es nicht.

»Die meisten Händler aus der Gilde stehen überhaupt nicht auf Bechtolts Seite«, hatte Thomas' Vater mit kummervoll gefurchter Stirn erklärt. »Die Stimmung, die er gegen die Harzers macht, erscheint ihnen degoutant, doch ihre Sorge gilt ihren Geschäften. Der Bann schneidet Berlin vom Fernhandel aus den christlichen Ländern geradezu ab. Die meisten von uns können einen solchen Schlag vielleicht überleben, doch mit Fortschritt und Entwicklung ist es auf lange Zeit vorbei. Vielen Gildebrüdern fällt es schwer zu begreifen, warum man irgendeinen Brauerssohn aus Bernau nicht einfach opfern soll, um eine solche Katastrophe abzuwenden.«

Während sein Vater sprach, hatte Thomas Magda im Arm gehalten, doch anschließend hatte er ihr nicht wie sonst versichert, dass Diether freigesprochen würde, sondern war still geblieben, wie tief in Gedanken versunken.

Er war ihre Stärke gewesen in diesen Wochen, ihr Halt, ihr Quell von Hoffnung und Mut. In den Nächten, wenn das ständig überfüllte Haus im Schlaf lag, hatte er sich zu ihr unter die Decke geschoben, »Notfall« in ihr Ohr geflüstert und ihr den Trost seiner überbordenden Zärtlichkeit geschenkt. *Wenn ich von einem anderen ein Leben bekäme und von dir nur diese Handvoll Wochen, ich wüsste dennoch, wo mein Füllhorn liegt,* dachte Magda und lernte, dass unendliches Glück und unendliche Traurigkeit Hand in Hand gehen konnten.

Dass er heute nicht bei ihr sein durfte, war hart. Umso enger scharrten sich Gretlin, der Großvater, Hans und Petter, der ein Gurkenfass im Arm hielt, um sie und versuchten, die Lücke, die an ihrer Seite klaffte, zu schließen. Es war erstaunlich, wie selbstverständlich ihre kleine Schar die verbotene Liebe hingenommen hatte. *Vielleicht weil wir begriffen haben, dass* ne nos inducas in tentationem *nicht:* Lehre mich, nicht zu lieben *heißt,* dachte sie und war von Neuem erfüllt von Trauer und Glück.

Hätte sie Thomas gedrängt, an ihrer Seite zu bleiben, so hätte er es getan, dessen war sie sicher. Damit aber hätte es für ihn keine Zukunft innerhalb des Ordens mehr gegeben. Sie hatte ihm versprochen, ihn gehen zu lassen, und er hatte die Erfüllung des Versprechens in diesen harten Nächten nie gefordert. Heute bekam er sie ohne Forderung von ihr. Sie würde versuchen, sich damit zu trösten, dass er in den Reihen der Seinen lediglich ein paar Schritte hinter ihr stand. *So wird es für immer sein, nicht wahr? Dass du mir fehlst, wird mir wehtun, aber du verlierst mich nicht aus den Augen, sondern stehst nur ein paar Schritte hinter mir.*

Magda stützte sich auf den freien Arm, den Petter ihr bot, drehte sich auf Zehenspitzen und ließ ihre Blicke schweifen, um die Anspannung des Wartens zu überbrücken. Die Gerichtslaube, die sich an die westliche Stirn des Rathauses schmiegte, mochte der einzige Ort weit und breit sein, der noch menschenleer war. Allen Raum, der drum herum zur Verfügung stand, füllten sie. *Die Berliner.*

Heute wurde über das Schicksal ihrer Stadt entschieden. Menschen klammerten sich vor Furcht aneinander, bewarfen ihr Gegenüber mit Schimpfworten oder zeterten gegen das Wetter, die Preissteigerungen und die übrige Welt. Manche verfluchten die ketzerischen Zeiten und andere den Papst und sein Geschwätz von Ketzern. Hier jubelte einer König Ludwig zu, dort forderte ein Geistlicher Gefolgschaft für Herzog Rudolf, hier rief eine Hure: »Heiße Lisbeth, bin nicht billig zu haben, biete schöne runde Beine!«, dort hielt ein Bäckerbursche dagegen: »Freiheit für Diether Harzer!« Dazwischen wurden Brezeln und Salzheringe verkauft, geschnitzte Pfeifen für die Kinder und warmes Bier, weil es schon wieder regnete.

Magda spähte über ihre Schulter, sah in ein bar jeder Ordnung wimmelndes Gewirr von Menschen und dachte: *Ich habe diese Stadt lieb. Diese Stadt, die noch nicht recht weiß, was sie werden will, die aber tolldreist wie eine Erdkröte erst einmal den Kopf aus dem Morast steckt und versucht, sich ins Gespräch zu bringen. Utz hat uns hierher geholt, und er hatte Recht: Berlin passt zu uns. Wir könnten hier zu Hause sein, wenn Berlin uns lässt.*

Aber heute hieß es: Diether oder Berlin. Wenn Diether verlor, würden sie Berlin dann noch ertragen? Und wenn Berlin verlor, würden die Leute den Harzers die Schuld daran geben und sie aus ihren Toren jagen?

»Da kommen sie! Da!« Der kleine Hans sprang in die Höhe, und als der große Petter dasselbe tat, war Magda die Sicht genommen. Nur einen verwischten Blick erhaschte sie auf den Zug der Ratsherren, der, geführt von einem Herold und geleitet von zwei Reihen von Stadtknechten, dem Portal des Rathauses entströmte. An dessen Front entlang bewegte sich die eindrucksvolle Prozession schnurstracks auf die Gerichtslaube zu. Neben dem Eingangsbogen, wo Bechtolt mit seiner Familie stand, entdeckte Magda den Pranger, der auch als Staupsäule diente, und ihr Herzschlag setzte aus. Über dem Schandpfahl war eine Skulptur angebracht, der Kaak, ein Vogel mit hämisch verzerrten menschlichen Zügen und den Ohren eines Esels. Die abscheuliche Fratze prangte dort, um die Verurteilten über den Schmerz hinaus mit Spott zu bewerfen, wie es Menschen ohne Ehre zukam.

Diether würde nicht in dem Zug geleitet, sondern von Knechten des Blutvogts zum Gericht gebracht werden. »Auf einem Karren«, hatte Thomas ihr versichert, aber Magda bekam die Erzählung seines Vaters nicht aus dem Sinn. Thomas war angekettet wie ein Verbrecher vor das Gericht von Spandau geführt worden, empfangen von Buhrufen und Schimpfworten, bespuckt und geohrfeigt, beworfen mit Kot und mit Steinen. In welchem Zustand würde Diether bei der Laube eintreffen, was würden die Menschen tun, wenn sie seiner ansichtig wurden?

Sie hätte sich nicht zu sorgen brauchen. »Da kommt unser Diether!«, rief Alban, der Kürschner, sobald der Karren sich in schleppendem Tempo aus dem Gedränge schälte. Im selben Moment warf Petter das Gurkenfass auf den Boden und sprang hinauf. Mit ausladenden Gesten begann er die Menge ihrer Anhänger in einen ohrenbetäubenden Singsang zu leiten: »Diether, Die-ther, Die-ther!«

Magda konnte nichts mehr sehen und außer dem Diether-Gebrüll auch nichts mehr hören, aber das Gefühl war atemberaubend. Sie zog Gretlin, die sich neben sie geschoben hatte, noch dichter zu sich und grinste ihr zu. »Di-ta, Di-ta, Di-ta!« *Was immer sie dir angetan haben, Brüderchen*, dachte Magda, *das hier dürfte so Manches wiedergutmachen.*

Ein einziges Mal erspähte sie ihren Bruder, als er aus dem Karren gezerrt wurde. Die Knechte gingen nicht sanft mit ihm um, und soweit es sich überhaupt erkennen ließ, erschien er ihr dürr und bleich, doch ansonsten unversehrt. *Sei noch ein bisschen tapfer, Kleiner. Wenn wir dich zu Hause haben, gibt's dicke Erbsen, Kraut mit Speck und Bridas Blutwurst satt.* Petter und seine Mannen brüllten aus weiten Kehlen: »Diether, Diether, Diether!« Etliche Passanten, die sich am Flussufer vorüberdrängten und gewiss keine Ahnung hatten, wer Diether war, stimmten ob der Wucht, die sie mitriss, ein.

Dann aber ertönte das Signal des Herolds, die Diether-Rufe verstummten, und die Verhandlung begann. Von hinten stürmten Leute nach und drängten Magda ab. »Hierher, Schwesterchen!« Petters langer Arm hangelte sich durch die Menge, erwischte ihre Hand und zog sie nach vorn. Ohne viel Federlesens packte er sie um die Hüften und stellte sie auf das Gurkenfass. Zum ersten Mal konnte sie nun in die Laube hineinsehen, in der ein Stab aus neunzehn Männern über das Leben ihres Bruders entschied.

Die achtzehn Räte der Städte Cölln und Berlin thronten vor den offenen Wänden auf in Hufeisenform geordneten Bänken, wobei die beiden Stadtschultheiße Asperstedt und Lietzen die Plätze am Kopf einnahmen. In der Mitte, auf dem hohen Schöffenstuhl, saß Clewin Alvensleben, und zwei Schritte davor entdeckte sie Diether, der als Einziger stand. Gerade jetzt stellte ein Ratsherr von der Cöllner Seite ihm eine Frage: »Du gestehst also zu, Harzer, dass du seiner Heiligkeit, Propst Nikolaus Cyriacus, Gott hüte seine Seele, einen Schlag versetzt hast.«

»Ja, das gesteh ich zu, mein Herr Rat. Ich hab ihm einen Schlag versetzt, ich hab ihn an der Schulter getroffen, und es tut mir von Herzen leid, denn seine Heiligkeit hatte mir ja nichts getan.«

Ich bin stolz auf dich, Brüderchen, dachte Magda. *Keine Schwester auf der Welt könnte stolzer sein als ich.*

»Das ist unser Diether, was Freunde? Das soll dem mal einer nachmachen, dazu braucht's das Herz eines Adlers, oder etwa nicht?« Petter strahlte und sandte einen Fausthieb gen Himmel.

»Darf ich auch?«, rief die kleine Gretlin und hüpfte mit ihrem prallen Leib auf und ab. Schweren Herzens sprang Magda vom Fass und half ihrer Schwägerin hinauf.

Zu ebener Erde, hinter den dicht gedrängten Rücken, war es schwierig, ein Wort zu verstehen, zumal Wind und Regen einen Gutteil verschluckten. »Du vermagst also nicht zu sagen, ob die Schläge, die du Seiner Heiligkeit versetzt hast, nicht doch seinen Tod herbeigeführt haben«, hörte sie einen der Richter festhalten. Gleich darauf erhob sich die Stimme von Clewin Alvensleben: »Ich bitte um Berichtigung. Von Schlägen war nicht die Rede, nur von einem einzigen Schlag, der die Schulter traf.«

Am liebsten hätte sie dem alten Herrn Beifall gezollt. Er machte seine Sache glänzend, sprach aus, was gesagt werden musste, und die Herren Räte wagten nicht, ihm das Wort zu verbieten. Eine Zeitlang hörte sie nichts mehr, dann schallte der Ruf des Herolds über den Platz. »Als Zeuge für guten oder bösen Leumund wird aufgerufen Herr Bäckermeister Petter Tietz aus Berlin, Mühlendamm.«

Petter, der mit vor Eifer hochroten Wangen und fliegender Cotta durch die Reihen stürmte, war eins der Bilder, die ihr immer im Gedächtnis bleiben würden. Eines, das Hoffnung machte, über diesen Tag hinaus. Als er zurückkam, war er vielleicht zum ersten Mal in seinem Leben sprachlos, dazu schweißüberströmt, doch sobald er sich gefangen hatte, stieß er heraus: »Unsere Sache geht gut, Schwesterchen. Wenn du den lästigen Petter fragst, dann geht unsere Sache gut.«

Magda fragte niemanden lieber als den lästigen Petter, und ihre Sache ging gut, bis es zu regnen aufhörte. Die Wolkendecke riss auf, der Himmel bewies, dass er im September noch immer eine Ahnung vom Blau im Herzen trug, und in der unverhofft glitzernden Sonne wurden die Zeugen der Geistlichkeit in die Laube geleitet. Propst Hubertus von Berlin, der den Mord an seinem Amtsbruder hatte miterleben müssen, und die Bischöfe aus Kamin, Verden und Ratzeburg. In düstersten Tönen legten sie den Versammelten dar, was ihrer Doppelstadt drohte: Bedeutungslosigkeit. Der Sturz zurück in die Sümpfe Brandenburgs, die über dem Kopf der kleinen Erdkröte rasch zusammenschwappen würden. Das Ende der Hoffnung für die Stadt auf der sandigen Spreeinsel und auch für die Grenzmark, die viel zu unwirtlich war und zu weit im Osten lag, um die Mächtigen der Welt zu scheren.

»Aber wir hatten hier früher mal viel Sonnenschein!«, rief

ein Graubart über Magdas Schulter hinweg. »Und im Winter haben wir Schlehen und Holunder. Gibt's die anderswo, so viel Schlehen bei den Eichen und so viel Holunder in den Kieferwäldern?«

In der Laube hörte ihn zweifellos niemand, doch er brabbelte weiter vor sich hin, bis ihm die Stimme erlahmte. Vor Magda entstand eine Lücke und ließ sie sehen, wie sich Bechtolt samt zweier Gefährten einen Weg zur Laube bahnte. Sie tippte Hans, der vor ihr stand, auf den Rücken. »Steht es übel?«

Der junge Mann zog die Schultern hoch. »Es ist nicht gerecht«, empörte er sich. »Die hohen Herren der Kirche reden gar nicht darüber, ob's Diether gewesen sein kann, sondern darüber, dass der Kirchenbann der Stadt das Genick bricht und dass das nicht sein darf und Schluss.«

Von dem, was Bechtolt sagte, hörte Magda wenig, doch das Wenige genügte. Diether Harzer stamme aus einer Familie von zugereisten Mördern und Betrügern. Er selbst habe seine geliebte Schwester verloren, weil er einem jener Mörder vertraut habe. »Ist ein Bursche aus solchem Morast es wahrhaftig wert, dass wir uns über ihn den Kopf zerbrechen? Ob es nun sein Schlag war oder der seiner Spießgesellen, der dem heiligen Mann den Tod brachte – sollen wir für einen solchen Lumpen unsere Stadt opfern? Wir haben sie mit unserer Hände Arbeit aus dem Sand hervorgehoben, und von einem Galgenstrick wie Diether Harzer lassen wir sie uns nicht zerstören.«

»Buh, Buh!«, brüllte Petter, doch nur wenige Stimmen schlossen sich an. Der Applaus von der anderen Seite übertönte sie. *Wir haben verloren!* schrie es in Magda. *Wir haben alles gegeben, was wir hatten, aber wir hatten nicht genug.*

Überdeutlich hörte sie jetzt die Stimme von Propst Hubertus, die auf die Versammelten niederpeitschte: »Lieben wir diese Stadt? Ja, wir lieben sie! Ist sie uns erhaltenswert? Ja, das ist sie! Hat ein dahergelaufener Bursche, der in unser Berlin gekommen ist, um Unruhe zu stiften, das Recht auf unseren Schutz, wenn es um unsere Stadt geht? Dieser Bursche behauptet, sein Schlag gegen Propst Nikolaus sei nicht tödlich gewesen. Soll der Stern unserer Stadt im Schlamm ersticken für einen Nichtsnutz, der heilige Männer schlägt?«

»Buh!«, rief die kleine Gretlin, aber niemand hörte sie. Petter, seines Fasses beraubt, schloss die Arme um Hans und lehnte trübsinnig das Kinn auf dessen Kopf. Der Großvater hielt sich an Magdas Arm fest. In der Laube folgte ein Redner der Geistlichkeit auf den anderen. Jeder war lauter als sein Vorgänger, drohender, wütender, jeder riss eine Hoffnung an der Wurzel aus. Magda bekam nichts zu sehen, und vermutlich war das ein Segen. Dennoch wünschte sie sich, sie hätte Diether zumindest einen Blick senden können.

Petters Gurkenfass, das von vorn auf sie zurollte, erschien wie die Antwort auf ein stummes Gebet. Drei, vier Männer stürzten sich wilder als Bettler auf Pfennige darauf, aber Magda gelang es, unter ihnen durchzutauchen und das Fass zu umschlingen. Im Nu hatte sie sich aus dem Knäuel herausgekämpft, stellte es ab und sprang hinauf.

Endlich sah sie Diether, der sich noch immer aufrecht hielt, jedoch bis auf die Knochen erschöpft und entmutigt wirkte. In der Abfolge der Redner war eine Pause entstanden, die Clewin Alvensleben nutzte. Er stand auf, trat vor die Bank an der Kopfseite und richtete das Wort an die Stadtschultheiße. Magda sah, wie Asperstedt die Stirn in Falten legte, sich an den Bändern der Haube zupfte und dann endlich nickte. Herr Clewin trat aus der Laube und sprach den wartenden Herold an.

Kurz darauf ertönte dessen Signal. »Das Gericht ruft den Ehrwürdigen Vater, Guardian der Franziskaner von Berlin, Pater Martinus...«

Getuschel und Geraschel entstand. Alle Köpfe drehten sich nach den Reihen der Mönche, doch es dauerte eine Weile, bis sich tatsächlich ein Mann aus dem grauen Block löste. Er war groß und breit genug, um sich den Weg zu bahnen, und erst, als er ihren Standort fast erreicht hatte, sah Magda, dass er einen kleineren, hinkenden Mann am Arm führte. Im Vorbeigehen wandte Thomas den Kopf und traf einen Herzschlag lang ihren Blick.

Er stellte dem kleinen, gebrechlichen Mann einen Stuhl vor die Laube, und jener sank entkräftet darauf nieder. »Ich bin Pater Martinus, Guardian des Berliner Ordens der Minderen Brüder«, hob er ohne Umschweife an. »Wir haben uns das Wort erbeten in der Sache des Diether Harzer, beklagt des Mordes an Nikolaus Cyriacus, Propst von Bernau. Es erscheint uns wichtig, in der Sache zu sprechen, denn das, was wir an dieser Stelle entscheiden, wird uns den Weg in die Zukunft weisen. Nicht nur für Diether Harzer, sondern für jeden von uns, für unsere Kirche, unsere Stadt und unser Land. Zu meinem Bedauern bin ich kein gesunder Mann, und es bereitet mir Schmerzen, über lange Zeit die Stimme zu heben. Deshalb wird einer unserer Novizen in Vertretung für mich sprechen.«

Thomas war kein Novize. Sein Haar war so lang, dass Magda es ihm hätte schneiden wollen, wenn es sich noch gelohnt hätte. Statt neben dem Stuhl seines Guardian stehen zu bleiben, trat er ein paar Schritte vor und in die Menge hinein.

»Dieses Gericht ist nicht zusammengetreten, weil es Vergeltung üben will«, sagte er. »Vergeltung liegt Gott anheim. Dieses Gericht tritt zusammen, um eine unsterbliche Seele zu retten. Deshalb ist es nötig, einem Mörder das Eingeständnis seiner Tat abzuzwingen, denn anders gibt es für seine Seele keine Rettung. Ebenso nötig ist es, einen Mörder zu bestrafen, um seine Seele zu reinigen, ehe sie in das Fegefeuer eingeht, um weiter zu sühnen.«

Was redete er da? In ihren Reihen herrschte Stille, die so dicht war, dass man sie hätte schneiden können. Petter hatte

Gretlin auf seine Schultern gehoben, Hans stützte den Großvater, und nur Magda stand alleine auf dem Gurkenfass.

»Wer den Mord an Propst Nikolaus begangen hat, wissen wir!«, rief Thomas und erntete verblüfften Applaus von der Seite Bechtolts. »Wir haben Geständnisse ohne Zahl gehört: Frauen, die auf Propst Nikolaus schimpften, Männer, die ihre Freunde um sich scharten, um sich gegen ihn zusammenzurotten. Junge Leute, die sich nur einen Spaß machen wollten, Alte, die glaubten, eine Rechnung offenzuhaben, Männer die wie Diether Harzer mit der Faust zuschlugen, andere, die mit den Füßen traten, und allzu viele, die nicht begriffen, was sie taten, ehe es zu spät war. Die, die an jenem Morgen dabei waren, stehen auch heute hier um das Gericht, und wir alle denken uns: Wir können doch unmöglich Mörder sein! Rechtschaffene Leute wie wir hätten niemals den Tod eines Menschen gewollt, und ein jeder von uns hat doch nur ein klein wenig mitgetan.

Aber ein Mensch ist daran gestorben, und wir kommen nicht umhin, uns zu fragen: Herrschen wir oder herrscht die Tat? Bestrafen wir den Mörder, oder morden wir den nächsten, um die wahre Schuld zu vertuschen?«

»Wir bestrafen den Mörder!«, rief einer von Bechtolts Seite. »Diether Harzer aufs Rad!«

»Buh!«, schrie Petter, aber er fand kein Echo.

»Wir bestrafen also den Mörder«, sagte Thomas, und dann legte er den Kopf zurück und rief mit seiner kraftvollen Stimme über die Menge hinweg: »Der Mörder ist die Stadt Berlin, und ich denke, sie hat das Zeug dazu, für ihre Taten einzustehen. Unsere Stadt ist auf Brandenburger Sand gebaut und weiß, wie man sich an den Haaren aus dem Sumpf zieht. Verordnete Sündenböcke hat sie nicht nötig, und unter päpstlicher Strafandrohung duckt sie sich nicht. Wenn es ihr Ernst ist damit, dass sie in den Kreis der großen Städte dieses Reiches aufrücken will, dann bezahlt sie den Preis für ihre Tat aus eigener

Tasche, so wie andere vor ihr. Das blühende Köln beispielsweise und die Bischofsstadt Mainz. Was denken wir? Kann unser Berlin Köln und Mainz das Wasser reichen?«

»Schwesterchen«, bettelte Petter neben ihr zum Gotterbarmen, »um allen Reichtum der Welt, bitte lass mich da rauf!«

Magda sprang vom Fass, und mit einem Satz war der Bäckermeister oben. »Ber-lin, Ber-lin!«, rief er und begann mit weiten Bewegungen die Menge in den Singsang zu leiten. Zuerst klangen die Stimmen noch ein wenig unsicher, doch im Handumdrehen pflanzte sich ihr Echo in alle Richtungen fort.

»Der Preis ist hoch«, sprach Thomas weiter. »Auf das Interdikt des Papstes folgt die Reichsacht, die dem Handel die Zufuhr abschneidet und den Fortschritt lähmt. Ich rede nichts schön, denn daran ist nichts Schönes. Dabei geht Lebenswerk zuschanden, und Menschen enden im Ruin. Ist unsere Stadt stark genug, eng zusammenzurücken und das Übel auszuhalten, ist sie wütend und trotzig genug, ihre Schuld dennoch von keinem anderen begleichen zu lassen?«

Du bist ja ein Prediger, dachte Magda zärtlich und begriff endgültig: Sie musste ihn gehen lassen. Wenn die Stadt Berlin ihr ihren Bruder zurückgab, musste sie ihr ihren Liebsten lassen, damit er ihr mit seiner Stärke und seiner Menschlichkeit zur Seite stand.

»Ber-lin, Ber-lin!«, skandierten Hunderte oder Tausende von Stimmen im Chor.

»Was ist mit dem Karfreitag, Pater?«, schrie eine Frau, lief zu Thomas hin und warf sich vor ihm auf die Knie. »Die Priester sagen, unsere ganze Welt wird ein Karfreitag sein, jedes Kreuz verhüllt, jede Glocke zum Schweigen verdammt, alle Gläubigen in Tränen, ohne das Licht einer Altarkerze, ohne den geringsten Trost!«

Thomas beugte sich hinunter und strich der Frau über die

Wange. »Es wird hart sein«, sagte er. »Aber nicht ohne Trost. Die Franziskaner des Grauen Klosters sind ein Teil von Berlin, und wenn Berlin sich entschließt, sich diese Schuld auf die Schultern zu laden, werden wir unseren Teil daran tragen. Wir können nicht eure Geschäfte retten, und wir haben keinen Besitz, um eure Familien zu nähren. Aber wir werden hier sein, auf den Plätzen Berlins, um eure Kinder zu taufen, eure Ehen zu segnen und denen, die sterben müssen, das Geleit zu geben.«

»Und uns die Beichte abzunehmen?«, rief einer. »Und was ist mit dem Leib Gottes – spendet ihr paar Gestalten uns den auch?«

Thomas hob eine skeptische Augenbraue, dann sandte er dem Rufer sein Spitzbubengrinsen. »Es wird ein bisschen eng, fürchte ich. Aber wenn wir wie Murmeltiere zusammenrücken und uns nach der Decke strecken, sollte zumindest kein Notfall unversorgt bleiben.«

»Es lebe die Doppelstadt Cölln-Berlin!«, brüllte Petter. »Mitgefangen, mitgehangen – aber hinterher auch wieder mitauferstanden!«

»Und jetzt gebt Diether Harzer frei!«

»Diether Harzer frei!«, echote der Platz. »Es lebe Berlin, gebt Diether Harzer frei!«

An Thomas' Kutte hingen Menschen in Trauben. Behutsam, um keinen von ihnen abzuschütteln, drehte er sich um und half seinem Guardian auf die Füße. Der wandte sich den Bänken des Rates zu. »Ratsherren von Cölln, Ratsherren von Berlin«, sagte der alte Mann. »Im Falle eines Interdiktes gegen die Doppelstadt sichere ich im Namen des Grauen Klosters die seelsorgerische Betreuung der Bevölkerung zu.«

Lietzen und Asperstedt steckten die Köpfe zusammen, und dann drängten von Neuem so viele Menschen nach vorn, dass Magda es aufgab, um ihre Sicht zu kämpfen. Den Jubel der

Menge aber hörte sie, und wenig später erkannte sie die Rufe von Petter und Gretlin, die sich auf dem schwankenden Gurkenfass zusammendrängten: »Di-ta, Di-ta!«

Magda schloss die Augen und sah ihren Bruder auf sich zukommen. Das weiße Gesicht ihrer Mutter blieb irgendwo in der Menge zurück. *Der muss jetzt erst mal in einen Waschzuber*, dachte sie und gab sich einen Ruck, um sich durch die Scharen johlender Berliner ihren Weg zu bahnen.

38

Dass Novizen, ehe sie ihre Gelübde leisteten, von ihren Vertrauten Abschied nahmen, war im Grauen Kloster nicht nur gestattet, sondern erwünscht. Lentz hatte Magda seinerzeit in seinem Brief dazu eingeladen, doch damals war sie nicht in der Lage gewesen, der Einladung Folge zu leisten. Diesmal hingegen kannte sie kein Zögern.

Ihren Wunsch, sich nicht in einem engen Raum des Klosters zu verabschieden, hatte Thomas respektiert. Der Tag war noch schön für einen der letzten im Oktober, zwar kühl, doch reicher und goldener als manche Sommertage. Sie holte ihn an der Stadtmauer ab, und Seite an Seite gingen sie noch einmal hinaus über die Roggenfelder, bis an den Rand des Eichenwaldes mit den Schlehensträuchern. Die Zweige, an denen die Früchte kaum sichtbar gewesen waren, hingen jetzt schwer von blauen Beeren. »Aber essen kann man sie noch immer nicht«, bemerkte Magda unvermittelt.

Thomas lächelte. »Nein. Nicht vor dem ersten Frost. Aber dann sind sie das ganze Warten wert.«

»Du siehst gut aus«, sagte sie, was eine Untertreibung war. Sein Körper wirkte gesund und kräftig, die Gesichtsfarbe blühend und das Lächeln weit. Sein Haar lag ihm so dicht und glänzend um den Kopf, dass sie mit einer Spur Wehmut die Hand ausstrecken wollte, damit es in den Genuss einer letzten Liebkosung kam. Er sah aus wie ein Mann, der sich selbst geheilt hatte, der seinen Platz im Leben gefunden hatte und sich daran freute, ihn auszufüllen.

»Und du bist schön«, sagte er.

»Du kannst noch immer nicht lügen, oder?«

Er lachte, schloss sie in die Arme und schwang sie im Kreis um sich herum. »Nein, schöne Magda aus Berlin. Und warum sollte ich?«

»Weil du ein netter Mann bist. Weil du mich immer tröstest, wenn ich fürchte, dass die Welt untergeht.«

»Ich bin kein netter Mann. Nur einer, der diese Monate lang mit dir glücklich war, selbst wenn zwischendurch die Welt unterging.« Er setzte sich mit ihr ins Gras, das heute leidlich trocken war, brach einen Zweig wilder Minze ab und schob ihn sich zwischen die Zähne.

Magda musste lächeln. Ja, sie war auch glücklich gewesen, so sehr, dass von dem Glück noch reichlich übrig war, um sie zu wärmen, wenn die Welt das nächste Mal drohte unterzugehen.

Untergegangen war sie, als Fischer nicht weit vor der Stadt Utz' Leichnam aus der Spree gezogen hatten. Lentz hatte Recht behalten: Um seine Seele zu retten, hatte Utz seine Taten sühnen müssen. Nur ein Unmensch hätte einem anderen das Leben nehmen und sein eigenes unbeschwert fortsetzen können. Utz war kein Unmensch gewesen. Vermutlich hatte er sich ertränkt, gleich nachdem er den Brief an den Rat verfasst hatte, aber beweisen konnte es niemand. So wie ihm ohne sein Geständnis niemand hätte beweisen können, dass er die Morde begangen hatte. Das blutverschmierte Hemd hatten Magda und der Großvater in stummem Einverständnis verschwinden lassen. Im Nachhinein fragte sie sich, weshalb sie nicht sofort darauf gekommen war, dass es Utz und nicht Diether gehört hatte. Diether hatte ja gar keine Möglichkeit mehr gehabt, nach Hause zu laufen. Aber an Utz hatte eben auch dabei keiner von ihnen allen gedacht.

Für Außenstehende war Utz einfach einer der zahlreichen Toten, die beim Fischfang die Kraft des Flusses unterschätzt hatten und von der Strömung mitgerissen worden waren. Bruder Martinus stellte ohnehin keine Fragen, sondern öffnete der trauernden Familie die Tore. Sie hatten Utz auf dem Friedhof des Grauen Klosters in geweihter Erde begraben.

Thomas hatte mit ihr geweint und war bei ihr geblieben, bis sie wieder halbwegs auf den Füßen stehen konnte. Dann war er gegangen. Über die Stadt war das Interdikt verhängt worden, vor den Türen der Kirchen hingen schwere Siegel, und das Kloster brauchte jeden Mann.

»Pater Martinus war froh, dass du zurückgekommen bist, oder?«

»Ich hatte Angst, er wirft mich hochkant hinaus.«

»Aber das hat er nicht getan?«

»Nein.«

»Sag mal, muss ich dir jede Silbe aus der Nase ziehen? Jetzt mach schon den Mund auf – was hat er gesagt?«

»Du bist noch immer so stur wie ganz Brandenburg, oder?« Verlegen fuhr er sich mit der Hand ins Haar, und auf seinen Ohren bemerkte Magda eine Spur von Röte. »Er hat gesagt: *Ich werde einen Mann nicht dafür bestrafen, dass er, um zu uns zu kommen, einen hohen Preis bezahlt. Und schon gar nicht dafür, dass er sich dabei das Herz bricht.*«

Magda gab den Versuch, sich zu beherrschen, auf, setzte sich auf seine Knie und strich ihm über die Wange. »Dass du dir das Herz gebrochen hast, sollte mich freuen. Aber es tut mir weh.«

Er lächelte. »Muss es nicht. Wie kann man denn einen, der in seinem Herzen keine Bruchstellen hat, auf Menschen loslassen?«

Sie streichelte seine Wange noch einmal und dachte dasselbe wie vor Monaten, auf ihrem ersten Weg durch Berlin: *Du wirst ein guter Mönch. Einer, der nicht wegschaut.* Sie hatte sich auch das Herz gebrochen, aber sie hatte ihn gehen lassen müssen, weil die Stadt auf einen wie ihn nicht verzichten konnte.

»Wie geht es Diether?«, fragte Thomas. »Wie macht er sich als Vater?«

Vor genau vier Wochen hatte Gretlin einen wahren Brocken von einem Jungen zur Welt gebracht, der seither den Mittelpunkt des Haushalts darstellte. »Nun ja«, erwiderte Magda. »Ob er lieber Bäcker oder Brauer werden will, weiß er noch immer nicht so genau. Aber seinem kleinen Petter erzählt er Geschichten ohne Ende, und er singt ihn an jedem Abend in den Schlaf.«

»Wer kann das schon?«, bemerkte Thomas bewundernd. »Und du, mein Liebstes?«

Sie blickte eilig zur Seite. »Ich mache mich gar nicht als Vater.«

Er umfasste ihr Kinn, drehte ihr Gesicht zu sich zurück und sah ihr fragend in die Augen. »Ich auch nicht, Magda?«

»Ich warne dich!«, rief sie. »Wenn es das ist, was du willst, wenn ich dich vor diesem letzten Schritt bewahren soll, brauchst du es nur zu sagen. Im Gegensatz zu dir kann ich nämlich lügen, mein Herr.«

Er küsste ihre Augen. »Das hättest du mir nicht verraten dürfen.«

Sie hatte es sich innig gewünscht und bis zum Schluss darauf gehofft. Die Welt war auch ein wenig untergegangen, als sie begreifen musste, dass sie kein Kind von ihm bekam, doch das verschwieg sie ihm. Jetzt war es gut so, wie es war. Sie würden ein jeder dorthin gehen, wo sie ihren Teil beitragen konnten, wo Menschen sie liebten und dringend brauchten.

»Ihr kommt zurecht?«

Magda nickte. »Bechtolt und sein Schwager betreiben im Marienviertel ihre Großbrauerei, aber uns berührt das kaum. Die Leute vom Olden Markt kommen lieber zu uns. Petter hat Caspar von der *Rippe* überredet, sich von uns beliefern zu lassen, und dein Vater, wenn er nächsten Monat umsiedelt, will unser Bier in sein Sortiment aufnehmen.«

»Und wer hilft dir? All die Arbeit kannst du doch nicht allein mit deinem Großvater bewältigen.«

»Hans vom Bader«, erwiderte Magda. »Er ist Gold wert. Wenn die Zunft uns ihr Einverständnis gibt, nehmen wir ihn als Lehrling auf. Der Großvater sagt allerdings, ich solle dich zurückholen. *Der mag ja ein Kuttenträger sein,* sagt er, *aber trotzdem ist er ein Teufelskerl.* Und Teufelskerl sagt er mindestens dreimal.«

Noch einmal zog sich jene Spur von Röte über sein Gesicht, die sie so sehr mochte. »Solche Komplimente soll er Diether machen. Er könnte es brauchen, und er hat es sich mehr als verdient.«

»Er hat ihm eines gemacht«, antwortete Magda und streichelte flüchtig über seine Wange. »*Du hast deine Sache gut und richtig gemacht,* hat er gesagt, aber Diether hat entgegnet, das wisse er schon. Und zwar von dir.«

»Wir hatten in dieser Zelle eben ziemlich viel Zeit zum Schwatzen.« Seine Augen funkelten und ließen ihre nicht los. »Ich muss mir um euch alle keine Sorgen machen, nicht wahr?«

»Nein, musst du nicht. Wir leiden keine Not. In unseren dicken Erbsen köcheln an den meisten Tagen Wurst und Speck.«

Thomas lachte und küsste sie. »Du bist unschlagbar, mein Mädchen aus Berlin. Deine Familie sollte täglich ihrem Schöpfer für dich danken.«

»Wenn sie's einmal im Jahr täten, wär ich ja zufrieden.«

Sie lachten zusammen. Dann strich er ihr das Haar aus dem Gesicht und wurde ernst. »Ich muss zurück, Liebstes.«

»Ich weiß. Ihr habt nicht nur alle Hände, sondern auch noch die Füße voll zu tun. Was hast du vor? Wirst du deine Studien fortsetzen und dich zum Priester weihen lassen, sobald du das Noviziat beendet hast?«

»Irgendwann vielleicht«, erwiderte er. »Im Augenblick sind Hände und Füße wichtiger als Studien und Weihen.«

Sie nahm seine Hände in ihre und strich ihm über die drei schmalen Narben auf der Rechten. Blasse Erinnerungen, die nur noch schmerzen würden, wenn das Wetter wechselte. »Vergiss mich nicht, nein?«

Noch einmal lachte er. »Im Leben nicht. Außerdem sehe ich dich ja wieder – ich streune schließlich an allen Ecken und Enden dieser Stadt herum.«

»Aber du schleichst mir nicht mehr nach.«

»Wer weiß?« Er half ihr auf, und Hand in Hand gingen sie den Weg zurück in ihre Stadt.

»Magda«, sagte er, bevor sie sich trennten, »ein Letztes noch. Diese Träume, die du hast – ich habe den ganzen Sommer darüber nachgedacht, und ich finde nicht, dass sie ein Grund sind, sich zu fürchten. Es ist doch nicht so, dass du den Tod voraussiehst, sondern so, dass niemand von der Welt gehen will, ohne dich noch einmal zu sehen.«

»Utz ist sogar dreimal gekommen, um mich zu sehen.«

»Ich komme noch viel öfter.«

»Wirklich?«

»Und ob.«

»Ja, komm«, sagte sie. »Aber stirb mir nicht.« Sie verpasste seiner Wange einen forschen Kuss, dann rannte sie vor ihm durch das Tor und tauchte unter in ihrer wartenden, wimmelnden, nicht totzukriegenden Stadt.

ENDE

Glossar

Allmende. Gemeindebesitz, über den die Bewohner eines Ortes gemeinsam verfügen konnten. Meist gehörte dazu Weideland, Wald, aber auch Heideland zur Torfgewinnung etc.
Barchent. Mischgewebe aus Baumwolle und Leinen
Bierpfennig. Steuerliche Abgabe, die auf ausgeschenktes oder verkauftes Bier in Geld entrichtet wurde
Blutvogt. Scharfrichter
Bursen. Studentenhäuser
Cotta. Von Männern wie Frauen getragenes Schlupfgewand
Gagel. Strauchgewächs mit bitteren Blättern, einziger in Deutschland heimischer Vertreter der Myrtenfamilie
Gewandschneider. Händler, die mit ausländischen Tuchen handelten und in den aufstrebenden Städten schnell an Wohlstand und Einfluss gewannen
Gilde. Innung. Zusammenschluss von Kaufleuten, der sich von der *Zunft* nicht scharf unterschied. So bildeten beispielsweise die Bäcker wie die Kürschner in Berlin keine Zünfte, sondern Gilden.
Grut. Kräutergemisch, u.a. Würzmalz; als Vorläufer des Hopfens zum Würzen des Bieres verwendet
Grutrecht. Durch den jeweiligen Landesherrn erteiltes Recht, Bier zu brauen
Guardian. Vorsteher eines Franziskanerklosters, entspricht in etwa dem Abt oder Prior, beispielsweise bei den Benediktinern, wird jedoch nicht auf Lebenszeit ernannt, sondern auf Zeit gewählt
Gugel. Kapuze mit Schulterschutz

Hoppeldei. Mittelalterlicher Sprungtanz der einfachen Leute

Hübschlerin. Käufliche Frau, Prostituierte

Kasel. Ärmelloses liturgisches Gewand, zur Feier der heiligen Messe getragen

Maischen. Vermischung von Getreide und Wasser, um Stärke in Zucker zu verwandeln

Mälzen. Einweichen von Getreide bis zur Keimung, anschließend Trocknung

Mark. Von Mittelhochdeutsch »marche« = Grenze; gängige Bezeichnung für ein Grenzgebiet

Marktmeister. Städtischer Beamter, der für die Einhaltung des Marktrechts sorgte und an Ort und Stelle Recht sprechen durfte

Minoriten. Minderbrüder; franziskanische Ordensgemeinschaft; bis ins 16. Jahrhundert wurde der Begriff synonym für alle Franziskaner verwendet.

Neumark. Landschaft östlich der Oder, bis 1945 Bestandteil von Brandenburg. Der Begriff ist seit dem 14. Jahrhundert, jedoch nicht eindeutig bereits zur Spielzeit des Romans nachweisbar. Er wird der Klarheit halber hier dennoch verwendet.

Oldermann. Ältester; vorsitzender Vertreter einer Innung, vornehmlich der Hanse

Older Markt. »Alter Markt«, der heutige Molkenmarkt, einer der ältesten Plätze Berlins, in der Nähe des Spreeufers gelegen. Hier lag Berlins Handelszentrum, bis der Neue Markt um die Marienkirche dem »Olden Markt« zu Beginn des 14. Jahrhunderts den Rang ablief.

Ordo Fratrum Minorum. Orden der Minderen Brüder, auch: *Minoriten.* Im 14. Jahrhundert, d. h. vor der Spaltung, noch offizielle lateinische Bezeichnung für alle Franziskaner, während heute nur noch ein Zweig des Ordens so bezeichnet wird.

Peterspfennig. Kirchliche Geldsammlung, mit der die Gläubigen ihrer Verbundenheit mit dem Papst materiellen Ausdruck verleihen sollen

Postulant. Um Aufnahme in ein Kloster Nachsuchender, der, bevor er sein Noviziat antritt, mehrere Monate lang seine Berufung und Eignung zum Klosterleben prüft sowie geprüft wird. Dieser Zeitraum wird als Postulat bezeichnet, ihm gehen in der Regel kein Gelübde und keine Einkleidung voraus.

Propst. Einflussreicher kirchlicher Würdenträger, nicht weit unter dem Bischof angesiedelt, Vorsteher eines Stifts- oder Domkapitels

Raubritter. Achtung: Dieser Begriff, der aus dem 18. Jahrhundert stammt, wird von mir anachronistisch verwendet, da er abrufbar ist und ein Bild vermittelt. Es handelt sich um Angehörige des Niederadels, die mit Beginn des Spätmittelalters zunehmend verrohten und von Raubzügen und Überfällen lebten.

Reisiger. Bewaffneter Knecht, häufig als Begleiter auf Reisen eingesetzt

Scharren. Kleine, hölzerne Marktstände

Schecke. Kurzer, körperbetonter Rock, der im 14. Jahrhundert in Mode kam

Schindanger. Platz, auf dem Tierkadaver gesammelt wurden, um vom Abdecker – meist in Personalunion mit dem Scharfrichter einer Stadt – weiterverarbeitet zu werden

Stadtschultheiß. Vorsteher eines städtischen Gemeinwesens, im weitesten Sinne einem Bürgermeister vergleichbar

Stapelrecht. An Städte, die an Fernhandelsstraßen lagen, verliehenes Recht, Fernhändler mehrere Tage lang aufzuhalten, wobei diese ihre Waren zum Verkauf anbieten mussten. Der dadurch erzielte Umsatz begünstigte das Wachstum jener Städte.

Stäupen. Entehrende, durch den Scharfrichter öffentlich ausgeführte Strafe an Haut und Haar, bei der der Verurteilte an einen Pfahl – die *Staupsäule* – oder den Pranger gebunden und mit Ruten, die häufig mit scharfkantigem Metall verstärkt waren, geschlagen wurde. Das übliche Strafmaß betrug nach alttestamentarischem Vorbild vierzig Schläge.

Staupsäule. Pfahl auf einem öffentlichen Platz der Stadt, an dem die entehrende Leibesstrafe des Stäupens vorgenommen wurde

Stockschillinge. Leibesstrafe, ausgeführt durch Gerichtsbeamte. Stockschläge auf das Gesäß des Verurteilten, wobei für einen Schilling verhängter Geldbuße dreißig Schläge berechnet wurden. Diese Strafe galt als leicht und nicht entehrend.

Surcot. Obergewand, von Männern wie Frauen getragen

Syndikus. Studierter Beamter einer Stadt, der Bürgermeister und Rat in Rechtsfragen beriet; eine der wenigen mittelalterlichen Positionen, für die ein Studium unerlässlich war

Trippen. Hölzerne Pantinen, häufig verwendet, um edleres Schuhwerk zu schonen

Würzepfanne. Auch Sudkessel; für starke Beheizung geeigneter Kessel zum Bierbrauen

Zaddelung. In die Säume von Kleidung geschnittenes Zackenmuster, galt als Zierde und Zeichen von Wohlstand und Geschmack

Zunft. Innung. Zusammenschluss von Handwerksmeistern

Zur hohlen Birne. Eine Kneipe *Zur hohlen Birne* gibt es nicht in Berlin, schon gar nicht im 14. Jahrhundert, sondern im Hier und Heute, im Holländerviertel von Potsdam. Ich bitte um Verzeihung. Es ist meine Lieblingskneipe, und ich habe sie meinen Figuren gewünscht. Meinen Lesern – einerlei ob Bier- oder Weintrinker – sei sie wärmstens ans Herz gelegt.

Zur Rippe. Traditionelles Berliner Gasthaus am Mühlendamm. Dieses bis heute existierende Gasthaus ist erst seit 1665 urkundlich belegt. Da der Standort aber auch im 14. Jahrhundert für ein Gasthaus geeignet gewesen wäre und nichts dagegenspricht, dass es ein solches Gasthaus dort bereits gab, habe ich mir erlaubt, mein Romanpersonal dorthin zum Bechern zu schicken.